Philippa Gregory est l'autrice de nombreux succès de librairie, et plusieurs de ses romans historiques ont été adaptés à la télévision. Historienne reconnue de la condition des femmes, elle est diplômée de l'université du Sussex et a soutenu sa thèse de doctorat à l'université d'Édimbourg. Elle est docteur *honoris causa* de l'université de Teeside, et chargée de recherches auprès des universités du Sussex et de Cardiff. Retrouvez-la sur son site : philippagregory.com.

De la même autrice :

La Dernière Reine

Reines de sang

CE LIVRE EST ÉGALEMENT DISPONIBLE AU FORMAT NUMÉRIQUE

www.editions-hauteville.fr

Philippa Gregory

La Dernière Reine

Traduit de l'anglais (Grande-Bretagne) par Alain Sainte-Marie

Hauteville

Hauteville est un label des éditions Bragelonne

Titre original : *The Taming of the Queen*

Publié avec l'accord de Touchstone,
un département de Simon & Schuster, Inc., New York.

ISBN : 978-2-8112-3131-6

Bragelonne – Hauteville
60-62, rue d'Hauteville – 75010 Paris

E-mail : info@editions-hauteville.fr
Site Internet : www.editions-hauteville.fr

Pour Maurice Hutt (1928-2013)
et Geoffrey Carnall (1927-2015).

Maisons Tudor et Stuart en 1543

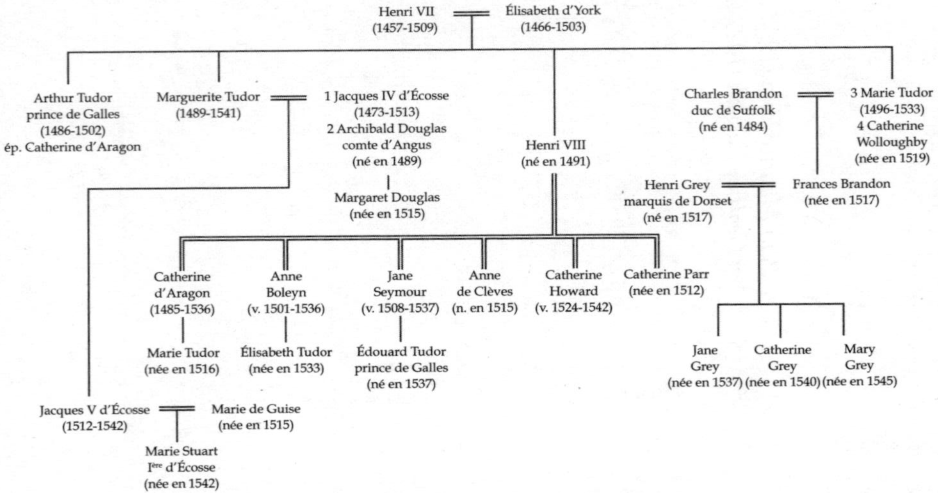

Famille de Catherine Parr en 1543

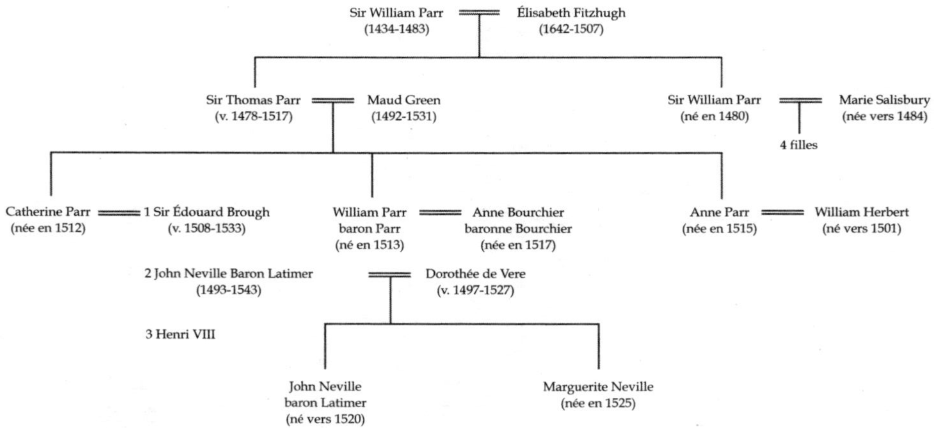

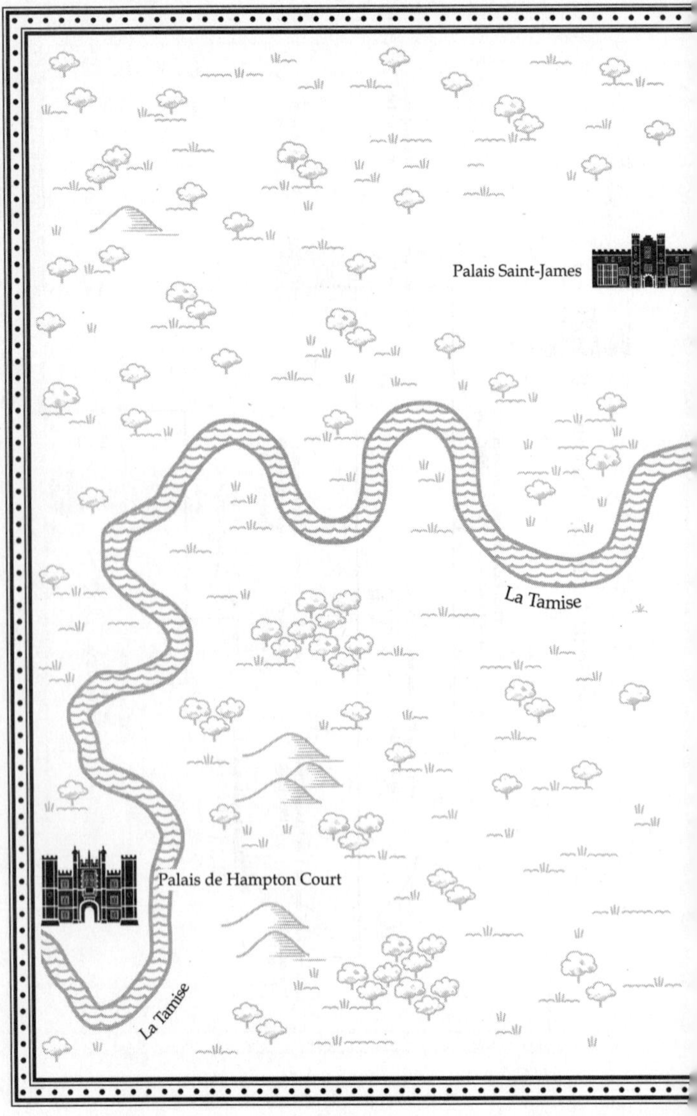
Palais Saint-James
La Tamise
Palais de Hampton Court
La Tamise

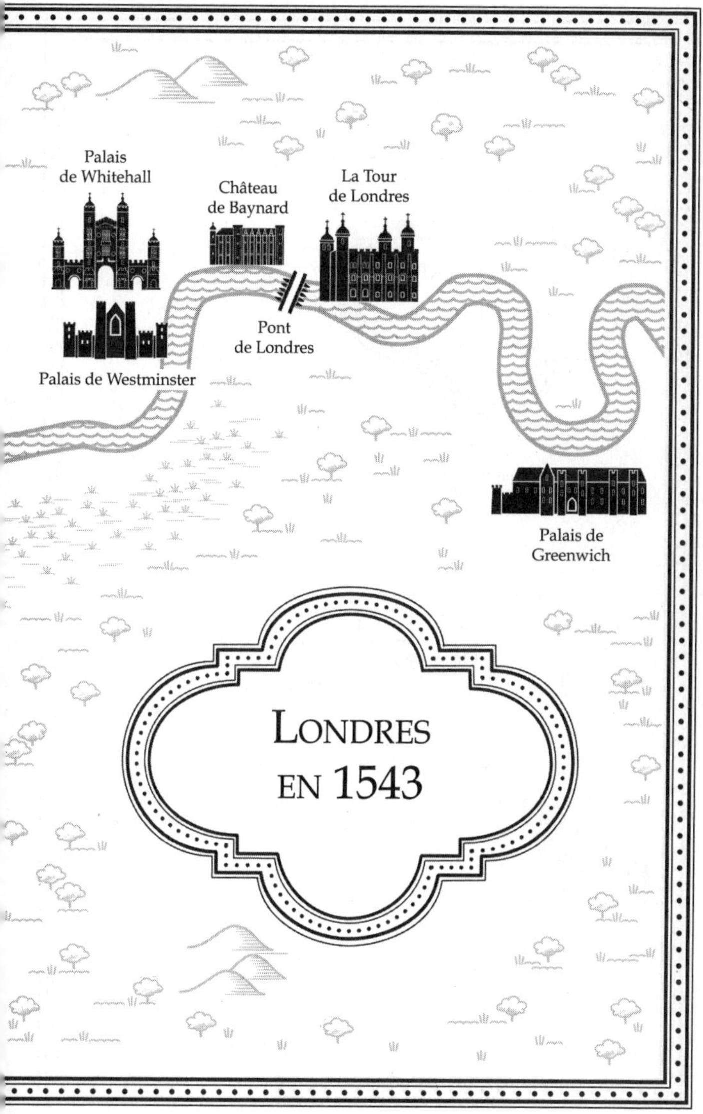
Palais
de Whitehall
Château
de Baynard
La Tour
de Londres
Pont
de Londres
Palais de Westminster
Palais de
Greenwich
LONDRES
EN 1543

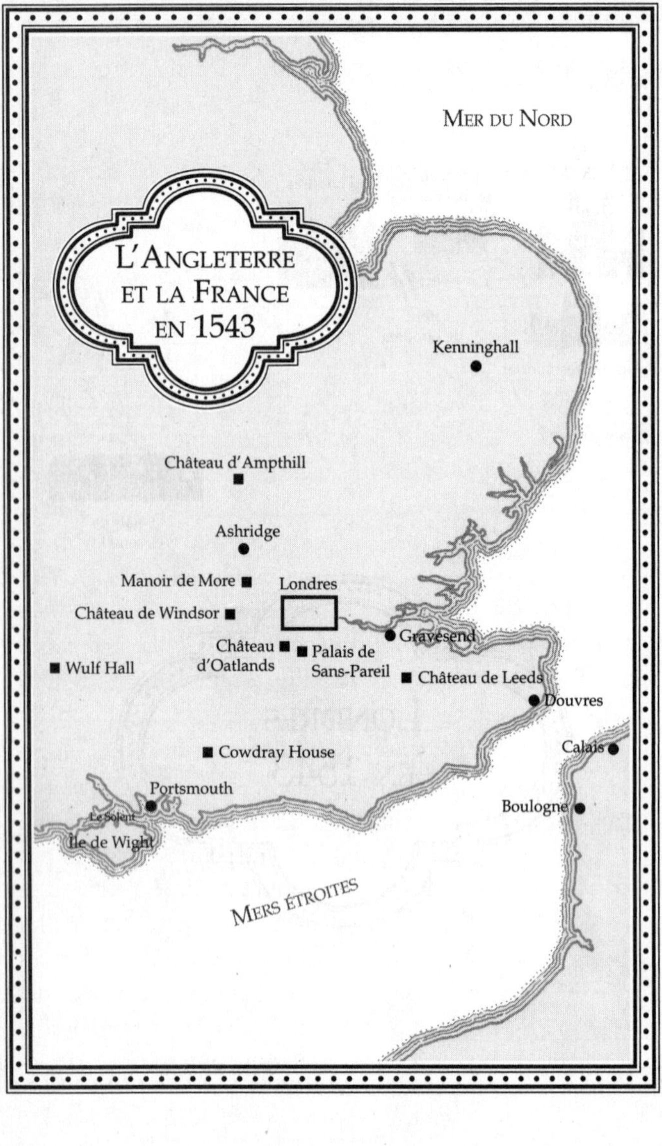
L'Angleterre et la France en 1543
Mer du Nord
Kenninghall
Château d'Ampthill
Ashridge
Manoir de More
Londres
Château de Windsor
Gravesend
Château d'Oatlands
Palais de Sans-Pareil
Wulf Hall
Château de Leeds
Douvres
Calais
Cowdray House
Portsmouth
Boulogne
Le Solent
Île de Wight
Mers étroites

Printemps 1543,
palais de Hampton Court

Il se dresse devant moi, aussi imposant qu'un vieux chêne, la figure pareille à une pleine lune accrochée au sommet des branchages, les bourrelets de ses chairs ridées incurvés en un sourire bienveillant. Il se penche en avant, et tout se passe comme si l'arbre menaçait de tomber sur moi. Je ne bouge pas d'un pouce mais il me semble que... *Il ne va tout de même pas se mettre à genoux, comme un autre l'a fait hier encore, couvrant mes mains de baisers ?* Mais si cette montagne humaine s'avisait de s'agenouiller, il faudrait un palan pour l'aider à se relever, tel un bœuf embourbé dans un fossé ; du reste, il ne s'agenouille devant personne.

À mon avis, il ne m'embrassera pas sur la bouche, pas ici, pas dans cette salle longiligne, avec les musiciens au loin et le passage incessant. Cela ne peut assurément pas se produire à cette Cour où tout est calculé, et cette grosse face de lune ne se penchera pas sur mon visage. Je lève les yeux, et regarde fixement celui que ma mère et toutes ses amies vénéraient jadis et considéraient comme le plus bel homme d'Angleterre, le roi dont rêvait chaque jouvencelle, et je prie pour qu'il n'ait pas réellement prononcé les paroles que je viens d'entendre. De façon grotesque, je prie d'avoir mal entendu.

Dans un silence plein d'assurance, il attend mon consentement.

Soudain tout s'éclaire : à compter de ce jour, il en sera ainsi jusqu'à ce que la mort nous sépare. Il attendra mon assentiment ou s'en dispensera. Je vais devoir épouser cet homme plus grand et plus fort que n'importe quel autre. Être divin, un rang en dessous des anges, il se tient au-dessus des mortels : il est le roi d'Angleterre.

— Je suis extrêmement surprise de l'honneur que vous me faites, balbutié-je.

Sa moue se transforme en sourire. J'aperçois ses dents jaunâtres et sens son haleine fétide.

— J'en suis indigne, ajouté-je.

— Je vous montrerai comment vous en rendre digne, assure-t-il.

Le sourire séducteur qui s'attarde sur ses lèvres humides me rappelle que j'ai affaire à un hédoniste enfermé dans un corps pourrissant et que je serai sa femme dans tous les sens du terme ; il me prendra pendant que je me languirai d'un autre.

— Puis-je prier et réfléchir à cette demande insigne ? bredouillé-je en cherchant les mots les mieux adaptés. Vous me prenez de court, assurément. Je suis veuve depuis si peu de temps…

Il hausse vivement ses sourcils en bataille, ma requête lui déplaît.

— Vous avez besoin de temps ? Ne nourrissiez-vous pas cet espoir ?

— Toute femme nourrit cet espoir, m'empressé-je d'affirmer. Il n'est pas une seule dame à la Cour qui n'en fasse le rêve. Je ne déroge pas à la règle. Mais je n'en suis pas digne !

Voilà qui est mieux, il recouvre son calme.

— Je n'arrive pas à croire que mon rêve se réalise, ajouté-je, afin d'enjoliver un peu. J'ai besoin de temps pour m'habituer à ma bonne fortune. C'est comme un conte de fées !

Il acquiesce. Il est friand de contes de fées, de déguisements et de comédies, ainsi que de simulacres fantasques en tout genre.

— Je vous ai secourue, affirme-t-il. Je vous élèverai et vous passerez du néant à la position la plus prestigieuse au monde.

Sa voix, puissante et sûre, fortifiée pour le restant de ses jours par les plus grands vins et les pièces de viande les plus grasses, a des accents indulgents, mais il m'interroge de ses petits yeux sagaces.

Je me force à soutenir son regard scrutateur et tombant sous le poids de ses paupières. Je ne suis pas issue du néant, je ne sors pas de nulle part. Je suis née Parr de Kendal, mon défunt époux était un Neville, deux grandes familles de l'extrême nord de l'Angleterre. Mais le roi n'y a sans doute jamais mis les pieds.

— J'ai besoin d'un peu de temps, répété-je, prudente. Pour m'accoutumer à la joie.

Il esquisse un geste bref de sa main aux doigts boudinés afin de me signifier que je peux prendre tout le temps qu'il me plaira. Je fais ma révérence et m'éloigne à reculons de la table de jeu où le roi vient d'exiger à brûle-pourpoint qu'une femme mette en jeu ce qu'elle a de plus précieux : sa vie. La loi interdit de lui tourner le dos, mais d'aucuns plaisantent en secret, arguant que, de toute façon, il est plus prudent de le tenir à l'œil. Six pas à reculons le long de l'interminable galerie baignée par le soleil printanier qui frappe les hautes fenêtres et tombe sur ma tête inclinée avec humilité, puis je fais une nouvelle révérence en baissant les yeux. Lorsque je redresse la tête, il m'observe toujours, le visage rayonnant, devant toute l'assemblée. Je m'oblige à sourire et recule en direction des portes fermées qui donnent sur sa chambre de parade. Derrière moi, les gardes ouvrent les battants pour me laisser passer ; j'entends chuchoter les gens restés au-dehors qui n'ont pas l'honneur de la présence royale et m'observent tandis que je m'incline une dernière fois sur le seuil, et que le grand souverain me regarde partir. Je continue ainsi à reculons pendant que les gardes referment la porte à deux battants et me dissimulent à sa vue, puis j'entends résonner le bruit mat de leurs hallebardes sur le sol.

Je demeure là, sans bouger, pendant quelques instants, faisant face aux panneaux de bois sculptés, incapable de me retourner pour affronter les yeux emplis de curiosité de la salle bondée. À présent que les lourdes portes nous séparent, je m'aperçois que je tremble, non seulement des mains et des genoux, mais de toutes les fibres de mon corps, comme si j'avais de la fièvre ; je frémis, tel un jeune lièvre replié sur lui-même dans un champ de blé tandis que résonne le sifflement des lames des faucheurs qui approchent.

Minuit a sonné depuis longtemps lorsque le palais dort. Je passe une houppelande bleue sur ma chemise de nuit de satin noir et, telle une ombre parmi les ombres, je sors sans faire de bruit des appartements des femmes et descends le grand escalier. Je ne croise personne ; j'ai ramené ma capuche sur mes yeux ; de toute façon, cette Cour fait commerce d'amour depuis longtemps. On ne s'y soucie guère de savoir qui se trompe de chambre après minuit.

Aucune sentinelle devant la porte de mon amant. Elle n'est pas fermée à clé, comme il me l'avait annoncé. J'actionne la poignée et me glisse à l'intérieur ; le voici, il m'attend près du feu, dans cette pièce vide qu'éclairent seulement quelques bougies. Il est grand et mince, a les cheveux bruns, les yeux noirs. Au bruit de mes pas, il se retourne, et le désir illumine son visage empreint de gravité. Il m'attire contre lui, ma tête contre son torse musclé, ses bras se referment autour de moi. Sans dire un mot, je frotte mon front contre sa poitrine, comme si je voulais m'enfouir sous sa peau, à l'intérieur de son corps même. Nous nous balançons l'un contre l'autre pendant quelques instants, nos corps avides de l'odeur et du toucher de l'autre. Il empoigne mes fesses et me soulève ; je passe mes jambes autour de sa taille. J'ai tellement envie de lui. Il ouvre la porte de sa chambre avec sa botte et me porte à l'intérieur. Puis il se retourne et la referme avant de me poser sur son lit. Il ôte ses chausses et jette sa chemise par terre tandis que j'entrouvre ma houppelande et mon déshabillé ; puis il s'allonge sur moi et me pénètre sans que nous n'ayons échangé une seule parole, à l'exception d'un profond soupir, comme s'il avait retenu son souffle pendant toute la journée dans l'attente de ce moment.

Alors seulement je parviens à souffler contre son épaule nue :

— Thomas, fais-moi l'amour toute la nuit ; je ne veux plus penser à rien.

Il se redresse au-dessus de moi afin de contempler mon visage au teint laiteux et mes cheveux châtain-roux qui couvrent l'oreiller.

— Mon Dieu, comme j'ai envie de toi ! s'exclame-t-il, puis il affiche une expression déterminée et écarquille ses yeux sombres, aveuglés par le désir tandis qu'il entame un mouvement de balancier.

J'ouvre mes jambes plus avant et entends ma propre respiration s'accélérer, et j'ai conscience d'être dans les bras du seul amant qui m'ait donné du plaisir, au seul endroit au monde où je souhaite me trouver, parce que je m'y sens en sécurité : le lit brûlant de Thomas Seymour.

Peu avant l'aube, il me sert du vin d'un pichet posé sur le buffet, et m'offre des prunes séchées et de petits gâteaux. Je bois un verre de vin et grignote une pâtisserie, recueillant les miettes dans le creux de ma main.

— Il m'a demandée en mariage, lancé-je sèchement.

Aussitôt, il met une main devant ses yeux, comme s'il ne pouvait supporter de me voir, assise dans son lit, les cheveux retombant sur les épaules, les seins enveloppés dans les draps, le cou rougi à cause de ses baisers, les lèvres légèrement gonflées.

— Dieu nous protège. Oh, Seigneur, épargne-nous cela !

— Je n'en ai pas cru mes oreilles.

— Il a parlé à ton frère, à ton oncle ?

— Non, à moi, hier.

— En as-tu discuté avec qui que ce soit d'autre ?

Je secoue la tête.

— Pas encore. Je voulais t'en parler avant.

— Alors, que vas-tu faire ?

— Que puis-je faire ? J'obéirai, réponds-je d'un air grave.

— C'est impossible, rétorque-t-il, dans un soudain accès d'impatience.

Il tend les bras vers moi et me prend les mains, émiettant le gâteau. À genoux sur le lit, il embrasse le bout de mes doigts, ainsi qu'il le fit la première fois qu'il me déclara son amour. Il voulait alors devenir mon amant, mon époux, et jurait que personne ne nous séparerait jamais. J'étais celle qu'il avait toujours attendue durant sa longue vie amoureuse. Amantes, catins, soubrettes et jeunes demoiselles s'y étaient d'ailleurs succédé en si grand nombre qu'il en avait perdu jusqu'au souvenir.

— Catherine, par tout ce que j'ai de sacré, tu ne peux pas accepter. Je ne le supporterai pas. Je ne le permettrai pas.

— Je ne vois pas comment je pourrais refuser.

— Qu'as-tu répondu ?

— Que j'avais besoin de temps. Que je devais prier et réfléchir.

Il pose une main sur son ventre plat. Je sens la chaude moiteur de sa peau et le soyeux de ses boucles noires, ainsi que ses abdominaux.

— Est-ce donc ce que tu as fait cette nuit, prier ?

— J'ai rendu un culte à l'amour, murmuré-je.

Il se penche en avant et m'embrasse sur le sommet du crâne.

— Hérétique. Et si tu lui disais que tu as déjà accordé ta main ? Que tu t'es remariée en secret ?

— Avec toi ? lancé-je non sans brusquerie.

Il accepte les défis parce qu'il est intrépide. Au moindre risque, au moindre danger, Thomas accourt à sa rencontre, comme s'il s'agissait d'un jeu, comme s'il ne se sentait vivant que lorsqu'une épée le séparait de la mort.

— Oui, avec moi, confirme-t-il fièrement. Évidemment ! Il est naturel que nous nous mariions. Nous pouvons prétendre que nous le sommes déjà !

Je voulais l'entendre me le dire, mais je n'oserai pas.

— Je ne peux pas le défier.

La seule pensée de devoir quitter Thomas me laisse sans voix. Des larmes brûlantes coulent sur ma joue. Je soulève le drap et éponge mon visage avant de reprendre :

— Oh, mon Dieu, aidez-moi ! Je ne pourrai même plus te voir.

Il est atterré. Il s'accroupit, faisant craquer le sommier de corde sous son poids.

— Ce ne peut pas être vrai. Tu n'es libre que depuis… Nous ne nous sommes pas vus plus d'une demi-douzaine de fois. Je m'apprêtais à lui demander la permission de t'épouser ! Je n'ai attendu que par respect pour ton veuvage.

— J'aurais dû m'en douter. Il m'envoyait de magnifiques manches, insistait pour que je mette un terme à ma période de deuil et vienne à la Cour. Il n'a de cesse de venir me retrouver dans les appartements de lady Marie, et il me couve des yeux en permanence.

— Je pensais qu'il s'amusait. Tu n'es pas la seule. En plus de toi, il y a Catherine Brandon, Marie Howard… Pas un instant je n'ai songé qu'il pouvait avoir des intentions sérieuses.

— Il a accordé des faveurs à mon frère bien au-delà de son mérite. Dieu sait que ce n'est pas grâce à ses aptitudes que William a été nommé Gardien des Marches.

— Il est assez vieux pour être ton père !

J'esquisse un sourire amer.

— Quel homme trouve à redire à épouser une femme plus jeune que lui ? Tu sais, je crois que tu avais des vues sur moi avant même que mon mari meure, paix à son âme.

— Je le savais !

Il frappe du plat de la main la colonne sculptée du lit.

— Je le savais ! répète-t-il. Je l'ai vu te suivre du regard. Je l'ai vu te faire parvenir des plats au dîner et lécher sa propre cuillère de sa grosse langue grasse pendant que tu les goûtais. Je ne supporte pas de t'imaginer dans son lit, et l'idée qu'il puisse te caresser avec ses vieilles mains me révulse.

Je fais un effort pour déglutir et ravaler mon effroi.

— Je sais. Je sais. Le mariage sera bien pire que la cour qu'il me fait, et celle-ci ressemble à une pièce aux acteurs mal assortis dont je ne connais pas le texte. J'ai si peur ! Mon Dieu, Thomas, je ne saurais te dire combien j'ai peur. La dernière reine…

Ma voix défaille ; je ne réussis pas à prononcer son nom. *Catherine Howard est morte, décapitée pour adultère, il y a à peine un an.*

— Tu n'as pas à t'inquiéter, assure Thomas pour me réconforter. Tu n'étais pas à la Cour, tu ignores comment elle se comportait. Kitty Howard a causé sa propre perte. Il ne lui aurait jamais fait de mal si elle ne l'avait pas provoqué. C'était une parfaite catin.

— Et quel qualificatif crois-tu qu'il me donnerait s'il me voyait ici ?

Un morne silence s'ensuit. Il regarde mes mains serrées sur mes genoux. J'ai recommencé à trembler. Il pose les mains sur mes épaules et perçoit mon frémissement.

Il est désemparé, comme si nous venions d'apprendre notre condamnation à mort.

— Il ne doit surtout jamais te soupçonner d'infidélité, me met-il en garde en désignant la flambée, la lueur des bougies, les draps défaits, l'entêtante fragrance qui trahit les amants après l'amour.

— S'il te pose un jour la question, nie en bloc. Je le nierai toujours, tu as ma parole. Pas la moindre rumeur ne doit parvenir à son oreille. Je fais serment qu'il n'apprendra jamais rien de moi. Nous devons nous mettre d'accord. Nous ne devrons jamais en parler, à personne. Nous ne devrons jamais lui fournir prétexte à soupçons, et nous jurerons de garder le secret.

— J'en fais le serment. Même sur le chevalet, je ne te trahirai pas.

Il esquisse un sourire sensuel.

— On ne soumet pas la noblesse au chevalet, rappelle-t-il, avant de me prendre tout entière dans ses bras, dans une douce et tendre étreinte où je m'engloutis.

Il me fait étendre sur le dos et m'enveloppe dans la couverture de fourrure, avant de s'allonger près de moi, la tête calée contre la paume de sa main pour mieux me regarder. Il fait glisser son autre main sur ma joue humide, descend le long de mon cou, suit la courbe de mes seins, le galbe de mon ventre, le contour de mes hanches, comme s'il cherchait à mémoriser les formes de mon corps, comme s'il voulait déchiffrer le mystère de ma peau avec ses doigts, comme autant de paragraphes, de signes de ponctuation, afin de s'en souvenir à jamais. Puis il enfouit son visage dans mon cou et hume le parfum de mes cheveux.

— C'est un adieu, n'est-ce pas ? murmure-t-il contre ma peau tiède. Tu as déjà pris ta décision, coriace petite femme du Nord ! Tu as pris ta décision, toute seule, et tu es venue me dire « adieu ».

Évidemment, que c'est un adieu.

— Je crois que je mourrai si tu me quittes, me prévient-il.

— Et il ne fait aucun doute que nous mourrons tous les deux si je ne te quitte pas, répliqué-je sèchement.

— Toujours droit au but, Kat !

— Je n'ai pas envie de te mentir cette nuit. Je vais passer le restant de ma vie à raconter des mensonges.

Il examine attentivement mon visage.

— Tu es magnifique lorsque tu pleures, fait-il remarquer. Surtout lorsque tu pleures.

Je pose les mains à plat sur sa poitrine. Je sens les sinuosités de ses muscles et ses boucles brunes contre mes paumes. Il a une vieille cicatrice à l'épaule, souvenir d'une lame d'épée. Je la caresse délicatement, songeant que je ne dois l'oublier sous aucun prétexte, que je dois garder avec moi chaque instant passé ensemble.

— Ne le laisse jamais voir tes larmes, conseille-t-il. Il en serait grisé.

Je suis le tracé de sa gorge, dresse la carte de sa vigoureuse épaule. Sa peau tiède sous mes mains et la fragrance de nos ébats amoureux chassent mon chagrin.

— Je devrai partir avant le lever du soleil, annoncé-je, jetant un coup d'œil aux volets fermés. *Il ne nous reste que peu de temps.*

Il sait exactement ce que j'ai en tête.

— Est-ce de cette manière que tu souhaites me dire « adieu » ?

Tout en douceur, il faufile sa cuisse entre mes jambes et exerce une pression contre mon intimité, faisant monter le plaisir crescendo, de même que le rouge monte aux joues.

— Tu aimes ?

— Plutôt rustique, susurré-je afin de le faire rire.

Il nous fait rouler tous les deux, lui sur le dos, moi sur son grand corps svelte, de façon que je prenne les commandes. Je m'étends de tout mon long et le sens vibrer de désir. Je m'assois à califourchon sur ses hanches, les mains à plat sur son torse, plongeant mon regard dans ses yeux noirs tandis que j'abaisse doucement mon bassin, prête à renouveler l'enchantement, mais au moment fatidique, je m'interromps jusqu'à ce qu'il m'implore :

— Catherine...

Alors seulement, j'achève lentement ma descente.

Il pousse un petit cri de surprise et ferme les paupières, mettant les bras en croix, tel un crucifié du plaisir charnel. Je bouge imperceptiblement, du moins au début, ne songeant qu'à le ravir, désireuse de prolonger cet instant le plus longtemps possible ; mais c'était sans compter sur l'excitation qui m'envahit peu à peu et la merveilleuse montée en puissance de cette urgence que je connais bien. Si bien qu'il n'y a plus d'hésitation à avoir, ni de pause qui vaille : je ne peux plus m'arrêter. L'esprit entièrement libre, je crie son prénom de plaisir et de joie, avant de verser toutes les larmes de mon corps en jouissant ; je pleure parce que je l'aime et parce que l'aube sera accompagnée d'un immense chagrin.

À la chapelle pour prime, je m'agenouille près de ma sœur, Nan ; nous sommes entourées des dames d'honneur de la fille du roi, lady Marie. Celle-ci prie en silence sur son prie-Dieu personnel richement décoré, hors de portée de voix.

— Nan, il faut que je te dise quelque chose, commencé-je tout bas.

— Le roi s'est-il déclaré ? s'enquiert-elle.

— Oui.

Elle laisse échapper un petit cri et pose une main sur la mienne avant de la serrer. Elle ferme les yeux et prie. Nous sommes agenouillées l'une à côté de l'autre, exactement comme lorsque nous étions petites, chez nous à Kendal, dans le Westmorland, et que notre mère faisait la lecture des prières en latin tandis que nous bredouillions les répons. À la fin de l'interminable liturgie, lady Marie se dresse sur ses jambes et nous sortons de la chapelle à sa suite.

C'est une belle journée de printemps. Si j'étais chez moi, nous commencerions les labours par un si beau temps, et le chant des oiseaux ferait concurrence aux sifflements des laboureurs.

— Faisons un tour au jardin avant le petit déjeuner, suggère lady Marie, et nous lui emboîtons le pas dans l'escalier qui conduit au jardin privé, passant devant les hallebardiers de la garde royale, qui présentent les armes avant de faire un pas en arrière pour reprendre leur position initiale.

Ma sœur Nan, qui fut élevée à la Cour, profite de l'occasion pour me prendre par le bras et nous faire refluer derrière les dames qui accompagnent notre maîtresse. Discrètement, nous nous esquivons par une allée latérale ; une fois que nous sommes seules et loin des oreilles indiscrètes, elle se tourne vers moi. Son pâle visage aux traits tendus est semblable au mien – ressemblance accentuée par ses cheveux châtain-roux ramenés en arrière sous sa capuche, ses yeux gris et ses joues exceptionnellement empourprées.

— Dieu te bénisse, ma sœur. Dieu nous bénisse tous ! C'est un grand jour pour les Parr. Qu'as-tu répondu ?

— J'ai demandé un peu de temps pour m'habituer à mon bonheur, dis-je sèchement.

— De combien de temps penses-tu disposer ?

— De plusieurs semaines ?

— Il est connu pour son impatience, prévient-elle.

— Je sais.

— Mieux vaut accepter immédiatement.

Je hausse les épaules.

— C'est mon intention. Je sais que je dois l'épouser, que je n'ai pas le choix.

— En tant qu'épouse, tu deviendras reine d'Angleterre ; tu seras à la tête d'une fortune ! exulte-t-elle. Nous avons tous à y gagner.

— En effet, la génisse de concours de la famille est de nouveau mise sur le marché. Ce n'est que la troisième fois.

— Oh, Kat ! Il ne s'agit pas d'un de tes vieux mariages arrangés, c'est la plus grande chance de ta vie ! C'est la plus noble union du royaume, voire du monde !

— Tant qu'elle durera.

Elle jette un regard en arrière puis prend mon bras, et nous reprenons la marche, tête contre tête, en grand conciliabule.

— Tu t'inquiètes, mais il se pourrait que votre mariage ne dure guère. Le roi est très malade. Il est très vieux. Et alors, tu auras le titre, la succession, mais sans le mari !

Celui que je viens d'enterrer avait quarante-neuf ans, le roi en a cinquante et un, autant dire un vieillard, mais il peut tenir jusqu'à soixante ans. Il dispose des meilleurs médecins et des apothicaires les plus chevronnés, et il se protège des maladies comme s'il était un nouveau-né. Il envoie ses armées guerroyer sans lui et a renoncé aux joutes depuis des années. *Il a conduit quatre épouses dans la tombe, alors pourquoi pas une de plus ?*

— Il n'est pas impossible que je lui survive, concédé-je à l'oreille de ma sœur. Mais combien de temps Catherine Howard a-t-elle tenu ?

Nan évince la comparaison d'un mouvement de tête.

— Cette catin ! Elle le trompait et a été assez imprudente pour se faire attraper. Tu ne feras rien de tel.

— Peu importe ! rétorqué-je, soudain lasse. Parce que, de toute façon, je n'ai pas le choix. C'est la roue de la fortune !

— Ne dis pas cela. C'est la volonté de Dieu, rectifie-t-elle dans un élan d'enthousiasme. Songe à ce que tu pourras accomplir en tant que reine d'Angleterre. Songe à ce que tu pourras faire pour nous !

Ma sœur soutient avec ferveur la réforme de l'Église d'Angleterre, laquelle est actuellement une sorte de papauté sans pape. Ses amis et elle veulent la transformer en une communion de croyants fondée sur la Bible. Comme nombre de nos compatriotes – qui sait combien ils sont ? –, elle souhaite que la réforme de l'Église initiée par le roi soit poussée toujours plus avant, jusqu'à ce que nous soyons libérés de toute superstition.

— Bah, Nan, tu sais que je n'ai guère de convictions… et quand bien même, pourquoi m'écouterait-il ?

— Parce qu'il écoute toujours ses femmes au début. Et nous avons besoin d'un porte-parole. La Cour est terrorisée par monseigneur Gardiner, il est allé jusqu'à soumettre la domesticité de lady Marie à un interrogatoire. J'ai dû cacher mes propres livres. Nous avons besoin d'une reine qui défende les réformateurs.

— Ce ne sera pas moi, affirmé-je catégoriquement. Je ne m'intéresse pas aux affaires religieuses et n'ai pas l'intention de faire semblant. J'ai été guérie de ma foi lorsque les papistes ont menacé de réduire mon château en cendres.

— Oui, cela leur ressemble bien. Ils ont jeté des tisons sur le cercueil de Richard Champion afin de signifier que, selon eux, il aurait dû être brûlé. Ils maintiennent les gens dans l'ignorance et la peur. C'est pourquoi nous sommes d'avis que la Bible devrait être en anglais et que tout un chacun devrait être en mesure de la comprendre sans risque d'être induit en erreur par les prêtres.

— Bah, vous ne valez pas mieux les uns que les autres ! m'exclamé-je. Je ne sais rien des nouvelles découvertes. Peu de livres me sont parvenus dans le Richmondshire, et je n'avais pas du tout le temps de m'asseoir pour lire. Lord Latimer refusait qu'ils soient introduits dans la maison. Aussi, j'ignore la raison de toutes ces histoires, et je n'ai assurément aucune influence sur le roi.

— Tout de même, Kat, quatre hommes dont le seul crime est d'avoir voulu lire la Bible en anglais sont enfermés en ce moment même à la prison de Windsor pour hérésie ! Tu te dois de les sauver.

— Pas s'ils sont hérétiques, ça, non ! S'ils sont hérétiques, ils mourront sur le bûcher. C'est la loi. Qui suis-je pour affirmer que c'est injuste ?

— Tu apprendras…, insiste Nan. C'est naturel, tu as été tenue à l'écart des nouvelles manières de penser lorsque tu étais la femme du vieux Latimer et que tu étais enterrée vivante dans le Nord, mais lorsque tu entendras les prédicateurs de Londres et que tu écouteras les érudits expliquer la Bible en anglais, tu comprendras pourquoi je pense ainsi. Rien n'est plus important au monde que de mettre la Parole de Dieu à la portée des gens et de faire reculer l'emprise de la vieille Église.

— Je pense effectivement que tout le monde devrait avoir le droit de lire la Bible en anglais.

C'est là une concession que je lui fais.

— Tu n'as pas besoin d'être convaincue d'autre chose pour le moment. Le reste suivra. Tu verras. Et je serai à tes côtés, assure-t-elle. Toujours. Où tu iras, j'irai. Dieu soit loué ! Je vais être la sœur de la reine d'Angleterre !

Oubliant la gravité de ma situation, je dis en riant :

— Tu vas gonfler tes plumes comme un moineau ! Et mère, ne se serait-elle pas réjouie ? Imagines-tu ?

Nan part d'un grand éclat de rire puis met promptement la main devant sa bouche.

— Seigneur ! Tu te rends compte ? Après t'avoir casée et m'avoir fait travailler si dur, tout cela au seul profit de William ? Elle, qui nous a inculqué qu'il devait passer en premier et que nous devions servir la famille sans jamais songer à nous-mêmes ? Elle, qui nous a éduquées dans l'idée que l'unique personne qui comptait était William, et l'unique pays au monde l'Angleterre, et l'unique endroit désirable la Cour, et le seul et unique roi Henri ?

— Et la succession familiale ! exulté-je. Le précieux héritage qu'elle m'a laissé ! Son plus grand trésor était un portrait du roi.

— Oh, elle le vénérait. Il resta le plus beau prince de la chrétienté à ses yeux.

— Elle penserait que je remporte la palme d'épouser ce qu'il en reste.

— Ma foi, ce n'est pas faux, souligne Nan. Il fera de toi la femme la plus riche d'Angleterre ; personne ne pourra rivaliser avec toi en matière de pouvoir. Tu pourras faire exactement ce qu'il te plaira. Tout le monde – y compris l'épouse d'Édouard Seymour devra te faire la révérence. Je vais bien m'amuser en voyant cela, cette femme est insupportable.

En l'entendant prononcer le nom du frère de Thomas, je perds ma bonne humeur.

— Tu sais, je songeais à Thomas Seymour, comme prochain époux.

— Mais tu ne t'en es pas ouverte personnellement à lui ? Ni à personne ? Tu ne lui en as pas parlé ?

Aussi nettement que s'il se trouvait devant moi, je vois son corps nu dans la lumière des bougies, son sourire entendu, ma main qui descend sur son ventre brûlant le long de son chemin de boucles brunes. Son odeur, tandis que je m'agenouille devant lui, appuie mon front contre son ventre et entrouvre les lèvres, me revient également en mémoire.

— Je n'ai rien dit. Je n'ai rien fait.

— Il ne sait pas que tu envisageais de l'épouser ? insiste Nan. Tu songeais au mariage pour le bien de la famille, non par attrait, Kat ?

Je me souviens de lui, allongé sur le lit, bras en croix, se cambrant pour me prendre avec plus de vigueur, ses cils noirs frôlant sa peau mate tandis qu'il ferme les yeux d'abandon.

— Il n'est pas au courant. Je pensais simplement que sa fortune et son ascendance seraient un bon parti pour nous.

Elle acquiesce.

— Il aurait fait un très bon mari. Sa famille est en pleine ascension. Mais nous ne devons plus jamais faire allusion à lui. Personne ne doit pouvoir dire qu'il avait ta préférence.

— Ce n'était pas le cas. Il était de mon devoir de contracter une alliance qui profitât à ma famille, avec lui ou tout autre.

— Il faudra qu'il devienne comme mort à tes yeux, souligne-t-elle.

— J'ai mis de côté toutes mes pensées le concernant. Je ne lui adresse même jamais la parole et je n'ai jamais demandé à notre frère d'intercéder auprès de lui. Je n'ai jamais prononcé son nom en présence de quiconque, pas même de notre oncle. Pour ce qui est de l'oublier, c'est déjà fait !

— C'est important, Kat.

— Je ne suis pas une idiote.

Elle hoche la tête.

— Nous n'aborderons plus le sujet.

— Jamais.

Cette nuit-là, je rêve de Tryphine. Je rêve que je suis cette sainte qui fut mariée contre sa volonté à l'ennemi de son père. Je gravis un escalier obscur à l'intérieur de son château. Une odeur nauséabonde me parvient de la chambre qui se trouve au sommet des marches. Elle me prend à la gorge et me fait tousser tandis que je continue de monter, une main sur l'incurvation de la muraille humide, une bougie dans l'autre. La flamme danse dans l'air chargé de pestilence. C'est l'odeur de la mort, un effluve de cadavre en décomposition, qui s'échappe de derrière la porte fermée à clé. Il me faut passer cette porte et affronter ma plus grande frayeur, car je suis Tryphine, celle que l'on a mariée sans son consentement à l'ennemi de son père, et je grimpe un escalier obscur de son château... Et le rêve se répète à l'infini, tandis que je gravis, marche après marche, cet escalier qui se prolonge indéfiniment et m'emmène toujours plus haut, tandis que le mur sombre étincelle dans la lueur de la bougie et que l'odeur de la chambre close s'accroît, au point que les quintes provoquées par l'écœurante puanteur impriment des secousses à mon lit, et Marie-Claire, une suivante avec qui je partage ma couche, finit par me réveiller et me dit :

— Dieu vous garde, Catherine, vous rêviez et toussiez et criiez ! Que vous arrive-t-il ?

— Ce n'est rien. Dieu soit loué, j'ai eu si peur ! J'ai fait un mauvais rêve ; ce n'était rien qu'un mauvais rêve.

Le roi se rend chaque jour dans les appartements de lady Marie, s'appuyant pesamment au bras de l'un de ses amis, s'efforçant de dissimuler la putréfaction de sa jambe malade. Édouard Seymour, son beau-frère, lui sert de canne tout en bavardant plaisamment avec tout le charme dont les Seymour sont capables. Souvent Thomas Howard, le vieux duc de Norfolk, tient Sa Majesté par l'autre bras, le sourire méfiant du courtisan figé sur ses lèvres. Quant à Stephen Gardiner, l'évêque de Winchester à la mâchoire et aux épaules carrées, il les suit quelques pas en arrière, prompt à les rattraper et à intervenir si nécessaire. Tous rient bruyamment aux plaisanteries du roi et louent la perspicacité de ses affirmations. Personne ne le contredit jamais. Je doute que quiconque ait argumenté avec lui depuis Anne Boleyn.

— Gardiner, encore lui ! s'exclame Nan.

Aussitôt, Catherine Brandon se penche vers elle pour lui susurrer instamment quelque chose à l'oreille. Je regarde

Nan pâlir tandis que Catherine hoche sa jolie frimousse, et j'interroge celle-ci :

— Que se passe-t-il ? Pourquoi Stephen Gardiner n'assisterait-il pas le roi ?

— Les papistes espèrent prendre Thomas Cranmer au piège, lui, le meilleur et le plus chrétien des archevêques que la Cour ait jamais connus ! marmonne Nan à toute vitesse. Catherine a appris par son mari qu'ils projettent d'accuser Cranmer d'hérésie aujourd'hui, cet après-midi même. Ils pensent avoir accumulé assez de preuves contre lui pour l'envoyer au bûcher.

Je suis si scandalisée que j'ai peine à dire quoi que ce soit, puis je m'exclame enfin :

— On ne tue pas un ecclésiastique !

— Oh, si, réplique vivement Catherine. Le roi l'a fait, souvenez-vous de monseigneur Fisher.

— Cela remonte à des années ! Quel crime Thomas Cranmer a-t-il commis ?

— Il a contrevenu aux six articles de foi du roi, explique succinctement Catherine Brandon. Le roi a énoncé six choses en lesquelles tout chrétien doit croire s'il ne veut pas se voir accuser d'hérésie.

— Mais en quoi peut-il y contrevenir ? Il ne peut pas s'opposer aux enseignements de l'Église. C'est lui, l'archevêque : il est l'Église !

Sa Majesté approche.

— Implore sa grâce pour l'archevêque ! ordonne Nan avec insistance. Sauve-le, Kat.

— Comment le pourrais-je ?

Je m'interromps soudain pour sourire au roi qui s'avance vers moi en boitant, gratifiant à peine sa fille d'un hochement de tête.

Je croise le regard interrogateur de Marie. Même si elle pense que mon comportement ne sied pas à une veuve de trente ans, elle ne peut rien dire. Lady Marie a seulement trois ans de moins que moi, mais elle a appris à se montrer prudente au cours d'une enfance cruellement pénible. Elle a vu ses amis, son précepteur, et même sa dame de compagnie, être enlevés à son service pour être enfermés à la Tour de Londres, et de là, être conduits à l'échafaud. Ils l'avaient prévenue que son père la ferait décapiter si elle s'entêtait dans sa foi. Parfois, lorsqu'elle prie en silence, ses yeux s'emplissent de larmes. Selon moi, elle est malade de chagrin à cause des proches qu'elle a perdus et qu'elle n'a pu sauver. Je suppose qu'elle se réveille en pleine nuit en songeant qu'elle a renié sa foi pour sauver sa tête alors que ses amis n'ont pas cédé.

À présent, elle se lève, tandis que le roi s'installe sur le fauteuil qui se trouve près de lui, et ne se rassoit que sur un geste de sa main. Elle n'ouvre pas la bouche tant qu'il ne lui adresse pas la parole, mais garde le silence, tête baissée en signe de soumission. Elle ne se plaindra jamais que son père flirte avec ses dames d'honneur. Elle ravalera son chagrin jusqu'à ce que celui-ci l'empoisonne.

Le roi fait signe que nous pouvons tous nous asseoir, se penche vers moi et, dans un susurrement qui n'est destiné qu'à moi, me demande quel livre je lis. Je lui montre immédiatement la page de titre. C'est un recueil de récits en français, rien qui ne soit interdit.

— Vous lisez le français ?

— Je le parle également. Mais pas aussi couramment que Votre Majesté, bien sûr.

— Lisez-vous d'autres langues ?

— Un peu de latin, et je projette d'étudier, à présent que je dispose de davantage de temps. À présent que je vis dans l'orbe d'une Cour érudite.

Il sourit.

— J'ai étudié pendant toute ma vie ; je crains que vous ne me rattrapiez jamais, mais vous devriez étudier suffisamment pour me faire la lecture.

— La poésie que Votre Majesté écrit en anglais égale n'importe quel poème latin, intervient avec enthousiasme l'un des courtisans.

— Toute poésie est mieux servie en latin, objecte Stephen Gardiner. L'anglais est la langue de la rue. Le latin est la langue de la Bible.

Henri esquisse un sourire et clôt le débat d'un geste vague de sa main épaisse où scintillent les grands sceaux.

— J'écrirai un poème en latin pour vous, et vous le traduirez, promet-il. Vous jugerez quelle langue convient le mieux aux paroles d'amour. L'esprit peut devenir le plus bel ornement d'une femme. Vous me révélerez la beauté de votre intelligence, de même que vous me montrez la beauté de votre visage.

Ses petits yeux glissent sur mon encolure et s'attardent sur l'arrondi de mes seins comprimés sous mon plastron. Il humidifie ses lèvres boudeuses avec sa langue.

— N'est-elle pas la plus belle dame de la Cour ? s'enquiert-il auprès du duc de Norfolk.

Le vieillard se fend d'un mince sourire, m'évaluant de son regard sombre, comme si j'étais un morceau d'aloyau.

— Elle est en effet la plus belle d'entre de nombreuses fleurs, répond-il enfin, en cherchant la fille du roi, Marie, du regard.

Je m'aperçois que Nan m'observe avec insistance.

— Vous semblez un peu las. Quelque problème préoccupe-t-il Votre Majesté ?

Le roi secoue la tête, tandis que le duc de Norfolk se penche en tendant l'oreille.

— Rien qui ne mérite de vous mettre en peine.

À ces mots, il me prend la main et me fait approcher avant d'ajouter :

— Vous êtes bonne chrétienne, n'est-ce pas, ma chère ?

— Bien sûr, acquiescé-je.

— Vous lisez la Bible, priez les saints et tout ce qui s'ensuit ?

— Oui, Votre Majesté, tous les jours.

— Dans ce cas, vous savez que j'ai donné à mon peuple la Bible en anglais et que je suis le chef de l'Église d'Angleterre ?

— Naturellement, Votre Majesté. J'ai moi-même prêté serment. J'ai convoqué tous mes domestiques au château de Snape, et leur ai fait jurer que vous étiez le chef de l'Église, et que le pape n'était que l'évêque de Rome, et qu'il n'avait aucune autorité en Angleterre.

— Certains aimeraient voir l'Église d'Angleterre devenir luthérienne, ils voudraient tout changer. D'autres sont de l'avis contraire et voudraient revenir à l'ancienne situation, restaurer l'autorité du pape. Qu'en pensez-vous ?

Une chose est sûre, je n'ai pas l'intention d'exprimer mon opinion, quelle qu'elle soit.

— Je préfère m'en remettre aux lumières de Votre Majesté.

Il rit à gorge déployée, de sorte que tout le monde se voit contraint de l'imiter. Il me donne une tape sous le menton et s'écrie :

— Vous avez entièrement raison ! Et comme sujet, et comme cher ange. Je puis vous dire que je m'apprête à rendre publique ma décision sur ce point, cela s'appellera *Le Livre du roi*, afin que mes sujets sachent quoi penser. Je le leur soufflerai. J'ai trouvé un juste milieu entre Stephen Gardiner, ici présent, qui souhaiterait que tous les rites et toutes les prérogatives de l'Église redeviennent comme autrefois, et mon ami Thomas Cranmer, qui ne nous fait pas l'honneur de sa présence, et qui voudrait qu'ils soient épurés au point de revenir à la lettre de la Bible. Si l'on écoutait Cranmer, il n'y aurait plus de monastères, plus d'abbayes, plus de chapelles funéraires, plus même de prêtres, que des prédicateurs et la Parole de Dieu !

— Mais pourquoi votre ami Thomas Cranmer n'est-il pas ici ? demandé-je, non sans quelque appréhension.

Promettre de sauver un homme est une chose, mais se mettre à l'œuvre en est une autre. *Je ne vois pas comment je suis censée inciter le roi à se montrer magnanime.*

Une lueur apparaît dans les petits yeux d'Henri.

— En théorie, il attend dans la crainte de savoir s'il est accusé d'hérésie et de trahison, glousse-t-il. Je pense qu'il guette le pas lourd des soldats qui viendront le chercher pour l'emmener à la Tour.

— Mais n'est-il pas votre ami ?

— Alors son effroi sera tempéré par l'espoir que je saurai me montrer clément.

— Mais Votre Majesté est si bonne… Lui pardonnerez-vous ? dis-je dans le dessein de l'influencer.

Sur ces mots, Gardiner fait un pas en avant et lève doucement la main, comme s'il voulait m'intimer de me taire.

— C'est à Dieu qu'il revient de pardonner, décrète le roi. Et c'est à moi qu'il revient d'ordonner la justice.

Henri refuse de me laisser une semaine entière pour m'habituer à mon grand bonheur. Il aborde de nouveau le sujet de notre mariage deux jours plus tard, un dimanche soir, au sortir de la chapelle. Je m'étonne qu'il mêle piété et affaires courantes, mais comme ce que le roi veut, Dieu le veut, le jour du Seigneur sera à la fois pieux et revigorant. La Cour quitte la chapelle et se dirige vers la salle des banquets pour le dîner ; un grand soleil entre par les hautes fenêtres. Soudain, le monarque arrête la procession et me fait signe de remonter jusqu'en tête de cortège. Il porte son chapeau de velours bas sur sa chevelure clairsemée, et les perles qui en ornent le pourtour scintillent lorsqu'il les agite. Il sourit, comme s'il était content, mais son regard est aussi inexpressif que ses joyaux.

Il me prend la main en guise de salutation et la glisse sous son bras massif.

— Avez-vous une réponse à me donner, lady Latimer ?

— En effet, déclaré-je.

À présent que je ne puis plus me dérober, ma voix est limpide et ma main, coincée entre le renflement de son gros ventre et l'épais matelassage de sa manche, ne tremble pas. Je n'ai plus rien d'une petite fille effrayée par l'inconnu, je suis une femme. Je sais affronter la peur, je sais même l'anticiper.

— J'ai demandé conseil à Dieu, et ma réponse est prête.

Je balaie la pièce du regard et ajoute :

— Vous la dirai-je ici et maintenant ?

Il acquiesce. Il n'a aucun sens de l'intimité. Cet homme est entouré à tout instant de la journée. Même lorsqu'il pousse sur la chaise percée dans les douleurs de la constipation, des serviteurs sont là qui se tiennent prêts à lui tendre, qui un linge pour s'essuyer, qui de l'eau pour se laver, qui sa main pour qu'il la serre quand la douleur est trop insupportable. Il dort avec un page au pied de son lit, il urine en présence de ses favoris ; lorsqu'il vomit parce qu'il a trop mangé, quelqu'un tient pour lui la cuvette. Bien sûr, il n'a aucune retenue à parler de son mariage devant des oreilles indiscrètes ; il ne redoute pas l'humiliation. Il sait qu'on ne peut pas lui dire « non ».

— J'ai conscience d'être la plus chanceuse des femmes.

Je m'incline très bas et poursuis :

— Je serai profondément honorée d'être votre épouse.

Il prend ma main et la porte à ses lèvres. Il n'a jamais douté de la réponse, mais il est content de m'entendre me qualifier moi-même de « plus chanceuse des femmes ».

— Vous serez assise près de moi au dîner, promet-il. Et le héraut le proclamera.

Il marche avec ma main comprimée sous son bras, et c'est ensemble, à la tête du cortège, que nous franchissons la porte à double battant de la salle des banquets. Lady Marie se tient de l'autre côté. Je ne peux l'apercevoir à cause de l'énorme poitrine du roi ; quant à elle, elle s'abstient de regarder vers moi, car il lui faudrait contourner l'obstacle. J'imagine son visage figé et dénué d'expression, et me dis que je suis censée faire une mine semblable. Nous ressemblons probablement à deux sœurs au teint hâve allant dîner au bras de leur titanesque père.

J'aperçois la table surélevée, avec le trône flanqué de deux chaises – c'est très sûrement le maître d'hôtel qui les a fait installer. Même ce serviteur savait que le roi exigerait ma réponse tandis que nous nous acheminions vers le dîner et que je lui dirais « oui ».

Nous montons tous trois sur l'estrade et prenons place. Le grand dais d'apparat protège le trône royal mais pas ma chaise. Il me faudra attendre d'être reine pour dîner sous la toile brodée d'or. Je considère les centaines de personnes qui lèvent les yeux vers moi. Elles se donnent de petits coups de coude et me montrent du doigt à mesure qu'elles comprennent que je serai bientôt leur nouvelle reine. Soudain, les trompettes retentissent et le héraut s'avance.

J'aperçois la figure prudemment neutre d'Édouard Seymour, lequel prend note de la venue d'une nouvelle épouse, avec son lot de nouveaux conseillers, de nouveaux membres de la famille royale, de nouveaux alliés, de nouveaux serviteurs. Il évalue certainement la menace que je représente pour sa position à la Cour, en tant que beau-frère du roi et frère de la reine qui mourut tragiquement en couches. Je ne vois pas son frère, Thomas ; d'ailleurs, je ne cherche pas à savoir s'il est présent, s'il m'observe. Je regarde sans voir l'immense salle avec l'espoir qu'il dîne ailleurs ce soir. Je ne le cherche pas. Je ne dois plus chercher son visage tant que je vivrai.

Je demande conseil à Dieu, je lui demande qu'il me fasse connaître sa volonté, non la mienne, qu'il infléchisse mes propres désirs entêtants en vue de ses propres fins, et non des miennes. J'ignore où chercher Dieu : dans la vieille Église et sa liturgie, ses statues de saint, ses miracles et ses pèlerinages, ou dans les nouvelles façons de prier en anglais et dans la Bible ? Mais une chose est sûre : je dois le trouver. Je dois le trouver afin qu'il étouffe ma passion, qu'il contienne mes propres ambitions. Puisqu'il est dit que je suis obligée de me présenter devant lui pour jurer fidélité à un nouveau mari que je n'aime pas, il doit m'aider à tenir le coup. Je ne peux – je sais que j'en suis incapable – épouser le roi sans l'aide de Dieu. Je ne peux renoncer à Thomas à moins d'avoir la conviction que c'est pour une noble cause. Non, je ne peux renoncer à mon premier, à mon seul amour, à l'ardente passion que je voue à cet homme unique et irrésistible, si l'amour de Dieu, dans sa toute-puissance, ne le remplace pas dans mon cœur.

Je prie telle une néophyte, avec feu. Je prie à genoux à côté de monseigneur Cranmer, l'archevêque, qui est revenu à la Cour sans qu'un seul mot n'ait été prononcé contre lui, presque comme si l'accusation d'hérésie dont il a fait l'objet avait été un pas de danse : « Un pas en avant, un pas en arrière, tournez ! » Cela m'est incompréhensible, mais il semblerait que le roi ait joué un tour aux membres de son propre Conseil en accusant l'archevêque avant de se retourner contre eux et d'ordonner à l'accusé d'enquêter sur ceux qui l'avaient traduit en justice. Ainsi, ce sont désormais les partisans de Stephen Gardiner qui tremblent, tandis que Thomas Cranmer revient comme une fleur à la Cour, avec l'assurance de bénéficier des grâces du monarque. Il s'agenouille à côté de moi et lève son vieux visage ridé vers le ciel pendant que je prie en silence, m'efforçant de transformer le désir que j'éprouve pour Thomas en amour de Dieu. Mais même ainsi, sotte que je suis, même au cœur de la plus fervente prière, quand je pense à la crucifixion, c'est le visage de Thomas que je vois, paupières closes, dans sa gloire orgasmique. Alors, je suis obligée de fermer les yeux, moi aussi, et de faire un gros effort de concentration afin de prolonger quelque peu ma prière.

Je suis agenouillée près de lady Marie. Elle n'a pas fait de commentaires au sujet de mon accession, si ce n'est un compliment plein de réserve à mon endroit et les félicitations officielles qu'elle a adressées à son père. Elle a connu de trop nombreuses belles-mères, entre le martyre de sa mère et mon arrivée sur la scène, pour m'en vouloir de briguer la place de Catherine d'Aragon, mais également pour placer le moindre espoir en moi. Sa dernière belle-mère dura moins de deux ans ; celle d'avant, six mois. Je jurerais que lady Marie, tandis qu'elle prie à genoux en silence près de moi, songe en secret que je vais avoir besoin de l'aide divine pour occuper la place de sa mère et la garder. La manière dont elle penche la tête et se signe à la fin de ses prières, ainsi que les regards furtifs emplis de pitié qu'elle me lance me laissent entendre qu'elle considère que l'aide de Dieu n'y suffira pas. Elle me regarde comme si elle voyait en moi une femme qui s'enfonce dans la nuit à la lueur d'une unique bougie pour combattre les ombres moites, puis hausse succinctement les épaules et se détourne.

Je prie telle une religieuse, constamment, à l'heure, toutes les heures, à genoux et angoissée sur le sol de ma chambre, en silence dans la chapelle, et dès que je suis seule un moment. Aux heures nocturnes, avant que ne paraissent les premières lueurs d'une nouvelle journée d'été, et tandis que, fébrile, je peine à trouver le sommeil, il me semble parfois que j'ai réussi à vaincre mon amour pour Thomas ; mais le matin venu, au réveil, je me languis de ses caresses ardentes. Je ne prie jamais qu'il vienne me rejoindre. Je sais qu'il ne peut pas. Néanmoins, chaque fois que le portail de la chapelle s'ouvre derrière moi, mon cœur fait un bond, parce que je m'attends à ce que ce soit lui. Il me semble presque le voir, debout dans l'embrasure ensoleillée ; je l'entends presque me dire : « Viens, Catherine, partons ! » Il ne me reste plus alors qu'à tortiller les perles de mon chapelet et à demander à Dieu de m'envoyer quelque accident, quelque affreuse catastrophe, pour empêcher mon mariage.

— Mais de quelle catastrophe pourrait-il s'agir, sinon de la mort du roi ? s'enquiert Nan.

Je la regarde avec des yeux vides.

— C'est une trahison que d'y songer, rappelle-t-elle à voix basse, par-dessus les prières en provenance des stalles du chœur. Et une trahison que de le dire. Tu ne peux pas prier pour qu'il meure, Catherine. Il t'a demandé de devenir sa femme, et tu as accepté. C'est une félonie en tant que sujet de Sa Majesté et en tant qu'épouse du roi.

Je baisse la tête sous ce reproche, mais elle a raison. C'est forcément un péché de prier pour la mort de quelqu'un, même si celui-ci est votre pire ennemi. Une armée s'apprêtant à livrer bataille devrait prier pour qu'il en résulte le moins de victimes possible, alors même que ses hommes se préparent à faire leur devoir. Comme eux, je dois me préparer à faire mon devoir, à risquer ma vie. En outre, le monarque n'est pas mon pire ennemi. Il se montre en tout point aimable et indulgent à mon égard, me jurant son amour et me promettant que je serai tout pour lui. Il est mon roi, le plus grand souverain que l'Angleterre ait eu. Je rêvais de lui quand j'étais petite, et ma mère me contait la légende du beau roi, de ses destriers et de ses atours d'or, ainsi que de sa hardiesse. Je ne peux lui souhaiter du mal. Je devrais au contraire prier pour qu'il soit en bonne santé, qu'il soit heureux et vive longtemps. Je devrais prier pour que nous restions de nombreuses années mari et femme ; je devrais demander à Dieu de m'aider à le rendre heureux.

— Tu as une mine affreuse ! s'exclame Nan sans ménagement. Est-ce que tu dors ?

— Non.

J'ai passé la nuit en prière à supplier de ne pas finir sur l'échafaud.

— Il le faut, décrète-t-elle. Et que tu manges. Tu es la plus belle femme de la Cour, aucune des autres ne t'arrive à la cheville. Marie Howard et Catherine Brandon ne sont rien à côté de toi. Dieu t'a accordé la grâce d'être d'une grande beauté, ne la gaspille pas. Et ne va pas t'imaginer que si tu perdais ta beauté, Henri t'abandonnerait. Une fois qu'il a pris une décision, il ne change plus d'avis, même si la moitié de l'Angleterre est contre lui…

Elle s'interrompt et rectifie en émettant un petit rire :

— À moins que, bien sûr, inopinément, il ne change d'avis et ne renverse tout cul par-dessus tête, prenant résolument le parti adverse, sans que nul ne puisse le convaincre du contraire.

— Mais quand change-t-il d'avis ? Et pourquoi ?

— En un instant, répond-elle. En un clin d'œil. Mais l'on ne peut jamais le prévoir.

Je secoue la tête.

— Mais comment s'accommode-t-on d'un roi imprévisible, d'un roi qui vous glisse entre les doigts ?

— Certains ne s'en accommodent pas, dit-elle succinctement.

— Si je ne peux prier pour être épargné

demander dans mes prières ? La résignation ?

Elle secoue la tête.

— J'en parlais avec mon mari, Herbert. Selon lui, c'est Dieu qui t'envoie.

Je ne peux m'empêcher de rire sottement. William Herbert, l'époux de Nan, ne s'est jamais beaucoup préoccupé de moi, jusque-là, du moins. *C'est dire mon importance grandissante, s'il voit à présent en moi un messager du ciel !*

Mais Nan ne plaisante pas.

— Je t'assure que c'est vrai. Tu arrives au moment même où nous avions besoin d'une reine fervente. Tu prémuniras le roi contre un retour subreptice dans le giron de Rome. Le souverain écoute les vieux ecclésiastiques. Ils lui assurent que le pays ne se contente pas de réclamer des réformes, mais qu'il est en passe de devenir luthérien, totalement hérétique. Ils essaient de l'effrayer pour qu'il se rapproche de Rome, et le dressent contre ses propres sujets. Ils confisquent les bibles dans les églises du pays afin d'empêcher le peuple de lire la Parole de Dieu par lui-même. À l'heure où je te parle, ils ont arrêté une demi-douzaine d'hommes qu'ils ont enfermés à Windsor – le maître de chapelle compte parmi les prisonniers –, et ils ont l'intention de les brûler dans les marais au pied du château. Leur seul crime est d'avoir voulu lire la Bible en anglais !

— Nan, je ne peux pas les sauver ! Je ne suis pas l'envoyée de Dieu venue les sauver.

— Tu dois sauver l'Église réformée, et sauver le roi, et nous sauver tous. C'est une œuvre pieuse que nous te pensons capable d'accomplir. Les réformateurs veulent que conseilles Sa Majesté en privé. Toi seule peux le faire. Tu dois relever le défi, Kat. Dieu sera ton guide.

— C'est facile pour toi. Ton époux ne comprend-il pas que je ne sais rien de ces questions ? J'ignore qui est dans quel camp. Je ne suis pas la bonne personne pour cette mission. Je n'entends rien à la religion et ne m'y intéresse guère.

— Dieu t'a choisie. Et le problème est assez facile à comprendre. La Cour est divisée en deux partis, tous deux étant convaincus d'avoir raison et d'être inspirés par Dieu. D'un côté, il y a ceux qui voudraient que le roi passe un accord avec Rome, et rétablisse les monastères, les abbayes et le rite de l'Église papiste dans son ensemble. Ce sont l'évêque Stephen Gardiner et les hommes qui sont à sa solde : monseigneur Bonner, sir Richard Rich, sir Thomas Wriothesley et autres personnes du même acabit. Les Howard sont papistes et agiraient de façon que l'Église redevienne catholique s'ils le pouvaient, mais ils feront toujours tout ce qu'ordonne le roi. Puis il y a nous, qui souhaiterions que l'Église poursuive plus avant la réforme, qu'elle renonce à la superstition des pratiques romaines, lise la Bible en anglais, prie en anglais, célèbre la messe en anglais et ne prenne plus jamais un penny à un indigent en lui promettant la rémission de ses péchés, qu'elle ne trompe plus jamais un seul pauvre en lui présentant une statue qui saigne sur commande, qu'elle n'oblige plus jamais un nécessiteux à faire un pèlerinage coûteux. Nous sommes partisans de la vérité en ce qui concerne la Parole de Dieu, et de rien d'autre.

— Naturellement, vous pensez avoir raison, fais-je remarquer. Comme toujours. Et qui parle en votre nom ?

— Personne. C'est là que le bât blesse. De plus en plus de gens dans le pays, et de plus en plus de gens à la Cour, pensent comme nous. Pour l'essentiel à Londres. Nous n'avons personne d'importance dans notre camp, hormis Thomas Cranmer. Le roi n'écoute aucun d'entre nous. C'est pourquoi ce devra être toi.

— Je devrai faire en sorte qu'Henri poursuive les réformes ?

— Oui. Rien de plus. Juste veiller à ce qu'il poursuive les réformes qu'il a lui-même initiées. Notre frère William en est convaincu, lui aussi. C'est la plus grande œuvre qui soit, non seulement en Angleterre, mais au monde. C'est une grande occasion pour toi, Kat. C'est l'occasion pour toi de devenir une grande dame, un guide.

— Je ne le souhaite pas. Je veux être riche, ne manquer de rien et vivre en sécurité. Comme toute femme dotée d'un peu de bon sens. Tout le reste est en trop pour moi. Cela me dépasse.

— Cela ne te dépassera pas si tu as le soutien de Dieu, assure-t-elle. Alors tu triompheras. Je prierai pour cela. Nous prions tous pour qu'il en soit ainsi.

Le roi se rend aux appartements de lady Marie et la salue en premier, ainsi qu'il le fera toujours jusqu'au jour de notre mariage, lorsque je deviendrai la première dame du royaume et bénéficierai de mes propres appartements. Alors, il me saluera en premier, puis lady Marie et toutes les autres à ma suite. Quand je croise ces dames qui toisaient Catherine Parr, la simple mortelle, mais qui devront s'incliner devant la reine Catherine, je ne peux m'empêcher d'éprouver un malin plaisir. Le roi prend un siège entre nous deux, lequel craque sous son poids tandis que deux écuyers l'y déposent. Ils lui apportent un repose-pied, et un page se penche en avant pour y placer délicatement la pesante jambe royale. Henri efface la grimace de douleur qui lui déforme le visage et se tourne vers moi, tout sourires.

— Sir Thomas Seymour nous a quittés. Il a refusé de rester un jour de plus, pas même pour le mariage. Quelle en est la raison, selon vous ?

Je hausse les sourcils avec un serein étonnement.

— Je ne sais pas, Votre Majesté. Où s'en est-il allé ?

— Vous ne le savez pas ? Ne vous l'a-t-on pas dit ?

— Non, Votre Majesté.

— Allons bon, il est parti sur mon ordre, explique-t-il. Il est mon beau-frère et mon serviteur. Il fait exactement ce que j'exige de lui, tout ce que j'exige de lui. Il est mon chien et mon esclave.

Il éclate soudain d'un rire poussif, et Édouard Seymour, l'autre beau-frère du roi, rit tout haut lui aussi, comme s'il ne voyait aucune objection à ce que son frère soit traité de chien et d'esclave.

— Sa Majesté a confié une grande mission à mon frère, m'informe Édouard.

Il semble s'en réjouir, mais tous les courtisans sont des menteurs.

— Mon frère Thomas est parti en ambassade auprès de la reine Marie, régente des Flandres.

— Nous allons faire alliance, annonce le roi. Contre la France. Et cette fois, elle sera indéfectible ; cette fois, nous anéantirons la France et récupérerons nos possessions anglaises, et davantage, hein, Seymour ?

— Mon frère obtiendra cette alliance éternelle pour vous et pour l'Angleterre, promet inconsidérément Édouard.

C'est pourquoi il est parti en toute hâte, afin de commencer au plus vite.

Je passe de l'un à l'autre, tel un de ces automates que fabriquent les horlogers. *« Tic-tac » : l'un parle, puis c'est au tour de l'autre ; « tic-tac » : on revient au premier.* Aussi quel n'est pas mon étonnement lorsque le roi se tourne vers moi sans crier gare et me dit :

— Sir Thomas vous manquera-t-il ? Vous manquera-t-il, lady Latimer ? Il est le grand chouchou des dames, n'est-ce pas ?

Je m'apprête à démentir avec véhémence, mais je m'avise du piège.

— Je suis certaine qu'il nous manquera à tous, dis-je avec indifférence. Il est de compagnie joyeuse pour les plus jeunes d'entre nous. Je me réjouis que cet homme d'esprit puisse rendre un grand service à Votre Majesté, même si je dois avouer que son esprit me laissait indifférente.

— Avoir un courtisan pour soupirant ne vous est-il pas agréable ?

Il m'observe très attentivement.

— Je possède la franchise des femmes du Nord. Je n'apprécie pas l'excès de flatterie.

— Ravissant ! s'exclame à grand bruit Édouard Seymour, tandis qu'Henri rit de mon argument provincial et claque des doigts à l'intention du page, lequel descend sa jambe du tabouret ; puis deux d'entre eux remettent le roi debout et le maintiennent en équilibre lorsqu'il chancelle.

— Allons dîner, ordonne-t-il. Je suis si affamé que je pourrais dévorer un bœuf ! Et vous devez prendre des forces, lady Latimer. Vous aurez des devoirs à accomplir également. Je veux une femme en pleine forme !

Je fais ma révérence tandis qu'il passe devant moi en clopinant, son poids pesant lourdement sur ses jambes malades, dont un mollet est plus gros que l'autre à cause de la bande qui entoure une plaie purulente.

Je me redresse et marche au côté de lady Marie. Elle me gratifie d'un petit sourire glacial et ne dit rien.

Il me faut choisir une devise. Nan et moi sommes dans ma chambre, vautrées sur mon lit dans la faible lueur des bougies, derrière la porte barrée contre toute intrusion.

— Tu te souviens de toutes ? demandé-je.

— Bien sûr. J'ai vu leurs initiales à chacune sur les poutres et les clés de voûte de chaque palais. Puis je les ai vu être effacées de la pierre au burin et du bois à l'herminette pour les remplacer par de nouvelles initiales. J'ai brodé leurs devises sur des pavillons pour leurs noces. J'ai vu leurs emblèmes peints de frais. J'ai assisté à la fabrication de leurs blasons avant qu'ils ne soient brûlés au large du canot d'apparat du roi. Naturellement que je me souviens de chacune. Comment pourrais-je les avoir oubliées ? J'étais présente lorsque le nom de chacune d'entre elles fut proclamé, j'étais encore présente lorsqu'on les emmena. Mère me plaça au service de la reine d'Angleterre, Catherine d'Aragon, et me fit jurer de lui être toujours fidèle. Elle ne pouvait pas savoir qu'il y en aurait six. Même dans ses rêves les plus fous, elle n'avait pas envisagé que l'une d'elles pût être toi. Demande-moi la devise de n'importe laquelle. Je les connais toutes.

— Anne Boleyn, lancé-je au hasard.

— « La plus heureuse », répond Nan dans un rire discordant.

— Anne de Clèves ?

— « Dieu m'envoie pour veiller à bon soin. »

— Catherine Howard ?

Nan fait la grimace, comme si elle gardait de celle-ci un souvenir amer.

— « Point d'autre volonté que la sienne », la piètre petite menteuse, déclare Nan.

— Catherine d'Aragon ?

Celle-ci, nous la connaissons toutes deux. Catherine était la grande amie de ma mère ; elle connut le martyre à cause de sa foi et de l'éprouvante infidélité de son mari.

— « Humble et loyale », Dieu ait son âme. Jamais femme ne fut plus humble, ni plus fidèle.

— Quelle était la devise de Jane ?

Jane Seymour restera l'épouse préférée, quoi que je dise ou fasse. Elle lui a donné le fils qu'il désirait et est morte avant qu'il ne se lasse d'elle. À présent, il garde le souvenir d'une femme parfaite, presque une sainte, et, en insistant bien, il parvient même à verser quelques maigres larmes brûlantes pour elle. Mais ma sœur Nan, elle, se souvient que Jane est morte dans les affres de la peur et de la plus extrême solitude en demandant son époux, sans que personne n'ait le courage de lui dire que celui-ci était parti se promener à cheval.

— « Tenue d'obéir et de servir », se rappelle Nan. Tenue pieds et poings liés, à la vérité.

— Tenue ? Par qui ?

— Comme un chien, comme une esclave. Ses propres frères l'ont vendue au roi comme un vulgaire poulet aux pattes entravées. Ils l'ont emmenée au marché, l'ont mise en vente sous le nez de la reine Anne. Ils l'ont ligotée, gavée et l'ont mise à cuire dans la chaleur infernale des appartements de la reine, certains que le roi désirerait y goûter.

— Arrête.

Mes précédents maris vivaient tous deux loin de la Cour, loin des ragots de Londres. Lorsque me parvenait quelque nouvelle de la capitale, c'était des semaines après l'événement et avec l'éclat suave conféré par la distance, de la bouche des marchands ambulants ou par l'un des rares petits mots de Nan. Les rumeurs au sujet des épouses royales qui se succédèrent au long des années étaient semblables à des contes de fées mettant en scène des êtres imaginaires : la belle et jeune catin, la grosse duchesse allemande, la mère angélique morte en couches. Je n'ai pas le cynisme lucide de Nan en ce qui concerne le roi et sa Cour, je ne sais pas la moitié de ce qu'elle sait. Personne n'a idée de tous les secrets dont elle est au courant. Je suis arrivée à la Cour seulement avant que Latimer, mon époux, meure et me suis heurtée à un véritable mur de silence concernant la précédente reine et à l'absence de toute évocation heureuse d'aucune d'entre elles.

— Il est préférable que ta devise soit une promesse de loyauté et d'humilité, suggère Nan. Il t'élève à une très haute dignité. Tu devras déclarer publiquement que tu lui en es reconnaissante et que tu le serviras.

— L'humilité n'est pas spontanée chez moi, observé-je avec un petit sourire.

— Tu devras faire preuve de gratitude.

— J'aimerais quelque chose qui évoque la grâce, concédé-je. Sachant que c'est la volonté de Dieu, et qu'elle seule pourra m'aider à tenir jusqu'au bout.

— Non, tu ne peux pas dire ce genre de chose, me met-elle en garde. Ce doit être Dieu qui s'exprime par la volonté de ton mari, par la volonté du roi.

— Je suis à la disposition de Dieu. Mais j'ai besoin de son aide. J'aimerais quelque chose comme : « Tout ce que je fais est pour Dieu. »

— « Tout ce que je fais est pour Lui ? », rectifie-t-elle. Comme cela, on a l'impression que tu ne songes qu'au roi.

— Mais c'est un mensonge ! m'exclamé-je catégoriquement. Je ne veux pas user d'artifices verbaux afin de signifier deux choses différentes, tel un courtisan ou un prêtre fourbe. Je veux que ma devise soit limpide et véridique.

— Oh, ne sois pas si directe et nordique !

— Je suis simplement honnête, Nan. Je tiens à rester sincère.

— Que dirais-tu de « Être utile en tout ce que je fais » ? Cela ne précise pas à qui tu es utile ; mais toi, tu sais que c'est à Dieu et à la religion réformée, mais tu n'es pas obligée de le dire.

— « Être utile en tout ce que je fais », répété-je sans beaucoup d'enthousiasme. Ce n'est pas très évocateur.

— « La plus heureuse » est morte au bout de trois ans et demi, rappelle Nan d'un ton sévère. « Point d'autre volonté que la sienne » cachait son amant dans son cabinet d'aisances. Il s'agit de devises, pas de prédictions.

On fait venir lady Élisabeth, la fille d'Anne Boleyn, de la petite Cour qu'elle entretient à Hatfield pour me la présenter, à moi, sa nouvelle belle-mère, la quatrième qui lui échoit en sept ans. Le roi choisit de faire de cette rencontre un événement officiel et public, et l'enfant, âgée de neuf ans, doit faire son entrée dans l'immense chambre de parade de Hampton Court au milieu d'une foule de plusieurs centaines de personnes, le dos droit comme un tisonnier, le visage blanc comme la mousseline de son corset. Seule dans la foule, elle me fait songer à la gamine d'un acteur qui serait née pour fouler une scène faite de tombereaux : tout pour l'illusion mais rien de ferme sous les pieds. La tension la rend ordinaire, la pauvre petite, avec ses cheveux cuivrés ramenés en arrière sous sa capuche, ses lèvres pincées, ses yeux sombres exorbités. Elle marche comme sa gouvernante le lui a appris, le dos raide, la tête bien haute. Dès que je l'aperçois, je ressens une immense pitié pour cette pauvre enfant dont la mère a été décapitée sur ordre de son père alors qu'elle n'avait pas trois ans ; elle, dont la sécurité même demeure précaire depuis qu'elle bascula du jour au lendemain du statut d'héritière de la Couronne à celui de bâtarde. Son titre même fut changé : princesse Élisabeth devint lady Élisabeth. À compter de ce jour, plus personne ne lui fit la révérence avant de lui servir son pain et son lait.

Je ne considère pas cette petite comme une menace. Je vois plutôt en elle une fillette qui n'a jamais connu sa mère, qui n'est même pas sûre de son propre nom, qui n'a vu que rarement son père, et qui n'a reçu d'amour que de ses seuls serviteurs, lesquels s'accrochent par chance à leur poste et travaillent pour la gloire lorsque l'Échiquier oublie de les payer.

Elle dissimule son effroi derrière une stricte solennité – elle porte le vernis royal comme une carapace –, mais je suis certaine qu'à l'intérieur la petite créature sensible est aussi recroquevillée qu'une huître aspergée de jus de citron.

Elle s'incline très bas devant son père, puis elle se tourne vers moi et me fait la révérence. Elle s'adresse à nous en français, exprimant à son père sa gratitude de l'avoir admise en sa présence et sa joie de faire la connaissance de sa nouvelle et honorée mère. Je me surprends à la regarder comme s'il s'agissait d'un pauvre petit animal tout droit sorti de la ménagerie de la Tour et à qui le roi aurait ordonné de faire des tours.

Puis je surprends un rapide échange de regard entre Élisabeth et lady Marie, et je me rends compte à quel point elles sont sœurs. Toutes deux sont terrorisées par leur père, entièrement dépendantes de ses lubies, mal assurées de leur statut dans le monde et éduquées en vue de ne pas faire le moindre faux pas sur un chemin des plus incertains. Lady Marie fut contrainte de servir Élisabeth lorsque celle-ci était encore une princesse dans les langes, mais ce procédé échoua à engendrer la moindre inimitié entre elles. Lady Marie en vint à aimer sa demi-sœur, et, en ce moment même, elle l'encourage d'un hochement de tête, tandis qu'Élisabeth s'exprime en français d'une petite voix tremblante.

Je me lève de mon siège et descends diligemment de l'estrade. Je prends les mains glacées d'Élisabeth et l'embrasse sur le front.

— Vous êtes la bienvenue à la Cour, dis-je en anglais – *car qui aurait l'idée de parler dans une langue étrangère avec sa fille!* Et je serais fort aise d'être votre mère et de prendre soin de vous, Élisabeth. J'espère que vous me considérerez comme une vraie mère et que nous formerons ensemble une famille. Je fais le vœu que vous appreniez à m'aimer et à avoir foi dans le fait que je vous aimerai comme ma propre fille.

Le rouge monte à ses joues pâles, jusque sous ses sourcils blond-roux, et ses lèvres fines se mettent à trembler. Elle n'a pas les mots pour exprimer naturellement son affection, elle ne connaît que des phrases toutes prêtes en français.

Je me tourne vers le roi.

— Votre Majesté, de tous les trésors dont vous m'avez choyée, votre fille est celui qui me procure la plus grande joie.

Je jette un coup d'œil à lady Marie, laquelle est blême à cause de mon absence soudaine de cérémonies.

— Lady Marie a déjà mon affection, ajouté-je, et désormais, ce sera également le cas de lady Élisabeth. Lorsque je ferai la connaissance de votre fils, ma joie sera parfaite.

Les favoris que sont Anthony Denny et Édouard Seymour me regardent avant de s'attarder sur le roi, comme si j'avais oublié mon rang et l'avais pris dans mes bras, moi, sa roturière. Mais Henri est rayonnant. Il semblerait que, cette fois, il désirât une épouse qui tînt ses enfants en affection tout autant qu'elle se montrât aimante envers lui.

— Vous vous exprimez en anglais, se contente-t-il de remarquer. Mais elle parle français et latin couramment. Ma fille est une érudite, comme son père.

— Je parle selon mon cœur, assuré-je, ce qui me vaut un sourire plein de bonhomie de Sa Majesté.

Été 1543, palais de Hampton Court

On m'enjoint de mettre mon deuil de côté le jour de mon mariage et de porter une tenue empruntée à la garde-robe royale. Le valet en charge de ladite garde-robe apporte moult coffres en bois de santal de la grande réserve de Londres, et Nan et moi-même passons tout un après-midi à en extraire joyeusement des robes, à les examiner soigneusement, et à faire notre choix en écoutant les conseils de lady Marie et de quelques autres. Les atours de cérémonie sont poudrés et rangés dans des housses en tissu, tandis que les manches sont bourrées de fleurs de lavande afin d'éloigner les mites. Ils ont l'odeur de l'opulence : la fraîcheur des doux velours et le luisant des voiles de satin fleurent un luxe qui m'était inconnu. Je fais mon choix parmi les tenues royales brodées d'argent et d'or, et passe en revue toutes les innombrables manches et capuches, ainsi que les jupons. Lorsque je me décide enfin pour une robe richement brodée dans des tons sombres, il est presque l'heure du dîner. Les dames remballent les toilettes non retenues, Nan referme la porte derrière elles et nous restons seules.

— Il faut que je te parle au sujet de ta nuit de noces, annonce-t-elle.

Je considère son visage empreint de gravité et me prends aussitôt à redouter qu'elle ait mystérieusement percé mon secret. Elle sait que j'aime Thomas et que nous sommes perdus. Je n'ai d'autre choix que de jouer cartes sur table.

— Oh, et de quoi s'agit-il, Nan ? Tu me sembles bien sérieuse. La mariée n'est plus vierge, nul besoin de la prévenir de ce qui l'attend. Je ne m'attends pas à de grandes nouveautés, dis-je en m'esclaffant.

— C'est sérieux. Je dois te poser une question. Kat, penses-tu être stérile ?

— En voilà une question ! Je n'ai que trente et un ans !

— Mais tu n'as jamais eu d'enfant de Latimer ?

— Dieu ne nous a pas fait cette grâce ; de plus, mon mari n'était pas souvent là, sans compter que dans les dernières années de sa vie, il n'était pas…

J'élude la question d'un geste de la main et ajoute :

— Peu importe. Pourquoi me demandes-tu cela ?

— Pour cette unique raison, annonce-t-elle d'un ton maussade. Le roi ne supportera pas de perdre un autre bébé. Donc, considérons que tu ne peux pas engendrer. Le jeu n'en vaut pas la chandelle.

Je suis touchée.

— Serait-il si peiné ?

Elle me fait taire avec impatience. Parfois, j'agace ma sœur, qui fut élevée à Londres, à cause de mon ingénuité. Je suis une dame de la campagne, voire pire : une dame du nord de l'Angleterre, aussi pure que les ciels du Nord, aussi directe qu'une fermière, dont l'esprit ne se préoccupe pas des ragots.

— Non, bien sûr que non. On ne peut pas parler de peine en ce qui le concerne. Il n'éprouve jamais de chagrin.

Elle jette un coup d'œil à la porte verrouillée et m'entraîne à l'écart afin que nul ne puisse nous entendre, pas même d'éventuels indiscrets qui auraient l'oreille collée contre les battants.

— Je ne crois pas qu'il soit en mesure de te faire un bébé susceptible de parvenir à terme. Je ne pense pas qu'il puisse te faire un enfant en bonne santé.

Je m'approche d'elle, de sorte que nous nous parlions directement à l'oreille.

— C'est de la haute trahison, Nan. Même moi, je le sais. Tu es folle de me dire une telle chose, à la veille de mon mariage.

— Je serais folle de ne pas te l'avoir dite. Catherine, je te fais le serment qu'il ne peut engendrer que fausses couches et enfants mort-nés.

Je me penche en arrière afin de contempler la gravité de ses traits.

— C'est une sale affaire, observé-je.

— Je sais.

— Tu penses que je ferais une fausse couche ?

— Voire pire.

— Que diable peut-il y avoir de pire ?

— Si tu devais accoucher d'un enfant, il se pourrait que ce soit un monstre.

— Un quoi ?

Elle se tient tout près de moi, comme si elle se confessait, sans me quitter des yeux.

— C'est la vérité. Nous avons reçu la consigne de ne pas en parler. C'est un grand secret. Aucune des personnes présentes lors des accouchements n'en a jamais soufflé mot.

— Tu ferais mieux de me le dire maintenant, suggéré-je, l'air grave.

— La reine Anne Boleyn, sa condamnation à mort n'avait rien à voir avec les rumeurs, les calomnies et les mensonges dont elle fut couverte, toutes ces absurdités au sujet de dizaines d'amants qu'elle aurait eus. Anne Boleyn enfanta son propre destin. Le petit monstre qu'elle mit au monde signa son arrêt de mort.

— Elle eut un petit monstre ?

— Elle conçut un embryon mal formé qui n'arriva pas à terme, et les sages-femmes étaient des espionnes.

— Des « espionnes » ?

— Elles se précipitèrent chez le roi pour lui raconter ce qu'elles avaient vu, la chose qui était venue au monde. Ce n'était pas un enfant prématuré, ni un enfant normal. Il était moitié poisson, moitié bête. C'était un monstre à la face fendue en deux et à la colonne vertébrale semblable à une écorchure, tel qu'on en exhibe dans des bocaux lors des fêtes de village.

Je retire brutalement mes mains des siennes et me bouche les oreilles.

— Mon Dieu, Nan… Je ne veux pas le savoir. Je ne veux pas entendre ces horreurs.

Elle écarte mes mains et me secoue.

— Dès qu'elles eurent parlé au roi, celui-ci y vit la preuve qu'Anne Boleyn avait eu recours à la sorcellerie pour être enceinte, qu'elle avait dû coucher avec son frère pour accoucher d'une progéniture infernale.

Je la dévisage d'un air ahuri.

— Et Cromwell s'est chargé de lui fournir la preuve lui permettant de l'établir, explique-t-elle. Cromwell aurait pu prouver que la Sainte Vierge buvait. Cet individu avait un témoin sous serment dans sa manche pour toutes les occasions. Mais il agit sur ordre du roi. Celui-ci ne pouvait se permettre de laisser quiconque penser qu'il avait enfanté un monstre.

Elle considère mon visage horrifié et poursuit :

— Par conséquent, songes-y : si tu fais une fausse couche ou si tu lui donnes un bébé mal formé, il renouvellera l'accusation contre toi et t'enverra à la mort.

— C'est impossible, dis-je d'un ton catégorique. Je ne suis pas une seconde reine Anne. Je n'ai pas l'intention de coucher avec mon frère et des dizaines d'autres. Ces bruits nous sont parvenus jusque dans le Richmondshire. Nous étions au courant de ses agissements. Personne ne pourrait dire semblables infamies sur mon compte.

— Il préférerait croire avoir été cocu dix fois de suite plutôt que d'admettre que quelque chose ne va pas chez lui. Les bruits qui sont parvenus à tes oreilles dans le Richmondshire, à savoir le cocufiage du roi, furent répandus par le roi lui-même. Si tu en as eu connaissance, c'est parce qu'il a fait en sorte que tous le sachent. Il a veillé à ce que le pays pense qu'elle était fautive. Tu ne comprends pas, Catherine. Il se doit d'être irréprochable, en tout point. Il ne peut tolérer qui quiconque suppose, ne serait-ce qu'un instant, qu'il est en tort. Il ne peut se permettre d'être considéré comme manquant à la perfection. Sa femme se doit d'être parfaite, elle aussi.

J'ai le regard aussi vide que l'âme.

— C'est de la pâtée pour les cochons !

— C'est vrai ! s'exclame Nan. Quand la reine Catherine a fait une fausse couche, il en a rendu Dieu responsable et a déclaré que le mariage n'était pas valide. Quand la reine Anne a mis le monstre au monde, il a prétexté la sorcellerie. Si Jane avait perdu son bébé, il aurait rejeté la faute sur elle ; elle le savait, nous le savions tous. Et si tu fais une fausse couche, ce sera ta faute, non la sienne. Et tu seras châtiée.

— Mais que puis-je faire ? lui demandé-je en perdant mon sang-froid. Y a-t-il un moyen d'empêcher cela ?

Pour toute réponse, elle sort une petite bourse de la poche de sa robe et me la montre.

— Qu'est-ce ?

— De la rue fraîchement coupée, explique-t-elle. Tu en bois une infusion après qu'il t'a prise. Chaque fois. Cela empêche la gestation avant même la formation de l'embryon.

Je ne prends pas la petite bourse qu'elle me tend. Je la repousse du doigt.

— C'est un péché, dis-je fébrilement. C'est forcément un péché. C'est le genre de camelote que les vieilles vendent à la sauvette à la remorque des fêtes de louage. Cela ne marche probablement même pas.

— C'est un péché d'aller sciemment au-devant de son propre anéantissement, rectifie-t-elle. Et c'est ce que tu feras si tu ne t'empêches pas de concevoir. Si tu mets au monde un monstre, comme la reine Anne, le roi te fera passer pour une sorcière et te tuera. Son orgueil ne supportera pas de perdre un autre enfant. Tout le monde comprendrait que c'est lui le responsable, si une autre épouse, sa sixième femme, qui est en bonne santé, enfantait un monstre ou perdait le bébé. Imagine ! Ce serait le neuvième !

— Huit bébés perdus ?

J'imagine une famille de fantôme, une pouponnière de cadavres !

Elle hoche la tête en silence et me tend la bourse contenant la rue. Sans un mot, je la prends.

— On dit que l'odeur est infecte. Nous te ferons apporter un pichet d'eau chaude par la femme de chambre dans la matinée, et nous ferons l'infusion nous-mêmes, seules.

— C'est affreux…, murmuré-je. J'ai renoncé à mon propre désir, et à présent, tu me donnes, toi, ma sœur, un poison à boire.

Au moment même où je prononce le mot « désir », un spasme amoureux dans mon bas-ventre me fait l'effet d'un coup de poignard.

Elle appuie sa joue tiède contre la mienne.

— Tu dois rester en vie, rappelle-t-elle avec une passion contenue. Parfois, à la Cour, il arrive qu'une femme doive faire tout ce qu'elle peut pour survivre. Tu dois survivre.

Une épidémie de peste s'abat sur Londres, et le roi décrète que notre mariage sera confidentiel et intime sans affluence de gens du commun susceptibles de nous contaminer. La cérémonie n'aura pas lieu en grande pompe à l'abbaye de Westminster, le vin ne coulera pas des fontaines, le peuple ne fera pas rôtir des bœufs à la broche et ne dansera pas dans les rues. Les gens sont censés prendre des remèdes et rester chez eux, et nul n'est autorisé à sortir de la ville où sévit la peste pour s'approcher du fleuve et des vertes prairies exemptes de contagion de la campagne qui environne Hampton Court.

Mon troisième mariage sera célébré dans l'oratoire de la reine, pièce aux modestes dimensions, quoique magnifiquement décorée, à deux pas des appartements de la souveraine. Il me revient en mémoire que cette salle deviendra ma chapelle privée, juste à côté de mon cabinet, et que je pourrai y méditer et y prier dans la solitude lorsque tout cela sera fini. Une fois que j'aurai dit « oui » au roi, cette même pièce, ainsi que toutes celles de l'aile de la reine, seront miennes, dévolues à mon usage unique.

La chapelle est noire de monde, et les courtisans reculent en faisant traîner leurs pieds tandis que, vêtue de ma nouvelle robe, j'entre et me dirige vers le roi. Il se dresse au-dessus de moi, telle une montagne, aussi large que grand, devant l'autel, qui est un embrasement de lumière : bougies de cire blanche dans des candélabres dorés à plusieurs branches posés sur une nappe d'autel ornée de pierreries, pichets, coupes, ciboires, plats d'or et d'argent, et, trônant au-dessus de tout le reste, un grand crucifix doré incrusté de diamants. Tous ces trésors pillés dans les plus grands établissements religieux du royaume ont pris discrètement le chemin des possessions royales où, telles des offrandes païennes, ils brillent à présent de tout leur éclat sur l'autel, où ils éclipsent les pages de la Bible anglaise, saturent le dépouillement de l'oratoire, au point que l'endroit tient plus d'une salle du trésor que d'un lieu de culte.

Ma main disparaît dans celle, énorme et moite, du monarque. Face à nous, l'évêque Stephen Gardiner tient le livre liturgique et fait la lecture des vœux de mariage avec le débit régulier de celui qui a vu les reines se succéder et en a tranquillement profité pour améliorer sa propre situation. L'évêque était l'ami de mon deuxième mari, lord Latimer, et partageait son opinion que les monastères devaient être au service de leurs communautés, que l'Église devait rester inchangée, hormis son chef, que les richesses des chapelles et des abbayes n'auraient jamais dû être confisquées par des hommes cupides qui avaient fait peau neuve, et que le pays s'était appauvri en jetant prêtres et religieuses à la rue et en démantelant les sanctuaires.

La messe est tenue dans un anglais simple, mais l'oraison est prononcée en latin, comme si le roi et son évêque voulaient rappeler à tous que Dieu parle aux hommes en latin, et que les pauvres et les ignorants, ainsi que la quasi-totalité des femmes, ne comprendront jamais ce qu'il leur dit.

Derrière le roi, ses amis les plus proches sont regroupés en un attroupement qui sourit aux anges : Édouard Seymour, le frère aîné de Thomas, qui ne saura jamais que je scrute parfois ses yeux noirs à la recherche d'un air de famille avec l'homme que j'aime ; le mari de Nan, William Herbert, qui se dresse à côté d'Anthony Browne, et Thomas Heneage. Derrière moi se tiennent les dames de la Cour. Les premières d'entre elles sont les filles du roi, lady Marie et lady Élisabeth, ainsi que sa nièce, lady Margaret Douglas. Derrière ces trois-là, viennent ma sœur Nan, Catherine Brandon et Jane Duddley. D'autres visages se mêlent ; il fait chaud et la pièce est surpeuplée. Le roi beugle son serment de mariage, comme s'il était un héraut proclamant un triomphe. J'énonce le mien clairement, d'une voix posée ; puis, lorsque j'ai terminé, il se tourne vers moi ; son visage couvert de sueur est rayonnant. Il se penche au-dessus de moi et voilà que, sous une cascade d'applaudissements, il embrasse la mariée.

Sa bouche ressemble à une petite ventouse humide et inquisitrice ; sa salive est corrompue par ses dents cariées. Il a une odeur de viande en putréfaction. Il me libère et scrute mes traits de ses petits yeux pénétrants afin de vérifier ma réaction. Je baisse le regard comme si j'étais submergée de désir et parviens à sourire avant de lui lancer par en dessous une œillade faussement effarouchée, à la manière d'une jeune fille. Ce n'est pas pire que je me l'étais imaginé, et puis, de toute façon, je vais devoir m'y habituer.

Monseigneur Gardiner baise mes deux mains, s'incline très bas devant Henri, présente ses félicitations ; puis chacun se presse en avant, débordant de joie. Catherine Brandon, dont la beauté canaille lui assure dangereusement la plus grande estime du roi, se montre particulièrement chaleureuse dans son éloge de notre mariage et du bonheur que nous ne manquerons pas de connaître. Son mari, Charles Brandon, se tient derrière sa magnifique jeune épouse et fait un clin d'œil au souverain, clin d'œil d'un vieux singe à un autre. Le roi les écarte tous d'un geste de la main et m'offre son bras afin que nous ouvrions la marche et sortions de l'oratoire pour passer à table, où nous attend le dîner.

Un festin est à l'ordre du jour. Le fumet des viandes rôties filtre depuis des heures par les lames du plancher de la cuisine qui se trouve juste sous nos pieds. Chacun s'aligne à notre suite selon l'ordre strict des préséances, en fonction du titre et du rang. J'aperçois la femme d'Édouard Seymour, cette aristocrate aux traits anguleux et à la langue acérée, qui lève les yeux au ciel et recule d'un pas pour me laisser passer, ainsi que l'exige le protocole. Je dissimule un sourire de triomphe. Anne Seymour peut bien apprendre à me faire la révérence. Je suis une Parr. Toute jeune déjà, j'épousais Neville, qui était issu d'une excellente famille, mais fort éloignée de la Cour et de la gloire. Et voilà qu'Anne Seymour est obligée de s'effacer devant moi, la nouvelle reine d'Angleterre, la plus grande dame du royaume.

À notre entrée dans la salle des banquets, les courtisans se lèvent et applaudissent, tandis que le roi tourne une figure rayonnante de droite et de gauche. Il m'indique mon siège. Certes, celui-ci est légèrement plus bas que le sien, mais plus élevé que celui de lady Marie, qui, elle-même, trône plus haut que la petite Élisabeth. Je suis la femme la plus importante et la plus riche d'Angleterre, jusqu'à ma mort ou ma disgrâce, selon celle qui viendra en premier. Je tourne mes regards vers la salle remplie de gens en liesse, de visages souriants, et les arrête sur ma sœur Nan, qui s'avance sagement vers l'extrémité de la table réservée aux dames du palais de la reine. Elle m'adresse un signe de tête réconfortant, comme pour me rappeler qu'elle est là, qu'elle veille sur moi, que ses amis lui répéteront ce que le souverain dit en privé, que son mari fera mon éloge auprès de lui. Je suis sous la protection des miens, lesquels sont coalisés contre toutes les autres familles. Ils attendent de moi que je rallie le roi à la réforme de l'Église et que j'obtienne pour eux richesses et honneurs, ainsi que des charges et des fiefs pour leurs enfants. En retour, ils protègent ma réputation, me portent aux nues et me défendent contre mes ennemis.

Je ne cherche personne d'autre et surtout pas Thomas. Je sais qu'il est déjà loin. Nul ne pourra dire que j'ai guetté sa chevelure noire, le regard vif de ses yeux sombres, un sourire subreptice de lui. Non, personne ne pourra prétendre que je l'ai cherché dans la foule, car cela n'arrivera jamais. Pendant mes longues nuits de prière, je me suis persuadée qu'il ne m'apparaîtra plus – silhouette exquise dans une embrasure de porte ou se penchant au-dessus d'une table de jeu, riant, toujours prompt à ouvrir le bal et bon dernier à aller se coucher, carillon de son rire, regards furtifs pleins d'attention à mon égard… J'ai renoncé à mon projet de l'épouser, tout comme j'ai renoncé à mon désir pour lui. Mon âme s'est enfoncée dans la résignation. Je suis prête à ne plus jamais poser les yeux sur sa personne, et je ne chercherai jamais à le revoir.

D'autres femmes avant moi ont adopté cette attitude, et d'autres après moi connaîtront ce douloureux arrachement. C'est la première chose que se doit de faire une femme qui aime un homme mais en épouse un autre, et je sais que je ne suis pas la première au monde à renoncer à son amour et à agir ensuite comme si son cœur ne saignait pas. Une épouse guidée par Dieu se voit souvent dans l'obligation de renoncer à l'amour de sa vie ; et c'est exactement ce que j'ai fait. J'ai renoncé à Thomas. Je crois bien que mon cœur s'est brisé, mais j'en ai offert les fragments à Dieu.

Je n'en suis pas à mes premières noces, ni même à mes secondes, mais j'appréhende l'arrivée de la nuit, telle une vierge gravissant sans bruit le sombre escalier à la lueur dansante d'une bougie. Le festin se prolonge indéfiniment, à mesure que le roi exige d'autres plats que les serviteurs s'empressent d'acheminer de la cuisine sous forme de grands plateaux dorés chargés de nourriture qu'ils tiennent à hauteur d'épaules. Ils apportent un plat qui met le paon à l'honneur. Le volatile a été rôti puis remis dans sa peau, de manière que ses plumes magnifiques chatoient dans la lumière des bougies, devant nous, sur la table. Le serviteur retire de nouveau la peau sanguinolente, le cou bleu moiré retombe mollement de côté tel celui d'une aristocrate décapitée, et les yeux morts, remplacés par des raisins noirs secs, luisent comme s'ils demandaient encore grâce. La carcasse est mise à nu, le roi remue un doigt impatient, et un gros morceau de poitrine sombre tombe dans son assiette dorée. On présente un plateau d'alouettes, petits corps entassés qui rappellent l'amas de victimes du pèlerinage de Grâce ; comme elles, ces innombrables oiseaux anonymes ont mijoté dans leur propre jus. On apporte des plats contenant de longues escalopes de héron pris au collet, du lièvre cuit à l'étouffée dans des gamelles profondes, du lapin en croûte doré au four. On sert le roi plat après plat, et celui-ci prend de grosses portions avant de faire distribuer le reste à ses favoris présents dans la salle.

Il se moque de moi parce que je mange très peu. Je souris, tandis que résonne à mes oreilles le bruit de ses dents brisant les os des petits oiseaux. On lui propose davantage de vin, toujours plus, puis retentit un coup de trompette qui signale l'arrivée d'une énorme tête de sanglier aux défenses enveloppées de dorures. Des gousses d'ail de même couleur surgissent des orbites, des brins de romarin hérissant sa chair lui font des moustaches. Le roi applaudit, et l'on découpe à son intention une joue luisante de graisse ; puis la bête est exhibée par les serviteurs qui en distribuent des tranches découpées sur la face, les oreilles, l'encolure courtaude...

Je jette un coup d'œil en direction de lady Marie, laquelle accuse une pâleur nauséeuse, et me pince les pommettes afin d'avoir le rouge aux joues par contraste avec elle. Je prends un peu de tout ce que m'offre Henri et me force à manger. Des morceaux de viande charnue arrosée de sauce épaisse s'entassent dans mon assiette, et je mastique en me montrant aimable, avant d'avaler à l'aide d'une gorgée de vin. Je me sens défaillir et me mets à transpirer. La sueur imprègne le tissu de ma robe sous les aisselles et le long de ma colonne vertébrale. Le roi est presque avachi, le ventre débordant sur sa chaise, vaincu par la nourriture, émettant des gémissements tout en faisant signe qu'on le resserve, encore et encore.

Enfin, comme s'il s'agissait d'un supplice inévitable, on fait sonner les trompettes pour annoncer que nous sommes à mi-parcours du festin et l'on remporte les viandes, tandis que sont servis les desserts et les confiseries. On applaudit une reproduction en pâte d'amandes de Hampton Court avec deux petits personnages en sucre filé placés devant l'entrée. Les confiseurs sont des artistes : sous leurs doigts, Henri ressemble à un jeune homme de vingt ans, la tête haute et tenant les rênes d'un destrier. Ils m'ont représentée vêtue de blanc et ont restitué l'inclinaison interrogatrice de ma tête sur cette Catherine de sucre qui lève des yeux scrutateurs vers le jeune et sémillant prince Henri. Tout le monde exprime son admiration pour l'habileté d'exécution des personnages. On croirait que Holbein est passé en cuisines, s'exclame-t-on. Je me vois contrainte d'afficher un sourire ravi et de ravaler une soudaine envie de pleurer. C'est une minitragédie confite dans le sucre. Si Henri était encore ce jeune prince, nous aurions une chance de connaître le bonheur. Mais la Catherine qui épousa ce jeune homme était Catherine d'Aragon, la mère de mon amie, non Catherine Parr, de vingt ans sa cadette.

Les personnages portent de petites couronnes en or véritable ; Henri fait signe qu'on me les donne toutes les deux. Il rit lorsque je les glisse à mes doigts comme des bagues, puis il se saisit de mon effigie en sucre et l'avale tout entière, après lui avoir brisé les jambes afin de la faire entrer dans sa bouche et de pouvoir la manger d'une seule bouchée dans un bruit de succion.

J'éprouve un certain soulagement lorsqu'il réclame davantage de vin et de musique, et qu'il se vautre contre le dossier de son trône. Le chœur de la chapelle du roi entonne un hymne plaisant et les danseurs font leur entrée dans un cliquetis de tambourins pour interpréter une allégorie du mariage. L'un d'entre eux, qui est vêtu à l'italienne, s'incline très bas devant moi afin de m'inviter à me joindre à eux. Je jette un coup d'œil au roi, et il me fait signe d'y aller.

Je suis consciente d'être bonne danseuse ; les amples jupes de ma robe richement décorée tourbillonnent autour de moi tandis que je virevolte et mène la danse, entraînant à ma suite lady Marie, et même la petite Élisabeth. Je constate que c'est une épreuve pour Marie : elle se tient délicatement la hanche, et ses doigts s'enfoncent dans sa chair. Elle tend le cou bien droit et sourit en serrant les dents. Il m'est impossible de la dispenser de cette danse au simple prétexte qu'elle est malade. Nous devons tous danser pour mon mariage, quelles que soient nos dispositions intérieures.

Je danse avec mes dames de compagnie, à tour de rôle. Je danserais volontiers pendant toute la nuit pour le roi, si cela pouvait l'empêcher de signaler d'un hochement de tête aux valets de la Chambre royale que la soirée est terminée et que la Cour se retire pour la nuit. Mais minuit me trouve assise sur mon trône, d'où j'applaudis les musiciens, lorsque le roi, se soulevant de côté et se penchant en avant, se tourne vers moi et, tout sourires, me lance :

— Si nous allions nous coucher, femme ?

Je me souviens de la pensée qui m'a traversé l'esprit lorsqu'il me fit sa demande : *« À compter de ce jour, il en sera ainsi jusqu'à ce que la mort nous sépare. Il attendra mon assentiment ou s'en dispensera. »* Peu importe, en vérité, ce que je peux dire, je ne serai jamais en mesure de lui refuser quoi que ce soit. Je lui rends son sourire et me dresse sur mes jambes, puis j'attends qu'on l'aide à se lever ; quelques instants plus tard, il descend avec peine les marches de l'estrade et traverse la foule des courtisans en se dandinant. Je marche lentement à son côté, ajustant mon pas à son allure ondoyante. La Cour crie des vivats sur notre passage, et je fais en sorte de regarder droit devant moi et de ne croiser les yeux de personne. Je peux tout supporter, sauf un regard de pitié, tandis que j'ouvre la marche à mes dames de compagnie, en route pour ma nouvelle chambre : la chambre de la reine, où je m'apprête à me dévêtir et à attendre l'arrivée de mon maître, le roi.

Il est tard, cependant je ne m'autorise pas à espérer qu'il sera trop fatigué pour venir à mes appartements. Mes servantes m'habillent de satin noir, mais je n'en caresse pas la douceur des manches avec ma joue et m'abstiens de me remémorer une autre nuit, durant laquelle, vêtue d'une robe de même couleur recouverte d'une houppelande bleue, je me fondis aux ombres de la nuit pour aller rejoindre un homme qui m'aimait. Cette nuit-là est encore très récente dans mon souvenir, mais je suis tenue de l'oublier. Les portes s'ouvrent et Sa Majesté fait son entrée, soutenue de chaque côté par les valets de la Chambre royale. Ils hissent le monarque sur le lit surélevé, comme s'ils essayaient de faire entrer un taureau dans un pressoir. Il peste d'une voix forte lorsqu'un valet cogne sa patte folle.

— Bouffon ! lance-t-il d'un ton sec.

— Il n'y a qu'un bouffon ici, intervient rondement Will Somers, le bouffon du roi. Et je vous saurais grâce de vous en souvenir !

Grâce à sa vivacité d'esprit accoutumée, il fait retomber la tension ; le roi part d'un grand rire, et tout le monde se joint à sa liesse. Somers me fait un clin d'œil en passant devant moi, une lueur espiègle dans ses prunelles marron bienveillantes. Nul autre ne me regarde. Tandis que tous font leur révérence et se retirent, ils gardent les yeux baissés vers le sol. Je pense qu'ils ont peur pour moi, qui me retrouve désormais seule avec le roi, tandis que les exhalaisons de vin s'échappent de son cerveau, que la nourriture lui cause des aigreurs d'estomac et que son humeur vire, elle aussi, à l'aigre. Mes servantes s'empressent de quitter la chambre. Nan sort en dernier, et elle m'adresse un petit signe de tête, comme pour me rappeler que je suis l'instrument de la volonté de Dieu, à l'instar d'une sainte qui consent au sacrifice.

La porte se referme derrière eux, et je reste à genoux, en silence, au pied de la couche.

— Vous pouvez vous approcher, lance-t-il d'un ton bourru. Je ne mords pas. Venez au lit.

— Je disais mes prières. Souhaitez-vous que je prie à voix haute pour vous, Votre Majesté ?

— Vous pouvez m'appeler Henri, désormais. Quand nous sommes seuls.

J'interprète sa réponse comme un refus. Je soulève les couvertures, me glisse dessous près de lui. Je ne sais pas ce qu'il a l'intention de faire. Puisqu'il ne peut même pas rouler sur le côté sans aide, il est certainement incapable de se jucher au-dessus de moi. Je m'étends donc à son côté, dans une immobilité parfaite, et attends qu'il me dise ce qu'il veut.

— Vous allez devoir vous asseoir sur moi, déclare-t-il enfin, comme au terme d'une longue délibération. Vous n'êtes pas une jeune idiote, vous êtes une femme. Vous avez été mariée plus d'une fois et avez connu plus d'un lit. Vous savez comment vous y prendre, hein ?

C'est pire que ce que j'avais imaginé. Je relève l'ourlet de ma chemise de nuit et me rapproche à quatre pattes. Involontairement, l'image de Thomas Seymour, étendu nu, cambré, ses cils noirs projetant leur ombre sur ses joues, me revient en mémoire. J'imagine les ondes de plaisir qui soulèvent les muscles fermes de son ventre sous ma caresse tandis qu'il soulève brusquement le bassin.

— Latimer n'était pas très bon amant, il faut croire ? s'enquiert le roi.

— Ce n'était pas un homme doté d'une grande force, comme vous l'êtes, Votre… Henri. Et, bien sûr, il était souffrant.

— Comme faisait-il donc ?

— Pour se soigner ?

— Pour faire la chose. Comment s'y prenait-il pour coucher avec vous ?

— Il s'y prenait très rarement.

Le roi émet un grognement en signe d'approbation, et je constate qu'il est émoustillé. L'idée d'être plus viril que mon précédent mari l'excite.

— Il dut en éprouver de la colère, suppose-t-il, non sans plaisir. Prendre une femme telle que vous pour épouse et ne pas être capable de l'honorer.

Il part d'un grand rire.

— Allez, poursuit-il. Vous êtes très belle. Je suis impatient.

Il me saisit par le poignet droit et m'attire vers lui. Obéissante, je m'agenouille et tente de me mettre à califourchon sur lui. Mais son bassin adipeux est si large que je n'y parviens pas ; alors il me fait accroupir sur lui comme si je chevauchais un cheval énorme. Je m'oblige à afficher une expression imperturbable pour ne pas grimacer. *Je ne dois pas trembler, je ne dois pas pleurer.*

— Là…, lance-t-il, excité par sa propre virilité. Vous la sentez ? Pas mal pour un homme qui vient de passer la cinquantaine. Ce n'est pas le vieux Latimer qui vous aurait offert cela.

Je murmure une vague réponse. Il me tire vers lui et s'efforce de pousser son bassin. Il est mou ; son pénis n'a presque pas de forme. Et voilà que le dégoût s'ajoute à ma gêne.

— La ! s'exclame-t-il de nouveau, mais un ton plus haut cette fois.

Son visage devient encore plus rouge ; l'effort consistant à me plaquer contre lui avec ses grosses pattes et à tortiller ses énormes hanches de bas en haut le met en sueur.

Je cache mon visage dans mes mains afin de ne pas le voir tandis qu'il s'active sous moi.

— Vous n'êtes pas timide ! s'exclame-t-il avec force.

— Non, non.

N'oublie pas que tu fais cela pour Dieu et ta famille, me dis-je. *Je serai une bonne reine. Cela fait partie de mes devoirs, des devoirs qui sont l'effet d'une grâce de Dieu.* Je prends le col de ma chemise de nuit dans mes mains et en défais les rubans. Lorsqu'il aperçoit mes seins nus, il les recouvre aussitôt de ses grosses mains et me pince les tétons. Enfin, il me pénètre et je sens ses poussées en moi, puis il étrangle un cri et retombe comme une pierre sur le matelas et ne bouge plus.

J'attends, mais il ne se passe rien. Il ne dit mot. Le rouge brique de sa figure reflue, donnant à ses joues une teinte grisâtre dans la lueur des bougies. Il a les yeux fermés. Un long ronflement s'échappe de sa bouche aux mâchoires pendantes.

Il semblerait qu'il ait son compte. Doucement, je m'extirpe de ses hanches moites et me glisse hors du lit sans faire de bruit. Je m'enveloppe et me serre dans ma robe de chambre en nouant la ceinture autour de ma taille. Je m'assois près du feu, dans le grand fauteuil expressément élargi et renforcé pour supporter le poids du roi, puis je ramène mes genoux contre ma poitrine et passe mes bras autour de mes jambes. Je suis prise de frissons et me sers un verre de bière chaude, un reste de mon repas de mariage que je trouve sur la table près de moi. Elle était censée me donner du courage et, à lui, de la virilité. Le breuvage me réchauffe quelque peu ; je serre le calice d'argent dans mes mains.

Au bout d'un morne moment passé à regarder le feu d'un regard vide, je retourne me coucher aux côtés du roi. Le matelas est profondément enfoncé sous son poids, les couvertures et le luxueux couvre-lit remontent haut en une masse épaisse sur son corps volumineux. Allongée près de lui, j'ai l'impression d'être un petit enfant. Je ferme les paupières. *Je ne pense à rien. Je ne dois penser à rien.* Je ferme donc les yeux et m'endors.

Presque immédiatement, je rêve que je suis Tryphine, la sainte mariée contre son gré à un homme dangereux, dans le château duquel elle est prisonnière. Elle n'en finit pas de gravir l'interminable escalier en colimaçon, une main sur le mur suintant, une chandelle à la flamme vacillante dans l'autre. Une odeur immonde filtre de l'autre côté de la porte située en haut des marches. Je m'approche du lourd anneau de cuivre qui sert de loquet et le fais lentement pivoter. La porte s'entrouvre en grinçant, mais pénétrer à l'intérieur, dans ces émanations de pourriture, est au-dessus de mes forces. J'ai si peur que je me débats dans mon rêve et m'agite dans mon sommeil, me tournant et me retournant dans le lit, et me réveille. Bien que je sois à présent éveillée, luttant contre le sommeil et toujours en proie à l'effroi causé par ma vision onirique, l'odeur continue de me poursuivre, et je suffoque en m'efforçant de recouvrer mon souffle, tandis que je reprends peu à peu conscience. La pestilence que j'ai sentie en rêve provient de mon lit ; elle m'asphyxie, elle s'est échappée de la nuit obscure pour s'insinuer dans ma propre chambre, elle est réelle, et elle m'empêche de respirer. Le cauchemar est ici, à présent.

J'appelle à l'aide et me réveille pour de bon, me rendant compte que ce n'est pas un rêve, mais que c'est bien réel. La plaie purulente de sa jambe suppure, et du pus jaunâtre et orange imbibe les pansements, tachant ma chemise de nuit, comme s'il avait uriné dans les draps luxueux, transformant la plus belle chambre d'Angleterre en un charnier.

La pièce est plongée dans l'ombre, mais je sais qu'il est réveillé. Le grondement de ses ronflements tonitruants a cessé. J'entends son souffle, mais je ne suis pas dupe : je sais qu'il ne dort pas, qu'il tend l'oreille et me surveille. J'imagine ses yeux grands ouverts dans l'obscurité, qui me regardent sans me voir. Je reste parfaitement immobile, ma respiration est régulière et légère, mais je crains qu'il ne se doute, grâce à son instinct de bête sauvage, que j'ai peur de lui. Son instinct animal l'a averti de mon réveil et de ma frayeur.

— Êtes-vous réveillée, Catherine ? s'enquiert-il très bas.

Je m'étire et fais brièvement semblant de bâiller.

— Oh… oui, Sire. Je suis réveillée.

— Et avez-vous bien dormi ?

Ses questions sont anodines, mais j'observe une certaine crispation dans sa voix.

Je me redresse, rentre mes cheveux sous ma coiffe de nuit et me tourne promptement vers lui.

— En effet, Sire, et j'en remercie Dieu. J'espère que vous avez bien dormi ?

— Je me suis senti indisposé. Un goût de vomi dans la gorge. Je n'avais pas le buste assez relevé contre les oreillers. C'est affreux d'éprouver cela dans son sommeil. J'aurais pu m'étouffer. Il faut que mes gens me calent de sorte que je sois assis, sinon je m'étouffe avec ma propre bile. Ils le savent ! Vous devrez veiller à ce qu'ils le fassent lorsque je dormirai dans votre lit, ainsi que dans le mien. Quelque aliment corrompu du dîner m'aura rendu malade. On a failli m'empoisonner. J'enverrai chercher les cuisiniers dans la matinée et les ferai châtier. Ils ont dû utiliser de la viande avariée. Il faut que je vomisse.

Aussitôt, je bondis hors du lit, ma chemise de nuit souillée adhérant à mes jambes, et vais chercher une vasque dans le placard, ainsi qu'un flacon de bière.

— Prendrez-vous un peu de bière ? Dois-je envoyer chercher le médecin ?

— Je le verrai plus tard. J'ai été pris de vertiges pendant la nuit.

— Oh, mon cher, commencé-je tendrement, comme une mère s'adresse à son fils malade. Peut-être pourriez-vous boire un peu de bière et vous rendormir ?

— Non, je ne dormirai plus, se plaint-il avec mauvaise humeur. Je ne dors jamais. Toute la Cour dort, le pays entier dort, mais moi, je reste éveillé. Je veille la nuit pendant que dorment les pages paresseux et les femmes indolentes. Je veille et monte la garde pour mon pays, pour mon Église.

Savez-vous combien d'hommes je vais brûler à Windsor la semaine prochaine ?

— Non, réponds-je en me faisant toute petite.

— Trois, annonce-t-il avec satisfaction. Ils seront brûlés dans les marais et leurs cendres seront emportées par le courant. Mal leur en a pris de remettre en question ma sainte Église. Bon débarras !

Je pense à Nan, qui m'a demandé d'intercéder en leur faveur.

— Mon mari et mon seigneur…

Il a vidé son gobelet de bière en trois gorgées et me fait signe de le resservir. J'obtempère.

— Encore ! grommelle-t-il.

— On a également laissé quelques pâtisseries à notre intention dans le placard, peut-être en voudriez-vous une ? proposé-je d'une voix hésitante.

— Je pense qu'une pâtisserie consoliderait mon estomac.

Je lui passe l'assiette et le regarde les plier en deux l'une après l'autre sans discontinuer avant de les enfourner dans sa petite bouche où elles disparaissent. Il se lèche les doigts et ramasse les miettes dans l'assiette par tapotements successifs, puis il me la rend. Il sourit. La nourriture et mes attentions l'ont calmé. Il semblerait que le sucre ait le pouvoir de l'adoucir.

— Je me sens mieux, lance-t-il. Nos ébats m'avaient ouvert l'appétit.

Son humeur s'améliore miraculeusement grâce à la bière et aux pâtisseries. Je suppose qu'il est accablé en permanence d'une faim d'ogre. Il souffre d'un si grand appétit qu'il mange au point de ne même plus en avoir de haut-le-cœur ;

sa faim est si grande qu'il la confond avec la nausée. Je réussis à sourire.

— Ne pourriez-vous accorder votre grâce à ces hommes ? demandé-je à voix basse.

— Non. Quelle heure est-il ?

Je regarde autour de moi. Je ne sais pas : il n'y a pas d'horloge dans la chambre. Je vais jusqu'à la fenêtre et tire les tentures, ouvre les carreaux et entrouvre le volet extérieur en le faisant pivoter sur ses gonds pour consulter le ciel.

— Ne laissez pas entrer l'air nocturne, lance-t-il d'un ton courroucé. Dieu sait quel fléau il nous apporterait. Fermez la fenêtre ! Fermez-la bien !

Je referme la fenêtre d'un coup et observe par l'épais carreau. Aucun rayon n'est visible à l'est. Pourtant, j'ai bien pris soin de cligner des yeux pour les déshabituer de la lueur des bougies. Quoi qu'il en soit, j'appelle l'aube de tous mes vœux.

— Il doit être encore tôt, dis-je en ayant hâte que le soleil se lève. Je ne vois poindre aucune lumière.

Il me regarde, tel un enfant qui attend qu'on le divertisse.

— Je ne parviens pas à dormir, répète-t-il. Et cette bière me reste sur l'estomac. Elle était trop fraîche. Elle va me donner la colique. Vous auriez dû la faire réchauffer.

Il fait mine de changer de position et émet un renvoi. Au même moment, une odeur âcre s'élève du lit où il vient de laisser échapper un vent.

— Dois-je envoyer chercher autre chose à la cuisine ? Une boisson chaude ?

Il secoue la tête.

— Non, mais relancez le feu et dites-moi que vous êtes contente d'être reine.

— Oh, oui, je suis si contente !

Je souris et me penche pour ajouter un peu de petit bois, puis quelques grosses bûches que je prends dans le panier près de la cheminée. Les braises rougeoient. Je les remue à l'aide d'un tisonnier, soulevant les bûches afin qu'elles se soutiennent les unes les autres et s'embrasent.

— Je suis contente d'être reine, répété-je. Je suis contente d'être votre épouse.

— Vous êtes une fée du logis ! s'exclame le roi, ravi de mon adresse à faire du feu. Sauriez-vous me préparer un petit déjeuner ?

— Je n'ai jamais cuisiné, réponds-je, un peu piquée au vif. J'ai toujours eu un cuisinier, et aussi des aides-cuisinières. Mais je sais comment diligenter une cuisine, ainsi qu'une brasserie et une ferme laitière. J'avais l'habitude de concocter mes propres remèdes avec des plantes, ainsi que des parfums et des savons.

— Savez-vous régenter une maisonnée ?

— J'ai régenté le château de Snape et toutes nos terres du Nord lorsque mon mari était absent.

— Vous les gouverniez en état de siège, n'est-ce pas ? Contre ces traîtres. Ce dut être pénible pour vous. Il vous aura fallu du courage.

J'acquiesce humblement.

— Oui, Sire. J'ai fait mon devoir.

— Vous avez affronté les rebelles, c'est bien cela ? N'ont-ils point menacé d'incendier votre château avec vous dedans ?

Je me souviens très bien des jours et des nuits durant lesquels de pauvres hères désespérés en haillons vinrent se heurter au château, implorant le retour du bon temps où les ecclésiastiques se montraient charitablement libéraux et où le roi suivait l'exemple des seigneurs. Ils réclamaient la restauration de l'ancienne Église et le rétablissement des monastères dans leur ancienne gloire. Ils exigeaient que mon mari, lord Latimer, parlât au roi en leur nom, car ils le savaient partisan de leur cause.

— J'étais certaine qu'ils ne l'emporteraient pas sur vous, dis-je, trahissant ces hommes et leur combat. Je savais que je devais tenir bon et que vous renverriez mon seigneur en son fief afin qu'il nous libérât.

J'enjolive au mieux une affaire bien laide, en espérant qu'il ne se rappelle pas le fin mot de l'histoire. Le roi et son Conseil suspectaient à juste titre mon époux d'avoir fait alliance avec les rebelles, et lorsque la rébellion fut brutalement écrasée, mon mari dut prendre le parti de la réforme, trahissant ainsi sa foi et ses métayers afin de rester en vie. Comme Latimer serait heureux, aujourd'hui, de voir que tout est de nouveau changé. Les ecclésiastiques ont la haute main et s'emploient à rebâtir les abbayes. Mon mari aurait été enchanté par l'autorité nouvelle dont jouit son ami Stephen Gardiner. Il aurait été entièrement favorable à l'exécution des réformateurs sur le bûcher des marais de Windsor. Il aurait été d'accord pour que les cendres des hérétiques soient jetées dans la boue afin qu'ils ne se relèvent jamais d'entre les morts.

— Et quel âge aviez-vous lorsque vous avez quitté votre mère pour la première fois ?

Le souverain s'installe contre l'oreiller tel un enfant désireux qu'on lui raconte une histoire.

— Vous voulez que je vous parle de mon enfance ?

Il hoche la tête.

— Dites-moi tout.

— Ma foi, je n'étais plus une enfant lorsque j'ai quitté la maison, j'avais plus de seize ans. Ma mère essayait de me marier depuis mes onze ans. Mais sans succès.

Il acquiesce.

— Pourquoi cela ? Je gage que vous étiez la plus jolie petite fille qui fût. Avec ces cheveux et ces yeux, vous auriez pu obtenir n'importe quel parti.

Je ris.

— J'étais assez jolie, mais je n'avais pas plus de dot qu'une fille de rétameur. Mon père ne nous avait presque rien laissé ; il mourut lorsque je n'avais que cinq ans. Nous étions tous conscients que Nan, ma sœur, et moi devrions nous marier afin d'aider notre famille.

— Combien d'enfants étiez-vous ?

— Juste trois. Je suis l'aînée, ensuite vient mon frère William, puis Nan. Vous souvenez-vous de ma mère ? Elle était dame d'honneur à la Cour, puis elle obtint une position pour Nan auprès de…

Je ne termine pas ma phrase. Nan servit Catherine d'Aragon et toutes les reines qui lui succédèrent. Le roi l'a vue entrer pour le dîner à la suite de chacune de ses six femmes.

— Ma mère obtint une position à la Cour pour Nan, rectifié-je. Puis elle fit épouser Anne Bourchier à mon frère William. Ce fut sa plus grande réussite ; mais vous n'êtes pas sans savoir que cela s'est mal passé. Ce fut une erreur qui nous coûta cher à tous. Nan et moi-même fûmes tenues à l'écart afin que William puisse épouser un excellent parti. Tout notre argent fut dépensé pour William, et une fois que notre mère eut obtenu qu'il épousât Anne Bourchier, il ne restait plus un sou pour ma dot.

— Pauvre petite, se lamente le roi à moitié endormi. Si seulement je vous avais vue alors…

Il me vit. Je me rendis un jour à la Cour en compagnie de ma mère et de Nan. Je me souviens du jeune roi d'alors : chevelure dorée, bien campé sur ses jambes, arborant une large poitrine, quoique svelte. Je me souviens de lui montant à cheval tel un jeune centaure. Il passa devant moi, haut perché sur son destrier, et je levai les yeux vers lui ; et il était éblouissant. Il me regarda droit dans les yeux, moi, une petite fille de six ans, qui sautait sur place, saluant de la main ce souverain de vingt-sept ans. Il me sourit et me rendit mon salut. Je me figeai et le dévisageai avec émerveillement. Il était beau comme un ange. On le disait le plus beau roi du monde, et il n'y avait pas une seule femme en Angleterre qui ne rêvât de lui. Je l'imaginais souvent arrivant chez nous à cheval pour demander ma main. Dans mon imagination, s'il venait me chercher, tout irait bien, pour le restant de mes jours, pour l'éternité. Si le roi était tombé amoureux de moi, qu'aurais-je pu désirer de plus ? Que pouvait-on vouloir de plus ?

— Et c'est ainsi que je fus mariée à mon premier époux, Édouard Brough, l'aîné du baron Brough de Gainsborough.

— Il était fou, n'est-ce pas ? laisse échapper le roi d'une voix endormie de ses oreillers richement brodés.

Il a les yeux fermés. Ses mains, qu'il tient jointes sur le tumulus qui lui sert de torse, montent et descendent à chacune de ses respirations poussives.

— Son grand-père était fou, rectifié-je très bas. C'était néanmoins une maison terrifiante. Mon beau-père avait un affreux caractère et mon mari tremblait comme un enfant lorsque celui-ci se mettait en rage.

— Il ne vous était pas assorti, observe le roi avec une sereine satisfaction. C'était absurde de vous marier à un jeune homme. Même à cette époque, vous étiez sûrement fille à épouser un homme que vous puissiez admirer, quelqu'un de plus âgé, qui puisse vous tenir la bride.

— Ce n'était pas un époux pour moi, confirmé-je.

Je comprends à présent quelle tournure il souhaite voir prendre à cette histoire pour s'endormir. Le monde ne compte, après tout, qu'une demi-douzaine d'histoires, et celle-ci sera celle d'une jeune femme qui ne trouva jamais le bonheur, jusqu'à ce qu'elle rencontre enfin son prince.

— Non, nous n'étions pas du tout assortis, sans compter qu'il mourut, Dieu ait son âme, lorsque j'avais à peine vingt ans.

Comme si le fait que je dénigre ce pauvre Édouard qui gît sous terre depuis longtemps avait bercé le roi, celui-ci me gratifie d'un ronflement pour toute réponse. Je patiente un peu, lorsqu'il cesse brusquement de respirer. Dans l'angoisse, je remarque l'absence soudaine de bruit dans le silence de la chambre ; puis il reprend enfin son souffle et chasse bruyamment l'air de ses poumons. Il répète l'opération plusieurs fois, si bien que, finalement, je cesse de m'inquiéter. Je me renverse contre le dossier de mon fauteuil à côté du feu, et regarde les flammes lécher les bûches et danser dans l'âtre, faisant bondir les ombres qui s'évanouissent bientôt autour de moi, au son de ses incessants ronflements qui me donnent l'impression d'être dans une porcherie.

Quelle heure peut-il bien être ? Assurément, l'aube ne va plus tarder à poindre. Je me demande également quand les serviteurs vont arriver. Je donnerais tout l'or du monde pour savoir pendant combien de temps encore je vais devoir attendre que prenne fin cette interminable nuit. Étrangement, les nuits avec Thomas passaient en un éclair, comme si la lune se couchait à toute allure et que le soleil s'empressait d'atteindre le zénith. C'est loin d'être le cas ce soir. Cela n'arrivera sans doute plus jamais. Désormais, je passerai ma vie à attendre l'aurore. Les heures défilent tandis que je guette les premières lueurs du jour.

— Comment était-ce ? me chuchote Nan à l'oreille.

Derrière elle, les servantes emportent l'aiguière et la vasque de toilette tandis que mes demoiselles d'honneur aspergent mes draps d'eau de rose et les étendent devant le feu afin de les faire sécher.

Nan a apporté avec elle la bourse de rue séchée. Tournant le dos à la chambre, elle tire le tisonnier des braises rougeoyantes, fait bouillir un peu de petite bière et y mélange les herbes. Personne ne prête attention lorsque j'avale la mixture d'un trait. Je détourne mon visage afin que nul ne remarque ma grimace.

Je vais avec Nan jusqu'à mon prie-Dieu. Nous nous plaçons toutes deux face au crucifix et nous agenouillons l'une à côté de l'autre, tout près, afin que personne ne puisse nous entendre et que tous croient que nous marmonnons nos prières en latin.

— Est-il viril ?

Cette seule question constitue un crime de lèse-Majesté. Le frère d'Anne Boleyn fut décapité pour l'avoir posée.

— À peu près…, réponds-je laconiquement.

Elle pose sa main sur la mienne.

— Il ne t'a pas fait mal ?

Je secoue la tête.

— Il peut à peine bouger. Je ne risque rien de ce côté-là.

— Était-ce…, s'interrompt-elle.

En tant qu'épouse choyée par son mari, Nan n'a pas idée de ma répulsion.

— Je m'étais imaginé pire, admets-je, penchée sur mon rosaire. Et, désormais, j'éprouve de la pitié pour lui.

Je lève les yeux vers le crucifix et ajoute :

— Je ne suis pas la seule à souffrir. Ce sont des années difficiles pour lui. Songe à ce qu'il a été et à ce qu'il est devenu.

Elle ferme les paupières et prie en silence.

— Mon mari, Herbert, dit que la main de Dieu te protège, rapporte-t-elle.

— Tu dois parfumer ma chambre, conclus-je. Envoie quelqu'un chez l'apothicaire afin qu'il en rapporte des herbes et des parfums. De l'huile de rose, de la lavande, des parfums forts. Je ne supporte pas cette odeur. S'il est une chose que je ne peux pas supporter, c'est cette odeur. Elle m'empêche véritablement de dormir. Il faut que tu t'en occupes. C'est la seule chose qui me soit vraiment insupportable.

Elle acquiesce.

— Est-ce à cause de sa jambe ?

— De sa jambe et de ses flatulences, réponds-je. Mon lit sent la mort et les excréments.

Elle tourne les yeux vers moi, l'air choquée.

— « La mort » ?

— La putréfaction du corps. Un corps en décomposition. La pestilence. Je rêve de mort, expliqué-je sèchement.

— Naturellement, la reine est morte ici.

Je pousse un cri d'horreur. Aussitôt mes dames de compagnie se retournent pour voir ce qu'il se passe ; je m'efforce de transformer mon cri en toux. On m'apporte un verre de petite bière que je bois à petites gorgées. Dès que les servantes se sont retirées, je me tourne vers Nan.

— Quelle reine ? demandé-je, songeant avec effroi à la jeune Catherine Howard. Pourquoi ne me l'as-tu pas dit ?

— La reine Jane, bien sûr, répond-elle.

Je savais qu'elle était morte juste après avoir donné naissance au prince, mais je ne m'étais pas figuré que ce pût être dans ces appartements, dans mes appartements.

— Pas ici même ?

— Évidemment, ici, rétorque Nan simplement. Dans cette chambre.

Avisant mon expression horrifiée, elle ajoute :

— Dans ce lit.

J'esquisse un mouvement de recul, serrant mon rosaire.

— Dans mon lit ? Là où nous avons passé la nuit ?

— Mais, Catherine, il n'y a aucune raison d'en faire une affaire personnelle. C'était il y a plus de cinq ans.

Je frémis et constate que je ne peux endiguer le frisson.

— Nan, je ne peux pas faire cela, je ne peux pas dormir dans le lit de sa défunte femme.

— De ses défuntes femmes, rectifie-t-elle. Catherine Howard dormait ici. Ce fut également son lit.

Je ne crie pas, cette fois.

— Je ne peux le supporter, insisté-je.

Elle se saisit de mes mains tremblantes.

— Calme-toi. C'est la volonté de Dieu, affirme-t-elle. L'appel de Dieu. Tu dois le faire, tu peux le faire. Je t'aiderai, et Dieu te soutiendra.

— Je ne peux pas dormir dans le lit de la défunte reine et enfourcher son mari.

— Il le faut. Dieu t'y aidera. Je lui adresse mes prières, je prie tous les jours : « Dieu, venez en aide à ma sœur et guidez-la. »

Je hoche convulsivement la tête.

— Amen. Amen. Que Dieu me garde, amen.

Il est temps pour moi qu'on m'habille. Je me tourne afin que mes servantes puissent m'enlever ma chemise de nuit par les épaules et faire ma toilette avec des onguents parfumés avant de me sécher délicatement. Ensuite, je me glisse dans ma magnifique camisole brodée. Je me tiens telle une poupée tandis qu'elles nouent les rubans autour de mon cou et sur mes épaules. Les dames d'atour apportent des robes ainsi que tout un choix de manches et de capuches qu'elles me présentent dans un silence recueilli. Je choisis une robe vert foncé, des manches noires et une capuche de même couleur que les manches.

— Très sobre, fait remarquer ma sœur d'un ton critique. Tu n'es plus obligée de te vêtir de noir à présent. Tu es mariée, tu n'es plus veuve. Tu devrais porter des robes plus éclatantes. Nous t'en ferons apporter afin que tu choisisses.

J'adore les beaux habits, elle le sait.

— Ainsi que des chaussures ! ajoute cette tentatrice. Nous ferons venir les cordonniers. Tu peux avoir toutes les chaussures que tu veux à présent.

Elle s'avise de ma réaction et part d'un grand éclat de rire.

— Pour l'heure, tu vas avoir beaucoup à faire. Tu vas devoir organiser ta maisonnée. La moitié de l'Angleterre désire t'envoyer sa fille pour te servir. J'ai une liste de noms. Nous pourrons y jeter un coup d'œil après la messe.

L'une de mes dames fait un pas en avant.

— Si vous voulez bien me pardonner, j'ai une faveur à vous demander. Si vous le permettez.

— Nous examinerons toutes les demandes ensemble après l'office, décrète ma sœur.

Je me glisse dans la robe et me tiens immobile pendant qu'elles attachent la jupe, le corset, et maintiennent les manches en place avant de passer les lacets dans les œillets.

— J'enverrai quérir notre frère William, annoncé-je placidement à Nan. Je veux qu'il soit là. Et aussi notre oncle Parr.

— Il semblerait que des membres de notre famille inconnus jusqu'à ce jour se font désormais connaître. Dans tout le pays. Chacun se montre désireux de revendiquer une parenté avec la nouvelle reine d'Angleterre.

— Je me dois de leur accorder des charges à tous, n'est-ce pas ?

— Tu auras besoin de t'entourer de gens qui dépendent de toi. Naturellement, tu récompenseras ta propre famille. Et je suppose que tu feras appeler la petite Latimer, ta belle-fille ?

— Margaret Latimer est très chère à mon cœur, réponds-je, soudain pleine d'espoir. Pourrais-je l'avoir auprès de moi ? Et Élisabeth, mon autre belle-fille ? Et Lucy Somerset, la fiancée de mon beau-fils ? Ma cousine Brough, Élisabeth Tyrwhit ?

— Bien sûr, et j'ai pensé que tu pourrais confier une charge au sein de ta maisonnée à l'oncle Parr, et nous ferons également venir sa femme, tante Marie, ainsi que notre cousine Lane.

— Oh, oui ! m'exclamé-je. Comme j'aimerais avoir Maud auprès de moi.

Nan sourit.

— Tu pourras faire venir qui tu voudras, obtenir tout ce que tu voudras. Tu devrais faire connaître tes souhaits dès à présent, dans les premiers jours, parce que l'on ne te refusera rien. Tu as besoin d'un entourage qui te soit acquis, de cœur et d'âme, et qui veille sur toi.

— Pour me protéger de quoi ? lancé-je tandis que l'on pose ma capuche sur ma tête, capuche qui pèse autant qu'une couronne.

— Des autres familles, susurre-t-elle en lissant mes cheveux auburn avant de les glisser sous leur filet doré. De toutes les familles qui jouirent précédemment de la protection de leur royale parenté et qui n'entendent pas se voir exclure par l'arrivée de la nouvelle reine. De familles telles que les Howard et les Seymour. Et tu auras également besoin de protections contre les nouveaux conseillers du roi, contre des hommes tels que William Paget, Richard Rich et Thomas Wriothesley, tous sortis de nulle part et refusant qu'une nouvelle reine conseille le roi à leur place.

Nan désigne Catherine Brandon d'un geste de la tête tandis que celle-ci entre dans la chambre avec mon petit coffret à bijoux, afin que je fasse mon choix. Elle ajoute à voix basse :

— Et contre des femmes comme elle, épouses des amis du roi, et contre toute dame d'honneur au joli minois susceptible de devenir la prochaine favorite.

— Pas déjà ! m'exclamé-je. Nous ne sommes mariés que depuis hier !

Elle acquiesce.

— Il est gourmand, rétorque-t-elle simplement, comme si c'était une question de nombre de plats au dîner. Il en veut toujours davantage. C'est un besoin constant chez lui. Il ne se lasse pas d'être admiré.

— Mais il m'a épousée ! insisté-je. Il a tenu à m'épouser.

Elle hausse les épaules. Après tout, il a épousé toutes celles qui m'ont précédée, et cela ne l'a pas empêché de désirer la suivante.

Dans la loge de la reine à l'étage de la chapelle, je suis des yeux le prêtre qui officie au miracle de la messe en tournant le dos à l'assemblée comme si celle-ci n'était pas digne de le voir advenir, et prie Dieu de m'accorder son aide dans ce mariage. Je songe aux autres reines qui se sont agenouillées sur ce prie-Dieu orné des armoiries royales et de la rose bicolore, et qui ont prié, elles aussi. Certaines d'entre elles ont dû implorer Dieu avec une angoisse croissante de leur accorder un fils en bonne santé, d'autres auront pleuré la perte de leur ancienne vie, d'autres encore se seront languies de leur foyer et des leurs, qui les aimaient pour elles-mêmes, non pour ce qu'elles pouvaient leur apporter. Une, au moins, connut un chagrin amoureux semblable au mien et dut mettre de côté, chaque jour que faisait le Seigneur, le souvenir de l'homme qu'elle aimait. Je sens presque leur présence, tandis que je mets mon visage dans le creux de mes mains. Je pourrais presque sentir, sur le bois du lutrin, l'odeur de la peur qu'elles éprouvèrent. Je suppose que si j'en léchais le lustre avec ma langue, je sentirais le goût salé de leurs larmes.

— Vous n'êtes pas gaie ? s'enquiert le roi lorsqu'il me retrouve dans la galerie à l'extérieur de la chapelle.

Il est suivi de ses amis : le frère de la reine Jane, l'oncle de la reine Anne, le cousin de la reine Catherine. Derrière moi, il n'y a que mes dames d'honneur.

— N'êtes-vous pas gaie le premier matin de votre mariage ?

Instantanément, je lui adresse un grand sourire.

— Au contraire, je suis très gaie, répliqué-je avec détermination. Et vous, Votre Majesté ?

— Vous pouvez m'appeler mon mari et mon seigneur, lance-t-il, et il me prend la main et l'écrase entre son épais pourpoint matelassé et sa manche de brocarts.

— Accompagnez-moi jusqu'à ma chambre particulière, déclare-t-il sans formalités. J'ai à vous parler, seul à seul.

Il me libère afin de pouvoir s'appuyer sur un page, avant de poursuivre lentement son chemin en claudiquant. Je le suis à travers sa vaste antichambre, où des centaines d'hommes et de femmes se sont massés pour nous regarder passer, puis à travers la chambre de parade, ou une multitude d'autres attendent avec des demandes et des requêtes, puis nous pénétrons enfin dans sa chambre privée, où seule la Cour est admise. À chaque porte que nous franchissons, l'affluence diminue devant les interdictions d'entrer, jusqu'à ce qu'il ne reste plus que le roi et Anthony Denny, deux ou trois clercs, ses deux pages, son bouffon Will Somers, deux de mes dames d'honneur et moi. Voilà ce qu'il entend par être seul avec sa femme.

On le hisse sur sa chaise surélevée, laquelle craque un peu sous son poids, puis on glisse un repose-pied sous sa jambe et la recouvre avec une pièce de tissu. Il me fait signe de venir m'asseoir près de lui et chasse l'assemblée d'un geste de la main. Denny se réfugie au fond de la pièce et fait semblant de s'entretenir avec son épouse, Joan, qui est à mon service. Je suis sûre qu'ils tendent tous deux l'oreille pour ne rien perdre de notre conversation.

— Ainsi, vous êtes gaie, ce matin ? confirme Henri. Pourtant, je vous ai regardée à la chapelle, et vous aviez l'air grave. Je peux vous apercevoir à travers le treillage de ma loge, vous savez. J'ai les moyens de vous faire surveiller et garder à tout moment. Soyez bien certaine que je ne vous oublie jamais.

— Je priais, Sire.

— C'est bien, approuve-t-il. J'apprécie que vous soyez sincèrement pieuse, mais je veux que vous soyez heureuse. La reine d'Angleterre doit être la femme la plus heureuse de la chrétienté, ainsi que la plus bénie. Vous devez montrer au monde que vous êtes heureuse le premier matin de vos noces.

— Je le suis, assuré-je. Je le suis vraiment.

— D'un bonheur qui se voit…, me souffle-t-il.

Je lui réponds par mon sourire le plus éclatant.

Il me signifie son approbation d'un hochement de tête.

— Et maintenant, du travail vous attend. Et vous devez faire tout ce que je dis. Je suis votre mari désormais, et vous avez fait vœu de m'obéir.

Le ton cocasse qu'il emploie m'indique qu'il plaisante. Je lève les yeux vers lui.

— Je m'efforcerai d'être une très bonne épouse.

Il glousse.

— Voici mes ordres : vous devrez commander de beaux vêtements et de magnifiques étoffes auprès des tailleurs et des couturières, ainsi qu'un grand nombre de robes. Je veux vous voir vêtue comme une reine, non comme la pauvre veuve Latimer.

J'émets un petit cri de surprise affecté et serre mes mains paume contre paume.

— On m'a dit que vous aimiez les oiseaux ? s'enquiert-il. Les oiseaux bariolés et les oiseaux chanteurs.

— En effet. Mais je n'ai jamais eu les moyens de m'en offrir.

— Eh bien, à présent, vous les avez. Je dirai aux commandants des navires de rapporter de petits oiseaux pour vous.

Il sourit et ajoute :

— Ce pourrait être un nouvel impôt sur les cargaisons : des petits oiseaux pour la reine. D'ailleurs, j'ai d'ores et déjà quelque chose pour vous.

Il se retourne et claque des doigts à l'intention d'Anthony Denny qui s'avance et pose une bourse épaisse sur la table, ainsi qu'un petit écrin. Henri me remet d'abord l'écrin.

— Ouvrez-le.

C'est un magnifique rubis, taillé en table, tel un billot, monté sur un simple anneau d'or. Il est trop gros pour mes doigts, mais le roi le passe à mon pouce et admire son éclat rougeoyant.

— Vous plaît-il ?

— Énormément.

— Et il y en a d'autres, bien sûr. Je les ai fait porter à vos appartements.

— D'autres ?

Ma naïveté commence à le charmer.

— D'autres bijoux, ma chère. Vous êtes la reine. Vous possédez un trésor de joyaux. Vous pouvez en choisir un nouveau chaque jour de l'année.

Mon plaisir n'est pas feint.

— Je raffole des jolies choses.

— Elles rendent hommage à votre beauté personnelle, réplique-t-il avec douceur. J'aspire à vous voir parée des trésors royaux, depuis la première fois que je vous ai vue.

— Merci, mon cher époux. Merci beaucoup.

Il glousse.

— Je crois que je vais adorer vous offrir des babioles. Vous rougissez comme un petit bouton de rose. Cette bourse d'or est aussi pour vous. Dépensez-la comme il vous plaît et ensuite, venez m'en demander une autre. Vous jouirez bientôt de terres et de revenus. Vous serez une femme riche. Vous disposerez de toutes les terres qui reviennent à la reine et du château de Baynard, à Londres. Vous serez à la tête d'une fortune à votre nom. Ceci a seulement pour but de vous tirer d'embarras en attendant.

— J'aimerais bien qu'on me tire d'embarras, moi aussi, fait remarquer Will Somers. J'ignore pourquoi, mais je suis tout le temps embarrassé.

Les hommes présents s'esclaffent tandis que, à l'abri des regards, je soupèse la bourse. Si ce sont des pièces d'or, ainsi que je le pense, je tiens là une petite fortune.

Le roi se tourne vers son page.

— Donnez-moi la liste, ordonne-t-il.

Le jeune homme s'incline et lui tend un rouleau de papier.

— C'est une liste d'hommes et de femmes qui désirent vous servir, annonce le souverain. J'ai noté ceux que je souhaite vous voir engager. Mais vous êtes libre en ce qui concerne la plupart des charges. Je veux que vous soyez joyeuse dans vos appartements et que vous choisissiez votre propre compagnie.

C'est une prérogative de la reine que de choisir ses propres servantes. Celles-ci l'accompagnent nuit et jour. Il n'est que justice que celles-ci soient ses amies, des membres de sa famille et des favorites. Le roi n'est pas censé en établir la liste.

— Je pense que j'approuverai votre choix, dit-il. Je suis sûr que vous ne distinguerez personne qui n'ait mon approbation. Vous avez des goûts si exquis que vous choisirez nécessairement des dames qui seront un ornement pour votre Cour et la mienne.

Je penche la tête de côté.

— Mais elles devront être jolies, précise-t-il. Veillez-y. Je ne veux aucun laideron.

Je ne relève pas le fait qu'il insiste pour que je choisisse des dames de compagnie qui lui plaisent. Il serre très fort ma main.

— Ah, Kate, nous allons bien nous entendre, vous et moi ! Nous irons à la chasse cet après-midi, et vous serez avec moi.

— Ce sera avec joie.

J'ai hâte de monter en selle et de galoper avec les autres chasseurs. J'ai besoin du sentiment de liberté que procure le fait de chevaucher derrière la meute, de suivre la piste que son flair nous indique, au grand galop et loin de l'immense palais. Mais je sais que cela ne se déroulera pas ainsi. Je devrai prendre place dans l'abri royal à côté du roi et voir le cerf approcher, rabattu vers nous afin qu'Henri appuie sur la détente de son arbalète chargée de son siège. Sous ses yeux, les chasseurs rabattront et harcèleront le cerf. Derrière lui, un page se saisira de la flèche acérée dont il armera l'arbalète. Le roi ne fera rien d'autre que viser et tirer. Il transforme une chasse, avec tous ses imprévus et ses hasards en un abattage de cour de ferme, en abattoir. La chasse royale, qui fut autrefois une occasion de réjouissances, est devenue une pagaille où des animaux sont acculés pour être massacrés. Mais c'est tout ce qu'il est en mesure de faire désormais. Celui dont je me souviens sous les traits d'un centaure, d'un chasseur, qui épuisait trois chevaux en une seule journée, est réduit à l'état de meurtrier avachi dans un fauteuil, vaincu par la vieillesse et une santé défaillante, dont un homme plus jeune arme l'arbalète.

— Je serai très heureuse de prendre place à vos côtés, suis-je obligée de mentir.

— Et vous apprendrez à tirer, promet-il. Je vous donnerai une petite arbalète rien qu'à vous. Vous devez vous joindre à ce divertissement. Prendre plaisir à tuer.

N'est-il pas rempli de bonnes intentions à mon égard ?

— Merci, répété-je.

D'un geste de la tête, il signale que le moment est venu pour moi de prendre congé. Je me dresse sur mes jambes, et marque un temps d'arrêt tandis qu'il me fait signe d'approcher et relève sa grosse face de lune. Il ressemble à un enfant qui tend les lèvres en toute confiance. Je pose la main sur son épaule massive et me penche. Son haleine est horriblement nauséabonde – un peu comme celle d'une meute de chiens haletants –, mais je tiens bon. Je l'embrasse sur la bouche et soutiens son regard en souriant.

— Ma très chère, commence-t-il à voix basse. Ma chère et tendre. Vous serez ma dernière et ma plus chère épouse.

Je suis si touchée que je m'incline à nouveau et pose ma joue contre la sienne.

— Allez acheter de jolies choses, m'ordonne-t-il. Je veux que vous possédiez les atours d'une épouse chérie par son mari et ceux de la reine la plus raffinée que l'Angleterre ait connue.

Je sors de la pièce passablement étourdie. Si je porte les atours d'une femme aimée de son mari, ce sera bien la première fois. Aux yeux de mon deuxième époux, lord Latimer, je fus une compagne et une collaboratrice, une assistante qui veillait sur ses terres et éduquait ses enfants. Il m'enseigna les savoirs qu'il avait besoin que je connaisse et il se félicitait de m'avoir à ses côtés. Mais il ne me choya jamais, ni ne m'offrit quoi que ce soit, et il ne se soucia jamais de mon image auprès des autres. Il partait à cheval et me laissait aux prises avec d'éprouvants dangers, attendant de moi que je le serve en officiant en tant que commandant de la place forte de Snape, certain que je saurais mener ses hommes en son absence. J'étais sa fondée de pouvoir, non sa bien-aimée. À présent, je suis mariée à un homme qui m'appelle son « épouse chérie » et qui me comble de présents.

Nan attend à la porte avec Joan, porte qui s'ouvre pour nous laisser passer.

— Viens, lancé-je à ma sœur. Je crois que certaines choses nous attendent dans mes appartements qu'il te fera plaisir de voir.

Ma propre chambre de parade est bondée de gens venus me féliciter pour mon mariage, dans l'espoir d'obtenir, qui une charge ou une faveur, qui une audience ou un fief. J'avance parmi eux en leur souriant, sans m'arrêter. Je commencerai mon métier de reine dès aujourd'hui ;

mais pour l'instant, j'ai envie de découvrir les cadeaux que m'a faits mon mari.

—Oh ! là, là ! s'exclame Nan tandis que les gardes ouvrent en grand la porte à deux battants de mes appartements privés, et que mes dames de compagnie se lèvent et désignent, désarmées, la demi-douzaine de coffres que les hommes du roi ont disposés dans toute la pièce, de grandes clés attendant dans les serrures.

C'est un péché d'éprouver un tel sursaut de cupidité. Je ris de moi-même.

—Arrière ! m'écrié-je en plaisantant. Arrière, car je m'apprête à plonger les mains dans un trésor !

Nan fait tourner la clé du premier coffre, et nous en soulevons ensemble le lourd couvercle. C'est une malle de voyage. Elle contient la vaisselle d'or de la table privée de la reine. Je fais signe à deux demoiselles d'honneur d'approcher. Elles déballent assiette après assiette, jouant involontairement avec les reflets étincelants qui virevoltent tout autour de la pièce, tels des anges pris de frénésie.

—Encore !

Et bientôt nous avons toutes en main une assiette dont nous nous amusons à projeter le reflet dans les yeux des autres dames, et par intermittence dans tous les coins de la salle sous forme de disques lumineux, jusqu'à ce que les murs soient tachetés de reflets. Je ris de bon cœur tandis que nous continuons de nous aveugler mutuellement, de faire miroiter les reflets au plafond et de virevolter, entraînant la pièce dans notre danse éblouissante.

—Quoi d'autre ? demandé-je, à bout de souffle.

Aussitôt Nan ouvre le coffre suivant.

Il est rempli de colliers et de ceintures. Elle en tire des enfilades de perles ainsi que des ceintures richement décorées et incrustées de saphirs, de rubis, d'émeraudes, de diamants et de pierres précieuses dont je ne connais même pas le nom, sombres beautés scintillantes serties dans d'épaisses montures d'argent et d'or. Elle étale des chaînes en or sur les accoudoirs des chaises, des colliers d'argent et de diamants sur les genoux des demoiselles, de sorte qu'ils brillent de tous leurs feux sur fond de somptueux tissus. Il y a des opales au doux éclat laiteux et aux multiples reflets; il y a de gros blocs d'ambre orange foncé; et il y a, dans des bourses, des quantités de pierres non taillées qui ressemblent à des cailloux, dissimulant dans leur profondeur minérale l'éclat précieux de leur eau.

Nan ouvre un autre coffre qu'on a minutieusement recouvert d'un rouleau de cuir extrêmement doux. Elle en sort des bagues montées de lourdes pierres précieuses, ainsi que des cabochons solitaires au bout de longues chaînes. Sans mot dire, elle pose devant moi le célèbre collier doré à l'or fin de Catherine d'Aragon. Une autre bourse révèle les rubis d'Anne Boleyn. Les joyaux de la couronne d'Espagne sont contenus dans un seul grand écrin; et bientôt la dot d'Anne de Clèves s'étale à mes pieds. Le trésor que le roi déversa sur la tête de Catherine Howard emplit un coffre à lui tout seul; personne ne l'a plus touché depuis le jour où on lui a tout enlevé et qu'elle est allée placer son cou sous le tranchant de la hache.

— Regardez ces boucles d'oreilles! s'exclame quelqu'un.

Je me détourne, et vais à la fenêtre contempler le jardin à la française et le mince trait argenté du fleuve entre les arbres. J'ai soudain la nausée.

— Ce sont là les biens de mortes, dis-je d'une voix mal assurée lorsque Nan vient me rejoindre. Ce sont les joyaux préférés de reines mortes. Ces colliers ont été portés par ma devancière ; certains ont été mis par toutes celles qui m'ont précédée. Ces perles connurent la chaleur de leurs gorges défuntes, l'argent en est corrompu par leurs vapeurs passées.

Nan est aussi livide que moi. C'est elle qui enveloppa les émeraudes de Catherine Howard dans leur présentoir de cuir et qui les mit dans cette même boîte à bijoux le jour de son arrestation. C'est elle qui attacha les saphirs autour du cou de Jane Seymour le jour de son mariage. C'est encore elle qui tendit à Catherine d'Aragon ses boucles d'oreilles qui gisent à présent sur la table de ma chambre privée, pour mon propre usage.

— Tu es la reine, à toi les trésors de la reine, décrète Nan, mais sa voix tremble. Incontestablement, c'est ainsi qu'il doit en être.

On frappe un coup sec à la porte et le garde l'ouvre en grand. William Herbert, le mari de Nan, entre et sourit de nous voir toutes entourées de bijoux, émerveillées comme des enfants parmi des pâtisseries et ne sachant que choisir.

— Sa Majesté vous envoie ceci, annonce-t-il. C'est un oubli. Elle m'a dit de le poser sur votre tête bien-aimée.

Tandis que je me redresse et m'approche de mon beau-frère, je m'aperçois qu'il évite mon regard. Il contemple la fenêtre derrière moi, le ciel où s'enfuient les nuages ; il ne pose pas non plus les yeux sur les joyaux étalés à mes pieds tandis que je contourne minutieusement les capuches de Catherine d'Aragon, les zibelines noir luisant de Catherine Howard. Dans sa main, il tient un petit écrin qui semble lourd.

— Qu'est-ce que ceci ?

À peine ai-je posé la question que je pense : Je *n'en veux pas.*

Pour toute réponse, il s'incline et défait le fermoir en métal. Il soulève le couvercle, le laisse retomber en arrière sur ses charnières de bronze qui le retiennent. À l'intérieur se trouve une affreuse petite couronne. Les dames derrière moi poussent un petit cri d'émerveillement. J'aperçois Nan qui esquisse un geste, comme si elle avait l'intention d'empêcher l'inéluctable d'arriver.

William pose l'écrin et en extrait la couronne finement ouvragée, incrustée de perles et de saphirs. Elle est surmontée d'une croix en or massif qui rappelle une coupole d'église.

— Le roi désire que vous l'essayiez.

Docilement, je présente ma tête à Nan afin qu'elle enlève ma capuche, puis son mari lui remet la couronne. Elle est à la bonne taille : elle s'ajuste à mon crâne avec la même précision qu'une migraine.

— Est-elle neuve ? demandé-je d'une voix à peine audible.

Comme j'aimerais qu'elle ait été fabriquée exprès pour moi.

Il secoue la tête.

— À qui appartenait-elle ?

Nan lui intime le silence d'un geste de la main.

— C'était la couronne d'Anne Boleyn, répond-il néanmoins.

J'en sens peser tout le poids écrasant sur ma tête.

— Assurément, il ne veut pas que je la porte aujourd'hui, dis-je embarrassée.

— Il vous dira quand la porter, déclare William. Lors des fêtes importantes ou lorsque vous recevrez des ambassadeurs étrangers.

J'acquiesce d'un hochement de tête, la nuque raide, et Nan m'enlève la couronne et la range dans son écrin. Elle referme le couvercle, comme si elle voulait l'ôter de sa vue. *La couronne d'Anne Boleyn… Comment ne pourrait-elle pas porter malheur ?*

— Cependant, je suis chargé de remporter les perles, poursuit William d'un ton gêné. Elles furent apportées ici par erreur.

— Quelles perles ? s'enquiert Nan auprès de son mari.

Il la considère un moment, faisant toujours en sorte de ne pas poser les yeux sur moi.

— Les perles Seymour, répond-il calmement. Elles doivent rester dans la salle du trésor.

Nan se penche en avant et ramasse les enfilades de perles, qui brillent de leur éclat laiteux, puis elle les remet dans leur long écrin, les rangées s'étirant en forme de huit sur toute sa longueur, à la manière d'un serpent lové sur lui-même. Elle tend enfin le tout à William et me sourit.

— Heureusement, nous possédons déjà une fortune rien qu'en perles ! s'exclame-t-elle, afin de faire passer l'embarras du moment.

Je raccompagne William jusqu'à la porte.

— Pourquoi les reprend-il ? lui demandé-je à mi-voix.

— En mémoire d'elle, me répond-il. Elle lui a donné son fils. Il veut les garder pour l'épouse du futur prince. Il ne veut pas que qui que ce soit d'autre les porte.

— Naturellement, m'empressé-je de répliquer. Dites-lui combien tout le reste me ravit. Je sais que ces perles ont une signification particulière.

— Il est en prière, m'annonce mon beau-frère. Il fait donner une messe pour elle en ce moment même.

Sagement, je conserve mon expression empreinte de compassion. La croyance selon laquelle Dieu raccourcit l'attente d'une âme avant son entrée au paradis contre cent messes, mille prières et des brasiers d'encens, fut abolie par ce même roi, qui fit fermer les chapelles où ces rituels avaient lieu. La chapelle réservée à la prière pour l'âme de Jane fut elle-même détruite. J'ignorais qu'il continuât de s'accrocher à une croyance qu'il nous interdit à tous : l'espoir de faire sortir quelqu'un du purgatoire par la prière.

— Stephen Gardiner célèbre une messe spécialement pour la reine Jane, m'informe William. Une messe en latin.

Je ne peux que m'étonner que Sa Majesté prie pour la reine défunte le lendemain de son mariage avec moi.

— Dieu la bénisse, lancé-je maladroitement, sachant que William va rapporter mes paroles à son royal maître. Remportez ces perles et gardez-les en lieu sûr. Je prierai moi aussi pour son âme.

Comme le roi l'avait promis, la nouvelle se répand que la reine aime beaucoup les jolis oiseaux. L'une des pièces attenantes à ma chambre de parade est vidée de ses meubles pour être remplie de perchoirs et de cages. Aux fenêtres sont suspendues de petites volières pour les oiseaux chanteurs des îles Canaries. Lorsque le soleil entre par l'épais carreau, ils gazouillent, se lissent les plumes et battent de leurs ailes. Je les regroupe par couleurs : les dorés et les jaunes ensemble ; les verts à côté des premiers ; tandis que les bleus volettent sous un ciel peint de même couleur que leur plumage. J'espère qu'ils s'accoupleront. Chaque matin, après l'oratoire, je me rends dans ma salle aux oiseaux et les nourris tous moi-même ; j'aime sentir leurs petites serres s'accrocher autour de mes doigts lorsqu'ils s'y perchent pour venir picorer des graines dans ma main.

Pour mon plus grand ravissement, un beau jour, un matelot basané des Indes orientales à l'oreille percée d'un anneau d'argent et au faciès tatoué qui ressemble plus à un démon de fresques qu'à un homme, se présente dans ma chambre de parade avec un énorme oiseau bleu comme l'indigo et grand comme une buse, juché sur son poing serré. Il me le vend pour un prix ridiculement élevé, et me voilà l'heureuse propriétaire d'un perroquet aux yeux noirs et au regard entendu. Je l'appelle Don Pepe, puisqu'il ne parle qu'un dialecte espagnol des plus obscènes. Je vais devoir recouvrir sa cage lorsque l'ambassadeur d'Espagne, Eustache Chappuis, viendra me présenter ses hommages ; mais Nan m'assure qu'il n'est pas homme à s'offusquer facilement : après des années passées à la Cour, il a entendu bien pire.

Le roi me fait cadeau d'un nouveau cheval – une magnifique jument baie – pour mes promenades et d'un chiot – un adorable épagneul à l'éclatante robe brun clair. Je l'emmène partout où je vais et il s'assoit à mes pieds lorsque je suis à la messe le matin. C'est la première fois que j'ai un chien uniquement pour le plaisir ; mes seuls compagnons à quatre pattes étaient les chiens de chasse que nous gardions dans les écuries de Snape ou les chiens de berger aux promptes échappées incontrôlables.

— Tu es l'être le plus paresseux au monde ! lui dis-je. Comment peux-tu te supporter toi-même, alors que tout ce qu'on te demande, c'est d'être un élément du décor ?

— Il est vraiment adorable, convient Nan.

— Purkoy était un amour, fait remarquer Catherine Brandon.

— Ah, qui était Purkoy ? interrogé-je.

— Le chien d'Anne Boleyn, m'explique Nan en jetant un regard noir à Catherine. Rien de comparable avec le petit Rig ici présent.

— Y a-t-il quoi que ce soit de nouveau ? demandé-je avec humeur. Est-il une chose que je fasse que l'une d'entre elles n'ait pas déjà faite ?

Catherine prend un air gêné.

— Vos pendules, répond Nan avec un petit sourire qui n'est destiné qu'à moi. Vous êtes la première reine à vous être entichée des horloges. Tous les orfèvres et tous les horlogers de Londres sont aux anges !

Il est prévu que la Cour parte en itinérance, ainsi qu'elle le fait chaque été. Je n'ai pas la plus petite idée de comment nous sommes censés tout remballer pour nous remettre en route chaque semaine, parfois seulement au bout de quelques jours, passant de résidence en résidence, où nos serviteurs devront décharger le mobilier, les tapisseries et l'argenterie afin d'organiser la Cour en un lieu différent. *Comment savoir quels vêtements je dois mettre dans mes bagages ? Comment savoir quels bijoux je dois prendre ?* Je ne sais même pas comment ils font pour emporter assez de literie.

— Tu n'as pas à t'en inquiéter, m'assure Nan. Vraiment pas. Tous les serviteurs ont déjà déménagé la Maison de la reine une multitude de fois, cent fois peut-être. Tout ce que tu auras à faire, c'est chevaucher à côté du roi et afficher ton plus beau sourire.

— Mais toute la literie ! Et tous les vêtements !

— Chacun sait ce qu'il a à faire, insiste-t-elle. Tu dois seulement aller là où l'on t'envoie.

— Et mes oiseaux ?

— Les fauconniers s'en occuperont. Ils voyageront dans leur propre chariot, derrière les faucons et les éperviers.

— Et mes bijoux ?

— Je m'en chargerai. Je fais cela depuis des années, Kat, tu peux me faire confiance. Encore une fois, tout ce que tu as à faire, c'est chevaucher à côté du roi s'il en exprime le vœu et être toute en beauté.

— Et s'il n'en exprime pas le vœu ?

— Alors tu chevaucheras avec tes compagnons et ton maître d'écurie.

— Je n'ai même pas encore de maître d'écurie, je n'ai pas pourvu tous les offices de la Maison de la reine.

— Nous procéderons aux nominations chemin faisant. Les postulants ne manquent pas ! Tous les clercs seront du voyage, ainsi que la majorité de la Cour. Le Conseil privé se réunit partout où se trouve le roi. Ce n'est pas comme si nous quittions la Cour. Nous emportons tout avec nous.

— Où allons-nous ?

— À Oatlands, pour commencer, répond-elle, non sans un certain contentement. Selon moi, c'est l'un des palais les plus agréables. Il a été construit récemment en bordure du fleuve, et n'a rien à envier aux autres pour ce qui est du faste. Tu vas adorer y séjourner, et les chambres n'y sont pas hantées par des fantômes.

Été 1543, château d'Oatlands, Surrey

Nan a entièrement raison, la Cour se dissout et se reconstitue avec une facilité déconcertante. En outre, j'adore mes appartements du château d'Oatlands. Celui-ci se dresse au bord du fleuve, près de Weybridge, et fut érigé pour servir de théâtre à la lune de miel d'Henri et d'Anne de Clèves. Nan ne peut donc pas affirmer en toute rigueur que le palais n'est pas hanté. Le chagrin et la déception d'Anne de Clèves imprègnent chaque patio. Sa demoiselle de compagnie, Catherine Howard, épousa en grande pompe le roi, ici, dans la chapelle du château. Je suppose qu'il l'avait poursuivie de ses assiduités, lui disant des paroles affectueuses d'une voix haletante, claudiquant aussi vite que possible dans les magnifiques jardins.

L'édifice fut construit avec les pierres de l'abbaye de Chertsey, dont chaque gracieux bloc de grès fut délogé de l'emplacement où il avait été antérieurement enchâssé afin de servir Dieu pour l'éternité. Les larmes des fidèles durent en mouiller le mortier; mais plus personne ne s'en soucie désormais. L'endroit offre un immense palais ensoleillé, bâti à deux pas du fleuve avec quatre tours d'angle et une vaste cour intérieure. Orientés au sud, mes appartements bénéficient d'ensoleillement et de lumière. Ceux du roi leur sont contigus. Il m'a prévenue qu'il peut faire irruption à n'importe quel moment pour voir ce que je fais.

Pendant les jours qui suivent Nan et moi établissons la liste des charges au sein de la Maison de la reine et commençons à les pourvoir en respectant les choix du roi, mais également en en confiant certaines à nos amis et aux membres de notre famille; puis, après que nous avons satisfait tous ceux qui pouvaient prétendre me servir, nous passons à ceux dont nous désirons faire progresser la carrière. Je consulte la liste établie par Nan et ses amis favorables aux réformes religieuses. En attribuant à ceux-ci une charge officielle au sein de ma maisonnée et à l'intérieur de mes appartements comme entourage de compagnie, je renforce leur position au moment même où le roi leur retire son soutien.

Il a ratifié la publication d'une déclaration en matière de doctrine intitulée *Le Livre du roi*, qui rappelle les croyants à l'obligation qu'ils ont de se confesser et de croire au miracle de la messe. Le vin se transforme en sang, le pain en chair : le roi dit qu'il en est ainsi, et tous doivent y ajouter foi. Il a fait retirer la grande Bible anglaise de toutes les églises de chaque paroisse, et seuls les riches et la noblesse sont autorisés à lire la Bible dans la langue du pays, et ce uniquement chez eux. Les pauvres et les illettrés sont tenus autant à l'écart de la Parole de Dieu que s'ils vivaient en Éthiopie.

— Je veux quelques érudites à mes côtés, annoncé-je à Nan, presque timidement. J'ai toujours eu le sentiment que j'aurais dû lire et étudier davantage. Je souhaite améliorer mon français et mon latin. Je veux des compagnes d'étude.

— Tu peux assurément engager des précepteurs, répond-elle. On peut s'en procurer aussi facilement que des perroquets. Et tu pourrais faire prêcher un sermon chaque après-midi, Catherine d'Aragon le faisait. Tu disposes déjà d'une certaine diversité d'opinions au sein de tes appartements. Catherine Brandon est une réformatrice, tandis que lady Marie reste sans doute secrètement fidèle à Rome. Évidemment, elle ne niera jamais ouvertement que son père est le chef suprême de l'Église.

À ces mots, Nan lève l'index en guise de mise en garde et ajoute :

— Tout le monde doit prendre grand soin de surveiller sa langue. Mais à présent que le roi rétablit les rites qu'il a autrefois abolis et qu'il retire la Bible en anglais qu'il avait donnée au peuple, lady Marie nourrit l'espoir qu'il ne s'arrêtera pas en si bon chemin et qu'il se réconciliera avec le pape.

—Je dois étudier la question, réponds-je. Nous vivions si loin de Londres que peu de nouvelles nous parvenaient, et il m'était impossible de me procurer des livres. Et puis, de toute façon, mon mari, Latimer, était un adepte des anciennes façons de faire.

—Ils sont encore nombreux dans son cas, prévient Nan. Ils sont un nombre effarant, et ils ne cessent de gagner en faveur auprès du roi. Mais notre devoir est de les combattre et de remporter la controverse. Nous devons réintroduire la Bible en anglais dans les églises du peuple. Nous n'avons pas le droit de laisser les évêques lui confisquer la Parole de Dieu. Cela reviendrait à condamner le peuple à l'ignorance. Même toi, tu devras étudier discrètement, en gardant un œil sur la loi qui définit les hérésies. Il ne faut pas que Stephen Gardiner mette son sale nez dans tes appartements, ainsi qu'il le fait partout ailleurs.

Le roi me rend visite presque chaque nuit, mais souvent, il n'attend rien d'autre de moi que de profiter de ma conversation ou de partager un verre de vin avant d'aller retrouver son propre lit. Nous demeurons assis, tel un vieux couple d'amoureux ; lui, dans sa chemise de nuit splendidement brodée qui le boudine à la poitrine et au ventre, sa jambe malade sur un repose-pied ; et moi, vêtue de satin noir et les cheveux nattés.

Son médecin l'accompagne lors de ces visites pour lui administrer ses doses du soir : drogues qui calment la douleur de sa jambe, drogues contre les maux de tête causés par sa vue défaillante, drogues pour le transit, drogues pour éclaircir son urine, laquelle est dangereusement opaque et poisseuse. Henri me fait un clin d'œil en m'avouant que son médecin lui a donné quelque chose pour augmenter le volume de ses érections.

— Peut-être aurons-nous un fils, présage-t-il. Que diriez-vous d'un petit duc d'York pour marcher dans les pas de mon prince ?

— Dans ce cas, puis-je avoir, moi aussi, de ce remède ?

Par ces mots, Will Somers s'autorise les fantaisies permises au seul fou en titre.

— Un peu d'énergie virile ne me ferait pas de mal la nuit. Je serai un taureau, alors que je ne suis qu'un petit agneau ; je vous assure, je suis un petit agneau.

— Sautes-tu et caracoles-tu ? s'enquiert le roi, tout sourires, tandis que le médecin lui tend une autre préparation.

— Je gambade. Mais ne fais pas de galipettes ! conclut Will par une chute *ad hoc* qui fait s'esclaffer Henri pendant qu'il boit sa potion.

Will en profite pour lui taper familièrement dans le dos.

— Ne t'étrangle pas, tonton ! Tu risquerais de recracher le secret de ta virilité !

Je souris et ne dis mot tandis que le praticien prépare une série de petites doses, mais une fois que tous ont quitté la pièce, je lance :

— Mon mari et mon seigneur, vous n'avez pas oublié que je n'ai pas eu d'enfant lors de mes deux mariages précédents ?

— Mais vous n'y avez goûté que peu de plaisir, n'est-ce pas ? demande-t-il sans ambages.

Je laisse échapper un petit rire gêné.

— Ma foi, c'est vrai, je ne fus pas mariée pour ma propre satisfaction.

— Votre premier époux n'était guère plus qu'un enfant qui n'aurait pas fait de mal à une mouche et qui était probablement sans expérience. Quant à votre deuxième, il était sénile, vraisemblablement impuissant, affirme erronément le roi. Comment aucun d'entre eux aurait-il pu vous faire un enfant ? Je me suis penché sur le sujet, et je sais. Une femme a besoin de jouir pour enfanter. Il faut qu'elle connaisse un paroxysme de plaisir, exactement comme son mari. Dieu en a voulu ainsi. Voici qu'enfin, ma très chère épouse, la chance vous est donnée de devenir mère. Parce que je sais comment contenter une femme jusqu'à ce qu'elle pleure de joie, jusqu'à ce qu'elle en redemande à cor et à cri.

Je reste muette, me souvenant des cris involontaires que je poussais lorsque Thomas allait et venait en moi, que son souffle s'accélérait et que mon plaisir allait grandissant. Après coup, m'apercevant que ma gorge était irritée, je comprenais que j'avais dû hurler de plaisir, le visage dans sa poitrine.

— Vous avez ma parole ! insiste le souverain.

Je chasse mes souvenirs et lui souris. Je sais que je ne pourrai jamais éprouver du plaisir dans le lit d'une morte. Il ne semble pas possible que ses chatouilles malhabiles me fassent jamais concevoir ; par ailleurs les infusions de rue devraient empêcher la naissance d'un monstre. Mais puisque deux de mes devancières connurent le divorce parce qu'elles ne lui avaient pas donné de fils, je serais une idiote si je lui faisais part de mes doutes, malgré toute la volupté qu'il me promet.

En outre, et assez curieusement, je m'aperçois que je n'ai pas le cœur de lui faire de la peine. Je ne lui avouerai donc pas que je ne saurais le désirer, surtout après que, ne doutant de rien, il m'a promis les plus grands transports amoureux. Le moins que je puisse faire est de me montrer bienveillante envers lui ; je peux lui dispenser mon affection, lui témoigner mon respect.

Il me fait signe de m'approcher de l'énorme chaise sur laquelle il est assis près du feu.

— Venez vous asseoir sur mes genoux, ma douce.

J'obtempère en marquant le moins d'hésitation possible et me juche sur sa grosse cuisse valide. Il m'entoure de ses bras, dépose un baiser sur mes cheveux, prend mon menton dans sa main et tourne mon visage vers le sien afin de pouvoir m'embrasser sur la bouche.

— Êtes-vous contente d'être une femme très riche ? s'enquiert-il. Est-ce un grand personnage que j'embrasse ? Avez-vous trouvé les bijoux à votre goût ? Les avez-vous tous apportés avec vous ?

— Je les trouve superbes ! assuré-je. Et c'est un tel bonheur de disposer de la garde-robe et des fourrures de la Couronne. Vous êtes très généreux avec moi.

— Telle est mon intention, confirme-t-il.

Il écarte une mèche de mon visage et la fait passer derrière mon oreille. Son geste est délicat, précis.

— Je veux que vous soyez heureuse, Kate. Je vous ai épousée pour vous rendre heureuse, non pour moi seul. Je ne pense pas uniquement à moi, je songe à mes enfants, à mon pays, à vous.

— Merci, réponds-je à mi-voix.

— Y a-t-il autre chose qui vous ferait envie ? demande-t-il. Les ordres que vous me donnez sont des ordres à l'Angleterre tout entière. Vous pouvez avoir de la salicorne des falaises de Douvres, des huîtres de Whitstable. Vous pouvez avoir de l'or de la Tour et des boulets de canon de Minories. Qu'est-ce qui vous ferait plaisir ? Dites n'importe quoi. Vous pouvez tout avoir.

J'hésite.

Soudain, il me prend la main.

— N'ayez pas peur de moi, me glisse-t-il tendrement. Je suppose que l'on vous aura raconté toutes sortes de choses sur mon compte. Vous devez vous figurer que vous êtes une sorte de sainte Tryphine, que vous avez épousé un monstre…

Je manque de m'étrangler en l'entendant résumer mon rêve.

Il m'observe attentivement.

— Mon amour, commence-t-il. Mon ultime et véritable amour ! Je veux que vous sachiez cela : ce qu'on raconte au sujet de mes mariages est totalement faux. Je vais vous révéler la vérité. Moi seul la connais, et je n'en parle jamais. Mais à vous, je vais la dire. Je fus marié lorsque j'étais jeune homme à une femme qui n'était pas libre de refuser. C'est resté pour moi un mystère jusqu'à ce que Dieu me tourmente de chagrin. Il nous fut enlevé bébé après bébé. Elle faillit en mourir, mon cœur en fut brisé. Je dus consentir à ce qu'elle s'en allât afin de lui épargner d'autres douleurs. Je fus contraint de la libérer d'une union qui était maudite. Ce fut mon plus grand crève-cœur. Mais si je voulais donner un héritier au trône d'Angleterre, il fallait que je me sépare d'elle. J'éconduisis donc Catherine d'Aragon, la plus belle princesse qui eût jamais grandi en Espagne, et cela me brisa le cœur d'agir ainsi. Mais je me devais de le faire.

» Ensuite, Dieu me pardonne, poursuit-il, je fus séduit par une femme dont l'unique ressort était l'ambition. C'était une empoisonneuse, une sorcière et une séductrice. J'aurais dû me méfier, mais j'étais jeune, et j'aspirais à l'amour. J'appris ma leçon sur le tard. Grâce à Dieu, j'ai pu protéger mes enfants de son emprise. Elle nous aurait tous tués. Je devais mettre un terme à ses agissements et trouvai le courage de le faire. Jane Seymour, avec qui je m'unis par choix, la première de mes épouses qui ne me fut pas imposée, fut ma seule et unique femme au vrai sens du terme, et elle me donna un fils. Elle était semblable à un ange… un ange, vous dis-je. Et Dieu l'a rappelée à lui. Je ne peux me plaindre, car elle me laissa un fils, et la sagesse de Dieu est infinie. Mon union avec la Clèves était un mariage arrangé que m'inspirèrent contre mon gré de mauvais conseillers. Quant à la jeune Howard…

Il fait la grimace, ce qui fait ressortir les bourrelets de graisse de son visage.

— Que Dieu pardonne les Howard d'avoir mis une catin dans mon lit !

Il prend une grande inspiration et ajoute :

— Je fus leur dupe, ils furent la sienne : nous fûmes tous aveuglés par sa beauté racoleuse. Kate, j'en fais le vœu, vous serez une excellente épouse pour moi, pourvu que vous parveniez à me faire oublier la peine qu'elle m'a causée.

— Je ferai tout ce qui est en mon pouvoir, m'empressé-je de répondre. De grâce, ne vous attristez pas.

— Je connus un immense chagrin, explique-t-il avec sincérité. Plus d'une fois. Je fus trahi, plus d'une fois aussi.

Et j'eus la grâce d'être aimé sincèrement par une femme vertueuse.

Il pose ma main sur ses lèvres et ajoute :

— Deux fois. J'espère que vous serez mon second et dernier ange bienveillant. J'espère que vous m'aimerez comme Jane m'a aimé. Pour ma part, je sais que je vous aime.

— Si je le peux, dis-je à voix basse, sincèrement émue. Si je le peux, il en sera ainsi.

— Vous avez autorité sur moi, assure-t-il avec calme. Je ferai tout ce que vous voulez. Vous n'avez qu'à demander.

Je le crois. Si bien que j'ose formuler une requête qui me tient à cœur :

— Il s'agit de mes appartements à Hampton Court, commencé-je. De grâce, ne me jugez pas ingrate : je sais que ce sont les plus beaux appartements du palais et Hampton Court est…

Il m'interrompt d'un geste de la main.

— C'est le plus beau palais d'Angleterre, mais il ne vaut rien à mes yeux s'il n'a pas l'heur de vous plaire. Je le ferai démolir, si vous le souhaitez. Qu'est-ce qui n'est pas à votre goût ? Je le ferai modifier sur-le-champ.

Ce sont les fantômes à chaque coin, les initiales de femmes mortes sur les clés de voûte, les dalles qu'elles foulèrent de leurs pieds.

— Il s'agit de l'odeur, dis-je. Qui monte des cuisines se trouvant en dessous.

— Naturellement ! s'exclame-t-il. Vous avez entièrement raison ! Je me suis moi-même souvent fait la remarque. Nous devrions tout reconstruire, tout changer. L'endroit fut érigé sur les plans de Wolsey. Il savait se dorloter, soyez-en sûre ! Il situa à la perfection ses propres appartements, mais il ne s'inquiéta pas de savoir à quoi ressemblerait l'autre aile. Il ne pensait qu'à lui-même, celui-là ! Mais je pense à vous, moi, ma bien-aimée. Demain vous viendrez me voir et nous demanderons à un architecte de dresser les plans de vos nouveaux appartements, une aile de la reine à votre entière convenance.

Décidément, c'est un époux comme il en existe peu ! Je n'ai jamais connu quelqu'un d'aussi prompt à comprendre sa femme et d'aussi empressé à faire son bonheur.

— Mon mari et mon seigneur, vous êtes très bon avec moi.

— J'aime votre sourire, réplique-t-il. Vous savez, je le guette sur votre visage. Il me semble que je pourrais donner tous les trésors de l'Angleterre pour ce sourire.

— Mon seigneur…

— Vous serez mon épouse et ma collaboratrice, mon amie et mon amante.

— Je le serai, confirmé-je avec le plus grand sérieux. Je vous promets, mon époux, que je le serai.

— J'ai besoin d'une amie, explique-t-il sur le ton de la confidence. Ces temps-ci, j'ai besoin d'amitié plus qu'à l'accoutumée. La Cour est semblable à une fosse où des chiens combattent à mort. Ils s'entre-déchirent, et chacun cherche mon approbation, et tous veulent emporter ma préférence ; mais moi, je ne peux faire confiance à personne.

— Ils paraissent si amicaux…

— Ils ne sont que mensonge et dissimulation, déclare-t-il, passant outre à ma remarque. Certains d'entre eux sont favorables à une réforme de la religion et voudraient voir l'Angleterre devenir luthérienne ; d'autres nous feraient rentrer dans le giron de Rome et remettre le pape à la tête de notre Église. Mais tous s'accordent à penser que la voie du progrès consiste à me tromper et à me faire ranger à leurs vues, pas à pas. Ils n'ignorent pas que la totalité du pouvoir est concentrée entre mes mains. Moi seul décide de tout. C'est pourquoi ils s'efforcent de me persuader.

—Assurément, ce serait fort dommage de revenir sur vos pieuses réformes, fais-je remarquer, non sans hésitation.

—La situation présente est pire que jamais. Désormais, après moi, ils voient Édouard. Je vois bien qu'ils essaient de calculer combien de temps il me reste à vivre, et par quel moyen ils pourraient gagner Édouard à leur cause et s'opposer ainsi à ma volonté. Si je devais mourir bientôt, ils s'arracheraient mon fils comme des chiens se disputent un os. Ils le mettraient en pièces. Ils ne verraient pas en lui leur maître, mais ils le considéreraient comme leur unique moyen d'accéder à la grandeur. Je me dois de le protéger contre de tels agissements.

—Mais vous êtes en bonne santé, dis-je avec douceur. Je ne doute pas que vous ayez encore de longues années devant vous. Vous vivrez assez longtemps pour le voir devenir un homme et vous succéder.

—Il le faudra. Je le lui dois. Mon fils, mon unique fils. Sa mère est morte pour lui ; moi, c'est pour lui que je dois vivre.

Encore Jane… J'acquiesce avec bienveillance et ne dis rien.

—Vous m'aiderez à le protéger, décrète le roi. Vous serez comme une mère pour lui, vous remplacerez celle qu'il a perdue. Je peux me fier à vous en tant qu'épouse comme je ne peux me fier à aucun conseiller. Vous seule êtes ma compagne et mon alliée. Vous êtes mon autre moi-même, nous ne faisons qu'un. Vous veillerez sur ma Couronne et sur mon fils… Personne d'autre ne peut l'aimer et le protéger. Et au cas où nous entrerions en guerre contre la France et que je prenne la tête de l'armée, vous serez régente et deviendrez sa protectrice.

C'est une marque de confiance et d'amour qui dépasse toutes mes espérances. C'est bien au-delà de ce à quoi j'aurais pu aspirer en rêve, bien plus précieux que les oiseaux et les bijoux, plus généreux encore que de m'offrir de nouveaux appartements. C'est une occasion de devenir véritablement reine. Je suis prise d'un accès d'ambition démesurée immédiatement suivi d'un accès de peur.

— Vous feriez de moi la régente ?

La seule femme qui exerça les fonctions de régente en l'absence du roi fut Catherine d'Aragon, une princesse qui avait été éduquée en vue de gouverner un royaume. S'il faisait de moi la prochaine, ce serait un honneur insigne pour une femme qui n'est pas de sang royal. Si je devenais régente d'Angleterre et protectrice de l'héritier de la Couronne, alors on attendrait de moi que j'indique au peuple et à l'Église les voies de Dieu. Je devrais me faire défenseur de la foi, ainsi que le roi s'intitula lui-même. Je devrais me faire la garante de la religion du peuple. Il me faudrait apprendre, acquérir la sagesse nécessaire, afin d'aiguiller l'Église vers la vérité. Cette pensée suffit à me couper le souffle.

— Mon seigneur, j'en serais si fière ; je travaillerai d'arrache-pied. Je ne vous décevrai pas. Je ne manquerai pas à mon pays. Je ne suis guère savante et ne comprends pas tout, mais j'étudierai, j'apprendrai.

— Je le sais, confirme-t-il. Je sais que vous serez une épouse dévouée. Et j'ai confiance en vous. Tout le monde me rapporte que vous étiez l'amie et l'alliée de lord Latimer, que vous veillâtes sur ses enfants comme sur vos propres enfants, que vous avez sauvé son château des impies. Vous ferez de même pour moi et les miens. Vous êtes au-dessus des factions, vous êtes au-dessus des querelles partisanes.

Il sourit et ajoute :

— Vous serez « utile en tout ce que vous ferez », présage-t-il. J'en fus très ému lorsqu'on me dit que vous aviez choisi cette devise. Car je veux que vous vous rendiez utile et que vous ayez également du plaisir, ma douce. Je veux que vous soyez heureuse, plus heureuse que vous ne l'avez jamais été.

Il me prend les mains et les embrasse l'une après l'autre.

— Vous finirez par m'aimer et me comprendre, assure-t-il. Je sais que vous pourriez me dire que vous m'aimez dès à présent, mais ce serait flatter un vieux singe. Nous n'en sommes qu'au début, au début de notre lune de miel. Il vous incombe de parler d'amour, je le sais. Mais vous finirez par me faire une place dans votre cœur, même lorsque vous serez seule et à l'abri des regards. Vous avez un cœur aimant et un esprit bien fait, et je veux que les deux me soient fidèles. Je les veux tous les deux à mon service et à celui de l'Angleterre. Vous me verrez à l'œuvre et au loisir, au lit, à table et en prière, et vous comprendrez quel homme et quel roi je suis. Vous reconnaîtrez ma grandeur, ainsi que mes défauts et mes côtés attachants. Vous tomberez amoureuse de moi. Complètement, je l'espère.

Je laisse échapper un petit rire nerveux, mais le doute ne l'effleure pas. Il est tout à fait convaincu d'être irrésistible, et, au vu de son assurance, je me prends à penser qu'il a peut-être raison. Sans doute apprendrai-je de lui et l'aimerai-je. Il est plutôt convaincant. J'ai envie de le croire. C'est par la volonté de Dieu que je suis devenue sa femme, cela ne fait aucun doute. Peut-être est-ce également par la volonté de Dieu que j'en viendrai à aimer pleinement mon mari, ainsi qu'il sied à une épouse. Et quelle femme n'aimerait pas celui qui lui confie son royaume, ses enfants, qui couvre ses pieds de joyaux, qui lui fait si libéralement don de son amour ?

— Il ne vous sera pas nécessaire de me mentir, promet-il. Il n'y aura jamais entre nous que de la franchise. Je ne m'attends pas à ce que vous me disiez maintenant que vous m'aimez. Je ne veux d'aucun serment prématuré, d'aucune parole facile. J'ai seulement besoin de savoir que vous êtes d'ores et déjà attachée à moi, que vous êtes contente d'être ma femme et que vous acceptez la possibilité de m'aimer un jour. Je sais que ce sera le cas.

— Je vous aimerai.

Je n'aurais pas cru qu'il fût un tel mari. Même dans mes rêves. Aucun de mes époux ne se montra affectueux envers moi. C'est prodigieux de faire l'objet du dévouement d'un homme puissant. C'est prodigieux de faire l'objet de la sollicitude de cette volonté sans faille, de cette ardente attention.

— Et l'amour grandira, comme vous le suggérez, mon seigneur.

— L'amour grandira… Henri ! rectifie-t-il.

Je l'embrasse spontanément.

— L'amour grandira, Henri, répété-je.

Je suis consciente qu'il me reste beaucoup à apprendre au sujet des changements opérés par mon mari au sein de l'Église d'Angleterre. Je demande à Thomas Cranmer et à Stephen Gardiner de me recommander des prédicateurs qui viennent dans mes appartements m'exposer leurs vues, ainsi qu'à mes dames de compagnie. En écoutant les deux camps, celui des réformateurs et celui des traditionalistes, j'espère pouvoir comprendre les raisons qui divisent la Cour et le pays, ainsi que la voie médiane qu'Henri a si brillamment su tracer entre les deux.

Tous les après-midi, tandis que nous faisons de la couture, l'un des prêtres attachés à la chapelle royale, ou un prédicateur de Londres, se rend dans mes appartements et nous lit la Bible en anglais avant de prononcer un sermon qui aborde les versets du jour. À ma grande surprise, la tâche que je me suis fixée se transforme en mon moment préféré de la journée. Je m'aperçois que je suis une intellectuelle-née. J'ai toujours adoré lire, et pour la première fois de ma vie, j'en ai le temps, et il m'est donné de pouvoir étudier avec les plus grands penseurs du royaume. Je puise un plaisir quasi charnel dans l'étude de leurs œuvres. Ils choisissent un texte biblique – tiré de la Grande Bible dont le roi a ordonné qu'elle soit traduite en anglais afin que tous puissent l'étudier – et le décortiquent mot à mot. C'est comme lire de la poésie, comme étudier les philosophes. Les nuances de sens qui se font jour et qui sont perdues dans la traduction, à la faveur de la mise en contraste de tel terme avec tel autre, tout cela me fascine, mais aussi cette façon qu'a la vérité de percer, couche après couche, comme le soleil perce les bandes nuageuses, tandis que nous sommes aux prises avec le texte.

Mes dames de compagnie, toutes gagnées à la réforme de l'Église, ont l'habitude de recourir directement à la Bible plutôt qu'à un prêtre pour leur édification ; et nous formons un petit groupe d'érudites toujours promptes à interroger les prédicateurs qui nous rendent visite et à qui nous faisons part de nos propres suggestions. Monseigneur Cranmer dit que nous devrions consigner par écrit nos discussions afin d'en faire profiter les collèges et autres théologiens. Je me sens ridiculement flattée qu'il puisse penser que nos investigations valent d'être lues par des tiers, mais il me convainc que nous faisons partie d'une communauté de penseurs qui partagent notre sujet d'étude. Après tout, si je trouve les sermons extrêmement éclairants, pourquoi ne serait-ce pas le cas d'autres personnes ?

Tout doit faire l'objet d'analyses, être soumis à hypothèses. Même la traduction de la Bible est sujette à force controverse. Le roi a donné la Bible en anglais à son peuple en déposant un exemplaire de la traduction dans chaque église paroissiale du pays. Toutefois, ainsi que le font valoir les traditionalistes, les gens n'en firent pas une lecture révérencieuse mais se mirent à en discuter des passages et à en débattre le sens. Ce qui était censé constituer un cadeau de la part du souverain à son peuple reconnaissant devint un foyer de controverses, et c'est pourquoi le roi a fait retirer les bibles ; et désormais, seule la noblesse est autorisée à les lire en anglais.

Je ne peux m'empêcher de penser que c'est dommage. « Au commencement était le Verbe et le Verbe était auprès de Dieu et le Verbe était Dieu. » *N'est-il pas évident que la tâche de l'Église consiste à apporter la Parole de Dieu au peuple ? Ne saute-t-il pas aux yeux que son rôle n'est pas de lui exposer des images et des vitraux, des cierges et des chasubles, mais de le faire entrer d'abord et avant tout en contact avec la Parole ?*

Lady Marie s'absente souvent de ses appartements pour venir dans les miens écouter le sermon quotidien. Parfois, je le sais, elle craint que les prêtres ne s'éloignent par trop des enseignements de l'Église, mais son amour des langues et sa piété envers la Bible font qu'elle revient toujours, allant parfois jusqu'à proposer une traduction de son propre cru pour telle formule ou à contester les vues du prêtre. J'admire son érudition. Elle a eu les meilleurs professeurs, et sa compréhension du latin ainsi que la subtilité de ses traductions sont assez remarquables. Si elle n'avait pas été réduite au silence à force d'intimidation, je pense qu'elle serait devenue poète. Elle rit lorsque je lui en fais un jour la remarque, et elle répond que nous nous ressemblons beaucoup toutes les deux, à tel point que nous devrions être sœurs, plutôt que belle-mère et belle-fille.

—En fait, confie-t-elle, nous sommes deux femmes qui aimons les beaux habits et la belle langue. Presque comme si c'était la même chose. Je prends autant de plaisir à la broderie qu'à la poésie. Selon moi, les discours de l'Église et ses fresques devraient être empreints de beauté, à l'instar du petit prie-Dieu qui est dans ma chambre, avec un crucifix en or et un ostensoir en cristal. Mais alors il m'apparaît que je glisse sur la pente de la vanité. Vraiment, je ne saurais le nier. Je fais relier mes livres en cuir fin orné de joyaux, et je collectionne les manuscrits et les psautiers enluminés. Pourquoi pas, si c'est à la gloire de Dieu et pour le régal des yeux?

—J'en sais quelque chose, m'esclaffé-je. Et je crains que mon amour de l'étude ne soit un péché d'orgueil. Je trouve très enthousiasmant de comprendre, comme si la lecture était un voyage de découvertes. J'aspire à toujours plus de connaissances, et à présent, je voudrais faire des traductions et même composer des prières.

— Qu'est-ce qui vous en empêche ? Être fière de pouvoir lire la Parole de Dieu est-il nécessairement un péché véniel ? J'y vois plutôt la vertu de l'étude que l'orgueil de l'érudition.

— C'est une joie que je n'aurais jamais cru connaître.

— Vous lisez, vous êtes donc déjà à mi-chemin de devenir écrivain, déclare-t-elle. Car vous avez l'amour des mots et éprouvez du plaisir à les voir s'étaler sur la page. Et si vous avez la vocation d'écrivain, vous vous surprendrez à éprouver le désir d'écrire. C'est un don qui requiert le partage. Il n'existe pas de chanteur muet. Vous n'êtes pas un anachorète, une sainte vouée à la vie solitaire : vous êtes une prédicatrice !

— Même si je suis femme et épouse ?

— Même si vous êtes femme et épouse.

Il est prévu que je fasse la connaissance de mon beau-fils, le prince de Galles, fils de la reine Jane. Il doit quitter son propre palais d'Ashbridge, où il vit à bonne distance des épidémies et des maladies qui sévissent dans la capitale, pour nous rendre visite. Des fenêtres qui donnent sur le fleuve et les jardins, je regarde s'avancer son canot d'apparat, les rangées de rames fendant l'eau et se soulevant avant de pointer de nouveau vers l'avant. Sous mes yeux, les rameurs plument, afin de ralentir sa majestueuse progression, et dirigent le canot avec aisance vers l'appontement. Ils lancent les filins et amarrent l'embarcation au son des détonations venues saluer le prince. La passerelle richement décorée est débarquée à terre, et les hommes d'équipage font une haie d'honneur avec leurs rames vert et blanc. La moitié de la Cour est déjà sur la berge pour accueillir le prince. J'aperçois la tête brune d'Édouard Seymour, qui est flanqué d'Anthony Denny, ainsi que de Thomas Howard qui essaie de passer devant. C'est à qui lui souhaitera la bienvenue en premier. Ces mêmes courtisans rechercheront un jour ses faveurs et lui devront leur pouvoir, leur avenir sera entre ses mains. Si mon mari vient à mourir et que cet enfant lui succède en tant que dauphin, alors l'un d'entre eux deviendra son gouverneur, son lord protecteur. Il m'incombera alors de le protéger de leurs manigances, de l'élever comme son père l'aurait fait s'il avait vécu et de le maintenir dans la vraie foi.

Je me tourne vers mes dames de compagnie et les laisse ajuster ma capuche, passer mes bijoux autour de mon cou et tirer sur l'ourlet de ma robe. Je porte une nouvelle robe rouge foncé et, au doigt, l'énorme rubis que m'a offert le roi, et dont j'ai fait recouper l'anneau à ma taille. Quant aux rubis de la reine Anne, ils ornent ma gorge de tout leur poids et de toute leur froideur. Suivie de mes dames de compagnie et de Rig, mon épagneul trottinant à mes pieds avec son collier de cuir rouge aux anneaux d'argent, je me rends à la chambre de parade du roi en fendant la foule venue assister à cette rencontre.

Sa Majesté est déjà sur place, assise sous le dais d'or de l'État, sa jambe appuyée sur un repose-pied. Son visage trahit sa mauvaise humeur. J'en déduis qu'Henri souffre et lui fais ma révérence avant de prendre place à ses côtés sans un mot. J'ai compris qu'il était préférable de garder le silence lorsqu'il est souffrant : la moindre parole le met en colère. Il ne supporte pas que l'on fasse la moindre allusion à sa santé défaillante, mais il ne supporte pas non plus que l'on fasse comme s'il ne souffrait pas. Il est impossible de dire ce qu'il convient, il est absolument impossible de dire quoi que ce soit. Je ne ressens rien d'autre que de la pitié pour cet homme qui lutte contre le pourrissement et l'anéantissement de son corps avec un courage impavide. N'importe qui d'autre dans les mêmes circonstances serait fou de rage.

— Bien…

Telle est l'unique parole qu'il prononce tandis que je m'assois, et je peux constater que, si acariâtre que soit son humeur aujourd'hui, il n'est pas mécontent de moi.

Je tourne la tête pour lui sourire en silence, et dans nos yeux brille une brève lueur de compréhension mutuelle.

— Avez-vous assisté à son arrivée de votre fenêtre ? s'enquiert-il. Les chacals faisaient-ils cercle autour du jeune lion ?

Je hoche la tête.

— En effet, réponds-je. Aussi suis-je venue retrouver le grand lion. Je m'accroche au plus grand lion qui soit.

Henri émet un petit grognement amusé.

— Le vieux lion a encore tous ses crocs et toutes ses griffes. Vous verrez que je peux frapper. Vous verrez que je peux encore prendre ma proie à la gorge.

La porte à deux battants s'ouvre soudain en grand et le héraut annonce :

— Édouard, prince de Galles !

Sur ces mots, le petit garçon d'à peine cinq ans fait son entrée, la moitié de la Cour marchant obséquieusement à sa suite.

Je me retiens de rire tout haut. Épaules et têtes penchées en avant, chacun s'efforce de se courber le plus bas possible afin de sourire au garçonnet, de tendre l'oreille vers lui afin de ne rien perdre de ce qu'il pourrait dire. Lorsque les mêmes individus marchent derrière le roi, ils imitent sa façon de se déplacer en plastronnant, la tête relevée et les épaules rejetées en arrière, bombant le torse, accordant leur pas à sa démarche claudicante. Mais pour suivre son fils, ils ont inventé une nouvelle façon de se faufiler en crabe. *Quels imbéciles!* me dis-je, puis je jette un coup d'œil à mon mari qui affiche un sourire sardonique.

Le prince Édouard fait halte devant les trônes et s'incline. Il lève vers son père un visage blême, empreint de l'éblouissement de l'enfant qui adule un lointain parent. Sa lèvre inférieure accuse un léger tremblement. Il prononce un court discours en latin d'une petite voix aiguë, discours dans lequel il exprime, j'imagine, l'honneur et le plaisir qui sont les siens d'être reçu à la Cour. Le roi lui répond succinctement dans la même langue. Je saisis quelques mots mais je n'ai pas la moindre idée de ce qu'il lui dit. Je gage qu'il aura chargé quelqu'un de rédiger cette réponse à sa place, car il n'a guère la patience de s'adonner à l'étude ces temps-ci. Puis Édouard se tourne vers moi et m'adresse un discours en français, langue raffinée, plus appropriée pour une dame sans grande instruction.

Comme je l'ai fait avec Élisabeth, je me lève et m'avance vers lui ; excepté qu'il me regarde approcher d'un air anxieux, et cela m'invite à la prudence. Il s'incline, je lui fais ma révérence ; je lui présente ma main, et il l'embrasse. Je n'ose pas le prendre dans mes bras, comme Élisabeth ; je ne peux l'étreindre. Ce n'est qu'un petit garçon, mais c'est un être unique, aussi rare qu'une licorne, comme l'on n'en voit que sur les tapisseries. Il est l'unique prince Tudor au monde. Au terme d'une vie de mariages et d'accouplements, il est le seul fils survivant qu'Henri ait réussi à engendrer.

— Je suis très heureuse de faire votre connaissance, Votre Altesse. Et je suis impatiente d'apprendre à vous connaître et de vous chérir, ainsi qu'il se doit.

— C'est également un honneur pour moi, déclare-t-il prudemment.

Je suppose qu'on l'a exercé à donner toutes les réponses possibles. Depuis qu'il sait parler, cet enfant n'a jamais prononcé que des paroles écrites pour lui à l'avance. Son premier mot ne fut pas « maman », mais ce qu'on lui fit dire.

— Ce sera un réconfort et une joie pour moi de trouver en vous une mère.

— Quant à moi, j'apprendrai le latin, repartis-je.

Nul ne pouvait le préparer à répondre à une promesse si inattendue, et je détecte une lueur d'amusement naturelle chez un petit garçon.

— Vous trouverez cela affreusement difficile, me prévient-il en anglais, et, pendant un instant, je vois l'enfant qu'il est, sous la carapace du prince qu'il se doit d'être.

— Je trouverai un précepteur, réponds-je. J'adore apprendre et étudier. J'ai toujours voulu avoir une bonne instruction. À présent, je peux m'y consacrer, et ensuite, je vous écrirai en latin et vous me corrigerez.

Il esquisse une amusante petite révérence et lance :

— J'en serai honoré.

Puis il lève des yeux apeurés vers son père afin de s'assurer que celui-ci l'approuve.

Mais Henri, plongé dans ses propres pensées maussades et perclus de douleurs, ne sourit pas à son jeune fils.

— Très bien, dit-il du bout des lèvres pour toute réponse.

Été 1543, manoir de More, Hertfordshire

L'épidémie de peste s'aggrave à Londres : elle nous prépare une autre année funeste. Tandis que nous nous éloignons toujours davantage de la capitale et faisons route vers le nord, chassant et banquetant pendant les étapes, nous laissons derrière nous des centaines d'habitants qui succombent dans les rues crasseuses. Des sentinelles sont postées le long de la route de Londres afin d'empêcher quiconque de suivre la Cour, et les portes des palais sont systématiquement verrouillées derrière nous.

Une année de peste, chez moi, au château de Snape, j'organisai le soin aux malades du village, leur distribuant tisanes et herbes médicinales, afin de prévenir la propagation de l'épidémie, et payai les enterrements des pauvres. Je donnai à manger aux nouveaux orphelins dans les cuisines du château et interdis aux voyageurs de me rendre visite. Fait étrange, à présent que je suis reine d'Angleterre et que les gens dans leur totalité constituent mon peuple, j'agis comme si je n'avais cure d'aucun d'entre eux ; d'ailleurs, ils ne peuvent pas même mendier de la nourriture aux portes de l'office.

Le roi décide d'ordonner la tenue de rogations, une journée de processions et de prières. Tout un chacun est censé en appeler à Dieu afin qu'il sauve l'Angleterre en cette période de grande nécessité. Des pèlerinages de la foi sont prévus dans tout le pays, ainsi qu'une messe en chaque église du royaume. La tenue de cette journée fait l'objet d'une annonce en chaire, et toute assemblée de fidèles reçoit l'ordre de processionner autour de sa paroisse en priant et en récitant des psaumes. C'est seulement si chaque paroisse d'Angleterre prie pour tout le peuple du royaume que la peste nous laissera en paix. Mais au lieu d'être une effusion de foi et d'espérance, l'événement tourne au fiasco total. Il n'y a presque personne et nul ne donne d'aumônes. Les mœurs ne sont plus ce qu'elles étaient. En l'absence de moines et de chœurs pour conduire les processions, aucune relique n'est exposée : la vaisselle sacrée en or et en argent a été spoliée et fondue, abbayes et monastères ont tous été supprimés, leurs hospices également. En tant que manifestation de la foi d'un peuple, l'occasion ne fait que révéler que ce genre de démonstration n'est plus l'affaire de personne.

— Le peuple ne veut pas prier pour son propre pays ? s'enquiert Henri auprès de Stephen Gardiner, évêque de Winchester, comme si tout cela était la faute du prélat.

Nous sommes à bord du canot royal, où nous prenons l'air sur le fleuve, lorsque l'évêque fait remarquer qu'il faudrait qu'il marchât sur l'eau pour convaincre les habitants de Watford de dire leurs prières.

— Sont-ils devenus fous ? Pensent-ils pouvoir obtenir la vie éternelle en discutaillant ? s'emporte le roi.

L'évêque hausse les épaules.

— Ils ont perdu la foi, explique-t-il. Tout ce qu'ils veulent désormais, c'est débattre de la Bible. Pour ma part, je préférerais qu'ils entonnent les vieilles psalmodies, qu'ils observent les anciennes pratiques et laissent la connaissance à leurs maîtres. Après que nous avons retiré les bibles anglaises des églises, je croyais qu'ils prieraient dans les termes fixés par nous.

— Ce sont ces termes mêmes qui n'atteignent pas leur cœur, désapprouve Thomas Cranmer. Ils n'en comprennent pas le sens. Ils ne lisent pas le latin. Parfois, ils n'entendent même pas ce que dit le prêtre. Le peuple ne veut plus de creux rituels. Les fidèles refusent de processionner en chantant un cantique qu'ils ne comprennent pas. S'ils avaient le droit de prier en anglais, ils le feraient. Vous leur avez donné la Bible en anglais, Votre Majesté, puis la leur avez retirée. Rendez-la-leur ! Donnez-leur la compréhension pour soutenir leur foi. Ne nous arrêtons pas au milieu du gué ! Accordons-leur également la liturgie en anglais.

Le roi garde le silence et me jette un coup d'œil, m'accordant ainsi la parole.

— Selon vous, les prières en latin ne sont plus du goût du peuple ? demandé-je en m'adressant à monseigneur Cranmer. Avez-vous la conviction qu'ils recouvreraient la ferveur s'ils obtenaient le droit de prier dans leur propre langue ?

— La langue des égouts ! intervient monseigneur Gardiner à l'intention d'Henri. Le moindre employé de taverne devra-t-il écrire son propre Ave Maria ? Les balayeurs de rue composeront-ils leurs propres bénédictions ?

— Plus vite ! lance Henri aux rameurs, tendant une oreille distraite aux saillies de l'évêque. Conduisez-nous jusqu'au milieu du fleuve où nous pourrons attraper le courant.

Le maître des rameurs accélère la cadence sur le tambour grâce auquel il donne le rythme à ses hommes, et le timonier nous dirige vers le milieu du fleuve, où un petit vent frais souffle.

— Nul venant de la ville n'est autorisé à pénétrer à l'intérieur de notre palais, me rappelle Henri. Les gens peuvent nous saluer de la rive, nous présenter leurs hommages, mais non monter à bord. Je ne veux pour rien au monde qu'ils m'approchent. Aucun habitant de Londres n'est autorisé à fouler ne serait-ce que le sol des jardins. Ils sont contagieux. Je ne peux pas prendre ce risque.

— Non, non, vous avez raison, conviens-je d'un ton apaisant. Les gens de maisonnée ont reçu les mêmes consignes que vos gens, Sire. Je le leur ai dit. Personne n'acceptera la moindre livraison de Londres.

— Pas même des livres ! insiste-t-il d'un air soupçonneux. Et aucun prédicateur ni érudit non plus, Kate. Nul visiteur qui serait susceptible d'être passé par les églises de la capitale. Je m'y oppose.

— Ils sont tous porteurs de maladies, affirme Gardiner. Tous ces prédicateurs hérétiques luthériens sont truffés d'infections et ont, pour la moitié d'entre eux, la cervelle dérangée à force de mésinterprétations. Ils arrivent du Saint Empire et de Suisse, malades et déments.

Je lève un visage parfaitement serein vers Henri, qui est assis sur un trône surélevé.

— Bien sûr, Sire, confirmé-je en mentant.

Comme je l'ai promis au prince Édouard, j'étudie désormais le latin avec un clerc de Cambridge, et je reçois des livraisons de livres que m'envoient les imprimeurs londoniens. Certains me parviennent également du Saint Empire, via des imprimeurs protestants prétendument hérétiques qui publient des ouvrages d'érudition et de théologie dans les Flandres. La chrétienté fourmille comme jamais d'études et d'idées au sujet de la Bible, du déroulement de la liturgie, et même sur la nature de la messe. Le roi lui-même, lorsqu'il était plus jeune, participait à ces controverses et rédigea ses propres édits. À présent qu'il est influencé par les Howard et Stephen Gardiner, qu'il a été déçu par la réaction du pays face aux transformations qu'il a opérées, qu'il redoute les mouvements qui se répandent dans toute l'Europe, il rejette le débat et refuse de pousser la réforme plus avant.

Lorsque le Nord se souleva contre lui en exigeant la réouverture des abbayes et le rétablissement de la prière pour le salut des morts, en réclamant que les vieux seigneurs recouvrent leurs prérogatives et que les Plantagenêts soient élevés en dignité, le souverain choisit de ne pas transiger du tout, ni sur son action, ni sur son Église, si sur la question de ses héritiers. Le roi déteste la controverse autant qu'il déteste la maladie, et voilà maintenant qu'il prétend que les livres apportent les deux !

— Assurément Votre Majesté ne saurait s'intéresser aux ouvrages venus de Londres ni aux prédicateurs clandestins, me souffle Stephen Gardiner d'un ton doucereux. Pourquoi une dame si parfaite en tout point s'aviserait-elle d'étudier comme un vieux cochon de clerc ?

— Afin de pouvoir m'entretenir avec Sa Majesté, réponds-je simplement. Afin de pouvoir écrire en latin au prince son fils. Afin qu'un si grand roi savant n'ait pas un bouffon pour femme.

À ces mots, Will Somers, qui est assis sur le bordage du canot et balance ses longues jambes au-dessus de l'eau, se retourne.

— Il n'y a qu'un bouffon, ici ! nous rappelle-t-il. Et je ne peux accepter une amatrice en la matière dans ma corporation ! Ne serions-nous pas bientôt trop de fous ? Il me faudrait accepter des milliers de postulants.

Le roi sourit.

— Vous ne ressemblez en aucun point à un bouffon, Catherine, et vous pouvez lire ce que bon vous semble, mais j'interdis toute livraison et tout visiteur en provenance de Londres jusqu'à ce que la ville soit exempte de maladies.

Je baisse la tête.

— Naturellement.

— Je gage que Votre Majesté ne lit pas des livres remplis de sottises, insinue fielleusement Stephen Gardiner.

Son ton condescendant me hérisse.

— Oh, j'espère que non, réponds-je, d'une voix mielleuse. Car ce sont vos sermons que je lis, Monseigneur.

— J'agis ainsi pour vous protéger tout autant que la Cour, précise Henri.

— J'en suis consciente, et je vous sais gré de veiller à notre sauvegarde à tous, répliqué-je sincèrement.

Il nous protège de l'épidémie comme s'il s'agissait de notre pire ennemi. Il me tiendra hors de danger s'il le peut. Personne ne s'était encore soucié de ma santé. Personne n'avait encore pris des mesures pour me préserver du danger. Jusqu'à ce que j'épouse Henri, je n'avais jamais suffisamment compté aux yeux d'un homme pour que celui-ci me protégeât.

Nous écoutons les musiciens qui nous suivent dans leur propre canot. Ils jouent un air plaisant.

— Entendez-vous ? s'enquiert le roi en battant la mesure sur son accoudoir. C'est moi qui ai écrit cela.

— C'est très beau, dis-je. Vous avez du génie, Sire.

— Peut-être écrirai-je encore de la musique. Il me semble que vous m'inspirez. J'écrirai un petit air pour vous.

Il s'interrompt pour écouter, admiratif, sa propre œuvre et ajoute :

— Quoi qu'il en soit, il est préférable que personne ne nous arrive de Londres. Il est agréable d'avoir peu à faire en été. Les gens n'ont de cesse, avec leurs demandes et leurs requêtes, de se servir de moi afin que mon jugement profite à l'un tout en nuisant à l'autre, recherchant mes faveurs pour nuire à leurs ennemis, cherchant à me faire réduire un impôt par-ci, ordonner une redevance par là. Je suis fatigué de les entendre. J'en ai assez d'eux tous.

J'acquiesce, feignant de croire que le fardeau consistant à faire preuve d'un favoritisme versatile puisse être très lourd à porter.

— Vous m'aiderez, insiste-t-il. Lorsque nous déclarerons la Cour de nouveau ouverte et que toutes les requêtes afflueront, vous les lirez et en jugerez avec moi. Je veux croire que vous siégerez à mes côtés et serez mon unique conseiller.

— Il y a donc deux fous, ici, en fin de compte, lance Will. Moi-même, un fou tout ce qu'il y a de plus fou, et un nouveau, un fou d'amour.

— C'est exactement cela, Will, reconnaît Henri en gloussant. Je suis un fou d'amour.

Automne 1543, château d'Ampthill, Bedfordshire

La controverse qui a lieu à bord du canot entre monseigneur Stephen Gardiner, qui prône le retour à l'ancienne Église et à la tradition, et monseigneur Thomas Cranmer, qui est convaincu que l'Église doit être réformée, atteint un point critique lors de notre séjour au château d'Ampthill, l'ancienne demeure de Catherine d'Aragon. Nous sommes confinés à l'intérieur pendant une semaine à cause du froid et du brouillard : l'eau ruisselle des feuilles des arbres à longueur de journée, le sol est détrempé, et une épaisse couche de boue tapisse les allées. Le roi fait une légère poussée de fièvre qui fait larmoyer ses yeux et goutter son nez, il a mal partout et ne peut sortir. Pris au piège entre quatre murs et assiégé par les courtisans qui mettent chaque instant à profit pour le convaincre, il finit par convenir que les réformateurs sont allés trop loin, qu'ils sont devenus hérétiques, et autorise une vague d'arrestations qui s'abat sur Londres et sur la Cour elle-même. On remonte, pas à pas, à la source des hérésies jusqu'à Thomas Cranmer, et une fois de plus le Conseil privé croit tenir son triomphe prochain et convoque l'archevêque pour enquête.

— Ils ont bien cru l'avoir cette fois, me susurre Nan à l'oreille, tandis que nous sommes à genoux sur les marches de l'autel de la petite chapelle, le roi étant assis au fond, muni d'une écritoire dont il s'aide pour signer des papiers, entouré de conseillers, pendant que le prêtre marmonne les paroles de la messe caché derrière le jubé.

— Il y est allé comme Thomas More, espérant le martyre.

— Non, pas lui ! chuchote Catherine Brandon de l'autre côté. Il savait qu'il ne risquait rien. Ce n'était qu'une mise en scène, une mystification.

— Le roi lui-même a dit que c'était une mascarade, me glisse Anne Seymour en se penchant en avant devant Nan. Il en a même donné le titre : « *L'Archevêque apprivoisé* ! »

— Qu'entendait-il par là ?

— Le roi a laissé Gardiner procéder à l'arrestation de Cranmer. Mais il avait prévenu ce dernier voilà des mois que ses ennemis accumulaient des preuves contre lui. Il l'avait surnommé le plus grand hérétique du Kent et avait ri en disant cela. Les membres du Conseil envoyèrent quérir Cranmer avec la certitude que celui-ci tremblerait de peur. Ils le convoquèrent pour lui lire le chef d'accusation et l'emmener à la Tour. Les gardes se tenaient prêts, le canot était appareillé. Stephen Gardiner et le duc de Norfolk, Thomas Howard, chantaient déjà victoire. Ils se croyaient sur le point de réduire l'archevêque au silence et d'arrêter à jamais la réforme.

— Gardiner ne l'a même pas fait entrer à son arrivée. Il l'a fait attendre. Il a pris tout son temps, intervient Catherine.

— Il savourait son triomphe, renchérit Anne. Mais lorsqu'on fit mine de se saisir de Thomas Cranmer et de lui enlever son chapeau, il brandit une bague, la propre bague du roi ; il affirma alors qu'il avait l'amitié et la confiance de Sa Majesté, qu'une autre enquête pour hérésie était sur le point de commencer et que c'était lui, Thomas Cranmer, qui enquêterait… sur eux, et que des chefs d'accusation seraient prononcés.

Je suis ébahie.

— Il a triomphé ? Encore ? Et il a renversé la situation en un instant ?

— Le temps d'un battement de cœur ! précise Nan. C'est ainsi que ce roi conserve son pouvoir année après année.

— Que va-t-il donc se passer à présent ? demandé-je.

— Stephen Gardiner et Thomas Howard devront mettre leur orgueil dans leur poche, et implorer le pardon de l'archevêque et du roi. Ils sont tombés en disgrâce.

Je secoue la tête d'émerveillement. On dirait une fable de voyage, un conte de fées, avec de brusques revers de fortune et de faramineuses victoires.

— Et Thomas Cranmer diligentera une enquête sur tous ceux qui ont cru pouvoir l'arrêter et le faire exécuter ; et si l'on venait à découvrir des lettres faisant éclater au grand jour des actes de trahison ou d'hérésie, ils attendront à sa place à la Tour de monter sur l'échafaud.

— Nous voici de nouveau sur la pente ascendante, exulte Nan. La réforme va pouvoir s'étendre. Nous ferons revenir la Bible dans les églises, nous aurons le droit de lire des livres sur la réforme, nous mettrons la Parole de Dieu à la portée du peuple, et les chiens de Rome pourront retourner en enfer !

Le roi projette un grand festin de Noël.

— Tous participeront ! affirme-t-il avec exubérance.

La douleur dans sa jambe s'est apaisée ; la blessure est toujours vive mais elle ne suinte plus aussi abondamment. Il me semble qu'elle empeste moins. Je masque la puanteur grâce à des pochettes de parfum et d'épices que je parsème dans mes appartements, jusque dans mon lit ; le parfum des roses couvre l'odeur obsédante de la chair putréfiée.

Un été d'itinérance à cheval le repose : il chasse tous les jours, toute la journée, même s'il se contente d'attendre à l'intérieur d'un affût qu'on rabatte le gibier vers lui. Notre dîner est plus léger que lorsqu'il mange dans la grand-salle des banquets où il fait servir vingt à trente plats différents ; et il boit même une moindre quantité de vin.

— Tous, répète-t-il. Tous les ambassadeurs de la chrétienté viendront à Hampton Court. Ils veulent tous voir ma magnifique nouvelle épouse.

Je souris en secouant la tête.

— Je vais être intimidée, préviens-je. Je n'apprécie guère lorsque tous les regards sont sur moi.

— Il vous faudra le surmonter, ordonne-t-il. Mieux, vous apprendrez à y prendre plaisir. Vous êtes la plus grande dame du royaume, autant vous en réjouir ! Nombre de femmes prendraient votre place si elles le pouvaient.

— Oh, je ne suis pas timide au point de préférer rester à l'écart, avoué-je.

— Parfait ! s'exclame-t-il en attrapant ma main au vol pour l'embrasser. Car je n'ai pas l'intention de me passer de vous. Je ne veux pas qu'une autre jolie fille vole votre place.

Il part d'un grand éclat de rire et ajoute :

— Ils font miroiter de petits anges papistes devant mes yeux, le saviez-vous ? Pendant tout l'été, tandis que la Cour se déplaçait, ils m'ont présenté de ravissants minois avec des crucifix autour du cou et des chapelets à la ceinture, sans oublier les missels en latin dans leur poche. N'aviez-vous pas remarqué ?

Je fais un effort de mémoire. Maintenant qu'il en parle, il me semble bien avoir aperçu tout un tas de jeunes femmes ostensiblement dévotes parmi les foules que nous rencontrions sur le parcours. Je laisse échapper un petit gloussement.

— Mon mari et mon seigneur, cela est…

— Ridicule, achève-t-il à ma place. Mais ils me croient vieux et insatiable. Ils me croient fantasque, et capable de changer de femme et d'Église le matin pour en changer de nouveau le soir venu. Mais vous savez…, s'interrompt-il pour baiser de nouveau ma main. Vous savez mieux que quiconque, reprend-il, que je suis fidèle, à vous comme à l'Église que je fonde.

— Vous ne renoncerez pas à vos réformes, confirmé-je.

— Je ferai ce que j'estime être juste, rétorque-t-il. Nous inviterons les vôtres à la Cour pour Noël. Vous êtes sûrement contente que je leur fasse cet honneur ? Je donnerai un titre à votre oncle, il deviendra lord Parr. Et je ferai votre frère comte.

— Je vous en suis très reconnaissante, Sire. Et je ne doute pas qu'ils vous servent avec loyauté dans leurs nouvelles attributions. Ce sera une telle joie pour moi de les voir à la Cour. Et, mon cher époux, les enfants pourront-ils également être des nôtres à Noël ?

Il est surpris par ma demande.

— Mes enfants ?

— Oui, Sire.

— Ils restent habituellement dans leurs propres demeures, explique-t-il d'un ton mal assuré. Ils fêtent toujours Noël avec leurs gens.

Will Somers, qui se tient à côté du roi, casse deux noix l'une contre l'autre dans ses mains, retire les coquilles et offre le fruit à son royal maître.

— Qui sont leurs gens, sinon nous ? s'enquiert-il. Mon seigneur et mon Sire ! Vous voyez de quoi une femme au grand cœur est capable ? Vous n'êtes mariés que depuis cinq mois, et déjà elle vous donne trois enfants ! C'est l'épouse la plus féconde que l'on n'ait jamais vue ! Même les lapins ne sauraient mieux faire !

Je ris.

— Seulement si Votre Majesté y consent.

Les bajoues d'Henri tremblent d'émotion, son visage s'empourpre, ses yeux s'emplissent de larmes.

— Bien sûr que j'y consens. Et Will a raison. Vous êtes une femme au grand cœur qui fait revenir mes enfants auprès de moi. Vous ferez de nous la famille royale d'Angleterre, vous ferez de nous une vraie famille. Tout le monde nous verra réunis : le père et son fils, qui lui succédera. Je vais passer Noël entouré de mes enfants ! Je n'ai jamais fait cela auparavant.

Noël 1543, palais de Hampton Court

Les rames du canot royal, dont le bruit est assourdi par le brouillard glacé qui s'étend en d'épais rubans sur le fleuve, entrent dans les flots et en sortent en une seule et unique gerbe d'eau. L'embarcation s'élance à chaque battement d'avirons puis paraît s'immobiliser avant de repartir, comme si elle reprenait son souffle par à-coups sur l'onde vive. Foulques et poules d'eau détalent devant nous, décollant de la surface en laissant traîner leurs longues pattes. Un héron à large envergure s'élève en silence des roseaux près de la berge en battant lentement de ses ailes immenses ; au-dessus de nos têtes, les mouettes rient. Dans le vif éclat du soleil d'hiver qui perce à travers les volutes de brouillard glacé, l'approche de Hampton Court par canot à partir du fleuve révèle un palais féerique qui semble, lui aussi, flotter sur l'étendue liquide et froide.

Je me pelotonne au creux de mes épaisses fourrures. Je me suis fait apporter de magnifiques et chatoyantes zibelines noires de ma garde-robe du château de Baynard à Londres. Je ne suis pas sans savoir que ces atours ont appartenu à Catherine Howard. Je le sais sans avoir besoin de le demander, je connais bien son parfum à présent ; c'est une senteur musquée qui ne se laisse pas facilement oublier et dont elle dut asperger toute chose. À l'instant où l'on me présente une nouvelle robe, je reconnais son odeur, comme si ma devancière me hantait par l'odorat comme elle me hante en pensée. Je ne peux m'empêcher de me demander si elle cherchait à couvrir la puanteur de la jambe putréfiée du roi, ainsi que je le fais avec l'huile essentielle de rose. En tout cas, je refuse de porter ses chaussures. On m'a apporté une paire de souliers à la pointe en velours et au talon doré, qui conviendraient parfaitement à un pied d'enfant. Elle dut paraître toute petite en comparaison de mon mari, avec ses trente ans de moins que lui. Elle devait donner l'impression d'être sa petite-fille, lorsqu'elle dansait avec les jeunes gens de la Cour et qu'elle faisait des œillades à ses écuyers, cherchant du regard son tout jeune amant. Je porte ses robes, lesquelles sont d'une facture extraordinaire et richement décorées, mais je ne mettrai pas mes pieds dans ses chaussures. J'en commande des neuves, par dizaines, par centaines de paires. Je prie pour ne pas rêver d'elle tandis que je marche dans ses pas en faisant mon entrée dans Hampton Court, vêtue de ses fourrures, et de celles des autres reines… Je navigue sur le canot de Catherine d'Aragon. Je me serre dans les zibelines de Catherine Howard et me convaincs que le vent glacial qui souffle sur le fleuve chassera sa présence, ainsi que celle de tous les fantômes ; et bientôt, ses fourrures, si douces et somptueuses, seront miennes, parce qu'à force d'être en contact avec ma gorge et mes épaules, elles prendront mon odeur de fleur d'oranger et de rose.

— N'est-ce pas superbe ? s'enquiert Nan, en admirant le palais qui se découpe droit devant nous dans la lumière du matin. N'est-ce pas le plus beau de tous ?

Toutes les résidences d'Henri sont des merveilles. Ce palais-ci, il l'a confisqué au cardinal Thomas Wolsey, qui l'avait fait bâtir en briques rouges et qu'il dota d'imposantes cheminées ornementales, de vastes patios et de jardins conçus avec un grand raffinement. On a terminé les transformations qu'Henri m'avait promises, et voici le palais pourvu d'une nouvelle aile dévolue à la reine qui donne sur les jardins et est sise à l'écart des cuisines. Là seront mes appartements : aucun spectre n'en foulera les planchers cirés de frais. Un large quai de pierre court le long de la berge du fleuve, et à mesure que notre canot et toutes les autres embarcations qui nous accompagnent arrivent, les étendards se déploient sur les hampes qui le jalonnent, puis un grand coup de canon retentit pour souhaiter la bienvenue au roi.

La détonation me fait sursauter, et Nan s'esclaffe.

— Si tu avais entendu le raffut qu'ils ont fait le jour où Anne de Clèves arriva de Londres. Des canots tiraient au canon à partir du fleuve, et le ciel illuminé par les feux d'artifice tonnait comme par un soir d'orage.

Notre embarcation accoste sans heurt contre l'appontement de pierre et les rameurs tirent leurs rames à bord. Un autre cri de guerre retentit, et la passerelle est jetée à terre. Les hallebardiers de la garde royale en uniforme vert et blanc descendent précipitamment le dénivelé insensible des marches pour aller se poster le long du quai. Les trompettes sonnent à grand bruit, et tous les serviteurs royaux sortent devant les portes du palais pour se mettre au garde-à-vous, la tête exposée au vent d'hiver. Le roi, qui jusque-là laissait sa jambe sur un repose-pied richement orné à l'abri d'un taud situé à la poupe, se dresse avec peine sur ses jambes et ouvre la marche, car il a besoin d'un homme de chaque côté pour le soutenir sur le pont qui tangue légèrement. Je lui emboîte le pas, et une fois qu'il est sur le sol ferme des dalles de marbre blanc du quai, il se retourne et me prend la main. Les trompettes entonnent une marche, les serviteurs s'inclinent très bas, et le peuple, contenu à l'écart du débarcadère, acclame Henri et moi-même. Je prends conscience que notre union est appréciée, non seulement à la Cour et dans les cours étrangères, mais également ici, dans les campagnes. Qui eût cru que le roi trouvât encore à se marier ? Une sixième fois ! Qui eût cru qu'il choisirait une belle veuve, et qu'il ferait d'elle une femme riche et heureuse ? Qui eût supposé qu'il prendrait une Anglaise, une compatriote, une femme venue du Nord honni et redouté, qu'il la logerait au cœur de l'élégante Cour, face au sud, et qu'elle y éclipserait tout le monde. Les gens lancent des vivats et crient mon nom, brandissent des documents qu'ils désirent me montrer – des requêtes qu'ils veulent que je leur accorde –, et je souris en leur rendant leurs saluts. L'intendant de la Maison de la reine passe parmi eux et récolte leurs lettres afin que je les lise plus tard.

— C'est bien que vous ayez bonne mine, fait succinctement remarquer Henri tandis que nous passons à pas lent le portail grand ouvert.

Il esquisse une petite grimace, car chaque enjambée lui est douloureuse.

— Il ne suffit pas d'être reine, ajoute-t-il, il faut en avoir l'air. Lorsque les gens mettent le nez dehors pour nous voir, ils veulent admirer un couple placé très au-dessus d'eux, un couple hors du commun, plus majestueux que tout que ce qu'ils peuvent imaginer dans leurs rêves les plus fous.

Ils veulent être impressionnés. Nous apercevoir est comme apercevoir des êtres qui leur sont infiniment supérieurs, comme des anges ou des dieux.

— Je comprends.

— Je suis l'homme le plus puissant du royaume, rappelle Henri en toute simplicité. Peut-être le plus puissant du monde. Tous doivent le voir dès qu'ils posent les yeux sur moi.

Toute la Cour est réunie dans la salle des banquets pour nous accueillir. Je souris à mon oncle, qui sera bientôt pair du royaume, et à mon frère, qui deviendra comte d'Essex, grâce à moi. Tous mes amis et toute ma famille, nouvellement enrichis en vertu de ma protection, sont venus passer Noël, ainsi que les très grands du royaume : les Howard, les Seymour, les Dudley ; et les personnalités en pleine ascension telles que Thomas Wriothesley et son ami et collègue Richard Rich, sans oublier les autres courtisans et les ecclésiastiques dans leurs chasubles pourpres et violettes. Stephen Gardiner est présent ; l'enquête diligentée par monseigneur Cranmer ne lui a pas porté préjudice. Il me fait sa révérence et m'adresse un sourire plein d'assurance.

— Je vais vous apprendre à devenir reine d'Angleterre, me glisse Henri à l'oreille. Vous poserez les yeux sur ces hommes riches et puissants avec la pensée que vous avez autorité sur tous sans exception. Je vous ai hissée au-dessus d'eux. Vous êtes mon épouse et mon alliée, Catherine. Je vais faire de vous une grande et puissante femme, une authentique épouse pour votre mari, la plus grande dame d'Angleterre, comme je suis le plus grand seigneur de ce pays.

Je m'abstiens de démentir modestement, mais soutiens son regard empli d'une froide détermination. Malgré ces paroles bienveillantes, son visage exprime la dureté.

— Je serai votre épouse à tout point de vue, promets-je. Je m'y suis engagée et je tiendrai parole. Je serai reine pour ce pays et mère pour vos enfants.

— Je vous ferai régente, confirme-t-il. Vous serez leur maîtresse. Vous aurez autorité sur tous ceux que vous voyez là. Vous les tiendrez en respect sous votre talon.

— Je gouvernerai, acquiescé-je. J'apprendrai à gouverner comme vous le faites.

La Cour me fait bon accueil et me reconnaît en tant que reine. Je pourrais presque croire qu'il n'y en eut pas d'autre avant moi. À mon tour, je souhaite la bienvenue aux deux cadets du roi, le prince Édouard et lady Élisabeth, et les réunis en une famille royale où ils n'ont jamais réellement eu leur place jusqu'à ce jour. J'y inclus les nièces du roi : lady Margaret, la fille de la sœur d'Henri, la reine d'Écosse, et la jeune lady Jane Grey, la petite-fille de sa sœur, la reine de France. Le prince Édouard fait montre d'un mélange attachant de solennité et de timidité. On l'a éduqué depuis le jour de sa naissance dans l'idée qu'il est un Tudor et l'héritier au trône, et l'on attend tout de lui. À l'inverse, lady Élisabeth n'a jamais été assurée de sa position : son nom et même sa sécurité sont tout à fait incertains. Lors de l'exécution de sa mère, elle déchut, presque du jour au lendemain, de la position éminente de petite princesse à qui l'on s'adressait en disant « Votre Grâce » et qui vivait dans son propre palais, au statut de bâtarde négligée et devant répondre au titre de lady Élisabeth. Si quiconque parvenait à établir la véracité des rumeurs qui continuent de circuler au sujet de son géniteur, elle deviendrait dans l'instant même une orpheline anonyme.

Les Howard se devraient de la soutenir comme une des leurs, puisqu'elle est la fille de la reine Anne Boleyn, leur parente. Mais tandis que le roi compte ses blessures et rumine les torts qu'on lui a causés, la dernière chose dont le duc et son fils souhaitent qu'il se souvienne est le fait qu'ils ont mis plusieurs demoiselles Howard dans son lit et en ont fait asseoir deux sur le trône, et que ces deux reines finirent le cœur brisé, disgraciées et… exécutées. Tour à tour, ils soutiennent ou négligent la petite Élisabeth, selon leur intérêt du moment.

On ne peut la fiancer à aucun prince étranger, puisque nul ne sait si elle est de sang royal ou si c'est une bâtarde. On ne peut pas même la servir correctement, car personne ne sait s'il convient de l'appeler princesse ou lady Élisabeth. Personne, à l'exception de sa dame de compagnie et de lady Marie, n'a témoigné d'affection à cette fillette ; aussi son seul refuge contre la peur et la solitude se trouve-t-il dans les livres.

Elle a toute ma compassion. Moi aussi, je fus jadis trop pauvre pour attirer un bon parti ; moi aussi, je cherchai un dérivatif à ma solitude et du réconfort dans les livres. Dès son arrivée à la Cour, je fais en sorte qu'on lui attribue une chambre près de la mienne. Je lui tiens la main tandis que nous nous rendons à la chapelle chaque matin, puis nous passons la journée ensemble. Elle semble soulagée, comme si elle avait attendu une mère toute sa vie, jusqu'à ce que j'arrive. Elle lit avec moi, et lorsque des prédicateurs de Londres nous rendent visite, elle les écoute et se joint même au débat sur leurs sermons. Elle raffole de la musique, ainsi que nous tous ; elle adore les beaux vêtements et la danse. Je parviens à lui enseigner quelques rudiments et, au bout de quelques jours, plaisante avec elle, la cajole, la réprimande et prie avec elle. Très peu de temps s'écoule avant que je puisse l'embrasser sur le front le matin et la bénir comme une mère au coucher presque sans y penser.

Lady Marie s'adapte à ce Noël en famille comme une jeune fille qui évolue dans le monde sur la pointe des pieds depuis l'exil de sa mère. Tout se passe comme si elle avait jusque-là retenu son souffle à cause de la peur et qu'elle pouvait enfin respirer. Du moins connait-elle son rang et vit-elle dans une Cour où elle occupe une place d'honneur. Je n'ambitionne pas de la materner, ce serait ridicule : nous avons sensiblement le même âge. Cependant, rien ne nous empêche d'être comme des sœurs et de créer un foyer pour les petits, qui soit divertissant et réconfortant pour le roi, tout en prenant soin de l'alliance de l'Angleterre avec l'Espagne, dont Marie est parente de la famille royale. Pour ma part, je soutiens les réformes religieuses que son père estime justes. Naturellement, Marie voudrait que l'Église retourne dans le giron de Rome ; mais il me semble que plus elle entendra parler des philosophes qui souhaitent rendre à l'Église sa pureté des premiers siècles, plus elle remettra en question l'histoire de la papauté qui a noyé cette sainte institution sous la corruption et le discrédit. Je pense que la Parole de Dieu signifie plus à ses yeux que les creux symboles qui ornaient les églises et les monastères, que le vain rituel qui ne servait qu'à éblouir les fidèles qui ne savent pas lire ni réfléchir par eux-mêmes. Lorsqu'elle envisagera les choses sous cet angle, comme c'est mon cas, elle penchera sans nul doute du côté de la réforme, ainsi que je le fais moi-même.

Malgré nos désaccords sur certains points de doctrine, elle vient chaque jour dans mes appartements écouter les séances de lecture. Pour la période de Noël, j'ai choisi les psaumes préférés du regretté évêque Fisher. C'est un exemple de choix pour illustrer le terrain dangereux sur lequel je me meus : investigation à l'intérieur, remise en cause à l'extérieur. L'évêque, un saint homme doublé d'un écrivain exceptionnel, est mort pour l'Église de Rome dans une attitude de défi envers le roi. Il était le confesseur de Catherine d'Aragon, la mère de Marie. Il est donc naturel et filial que celle-ci pense beaucoup de bien de lui. Maintes personnalités qui partageaient en privé les convictions de Fisher sont aujourd'hui les conseillers favoris du souverain ; il est donc licite de relire les écrits de l'évêque.

Mon aumônier, monseigneur George Day, officia comme chapelain auprès de Fisher, son estimé maître. Il lit chaque jour des extraits de son recueil de psaumes en latin, et personne ne peut nier que ces pieuses paroles ont été admirablement restituées par le vieil évêque à partir de l'original grec. C'est un legs inestimable transmis à travers le grec et le latin ; et à présent, mes dames d'honneur, les ecclésiastiques qui me sont attachés, lady Marie et même la petite lady Élisabeth, ainsi que moi-même travaillons tous à une traduction anglaise. La langue en est si pure, qu'il me semble injuste que seuls ceux qui comprennent le latin puissent avoir accès au travail de ce saint homme. Marie est d'accord avec moi, et son amour du travail bien fait et l'élégance de son vocabulaire font de chaque matinée un moment passionnant, non seulement pour moi-même, mais également pour toutes mes dames de compagnie.

Mon beau-fils Édouard est mon petit ange, le chouchou de la Cour. Il s'exprime avec une solennité qui nous fait rire et se montre très à cheval sur l'étiquette, et pourtant il brûle d'être aimé et choyé, taquiné et amusé, comme tout petit garçon normal. Lentement, progressivement, par le plaisir, les jeux et des plaisanteries loufoques, grâce à l'étude en commun et au divertissement collectif, il en vient à plus de naturel envers moi, et je le traite comme je traitais mes deux petits Latimer lorsqu'ils étaient sous ma protection : avec affection et respect, ne cherchant jamais à remplacer la mère défunte, mais les aimant d'un amour semblable au sien. Encore aujourd'hui, Margaret Latimer continue de m'appeler « Madame ma mère », et j'écris souvent à son frère, mon beau-fils. Je suis convaincue que dans le cas présent, je peux également apporter à ces enfants d'ascendance royale un amour maternel. Mon point fort, me semble-t-il, est de m'entretenir avec Édouard sur un ton personnel, comme au sein d'une famille aimante, insouciante, comme s'il avait confiance en moi et que notre relation allait de soi.

Ayant moi-même lutté d'arrache-pied pour me faire une place dans le monde, d'abord sous le toit d'un beau-père irascible, puis comme jeune épouse d'un mari froid et distant, avant de venir à la Cour dans le rôle de la veuve insignifiante, j'ai appris que rien n'a plus de prix que d'avoir un endroit où l'on puisse être soi-même, où un autre puisse vous voir tel que vous êtes vraiment. Édouard vient à ma chambre de parade où je fais audience aux solliciteurs, et il y est accueilli à la fois en prince et en petit garçon. Je le hisse près de moi sur mon immense trône, afin qu'il puisse écouter et me parler à voix basse, afin qu'il puisse se comporter en enfant qu'il est, et non comme un petit mannequin que tous observent à la dérobée en se demandant comment il pourrait faire avancer leurs propres perspectives d'avenir.

— Kate, vous êtes en tout point celle que j'espérais ! s'exclame le roi, tard un soir, lors d'une visite qu'il me rend à mes appartements.

J'avais pensé qu'il dormirait dans son lit. Par conséquent, ma demoiselle de compagnie, qui avait été installée pour la nuit dans le lit gigogne, détale à toute vitesse, faisant une rapide révérence avant de refermer la porte derrière elle.

— Merci, lancé-je, un peu surprise.

— Ma confiance sera sans limites, m'annonce-t-il en installant son embonpoint sur mon lit. Non, je peux me débrouiller, ajoute-t-il en levant une main et en se hissant en position à demi assise. Vous aurez la charge du royaume pendant mon absence. Tom Seymour a accompli sa mission : nous avons fait alliance avec les Pays-Bas, nous avons passé un traité avec l'Espagne. Nous sommes prêts à entrer en guerre contre la France.

Le nom de Thomas, surgi à brûle-pourpoint dans la conversation tandis que je m'assois sur le lit, nue sous ma légère chemise de nuit de lin, provoque en moi un bouleversement quasi physique, comme si l'on m'avait secouée violemment en mentionnant son nom tout haut dans le silence de la pièce. Je remarque que le roi m'observe attentivement.

— Vous êtes inquiète ? s'enquiert-il. Que se passe-t-il ? Vous êtes toute blanche !

— C'est l'idée de la guerre, répliqué-je d'une voix mal assurée. Seulement la perspective du danger.

— J'irai en personne, annonce-t-il. Moi, le roi, au cœur même du danger. Je n'enverrai pas mes armées sans moi. Je prendrai leur tête.

Je ferme brièvement les paupières. *Thomas va très certainement rentrer. S'il a obtenu la signature du traité, il lui faudra venir à la Cour prendre ses ordres. Il rejoindra son frère, et, ensemble, ils rassembleront leurs métayers et leurs soldats. Il est inévitable que je le voie. Il sera impossible pour lui de se tenir à l'écart et impossible pour moi de l'éviter. Il devra s'incliner devant moi et me féliciter de mon heureux mariage. Il me faudra acquiescer et paraître indifférente.*

Je frémis à cette seule pensée. Tout ce que j'ai accompli – avec les enfants, avec la Cour, avec le roi – le fut avec la certitude que je ne sentirais plus les prunelles sombres de Thomas se poser sur moi, que je ne lèverais plus jamais les yeux sur lui pour m'apercevoir qu'il me couve du regard. J'ignore même si je serai capable de dormir sous le même toit que lui. Je ne pense pas pouvoir rester tranquillement étendue dans mon lit s'il est quelque part dans le palais, nu sous un drap, attendant que je vienne gratter à sa porte. *Comment parviendrai-je à danser s'il est présent dans l'assistance ? Et si nous sommes dans le même groupe de danseurs et que nous devions, à un moment donné, nous prendre par la main ? Comment ferai-je pour ne pas me tourner vers lui au contact de sa peau ? Et qu'arrivera-t-il lorsqu'il posera sa main brûlante sur ma taille ? Comment retomberai-je sur mes pieds, s'il me soulève au cours de la* haute danse* *et que je sens son souffle sur ma joue ? Lorsqu'il m'aidera à descendre de cheval,*

* Tous les mots suivis d'un astérisque sont en français dans le texte original. (*NdT*)

je devrai mettre les mains sur ses épaules. Quand il me posera à terre en profitera-t-il pour me serrer contre lui ?

J'ignore comment je m'y prendrai pour dissimuler mon désir. Je n'en ai aucune idée. Je suis en représentation permanente, sous les regards de tous. Je ne peux me faire confiance ; je ne peux être assurée que ma main ne tremblera pas lorsque je la lui offrirai pour le baisemain requis par l'étiquette. Cette Cour est passée maîtresse dans l'art de surveiller les épouses d'Henri. Je succède à Catherine Howard, dont le nom est synonyme d'immoralité. Tous m'épieront sans relâche afin de découvrir si je suis aussi folle qu'elle.

— Je prendrai leur tête en personne ! répète Henri.

— Oh, non..., dis-je sans conviction. Sire...

— Il le faut !

— Mais... Votre santé ?

— Je suis assez vigoureux. Je n'enverrai jamais des troupes en France sans le roi à leur tête. Je ne leur demanderai jamais d'affronter la mort sans moi.

Je sais parfaitement ce que je suis censée dire, mais je me sens trop accablée et hébétée pour articuler un mot. Tout ce que je sais, c'est que Thomas Seymour s'apprête à rentrer en Angleterre et que je vais le revoir. Je me demande s'il pense encore à moi, si sa passion est intacte, s'il me désire toujours comme avant. Je me demande s'il m'a chassée de ses pensées, si, ainsi que le font les hommes, il a rompu les liens de son amour et retranché son désir, le mettant de côté avant de l'oublier. À moins qu'il ne continue, comme moi, de se languir d'amour ? Je ne pense pas être capable de lui poser la question.

— Sans doute l'un de vos barons peut-il vous remplacer ? suggéré-je. Vous n'êtes pas obligé d'être en première ligne.

— Oh, ils iront tous ! assure Henri. Vous pouvez en être tout à fait sûre ! Les Seymour, les Howard, les Dudley, tous, jusqu'au dernier. Votre frère gagnera son nouveau titre en chevauchant à mes côtés. Mais je prendrai la tête de l'armée. On verra flotter mon étendard lors de notre entrée dans Paris. Nous récupérerons nos terres de France. Je serai roi de France en vérité.

Je serre les mains pour les empêcher de trembler à l'idée que Thomas Seymour parte faire la guerre.

— J'ai peur pour vous.

Il me prend les mains.

— Allons, vous êtes gelée ! Avez-vous donc si peur ?

Il sourit et ajoute :

— Ne craignez rien, Catherine. Je reviendrai sain et sauf. Je courrai à la victoire et reviendrai triomphalement. Et vous gouvernerez l'Angleterre en mon absence. Vous serez régente, et si Dieu réclame de moi le sacrifice suprême…

Il s'interrompt dans un trémolo en songeant à la perte que cela représenterait pour moi, pour l'Angleterre…

— Devrait-on m'enlever à vous, à mon armée et à mon pays, reprend-il, alors vous gouverneriez l'Angleterre jusqu'à ce qu'Édouard soit un homme.

Dieu me pardonne, mais la première chose à laquelle je pense au cas où le royaume perdrait son souverain, est que je serais libre de me remarier, et que Thomas serait libre lui aussi, et que personne ne pourrait faire obstacle à notre union. Ma seconde pensée est : *Je serai régente en titre ! Conclusion : je serai la femme la plus puissante du monde.*

— N'envisagez pas le pire, dis-je en posant un doigt glacé sur sa petite bouche. Je refuse de l'imaginer.

Je ne mens pas. Je ne dois pas y penser. Je ne peux m'autoriser à songer à un autre homme pendant que mon mari se renverse contre un entassement d'oreillers en faisant craquer le sommier de corde sous son poids, tandis qu'il me fait signe d'approcher, son gros visage rose luisant de sueur à cause de l'excitation.

Il embrasse le bout de mes doigts.

— Vous assisterez à mon retour triomphal, promet-il. Et je saurai alors que vous êtes ma fidèle épouse et mon alliée en tout point.

Printemps 1544, palais de Whitehall, Londres

Monseigneur George Day vient me trouver dans mes appartements, un rouleau manuscrit à la main.

— Mon secrétaire a terminé la copie, annonce-t-il d'une voix triomphante. C'est fait ! C'est au propre !

Il me remet les feuillets. Pendant un moment, je me contente de les tenir, comme s'il s'agissait de mon nouveau-né et que j'étais désireuse d'apprécier son poids. Je n'ai jamais eu d'enfant, mais je suppose que ce que je ressens en cet instant ressemble à la fierté d'une mère. C'est une joie inédite pour moi. C'est la joie de l'intellectuelle. Je reste longtemps sans dérouler le manuscrit : je connais son contenu par cœur, je l'ai tant attendu.

— Les psaumes, murmuré-je. Les psaumes de monseigneur Fisher.

— Tels que vous les avez traduits, confirme-t-il. Le psautier latin mis en anglais. Ils rendent magnifiquement. Ils se lisent comme si le psalmiste parlait l'anglais le plus élégant. Ainsi qu'ils se doivent. Ils honorent Dieu et vous honorent. Ils rendent hommage à John Fisher, Dieu ait son âme. Je vous félicite.

Posément, j'étale les feuillets et commence à les lire. C'est comme entendre un chœur à travers les époques : l'antique voix du psalmiste qui les chanta en hébreu avant qu'ils ne soient traduits en grec, puis mis en latin par la voix sonore et sage de l'évêque martyr, voix auxquelles se joint la mienne dans ces vers anglais. Je lis un psaume :

« *Thou art our Defender, our refuge, and our God and in Thee we trust. Thou shalt deliver me from the snares of the hunters, and from the perils of my persecutors. Thou shalt make a shadow for me under Thy shoulders; and under Thy wings I shall be harmless. Thy truth shall be my shield and buckle; and no evil shall approach near unto me*[1]. »

— Faut-il écrire « *harmless* » ? me demandé-je à haute voix.

---

1. Catherine Parr traduit ici une refonte par Fisher de plusieurs versets du psaume 91 (90) d'après la Vulgate (la Bible latine). Ce texte figure dans *Complete Works and Correspondence* de Catherine Parr édité by Janel Mueller (The University of Chigaco Press, 2011). En voici une traduction en français : « Tu es notre défenseur, notre refuge et notre Dieu, et en toi nous croyons. Tu me délivres des pièges des chasseurs et des périls dus à mes persécuteurs. Tu me prends à l'ombre de tes épaules, et sous tes ailes je suis sauf. Ta vérité est mon bouclier et ma rondache, et aucun mal ne s'approche de moi. » (*NdT*)

George Day est bien trop sage pour répondre. Il attend.

— « *Without harm* » serait maladroit, ajouté-je. « *Safe* » est trop fort. Mais « *harmless* » a le mérite de signifier à la fois « indemne » et « inoffensif ». Cela fait sans doute un effet étrange, mais cette étrangeté attire l'attention sur le mot, hésité-je.

— Mon secrétaire pourra procéder à toutes les modifications que vous jugerez utiles afin d'établir une version définitive pour l'imprimeur, suggère-t-il.

— « *Under Thy wings I shall be harmless* », me murmuré-je. Cela sonne comme de la poésie. Le sens s'affranchit des mots, il dépasse la simple signification des termes. Je pense que cela convient. Je ne crois pas devoir modifier ce passage. Et j'en aime la musique : « *Under Thy wings…* » On sent presque la caresse des plumes de ses grandes ailes, ne trouvez-vous pas ?

George sourit. *Non, il ne trouve pas. Mais cela importe peu.*

— Je ne souhaite pas le changer, tranché-je. Pas ce passage. Ni aucun autre.

Je lève les yeux vers George Day, qui marque le rythme régulier des mots en hochant la tête.

— Clair et limpide, déclare-t-il. Parfaitement clair. C'est expansif et franc.

Il met la clarté au-dessus de la poésie, et il a raison. Il veut que tous les Anglais comprennent les psaumes que monseigneur Fisher chérissait. Je veux faire quelque chose en plus : je veux que ces vers résonnent comme ils le firent jadis en Terre sainte. Je veux que les garçons du Yorkshire, les filles du Cumberland entendent la musique de Jérusalem.

— Je vais les publier.

Je frémis de ma propre audace.

Aucune femme n'a encore publié en anglais sous son propre nom. J'ai peine à croire que j'ai le courage de faire acte de résistance, de m'exprimer haut et fort, de m'adresser au monde.

— J'y suis bien décidée, George. Pensez-vous que j'aie raison ? Vous n'êtes pas d'un avis contraire ?

— Je me suis permis de les montrer à Nicholas Ridley, fait-il remarquer, mentionnant le grand réformateur et l'ami de Thomas Cranmer. Il a été profondément ému. Il a dit que vous faisiez aux chrétiens fidèles d'Angleterre un don aussi important que la Bible que votre mari leur donna. Il a ajouté que votre traduction serait lue et psalmodiée dans toutes les églises du royaume où le prêtre sera désireux que le peuple fût touché par la beauté de Dieu autant que par sa sagesse. Il a assuré que si vous parveniez à amener la Cour et le pays à une véritable compréhension de la liturgie, vous deviendriez une nouvelle sainte.

— Mais pas une martyre ! m'exclamé-je, avec un humour pince-sans-rire. Aussi est-il préférable que le public ignore que je suis la traductrice ; surtout, le nom de lady Marie et de lady Élisabeth ne doit pas y être associé. Il ne doit jamais être fait état des filles du roi. Je me mettrais la Cour à dos si les gens apprenaient que je pense que le peuple devrait lire les psaumes en anglais.

— J'en conviens. Les papistes monteraient tout de suite au créneau, et vous ne pouvez prendre le risque de faire de Stephen Gardiner un ennemi. Aussi cette traduction sera-t-elle diffusée comme étant de la main de l'évêque. Personne n'a besoin de s'aviser que c'est votre étude et votre érudition qui ont œuvré à les mettre en anglais. J'ai un imprimeur qui sait tenir sa langue. Il n'ignore pas que le manuscrit émane de moi, et que je vous sers à la Cour, mais je ne lui ai pas révélé le nom de l'auteur. Il me tient en très haute estime, en trop haute estime, devrais-je dire, car il se figure que je serais capable d'avoir effectué cette traduction. J'ai nié, mais sans trop de véhémence, afin de ne pas le mettre sur une autre piste. Je pense que nous pouvons publier sous couvert de l'anonymat. Sauf que…

— Sauf que quoi ?

— Selon moi, ce serait dommage, conclut-il avec franchise. Ce sont d'excellentes traductions qui témoignent d'une oreille musicale, du cœur d'une vraie croyante et de la langue d'un écrivain profond. N'importe qui – n'importe quel homme, veux-je dire – s'enorgueillirait de les publier sous son propre nom. Il se vanterait d'en être l'auteur. Cela semble injuste que vous deviez dénier posséder un tel don. La grand-mère du roi collationnait les traductions et les publiait.

J'esquisse un petit sourire en coin.

— Ah, George, commencé-je, vous me mettez à l'épreuve de la vanité ! Mais ni le roi, ni aucun sujet du royaume n'entend recevoir de leçons d'une femme, pas même d'une reine. Quant à la grand-mère du roi, elle était irréprochable. Je publierai ce livre de la manière que vous avez suggérée, et j'aurai grande joie de savoir que les psaumes de l'évêque, traduits en anglais par moi-même et mon entourage féminin, contribuent à rallier les croyants et les croyantes à l'Église du roi. Mais il faut que ce soit à la gloire de l'évêque et à celle du souverain. Je pense donc qu'il vaut mieux pour nous tous qu'ils paraissent sans que mon nom figure sur la couverture, comme une fanfaronnade. Nous sommes tous plus en sécurité si nous ne crions pas nos croyances sur les toits.

— Le roi vous aime. Assurément, il serait fier…

George est interrompu par un coup qui retentit à la porte. Il s'empresse de pousser les feuillets à l'écart tandis que Catherine Brandon entre, me fait une rapide révérence, sourit à George et déclare :

— Le roi vous demande, Votre Majesté.

Je me dresse sur mes jambes.

— Il vient ici ?

Elle secoue la tête mais ne répond pas. George comprend immédiatement qu'elle ne veut pas en dire davantage devant lui. Il ramasse les feuilles.

— Je les emporte, comme nous sommes convenus, lance-t-il, et je le salue d'un hochement de tête tandis qu'il prend congé.

— L'état de sa jambe a empiré, annonce Catherine à voix basse dès que la porte s'est refermée derrière mon aumônier. Mon mari et mon seigneur m'a prévenue directement, puis il a envoyé un messager pour vous faire dire que le roi vous recevra ce matin dans ses appartements privés.

— Suis-je censée m'y rendre sans être vue ?

Une série de pièces attenantes relie l'aile du roi à celle de la reine, à Whitehall. Je peux soit emprunter le grand hall au vu et au su de tous, soit emprunter notre galerie commune avec seulement l'assistance d'une dame de compagnie.

— Discrètement, confirme-t-elle en hochant la tête. Il ne veut pas que quiconque sache qu'il est alité.

Elle ouvre la marche. Catherine hante de sa présence les palais royaux depuis l'enfance. Elle est la fille de Maria Salinas, la dame de compagnie préférée de Catherine d'Aragon, et l'épouse de Charles Brandon, le grand ami d'Henri. Avec les années, elle est devenue une spécialiste des couloirs dérobés qui permettent d'éviter de se perdre comme d'éviter ces vipères de courtisans à l'intérieur des palais. Ce n'est pas la première fois que je me fais l'effet d'une anonyme de province marchant à la traîne de l'un des membres de l'élite fermée, pur produit de la Cour.

— Ses médecins sont-ils à son chevet ?

— Le docteur Butts et le docteur Owen le veillent, et son apothicaire prépare une potion pour calmer la douleur. Mais c'est très grave cette fois. Je ne crois pas l'avoir déjà vu aussi mal en point.

— A-t-il cogné sa jambe ? La plaie est-elle ouverte ?

Elle secoue la tête.

— C'est exactement comme d'habitude. La plaie doit être maintenue ouverte, sinon le poison montera à la tête et le tuera. Mais souvent, lorsque les praticiens écartent la plaie avec des tiges de fer ou qu'ils râpent de l'or à l'intérieur, elle paraît pire qu'avant. Voilà qu'elle cicatrisait, alors ils l'ont rouverte et le poison suinte comme il faut ; mais cette fois, c'est tout rouge à l'intérieur. Elle a enflé, et est devenue brûlante et toute tuméfiée, et il semblerait que l'ulcère creuse sa jambe. Charles m'a dit qu'il rongera bientôt l'os. Cela cause à Sa Majesté une douleur effroyable que rien n'apaise.

Je ne peux réprimer une certaine appréhension. Le roi, lorsqu'il est aux prises avec la souffrance, est aussi dangereux qu'un sanglier blessé. Son humeur s'embrase tout autant que s'enflamme la blessure qui l'accable.

Catherine pose délicatement une main sur mon épaule tandis qu'elle fait un pas de côté afin de me céder le passage par la porte à double battant qui relie nos deux appartements.

— Courage, lance-t-elle, à voix basse, vous parvenez à le mettre dans de bonnes dispositions alors que tout le monde échoue.

Je trouve Henri dans sa chambre privée. Il lève les yeux vers la porte lorsque celle-ci s'ouvre et que j'entre.

— Ah, Dieu soit loué, voici la reine ! Tenez votre langue, vous autres, et reculez, pendant que je m'entretiens avec elle.

Il est entouré d'hommes. J'aperçois Édouard Seymour, qui est tout rouge et semble en colère, et monseigneur Gardiner, qui a l'air content de lui. Je suppose qu'ils se sont chamaillés, se bousculant pour se placer face au roi, malgré la présence des médecins occupés à installer un drain dans la plaie de sa jambe, grâce à une sorte de cuillère en métal acérée qu'ils enfoncent dans ses chairs à vif afin d'en extraire le poison. Pas étonnant que mon mari soit rouge comme une rose de Lancastre, et que ses yeux ne soient plus que deux fentes baignées de larmes à cause de la grimace que lui arrache la douleur. Charles Brandon, le mari de Catherine, se tient prudemment à distance.

— Je ne doute pas que Sa Majesté la reine ne soit elle-même d'accord…, commence en douceur monseigneur Gardiner, et j'aperçois Wriothesley qui acquiesce et s'approche un peu plus près, comme s'il entendait par ce geste consolider un point de vue.

— La reine ne dira rien, finit par rétorquer le roi. Elle va rester auprès de moi, me prendre la main et tenir sa langue comme il sied à une parfaite épouse. Je vous interdis d'insinuer qu'il puisse en être autrement. Et vous allez tous vous retirer.

Charles Brandon fait sa révérence au roi puis s'incline devant moi, la main sur le cœur ; enfin dit « adieu » à sa femme d'un signe de tête et disparaît comme neige au soleil de la présence menaçante du roi.

— Bien sûr, s'empresse de repartir Édouard Seymour.

Il me regarde et ajoute :

— Je me réjouis que Sa Majesté soit venue vous apporter réconfort et paix. Votre Majesté ne devrait pas être dérangée en un moment comme celui-ci. Surtout que les choses sont parfaitement bien comme elles sont.

— Rien ne sera une occasion de paix pour le roi tant que les choses ne seront pas rentrées parfaitement dans l'ordre, ne peut s'empêcher d'insister monseigneur Gardiner. Comment Sa Majesté serait-elle en paix quand elle sait que son Conseil privé est constamment troublé par l'arrivée de nouveaux individus qui en attirent encore davantage à leur suite, que les enquêtes pour hérésies sont incessantes pour la raison que d'aucuns passent leur temps à requalifier l'hérésie ? Pourquoi les laisse-t-on polémiquer et débattre sans contrôle ?

— Je les fais sortir ! lance Thomas Howard directement au roi, dont il est le seul ami, sans tenir compte des autres conseillers. Dieu m'est témoin qu'ils sont incapables de faire silence même quand on leur ordonne de se taire. Ils vous harcèleraient à n'en plus finir.

Un sourire carnassier aux lèvres, il conclut :

— Vous devriez leur faire trancher la tête à tous !

Henri émet un rire bref et acquiesce d'un hochement de tête ; Thomas Howard prend donc l'avantage et fait sortir les autres de la chambre. Il va jusqu'à se retourner dans l'embrasure de la porte pour faire un clin d'œil amical au roi, comme pour l'assurer que seul un Howard peut venir à bout de ces encombrants parvenus. Tandis que la porte se referme sur eux, un brusque silence s'installe. Catherine Brandon fait sa révérence au souverain et va s'asseoir dans l'encorbellement de la fenêtre, sa jolie tête tournée face aux jardins. Anthony Denny va la rejoindre d'un pas nonchalant et se tient debout près d'elle. Il reste encore une demi-douzaine de personnes dans la pièce, mais elles sont silencieuses ou parlent entre elles, ou encore jouent aux cartes. Au regard des normes de la Cour populeuse, nous sommes seuls.

— Mon cher mari, souffrez-vous beaucoup ? lui demandé-je.

Il hoche la tête.

— Ils ne peuvent rien faire, répond-il rageusement. Ce sont des ignares.

Le docteur Butts, qui s'entretient d'un air inquiet avec l'apothicaire, lève les yeux, s'attendant à devoir en faire les frais.

— Est-ce le même mal ? L'ancienne plaie ? questionné-je prudemment.

Le roi acquiesce.

— Ils disent qu'ils vont peut-être devoir cautériser.

Il me regarde comme si je pouvais le sauver.

— Je prie le ciel de m'épargner cela, ajoute-t-il.

Cautériser la plaie signifie lui appliquer un fer chauffé au rouge afin de griller littéralement l'infection. C'est une douleur atroce, pire que celle qui est infligée au voleur que l'on marque d'un « V ». C'est d'une cruauté impitoyable pour un homme innocent.

— Assurément cela ne sera pas nécessaire ? demandé-je en m'adressant au docteur Butts.

Il secoue la tête : il n'en sait rien.

— Si nous parvenons à drainer la plaie et à faire en sorte qu'elle ne se referme pas, alors le roi pourra se rétablir, explique-t-il. Nous avons toujours réussi à la nettoyer jusque-là et à ne pas la cautériser. Je n'entreprendrais pas une telle opération à la légère. Son cœur…

Il n'achève pas sa phrase. Je suppose qu'il est terrifié à l'idée de causer une telle commotion au grand corps rongé par l'infection d'Henri.

Je prends la main de mon époux et sens ses doigts serrer les miens.

— Je n'ai peur de rien, déclare-t-il d'un ton de défi.

— Je sais, réponds-je d'une voix rassurante. Vous êtes naturellement courageux.

— Et tout cela n'est pas à cause de l'âge ni de l'infirmité. Ce n'est pas une maladie.

— C'est une blessure contractée lors d'une joute, est-ce bien cela ? Voilà des années ?

— Oui, oui, c'est bien cela. Un souvenir de jeu ! J'étais jeune alors. Et téméraire. Oh, oui, téméraire. Intrépide, même.

— Et moi, je n'ai aucun doute que vous monterez de nouveau en selle d'ici à un mois, toujours aussi téméraire et intrépide, promets-je, tout sourires.

Il me fait approcher plus près.

— Vous n'ignorez pas que je dois pouvoir monter à cheval. Je dois conduire mes hommes en France. Il faut que je me rétablisse. Je dois quitter ce lit.

— Je suis sûre qu'il en sera ainsi, assuré-je en mentant à bon compte.

Je n'en suis pas du tout sûre. J'aperçois le drain d'où s'égoutte le pus immonde de sa blessure dans une cuvette posée par terre ; la puanteur est pire que celle de la charogne. J'avise un grand bocal rempli de sangsues noires affamées qui rampent à une allure d'escargot contre la paroi de verre. Je considère la table couverte de flacons et de bouteilles, de pilons et de mortiers, ainsi que l'apothicaire qui mélange désespérément des onguents et les deux mines inquiètes des deux plus grands médecins du royaume. J'ai déjà soigné un mari mourant, et sa chambre ressemblait à celle-ci, mais Dieu sait que je n'ai jamais senti une telle puanteur. Ce sont des exhalaisons de chairs pourrissantes, comme dans un charnier.

— Asseyez-vous, m'ordonne le roi. Asseyez-vous près de moi.

Je ravale mon dégoût tandis qu'un page m'apporte une chaise. Henri est à présent installé sur son grand siège renforcé, un repose-pied sous sa jambe malade enveloppée de plusieurs draps afin d'en contenir l'odeur, d'essayer de cacher que le roi d'Angleterre se décompose lentement.

— J'ai l'intention de désigner mes héritiers, annonce-t-il à voix basse. Avant de partir pour la France.

Je comprends à présent la raison de la chicane entre les conseillers. Il est vital que je ne laisse paraître ni espoir ni crainte vis-à-vis de lady Marie et de lady Élisabeth. Il est vital que je ne trahisse pas mon propre intérêt à l'affaire. Je ne doute pas que les courtisans qui viennent à peine de s'en aller ont recommandé leurs propres candidats : Édouard Seymour rappelant à tous la primauté du prince, son neveu ; Thomas Howard faisant valoir l'héritage de lady Élisabeth ; monseigneur Gardiner et Thomas Wriothesley faisant pression en faveur de l'accession de lady Marie comme héritière du trône après Édouard.

Ils ignorent à quel point elle est modérée en matière de religion, à quel point elle est éprise de discussions franches et profondes. Ils ne savent pas qu'elle est une érudite et que nous envisageons une nouvelle traduction des Évangiles. Ils ignorent que lady Élisabeth a lu, à ce jour, tous les psaumes de monseigneur Fisher et qu'elle en a même traduit des versets sous ma direction. Pour eux, ces deux jeunes filles ne sont que de creuses figures de proue à l'usage de ceux qui les soutiennent. Ils ne se sont pas aperçus que nous étions toutes des femmes indépendantes d'esprit. Monseigneur Gardiner se figure que si lady Marie vient à accéder au trône, elle ramènera le pays dans le giron de Rome à sa demande. Thomas Howard s'imagine qu'une Howard remettra le pouvoir entre les mains des siens. Aucun d'entre eux ne me considère comme une autorité qui compte à la Cour. Ils ne voient pas en moi une femme qui se sert de son intelligence. Pourtant, il se pourrait que je devienne régente, et alors ce sera moi qui déciderai si l'Angleterre doit entendre la messe en anglais ou en latin, et qui déterminera le contenu des sermons.

— Sire ? Quel est votre souhait ? demandé-je.

— Que pensez-vous être juste ?

Je réponds par une flatterie :

— Il me semble qu'un roi aussi robuste et jeune que vous n'a pas lieu de s'inquiéter le moins du monde.

Il me montre sa jambe.

— Je ne suis plus que l'ombre d'un homme, fait-il remarquer avec amertume.

— Vous vous rétablirez. Vous remonterez à cheval. Vous avez la santé et la vigueur d'un jeune homme. Vous finissez toujours par recouvrer la santé. Vous êtes accablé par cette affreuse plaie, mais vous vivez avec elle, vous en triomphez ! Je m'attends à ce que vous lui infligiez une défaite comme à un ennemi, jour après jour.

Ces paroles lui font plaisir.

— Ce n'est pas ce qu'ils pensent, lance-t-il en désignant la porte avec mauvaise humeur d'un geste de la tête. Ils pensent déjà à ma mort.

— Ils ne pensent qu'à eux, rétorqué-je, les condamnant tous ensemble dans le dessein de conserver ma propre position. Que veulent-ils ?

— Ils veulent placer leur propre famille, résume-t-il. Ou leur champion. Et tous espèrent gouverner l'Angleterre en régentant Édouard.

J'acquiesce, lentement, comme si l'ambition éhontée des courtisans était une triste révélation pour moi.

— Et qu'en pensez-vous, Sire ? Rien n'importe plus que ce que vous jugerez bon.

Il décale son siège et grimace de douleur, puis il se penche un peu plus près.

— Je vous ai observée, confie-t-il.

Cette déclaration me fait me dresser aussitôt sur mes gardes. *Il me surveille. Qu'a-t-il vu ? Le rouleau du manuscrit en partance pour l'atelier du copiste ? Les matinées d'étude avec les deux princesses ? Mon cauchemar répétitif avec ses portes fermées au sommet d'un escalier humide ? Mes rêves éveillés érotiques au sujet de Thomas ? Aurais-je parlé dans mon sommeil ? Aurais-je prononcé son prénom ? Aurais-je été assez sotte pour chuchoter le prénom d'un autre, alors que j'étais allongée à côté du roi ?*

Je déglutis malgré ma gorge sèche.

— Ah, oui, Sire ?

Il hoche la tête.

— J'ai observé que vous passiez du temps avec lady Élisabeth, que vous étiez toujours en très bonne entente avec lady Marie. Je constate qu'elles apprécient la compagnie l'une de l'autre, que vous les avez fait venir toutes deux dans vos appartements et qu'elles s'épanouissent sous vos bons auspices.

Je hoche la tête à mon tour mais n'ose parler. Je ne sais pas encore où il veut en venir.

— Je vous ai observée avec mon fils, Édouard. On me dit que vous échangez des petits mots en latin dans lesquels il se nomme lui-même votre maître d'école.

— C'est une plaisanterie, avoué-je, sans me départir de mon sourire. Rien de plus.

Je ne saurais dire à son expression maussade s'il se réjouit de cette intimité ou s'il me soupçonne d'utiliser ses enfants pour parvenir à mes propres fins, comme le font les courtisans. Je ne sais pas quoi répondre.

— Vous avez fait une famille de trois enfants nés de trois mères différentes, reprend-il.

Pense-t-il que c'est une bonne ou une mauvaise chose ?

— Vous avez pris le fils d'un ange, la fille d'une catin et la fille d'une princesse espagnole, et les avez unis, poursuit-il.

— Ils sont tous les enfants d'un même père éminent, rappelé-je d'une voix faible.

Il tend brusquement la main comme s'il voulait tuer une mouche et me saisit par le poignet sans me laisser le temps d'un sursaut.

— Êtes-vous certaine ? s'enquiert-il. Êtes-vous certaine d'Élisabeth ?

Je pourrais presque sentir l'odeur de ma peur recouvrant la puanteur de sa plaie. Je songe à la mère de la petite, Anne Boleyn, parcourue de sueurs froides lors de la joute du 1er mai, parce qu'elle sentait venir le danger mais ne savait pas encore quelle forme il revêtirait.

— « Certaine » ?

— Vous ne pensez pas qu'elle n'est pas de moi ? précise-t-il. Vous ne pensez pas qu'elle est la fille d'un autre ? Niez-vous la culpabilité de sa mère ? Je l'ai fait exécuter en raison de cette culpabilité.

Élisabeth est son portrait craché. Ses cheveux cuivrés, sa peau blanche, sa petite moue têtue en guise de bouche. Mais si je nie la culpabilité de sa mère, cela revient à l'accuser d'avoir assassiné son épouse, d'être un fou jaloux qui a fait mettre à mort une femme sur de simples ragots de sages-femmes décaties.

— Quoi que fît Anne Boleyn dans les dernières années, j'ai la conviction qu'Élisabeth est de vous, réponds-je prudemment. C'est vous en modèle réduit. C'est une Tudor jusqu'au bout des ongles.

Il acquiesce, avide d'être rassuré.

— Qui que fût sa génitrice, personne ne peut contester l'identité de son géniteur, ajouté-je.

— Vous me reconnaissez en elle ?

— Ne serait-ce que dans son goût pour l'érudition, repartis-je, taisant, dans le dessein de renforcer la sécurité de sa fille, la solide intelligence d'Anne Boleyn et son engagement dans la réforme. Son amour des livres et des langues, c'est tout vous !

— Tel est votre sentiment, à vous qui fréquentez mes enfants tous ensemble, comme personne ne le fit jamais encore ?

— Mon seigneur et mari, je les ai réunis car je pensais que tel était votre vœu.

— Tel est mon vœu, convient-il enfin.

J'entends son estomac gargouiller ; et voilà qu'il rote à grand bruit.

— Tel est mon vœu, répète-t-il.

Son haleine fétide me chatouille les narines.

— Je suis contente d'avoir fait ce qu'il fallait pour l'amour de vous et pour l'amour de vos enfants, dis-je avec prudence. Je voulais que le pays tout entier puisse admirer la belle famille royale que vous avez constituée.

Il hoche la tête.

— Je vais rétablir mes filles dans leurs prérogatives, annonce-t-il. Je les ferai toutes deux princesses. Marie succédera au prince Édouard sur le trône, si elle lui survit et qu'il n'a pas d'héritier mâle, Dieu l'en préserve ! Après elle, Élisabeth, et ensuite, ma nièce, lady Margaret Douglas, puis enfin la lignée de ma sœur d'Écosse.

Il est contraire à la volonté de Dieu et contraire à la tradition que le roi choisisse ses successeurs. C'est Dieu qui fait les hommes rois, de la même manière qu'il a désigné le présent souverain, un fils cadet, en rappelant à lui tous les autres prétendants. Dieu fait monter le roi sur le trône, Dieu est le créateur de l'ordre qui préside à la naissance et à la mort de ses élus. Mais puisqu'en Angleterre le roi dirige l'Église, qui peut l'empêcher de désigner ses successeurs ? Certainement pas ces courtisans qu'il vient de faire chasser de sa chambre pour lui avoir tenu tête. Et certainement pas moi.

— Le prince Édouard sera roi, confirmé-je. Ainsi que ses enfants encore à naître, qui lui succéderont.

— Dieu les bénisse ! s'exclame-t-il, ému.

Après un silence, il reprend à voix très basse :

— J'ai toujours craint pour lui. Il est le fils d'une sainte femme, vous savez.

— Je sais, dis-je.

Encore Jane !

— Dieu la garde, ajouté-je.

— Je pense à elle tout le temps. Je pense à sa tendresse naturelle et à sa mort précoce. Elle est morte en me donnant un héritier, elle est morte en me servant.

J'acquiesce comme si j'étais bouleversée par l'évocation de son sacrifice.

— Lorsque je suis malade, lorsque je redoute de ne jamais me remettre, je songe qu'au moins la mort me rapprochera d'elle.

— Ne parlez pas ainsi, murmuré-je, sincèrement.

— Et les gens racontent des choses affreuses. Ils disent qu'il existe une malédiction, oui, une malédiction, ils vont jusqu'à affirmer cela : une malédiction qui pèserait sur les héritiers mâles des Tudors, sur notre dynastie.

— Je n'en ai jamais entendu parler, répliqué-je en mentant effrontément.

Naturellement, que j'en ai entendu parler. Les rebelles du Nord étaient persuadés que la dynastie Tudor s'éteindrait à cause de ses péchés contre l'Église et les Plantagenêts. Ils avaient surnommé le roi Henri « la Taupe », l'animal qui sapait son propre royaume.

— Ah, non ? s'exclame-t-il en reprenant espoir.

Je secoue la tête. Tout le monde racontait que les Tudors avaient été maudits pour avoir assassiné les princes d'York à la Tour. *Comment un roi qui a fait couler le sang royal pourrait-il être béni ? D'un autre côté, si le roi faisait ce constat, comment pourrait-il oser envisager l'avenir, lui, qui a tué les héritiers des Plantagenêts en la personne de lady Margaret Pole, de son fils et de son petit-fils, tous innocents ? Lui, qui a fait décapiter deux épouses sur de simples soupçons.*

— Je n'ai rien entendu de tel.

— Bien. Bien. Mais c'est pourquoi je protège tant Édouard. Je le protège des assassins, des maladies, de la mauvaise fortune. Je le protège comme mon unique trésor.

— Je veillerai également sur lui, promets-je.

— Ainsi, nous nous en remettrons à Dieu concernant Édouard, nous prierons pour qu'il engendre des fils en bonne santé ; et, en attendant, je vais faire voter une loi au Parlement qui désignera ses sœurs comme héritières du trône à sa suite.

L'Angleterre n'a jamais connu de reine régnante, mais je n'ai pas non plus l'intention de le lui faire remarquer. Je ne sais pas comment amener la discussion sur la question de savoir qui sera régent pendant la minorité d'Édouard. Cela revient à insinuer que le roi pourrait mourir dans les onze prochaines années, et cela ne lui ferait pas plaisir.

Je souris.

— C'est généreux de votre part, Sire. Les princesses seront heureuses de savoir qu'elles ont votre soutien. Ce dernier point comptera plus à leurs yeux que d'être inscrites sur la liste de succession au trône. Savoir que leur père les aime et leur témoigne son amour, voilà tout ce que souhaitent vos filles. Elles sont bénies d'avoir un père tel que vous.

— Je sais, réplique-t-il. Vous m'avez ouvert les yeux. J'en fus d'abord surpris.

— « Surpris » ?

Il a l'air pataud. Ce qui le rend, pendant un court instant, d'une vulnérabilité attachante : le père au cœur tendre a remplacé provisoirement le tyran maudit.

— J'ai toujours vu en elles des héritières ou des usurpatrices, confie-t-il en cherchant ses mots. Comprenez-vous ? Il m'a toujours fallu hésiter entre les accepter comme étant mes filles ou les écarter. Je dus prendre leurs mères en considération, ainsi que la guerre affreuse que je menai contre celles-ci, et ne pas penser à mes filles. Je fus contraint de les tenir à l'écart comme si elles étaient mes ennemies. Je ne les avais jamais fait venir à la Cour ensemble, avec leur frère, et je ne les avais jamais vus réunis tous les trois… Je ne les avais jamais considérés tous comme mes enfants.

Je suis immensément – ridiculement – touchée.

— Vous pouvez être fier de chacun d'entre eux, affirmé-je. Vous pouvez tous les aimer et les considérer comme légitimes.

— C'est vous qui me l'avez révélé, répète-t-il. Parce que vous traitez Édouard comme un petit garçon, et Élisabeth comme une petite fille, et Marie comme une jeune femme. Je les vois avec vos yeux. Presque pour la première fois, je vois mes filles sans penser à leurs venimeuses génitrices.

Il me prend la main et l'embrasse.

— Je vous en remercie, ajoute-t-il à voix basse. Sincèrement, je vous en remercie, Catherine.

— Mon cher…, lâché-je spontanément.

— Je vous aime, dit-il.

Et je réponds tout naturellement, sans même y songer :

— Je vous aime aussi.

Nous restons main dans la main pendant un long moment, unis dans la tendresse, puis ses yeux se rétrécissent sous un élancement de douleur qui s'empare de tout son corps. Il serre les dents, déterminé à ne pas crier.

— Souhaitez-vous que je vous laisse vous reposer, à présent ? demandé-je.

Il hoche la tête. Anthony Denny se dresse d'un bond sur ses jambes pour me raccompagner, et je comprends à sa façon de regarder le roi sans le moindre étonnement qu'il était déjà au courant de tout cela avant que je l'apprenne. Denny est le confident et l'ami d'Henri, il appartient au cercle proche. Sa tranquille confiance en soi me rappelle que je ferais bien de me souvenir que si je peux laisser entendre au souverain que les Howard, les Wriothesley et autres Gardiner sont des bouffons cupides, certains de ses proches peuvent faire de même à mon égard. Denny fait partie des quelques-uns qui ont consacré toute leur carrière au service de la Couronne, qui ont l'oreille du roi dans les moments les plus intimes et qui s'entretiennent seuls à mi-voix avec lui, tout comme moi.

Je m'accorde le plaisir d'annoncer aux filles du roi qu'elles vont redevenir princesses. Je le leur dis séparément. Je suis consciente que cela fait de nouveau d'elles des rivales et qu'elles ne peuvent accéder au trône qu'à la faveur de la mort de leur frère, qu'Élisabeth ne peut devenir reine que moyennant l'improbable disparition de son petit frère et de sa grande sœur.

Je trouve Élisabeth plongée dans l'étude à l'intérieur de mes appartements privés ; elle étudie en compagnie de sa cousine, la petite Jane Grey, et de Richard Cox, leur précepteur. Je la prends en aparté pour lui expliquer que ce changement est l'expression du soutien de son père.

Naturellement, elle embrasse aussitôt l'idée d'être l'héritière du trône.

— Pensez-vous qu'une femme puisse gouverner un royaume ? s'enquiert-elle. Le mot « royaume » laisserait entendre que non, ajoute-t-elle, faisant les questions et les réponses. Le mot « reineyaume » n'existe pas, n'est-ce pas ?

L'intelligence de cette petite fille de dix ans me ravit.

— Si vous êtes un jour appelée à gouverner ce royaume ou tout autre, il vous faudra faire preuve de courage et de la présence d'esprit d'un homme. Vous vous considérerez comme un prince, assuré-je. Vous apprendrez ce que toute femme intelligente doit apprendre : comment avoir autant d'autorité et de courage qu'un homme sans pour autant oublier que vous êtes femme. Votre éducation aura beau être celle d'un prince, votre esprit celui d'un roi, vous garderez le corps d'une faible et frêle femme, même si vous avez le cœur aussi bien accroché que celui d'un homme.

— Quand cela arrivera-t-il ? Quand récupérerai-je mon titre ?

— Cela doit être soumis au Parlement, réponds-je, l'invitant implicitement à la patience.

Elle hoche la tête.

— En avez-vous parlé à lady Marie ?

Cette petite est bien une Tudor ! Ce sont des questions de chef d'État : « Quand est-ce que cela sera officiel ? Et laquelle d'entre nous apprit la nouvelle en premier ? »

— Je vais la prévenir de ce pas, déclaré-je. Attendez ici.

Lady Marie est dans ma chambre de parade où elle brode un coupon pour une nappe d'autel que nous confectionnons. Elle a délégué l'exécution de l'ennuyeux ciel bleu à l'une des dames de compagnie et s'est réservé les fleurs, plus intéressantes, qui borderont l'ensemble. Toutes se lèvent et s'inclinent à mon entrée, et je les invite d'un geste à se rasseoir et à reprendre leur ouvrage. Joan, la femme de Denny, est occupée à lire le manuscrit de notre traduction des psaumes de Fisher. Je fais signe à lady Marie de me suivre dans l'encorbellement de la fenêtre afin de m'entretenir avec elle en privé. Nous nous asseyons sur le banc, genou contre genou, son regard honnête posé sur moi.

—J'ai de très bonnes nouvelles pour vous, commencé-je. Vous l'apprendrez du Conseil privé, mais je tenais à vous le dire avant l'annonce officielle. Le roi a décidé de désigner ses successeurs, et vous devenez princesse Marie et serez l'héritière du trône à la suite d'Édouard.

Elle baisse les yeux, voilant ses noires prunelles de ses cils, et je remarque que ses lèvres remuent : elle articule une prière d'action de grâce. Seul le rouge qui lui monte aux joues m'apprend qu'elle est profondément émue. Mais ce n'est pas parce qu'elle revient dans la course au trône. Elle n'a pas l'ambition d'Élisabeth.

—Ainsi, il reconnaît enfin la légitimité de ma mère, dit-elle. Il renonce à soutenir qu'ils ne furent pas mariés au regard de Dieu. Ma mère fut la veuve de son frère avant d'être sa loyale épouse.

Je l'enjoins au silence en posant une main sur son genou.

—Il n'en a pas soufflé mot, ni moi, et vous ne devriez pas en parler non plus. Il vous désigne comme princesse, ainsi qu'Élisabeth. Cette dernière vous suit dans l'ordre de succession, lady Margaret Douglas et sa descendance viennent après elle. Il n'a rien dit au sujet de l'affaire ancienne du mariage avec votre mère et de sa mise à l'écart.

Elle entrouvre brièvement les lèvres pour protester avant de se raviser et d'acquiescer d'un hochement de tête. Quiconque doté d'un tant soit peu d'intelligence peut comprendre que si le roi désigne ses filles comme héritières légitimes, il reconnaît implicitement, en toute logique, la validité de son mariage avec leurs mères. Toutefois, ainsi que s'en rend compte cette très intelligente jeune femme, son père n'est pas un homme de logique. C'est un roi qui commande à l'ordre des choses. Le souverain a décrété qu'elles seraient de nouveau princesses, exactement comme il décréta jadis qu'elles étaient toutes deux des bâtardes, sur un coup de tête, sans raison valable.

— Dans ce cas, il va arranger mon mariage, lance-t-elle. Ainsi que celui d'Élisabeth. Puisque nous sommes princesses, nous pourrons épouser des rois.

— En effet, confirmé-je, tout sourires. Je n'y avais pas songé. Ce sera la prochaine étape. Néanmoins, je ne suis pas certaine de pouvoir me passer d'aucune de vous deux.

Elle pose sa main sur la mienne.

— Je ne veux pas vous quitter, confie-t-elle. Mais il est temps que je me marie. Il me faut ma propre Cour, et je veux avoir un enfant à moi, que je puisse chérir.

Nous restons assises main dans la main pendant un long moment.

— Princesse Marie, commencé-je, m'essayant à l'emploi de son nouveau titre. Je ne saurais vous dire ma joie de vous savoir rendue à votre dignité première et de pouvoir vous appeler tout haut ainsi que je le fis toujours en mon cœur. Ma mère ne vous désignait jamais autrement que comme princesse et n'a jamais considéré votre mère autrement que comme une grande reine.

Elle cligne des yeux afin de chasser ses larmes.

— Ma mère aurait été heureuse de voir advenir ce jour, assure-t-elle avec mélancolie.

— Bien sûr. Mais l'héritage qu'elle vous a laissé est contenu dans votre ascendance et dans votre éducation. Personne ne peut vous les enlever, et elle vous en a fait don.

On annonce l'arrivée à la Cour d'un duc espagnol, Don Manriquez, malgré l'indisposition du roi qui perdure.

— Je vous charge de le recevoir, lance abruptement Henri. J'en suis incapable.

Je suis quelque peu atterrée.

— Que devrai-je faire ?

— Il viendra ici me voir, je le recevrai dans ma chambre privée, mais ne lui accorderai pas plus de quelques instants. C'est compris ?

J'acquiesce. Henri s'exprime sur le ton ferme de la colère. Je sais qu'il est contrarié par la douleur et rendu amer par son infirmité. Lorsqu'il est de cette humeur, il est capable de s'en prendre à n'importe qui. Je balaie la pièce du regard : les pages se tiennent dos au mur, le bouffon est assis en silence à côté du souverain, les deux secrétaires sont penchés sur des documents et semblent ne pas oser lever le nez.

— Il pourra dîner avec votre frère, ainsi qu'avec Henri Howard. Ils sont la fine fleur de la Cour, ces beaux jeunes hommes. Cela devrait être assez bien pour lui. Entendu ?

— Oui, Sire.

Henri Howard est l'aîné du duc de Norfolk, il est né dans la soie et n'entreprend jamais quoi que ce soit pour le mériter. Il est orgueilleux, vaniteux, et c'est un fauteur de troubles, un membre impénitent de la jeunesse dorée. Mais son aide se révèle inestimable dans le cas présent, où nous avons besoin d'un beau jeune homme fier comme un paon.

— Ensuite, le duc espagnol pourra se rendre à vos appartements où vous pourrez donner un dîner avec de la musique et des danses, et tous les divertissements qu'il vous plaira. Vous en sentez-vous capable ?

— Oui.

Anthony Denny lève le nez de sa table près de la fenêtre où il est occupé à recopier les ordres du roi à destination des divers conseillers et de chaque intendant de sa Maison. Je détourne le regard afin de ne pas faire l'objet de la compassion qu'exprime son visage.

— La princesse Marie sera avec vous ; elle parle espagnol, et ce peuple est fou d'elle à cause de sa mère. L'ambassadeur d'Espagne, ce vieux renard de Chappuis, accompagnera le duc et s'assurera que tout se passe bien. Ne vous inquiétez pas de ne pas connaître cette langue. Vous pourrez vous exprimer en français et en anglais.

— Entendu.

— Mais le duc ne doit pas lui faire de messes basses. Vous lui témoignerez toute la courtoisie du monde, mais vous ne devrez pas mettre Marie en avant.

J'acquiesce.

— Et vous devrez porter les beaux atours dignes d'une reine. Arborez votre couronne avec autorité. Si vous ne savez pas quelque chose, ne dites rien. Il n'est pas mal vu qu'une femme se taise. Vous devez impressionner. Veillez-y.

— Je ne doute pas que nous saurons montrer que la Cour d'Angleterre est aussi élégante et savante que n'importe quelle autre Cour d'Europe, assuré-je posément.

Enfin, le roi pose les yeux sur moi, et la ride de douleur qui sépare ses sourcils poivre et sel disparaît, me révélant l'éclat atténué de son sourire charmeur d'autrefois.

— Grâce à la plus belle reine ! s'exclame-t-il soudain redevenu chaleureux. Et malgré votre vieux roussin usé et irascible de mari.

Je me place à côté de lui et lui prends la main.

— Non, pas si vieux que cela, rectifié-je à mi-voix. Et pas si usé non plus. Viendrai-je vous montrer ma robe avant d'aller accueillir l'ambassadeur ? Vous fera-t-il plaisir de me voir dans tous les beaux atours dont vous m'avez comblée ?

— Oui, venez vous montrer à moi. Et faites en sorte de crouler littéralement sous les diamants.

Je pars d'un grand éclat de rire, et Denny, voyant que j'ai réussi à dérider le souverain, relève la tête et nous gratifie tous deux d'un sourire.

— Je veux que vous effarouchiez ces visiteurs avec mes richesses, lance Henri, tout sourires, mais néanmoins avec le plus grand sérieux. Vos moindres faits et gestes, chaque chaîne que vous porterez sera dûment notée et fera l'objet d'un rapport en Espagne. Je veux que les Espagnols sachent que nous sommes plus riches que tout ce qu'ils pouvaient imaginer, suffisamment pour faire la guerre à la France, suffisamment pour faire plier l'Écosse à notre volonté.

— Et est-ce le cas ?

J'ai posé la question à voix si basse que même Denny, penché au-dessus de sa plume avec laquelle il gratte le papier, ne peut m'entendre.

— Non, répond Henri. Mais nous devons agir comme des acteurs, comme des troubadours. Nos oripeaux se doivent d'être éblouissants. La royauté et la guerre sont surtout affaire d'apparences.

Je me donne donc en spectacle !

— La reine des pies ! s'exclame Nan tandis que je laisse mes servantes enrouler chaîne après chaîne autour de ma taille, et alourdir mes doigts et mon cou de diamants et de rubis.

— Ce n'est pas un peu trop ? demandé-je en souriant dans le miroir au reflet horrifié de ma sœur.

— Oh, ce que vous pouvez être provinciale ! Non, ce n'est pas trop. Pas s'il vous a dit de ne pas hésiter en ce qui concerne les bijoux. Il cherche à faire alliance avec l'Espagne afin de pouvoir entrer en guerre contre la France. Votre tâche consiste à faire croire que l'Angleterre a les moyens d'une guerre contre la France. Vous portez sur vous la solde de toute une armée, rien qu'en bagues.

Elle recule et m'examine de pied en cap.

— Magnifique ! Vous êtes la plus belle d'entre toutes les reines !

Ma belle-fille Margaret Latimer esquisse un pas en avant, un petit écrin dans les mains.

— La couronne, lance-t-elle, impressionnée.

Je fais un effort sur moi-même pour ne pas me laisser émouvoir tandis que Nan soulève le couvercle, sort la couronne d'Anne Boleyn et se tourne face à moi. Je me redresse afin d'en accueillir le poids et me regarde dans la glace. Le miroir en argent martelé me révèle une belle femme aux yeux gris, aux cheveux couleur de bronze et au long cou gracile ; elle arbore des diamants aux oreilles et des rubis autour de sa gorge, sans oublier cette affreuse et pesante petite couronne qui la fait paraître encore plus grande. J'incarne une reine fantomatique, une reine de l'ombre au sommet de son pouvoir occulte. Je pourrais être n'importe laquelle de mes devancières, bénéficiant des mêmes faveurs, vouée au même destin.

— Vous pourriez mettre votre capuche brodée d'or, suggère Nan.

Je me tiens droite, la tête haute.

— Il va de soi que je porterai la couronne, rétorqué-je catégoriquement. Je suis reine. Même si je ne suis que la reine du jour !

Je porte la couronne pendant toute la soirée. Je ne l'enlève que lorsque le duc, ébloui, implore une danse ; alors Nan va quérir ma capuche. C'est une soirée réussie : tout se passe exactement selon les ordres du roi. Les jouvenceaux sont charmants, bruyants et gais ; les dames, réservées et belles. Lady Marie s'entretient en espagnol avec le duc et son ambassadeur, mais se montre une princesse anglaise jusqu'au bout des ongles. Quant à moi, il me semble que je me suis encore rapprochée de l'épouse idéale dont a besoin le souverain : une femme qui puisse le représenter, une femme qui puisse gouverner.

Henri demande que je rapproche mon lit de sa chambre tant que durent ses insomnies causées par la douleur. En conséquence, les gens de la Maison de la reine transportent mon lit à baldaquin et son ciel richement décoré dans l'antichambre contiguë à la chambre du roi. Dans le déménagement sont inclus ma table et ma chaise ainsi que mon prie-Dieu. D'un geste muet, j'ordonne que ma malle de livres et mon écritoire avec mes manuscrits, mes recherches et ma traduction des psaumes de Fisher restent dans les appartements de la reine. Même si je ne lis rien qui n'ait reçu l'approbation du roi et de son Conseil privé, je n'ai pas vraiment envie d'attirer l'attention sur ma bibliothèque de théologie qui ne cesse de s'accroître, et encore moins que tout le monde sache que je porte un intérêt tout particulier aux enseignements de l'Église primitive, ainsi qu'aux appels à la réforme qui sont formulés un peu partout en réaction aux abus de ces dernières années. Selon moi, c'est l'unique sujet sur lequel tout érudit devrait se pencher à notre époque, c'est la question cruciale de notre temps. Tous les grands esprits examinent la manière dont l'Église a dévié de la simplicité et de la piété des premiers siècles ; toutes les conversations, tout ce qui s'écrit est consacré à la recherche de la vraie voie, de la voie authentique qui mène au Christ, que ce soit à l'intérieur de l'Église de Rome ou en dehors. Les documents qui rendent compte de l'organisation de l'Église primitive font l'objet de traductions, et l'on ne cesse de découvrir des récits et des évangiles apocryphes qui nous renseignent sur la manière de vivre une vie conforme à la sainteté tout en restant dans le monde, textes qui démontrent que les pouvoirs temporels devraient gouverner en harmonie avec l'Église. Je suis d'avis que le roi a eu entièrement raison de transférer l'autorité de l'Église à la Couronne. Ce n'est que justice que le roi soit le maître chez lui, qu'il règne sur les bâtiments ecclésiastiques et sur tout le reste. Il ne saurait y avoir une loi pour le peuple et une loi pour le clergé. Assurément, l'Église est en charge du domaine spirituel, des choses saintes de Dieu ; quant au souverain, ses prérogatives s'étendent sur les réalités temporelles. Qui pourrait dire le contraire ?

— Beaucoup de gens, explique Catherine Brandon, qui est la plus réformatrice de mes dames de compagnie. Et nombre d'entre eux ont l'oreille du roi. Ils reprennent du poil de la bête. Ils furent repoussés dans leurs retranchements lorsque Sa Majesté prit le parti de l'archevêque Cranmer, mais Stephen Gardiner a de nouveau la faveur du roi, et l'influence qu'il exerce sur lui s'accroît de jour en jour. Le fait d'avoir rendu à Marie son titre de princesse fera plaisir à Rome ; de plus, nous tendons la main à l'Espagne en fêtant son ambassadeur. De nombreux conseillers du roi ont reçu des pots-de-vin de Rome afin qu'ils le convainquent de restaurer l'autorité du pape sur l'Église d'Angleterre, de revenir au point de départ en somme, arguant auprès de Sa Majesté que nous nous alignerions ainsi avec tous les autres grands pays. Mais bon, dans les villes et les villages, des milliers de gens qui ne comprennent rien à tout cela réclament la réouverture des chapelles de bord de route, et le retour des icônes et des statues dans les églises. Les pauvres benêts, ils ne comprennent rien à rien et ne veulent surtout pas penser par eux-mêmes ! Ils veulent que les moines et les moniales reviennent pour s'occuper d'eux et leur dire ce qu'il faut penser.

— Eh bien, je ne souhaite pas que quiconque sache ce que je pense, lancé-je avec franchise. Par conséquent, Catherine, laissez mes livres dans mes appartements, dans une malle fermée à clé, et gardez la clé.

Elle glousse et me montre la clé qui pend à une chaîne accrochée à sa ceinture.

— Nous ne sommes pas tous aussi insouciants que vous, poursuis-je, tandis qu'elle siffle son petit chien, à qui elle a donné le nom de Gardiner.

— Cet amour de Gardiner est un sot qui vient dès qu'on le siffle et qui s'assoit dès qu'on le lui ordonne, commente-t-elle.

— Eh bien, ne prononcez pas son nom et ne lui ordonnez rien en le nommant ainsi dans mes appartements, intimé-je. Je n'ai pas besoin de me faire des ennemis, et certainement pas en la personne de Stephen Gardiner. Il est déjà rentré dans les grâces du roi. Vous allez devoir rebaptiser votre chien si l'évêque continue son ascension.

— Je crains que rien ne puisse l'arrêter, réplique-t-elle, non sans franchise. Lui et les traditionalistes nous submergent. On me rapporte que Thomas Wriothesley ne se satisfait plus d'être secrétaire du roi et lord du Sceau privé, mais qu'il est question qu'il devienne également lord Chancelier.

— Est-ce votre mari qui vous l'a dit ?

Elle acquiesce.

— Il a affirmé que Wriothesley est le grand officier le plus ambitieux que la Cour ait connu depuis Cromwell. Il a ajouté que c'était un homme dangereux, autant que Cromwell.

— Charles ne conseille-t-il pas le roi en faveur de la réforme ?

Elle sourit à ma question.

— Non, pardi ! On ne demeure pas favori pendant trente ans en disant au roi le fond de sa pensée.

— Dans ce cas, pourquoi votre époux ne s'efforce-t-il pas de vous modérer ? demandé-je avec curiosité. Puisque vous donnez le nom de l'évêque à votre épagneul pour le provoquer ?

Elle part d'un grand rire.

— Parce qu'on ne survit pas à quatre épouses en essayant de les modérer ! répond-elle gaillardement. Je suis sa quatrième, et il me laisse penser et agir à ma guise, tant que je ne lui cause aucune inquiétude.

— Il sait que vous lisez et étudiez ? Il ne s'y oppose pas ?

— Pourquoi s'y opposerait-il ? Pourquoi ne lirais-je pas ? Pourquoi ne réfléchirais-je pas ? Pourquoi ne m'exprimerais-je pas ?

Ce sont là les questions les plus subversives qu'une femme puisse poser.

Le roi ne ferme pas l'œil pendant les longues nuits noires du printemps, à cause de la douleur. Il se sent au plus mal à son réveil, qui survient avant l'aube. J'ai passé commande d'une jolie horloge pour m'aider à passer les heures, et je regarde l'aiguille des minutes se déplacer lentement sur le cadran de cuivre dans la lueur vacillante de la bougie que je garde à proximité de l'horloge sur la table. Lorsque le souverain se réveille, agité et de mauvaise humeur, aux environs de 5 heures du matin, je me lève et allume toutes les bougies, ravive le feu, et envoie souvent un page chercher de la bière et des pâtisseries à la cuisine. Dans ces moments-là, il plaît au roi que je m'assoie à côté de lui pour lui faire la lecture, tandis que la cire des bougies ruisselle et que, lentement, très lentement, la lumière filtre par la fenêtre, d'abord sous l'aspect d'une obscurité grisâtre, puis d'un voile gris foncé ; alors seulement, après ce qui semble être des heures, vois-je apparaître la lumière du jour, et m'exclame enfin, m'adressant au roi :

— Le jour se lève !

J'éprouve de la tendresse pour lui, au cours de ces interminables nuits de souffrance. Je ne lui en veux pas de me réveiller et ne rechigne pas à m'asseoir avec lui, même si je sais que je serai fatiguée lorsque l'aube poindra enfin. Il a alors tout le loisir de dormir, mais moi, je dois m'occuper des affaires courantes de la Cour pour notre compte à tous les deux. Je conduis toute la troupe des courtisans à la messe, je prends mon petit déjeuner en public devant une cinquantaine de paires d'yeux attentifs, je lis avec la princesse Marie, regarde la Cour partir chasser le renard, déjeune avec elle à la mi-journée, écoute les conseillers dans l'après-midi et dîne. Enfin, j'assiste pendant toute la soirée aux festivités et aux danses, et parfois je danse moi-même. Une Cour doit avoir un objectif et un chef. Si le roi est indisposé, il m'incombe de le remplacer – et de taire la gravité de son indisposition. Il peut se reposer pendant la journée si je suis présente, si je souris sur mon trône et assure à tous que ce n'est qu'une fatigue passagère dont il se remet un peu plus chaque jour.

C'est Stephen Gardiner qui fournit tous les livres qui servent à meubler les insomnies du roi. Le choix en est très limité, mais il ne m'est pas permis de lire quoi que ce soit d'autre. Et c'est ainsi que je me vois dans l'obligation de réciter de pieuses argumentations en faveur de l'unité de l'Église placée sous l'autorité du pape, ou des anecdotes fantaisistes de l'Église primitive qui insistent sur l'importance des patriarches et du Saint-Père. Si l'on en croit ces écrits orthodoxes, les femmes n'existaient pas en ces temps reculés ; et, assurément, aucune sainte femme, dans l'Église primitive, ne sacrifia sa vie au nom de sa foi. Monseigneur Gardiner se passionne à présent pour l'Église orientale, laquelle est membre à part entière de la communion catholique sans être inféodée au pape. L'Église grecque est censée être notre modèle, et je lis de longs sermons qui augurent du haut niveau de pureté qu'il est possible d'atteindre au sein d'une Église catholique affiliée à Rome. Je suis contrainte d'affirmer qu'il est préférable que les fidèles soient maintenus dans un état de pieuse ignorance et qu'ils récitent leurs prières sans en comprendre le sens. Sciemment, je débite ces absurdités, et je méprise Gardiner d'imposer des mensonges.

Henri tend l'oreille ; parfois, ses yeux se ferment, et je m'aperçois alors qu'il s'est endormi en m'écoutant lui faire la lecture ; d'autres fois, la douleur le garde éveillé. Il ne fait jamais aucun commentaire sur ce que je lis et n'intervient que pour me prier de répéter une phrase. Il ne me demande jamais si je suis d'accord avec ces argumentations laborieuses contre la réforme, et je prends soin de ne faire aucune observation. Dans le silence nocturne de la chambre, j'entends le faible gargouillis du drain par lequel le pus est évacué de sa jambe et goutte dans la cuvette. Il est accablé de honte à cause de la pestilence et se débat avec la souffrance. Je ne peux lui épargner ni l'une, ni l'autre. Je peux seulement lui proposer la potion que les médecins laissent à sa disposition pour l'induire artificiellement au sommeil et lui assurer que je ne sens presque aucune odeur. Les pièces sont garnies de pétales de rose séchés et de fleurs de lavande, et dans chaque recoin sont disposés des bols d'huile essentielle de rose, mais rien ne semble pouvoir arrêter les miasmes de la mort qui, tel un brouillard, s'insinuent partout.

Certaines nuits, c'est à peine s'il ferme l'œil un seul instant. Certains jours, il ne se lève pas, mais écoute la messe de son lit ; quant à ses conseillers et à ses hauts fonctionnaires, ils se réunissent dans la pièce contiguë à sa chambre et gardent la porte ouverte afin qu'il puisse entendre ce qu'ils disent.

Je m'assois à son chevet et les écoute dresser les plans de la future union de l'Angleterre avec l'Écosse grâce au mariage de lady Margaret Douglas, la nièce du roi, et de Matthew Stuart, un aristocrate écossais. Face au refus des Écossais, j'entends les conseillers élaborer une expédition qui aurait Édouard Seymour et John Dudley à sa tête, et qui viserait à dévaster les territoires frontaliers afin d'apprendre aux Écossais à se montrer respectueux envers leur maître. Je suis scandalisée par ce projet. Ayant vécu dans le nord de l'Angleterre pendant de si nombreuses années, je sais à quel point la vie est dure dans ces collines. L'équilibre entre récolte et disette est si précaire qu'une armée d'invasion engendrerait une famine du seul fait de passer la frontière. *Ce ne peut pas être le bon moyen de parvenir à l'union avec les Écossais. Faut-il que nous détruisions le futur royaume uni avant même de l'avoir constitué ?*

Quoi qu'il en soit, tandis que j'écoute en silence de la chambre du roi, je commence à comprendre comment fonctionne le Conseil privé, comment opère la chaîne en vertu de laquelle le peuple rend compte aux seigneurs qui informe le Conseil qui débat devant le roi. Puis le souverain décide, souvent sur un coup de tête, de la marche à suivre. Ensuite, le Conseil se charge de transformer la décision en un projet de loi qui sera soumis à l'accord du Parlement avant d'être imposé au pays sous forme de législation.

Les conseillers du roi, ceux qui laissent filtrer toutes les nouvelles qui parviennent à Sa Majesté et qui rédigent la loi qu'il ordonne, jouissent d'un pouvoir considérable au sein de ce système, lequel repose sur la délibération d'un seul, en l'occurrence d'un homme qui est trop souffrant pour quitter son lit, et qui, la plupart du temps, est hébété et abruti par les drogues. Il leur est très facile de retenir certaines informations dont il devrait avoir connaissance ou de donner à la loi un tour qui les arrange. Cela devrait tous nous faire questionner sur le bon gouvernement du pays, dont la destinée repose entre les mains moites d'Henri. Mais cela me rassérène également dans la perspective qui est la mienne de devenir un jour régente, car il m'apparaît que moyennant de bons conseillers, je pourrais délibérer aussi exactement que le roi. Je suis même quasiment certaine que je pourrais arbitrer mieux que lui, car il n'est pas rare qu'Henri crie de son lit : « Poursuivons ! Poursuivons ! », lorsqu'un sujet l'ennuie ou qu'un désaccord lui porte sur les nerfs ; en outre, il privilégie telle ou telle mesure selon l'orateur qui en fait l'exposé.

Je découvre également comment il renvoie un camp contre l'autre. Stephen Gardiner est son conseiller préféré. Celui-ci fait remarquer à tout bout de champ qu'il faudrait imposer toujours plus de restrictions à la lecture de la Bible anglaise, qu'elle doit être strictement réservée à l'aristocratie et aux érudits, que ceux-ci doivent la garder sous clé à l'intérieur de leur chapelle privée, que les pauvres doivent être poursuivis en justice s'ils tentent de la lire. Il ne manque jamais une occasion de se plaindre de la remise en question systématique de la Parole sacrée de Dieu par des hommes qui, selon lui, s'imaginent la comprendre et être les égaux des gens instruits. Mais tandis que Stephen Gardiner pense l'emporter et que la Bible anglaise ne sera jamais rendue aux églises, qu'elle restera à jamais inaccessible à ceux qui en ont le plus besoin, le roi ordonne à Anthony Denny de convoquer Thomas Cranmer.

— Vous ne devinerez jamais quelle tâche je m'apprête à lui confier, me lance-t-il, un sourire malicieux aux lèvres, en se renversant contre son gros amas d'oreillers, tandis que je suis assise au chevet de son gigantesque lit, sa main grasse et moite posée sur la mienne. Vous ne devinerez jamais !

— J'en suis certaine ! répliqué-je.

J'ai de l'estime pour Thomas Cranmer, qui n'a cessé de croire en la nécessité de réformer l'Église, dont un sermon fut publié en ouverture de la Grande Bible anglaise, et qui a toujours insisté pour que le roi dirige l'Église d'Angleterre et pour que sermons, psaumes et prières soient en anglais. Le courage serein dont il fit preuve lorsqu'il dut faire face au complot fomenté contre lui l'a confirmé dans mon estime, et il n'est pas rare qu'il me rende visite à mes appartements, en tant qu'ami privilégié, pour jeter un coup d'œil à mes écrits et participer à nos débats.

— C'est comme cela qu'il faut les mener, me confie Henri. C'est ainsi qu'il faut gouverner le royaume, Catherine. Observez et apprenez. D'abord, vous nommez Untel à telle fonction, puis vous nommez tel autre, son rival, à telle autre fonction. Vous assignez une tâche à l'un – sans oublier de vanter ses mérites –, puis vous assignez un ouvrage contraire, en complète contradiction avec le premier, à son plus grand adversaire. Pendant qu'ils se livrent bataille, ils n'ont pas le temps de fomenter un complot contre vous. Une fois qu'ils sont devenus ennemis jurés, ils vous mangeront dans la main. Vous voyez ?

Ce que je vois, c'est que personne ne connaît le fond de la pensée du roi, ni ne sait ce qu'il veut vraiment. Ce que je vois, c'est un imbroglio au milieu duquel celui qui parle le plus fort ou qui sait se montrer le plus sournois peut voir son triomphe assuré.

— Je ne doute pas que Votre Majesté soit pleine de sagesse, réponds-je sagement. Et de ruse. Cependant, Thomas Cranmer est prêt à vous servir en toute chose ; il n'est sûrement pas indispensable que vous le contraigniez à l'obéissance ?

— Il est mon contrepoids, repartit le roi. Je m'en sers contre Gardiner.

— Alors il va devoir nous traîner jusqu'au Saint Empire, intervient soudain Will Somers.

Je ne m'étais pas avisée que Will écoutait. Il était resté assis en silence, adossé aux énormes colonnettes du lit, faisant passer une petite balle dorée d'une main dans l'autre.

— Pourquoi cela ? s'enquiert Henri, toujours libéral vis-à-vis de son fou. Saute sur le lit, Will. Je ne te vois pas par terre.

Le bouffon se soulève d'un bond, lance la balle dorée haut dans les airs et la rattrape en fredonnant :

Thomas devra nous tirer jusqu'au bout,
Au-delà des montagnes
Jusqu'au Saint Empire,
Car Stephen nous traîne par monts et par vaux
Au-delà des Alpes,
Chez son ami le pape.

Henri part d'un grand éclat de rire.

— J'ai mon contrepoids contre Gardiner, répète-t-il. J'ai l'intention de faire rédiger à Cranmer une exhortation et une litanie en anglais.

Je suis stupéfaite.

— Un missel anglais ? Dans notre langue ?

— Oui. Ainsi, lorsque les fidèles viendront à l'église, ils pourront entendre les prières dans leur langue maternelle et les comprendre. Comment pourraient-ils faire une confession de foi sincère dans une langue qu'ils ne comprennent pas ? Comment peuvent-ils prier sincèrement si les mots n'ont aucun sens pour eux ? Ils s'assoient au dernier rang et récitent « Blablatus blablatae blablatorum, amen ! »

C'est exactement ce que j'avais en tête lorsque je traduisais les psaumes de monseigneur Fisher du latin vers l'anglais.

— Vous fe… feriez un gr… grand cadeau au peu… peuple d'Angleterre ! bégayé-je d'enthousiasme. Un missel dans sa langue maternelle ! Que d'âmes seront ainsi sauvées ! Je serais si heureuse s'il m'était permis d'y collaborer aussi !

— Et moi, je dis « bonjour » à la reine, lance Will Somers à brûle-pourpoint. Bonjour à la reine de cette matinée !

— Bonjour à vous, Will ! répliqué-je. Est-ce une plaisanterie ?

— C'est une plaisanterie matinale. Car l'idée soulevée par le roi ne vivra pas au-delà. Après le déjeuner, il en sera tout différemment. Ce matin, nous faisons mander Cranmer ; ce soir – hue dada ! –, ce sera Gardiner qui sera le puits de toute science, et vous serez toujours la reine de cette matinée, très en retard sur les événements.

— Tais-toi, bouffon ! ordonne Henri. Qu'en pensez-vous, Catherine ?

Malgré la mise en garde de Will, je ne peux contenir mon enthousiasme.

— Je pense que c'est l'occasion de rédiger quelque chose qui soit à la fois véridique et beau. Un missel bien écrit ne pourra que mener les gens à Dieu.

— Mais il ne saurait être flatteur, insiste Henri. Il ne peut dépeindre un faux Dieu. Ce doit être une traduction fidèle, pas un poème glosant le latin.

— Ce doit être la Parole ! m'exclamé-je. Le Seigneur s'est exprimé dans un langage simple. Notre Église doit faire de même. Il me semble qu'un langage simple est empreint d'une grande beauté.

— Pourquoi n'écririez-vous pas de nouvelles prières vous-même ? suggère inopinément Henri. De votre propre cru ?

Pendant un instant, je me demande s'il a eu vent de ma traduction des psaumes publiée anonymement. Je me demande si ses espions lui ont appris que j'ai déjà traduit des prières et que j'en fais l'analyse avec l'archevêque.

Je me remets à bégayer.

— N... non, n... non, je ne saurais me per... permettre...

Mais son intérêt est sincère.

— Je sais que Cranmer vous tient en haute estime. Pourquoi ne pas écrire des prières originales ? Et pourquoi ne traduiriez-vous pas quelques prières de la messe latine et ne lui montreriez-vous pas votre version ? Apportez-m'en une, que je la lise. Et la princesse Marie travaille avec vous, n'est-ce pas ? Ainsi qu'Élisabeth ?

— Sous l'égide de leur précepteur, précisé-je prudemment. Dans le cadre de l'instruction que reçoit Élisabeth, en compagnie de sa cousine Jane Grey.

— Je pense que les femmes devraient étudier, fait-il aimablement remarquer. Elles ne devraient pas rester ignorantes. Et puis, vous voilà nantie d'un mari savant et érudit. Vous n'avez aucune chance de me dépasser, après tout !

Cette seule idée le fait rire, et je me joins à sa liesse.

Sans même jeter un regard au bouffon, même si je sais qu'il est tout ouïe dans l'attente de ma réponse, je dis d'un ton égal :

— Vous êtes meilleur juge, Sire. J'aurais plaisir à m'acquitter de cette tâche, et ce sera également pour les princesses une occasion d'apprendre. Mais vous jugerez des limites à ne pas dépasser.

— Les limites sont larges, décrète le roi. Aussi étendues que Cranmer puisse les repousser. Car je lâcherai mon chien de garde Gardiner afin qu'il les réduise si elles s'écartent trop.

— Est-il possible de parvenir à un juste milieu par ce moyen ? me demandé-je à haute voix. Soit Cranmer écrit les prières de la liturgie en anglais et les publie telles quelles, soit il ne le fait pas.

— Nous trouverons mon milieu, réplique Henri. Mon milieu m'est suggéré par Dieu lui-même ; je suis son émissaire sur terre. Il me parle. Je l'entends.

— Vous voyez ? s'exclame Will en bondissant jusqu'à la cheminée et en s'adressant au chien de chasse endormi, dont il soulève la grosse tête pour la poser sur son genou. Si elle avait dit cela, ou si moi, je l'avais dit, on nous aurait respectivement taxés de folle et de fou ! Mais si c'est le roi qui le dit, tout le monde pense que c'est la stricte vérité, puisqu'il règne de droit divin, que sa poitrine a été ointe du saint chrême et qu'il ne peut jamais se tromper !

Le souverain considère son favori en fronçant les sourcils.

— Je ne peux jamais me tromper parce que je suis roi, rappelle-t-il. Je suis infaillible parce qu'un roi est au-dessus des mortels, juste en dessous des anges. Je ne peux jamais être dans l'erreur parce que Dieu me parle, m'adressant des paroles que nul autre ne peut entendre. Exactement comme tu ne pourras jamais être sage car tu es fou.

Il me jette un coup d'œil et ajoute :

— Et qu'elle ne saurait jamais avoir une opinion qui ne soit mienne, car elle est ma femme.

Cette nuit-là, dans mes prières, je demande le discernement. Toute ma vie, je fus une épouse obéissante : d'abord d'un jeune homme timoré et imprudent, puis d'un puissant glacial. Envers eux deux, je fis preuve d'une totale obéissance, car tel est le devoir d'une épouse, devoir établi par Dieu et inculqué à toute femme. À présent, je suis mariée au roi d'Angleterre, et je lui suis redevable de trois types d'obligations : en tant qu'épouse, en tant que sujet et en tant que membre de l'Église dont il est le chef suprême. Lire des livres qu'il n'approuve pas et concevoir des opinions qu'il ne partage pas est une trahison, voire pire. Je prétends penser comme lui, du matin au soir. Mais il ne me semble pas que Dieu m'eût pourvue d'un cerveau s'il n'avait pas voulu que je pensasse par moi-même. Je me répète cette dernière affirmation : *Il ne me semble pas que Dieu m'eût pourvue d'un cerveau s'il n'avait voulu que je pensasse par moi-même.* Et la suite ne se fait pas attendre : *Et si Dieu m'a donné un cœur, c'est donc qu'il veut que j'aime !* J'ai conscience que l'association des deux ne relève pas de la logique du philosophe mais de la logique du poète. Cela me vient de ce que j'ai l'oreille d'un écrivain : les mots contribuent autant à emporter ma conviction que l'idée elle-même. *Si Dieu m'a donné un cerveau, c'est donc qu'il veut que je pense ; si Dieu m'a donné un cœur, c'est donc qu'il veut que j'aime.* Ces vers résonnent dans ma tête. Je ne les prononce pas, pas même ici, dans la chapelle où je suis seule. Pas tout à fait seule, cependant, car lorsque je lève les yeux sur la fresque du Christ crucifié qui se trouve dans le chœur, c'est le mystérieux sourire de Thomas Seymour que je vois.

Nan entre au pas de charge dans ma pièce aux oiseaux où je suis assise dans l'encorbellement de la fenêtre en compagnie d'un couple de canaris jaunes qui est perché sur ma main. Les volatiles picorent un petit morceau de pain blanc que je tiens dans le creux de mon autre main. Je me délecte de leurs petits yeux vifs, de leur façon d'incliner la tête, du brillant de leur couleur, de la superposition intriquée de leurs plumes, et de leurs minuscules serres rêches et chaudes. J'ai l'impression de tenir le miracle de la vie dans la paume de ma main.

— Chut…, lancé-je sans relever la tête.

— Tu ne connais pas la dernière ! commence Nan dans une colère feutrée. Pose ces oiseaux !

Je lève le regard dans l'intention de lui objecter un refus, mais j'avise sa mine maussade. Derrière elle, Catherine Brandon est blême. À côté d'elle se tient Anne Seymour, l'air grave.

Doucement, pour ne pas leur faire peur, je passe la main à l'intérieur de la jolie cage et les canaris sautent sur leur perchoir ; aussitôt, l'un d'entre eux commence à lisser ses plumes et à les mettre en ordre. On dirait un grand ambassadeur rajustant ses atours au retour d'un voyage diplomatique.

— De quoi s'agit-il ?

— C'est au sujet de la nouvelle loi de Succession, explique Nan. Le roi désigne ses héritiers avant d'entrer en guerre contre la France. Charles Brandon et Édouard Seymour étaient avec lui lorsqu'il a pris conseil, et Wriothesley – oh, celui-là ! – a assisté les juristes qui ont établi le projet de loi.

— Je le sais, réponds-je calmement. Il en a discuté avec moi.

— T'a-t-il dit qu'il nomme tes héritiers à la succession du prince Édouard ? s'enquiert-elle.

Je fais volte-face, et les petits oiseaux, effrayés par mon geste brusque, battent des ailes dans leur cage.

— Mes « héritiers » ? répété-je.

— Surveillons notre langage, suggère Anne Seymour en jetant des regards inquiets à droite et à gauche.

Elle craint peut-être que le perroquet n'aille rapporter à Gardiner toute parole passible du crime de haute trahison.

— Oui, bien sûr, acquiescé-je. J'étais simplement surprise.

— Ainsi que tout autre héritier, ajoute Catherine Brandon, d'une voix très calme, le visage prudemment dénué d'expression. C'est le plus important, vraiment.

— D'autres « héritiers » ? répété-je.

— D'une éventuelle prochaine reine.

M'adressant à Nan, de préférence à Catherine ou à Anne, je demande :

— Envisage-t-il d'avoir une autre épouse à l'avenir ?

— Pas exactement, me rassure Anne Seymour. Il rédige seulement une loi de Succession qui resterait valide même s'il devait vous survivre. Disons, si vous veniez à mourir avant lui…

Nan laisse échapper un petit bruit de gorge.

— Mourir de quoi ? Elle est assez jeune pour être sa fille !

— Il faut tout prévoir ! insiste Anne Seymour. Supposez que vous ayez le malheur de tomber malade et de mourir…

Catherine et Nan échangent un regard vide. À l'évidence, Henri a l'habitude de survivre à ses reines et aucune d'entre elles n'a eu le temps de tomber malade.

— Il serait obligé de se remarier encore une fois pour avoir un fils, dans la mesure où il pourrait en avoir un, conclut Anne Seymour. Ce n'est pas du tout comme s'il en avait l'intention. Cela ne revient pas à dire qu'il a quelqu'un d'autre en vue.

— Non, lance Nan en montrant les crocs. Il n'en avait pas l'intention, mais quelqu'un le lui a suggéré. Et à présent, il y songe. Et vos maris étaient présents lorsque c'est arrivé.

— Ce n'est peut-être qu'une formalité de la loi de Succession, avance Catherine.

— Non, ce n'est pas qu'une formalité, insiste Nan. Si elle devait mourir et qu'il se remariait et avait un fils, alors l'enfant hériterait de la Couronne à la suite d'Édouard, en vertu de sa naissance et de son sexe. Le roi n'a pas besoin d'y pourvoir. Si elle devait mourir, alors un nouveau mariage et un nouvel héritier entraîneraient une nouvelle loi de Succession. Il n'y a aucune nécessité d'y pourvoir actuellement. Le seul but est de nous préparer à l'éventualité d'un autre mariage.

— Comment ça ? interviens-je. Il voudrait donc que j'envisage la possibilité qu'il m'écarte et se remarie ?

— À moins qu'il ne veuille préparer le pays à cette éventualité, suggère Catherine Brandon en sourdine.

— Ou bien ses conseillers pensent déjà à une nouvelle reine. Une nouvelle reine favorable à la vieille Église, réplique Nan. Tu les as déçus.

Nous nous taisons pendant quelques instants.

— Charles a-t-il précisé qui est l'auteur de la clause ? s'enquiert Anne Seymour en s'adressant à Catherine.

Cette dernière hausse brièvement les épaules.

— Je crois que c'est Gardiner. Je n'en ai pas la certitude. Mais qui d'autre aurait besoin de préparer le terrain pour une nouvelle reine, une septième reine ?

— Une « septième reine » ? répété-je.

— Le problème, conclut Nan, est qu'en tant que roi d'Angleterre, il est aussi le chef suprême de l'Église, il peut agir à sa guise.

— Je le sais, répliqué-je froidement. Il peut faire exactement ce qui lui plaît !

Été 1544, palais de Whitehall, Londres

Thomas Cranmer a travaillé d'arrache-pied à son texte liturgique ; il l'apporte au roi, prière après prière, et nous les lisons et les relisons tous les trois. Cranmer et moi-même nous penchons sur l'original en latin et le reformulons, puis nous en faisons lecture au roi, qui écoute en frappant sa chaise de la main, comme s'il écoutait de la musique. Parfois, il hoche la tête en signe d'approbation à l'intention de l'archevêque ou à la mienne et s'écrie : « Entendez cela ! C'est un vrai miracle que d'entendre la Parole de Dieu dans notre propre langue ! » ; et, d'autres fois, il se rembrunit et lance : « Cette phrase est bancale, Catherine. Elle reste collée sur la langue comme du vieux pain. Personne ne la prononcera jamais sans difficulté. Retravaillez-la, qu'en dites-vous ? » Alors, je reprends la phrase et la retourne dans tous les sens jusqu'à ce qu'elle devienne mélodieuse.

Il ne souffle mot du projet de loi de Succession, et moi non plus. Le projet est soumis au Parlement qui l'adopte, sans que je fasse remarquer à mon mari qu'il pare ainsi légalement à ma mort, bien que je sois assez jeune pour être sa fille, qu'il fait légalement une place à celle qui me succédera, malgré l'absence de reproche de sa part à mon endroit. Gardiner est absent de la Cour ; Cranmer, lui, n'est pas avare de sa compagnie, et le roi aime travailler avec nous deux.

En clair, il prend cette traduction destinée aux églises au sérieux. Il lui arrive de dire à Cranmer :

— Certes, mais cela doit pouvoir s'entendre de la tribune, où se tiennent les pauvres. La formulation doit être limpide. Ce doit être audible même quand un vieux prêtre marmonne dans sa barbe.

— Les vieux prêtres n'en liront pas une seule ligne à moins que vous ne les y contraigniez, le prévient Cranmer. Ils sont nombreux à penser que la messe ne peut être dite qu'en latin.

— Ils feront comme je l'ordonnerai, réplique le roi. C'est la Parole de Dieu en anglais, et je l'offre à mon peuple sans me soucier de ce que veulent les vieux prêtres et les vieux fous comme Gardiner. Et la reine traduira les anciennes prières et en écrira de nouvelles.

— Ah, oui ? s'enquiert Cranmer en se tournant vers moi avec un doux sourire.

— J'y réfléchis, réponds-je avec prudence. Sa Majesté a la bonté de m'y encourager.

— Elle a raison, confirme Cranmer en s'inclinant. Quelle Église ce sera, avec la messe en anglais et les prières écrites par les fidèles ! Par la reine d'Angleterre en personne !

Le redoux s'accompagne d'une amélioration de l'état de la jambe d'Henri, laquelle a été drainée du plus mauvais pus et suinte à présent légèrement, ce qui ne manque pas d'améliorer son humeur. Le travail avec l'archevêque et moi-même semble lui procurer de nouveau un peu du plaisir qu'il éprouvait jadis à l'étude et lui est même une occasion d'approfondir son amour de Dieu. Il lui plaît de nous recevoir lorsqu'il est seul avant le dîner, parfois en présence d'un unique page qui lui sert des pâtisseries et d'un de ses secrétaires. Il est désormais obligé de porter ses besicles pour lire, et il n'apprécie pas que la Cour le voie avec ses verres cerclés d'or fixés sur le nez. Il se sent humilié d'y voir trouble et redoute de devenir aveugle, mais il part d'un grand éclat de rire lorsqu'un jour je prends son visage rond dans mes mains et l'embrasse, lui disant qu'il ressemble à un hibou plein de sagesse, que ses besicles lui siéent à merveille et qu'il devrait les porter partout où il va.

Je me retire dans mes propres appartements dans le courant de la journée et me consacre au texte liturgique avec mes dames de compagnie. Souvent, l'après-midi, Thomas Cranmer se joint à nous, et nous travaillons ensemble.

Ce n'est pas un long texte, bien sûr, mais il est dense. J'ai le sentiment que chaque mot demande à être jaugé à l'aune de la sainteté. Il n'y a pas une ligne en trop ni fausse note du début à la fin.

En mai, l'archevêque m'apporte le premier exemplaire imprimé, me fait une révérence et le pose sur mes genoux.

— Voici l'ouvrage ? questionné-je en criant presque au miracle, le doigt sur la lisse couverture de cuir.

— En effet ! répond-il. Notre œuvre commune, sans doute la meilleure que je ne réaliserai jamais. Sans conteste le plus grand cadeau que vous puissiez faire au peuple anglais. Désormais, il pourra prier dans sa propre langue. À présent, il pourra s'adresser à Dieu avec la certitude que celui-ci l'entend. Il deviendra le peuple de Dieu à part entière.

Je ne parviens pas à retirer mon doigt de la couverture : tout se passe comme si je tenais la main de Dieu.

— Monseigneur, ceci est une œuvre qui se transmettra de génération en génération.

— Et vous y avez contribué, rappelle-t-il avec générosité. Dans ce livre résonne la voix d'une femme et d'un homme, et hommes et femmes diront ces prières, peut-être même à genoux l'un à côté de l'autre, égaux devant Dieu.

Été 1544, palais Saint James, Londres

Nous bénéficions d'une succession de belles journées, et le roi reprend des forces. Il est satisfait de sa campagne contre l'Écosse ; et en juin, nous nous rendons au palais Saint James qui a été reconstruit pour le mariage de sa nièce, ma dame d'honneur et amie Margaret Douglas avec un aristocrate écossais, Matthew Stuart, comte de Lennox. Ici, le roi peut marcher dans les jardins, et il commence à se déplacer avec davantage d'aisance ; il s'occupe même d'archerie, mais il ne pourra plus jamais jouer à la paume. Il surveille les jeunes courtisans, et je sais qu'il les jauge du regard comme s'ils étaient encore des rivaux malgré son grand âge, lui qui est plus vieux que leur père ; c'est pourquoi il n'enlèvera plus jamais son pourpoint pour danser en chemise de lin. Il porte un intérêt tout particulier au beau Matthew Stuart, le jeune marié.

— Il me gagnera l'Écosse, prédit Henri à mon oreille tandis que les époux descendent l'allée centrale, main dans la main.

La nièce d'Henri me lance un clin d'œil coquin en passant. C'est une mariée très indisciplinée, qui ne fait pas mystère de son soulagement d'avoir enfin convolé à trente-neuf ans, après deux scandales dans lesquels furent impliqués deux jeunes hommes de la Maison Howard.

— Il me gagnera l'Écosse, et ensuite le prince Édouard épousera la petite reine d'Écosse, Marie, et je verrai l'avènement de l'union de l'Écosse et de l'Angleterre !

— Ce serait merveilleux si cela pouvait advenir.

— Naturellement, que cela peut advenir !

Le roi se dresse avec peine sur ses jambes et s'appuie au bras d'un page tandis que nous suivons l'allée centrale. Je marche à sa hauteur, et notre trio dégingandé progresse lentement en direction des portes ouvertes de la chapelle. Un grand festin est prévu en l'honneur de cet hymen si riche de promesses pour la sécurité de l'Angleterre.

— Avec les Écossais dans mon camp, je suis fort aise de m'emparer de la France, fait remarquer Henri.

— Mon mari et mon seigneur, êtes-vous suffisamment en bonne santé pour participer à la campagne ?

Le sourire dont il me gratifie est aussi éclatant que celui de n'importe quel jeune capitaine de son armée.

— Je peux monter à cheval, observe-t-il. Si faible que soit ma jambe lorsque je marche, du moins ne m'empêche-t-elle pas de m'asseoir sur le dos d'un destrier. Et si je peux chevaucher à la tête de mon armée, je peux la mener jusqu'à Paris. Vous verrez…

Je relève la tête, m'apprêtant à protester, car la moitié des membres du Conseil privé sont venus me voir afin de m'implorer de soutenir leur appel au roi afin qu'il ne parte pas pour la guerre en personne – même l'ambassadeur espagnol affirme que l'empereur le déconseille –, mais je me ravise lorsque, parmi les centaines de personnes qui se massent dans la chapelle, j'aperçois une tête brune coiffée d'un chapeau orné d'un joyau qui se tourne de profil, et sous le rebord du chapeau, deux yeux qui jettent un rapide coup d'œil dans ma direction ; je reconnais aussitôt mon amant, Thomas Seymour.

Je le reconnaîtrais entre mille. Je l'ai reconnu à sa nuque. Le roi a trébuché et peste contre le page à qui il en impute la faute. J'en profite pour revenir en arrière et attraper Nan par le bras ; je la serre fort, tandis que la chapelle plongée dans la pénombre se met à tourner autour de moi et qu'il me semble être sur le point de défaillir.

— Que se passe-t-il ? s'enquiert-elle.

— Une douleur, réponds-je au hasard. Au ventre. Ce n'est rien que mes pertes menstruelles.

— Tiens bon ! s'exclame-t-elle en m'examinant de près, de telle sorte qu'elle ne remarque pas la présence de Thomas, qui a le bon sens de battre en retraite.

Je fais quelques pas mal assurés en clignant des yeux. Je ne le vois pas mais je sens son regard sur moi, je sens sa présence à l'intérieur de la petite chapelle, je pourrais presque sentir l'odeur entêtante de sa peau. J'ai l'impression que ma figure en feu témoigne de l'empreinte de son torse laissée sur moi, comme s'il m'avait marquée au fer rouge. J'ai le sentiment que quiconque me regardant pourrait deviner que je suis son amante, que je suis sa catin. Par une nuit d'amour, allongée sous lui, je l'ai supplié de me prendre jusqu'au bout de la nuit.

J'enfonce mes ongles dans les paumes de mes mains presque jusqu'au sang. Le roi a ordonné à un autre page de l'aider, et c'est flanqué de deux serviteurs qu'il reprend la marche à présent. Il s'est cogné la jambe et le voilà qui lutte contre la souffrance et le manque d'équilibre en prenant garde de ne pas croiser mon regard. Personne ne s'est aperçu de ma brève défaillance. Les gens ont les yeux braqués sur lui, constatant qu'il est plus vigoureux qu'il ne le fut mais qu'il a encore besoin d'aide. Henri lance des regards noirs à droite et à gauche. Il ne veut pas entendre insinuer qu'il est toujours mal en point et qu'il ne peut pas prendre la tête de sa propre armée.

Il me fait signe de la tête d'approcher.

— Les imbéciles ! s'exclame-t-il.

J'esquisse un sourire forcé et acquiesce, mais le son de sa voix se perd.

Les trompettes annoncent à grand bruit notre arrivée dans la salle des banquets ; au même moment, me revient en mémoire le goût des baisers de Thomas, de ses mordillements lorsqu'il m'embrasse. C'est un souvenir inopiné et vif comme l'instant présent : celui où il me mordille la lèvre inférieure jusqu'à ce que je fonde de désir et qu'il soit obligé de me porter jusqu'au lit. Henri et moi faisons notre entrée en grande pompe parmi la Cour qui s'incline sur notre passage, puis nous nous arrêtons devant l'estrade surélevée. Je ne vois plus que le visage de Thomas dans la lumière des bougies. Deux serviteurs prennent le roi chacun d'un côté et hissent la masse corpulente de son corps par-dessus les deux marches de hauteur modeste avant de l'asseoir sur son trône, sa jambe malade sur un repose-pied. Je prends place à côté de lui et pivote sur mon siège afin de contempler par-dessus les têtes des courtisans l'éclat rosé du jour sur les briques rouges flambant neuves que révèle la porte grande ouverte qui donne sur le patio.

Je reprends mon souffle. J'attends. Le moment est proche où, inévitablement, Thomas Seymour s'avancera pour faire sa révérence.

Quelqu'un bouge près de moi. C'est la princesse Marie.

— Tout va bien, Votre Majesté ? s'enquiert-elle.

— Pourquoi ?

— Vous êtes si pâle…

— Une simple petite indisposition. Vous connaissez cela.

Elle acquiesce. Elle est elle-même rarement exempte de douleur, et n'ignore pas que rien ne saurait me dispenser de ce festin et que je ne peux même manifester la moindre gêne.

— J'ai une teinture de feuilles de framboisier dans ma chambre, propose-t-elle. Je peux envoyer quelqu'un la quérir pour vous.

— Oui, oui, s'il vous plaît, réponds-je sans y penser.

Je ratisse la salle du regard. Il est de règle que Thomas s'avance et présente ses hommages au roi avant l'arrivée des serviteurs et que ne commence le défilé sans fin des plats qui composent le banquet de noces. Il doit venir faire sa révérence avant d'aller prendre place à la table réservée aux grands seigneurs de la Cour. Alors, tout le monde le verra s'incliner devant le souverain puis devant moi, et personne ne doit s'apercevoir que j'ai le teint blême. Personne ne doit savoir que mon cœur bat la chamade au point que je crains que la princesse Marie ne l'entende malgré le fracas des convives qui descendent bancs et tabourets des tables à tréteaux afin de s'asseoir.

Je me demande si le courage va lui manquer, si son allègre et téméraire courage l'abandonnera cette fois, l'empêchant tout simplement d'assister aux festivités. À moins qu'il ne soit en ce moment même en train de s'aiguillonner à l'extérieur pour trouver l'audace d'entrer ? Peut-être ne peut-il se résoudre à me saluer avec la civilité réservée d'une relation courtoise, peut-être ne peut-il se résoudre à me féliciter pour mon mariage et mon élévation royale ? Pourtant, il sait bien qu'il ne peut y déroger ; et, assurément, mieux vaut-il maintenant que plus tard.

À l'instant même où je m'impatiente au point de penser qu'il a dû s'en aller sous quelque prétexte, je le vois qui se fraie un passage entre les tables au-devant des serviteurs, souriant à Untel, tapotant l'épaule de tel autre, fendant la foule qui l'acclame et le salue.

Il s'arrête face à l'estrade, et le roi pose les yeux sur lui.

— Tom Seymour ! s'exclame-t-il. Je suis fort content de vous voir de retour ! Vous avez dû galoper bon train ! Vous aviez de la distance à parcourir.

Thomas s'incline. Il ne me regarde pas. Il relève la tête et adresse au roi l'un des sourires décontractés, effrontés même, dont il a le secret.

— J'ai chevauché comme un voleur de chevaux, convient-il. Je craignais tant d'arriver trop tard et que vous soyez parti guerroyer sans moi.

— Vous arrivez juste à temps, assure le souverain. Car je compte partir guerroyer avant la fin du mois.

— Je le savais ! s'écrie Thomas. Je savais que rien ne vous retiendrait.

Tandis que le roi le regarde avec un grand sourire, il ajoute :

— Alors j'ai ordre de vous accompagner ?

— Je ne voudrais personne d'autre. Vous serez maréchal de l'armée. Vous avez toute ma confiance, Tom. Votre frère est allé infliger la paix aux Écossais ! Je compte sur vous pour couvrir votre nom de gloire en défendant l'héritage de votre royal neveu en France.

Thomas met la main sur le cœur et s'incline.

— Plutôt mourir que de manquer à vous servir, affirme-t-il.

À ce stade, il ne m'a toujours pas regardée.

— Vous pouvez saluer votre reine, lance Henri.

Thomas se tourne vers moi et s'incline très bas, me gratifiant d'une révérence à la mode bourguignonne, la plus gracieuse qui soit au monde, effleurant le sol de son chapeau richement décoré qu'il tient du bout de ses longs doigts.

— C'est une joie de pouvoir poser les yeux sur Votre Majesté, déclare-t-il, d'une voix parfaitement régulière et détachée.

— Soyez de nouveau le bienvenu à la Cour, sir Thomas, réponds-je avec prudence.

Ces paroles résonnent à mon oreille comme si elles étaient celles d'une petite fille qui récite sa leçon dans une salle de classe, mais il s'agit en fait de la formule consacrée pour accueillir un conseiller de retour de mission.

— Soyez le bienvenu, répété-je.

— Et il a excellemment œuvré pour la Couronne ! s'exclame Henri en se tournant vers moi et en tapotant ma main qui repose sur l'accoudoir de mon trône.

Il attarde sa paume moite dans cette position, comme s'il entendait démontrer ainsi qu'il est le propriétaire de ma main, de mon bras, de mon corps.

— Sir Thomas rapporte un traité avec les Pays-Bas qui assurera nos arrières tandis que nous pénétrerons en territoire français. Il a su convaincre la reine Marie. C'est un charmeur, cet homme-là ! L'avez-vous trouvée très belle, Tom ?

Je comprends, à l'hésitation de Thomas, que la question du roi est une plaisanterie peu aimable envers le physique de la reine dont il est question.

— C'est une dame réfléchie et digne, répond-il. Et elle préférerait la paix à la guerre avec la France.

— Une rareté à double titre ! fait remarquer Will Somers en réapparaissant. Une femme réfléchie qui veut la paix. De quoi allez-vous nous entretenir encore, Tom Seymour ? D'un Français honnête ? D'un Allemand amusant ?

La Cour s'esclaffe.

— Quoi qu'il en soit, vous rentrez à temps pour la guerre ; la paix touche à sa fin ! s'exclame Henri, et il lève sa large coupe pour porter un toast.

Toute l'assemblée se redresse et chacun de brandir, qui sa chope, qui son verre, et tous de boire à la guerre. Puis tout le monde se rassoit dans un fracas de bancs qu'on fait racler sur le plancher. Thomas s'incline et recule jusqu'à la table réservée au premier cercle des gentilshommes du roi. Il s'assoit, quelqu'un lui sert du vin, un autre lui donne une tape dans le dos. Il ne m'a toujours pas regardée.

Été 1544, palais de Whitehall, Londres

Il ne me regarde pas. Il ne me regarde pas un seul instant. Tandis que je danse et laisse errer mon regard d'un visage souriant à l'autre, je ne rencontre jamais le sien. Il s'entretient avec le roi ou rit avec un ami dans un coin ; à moins qu'il ne soit à une table de jeu ou n'observe par la fenêtre. Lorsque la Cour part chasser, il trône haut sur son grand étalon noir, resserrant une sangle ou tapotant l'encolure, toujours la tête baissée. Lorsque la Cour s'adonne aux plaisirs de l'archerie, son beau regard noir concentré ne voit que la hampe de la flèche qui pointe en direction de la cible. Lorsqu'il joue à la paume, le cou ceint d'un foulard de lin blanc, le col de sa chemise ouvert, il concentre toute son attention sur la partie. Lorsqu'il vient à la messe le matin, et que le roi lui met la main sur l'épaule, il ne lève pas la tête vers ma tribune où mes dames d'honneur et moi-même prions, tête penchée, à genoux. Pendant l'interminable liturgie, je l'observe entre mes doigts et remarque qu'il ne prie pas les yeux clos, mais que, telle une statue de saint, il contemple l'ostensoir, le visage illuminé par le soleil qui entre par la fenêtre située au-dessus de l'autel. Je ferme alors les paupières et prie en silence : *Mon Dieu, venez-moi en aide ; chassez ce désir hors de mon cœur. Faites que je sois aussi aveugle à sa personne qu'il l'est à la mienne.*

—Thomas Seymour ne m'adresse jamais la parole, fais-je remarquer à Nan, tandis que nous sommes seules, un soir avant le dîner.

Je suis curieuse de savoir si elle l'a relevé.

—Ah, non ? Il est aussi vaniteux qu'un chiot et toujours prêt à conter fleurette à une jeune femme. Cela dit, son frère ne fait pas non plus grand cas de toi. C'est une famille qui a une très haute idée d'elle-même ; et, évidemment, ils n'entendent pas que belle-mère Parr fasse oublier au peuple que le prince eut une mère appelée Seymour. Cependant, il se montre toujours parfaitement poli envers moi.

—Sir Thomas te parle ?

—Par pure politesse. Il ne m'intéresse guère, d'ailleurs.

—Prend-il de mes nouvelles ?

—Pourquoi le ferait-il ? s'enquiert-elle. Il voit parfaitement comment tu te portes. Il pourrait également te poser la question lui-même, si cela l'intéressait le moins du monde.

Je hausse les épaules comme si cela m'était indifférent.

—C'est simplement que depuis son retour des Pays-Bas, il semble n'avoir cure d'aucune des dames de la reine, alors qu'auparavant, c'était un coquin ! Sans doute a-t-il laissé son cœur dans les Flandres.

—Peut-être.

Un trait de mon expression l'incite à ajouter :

—Non que cela fasse la moindre différence à tes yeux.

—Pas la moindre, conviens-je.

Le fait de voir Thomas tous les jours me rend hésitante dans l'évolution intime de mon affection et de mon respect pour le roi, et me renvoie aux émotions qui étaient miennes avant mon union, comme si l'année qui vient de s'écouler n'avait pas existé. Je suis en colère contre moi-même : après un an de mariage satisfaisant, me voilà de nouveau hors d'haleine comme une petite fille qui retombe amoureuse. Il me faut de nouveau supplier Dieu à genoux de refroidir mes ardeurs, de tenir mes regards éloignés de Thomas et mes pensées concentrées sur mes devoirs et l'estime que je porte à mon mari. Je dois me souvenir que Thomas ne joue aucun jeu avec moi, qu'il ne me soumet pas non plus à la torture de la séduction : il se comporte ainsi que nous en étions convenus, en mettant autant de distance que possible entre lui et moi. Je dois garder présent à l'esprit qu'auparavant, lorsque je l'aimais et que j'exultais à l'idée d'être aimée de lui, j'étais veuve et libre. À présent, je suis mariée, et c'est un péché contre mon serment et contre mon époux que d'éprouver ce que j'éprouve.

Je prie Dieu de me garder en l'état de sereine et affectueuse tendresse qui s'est instaurée entre le roi et moi, de faire que je reste son épouse dans mes songes de même que dans ma vie diurne. Mais tandis que la présence de Thomas fait bouillonner mon esprit, je recommence à rêver, non d'un ménage heureux et des devoirs d'une épouse obéissante, mais d'un escalier humide que je gravis, une bougie à la main, cernée par la puanteur de la chair en putréfaction.

Au cours de ce rêve, je me dirige vers une porte fermée à clé dont j'actionne la poignée tandis que l'odeur de mort se fait plus agressive. Je veux savoir ce qui se cache derrière.

Je dois le savoir ! Je suis terrorisée à l'idée de ce que je pourrais découvrir, mais, ainsi qu'il en va souvent dans les cauchemars, je ne peux m'empêcher d'avancer. Bientôt, je tiens la clé dans ma main et colle mon oreille contre la serrure à l'écoute du moindre signe de vie en provenance de la pièce où règne une odeur de mort. J'introduis la clé, la fais pivoter ; la serrure cède en silence ; je pousse la porte du plat de la main ; elle s'ouvre, pour ma plus grande frayeur.

La peur me réveille. Je me redresse toute droite dans mon lit, haletante ; le roi dort profondément dans sa chambre attenante ; je l'entends ronfler par la porte de séparation qui est grande ouverte et qui laisse également filtrer la pestilence de sa jambe. *Il fait si sombre… L'aube doit encore être loin.* D'un geste las, je sors du lit et marche jusqu'à la table afin de consulter ma nouvelle horloge. Le balancier d'or oscille d'avant en arrière selon un rythme parfait, dans un cliquetis à peine audible, régulier comme un battement de cœur. Je remarque que mon cœur battant se stabilise en cadence avec la pendule. Il est une heure trente ; le jour ne se lèvera pas avant plusieurs heures. Je m'enveloppe d'une robe de chambre et m'assois près du feu moribond. Je me demande bien comment je vais passer la nuit jusqu'au lendemain. Non sans lassitude, je m'agenouille et prie de nouveau Dieu de bien vouloir réduire à néant cette passion amoureuse. Je n'ai pas cherché l'amour en Thomas, mais je n'y ai pas résisté non plus. Et me voilà prisonnière du désir comme un papillon piégé dans le miel ; et plus je me débats, plus je m'enfonce. Il me semble que je ne supporterai pas de passer ma vie à faire de mon mieux pour accomplir mon devoir envers un homme bienveillant, un mari caressant et généreux, qui réclame une présence attentive et un cœur affectionné, tout en brûlant de désir pour un autre homme, qui n'a pas le moins du monde besoin de moi, mais qui me met sur des charbons ardents.

Tandis que je suis aux prises avec le péché de la peur et celui de vivre dans la servitude d'une passion, un fait des plus étranges se produit. Bien que le jour soit encore loin de se lever, car c'est le cœur de la nuit, il me semble que la pièce soudain s'éclaire, que les braises dans l'âtre se mettent à rougeoyer d'un éclat légèrement plus vif. Je relève la tête : mon front n'est plus en proie à la migraine et mes sueurs inquiètes se sont taries. Je me sens fraîche, comme si j'avais bien dormi et que je me réveillais par une matinée ensoleillée. L'odeur en provenance de la chambre du roi est moins prononcée, et j'éprouve de nouveau une profonde pitié pour celui qui souffre et est rongé par la maladie. Son ronflement tonitruant est moins sonore et je suis contente qu'il dorme tout son soûl. Me croyant d'abord le jouet de mon âme exaltée, j'ai l'impression d'entendre la voix de Dieu, comme s'il était avec moi, comme s'il était venu à moi en cette nuit d'épreuves, comme si sa miséricorde s'était penchée sur moi – une pécheresse qui s'est entêtée dans le péché, et qui continue d'y aspirer – et m'avait pardonné malgré tout.

Je reste là, à genoux sur la dalle devant la cheminée, jusqu'à ce que la pendule sur la table sonne 4 heures en faisant tinter son petit carillon ; je prends alors conscience que j'ai passé plusieurs heures en prière extatique. J'ai prié, et il me semble bien avoir été entendue. Aucun prêtre n'a recueilli ma confession, ni ne m'a donné l'absolution, aucune Église n'a reçu mon denier ; aucun emblème de pèlerin ni aucune guérison miraculeuse, ni même la moindre pacotille n'a été nécessaire pour que j'entre dans la présence de Dieu. Il m'a suffi d'implorer son immense miséricorde, et il me l'a accordée, conformément à la promesse qu'il fit dans la Bible, de répondre à qui demanderait.

Je me lève et me remets au lit en frissonnant quelque peu. Il me paraît, à mon plus grand émerveillement, avoir été touchée par la grâce de Dieu, toujours conformément à sa promesse. Oui, je crois qu'il est venu à moi, une pécheresse, et que, par sa grâce, le pardon m'a été accordé, ainsi que la rémission de mes péchés.

Été 1544, palais de Whitehall, Londres

L'armée fait voile vers la France ; Thomas Howard est déjà parti avec l'avant-garde, mais le roi continue de reporter son départ.

— J'ai convoqué mon astronome, m'annonce-t-il au sortir de la chapelle, un matin après la messe. Venez voir ce qu'il recommande.

L'astronome royal est un homme de science tout aussi compétent que n'importe quel homme de science en Europe pour ce qui est de la compréhension du mouvement des étoiles et des planètes, mais il est également capable de déterminer une date de bon augure pour n'importe quelle entreprise risquée en fonction de quelle planète se trouve en ascendant. Il marche sur la corde raide entre description du mouvement connu et observable des astres, discipline qui relève de la philosophie naturelle, et l'art de prédire l'avenir, qui est illégal. Laisser entendre que le roi puisse tomber malade ou être blessé à une date ultérieure est passible du crime de haute trahison. Aussi, tout ce qu'il voit ou prévoit doit-il être énoncé avec une extrême prudence. Mais Nicholas Kratzer a déjà dressé des cartes du ciel à de nombreuses reprises pour le souverain, et il s'y entend pour formuler ses mises en garde et ses conseils sans s'écarter du cadre de la loi.

Henri enfouit ma main sous son bras et prend appui sur son page tandis que nous nous rendons à sa chambre privée. Derrière nous, suit le reste de la Cour, les gentilshommes du roi et mes dames de compagnie. Quelque part au milieu d'eux se trouve Thomas Seymour. Je m'abstiens de laisser errer mon regard. Je suis convaincue que Dieu me maintiendra dans ma résolution. *Non, je ne le chercherai pas des yeux !*

Nous traversons la chambre de parade, et la plupart des membres de la Cour s'arrêtent là ; seuls quelques-uns d'entre nous pénètrent dans l'antichambre, où une grande table a été dressée et sur laquelle s'étalent des cartes maintenues en place par de petits symboles astrologiques en or. Nicholas Kratzer, qui a l'œil bleu et pétillant, nous attend, tenant une baguette dans une main et faisant rouler deux petites figurines en or dans l'autre. Il s'incline très bas lorsqu'il nous aperçoit, puis il attend les ordres du roi.

— Bien, je vois que vous êtes prêt. Je suis venu vous écouter. Dites-moi ce que vous pensez.

Sur ces mots, Sa Majesté s'approche de la table et s'appuie à son rebord de tout son poids.

— Si je comprends bien, vous êtes allié à l'Espagne dans cette guerre contre la France ? s'enquiert l'astronome.

Henri hoche la tête.

— Même moi, je le sais, lance Will Somers sous la table. Si c'est une prédiction, j'aurais pu la faire moi-même ! Et j'aurais pu la faire en lisant au fond d'une chope de bière dans n'importe quelle taverne près de la Tour. Je n'ai pas besoin d'interroger les étoiles. Qu'on m'indique le prix d'un pichet de bière et je ferai une autre prédiction !

L'astronome sourit au roi, sans se laisser décontenancer le moins du monde par le bouffon. Derrière nous, quelques courtisans nous ont rejoints. Thomas n'est pas parmi eux. La porte se referme. Peut-être attend-il à l'extérieur, dans la chambre de parade ; peut-être s'est-il retiré dans ses propres appartements ; ou peut-être est-il allé voir ses chevaux à l'écurie… Je suppose qu'il m'évite pour notre sécurité. J'aimerais pouvoir en être sûre. Je ne peux m'empêcher de penser qu'il a perdu tout désir pour moi et qu'il reste à l'écart afin de nous épargner à tous deux le constat embarrassé d'un amour mort et enterré.

— Je vais donc vous montrer en premier le thème de l'empereur d'Espagne, votre allié, annonce Nicholas Kratzer.

Il approche une carte et nous montre comment la fortune de l'empereur arrivera à son point culminant cet automne.

— Et voici la carte qui correspond au roi de France.

Une rumeur enthousiaste s'élève : la carte atteste très nettement que François Ier s'achemine vers une période de déclin et de désordre.

— Cela est prometteur, fait remarquer Henri, satisfait.

Il me jette un coup d'œil et ajoute :

— Ne trouvez-vous pas ?

J'avais la tête ailleurs, mais je prends aussitôt un air éveillé et intéressé.

— Oh, si !

— Et voici la carte de Votre Majesté, reprend Nicholas Kratzer en désignant la carte la plus complexe de toutes. Les attributs de Mars – chiens de guerre, lance, flèche et tour – y figurent en bonne place, magnifiquement dessinés et colorés.

— Vous voyez cela ? s'enquiert le roi en me donnant un petit coup de coude. C'est belliciste, n'est-ce pas ?

— Mars se lève en votre maison, explique l'astronome. J'ai rarement vu autant de puissance chez un homme.

— Je sais, je sais, approuve Henri. Je m'en doutais. Vous le lisez dans les étoiles ?

— Absolument. Mais à cet égard, il y a danger…

— Quel « danger » ?

— Mars est aussi le symbole de la douleur, de la fièvre du sang, de la lourdeur des jambes. Je crains pour la santé de Votre Majesté.

Un sourd murmure signale que l'assistance est du même avis. Nous craignons tous pour la santé du souverain. Il s'imagine qu'il peut s'en aller guerroyer tel un jeune homme alors qu'il ne peut même pas aller dîner sans un appui de chaque côté.

— Je vais mieux, assure catégoriquement le roi.

L'astronome acquiesce.

— Les augures sont assurément favorables, confirme-t-il. Pourvu que les médecins parviennent à empêcher la fièvre de prospérer sur votre vieille blessure. Cependant, Votre Majesté, souvenez-vous que la blessure fut causée par une arme, et à l'instar de n'importe quelle blessure de guerre, elle fluctue avec les mouvements de Mars.

— Alors elle est assurée de me causer quelque ennui quand je partirai faire la guerre, réplique le roi d'un ton ferme. Si j'en crois votre divination, l'astronome. Si j'en crois vos propres signes.

J'esquisse un petit sourire à l'intention du roi. Son courage obstiné est l'une de ses plus grandes qualités.

— Et parviendrons-nous jusqu'à Paris ?

C'est une question risquée. La Cour, le pays tout entier, est dans l'angoisse que le roi s'aventure trop avant en territoire français. Mais personne n'ose le lui dire.

— Vous irez jusqu'où votre volonté vous mènera, répond astucieusement l'astronome. Un général tel que vous, qui a combattu sur ce même terrain auparavant, sera le mieux placé pour juger de ce qu'il convient de tenter lorsque vous rencontrerez de la résistance, que vous jaugerez le terrain, le temps qu'il fait, le moral de vos hommes. Je vous conseillerais de ne pas dépasser les capacités de votre armée. Mais jusqu'où un roi tel que vous peut mener ses hommes ? Même les étoiles ne sauraient le dire.

Le roi jubile. Il fait un signe de tête à son page qui remet une lourde bourse à maître Kratzer. Chacun s'efforce de ne pas attarder son regard sur celle-ci et de s'abstenir d'en évaluer le contenu.

— Et qu'en est-il de Vénus ? s'enquiert Henri d'un air un peu trop enjoué. Qu'en est-il de mon amour pour la reine ?

Comme je suis contente que Thomas ne soit pas là pour entendre cela ! Quoi qu'il pense de moi désormais, je ne voudrais pas qu'il voie le roi appuyer pesamment sa main sur mon épaule et caresser ma nuque comme si j'étais sa jument, son chien de chasse. Non, je préfère que Thomas ne voie pas le roi humidifier ses petites lèvres avec sa langue et qu'il ne me voie pas sourire avec complaisance.

— La reine est née pour être heureuse ! déclare Kratzer.

Je me tourne vers lui avec étonnement. Je n'ai jamais pensé cela. Je fus élevée pour aider les miens à accéder aux honneurs ; peut-être Dieu m'a-t-il choisie pour aider l'Angleterre à rester fidèle à la religion réformée, mais je n'ai jamais cru que j'étais née pour connaître le bonheur. Ma vie ne fut jamais organisée de manière que le but en soit le bonheur.

— Croyez-vous vraiment ? demandé-je.

Il confirme.

— J'ai consulté la position des étoiles à l'heure de votre naissance, explique-t-il. Et il m'est apparu clairement que vous deviez vous marier plusieurs fois avant de trouver enfin le bonheur.

— Vous avez lu cela dans les étoiles ?

— Il a vu que vous étiez sincèrement heureuse avec votre troisième mari, déclare le roi.

J'affiche à son intention mon plus joli sourire.

— Tout le monde le voit !

— Et voilà ! entonne Will d'un ton las sous la table. J'aurais pu prédire tout cela moi-même, et alors, c'est moi, qui aurais reçu la bourse bien remplie. Sommes-nous censés nous exclamer à présent que la divine Katerina est heureuse ?

— Donnez-lui un coup de pied, me conseille le roi, et la Cour s'esclaffe lorsque je fais semblant d'obtempérer et que le fou bondit de sous la table en jappant comme un chien et en se tenant les fesses à deux mains.

— La reine était destinée à faire un mariage d'amour, ajoute Kratzer tandis que Will gagne le mur de la pièce en faisant semblant de boiter. En esprit et dans sa chair, elle a reçu le don et le destin d'aimer ardemment et noblement.

D'un air solennel, il ajoute :

— Mais, hélas, il me semble qu'elle devra payer un prix élevé pour son amour.

— Vous voulez dire qu'elle dut accepter de prendre de hautes fonctions, qu'elle doit assumer de lourdes responsabilités par amour ? s'enquiert le roi d'un ton amène.

L'astronome se rembrunit quelque peu.

— Je crains que l'amour ne la mette en grave danger.

— Elle est reine d'Angleterre pour l'amour de son époux ! s'exclame Henri. C'est la place la plus éminente et la plus dangereuse pour n'importe quelle femme de ce pays. Tout le monde l'envie, et nos ennemis aimeraient la voir humiliée. Mais l'amour que j'ai pour elle et mon pouvoir la protégeront.

Un silence s'ensuit, car nombreux sont ceux qui sont vraiment émus par le dévouement du roi. Il prend ma main, la porte à ses lèvres et l'embrasse. Et je suis, moi aussi, profondément émue qu'il puisse m'aimer et le déclarer en public. Là-dessus, quelque courtisan flagorneur s'exclame :

— Vivat !

Et la magie de l'instant est brisée. Henri me tend les bras, et je me glisse dans sa chaleureuse étreinte ; et lorsqu'il abaisse sa grosse et grasse figure, je pose un baiser sur sa joue moite. Il me libère, et je tourne le dos à la table et à l'astronome. Nan se tient à mon côté.

— Demande à l'astronome du roi de dresser mon thème astral et de me l'apporter quand je le ferai quérir, lui déclaré-je. Dis-lui de garder le secret quant à son contenu et de n'en parler à personne d'autre que moi.

— Est-ce la question de l'amour ou celle du danger qui t'intéresse ? s'enquiert-elle d'un ton sec.

Je la regarde d'un air insipide.

— Oh, les deux, j'imagine.

Été 1544, palais de Whitehall, Londres

Les prédictions de l'astronome convainquent le roi de se mettre en route pour la France tant que Mars est au zénith. Les médecins bandent sa blessure, et lui administrent des drogues pour calmer la douleur et le tenir aussi en joie qu'un jouvenceau ivre à sa première joute. Le Conseil privé se rend à l'enthousiasme du souverain et vient à Whitehall assister à son départ sur le canot royal qui lui fera descendre le fleuve jusqu'à Gravesend ; puis, de là, il chevauchera jusqu'à Douvres. Il traversera la Mer Étroite pour aller rencontrer l'empereur espagnol et discuter de l'attaque en tenailles qu'ils projettent de lancer sur Paris.

Les appartements du roi à Whitehall sont encombrés de cartes et de listes de matériel qu'il faut réunir ainsi que de denrées qu'il faudra lui envoyer après son départ. Déjà, notre armée implantée en France se plaint de manquer de poudre et de boulets ; déjà, nous dépouillons la frontière écossaise de ses forces pour renforcer les troupes d'invasion. Une fois par jour, chaque jour que fait le Seigneur, le roi observe infailliblement que le seul à savoir organiser une guerre était le cardinal Wolsey et que les gens qui harcelèrent ce grand aumônier mériteraient d'aller en enfer pour avoir privé l'Angleterre d'un tel trésor. Il lui arrive parfois de se tromper de nom et de maudire le monde entier de l'avoir privé de

Thomas Cromwell. Cela nous rend tous mal à l'aise, car il nous semble alors que le cardinal surgit d'entre les morts dans sa robe pourpre sur l'injonction de son vieux maître, suivi à pas de loup par le conseiller à col de fourrure, comme si le roi avait le pouvoir de rappeler les décapités pour leur faire reprendre du service.

Mes dames de compagnie et moi-même cousons toutes des étendards et enroulons des bandes de tissu pour les pansements. Je suis occupée à broder des roses, emblème des Tudors, et des fleurs de lys dorées sur le pourpoint du roi lorsque la porte s'ouvre sur une demi-douzaine de gentilshommes qui entrent à la suite de Thomas Seymour, dont le beau visage est plutôt impénétrable.

Je me rends compte que je fixe sur lui un regard complètement effaré, l'aiguille suspendue en l'air. Il n'a pas osé poser les yeux sur moi depuis que nous avons mis un terme à notre liaison, voilà plus d'une année, et que nous avons fait le serment, au petit matin, de ne plus jamais nous adresser la parole et de ne pas chercher à nous revoir. Le sentiment d'avoir été choisie par Dieu n'a pas réussi à diminuer la passion que j'ai pour lui, malgré mes prières. Je ne pénètre jamais dans une pièce sans le chercher. Je ne le vois jamais danser avec l'une de mes dames de compagnie sans la détester de pouvoir sentir sa main sur sa taille, de susciter chez lui cette inclinaison attentive de la tête, de s'empourprer comme une dévergondée. Je ne le cherche jamais du regard lors du dîner, mais d'une certaine façon, il ne quitte pas mon champ visuel. À l'extérieur, je suis pâle et grave ; à l'intérieur, je brûle de désir pour lui. J'attends chaque jour de l'apercevoir : à la messe, au petit déjeuner, à la chasse. Je fais en sorte de n'éveiller l'attention de personne lorsque je remarque sa présence. Nul ne peut deviner que tous mes sens sont passionnément en éveil quand il est dans la même pièce que moi, me faisant la révérence ou traversant la salle, ou encore parlant à voix basse avec Marie Howard dans l'encorbellement d'une fenêtre où il s'est assis nonchalamment. Matin et soir, au petit déjeuner comme au dîner, j'affiche un visage absolument impassible tout en faisant glisser mon regard sur sa tête brune, avant de le détourner en feignant de ne pas m'être avisée de sa présence.

Et voilà que soudain, il est ici, dans mes appartements, comme si je l'y avais invité. Il s'incline devant moi et devant les princesses, la main sur le cœur, ses yeux sombres flous et mystérieux, comme si je l'avais invoqué par les battements sourds de mon cœur, comme si le feu de ma peau se communiquait à sa peau, comme si je l'avais appelé à grands cris, au risque de mourir s'il ne s'exécutait pas.

— Je viens sur ordre du roi, Votre Majesté. Il m'a demandé de vous conduire à lui par le jardin privé, seule.

Je bondis sur mes jambes, le précieux pourpoint royal gisant à mes pieds, le fil sortant à toute allure du chas de l'aiguille que je continue de tenir entre mes doigts tandis que je m'en éloigne.

— J'emmène les princesses, annoncé-je.

C'est à peine si je parviens à parler. Le souffle me manque.

— Sa Majesté a spécifié que vous deviez venir seule, réplique-t-il.

Le ton est courtois, il sourit, mais son regard est distant.

— Je crois qu'il a une surprise pour vous, ajoute-t-il.

— Je viens immédiatement, dans ce cas.

Je distingue à peine les visages souriants de mes dames d'honneur tandis que Nan m'enlève sans rien dire l'aiguille de la main. Thomas Seymour m'offre son bras. Je pose la main dessus et me laisse entraîner hors de la pièce, jusqu'au bas du large escalier de pierre, où les portes qui donnent sur les jardins inondés de soleil sont grandes ouvertes.

— Ce doit être un piège, lancé-je d'une voix étouffée, monocorde. Est-ce un piège ?

Pour toute réponse, il secoue la tête, puis il fait un signe de tête aux gardes qui lèvent leurs piques et nous laissent sortir dans la lumière.

— Non, continue simplement d'avancer.

— Il cherche à me piéger en t'envoyant me chercher. Il va s'apercevoir que... Je ne devrais pas y aller avec toi.

— La seule chose à faire est de nous comporter comme à l'ordinaire. Tu dois t'y rendre, et sans tarder, mettant exactement le temps que cela prend d'habitude pour traverser les jardins. Tes dames de compagnie surveillent des fenêtres, les gentilshommes du roi guetteront des siennes. Nous allons faire le chemin ensemble sans nous arrêter, et sans nous regarder.

— De toute façon, tu ne me regardes jamais ! éclaté-je.

Il me presse vivement les doigts pour me rappeler que je ne dois pas ralentir la marche. Cela me fait l'effet d'une sorte de purgatoire. Je dois marcher au bras de l'homme que j'aime, régler mon pas sur le sien, et n'y prendre aucun plaisir, tandis que mon cœur bat la chamade, émue par tout ce que j'aurais à lui dire.

— Évidemment que non, répond-il.

— Parce que tu as cessé de m'aimer, accusé-je, à voix très basse, brisée par la douleur.

— Oh, non, rétorque-t-il d'un ton léger, puis il se tourne vers moi, tout sourires.

Il lève les yeux vers les appartements du roi et salue de la tête une connaissance postée devant la fenêtre à encorbellement.

— Parce que je t'aime éperdument, ajoute-t-il. Parce que je n'en dors plus de penser à toi. Parce que je suis consumé de désir pour toi. Parce que je n'ose poser les yeux sur toi, car si je le faisais, toutes et tous à la Cour verraient mon amour pour toi dans mon regard.

Je manque de trébucher à cause de mes jambes qui m'abandonnent, et ses mots déclenchent en moi une sensation de désir intense.

— Continue d'avancer ! ordonne-t-il d'une voix rauque.

— Je croyais que…

— Je sais ce que tu croyais. Tu te trompais, lance-t-il d'un ton abrupt. Ne cesse pas de marcher. Voilà Sa Majesté.

Le roi est assis sur une grande chaise qu'on a apportée dans le jardin ensoleillé, le pied soutenu par un tabouret.

— Je ne saurais te dire…, susurré-je.

— Je sais, m'interrompt-il. Taisons-nous.

— Peut-on se voir ?

Il me remet au souverain et s'incline très bas.

— Non, répond-il en reculant.

Il est question que j'assume de nouvelles responsabilités. Je comprends au sourire radieux du roi qu'il s'apprête à me confier une fonction plus importante que celles jamais exercées par aucune reine auparavant, à l'exception de la plus grande de toutes : Catherine d'Aragon. Le roi me l'annonce en tête à tête dans le jardin, puis le proclame au pays entier :

j'officierai comme régente générale. La moitié du conseil part avec lui pour la France, l'autre moitié reste avec moi pour me seconder. L'archevêque Thomas Cranmer sera mon principal conseiller. Et il m'est aisé de voir de quelle manière Henri entend équilibrer les conseils qui me seront donnés, lorsqu'il m'apprend que mon deuxième conseiller sera le Grand Chancelier Thomas Wriothesley. Celui-ci est en effet l'ennemi-né de Cranmer et un de mes proches dont je me méfie de plus en plus. Dès qu'il rentrera d'Écosse, qu'il est allé dévaster afin d'apprendre aux Écossais à faire bon accueil à notre proposition d'union, Édouard Seymour me servira également de conseiller, et sir William Petre, le discret secrétaire du roi à la voix calme et posée, officiera également à mes côtés.

C'est pour moi un pas considérable vers la grandeur. Je sens peser sur moi le regard des deux princesses lorsqu'elles apprennent la nouvelle. Elles verront une femme gouverner le pays, elles verront que c'est possible. C'est une chose que de leur dire qu'une femme est capable de raisonner et d'exercer le pouvoir, mais c'en est une autre, pour elles, de voir leur belle-mère, une femme de trente-deux ans, tenir effectivement les rênes du royaume. J'ai peur de ne pas être à la hauteur, même si, au fond de moi, je sais que je le serai. J'ai observé le roi jour après jour, et j'ai pu déplorer ses revirements en matière d'opinion et ses ordres donnés sur un coup de tête. Même en l'absence de conseillers issus des deux camps de la controverse religieuse, j'opterais pour une solution intermédiaire, modérée. Le royaume doit connaître des réformes, mais je refuse qu'il y ait des persécutions. Je n'agirai jamais comme le fait Henri, en ordonnant inopinément une enquête sur un homme de manière à le plonger dans la crainte et les tremblements avant de le faire arrêter, tout en sachant secrètement qu'il ne le traduira jamais en justice. À mon sens, une sorte de folie préside à la façon dont mon mari exerce le pouvoir ; et, bien que je ne lui en fasse jamais le reproche, je peux du moins gouverner d'une manière qui me semble plus sensée et plus humaine.

La moitié de la Cour part faire la guerre aux côtés du roi. Tous ont reçu fonctions, titres et attributions. Les voilà tous en armes. Le souverain a une nouvelle armure complète. C'est à peine s'il a porté un plastron depuis la chute qui lui a valu sa blessure à la jambe, mais pour cette campagne, sa vieille armure fut exhumée et agrandie à ses nouvelles mensurations. On dut riveter des ajouts et la renforcer un peu partout ; puis il l'essaya, mais elle ne lui allait pas ; il passa alors commande d'une toute nouvelle armure auprès de l'armurerie de la Tour, où forgerons et armuriers martèlent le métal du matin au soir, dans le flamboiement des forges, jusqu'à une heure avancée de la nuit. Mais aussitôt la nouvelle armure prête, avec ses dimensions gigantesques qui sont nécessaires pour orner l'imposante carrure royale d'un plastron, avec ses cuissards élargis pour envelopper les cuisses épaisses du souverain, voilà qu'il en réclame une autre ! Son choix se porte finalement sur un modèle italien, garni d'or, orné de ciselures noires – masse imposante de métal magnifiquement ouvragé, l'affirmation du pouvoir et de la richesse dans un bruit de ferraille.

Les palefreniers ont entraîné sa monture pendant des semaines à l'aide de lourds poids attachés à la selle par des sangles, afin qu'elle puisse tenir le coup sous lui et le transporter en toute sécurité. C'est un cheval arrivé récemment aux écuries royales, c'est un gros coursier aux sabots pareils à des tranchoirs et aux pattes semblables à des troncs d'arbre. L'équidé, lui aussi, est équipé de plastrons, ceux-ci sont sanglés autour de l'encolure, de la tête et du corps. Il ne semble pas du domaine du possible que ce roi puisse monter à cheval, ni que sa monture surchargée puisse supporter son poids ; pourtant, celle-ci fait trembler la passerelle de ses larges et imposants sabots tandis qu'elle embarque d'un pas pesant et qu'Henri me fait un baisemain en bordure du quai.

—Au revoir, lance-t-il. Je ne serai pas absent longtemps, ma bien-aimée. Je vous reviendrai. Ne craignez rien.

—Je craindrai pour vous, insisté-je. Promettez que vous m'écrirez souvent pour me donner des nouvelles de votre santé et du bon déroulement de la campagne.

—Je vous le promets, répond-il. Je sais que je laisse le pays entre de bonnes mains, avec vous comme régente.

C'est une insigne responsabilité, la plus éminente qui soit pour un Anglais. Et le fait de la confier à une femme ne la rend que plus remarquable encore.

—Je ne vous décevrai pas, juré-je.

Il incline la tête pour recevoir ma bénédiction, puis, prenant appui sur un page, il se redresse avec difficulté et gravit la passerelle. Il oblique pour pénétrer à l'intérieur de la cabine royale ; je vois la porte se refermer sur sa silhouette corpulente, et les gardes se mettent en faction.

À la poupe du canot, debout derrière le timonier, j'aperçois Thomas Seymour. Lui aussi part faire la guerre, encourant, je le sais, de bien plus grands dangers. Un roulement de tambour retentit et on jette les amarres, tandis que les rames s'enfoncent dans l'eau et que l'embarcation cède sous la poussée, s'éloignant du quai en glissant. L'homme que chérit mon cœur me lance un regard sombre avant de se retourner. Je n'articule pas même ces paroles « Dieu te bénisse » ni « Fais attention ». Je salue de la main le roi et me détourne.

Été 1544, palais de Hampton Court

Il fait tous les jours un temps extrêmement beau, ensoleillé, radieux et chaud, et je me réveille chaque matin seule dans mon lit à l'intérieur de mes nouveaux appartements, à l'angle sud-est de la cour basse. Ils donnent sur les jardins et le grand bassin au sud, à l'écart des fantômes, et j'éprouve une réelle satisfaction à me retrouver seule avec moi-même.

J'ai les trois enfants du roi avec moi, et c'est un tel plaisir de me réveiller en sachant qu'ils vivent tous sous le même toit, que nous prierons dans la même chapelle, que nous prendrons le petit déjeuner dans la salle des banquets, et consacrerons la journée à l'étude et au jeu. Édouard vit avec ses sœurs pour la première fois de sa jeune existence qui fut longtemps solitaire. Je les ai réunis tous les trois autour de moi, comme jamais aucune reine ne fut autorisée à le faire avant moi. J'ai tout ce qui peut rendre une femme heureuse, et je suis régente générale d'Angleterre. Tout sera ainsi que j'en déciderai ; nul ne peut même me contredire. Les enfants sont avec moi parce que j'ai décrété qu'il en serait ainsi. Personne ne peut enlever Édouard à cet accommodement, à sa famille ; à moi, sa belle-mère. Nous resterons ici, dans le plus beau de tous les palais d'Angleterre, parce que j'en ai décidé ainsi ; et plus tard, quand je l'aurai également résolu et pas avant, nous partirons en voyage d'agrément, chassant et naviguant, et remontant à cheval la vallée de la Tamise – moi-même et les enfants, ainsi que les membres de la Cour que j'aurai souhaité emmener.

Je siège quotidiennement à la table d'honneur de la chambre de parade, et écoute le Conseil privé m'informer que le royaume ne connaît aucun trouble et que nous engrangeons impôts et amandes, que nous fabriquons assez d'armes et d'armures pour continuer d'approvisionner l'armée du roi en France. Je fais une priorité du ravitaillement de nos troupes, de l'envoi en quantité suffisante par bateaux d'argent pour les soldes, d'armes, de munitions, d'armures, de nourriture, sans oublier les pointes de flèche. Depuis mon mariage, on me compare, à mon désavantage, à Jane Seymour, qui fut pleine de bonté. Quoi qu'il en soit, je ne pourrais que pâtir d'être comparée à Thomas Wolsey. Et je ne veux pas que quiconque puisse prétendre que Catherine d'Aragon fut meilleure régente que Catherine Parr.

Tous les matins, après le petit déjeuner et avant que j'emmène les enfants à la chasse, je réunis brièvement mon Conseil et nous lisons toutes les dépêches arrivées pendant la nuit, qu'elles émanent du roi qui est parvenu en France ou qu'elles proviennent des territoires du Nord qui connaissent l'agitation. S'il y a du travail à abattre ou un point dont je veuille m'assurer, je le convoque une fois encore avant le dîner.

Nous nous réunissons dans l'une des vastes salles de Hampton Court, où j'ai fait installer une grande table et des chaises pour les conseillers. Sur l'un des murs, j'ai fait accrocher une immense carte de la France et des routes maritimes. Sur le mur en vis-à-vis est accrochée une carte tout aussi grande des territoires frontaliers du Nord et de l'Écosse. Elles sont aussi précises que le permet notre maigre connaissance du terrain. Je siège en bout de table, et William Petre, le secrétaire du roi, fait lecture de toute dépêche en provenance de nos armées et de toute lettre ou demande en provenance d'autres endroits du royaume. Depuis que le roi est parti faire la guerre aux Français, on observe des troubles dans la plupart des villes où se sont installés leurs compatriotes, et je suis forcée d'écrire aux autorités locales, voire aux juges de paix, pour leur ordonner de rétablir l'ordre en leur district. Un pays en guerre à l'extérieur est aussi agité qu'un de mes petits oiseaux. Des rapports ne cessent de nous parvenir au sujet d'espions et de projets d'invasion, informations que je tiens pour fictives ; et j'envoie des proclamations dans tout le royaume.

À ma droite, siège l'archevêque Thomas Cranmer, conseiller ferme et patient, doté d'une voix douce, par opposition à lord Thomas Wriothesley, qui tend à être plus théâtral et plus insistant. Il a de bonnes raisons de s'inquiéter. C'est Wriothesley que le roi chargea d'estimer le montant nécessaire au financement d'une incursion en France et d'une marche sur Paris. Après maints calculs et force estimations rédigées en caractères serrés, il évalua la somme à environ deux cent cinquante mille livres. Autant dire une fortune ! Nous avons recueilli l'argent en recourant à des emprunts et aux impôts, et aussi en raclant jusqu'à la dernière pièce d'or du trésor royal ; mais ces fonds s'épuisent et il apparaît évident à présent que Wriothesley a sous-évalué le coût de l'entreprise.

William Petre est un homme nouvellement élevé aux responsabilités grâce à ses compétences. C'est le genre de personne que détestent les vieilles familles comme les

Howard ; il est le fils d'un éleveur de bétail du Devon. Son placide bon sens pondère les débats lorsque certains des autres conseillers défendent leurs propres intérêts ou cherchent à faire supprimer l'impôt qui pèse sur leur fief. C'est Petre qui propose de compenser le déficit en enlevant le plomb des toitures des monastères pour le vendre. Cela occasionnera des fuites par temps de pluie, et achèvera d'anéantir l'Église catholique et romaine en Angleterre. Il m'apparaît que l'idée profitera à la réforme autant qu'à la récolte de fonds supplémentaires pour le roi, même si, au fond de moi, je déplore la perte de ces magnifiques bâtiments, des actes de bienfaisance et du savoir qui faisaient leur rayonnement.

Souvent, la princesse Marie assiste à un conseil à mes côtés, et il m'arrive de penser parfois que c'est une bonne chose, car qui sait, un jour… il se pourrait qu'elle ait son propre royaume à gouverner. La princesse Élisabeth, elle, n'en manque aucun. Flanquée de sa cousine Jane Grey, elle s'assoit légèrement en retrait derrière moi, son menton pointu posé sur son poing serré, faisant glisser ses prunelles noires d'un conseiller à l'autre, observant tout.

Nous avons terminé pour ce matin, et les conseillers, après m'avoir fait leur révérence et avoir rassemblé leurs papiers, sont en train de sortir, chacun avec une tâche à accomplir, lorsque Élisabeth pose la main sur ma manche et lève les yeux vers moi.

— Qu'y a-t-il ? demandé-je.

— Je veux savoir comment vous avez appris à faire cela, répond-elle timidement.

— Comment j'ai appris à faire quoi ?

— Comment avez-vous appris à vous y prendre ? Vous n'êtes pas née princesse, et pourtant, vous savez à quel moment écouter et à quel moment faire preuve d'autorité, vous savez comment vous faire bien comprendre d'eux et veiller à ce qu'ils fassent ce que vous leur dites. J'ignorais qu'une femme en était capable. Je ne savais pas qu'une femme pouvait gouverner.

Je marque un temps d'hésitation avant de répondre. Elle est la fille d'une femme qui mit l'Angleterre sens dessus dessous en laissant un jeune roi caresser ses seins, usant de ses charmes pour gagner en influence, jusqu'à prendre les rênes du pays.

— Une femme peut gouverner, confirmé-je d'une voix posée. Mais elle doit le faire avec l'aide de Dieu, et y mettre toute sa raison et toute sa sagesse. Il ne suffit pas qu'une femme veuille le pouvoir, qu'elle cherche à l'obtenir comme une fin en soi. Elle doit accepter la responsabilité dont il s'accompagne. Elle doit se préparer à l'exercer et à arbitrer à bon escient. Si votre père vous fait épouser un roi, alors vous deviendrez peut-être souveraine un jour et découvrirez-vous que vous avez le goût de gouverner. Lorsque ce jour viendra, j'espère que vous vous souviendrez de mes paroles : la victoire ne consiste pas à asseoir une femme sur le trône, la victoire consiste à faire en sorte qu'une femme pense en souveraine, afin qu'elle aspire à plus qu'à sa propre grandeur, afin qu'elle se fasse assez humble pour servir. Faire accéder une femme au pouvoir n'est pas la question. La question est de faire accéder au pouvoir une femme vertueuse qui réfléchisse à sa fonction et en ait le souci.

L'air grave, la petite fille acquiesce.

— Mais vous serez là, dit-elle. Vous me conseillerez.

Je souris.

— Oh, je l'espère bien ! Je serai une vieille dame enquiquinante à votre Cour, une vieille qui sait toujours tout mieux que les autres. Je resterai assise dans mon coin d'où je me lamenterai de vos dépenses immodérées !

Elle rit en imaginant la scène, et je l'envoie prévenir mes dames d'honneur de mon arrivée imminente et de notre départ pour la chasse.

Je ne dis pas à Élisabeth combien j'ai plaisir à diriger le royaume. La manière de gouverner du roi est impulsive, il sacrifie en permanence à la dramaturgie de l'entrée en grâce et des retournements de fortune, des contrordres inopinés. Il aime prendre au dépourvu et tenir son Conseil sur la brèche dans la crainte du changement. Il aime dresser les uns contre les autres, promouvoir la réforme puis laisser entrevoir un repli vers la papauté. Il prend plaisir à diviser l'Église et le Conseil, à perturber le Parlement.

Sans les interférences du roi, les rouages du commerce national, les lois civiles, les lois ecclésiastiques fonctionnent parfaitement bien. Même les dénonciations pour hérésie parmi les gens du commun à l'encontre des papistes et des luthériens décroissent. Il est notoire que je ne cherche pas à faire des entorses à la justice pour favoriser un camp ou l'autre. En l'absence de proclamations brutales de lois répressives ou d'interdictions de livres, il n'y a pas de contestation ; en outre, les prédicateurs qui viennent à Londres chaque matin pour s'entretenir avec mes dames d'honneur en présence des enfants sont modérés et réfléchis. L'essentiel de la discussion porte sur la définition minutieuse des termes, non sur l'attachement passionné d'un loyalisme déchiré entre Rome et le roi.

Je fais en sorte de lui adresser presque quotidiennement des lettres enjouées, réjouissantes, dans lesquelles je loue sa vaillance et son courage, et lui demande de me relater le siège de Boulogne, l'assurant de ma certitude que la ville tombera nécessairement bientôt. Je lui dis que les enfants vont bien et qu'il leur manque, comme il me manque. Je lui écris comme si j'étais une épouse aimante, passablement chagrinée par son absence, mais fière du courage dont fait preuve son mari, ainsi qu'il sied à la femme d'un grand général. Il m'est aisé de me montrer convaincante. Je me suis découvert un talent – une passion – pour l'écriture.

Mon psautier, qui a été magnifiquement relié, est caché à l'abri des malles de livres fermées clé. Je le chéris comme un trésor, mon trésor le plus précieux, un trésor que je dois garder secret. Mais la vue de ces mots, qui furent d'abord manuscrits, raturés et réécrits en caractères d'imprimerie avant d'être reliés en volume, me fait prendre conscience de mon goût pour le processus de l'écriture et de la publication. Prendre une pensée et la développer, l'exprimer avec le plus de limpidité possible, avant de la lancer dans le monde, est une activité si réjouissante que je ne suis pas étonnée que les hommes se la soient réservée.

Ainsi, pour l'heure, je m'exerce à l'art épistolaire en écrivant à mon époux. Je compose mes lettres avec la même application que lorsque je traduis un psaume, en me représentant en imagination l'état d'esprit de l'auteur que je veux être en l'occurrence. Lorsque j'établis la traduction d'une prière, je pense toujours à l'auteur original, à savoir un homme tristement conscient de ses propres péchés.

Je me coule dans sa tête et, ensuite, j'écris la version la plus musicalement fidèle à sa propre voix. Enfin, je m'immerge dans l'œuvre, pleinement consciente du fait que je suis une femme, non un homme. Les péchés qui accablent un homme sont souvent l'orgueil, la cupidité, ou la soif de pouvoir comme fin en soi. Mais ces péchés ne sont pas ceux d'une femme, me semble-t-il. En tout cas, ce ne sont pas ceux-là qui me sont les plus spontanés. Mon péché le plus grave est mon manquement à l'obéissance. Il m'est pénible de plier ma volonté à celle d'autrui. Mon autre grande faute est une passion amoureuse, une adulation qui confine à l'idolâtrie, à la fabrication d'un faux dieu.

Ainsi, écrire une missive au roi est-il la même chose qu'écrire une prière. Je me compose un personnage pour l'expression. Je prends une feuille et je m'imagine comment ce serait si j'étais éperdument amoureuse d'un homme qui fait le siège de la ville de Boulogne. Puis je me demande ce que lui dirait sa femme. Avec quels mots lui confierait-elle qu'elle l'aime, qu'il lui manque et qu'elle est contente de savoir qu'il accomplit son devoir ? Je songe : *Comment écrirais-je à un homme que je ne peux aller retrouver, qui est si éloigné de moi, qui est à tel point soucieux de ma sécurité qu'il s'interdit même de m'envoyer un baiser d'adieu, qui est si fier et si indépendant, et qui m'aime néanmoins, qui regrette d'être parti, et qui ne voudrait jamais me quitter ?*

Dans mon souvenir, je vois Thomas Seymour avec la même netteté que s'il se tenait devant moi, sauf qu'il se trouve au pied des remparts de Boulogne, un sombre sourire aux lèvres, tandis qu'il affronte le danger sans éprouver le moindre frisson de peur. Alors je m'empare de ce sentiment amoureux et de ce désir ardent pour écrire au roi de tendres et dociles paroles, m'enquérant avec sincérité de sa santé, l'assurant tout aussi sincèrement qu'il ne quitte pas mes pensées. Toutefois, simultanément, je rédige en pensée une autre lettre, une lettre fantôme, dont le contenu ne trouve jamais le chemin de l'encre. Je ne griffonne même jamais son prénom pour nettoyer ma plume. Je ne dessine jamais son emblème. Je ne prononce jamais les mots qui me viennent aux lèvres. Je m'autorise seulement, le soir avant de m'endormir toute seule dans mon lit, à rédiger en pensée la missive que je lui écrirais si je le pouvais.

Je lui dirais que je l'aime d'un amour qui me ravit le sommeil. Je lui dirais que certaines nuits, l'effleurement du drap sur mes épaules, sur ma poitrine, m'est insupportable, car le lin froid me fait soupirer après ses mains expertes et brûlantes. Je lui avouerais que je pose le creux de ma main sur mes lèvres et m'imagine l'embrasser. Je lui parlerais de ma main posée à plat sur la partie la plus intime de mon corps et lui assurerais que l'accès de plaisir qui s'ensuit est entièrement sien. Je lui écrirais que, sans lui, je suis semblable à une coquille vide, à une couronne sans joyau, que toute ma vie authentique m'est arrachée. Je lui écrirais encore que mon existence ressemble à un tombeau richement décoré, à une cavité béante, que j'ai tout ce qu'une femme peut désirer – ne suis-je pas reine d'Angleterre ? –, mais qu'une mendiante blottie contre son mari qui l'embrasse est plus nantie que moi.

Je n'exprimerai jamais cela par écrit. Je suis femme de plume et reine. Ce que j'écris doit pouvoir être lu par tous, ainsi qu'à voix haute au roi par ses secrétaires devant tous ses courtisans. Je rédige des lignes qui sont susceptibles d'être envoyées à Londres pour y être publiées, même si personne ne sait qui en est l'auteur. Je n'écrirai jamais, comme le fit la pauvre petite reine Kitty : « Lorsque je songe que vous allez de nouveau me quitter, il me semble mourir. » Le souverain l'a fait décapiter à cause de cette stupide et laconique lettre d'amour. Elle avait rédigé sa propre condamnation à mort. Je n'écrirai jamais une telle chose.

Le roi me répond, me racontant leur progression. Il se montre tour à tour fanfaron et mélancolique ; il a le mal du pays. Le plan consistant à marcher sur Paris a été abandonné dès son arrivée à Calais, l'empereur espagnol l'en ayant dissuadé. Ils ont considéré qu'il était préférable de commencer par assiéger les villes des environs, Charles Brandon et Henri attaquant Boulogne, le duc de Norfolk, Thomas Howard, continuant de s'acharner à assiéger la proche Montreuil. Tous requièrent davantage de poudre, de canons, de boulets ; et il est question que j'envoie quelques mineurs des Cornouailles pour creuser des tunnels sous les remparts des villes françaises. Je fais dire aux échevins des Cornouailles que je réclame des volontaires ; j'ordonne la fonte de canons ; je fais fabriquer de la poudre ; je mets de plus en plus de maçons à contribution pour qu'ils taillent des boulets sphériques. Je convoque le lord Grand Trésorier et m'assure que l'argent continuera d'affluer afin que l'armée puisse être approvisionnée ; je le préviens également qu'il pourrait se voir contraint de retourner solliciter d'autres crédits devant le Parlement. Il me met en garde contre la chute des prix du plomb causée par la saturation du marché par la Couronne et m'assure que les acheteurs renoncent. De tous côtés m'arrivent des requêtes officielles de la part de gens qui d'ordinaire me solliciteraient directement ; puis je reçois tous ceux qui, en temps normal, s'adresseraient au roi.

Je siège tous les jours dans la chambre de parade de celui-ci, et c'est l'intendant de la Maison de la reine qui désigne celui, ou celle, qui est autorisé à s'avancer pour s'adresser à moi. Je réponds à toute lettre le jour même de sa réception, je ne laisse aucune affaire en souffrance surcharger mes gens ; j'enrôle des secrétaires du Conseil privé que je fais travailler de concert avec mes propres assistants, et j'informe systématiquement le roi de mes moindres faits et gestes.

Je veux qu'il sache que je suis régente générale jusqu'au bout des ongles, que je ne laisse rien au hasard, mais je lui fais également bien comprendre que c'est lui qui gouverne à travers moi. Il ne doit jamais penser que j'ai pris le pouvoir et que je gouverne dans mon propre intérêt. Je me dois de gouverner comme un roi et de rendre des comptes comme une épouse. Je m'astreins à observer cette conduite prudente pour chaque mot que je couche par écrit, dans tout ce que je dis lors de chaque réunion avec le Conseil privé et qui lui sera rapporté, Conseil qui est composé pour partie de membres issus de la Maison de la reine avec lesquels j'ai quelque affinité, et pour partie de conseillers qui siègent dans leur propre intérêt. Aucun d'entre eux n'est à l'abri de transmettre subrepticement un rapport arguant que je suis assoiffée de pouvoir et que j'agis à l'excès, que je suis la pire créature au monde, à savoir une femme dotée d'un cœur et d'un tempérament d'homme !

Le roi m'écrit qu'il est en bonne santé. On a construit une plate-forme pour lui afin qu'il puisse avoir une vue d'ensemble sur le siège de Boulogne, et il parvient à en monter les marches sans aide et à se déplacer sans qu'on le soutienne. Sa jambe ne suppure plus, et les chirurgiens maintiennent la plaie bien ouverte, et ainsi, il souffre moins.

Il chevauche chaque jour sur son imposante monture, muni d'un énorme mousquet posé en travers du pommeau de la selle, prêt à être utilisé sur tout Français croisé en chemin. Il fait le tour entier de la ville ainsi que du camp de siège afin de se montrer aux hommes et de s'assurer qu'ils ne doutent pas qu'il les conduira à la victoire. Il mène la vie qu'il aime, la vie imaginaire de sa jeunesse de contes de fées ; son entourage est composé exclusivement de galants jeunes hommes qui lui rappellent l'utopie des chevaliers de la Table ronde. Il revit la campagne dont il sortit victorieux dans sa jeunesse, à la bataille de Courtrai ; les tentes de la Maison du roi sont aussi belles que celles qui furent dressées au camp du Drap d'or. Tout se passe comme si la vieillesse lui offrait l'occasion de goûter de nouveau les joies de ses vertes années : la camaraderie, un danger symbolique, la victoire.

Ils donnent de grands festins chaque soir, festins au cours desquels ils relatent les escarmouches de la journée, portent des toasts d'honneur et planifient l'avancée vers Paris. Henri est au cœur de la campagne, bras dessus, bras dessous avec ses intrépides amis, et il jure qu'il sera roi de France en titre et de fait.

Toutefois, le roi et ses jeunes protégés ne s'exposent pas au danger : la scène de laquelle ils assistent au spectacle est tout à fait hors de portée du feu boulonnais. Bien sûr, il y a le risque de maladies dans les rangs de l'armée, mais au premier signe de contagion, Henri prendra le large et sa Cour se séparera. Tant qu'il est assez vigoureux pour monter à cheval, marcher et manger comme il le fait, je ne crains pas pour sa santé ni pour sa sécurité. En outre, chacun des membres de sa suite sait qu'il doit être prêt à sacrifier sa vie plutôt que de laisser le roi être exposé au danger, car son fils héritier n'a que six ans. Le dernier enfant en date à être monté sur le trône a perdu nos possessions en France et le trône d'Angleterre. Le royaume ne saurait être confié à un enfant nanti d'une régente.

Par conséquent, je ne suis pas inquiète pour Henri, ni pour mon frère, qui est à l'abri auprès du souverain. Le seul d'entre eux, le seul membre de toute l'armée, qui me fait courber la nuque en une prière éperdue, est Thomas Seymour. Le roi l'a affecté à la marine où il commande les navires de ravitaillement, passant son temps en mer sur les eaux traîtresses de la Mer Étroite, tandis que les bâtiments français organisent le blocus, que les bateaux écossais harcèlent notre flotte et que des pirates de toute nationalité croisent dans ces eaux en quête d'un butin facile. Thomas vit sur ces flots tempétueux, sur cette mer hasardeuse, où il affronte les navires de deux nations ; et il ne vient à l'idée de personne de me dire s'il est en sécurité, s'il est à quai ou si son bateau est en mer. Mais pourquoi le ferait-on ? En une occasion, j'insiste pour que le Conseil privé sache où se trouvent exactement notre armée, le camp royal, la position de Howard et celle de nos navires sur la grande carte de France. C'est le seul moyen à ma disposition pour savoir si Thomas est sauf. Mais la carte est imprécise, l'armée du roi ne se déplace jamais et personne ne s'intéresse beaucoup aux bateaux ; en outre, les informations sont anciennes. Je suis obligée de faire semblant de m'intéresser à Boulogne, alors que c'est la mer qui est la cause de toutes mes craintes.

Le roi m'ordonne de consulter l'astronome de la Cour afin que celui-ci détermine quand aura lieu la meilleure conjonction pour sa marche sur Paris. Nicholas Kratzer s'en acquitte dans ma nouvelle chambre en présence de ma belle-fille Margaret, de la princesse Marie et de la princesse Élisabeth. Il s'incline très bas devant nos trois personnes royales, et je me demande ce qu'il pense quand il voit la petite Catherine Parr devenue régente générale d'Angleterre flanquée de deux princesses du sang.

— Avez-vous déterminé la date la plus propice pour une avancée sur Paris ? questionné-je.

Il fait une nouvelle révérence et tire un rouleau manuscrit de sa manche.

— Les étoiles conseillent la première semaine de septembre, annonce-t-il. J'ai tracé l'alignement afin que vous puissiez l'examiner. Je sais que vous vous intéressez à ce genre de travaux.

— En effet.

Il pose les papiers sur la table près de moi.

— Et que pensez-vous lorsque vous voyez ces princesses ? ajouté-je. Telles que vous les voyez, elles portent le petit diadème des princesses Tudor.

— Je pense qu'elles ne sauraient rencontrer que gloire sur leur chemin, répond-il avec tact.

Il sourit en avisant le visage éclatant d'Élisabeth.

— Qui douterait que vous régnerez toutes deux sur un grand pays ?

Marie esquisse un sourire : naturellement, elle escompte une alliance avec l'Espagne. Mais Élisabeth a des ambitions bien à elle. Elle m'observe lorsque je siège au Conseil privé, elle m'observe tandis que je demande des comptes-rendus des quatre coins de l'Angleterre. Elle se familiarise avec l'idée qu'une femme peut s'instruire par elle-même, suivre sa propre détermination, commander à autrui.

— Vraiment ? susurre-t-elle.

Je me demande ce qu'il pense vraiment, ce qu'il voit réellement. Je fais un signe de tête à Élisabeth et Marie qui s'écartent de la table tandis que Nicholas Kratzer sort un autre rouleau de sa sacoche.

— J'ai fait votre thème, annonce-t-il. C'est un honneur pour moi que vous manifestiez un intérêt bienveillant pour mon humble travail.

Je me lève de ma chaise pendant qu'il étale le document sur la table et le fixe, comme précédemment, avec les modèles réduits en or des planètes.

— Voilà de jolis objets, lancé-je, comme si je n'avais pas hâte de savoir ce qu'il a trouvé à mon propos.

— Ce sont des presse-papiers, explique-t-il. Rien de magique, bien sûr. Mais ils sont agréables à mes yeux.

— Et que voient vos yeux me concernant ? demandé-je très posément. Entre nous, s'entend, et pour nulle autre oreille, que voyez-vous ?

Il pointe du doigt le signe représentant ma maison astrologique : le casque à plume.

— Je vois que vous avez été mariée très tôt à un jeune homme.

Il me montre le tracé qui représente mes jeunes années.

— Les étoiles disent que vous étiez une enfant, que vous en aviez l'innocence.

Je souris.

— Oui, c'était le cas, sans doute.

— Puis, alors que vous étiez âgée d'à peine plus de vingt ans, on vous remaria à un homme assez vieux pour être votre père, et vous avez affronté de grands dangers.

— Le pèlerinage de Grâce, confirmé-je. Les rebelles parvinrent à notre château et l'assiégèrent. Ils nous prirent en otages, moi et les enfants de mon mari.

— Vous deviez savoir qu'ils ne vous feraient jamais de mal, fait-il remarquer.

Je le savais à l'époque. Mais le roi justifia la cruauté dont il fit preuve envers le Nord au moyen de rapports délirants alléguant de prétendus actes de sauvagerie.

— Ils étaient coupables de trahison, lancé-je au lieu de lui répondre franchement. En tout cas, ils furent pendus pour ce crime.

— Vous avez été mariée pendant près de dix ans, reprend-il en me montrant les hachures sur la carte. Et aucun enfant n'est jamais né de vos unions.

Je baisse la tête.

— Ce fut une cause de regret. Mais mon époux a un héritier et ses filles, et il ne m'en fait jamais le reproche.

— D'ailleurs, Sa Majesté vous a fait l'honneur de vous épouser.

C'est une histoire tellement peu réjouissante, racontée de la sorte, que je sens soudain monter des larmes d'apitoiement sur moi-même, et je me détourne de la table et des papiers avant de me mettre à pleurer, ce qui serait pure sottise.

— Et à présent se dessine le début de votre vie spirituelle, enchaîne délicatement le vieil astronome. Ici, nous avons le signe de Pallas, la sagesse et la science. Vous étudiez et écrivez ?

Je réprime un petit cri de surprise.

— J'étudie, concédé-je.

— Vous écrirez, affirme-t-il. Et vos écrits auront de la valeur. Une femme écrivain, voilà une nouveauté ou je ne m'y connais pas ! Cultivez votre talent, Votre Majesté. Il est rare. Il est précieux. D'autres femmes marcheront dans vos pas, et c'est grand accomplissement que cela. Il se pourrait que vos livres soient vos enfants, votre legs, vos descendants.

Je hoche la tête.

— Peut-être.

— Ce n'est pas une simple affaire d'étude pour vous, ajoute-t-il. Ici…

Il pointe du doigt le signe très reconnaissable de Vénus.

— Ici… il y a l'amour.

Je regarde son doigt en silence. Je n'ose pas lui demander ce que je brûle de savoir.

— Je crois que l'amour de votre vie va rentrer au pays, annonce-t-il.

Je joins les mains et les serre très fort, mais je veille à garder un visage impassible.

— L'amour de ma vie ?

Il acquiesce.

— Je ne peux en dire davantage.

Et moi, je n'ose le questionner plus avant.

— Il sera sain et sauf ?

— Il me semble que vous vous marierez encore une fois, lance-t-il à voix très basse.

À l'aide de sa baguette en ivoire qui ressemble à une baguette magique, il me montre les années à venir, quand j'approcherai quarante ans.

— Vénus, répète-t-il à voix basse. L'amour, la fécondité et… la mort.

— Vous voyez ma mort ? demandé-je hardiment.

Il secoue la tête avec empressement.

— Non, non, c'est interdit. Regardez votre thème, il est exactement comme celui du roi, il se poursuit indéfiniment et n'a pas de fin.

— Mais vous voyez l'amour ?

— Je pense que vous vivrez avec l'amour de votre vie. Il vous reviendra.

— Naturellement, vous parlez du roi qui rentrera de la guerre, fais-je remarquer en toute hâte.

— Il reviendra sain et sauf de la guerre, répète-t-il.

Mais il ne dit pas qui.

L'astronome ne se trompe pas au moins sur un point : l'étude. Monseigneur Cranmer me prête chaque jour son concours, et nous discutons du travail du Conseil privé et de la manière dont il convient que je réponde à toute requête ou tout compte-rendu qui m'arrivent des quatre coins du pays. Mais dès que ce travail séculier est terminé, nous passons au travail spirituel. L'archevêque est pour moi une inépuisable source d'inspiration ; chaque jour, il apporte un sermon, ou une brochure, parfois manuscrit, parfois imprimé de frais, qu'il soumet à ma réflexion. Et le lendemain, nous en discutons ensemble. Mes dames d'honneur écoutent et, souvent, participent. La princesse Marie a tendance à prendre systématiquement le parti de l'Église traditionnelle, mais elle-même convient que l'archevêque est un homme qui sait raisonner et duquel émane une grande spiritualité. Mes appartements se transforment en cercle, en petite université pour dames, car l'archevêque y amène ses aumôniers, et y convie des prédicateurs de Londres à venir partager leur vision de l'Église et de son avenir. Tous sont fort versés dans l'étude de la Bible en latin, en grec et dans les traductions en langues modernes. Il nous arrive fréquemment de passer d'une version à l'autre en quête du sens exact d'un mot ; et tandis que je me réjouis de comprendre de mieux en mieux le latin, je m'aperçois que je vais devoir apprendre le grec.

Un matin, Thomas Cranmer se présente à mes appartements, me fait sa révérence et me demande dans un murmure :

— Puis-je vous parler, Majesté ?

J'esquisse un pas de côté, mais, à ma grande surprise, il me prend la main, la glisse sous son bras et m'entraîne hors de la pièce dans la longue galerie où personne ne peut nous entendre.

— Je tenais à vous montrer ceci, annonce-t-il.

Ses yeux noirs pétillent sous ses sourcils grisonnants.

Il tire un livre relié cuir de sa manche. À l'intérieur, la page de titre annonce : *Psaumes*. Non sans quelque effroi, je reconnais mon livre, mon premier ouvrage publié.

— Il n'y a pas de nom d'auteur, confirme Cranmer. Mais j'en reconnaîtrais la voix entre mille.

— C'est une publication sous couvert de l'anonymat, m'empressé-je de répondre. L'auteur reste inconnu.

— Et cela est fort sage. Beaucoup contesteraient le droit des gens du commun à comprendre la Bible ou les psaumes, et d'aucuns encore seraient prompts à critiquer celui qui fut assez courageux pour traduire en anglais les psaumes latins de monseigneur Fisher.

Il marque un silence, un sourire chaleureux se dessine sur ses lèvres, puis il ajoute :

— À mon avis, ils sont loin de s'imaginer que c'est une femme qui l'a fait.

— Il est préférable qu'ils ne soient pas détrompés, répliqué-je.

— J'en conviens. Je voulais simplement que vous sachiez que ce petit livre m'a été envoyé par quelqu'un qui n'a aucune idée de l'identité de l'auteur, mais qui a su y voir une traduction d'une qualité exceptionnelle ; et je suis content d'en être l'heureux détenteur. Quel qu'en soit l'auteur, celui-ci peut être fier de son travail. C'est une œuvre en tout point excellente.

Je m'aperçois que je rougis intensément, comme un clerc un peu confus.

— Vous êtes gentil…

— Je ne fais que rendre à la reine la louange qui lui est due. Vous avez fait œuvre de grammairien et de poète.

— Merci, susurré-je.

Encouragée par cette publication et par le succès de l'ouvrage, je fais part à l'archevêque de mon désir d'entreprendre un grand projet : la traduction des quatre Évangiles qui composent pour partie le Nouveau Testament, ainsi que des principaux autres documents qui relatent les événements de la vie du Christ. Je redoute de m'entendre répondre que c'est une tâche trop considérable, mais il se montre enthousiaste. Nous partirons de la traduction latine de l'humaniste Érasme et nous efforcerons de la restituer en anglais, en des termes à la fois beaux et simples que tout le monde peut comprendre.

De fait, si le peuple lisait la vie du Christ dans un langage simple qu'il comprend, il serait étonnant qu'il ne marche pas à sa suite. Plus j'étudie, plus j'ai la certitude que les hommes, et les femmes, sont en mesure de prendre la destinée de leur âme en main, d'œuvrer à leur propre salut et de s'adresser directement à Dieu dans la prière.

Évidemment, plus je m'en convaincs, plus j'ai la conviction que les tours de passe-passe, le commerce et les récompenses de l'Église de Rome se résument à un honteux gavage des ignorants. Vendre à une croyante un insigne de pèlerin en lui disant qu'il atteste son pèlerinage et de la rémission de ses péchés constitue assurément un péché en soi. Assurer à une mère que si un nombre suffisant de religieuses psalmodie une assez grande quantité de messes son enfant mort ira au ciel est une supercherie aussi vile que d'échanger de la fausse monnaie. Acheter une indulgence au pape, contraindre celui-ci à annuler un mariage, faire en sorte qu'il oublie la loi de primogéniture, le regarder plumer ses cardinaux, lesquels accusent les évêques, qui sont les bailleurs des prêtres, lesquels prélèvent leur dîme sur les pauvres : voilà autant d'abus de pouvoir qui seraient éradiqués dès lors que l'on s'accorderait sur le principe selon lequel une âme peut aller à Dieu sans aucun intermédiaire. La crucifixion est l'œuvre de Dieu. L'Église, celle de l'homme.

Je songe à cette nuit de prière où j'ai eu la sensation que Dieu était venu me parler. Je l'entendis, véritablement. Je songe à la simplicité et à la beauté du sacrifice du Christ, et je sais à tous égards, par la lecture et la révélation, que les rituels de l'ancienne Église doivent disparaître et que les gens du peuple doivent s'avancer vers le Christ individuellement, à mesure qu'il les appelle. Il n'y aura plus d'obéissance aveugle, il n'y aura plus de marmottage dans une langue étrangère. Le peuple apprendra à lire et possédera une bible afin d'y trouver sa propre voie. Telle est ma conviction actuelle, et c'est ce que j'entends accomplir en tant que régente générale et en tant que reine. Tel est mon devoir sacré. Ma vocation.

En septembre, la ville de Boulogne tombe sous le siège de l'armée anglaise et le roi s'apprête à rentrer au pays pour y être accueilli en triomphateur. En fait, il ordonne par écrit de France qu'on lui fasse un accueil triomphal, et la tâche m'incombe de faire en sorte qu'il obtienne ce qu'il demande. Le cortège victorieux du souverain défilera de Douvres à Londres, et toute la Cour ira à sa rencontre pour lui souhaiter la bienvenue au château de Leeds, dans le Kent. Je dois passer commande au maître verrier du roi de vitraux commémoratifs pour la salle des banquets, les chambres et la chapelle de ce même château. Le maître verrier Hone se présente à mes appartements afin de me soumettre le dessin qu'il a exécuté de l'infortuné château de Boulogne et du roi et de son armée faisant le siège de celui-ci.

— Le soleil frappera le vitrail, et les remparts de Boulogne sembleront resplendir d'orgueil tandis que les rayons du couchant les frappent pour la dernière fois avant qu'ils ne soient réduits à l'état de ruine, m'explique Galyon Hone. Le verre est entre les mains des peintres et des vitraillistes à présent.

— Ce sera prêt à temps ?

— Nous travaillons toute la journée et jusque tard dans la nuit, et nous pourrons installer les fenêtres de la salle des banquets à temps pour la fête. Les autres suivront plus tard.

— Il faut que vous terminiez également la fenêtre de la chapelle, insisté-je. Le roi serait fâché du contraire. Un office religieux d'action de grâce doit s'y dérouler. Les fenêtres devront être en place. Je me vois dans l'obligation d'insister, monsieur.

Il hoche la tête. C'est un petit homme animé ; ses mains, aussi rugueuses qu'un vieux cuir, portent les stigmates d'une vie de coupures.

— Très bien, Votre Altesse est un patron exigeant. Mais voyez les planches ! Voici le roi et ses gentilshommes devant les remparts de Boulogne !

Il me montre un autre dessin.

— Regardez, ajoute-t-il, voici le duc de Norfolk, Charles Brandon, duc de Suffolk, et sir Thomas Seymour. Voyez, ici, on voit Sa Majesté, et là votre honorable frère.

Il a exécuté de rapides et brillantes esquisses des gentilshommes de la Cour qui entourent le roi, certains sont en armure, étendard flottant au vent. À l'arrière-plan, des chevaux miniatures attendent avec leur chargement d'armures ; des canons rejettent de petits nuages de fumée dans les airs.

Je fixe mon regard sur le profil bien découpé de Thomas Seymour.

— Ils sont extraordinairement ressemblants, fais-je remarquer d'une voix mal assurée. Puis-je en avoir une copie ?

— Ce portrait du roi est effectivement très ressemblant, convient-il avec satisfaction. Prenez-le, prenez celui-ci, Votre Majesté. J'en ai fait faire une version définitive pour le vitrailliste. Et voici la chute des remparts. C'est un grand événement. Comme Jéricho pour Josué.

— Oui, acquiescé-je.

Je me demande s'il est bien prudent de garder le portrait de Thomas. Henri figure en plein centre de la scène, le profil adoré de Thomas est à moitié caché au fond. Personne, au vu de ce dessin, ne pourrait deviner que je l'ai réclamé à cause du tout petit aperçu qu'il offre de sa personne. Je pourrais le mettre en sécurité à l'écart, avec mes livres d'étude, avec le manuscrit de ma traduction des psaumes. Je pourrais le conserver entre deux pages de ma bible. Personne ne saurait avec quelle avidité j'y retrouverai son visage.

Hone me montre d'autres dessins. Il s'agit d'une série qui fait la chronique du débarquement sur le sol français, de l'alliance avec l'Espagne et du siège victorieux. La fenêtre de la chapelle célèbre l'événement et tient lieu d'action de grâce. Un ange bénit l'entreprise, le roi s'en revient au pays à cheval sous un arc de triomphe fait de feuilles de laurier ; des anges se penchent au-dessus de lui.

— Ce sera prêt pour l'arrivée du roi, promet-il. Je pars demain pour le Kent avec les tessons et procéderai moi-même à la mise en plomb afin qu'il n'y ait pas de casse. Nous serons prêts. Les soudures refroidiront pendant qu'il fera son entrée, mais nous seront prêts !

Je le laisse ramasser ses planches et se préparer pour sa révérence. Je repousse le portrait de Thomas Seymour vers les autres dessins.

— Ne vouliez-vous pas le garder, Votre Majesté ? Souhaitez-vous que je vous le fasse encadrer ?

— Cela n'a aucune importance. J'attendrai de voir le rendu final sur le vitrail, rétorqué-je en affectant l'indifférence.

Catherine Howard est montée sur l'échafaud sur la foi d'un seul billet qu'elle adressa à Thomas Culpepper de sa ridicule et puérile écriture de mouche, billet entaché d'une larme séchée, où elle prenait de ses nouvelles. Je n'ose garder quoi que ce soit qui puisse être retenu contre moi. Et cela s'étend à une esquisse au fusain de son profil à demi caché derrière un attroupement. Même cela m'est refusé.

Automne 1544, château de Leeds, Kent

L'arrivée du souverain en son château est digne d'une mise en scène de théâtre. Le but est d'en mettre plein la vue à tous. L'intendant de la Maison du roi et le maître d'écurie en ont réglé les moindres détails en collaboration avec mes intendants, et nos places nous sont assignées avec autant de précision que si nous apprenions une danse. À 8 heures du matin, le peuple reconnaissant du Kent commence à se rassembler de part et d'autre de la route qui mène au château, et les premiers hallebardiers de la garde se mettent en faction sur le trajet afin de contenir les badauds surexcités ou, le cas échéant, de prendre l'initiative des vivats et d'ordonner d'acclamer le souverain.

Les jardiniers et les maçons ont érigé des arcs de triomphe surmontés de rameaux de laurier, les trompettistes sont postés sur les tourelles du château et les musiciens se tiennent près de l'entrée. Le martèlement d'un détachement de chevaux nous parvient au loin, suivi par celui de l'avant-garde ; et bientôt, de l'endroit où je me tiens à l'entrée du château entre Marie et Élisabeth d'un côté et Édouard de l'autre, je vois approcher les étendards de la troupe royale qui ondoient dans le vent ainsi que le grand drapeau d'Angleterre.

Il est impossible de ne pas reconnaître le roi. Il est éblouissant dans son armure italienne de couleur noire, sur son cheval de guerre paré du même métal. Sa monture est le plus grand équidé de la troupe, dont le cavalier domine son monde, qu'il dépasse en largeur, en éclat et en hauteur. Le peuple l'acclame assez spontanément, et le roi sourit à droite et à gauche, tandis que son aumônier jette des pièces de monnaie sur son passage afin de stimuler l'enthousiasme.

Je suis nerveuse. Le cortège des ambassadeurs, des gentilshommes, des hérauts et de la crème de l'armée approche à pas mesurés. Les magnifiques étalons secouent la tête et soufflent, les archers portent leur arc dans le dos, les fantassins ont revêtu leur gilet nettoyé de frais, certains sont coiffés d'un casque cabossé. Tous ont à leur tête le grand roi qui ne laisse pas d'attirer le regard.

Il arrête sa monture. Quatre hommes accourent, chacun au poste qui lui a été attitré, afin de l'aider à descendre de selle. On apporte une estrade montée sur roues à côté du cheval et l'on aide le souverain à mettre pied à terre, sans toutefois le lâcher une fois ce dernier debout. Il fait un quart de tour et me salue de la main. La foule l'acclame, sous la conduite des soldats ; ensuite les quatre hommes le font descendre de l'estrade.

Ses écuyers s'avancent, et désanglent ses cuissards et ses épaulières, mais il garde son plastron et tient son casque sous le bras en raison de l'allure guerrière que cela lui confère. Je fixe sur lui des yeux pleins d'adoration. Quelque part, Thomas, juché sur son cheval, me regarde.

Un page soutient Henri de chaque côté, mais il ne s'appuie pas sur eux pour marcher. Malgré ses difficultés, je ne suis pas censée aller à sa rencontre : il viendra à moi. Il approche, et je vois les hommes se mettre en rang afin d'assister à nos retrouvailles. Lorsque le roi est tout près, moi-même ainsi que les gens de ma Maison nous inclinons très bas en signe de déférence. Ses enfants s'inclinent presque jusqu'à terre. Soudain, je sens la main du roi me prendre par le bras, m'invitant à me redresser ; puis il se place face à moi et, au vu de tous, me donne un baiser passionné sur la bouche.

Je ne laisse rien paraître. L'expression de mon visage ne saurait trahir le plus infime mouvement de recul face à ce baiser mouillé à l'haleine viciée. Le roi se retourne enfin pour faire face à ses soldats.

— Je vous ai soustraits à vos foyers et vous y ai ramenés ! claironne-t-il. Et vous rentrez couverts d'honneurs ! Et notre retour est un triomphe !

Une clameur admirative s'élève parmi ses hommes. Je tends le cou pour voir sa mine : il est ravi par leur enthousiasme. Impossible de ne pas se laisser soi-même envahir par leur liesse victorieuse. C'est effectivement un triomphe, un grand triomphe, que d'avoir repris possession de terres anglaises sur le sol de France ; ils ont fait la démonstration du pouvoir et de la puissance du roi Henri, et ils rentrent victorieux au pays.

Nous sommes assis l'un à côté de l'autre face à l'autel de la chapelle du château de Leeds. Nos chaises basses ont été spécialement conçues afin de créer l'illusion que nous sommes pieusement agenouillés. Derrière nous, les enfants gardent la tête respectueusement inclinée. Le souverain prie avec le plus grand sérieux pendant quelques instants, puis il attire mon attention d'une caresse délicate sur la main.

— Et Édouard, va-t-il bien ? s'enquiert-il.

Devant nous, le prêtre bénit le pain et le vin face à l'autel ; du chœur s'élève un hymne d'action de grâce. J'interromps ma prière pour fixer mon attention sur mon mari, passant du sacré au profane. Ce n'est pas la première fois que je me demande s'il croit réellement qu'un miracle a lieu – le vin se transformant en Saint Sang et le pain en corps du Christ, puisqu'il tourne la tête et parle à ses amis pendant le sacrement. Pense-t-il sincèrement qu'un authentique miracle se produit devant lui quotidiennement ? Et si oui, pourquoi n'y prête-t-il aucune attention ?

— Comme vous pouvez le voir, il va bien. Ainsi que vos filles.

— Vous disiez que vous avez eu une épidémie de peste ?

— La Cour s'est déplacée et a pu ainsi l'éviter. Elle est terminée à présent.

— J'ai consolidé son domaine héréditaire en France. Une ville de plus est passée sous domination anglaise ! Et ce n'est pas fini ! Ce n'est là qu'un pied dans la forteresse.

— Ce fut une magnifique campagne ! m'exclamé-je avec enthousiasme.

Il acquiesce. Il ferme les yeux à l'approche du prêtre et joint ses grosses mains comme un enfant en prière. Il ouvre sa bouche en cœur, déroule sa grande langue et engloutit l'hostie sacrée avant de n'en faire qu'une bouchée ! L'officiant s'approche et lui présente la coupe en marmonnant :

— *Sanguis autem Christi.*

— Amen ! confirme le roi, et il prend la coupe, la fait basculer et boit une grande gorgée.

Puis vient mon tour. Dans le silence recueilli au milieu duquel le prêtre brandit l'hostie devant moi, je soupire tout au fond de mon cœur : *Merci, Seigneur, d'avoir maintenu le roi à l'abri des nombreux dangers de la guerre.*

La sainte hostie est épaisse et pâteuse dans ma bouche. Je l'avale pendant que le prêtre s'approche avec la coupe de vin.

Et tenez Thomas Seymour sous votre protection et dans vos grâces. Que Dieu te bénisse, Thomas, achevé-je en silence.

Les cuisines royales se surpassent en concoctant le festin de la victoire. Nous nous mettons à table après la messe, à 10 heures du matin, pour un déjeuner qui me semble ne jamais devoir prendre fin. De multiples plats remarquables sortent des cuisines, tous portés à l'épaule à travers la foule des convives : immenses plateaux dorés où se dressent des empilements de viandes, de poissons ou de volailles, marmites remplies de ragoûts et de sauces, plateaux de pâtés en croûte, édifices monumentaux de tourtes. La pièce maîtresse du festin est une viande rôtie gigogne. Un oiseau y sert de farce à un autre : une alouette à l'intérieur d'une grive elle-même au sein d'un poulet glissé dans une oie à l'intérieur d'un paon lui-même placé dans un cygne, le tout entouré d'une forteresse en pâte feuilletée qui figure à merveille un modèle réduit de Boulogne. La Cour pousse des vivats, et tous de marteler la table avec le manche de leur couteau tandis que quatre serviteurs traversent la grand-salle des banquets pour présenter le plat au roi sur une table à tréteaux. Le chœur situé dans la galerie en surplomb entonne un chant de la victoire, et Henri, en sueur et épuisé par l'interminable repas, arbore un large sourire de satisfaction.

Mon horloger a fabriqué un canon mécanique miniature, et voici que Will Somers fait à présent son entrée dans la grand-salle en sautillant et en caracolant sous l'étendard de saint Georges, tout en traînant à sa suite le canon sur un petit chariot à roulettes. Avec une extraordinaire drôlerie, Will, sous les cris de joie et les acclamations de l'assistance, approche la flamme d'une petite bougie près du canon d'or, fait mine de reculer de peur et mime enfin le geste consistant à mettre le feu aux poudres.

Avec doigté, il actionne sur un mécanisme discret, et « boum ! », une flamme jaillit de la gueule du canon suivie d'un boulet qui se dirige droit sur les remparts du château de pâte feuilletée. Le boulet est lesté et l'artilleur a bien visé : le donjon s'effondre sous l'impact et une salve d'applaudissements retentit.

Le roi est aux anges. Il se dresse tant bien que mal sur ses jambes.

— *Henricus vincit !* claironne-t-il.

Et toute la Cour entonne :

— Salut à toi, César ! Nous te saluons !

Je souris et applaudis à mon tour. Je n'ose jeter un coup d'œil vers la table des gentilshommes du roi, d'où Thomas assiste avec intérêt à cet accueil extasié que la Cour fait à… un feuilleté à la viande ! À l'abri des regards, je me pince le bout des doigts pour ne pas ricaner. La Cour a raison de fêter l'événement, le souverain a raison de profiter de sa victoire. Il est dans mes attributions de montrer que j'y prends plaisir, sans compter qu'au fond de moi, je suis fière de lui. Je me lève et porte un toast au roi. Toute la Cour m'imite. Debout, Henri vacille légèrement, savoure l'adoration que lui voue sa femme, celle de ses filles, celle de son peuple. Je ne regarde pas Thomas.

Le repas s'éternise. Après que chacun s'est servi une part de la forteresse et que toute la viande et tout le poisson ont été consommés, c'est au tour des confiseries et des gâteaux de faire leur entrée, sous la forme d'une multitude de cartes de France en sucre et de reproductions en pâte d'amandes du coursier de guerre du roi. Les fruits, secs et cuits, sont proposés sous forme de tartes, dans des panières en sucre filé et de grandes coupes. On dépose sur chaque table des fruits secs et des noix digestifs, ainsi que des vins du Portugal, pour ceux qui ont encore l'estomac de boire et de manger.

Le roi a un appétit prodigieux. Il mange comme s'il n'avait rien avalé depuis son départ d'Angleterre. Il mange à n'en plus pouvoir tandis que son visage passe du rouge à l'écarlate, et il sue tant qu'un page muni d'une serviette de table propre se tient à son côté pour éponger son front et refroidir sa nuque. Il ordonne qu'on lui reverse du vin dans son énorme verre et rappelle plat après plat pour se resservir. Assise à son côté, je picore de petites portions, de sorte que nous mangeons de concert, mais c'est là une épreuve qu'il me faut endurer un jour entier.

Je crains qu'il ne se rende malade. Je jette un coup d'œil aux médecins royaux en me demandant s'ils oseraient lui suggérer d'en finir avec ce repas pantagruélique. Tous les courtisans ont repoussé leur assiette devant eux ; certains piquent du nez sur la table, trop ivres pour garder les yeux ouverts. Seul le roi continue de manger avec délectation, faisant passer les meilleurs plats à ses favoris, lesquels s'inclinent en souriant et le remercient, bien obligés qu'ils sont de se servir et de faire semblant de se régaler d'encore un autre mets.

Enfin, au coucher du soleil, il repousse son assiette et congédie les serviteurs d'un geste de la main.

— Non, non, j'en ai assez ! Assez !

Il me jette un coup d'œil et essuie sa bouche luisante de graisse.

— Quel festin ! s'exclame-t-il. Quelle fête !

Je m'efforce de sourire.

— Bon retour parmi nous, mon mari et mon seigneur. Je suis contente que vous ayez bien mangé.

— « Bien » ? Je suis rempli jusqu'au gosier, j'en ai mal au ventre !

— Avez-vous mangé plus que de raison ?

— Non, non. Un homme de mon gabarit apprécie un bon repas. J'en avais besoin, après ce que j'ai enduré.

— Alors je me réjouis que vous ayez fait un bon repas.

Il hoche la tête.

— Où sont les comédiens ? Y aura-t-il des danses ?

Naturellement, à présent qu'il a fini de s'empiffrer, il veut se divertir, et sans délai !

Je me prends subrepticement à songer qu'Édouard, qui n'a que six ans et qui dîne tranquillement dans ses appartements, est plus patient que son père, qui ne peut s'empêcher de manger jusqu'à la nausée et de demander ensuite, la bouche encore pleine : « Et après ? »

— Il y aura des danses, le rassuré-je. Et une pièce spécialement écrite en l'honneur de votre victoire.

— Danserez-vous ?

Je lui montre du doigt la couronne d'Anne Boleyn qui pèse lourdement sur ma tête.

— Je ne suis pas en tenue pour danser, réponds-je. Je pense que j'admirerai les danseurs avec vous de ma chaise.

— Vous devez danser ! réplique-t-il sans attendre. Il n'est pas de femme plus belle que vous à cette Cour. Je veux voir ma femme danser. Je ne suis pas rentré pour vous voir assise sur une chaise. La fête ne serait pas complètement réussie pour moi si vous ne dansiez pas, Catherine.

— Irai-je mettre ma coiffe ?

— Oui, faites, acquiesce-t-il. Et revenez vite.

J'adresse un signe de tête à Nan, qui fait venir deux dames d'honneur d'un claquement de doigts, et sors par la porte qui donne sur le petit vestibule situé derrière nos trônes.

— Il veut que je remplace ma couronne par une coiffe afin que je puisse danser, expliqué-je avec lassitude. Je n'échapperai pas à la danse !

— Allez, les filles, dépêchez-vous d'aller chercher la capuche brodée d'or de Sa Majesté dans sa garde-robe, ordonne Nan.

Les filles partent au petit trot, et Nan ajoute, agacée :

— J'aurais dû leur dire de rapporter un peigne et un filet. Je vais aller en chercher dans ma chambre. Attends-moi ici.

Elle s'éloigne d'un pas affairé et j'en profite pour aller à la fenêtre admirer le paysage. L'air frais pénètre à l'intérieur ; la rumeur de la fête derrière les portes closes semble loin. Le château de Leeds est entouré par un fossé d'eau stagnante, miroir dans les reflets argentés duquel les hirondelles se mirent en tournoyant sous mon regard, tandis que le ciel revêt des teintes rose et or. C'est un magnifique coucher de soleil. Il est presque écarlate sur la ligne d'horizon, et rose tirant vers le rose pâle sous la base dorée des nuages. Au-dessus s'étend un ciel bleu très clair. Pendant un instant, j'ai une conscience aiguë de ma présence ici – sentiment similaire à celui qui me saisit parfois lorsque je prie dans la solitude. Une femme, jeune encore, située dans l'espace et dans le temps, contemple par la fenêtre l'onde et les oiseaux ;

les étoiles qui président à sa destinée sont invisibles dans l'empyrée ; devant elle, dont la connaissance est si infime et le désir si grand : la seule volonté de Dieu et un jour mourant qui semble marquer la fin d'une époque.

— Ne dis rien.

Je reconnais immédiatement la voix douce de Thomas ; d'ailleurs, qui d'autre entends-je me parler chaque nuit dans mes rêves ? Je me retourne : il se tient dos à la porte fermée, l'air un peu plus fatigué et le visage légèrement plus amaigri que la dernière fois que je l'ai vu à la poupe du canot du roi, tandis qu'il s'éloignait de moi sans un geste d'adieu.

Je garde le silence, attendant qu'il prenne la parole.

— Ce ne fut pas une immense victoire, commence-t-il tout bas en contenant sa fureur. Ce fut un désastre. Ce fut une catastrophe. Nous ne disposions pas de l'armement nécessaire, ni de l'équipement indispensable pour l'armée. Nous n'avions pas même de quoi nourrir les hommes. Ils dormaient sans couvertures ni tentes à même la boue et périrent par centaines à cause des épidémies. Nous aurions dû marcher sur Paris comme il était convenu. À la place, nous avons causé la perte de nos compatriotes pour une prise dénuée de valeur que nous ne serons jamais en mesure de conserver. Tout ce gâchis dans le seul dessein que le roi puisse se vanter d'avoir pris une ville avant de rentrer au pays.

— Chut ! ordonné-je. Du moins es-tu revenu sain et sauf ! Du moins n'est-il pas tombé malade !

— Il n'avait pas la moindre idée de ce qu'il convenait de faire, d'entreprendre. Il ne sait pas organiser un mouvement de troupes, il ne sait pas qu'une armée a besoin de temps pour se déployer, pour se reposer. Il n'a pas même assez de science militaire pour savoir donner des ordres. Il ordonne une chose puis une autre, puis il se met dans une colère noire parce que personne ne le comprend. Il commande aux cavaliers de charger dans une direction et aux archers dans une autre, puis il les envoie chercher et les tient pour responsables de son erreur. Et tandis que tout se délitait autour de nous, les hommes tombant malades et les Français ne cédant pas, il ne s'aperçut même pas que nous étions dans le pétrin. Il se fichait que les hommes soient en danger. Il proclamait que la guerre coûtait un lourd tribut et que le risque ne lui faisait pas peur. Il n'a aucun sens de la valeur de la vie humaine. Il n'a aucun sens de la valeur de quoi que ce soit.

J'essaie de l'interrompre, mais il refuse de se taire.

— Lorsque enfin nous avons pris la ville, ce fut un massacre. Deux mille bourgeois, leurs femmes et leurs enfants furent traînés devant lui. Il les regarda passer, monté sur son cheval, dans son armure italienne. Ils sont sortis de la ville sous les bourrasques et la pluie, démunis de tout, sans même une besace de nourriture. Il a décrété qu'ils devaient rejoindre les lignes françaises à Abbeville, mais ils se sont couchés au bord du chemin et ont péri pendant que les soldats du roi pillaient leurs maisons. C'est un assassin, Catherine, c'est un impitoyable meurtrier. Et à présent que tout est terminé, il appelle cela une immense victoire ! Il ne lui vient pas même à l'esprit que ce fut une immense bévue. L'armée de Howard était au bord de l'insurrection. Boulogne ne pourra jamais rester anglaise. Le seul motif de l'expédition est la vanité, et c'est une vaine conquête. Il ne voit pas que ce n'est pas une victoire honorable. Il ne voit que ce qu'il veut voir. Il ne croit que ce qui l'arrange. Il n'entend que ses propres ordres. Personne ne lui dit la vérité, et il ne la reconnaîtrait pas, même si elle était écrite en toutes lettres avec le sang de ses victimes.

— Il est roi, rappelé-je simplement. N'en est-il pas toujours ainsi des rois ?

— Non ! s'exclame Thomas. J'ai vécu à la Cour du roi de Hongrie. Je me suis entretenu avec l'empereur lui-même. Ce sont de grands hommes dont les ordres sont suivis sans discussion mais qui savent se remettre eux-mêmes en question ! Ils connaissent le doute ! Ils commandent des rapports exacts. Ils prennent conseil. C'est très différent. Ce roi-là est aveugle à ses propres carences, sourd à tout conseil.

— Tais-toi, tais-toi donc, lancé-je avec angoisse, jetant un coup d'œil à la porte close.

— Chaque année cela empire, insiste-t-il. Tous ses honnêtes conseillers sont morts ou en disgrâce ; il a tué tous ses amis d'enfance. Aucun membre de son entourage n'ose lui déclarer la vérité. Ses humeurs sont absolument incontrôlables.

— Tu ne devrais pas dire…

— Au contraire ! Il le faut, parce que c'est toi, que je mets en garde.

— En garde contre quoi ?

Il fait un pas vers moi mais tend les mains en avant afin de m'empêcher de le toucher.

— Non. Je ne peux m'approcher de toi. Je suis simplement venu te prévenir : il est dangereux. Tu dois faire attention.

— Je fais continuellement attention ! m'exclamé-je. Je rêve de toi mais ne parle jamais de toi. Je ne t'écris pas ; nous ne nous rencontrons jamais ! J'ai renoncé à toi ; j'ai entièrement renoncé à toi pour lui. J'ai brisé mon propre cœur afin d'accomplir mon devoir.

— Il se lassera de toi, rétorque-t-il avec amertume. Et si tu ne lui fournis pas des raisons de divorcer, il te tuera pour se débarrasser de ta personne.

C'est une si funeste prédiction que j'en suis momentanément réduite au silence.

— Non, Thomas, tu te trompes. Il m'aime. Il m'a faite régente. Il me fait confiance comme à nul autre. J'ai fait venir ses enfants à la Cour. Je suis leur mère. Je fais exception. Il n'a jamais aimé aucune de ses épouses comme il m'aime.

— C'est toi, qui te trompes, petite idiote. Il avait fait Catherine d'Aragon régente. Il a ordonné que des messes d'action de grâce soient célébrées dans tout le pays pour Catherine Howard. Il peut faire volte-face dans l'instant et tuer dans la même semaine.

— Ce n'est pas vrai ! Ce n'est pas vrai !

Je secoue la tête comme l'un des petits personnages de mon horloge.

— Je te jure qu'il m'aime.

— Il a fait jeter la reine Catherine dans un château humide et froid où elle est morte de manque de soins, sinon d'empoisonnement, commence-t-il à énumérer. Anne, il la fit décapiter sur de fausses preuves. Ma sœur aurait été reniée dans l'année, si elle n'avait pas enfanté, et malgré cela il la laissa mourir dans la solitude. Il aurait fait exécuter Anne de Clèves pour trahison si elle n'avait pas consenti au divorce. Son union avec Catherine Howard n'était pas valide parce qu'il était déjà marié, de sorte qu'il aurait pu la faire tomber en disgrâce, mais il préféra la faire exécuter. Il voulait sa mort. Quand il se sera lassé de toi, il te tuera. Il tue les siens, ses amis, ses femmes.

— Les traîtres doivent être exécutés, murmuré-je.

— Thomas More n'était pas un traître. Margaret Pole, la cousine du roi, n'était pas félonne : c'était une vieille dame de soixante-sept ans ! Monseigneur John Fisher était un saint homme, Thomas Cromwell un serviteur fidèle, Robert Aske et tous les pèlerins du pèlerinage de Grâce bénéficiaient de la grâce royale. Catherine Howard était une enfant, Jane Rochford était folle : il a fait modifier la loi afin de pouvoir faire décapiter une folle !

Je tremble comme si j'avais de la fièvre. Je serre les dents pour les empêcher de claquer.

— Que dis-tu, Thomas ? Que me dis-tu là ?

— Je ne fais qu'énoncer ce que tu sais déjà, ce que nous savons tous mais qu'aucun d'entre nous n'ose dire. C'est un fou. Catherine, cela fait des années qu'il est fou. Nous avons juré fidélité à un fou. Et plus les années passent, plus il devient aveugle et dangereux. Aucun d'entre nous n'est à l'abri de ses lubies. J'en ai été témoin. La campagne de Boulogne m'a enfin ouvert les yeux, car j'étais aveugle, moi aussi. Il tue sans raison. Et tu seras sa prochaine victime.

— Je n'ai rien fait de mal.

— C'est la raison pour laquelle il te tuera. Il ne supporte pas l'excellence.

Je m'appuie, le dos contre la froide muraille de pierre.

— Thomas, oh, Thomas ! Ces paroles sont cruelles à entendre.

— Je sais. Il s'agit de l'homme qui a laissé mourir ma sœur.

À ces mots, il traverse l'étroit vestibule en deux rapides enjambées, me prend par le cou et m'embrasse férocement, comme s'il cherchait à me mordre, à me dévorer.

— Tu es la seule personne à qui je puisse dire cela ! me souffle-t-il avec insistance à l'oreille. Tu dois te protéger de lui. Je ne t'adresserai plus la parole. Il ne faut pas que l'on nous voie ensemble, pour notre sécurité à tous les deux. Sois sur tes gardes, Catherine ! Que Dieu te protège. Adieu !

Je m'accroche à lui.

— Non, pas encore un adieu ! Je veux te revoir. Assurément, à présent que tu es de retour, que nous sommes en paix, je t'apercevrai au moins tous les jours ?

— Je suis le nouvel amiral de la flotte royale, annonce-t-il. Je vais prendre la mer.

— Tu retournes t'exposer au danger ! Pas maintenant, alors que toute la Cour est là, saine et sauve ?

— Sur mon honneur, je serai plus en sécurité sur la mer que toi avec ce tueur dans ton lit, conclut-il d'un air grave, puis il s'arrache à mon étreinte et s'en va.

Automne 1544, palais de Whitehall, Londres

On a fait venir des Flandres un nouveau peintre, Nicholas de Vent, afin qu'il exécute dans le style du regretté Hans Holbein un tableau gigantesque, quasiment grandeur nature, de la famille royale. Je suis très fière que nous soyons tous réunis sur une même peinture. J'ai réussi à rassembler cette famille, à convaincre le roi de reconnaître publiquement ses filles comme princesses héritières, à faire vivre le père et son fils sous le même toit. Certes, il est plus ardu de les amener à se comprendre et à s'aimer, mais au moins, ils ne sont plus des étrangers. Le père n'est plus un être totalement imaginaire dans l'esprit du petit garçon solitaire. Et celui-ci n'est plus le fils fantomatique d'une mère auréolée de sainteté, il est désormais un enfant en chair et en os qui mérite que l'on s'intéresse à lui pour lui-même.

Le roi et moi passons un joyeux après-midi à discuter du résultat souhaité pour le portrait, de l'emplacement qui lui sera réservé pour la postérité au palais de Whitehall… Dans les siècles à venir les visiteurs le contempleront comme s'ils nous étaient présentés. Nous voulons qu'il ressemble presque à un retable, avec le roi au centre et moi à son côté, Édouard, son héritier, tout contre le trône. De chaque côté, dans ce qui constitue presque des panneaux latéraux délimités d'une manière encore à définir, se tiendront les deux filles, Élisabeth et Marie. Je veux beaucoup de couleur dans ce tableau, sur les murs et au plafond. Les filles et moi-même sommes des brodeuses assidues, et nous prisons les couleurs vives et les motifs bien marqués ; et je veux que ce portrait en soit le rappel. Je veux qu'il soit aussi beau que nos propres réalisations. Le roi suggère d'ajouter derrière le trône une vue de Boulogne en ruine à l'horizon, avec son étendard flottant au sommet du donjon délabré. Le peintre répond qu'il fera une esquisse et nous la soumettra.

Le travail commence par des dessins préliminaires de chacun d'entre nous exécutés lors de séances de pose individuelles. Les princesses passeront en premier. J'aide Élisabeth et Marie à choisir leurs robes et leurs bijoux en prévision de leur séance avec l'artiste. Il est prévu qu'il les dessine à la craie et au fusain avant de reporter le résultat sur le fond somptueux, lequel sera réalisé à son atelier par ses apprentis.

Henri vient assister aux premières ébauches de Marie exécutées par maître de Vent. Elle porte une jupe pourpre et une robe à manches et brocarts par-dessus. Ses cheveux roux sont coiffés d'une capuche à la française brodée d'or, et elle est magnifique. Elle se tient un peu raide et, par crainte de perdre la pose, esquisse une courte révérence lorsque le roi fait son entrée. Henri lui envoie un baiser, tel un courtisan.

— Nous devons nous montrer au peuple, me lance-t-il. Il faut qu'il nous voie, y compris quand nous sommes absents, quand nous partons en itinérance avec toute la Cour, quand nous sommes en voyage ou à la chasse. Les gens doivent être en mesure de voir le roi et toute la famille royale. Ils doivent être capables de nous reconnaître, comme ils reconnaissent leurs propres frères et sœurs. Comprenez-vous ? Nous devons être aussi distants que des dieux et aussi familiers que leurs propres saints sur les fresques des églises paroissiales.

Marie paraît à la fois fière et fragile. Il me semble discerner en elle la femme prête à se battre pour faire respecter ses droits et la jeune fille qui redoute que personne ne l'aime. Elle incarne au plus haut point l'antinomie de la violence et de la vulnérabilité. Si bien que je me demande si le peintre saura saisir tous les aspects de sa personnalité, si tant est qu'il puisse reconnaître en elle la petite fille habituée à être tenue à l'écart et la jeune femme aspirant à l'amour. Tandis qu'elle pose avec les mains serrées devant elle sur sa jupe pourpre, je contemple son visage pâle et grave, et me rends compte à quel point elle m'est chère, cette fervente et inflexible jeune personne !

Ce sera ensuite au tour d'Élisabeth de poser, et de lever son regard noir et son sourire vers l'artiste. Elle semble vouloir plaire, tandis que sa demi-sœur paraît réfractaire ; mais sous le vernis de coquetterie d'Élisabeth, se cachent le même désir ardent d'être aimée et le même besoin irrépressible de reconnaissance.

Le peintre m'a montré les premières esquisses. L'étape suivante consistera à réaliser un cadre à l'intérieur du tableau qui fera apparaître deux superbes arches donnant sur les jardins qui s'étendent au-delà. Dans ces ouvertures, il peindra les deux fous : Will Somers avec son petit singe et la bouffonne de Marie. Cela constitue une amélioration en comparaison des ruines de Boulogne, mais je ne suis pas certaine d'avoir envie de voir deux bouffons sur un portrait de la famille royale. Le peintre explique ainsi le sens de leur présence : ils sont là afin de signifier que nous ne sommes pas devenus tout-puissants. Nous sommes toujours entourés de personnes qui nous contredisent, qui s'adressent à notre humaine sensibilité, qui rient de nous, pauvres pécheurs.

— Et le roi le sait ? demandé-je.

Le peintre acquiesce.

— Il a donné son accord ?

— Sa Majesté goûte fort l'idée.

Je m'en réjouis ! Cela montre que le souverain ne se croit pas au-dessus de toute opposition, ainsi que Thomas l'a erronément prétendu. Le roi connaît effectivement le doute, et il écoute Will, le bouffon, qui a reçu de Dieu le don de donner voix à ses doutes.

Le mur qui sépare les deux arches lumineuses sera richement décoré, comme un écrin à bijoux, et sera surmonté d'un plafond à caissons représentant des roses rouges soutenu par quatre colonnes dorées. On ne peut rêver décor plus approprié pour cette famille qui possède tout. À droite figurera Élisabeth, à gauche Marie, et au centre, également en rouge Lancastre foncé, le prince, cet amour d'Édouard, qui se tiendra debout à côté du roi son père, lequel sera bien campé sur son trône et flanqué de moi. Le tableau sera copié et gravé pour être diffusé dans tout le royaume, dans toute la chrétienté. Il proclamera le triomphe des ambitions des Tudors. Voici Henri, beau et large d'épaules, fort et viril ; il est accompagné de son fils, un garçon en bonne santé qui entre dans l'âge adulte, et de sa femme, toujours féconde, qui est assise à son côté, sans oublier ses deux filles splendides qui les entourent, ainsi que le peuple d'Angleterre, sous les traits de deux bouffons qui jettent un coup d'œil à l'intérieur sur leur magnificence.

— Elle a belle allure, fait remarquer Henri à voix basse derrière moi en lançant un regard approbateur vers Marie.

— Elle souffre affreusement de douleurs au ventre, mais je crois que cela va en s'arrangeant, dis-je. Elle se porte de mieux en mieux. Je fais en sorte qu'elle suive un régime régulier, et qu'elle alterne les périodes d'exercice et de repos.

Il hoche la tête.

— Sans doute devrais-je la marier, suggère-t-il, comme si l'idée venait de lui traverser l'esprit.

Je lui adresse un petit sourire de biais.

— Mon mari et mon seigneur, commencé-je d'un ton taquin, à qui pensez-vous ? Car je ne suis pas sans savoir, vous connaissant, que vous avez une idée en tête. Probablement qu'un ambassadeur est déjà en ce moment même en pourparlers à quelque grande Cour ?

Il me prend par la main, et m'entraîne à l'écart de l'artiste et de la princesse Marie, qui nous suit de ses yeux noirs, curieuse de savoir ce que son père lui réserve.

— Je crains que cela ne lui déplaise pour commencer, mais avec la France pour ennemie et l'Espagne comme alliée si peu fiable, sans compter l'inimitié du pape, je songeais à une nouvelle alliance, peut-être avec le Saint Empire, peut-être avec le Danemark ou la Suède.

— Elle devra être libre de pratiquer sa foi. Ne sont-ce point là des pays luthériens ? souligné-je.

— Elle devra obéir à son mari, rectifie-t-il.

Je reste songeuse. Marie est intelligente et réfléchie. Probablement que si elle avait l'occasion de pouvoir parler de religion avec un époux intelligent, elle se rangerait finalement à mes vues, à savoir que Dieu s'adresse individuellement à chacun d'entre nous, qu'il n'est nul besoin ni de pape, ni de prêtre, ni de statue qui saigne, pour cheminer dans la foi. Dieu nous appelle, et il nous appartient de répondre à cet appel. Il n'y a pas de passe-droit pour accéder au pardon. Il n'y a qu'une voie et qu'une Bible, et une femme est tout aussi indiquée pour en faire l'étude qu'un homme. Marie a écouté les sermons de Cranmer, elle s'est entretenue avec les prédicateurs itinérants. Elle a étudié avec moi le Nouveau Testament traduit par Érasme et travaille actuellement, quasiment toute seule, à une superbe traduction de l'Évangile de Jean. Lorsqu'elle devra plier sa volonté à celle d'un mari, elle découvrira peut-être que dompter son esprit mène à Dieu. Il me semble avoir commencé à entendre la voix de Dieu dès que j'ai su qu'il me fallait cesser de suivre ma propre volonté. Peut-être en ira-t-il de même pour ma belle-fille.

— Je crois que ce serait une grande chance pour elle, réponds-je sincèrement. Le mariage lui ferait beaucoup de bien. Mais elle ne pourra pas aller contre sa foi.

— Ah, ah ? Vous pensez que je devrais la marier ?

— Je pense qu'un homme bon pourrait lui permettre de s'adonner à la réflexion et à l'étude, de servir son mari et son pays, ainsi que de l'aimer, lui, et leurs enfants.

— Vous pourriez la préparer à ce changement d'existence… Vous pourriez lui en faire l'éloge…

Je baisse la tête.

— Ce sera un honneur d'en parler avec elle et de lui faire savoir que telle est votre intention.

— Laissons cela pour l'instant, se récrie-t-il prudemment. Ne lui dites rien. Mais telle sera certainement mon intention. Si je veux garder Boulogne et contraindre la France à signer la paix, j'aurai besoin d'alliés. Marie scellera définitivement l'alliance avec les princes allemands. Elle est princesse, elle sait que tel est son devoir en cette vie.

Cet automne, à cause du retour du roi dans mon lit, ma chambre est de nouveau envahie par l'odeur nauséabonde de la chair en putréfaction, et mes cauchemars reprennent. Je gravis un escalier humide à colimaçon, une main sur la muraille suintante, tenant une bougie à la flamme vacillante de l'autre. Un courant d'air glacé qui s'élève en tourbillonnant de l'étage inférieur m'avertit que je ne suis pas seule : quelqu'un monte derrière moi. La terreur d'être suivie furtivement me force à accélérer le pas vers le sommet, faisant dangereusement danser la flamme de ma bougie qui menace de s'éteindre à cause du déplacement d'air. En haut de l'escalier je me trouve face à six portes disposées en cercle autour d'un palier ; elles sont aussi basses que des portes de cellule. Je songe qu'elles seront probablement fermées à clé, mais lorsque je m'approche de la première et me saisis de l'anneau, celui-ci n'offre aucune résistance, tournant sans un bruit sous l'action de ma main. Je m'avise qu'il est préférable que je n'entre pas. J'ignore qui se trouve à l'intérieur, et il émane de derrière la porte des miasmes de pourriture qui annoncent qu'un danger m'y attend, un danger qui n'en finit pas de se décomposer. C'est alors que j'entends un bruit de pas derrière moi dans l'escalier, et je comprends aussitôt que je suis obligée de continuer d'avancer si je veux échapper à mon poursuivant. La porte cède et j'entre ; elle se referme sur moi et le loquet retombe, la condamnant de l'extérieur. Je suis prisonnière, la flamme de ma bougie s'éteint, et je reste seule dans l'obscurité.

Dans les ténèbres et le silence cloîtré de la pièce, j'entends quelqu'un se déplacer subrepticement.

Le besoin du roi de se faire de nouveaux alliés devient pressant tandis que les Français attaquent de plus en plus souvent nos navires. Personne ne doute que les Français s'apprêtent à lancer des raids sur nos villes côtières et dans nos ports, peut-être même à nous envahir ! Le souverain reçoit des rapports en provenance de son réseau d'espions, ainsi que de nos négociants, stipulant que son rival et ennemi de toujours, François Ier, arme les bateaux de sa flotte de pêche et sa marine marchande, et qu'il construit des vaisseaux de guerre. C'est à qui réunira la plus grande flotte, et nous sommes loin derrière les Français, qui se vantent de régner sur la Mer Étroite, et même les mers situées au nord.

En cette période de périls, Thomas n'est jamais à la Cour. Il est à Portsmouth, Plymouth ou Dartmouth, Ipswich, Shoreham ou Bristol, où il dirige la construction de nouveaux navires, la remise en état d'anciens bateaux, ainsi que le recrutement et l'entraînement des équipages.

Il dispose à présent de son propre bâtiment de ligne, il vit à bord des bâtiments qu'il passe en revue avant de les remettre à flot, s'efforçant de dénicher des hommes désireux de s'engager comme combattants sur les forteresses de bois instables qui sont édifiées sur le pont de navires marchands et de petits bateaux de pêche.

Avec les jours qui raccourcissent, je l'imagine enveloppé dans son épais manteau, debout derrière le timonier, scrutant l'horizon qui s'assombrit en quête des voiles ennemies, et je susurre une prière à son intention afin que Dieu le protège. En proie à la peur panique d'une invasion française, la Cour n'a plus que son nom à la bouche, et j'apprends à rester de marbre lorsque quelqu'un parle de l'amiral et de la flotte qu'il est actuellement occupé à rassembler. Je m'exerce à écouter comme si j'étais intéressée par les bateaux, non par l'homme qui leur commande.

C'est par un temps d'automne exécrable que Thomas prépare une attaque des côtes bretonnes, groupant sa flotte au large de l'île de Wight dans l'espoir de surprendre la marine française qui s'abrite dans le port et de la détruire au mouillage. J'entends parler de son plan par sa belle-sœur, Anne Seymour, qui tient l'information de son mari Édouard. Thomas a fait parvenir son plan de bataille au Conseil privé pour acceptation. Il y explique que les Français doivent être anéantis au port avant le printemps. Il rapporte qu'ils utilisent des galères capables de combattre par n'importe quel temps, contrairement à nos bateaux à voile qui dépendent d'un vent favorable. Il dit que la seule façon d'empêcher une invasion est de détruire leur flotte avant même qu'ils ne prennent la mer. Tous les châteaux du roi situés le long de la côte méridionale de l'Angleterre ne sauraient causer autant de tort à l'ennemi qu'un raid maritime bien planifié qui le prendrait par surprise, à l'ancre !

Il écrit au sujet de nouvelles stratégies concernant l'utilisation de nos bâtiments. Ils ont toujours servi au transport des troupes et des armes vers les lieux de bataille, mais Thomas suggère au roi que si nous pouvions rendre nos navires plus faciles à manœuvrer, si nous pouvions les armer de gros canons, alors ils deviendraient des armes à part entière. Un navire pourrait en croiser un autre au large et le bombarder à distance, faisant de son pays le maître des mers par la force du canon, sans avoir besoin de s'approcher pour monter à l'abordage. Il précise que les galères françaises transportent un canon d'un poids considérable qui projette des boulets de pierre sur cible capables de trouer un bateau ennemi. Elles peuvent également percer un navire grâce à leur lame de proue, pour venir ensuite se placer par bâbord afin de procéder à l'abordage et au combat au corps à corps sur une embarcation déjà affaiblie.

Son frère Édouard souligne que Thomas a un grand sens de l'affrontement en mer, qu'il a voyagé jusqu'en des contrées lointaines et qu'il a vu les chantiers navals de Venise, qu'il a observé leurs galères à la manœuvre et au combat. Mais au même moment, leurs rivaux à tous deux, Thomas Howard et son fils Henri s'esclaffent avec dédain, et assurent que les bateaux ne peuvent servir la cause du roi qu'en déposant ses armées sur les côtes françaises ou en barrant l'accès des ports anglais à la flotte de l'envahisseur. L'idée d'une campagne navale menée par des marins en pleine mer est risible. Ils affirment que Thomas Seymour a dû boire de l'eau de mer et faire la cour aux sirènes. Bref, que c'est un rêveur, un insensé.

Les partisans de la bataille navale sont presque tous des réformateurs. Ceux qui affirment que les navires doivent être utilisés comme autrefois sont les défenseurs de l'ancienne religion. La controverse dégénère et tombe dans la division habituelle de la Cour. Tout se passe comme s'il était impossible de ne pas en appeler à la religion. Quant à celle-ci, elle ne fait pas l'objet d'une opinion tranchée mais est sujette à des embardées successives.

— Et voilà qu'il apparaît que les Howard ont raison et que Tom Seymour est un extravagant ! lance Henri d'un ton énervé à mon intention, tandis que je le rejoins dans ses appartements avant le dîner.

Il ne dîne pas avec la Cour ce soir. Sa jambe lui fait trop mal et il a de la fièvre à présent. Je considère sa figure rouge et ruisselante de sueur, et j'ai soudain la peur au ventre, tel un petit enfant face à un parent courroucé. J'ai l'impression qu'il n'y a rien que je puisse faire pour l'apaiser. J'aurai tort, quoi que je dise.

— Souhaitez-vous que je reste avec vous ? demandé-je à voix basse. Je peux nous faire dresser une table ici. Je peux me passer de dîner dans la grand-salle des banquets.

— Dînez dans la grand-salle des banquets ! s'exclame-t-il d'une voix cassante. Ils doivent voir quelqu'un assis sur le trône, et Dieu sait que mes filles ne peuvent me remplacer et que mon fils est orphelin de mère. Je suis tout seul au monde, et mes lieutenants sont des imbéciles et Tom Seymour est le pire de tous.

— Je reviendrai vous voir après le repas, promets-je d'un ton qui se veut apaisant. Mais puis-je vous envoyer mes musiciens afin qu'ils jouent pour vous en attendant ? Ils ont composé une nouvelle pièce chorale d'après votre propre…

— Tom joue à la guerre avec mes bateaux et s'apprête à les perdre tous ! Pensez-vous que je puisse être dorloté par des imbéciles qui torturent leur luth ? Croyez-vous que je ne sois pas au désespoir ? Au désespoir ! Et personne ne peut m'aider !

Anthony Denny relève la tête et échange un regard avec le docteur William Butts. Tous attendent de voir si je parviens à calmer le roi. Je suis leur seul espoir. Je m'approche tout près de lui, et pose la main sur son visage humide et brûlant.

— Mon amour, commencé-je, vous n'êtes pas seul. Je vous aime, le pays vous vénère. Ce qui arrive est affreux, j'en suis si profondément désolée.

— J'ai reçu cette nuit même des nouvelles de Portsmouth. De Portsmouth, madame ! Tom Seymour a pris la mer par la pire tempête jamais vue depuis des années et il est sûrement perdu en mer. Et avec lui, le sont tous mes navires !

Je ne bronche pas, je ne ferme même pas les yeux, malgré une vive émotion tout au fond de mon cœur, pareille à une blessure qui saigne à l'intérieur ; mais je continue de sourire à ce visage en furie, la main sur sa joue en feu.

— Que Dieu ait pitié d'eux pour le salut de l'Angleterre ! m'exclamé-je. Puisse Dieu les arracher tous au péril de la mer !

— Qu'il sauve plutôt mes bateaux ! hurle-t-il. Avez-vous la moindre idée de ce que cela me coûte de faire construire et d'équiper un navire ? Il a fallu que Tom ait une de ses idées de génie et qu'il bazarde la flotte dans une aventure vouée à l'échec ! Et qu'il se noie dans la foulée !

— S'est-il noyé ? La flotte est-elle allée par le fond ?

Ma voix est calme mais mes tempes battent douloureusement.

— Non, non, Votre Majesté, nous n'en sommes pas encore là. Nous n'avons aucune nouvelle dont nous puissions être certains, intervient Denny.

Il fait un pas en avant et poursuit en s'adressant au souverain :

— Nous savons qu'une tempête fait rage et que quelques bâtiments sont portés disparus, dont le vaisseau amiral, mais nous n'en savons pas davantage. Il se pourrait que tout se passe bien.

— Comment les choses pourraient-elles bien se passer alors qu'ils coulent comme des pierres ? crie Henri.

Nous nous taisons tous. Personne ne peut rien tirer du roi quand il est dans une telle rage, d'ailleurs personne n'ose s'en aviser. Mes mains tremblent, mais c'est également le cas de Denny. Je me dis en moi-même : *Assurément, je le saurais s'il était mort. Je le sentirais, tout simplement, si son corps était ballotté par les flots, l'eau emplissant peu à peu ses bottes et l'entraînant au fond. Assurément, Dieu, dans sa miséricorde, ne laisserait pas deux pécheurs tels que nous être séparés à jamais sans nous permettre de nous avouer une dernière fois notre amour.*

— Le vaisseau amiral est-il perdu ? demandé-je en sourdine à Denny pendant que le docteur Butts apporte un remède dans un petit verre.

Sans un mot, il le pousse dans la main avec laquelle le roi agrippe son accoudoir. Toujours en silence, il regarde Henri l'avaler d'un long trait. Au bout d'un moment, sans que personne n'ait encore parlé, nous le voyons desserrer son emprise, et l'horrible grimace qui lui faisait une sorte de masque sur le front tombe. Il laisse échapper un profond soupir.

— Je suppose que vous n'êtes pas en cause, me concède-t-il à regret.

Je parviens à sourire.

— Je ne crois pas, non, réponds-je.

Il frotte son visage humide contre ma main à la manière d'un chien fiévreux cherchant une caresse. Je me penche en avant et l'embrasse sur la joue. Il pose la main sur mes reins étroitement serrés dans leur corset et, à l'abri des regards de la Cour, la fait glisser et m'empoigne les fesses.

— Vous êtes chagrinée, affirme-t-il.

— Pour vous, déclaré-je d'un ton ferme. Naturellement.

— Très bien. Allez donc dîner et revenez me voir quand vous serez d'humeur plus sereine. Revenez quand vous aurez l'estomac plein.

Je lui fais ma révérence et gagne la porte. Anthony Denny, désormais sir Anthony Denny depuis qu'il a été anobli à Boulogne, sort à ma suite.

— Avons-nous perdu beaucoup d'hommes ? lui demandé-je à voix basse.

— Ils sont sortis en mer et ont été dispersés, et ensuite ils ont dû fuir une tempête, mais c'est là tout ce que nous savons, répond-il. Leur sort est entre les mains de Dieu.

— Et le navire amiral ?

— Nous ne savons rien à son sujet. Prions le ciel qu'on nous envoie bientôt des nouvelles et que le roi n'en soit pas davantage ébranlé.

Évidemment, c'est l'aspect le plus important aux yeux de sir Anthony. La vie des marins et le courage éclatant de Thomas sont une paille à ses yeux, et à nos yeux à tous, en comparaison de l'humeur du roi. Je baisse la tête.

— Amen ! m'exclamé-je.

Je prie pour Thomas, c'est tout ce que je peux faire. Je prie pour qu'il soit sain et sauf; et j'entends le souverain se lamenter de son échec, de sa stupidité, de sa témérité, tandis que j'implore le ciel qu'il soit en vie, qu'il ait survécu à la tempête, qu'en un lieu de la Mer Étroite, il fouille l'horizon à la recherche d'une trouée dans les sombres nuées et qu'il surveille les voiles arrisées dans l'attente que le grand vent se calme.

C'est alors que nous parviennent des nouvelles de Portsmouth : la flotte est revenue tant bien que mal au port, un bateau après l'autre, les voiles déchirées et les mâts abattus ; quelques navires sont toujours portés disparus. Le vaisseau amiral rentre également, son mât principal brisé, mais Thomas se tient debout à la poupe, enveloppé dans sa cape de marin. *Thomas est revenu, Thomas est sain et sauf!* La Cour est en liesse parce qu'il a survécu ; son frère Édouard court s'agenouiller à la chapelle pour remercier Dieu d'avoir épargné son parent de génie. Toutefois, le souverain ne partage pas cette joie, et personne n'ose en faire montre devant lui. Bien au contraire, il répète à l'envi que Thomas est un sot, un sot téméraire, et qu'il a perdu la confiance du roi, qu'il a manqué à sa mission. Henri marmonne que c'est probablement un cas de trahison, qu'il y a matière à procès : un homme qui se montre aussi peu soucieux des intérêts du roi et de ses forces armées est aussi nuisible qu'un traître. Et puisque Dieu n'a pas voulu qu'il se noie, il revient au roi de le faire décapiter.

Je prie en silence. Il m'est impossible d'offrir une messe d'action de grâce pour remercier Dieu d'avoir sauvé l'amiral. Je ne dis pas un mot pour sa défense. Une seule fois, il me vient à l'idée, follement, de demander à sa belle-sœur, Anne, de lui écrire en son propre nom, sans mentionner le mien, afin de le presser de venir immédiatement à la Cour, avant que le roi n'envenime lui-même sa propre colère et le fasse arrêter pour un crime de mauvais temps. Mais je n'ose pas. Même si elle partage mon intérêt pour la nouvelle religion, même si elle m'a juré fidélité, elle n'est pas mon amie intime, son dévouement à la famille Seymour passe avant tout le reste. Elle n'a jamais fait preuve d'amitié envers Thomas lui-même. Sottement, sa loyauté passionnée pour son mari la rend jalouse de quiconque est proche de celui-ci. Elle surveille Thomas avec méfiance à cause de son charme et de son aisance à la Cour. Elle craint que les gens ne le préfèrent à son époux, et elle ne se trompe pas en cela. Elle réserve ses uniques louanges à Jane, leur sœur décédée, la reine Jane, la mère du prince Édouard, et elle cite son prénom en présence du roi chaque fois qu'elle le peut : « ma sœur Jane… », « Jane, cette sainte femme… » *Jane… comme il est pratique que tu sois morte !*

Aussi n'osé-je rien dire ni rien faire, même lorsque Henri pénètre dans mes appartements en boitant douloureusement pour s'asseoir un moment en ma compagnie, tandis que nous regardons danser mes dames d'honneur, ou pour m'écouter lui faire la lecture. Je demeure silencieuse également lorsqu'il fait son entrée avec une carte du littoral méridional de l'Angleterre sous le bras où figurent les ports menacés ; je continue simplement de remplir d'eau un récipient peu profond qui sert de baignoire à mon couple de canaris préférés, eau réchauffée par les rayons du soleil qui entrent par la fenêtre.

— Attention ! Ne risquent-ils pas de s'envoler ?

— Ils viennent se percher sur ma main.

— Ne risquent-ils pas de se noyer tout seuls ? s'enquiert-il avec irritation.

Ils plongent leurs têtes éclatantes dans l'eau et battent des ailes ; je recule d'un pas en riant tandis qu'ils m'aspergent.

— Non, ils apprécient leur bain.

— Ce ne sont pas des canards, fait-il remarquer.

— Non, mon mari et mon seigneur. Mais ils semblent aimer l'eau.

Il observe la scène pendant quelques instants.

— Je suppose que ce sont de jolies créatures.

— Je les aime énormément. Ils sont si intelligents et si vifs, on les croirait presque doués d'entendement.

— Exactement comme les courtisans, lance-t-il maussade.

Je pars d'un grand éclat de rire.

— Est-ce une carte que vous tenez là, Sire ?

Il la brandit.

— Je m'apprête à rejoindre le Conseil privé, explique-t-il. Nous devons réparer chaque forteresse de chaque port au sud. Nous devrons en construire de nouvelles. Les Français arrivent, et Thomas Seymour a échoué à leur faire barrage.

Il appelle son page d'un claquement de doigts ; le jeune homme, qui attendait dans l'embrasure de la porte, s'avance et prête son épaule au roi qui s'y appuie de tout son poids.

— Je vous laisse à vos distractions. Vous n'aviez pas des matins radieux ni de petits oiseaux lorsque vous étiez mariée au vieux Latimer.

— Effectivement, non.

Je cherche désespérément un moyen d'amener la conversation sur Thomas.

— Sommes-nous en danger, mon mari et mon seigneur ?

— Évidemment, que nous le sommes ! Et tout est sa faute ! Je vais donner l'ordre au Conseil privé de juger Tom Seymour pour m'avoir trahi en causant témérairement la perte de ma flotte.

Le canari mâle s'envole à tire-d'aile jusqu'au sommet de l'une des cages, effrayé par le ton sévère d'Henri, et j'en profite pour détourner quelque peu mon visage et lancer avec désinvolture :

— Il n'est assurément pas coupable de trahison ? Il s'est montré un serviteur si compétent et si fidèle de Votre Majesté, et vous l'avez toujours tenu en affection.

— Je ferai mettre sa belle tête au sommet d'une pique ! s'exclame-t-il avec une cruauté froide. Voulez-vous parier ?

Et là-dessus, il s'en va.

À pas de loup, je me dirige tel un fantôme vers l'aile du vieux palais réservée au roi. Personne ne m'accompagne. J'ai dit à mes dames de compagnie que j'avais la migraine et que j'allais me coucher pour essayer de dormir un peu. Ensuite, je me suis glissée hors de ma chambre pour gagner les appartements du souverain par les étroites galeries détournées qui mènent à la porte dérobée donnant sur sa chambre. De là, je traverse son domaine privé jusqu'à sa chambre de parade où se réunit le Conseil privé. Tout se passe comme dans mon cauchemar : je suis seule et marche sans faire de bruit, sans être vue. Je pourrais tout aussi bien gravir un escalier plongé dans l'obscurité à l'intérieur d'une tour silencieuse. Je me croirais dans mon rêve, au cours duquel je pénètre dans des pièces désertes où règne le silence. Aucun garde n'est en faction devant la porte qui sépare la chambre d'apparat de la partie déserte des appartements. Je peux donc rester devant la porte, et écouter ce que le roi et ses conseillers disent. Je me fais la promesse que si je les entends ordonner l'arrestation de Thomas, je lui enverrai un message pour l'en prévenir, quel que soit le risque encouru. *Comment resterais-je plantée là, paralysée par la peur, pendant que le roi fait le pari d'exhiber sa tête sur une pique sur le pont de Londres ?*

Son frère Édouard se fait son porte-parole. Je l'entends lire tout haut une lettre envoyée par Thomas pour sa propre défense. Édouard s'exprime d'une voix claire et je distingue parfaitement chaque mot malgré l'épaisseur de la porte.

— Et ceci, poursuit Édouard, permettez que je vous fasse lecture de ceci, Votre Majesté. Thomas écrit :

> *Convoquez tous les quartiers-maîtres et tous les commandants de bord qui participèrent à cette équipée, et si un seul d'entre eux atteste que nous aurions pu attendre plus longtemps à Dover Road, dans les Downes ou à Bollen Rode tandis que le vent tournait, sans nous exposer nous-mêmes ainsi que les navires du roi à un danger plus grand, alors j'en endosserai volontiers la responsabilité ; mais si nous avons agi conformément à la tempête qui nous échut, j'en appelle à vos seigneuries afin qu'elles tiennent le temps pour responsable et me disculpent, ainsi que le reste de mes hommes, afin de nous donner bon espoir de servir sur les mers une autre fois…*

— Oh, oh, voilà une lettre bien tournée ! grommelle Henri. Personne n'a jamais dit qu'il manquait d'élégance ! Mais combien de navires manquent-ils à l'appel ?

— Ce sont les aléas de la guerre, répond Édouard.

J'entends le craquement du papier tandis qu'il pousse la missive sur la table afin que le roi la lise.

— Votre Majesté connaît mieux que quiconque les dangers qui menacent l'homme lorsqu'il part guerroyer. Vous, qui avez fait voile vers la France dans les conditions météorologiques les plus hasardeuses ! Thomas a la chance de devoir rendre des comptes à un roi qui connaît mieux que tout autre au sein de la chrétienté les périls que le brave doit affronter. Vous avez vous-même rencontré les pires dangers, Votre Majesté. Vous savez combien le courageux se voit contraint de jeter les dés dans l'espoir qu'ils roulent en sa faveur. C'est l'essence même de la chevalerie, la chevalerie que vous estimez tant, et qui veut qu'un preux risque sa vie pour vous servir.

— Il s'est montré imprudent, rétorque catégoriquement le roi.

— En pleine saison des tempêtes, entends-je récriminer ce vieux bougon de duc de Norfolk, Thomas Howard. Pure folie que de prendre le large ! Ne pouvait-il donc pas attendre le printemps, comme nous faisons toujours ? C'est bien un Seymour, pour s'imaginer pouvoir prendre de vitesse une bourrasque automnale.

— La côte doit être défendue contre les Français, intervient John Dudley. Et les Français n'attendent pas le retour du beau temps. Il ne pouvait prendre le risque de laisser notre flotte dans ses ports d'attache. Que serait-il advenu si les Français avaient attaqué ? Il rapporte que leurs barges peuvent bombarder à distance, elles peuvent se glisser entre des navires à l'ancre avec ou sans vent. Elles transportent de l'armement, elles sont propulsées par leurs équipages, et peuvent faire la guerre en toute saison et dans n'importe quelles eaux. Il se devait de les détruire avant qu'elles ne débarquent sur nos côtes.

J'entends retentir la grosse toux sèche et le raclement de gorge humide d'Henri.

— Vous semblez tous satisfaits de sa conduite, fait-il remarquer à regret.

Henri Howard fait claquer sa langue en signe de protestation.

— Tous, sauf les Howard et leurs partisans, rectifie le roi d'un ton grave. Comme d'habitude.

— Assurément, il n'y a pas là tentative délibérée de mettre la flotte en péril, observe quelqu'un.

— Eh bien, moi, je ne suis pas satisfait, lance Stephen Gardiner. Il ne fait aucun doute qu'il a agi avec témérité. De toute évidence, il doit être puni.

— Facile à dire quand on est assis au coin du feu, marmonne Édouard.

Je retiens mon souffle. La faveur dont jouit Thomas à la Cour joue pour lui, et, qui plus est, tout le monde sait qu'il risque sa vie en mer pendant que ses détracteurs gardent les pieds au sec.

— Il peut conserver ses fonctions, tranche Henri. Faites en sorte qu'il sache que je suis très mécontent. J'exige qu'il vienne me faire son rapport en personne.

J'entends le raclement de sa chaise sur le sol et le bruissement des herbes médicinales qui se répandent tandis qu'il s'efforce de se redresser, et que le Conseil privé se lève d'un bond et que deux de ses membres se dévouent pour l'aider. Immédiatement, je m'éloigne de la porte sans faire de bruit, sur la pointe de mes pantoufles de cuir, et traverse en sens inverse l'antichambre. Je m'apprête à franchir en courant la chambre du roi lorsque je me fige, soudain prise de panique.

Je ne suis pas seule dans la pièce. Je distingue une silhouette silencieuse assise dans l'encorbellement de la fenêtre, les genoux ramenés sous le menton. Une silhouette que le soleil éclaire à présent, contrairement à tout à l'heure où elle était plongée dans l'ombre. *Un espion, un espion muet, immobile comme une statue…* C'est Will Somers, le bouffon du roi. Il m'aura sûrement vue entrer en catimini, il m'aura surveillée pendant que j'écoutais à la porte, et voilà qu'il m'observe tandis que je me hâte de regagner mes appartements, épouse coupable qui traverse à pas de loup la chambre de son mari.

Il lève ses yeux noirs vers moi, et ma culpabilité s'étale dans toute sa nudité devant lui.

— Will…

Il sursaute avec exagération de manière comique, comme s'il découvrait seulement ma présence ; il exécute un grand bond de bouffon qui s'achève par une culbute au sol. Si je n'avais pas si peur, je rirais tout haut.

— Will…, susurré-je de nouveau avec insistance. Ce n'est pas le moment de faire des pitreries.

— Est-ce vous ? J'ai cru à un fantôme ! s'exclame-t-il sans élever la voix. Le fantôme d'une reine.

— J'écoutais les délibérations. Je crains pour la princesse Marie, m'empressé-je d'ajouter en mentant. Je redoute qu'on ne la marie contre son gré…

Il secoue la tête, préférant ne pas tenir compte de mon mensonge.

— J'ai vu trop de reines, commence-t-il. Et un trop grand nombre d'entre elles sont des fantômes désormais. Je n'aime pas qu'une reine soit en danger. Je ne veux pas voir un autre fantôme. Au vrai, je jure que je n'en verrai pas d'autre. Pas un seul.

— Vous ne m'avez pas vue ? demandé-je, comprenant où il veut en venir.

— Je ne vous ai pas vue, ni Kitty Howard, descendant l'escalier en chemise de nuit sans faire de bruit, ni Anne de Clèves, aussi belle que son portrait, pleurant devant la porte de sa chambre. Je suis un bouffon, non un garde. Je ne suis pas censé voir ce qu'il se passe, et il m'est interdit de le comprendre. Il ne sert donc à rien que j'en fasse un compte-rendu. Qui écouterait un bouffon ? Par conséquent, que Dieu vous garde.

— Que Dieu vous garde, Will, réponds-je avec fièvre, et je disparais aussitôt par l'embrasure de la porte qui donne sur la chambre du roi, puis je longe le couloir secret jusqu'au havre de mes appartements.

Printemps 1545, palais de Whitehall, Londres

Les journées fraîches et humides de ce début de printemps semblent vouloir s'éterniser, comme si nous ne devions plus revoir les chaudes journées d'été. La lumière du matin est plus vive et les jonquilles fleurissent sur les rives froides du fleuve, mais les jardins sont humides et la ville au-delà des hauts remparts du palais connaît des inondations : les rues, mal drainées, sont submergées par l'eau sale et glacée. Lorsque nous partons à cheval, nous n'y prenons aucun plaisir, car les montures peinent à avancer dans la boue et la pluie givrée nous fouette le visage. Nous rentrons tôt, le dos courbé sur la selle, transis et sales.

Cloîtrées pendant des jours, mes dames de compagnie et moi-même poursuivons l'étude, lisant des textes bibliques et les traduisant, à la fois pour exercer notre latin et stimuler une discussion approfondie sur les différents sens des mots. Je m'aperçois que je deviens de plus en plus sensible à la musicalité de ces textes, à la musique de la langue, au rythme de la ponctuation. Je m'astreins à la tâche consistant à m'efforcer d'écrire un meilleur anglais, afin que ma traduction allie la beauté à la pertinence dans le choix du vocabulaire. Avant d'écrire une phrase, j'en écoute la mélodie dans ma tête, puis je la couche sur le papier. Je commence à penser que les mots peuvent sonner aussi juste que des notes de musique, que la prose obéit à une rythmique, de même que la poésie. Je m'aperçois que j'entre dans l'apprentissage de l'écriture et de la lecture, et je suis ma propre maîtresse et ma propre élève. Et je me rends compte que j'aime cette occupation.

Un matin, nous sommes plongées dans nos livres lorsqu'un petit coup retentit à la porte étroite qui donne sur l'escalier de pierre, lequel débouche lui-même sur la cour des écuries. Ma servante passe la tête dans l'entrebâillement.

— Le prédicateur est là, annonce-t-elle à voix basse.

Elle a attendu devant l'une des nombreuses portes avant de conduire le religieux directement à mes appartements. Non que la consigne soit de les faire entrer en secret : le roi lui-même sait que je fais venir des prédicateurs de sa chapelle, de la cathédrale Saint-Paul et des autres églises. Cependant, je ne vois pas pourquoi la Cour dans son ensemble, notamment ceux qui n'assistent pas à nos sermons et à nos lectures, ainsi que d'autres qui critiquent mon intérêt pour la religion, devrait savoir ce que nous étudions et qui nous rencontrons. Si d'aucuns veulent s'instruire, ils peuvent venir et s'asseoir en notre compagnie. S'ils sont simplement mus par la curiosité et que leur seul but est de colporter des ragots, ils peuvent se passer de nous. Je n'ai nul besoin que le lord Chancelier me fasse une tête de six pieds de long, ni que les gens de sa Maison susurrent le nom des hommes de Dieu raisonnables qui viennent s'entretenir avec moi et mes dames comme si nous recevions des galants. Je n'ai pas besoin que les sbires de Stephen Gardiner tiennent la liste de tous mes visiteurs, ni que celui-ci les fasse suivre par ses secrétaires jusqu'à leur domicile et interroge leurs voisins.

— Il se passe une chose inhabituelle, Votre Majesté, lance timidement la servante.

Je relève la tête.

— Quelle « chose inhabituelle » ?

— La personne qui se présente comme étant le prédicateur que vous attendez est une femme, Votre Majesté. Je ne savais pas si cela était bien convenable.

Je sens monter mon fou rire et je n'ose regarder Nan.

— Pourquoi ne serait-ce pas convenable, mademoiselle Marie ?

Cette dernière hausse les épaules.

— Je ne savais pas qu'une vraie femme pouvait prêcher, Votre Majesté. Je croyais qu'une vraie femme devait garder le silence. C'est ce que mon père m'a toujours affirmé.

— Votre père croyait, sans doute, dire la vérité, réponds-je prudemment, troublée par les yeux brillants et le sourire dissimulé de Nan. Mais nous savons que la Parole de Dieu s'adresse indifféremment aux hommes et aux femmes, et donc hommes et femmes peuvent au même titre la commenter.

Elle ne comprend pas. Je vois à son regard vitreux qu'elle désire seulement savoir si elle doit introduire dans mes appartements cet étrange phénomène : une prédicatrice ! ou la faire jeter sur le pavé qui entoure le palais par les garçons d'écurie.

— Savez-vous parler, mademoiselle Marie ? demandé-je.

Elle se fend d'une révérence.

— Bien sûr, Votre Majesté.

— Savez-vous lire ?

— Je peux lire un petit peu si c'est écrit de façon claire.

— Dans ce cas, si la Bible était écrite lisiblement, vous pourriez lire la Parole de Dieu. Et ensuite, vous pourriez la rapporter aux autres.

Elle laisse retomber sa tête en avant. Nous devinons à son marmonnement embarrassé que la Bible n'est pas pour les gens comme elle, elle ne sait que ce que le prêtre lui dit, et celui-ci se contente de parler suffisamment fort pour qu'elle et ses semblables l'entendent du fond de l'église à Noël et à Pâques.

— La Parole de Dieu est pour vous, insisté-je. La Bible est écrite en anglais pour que vous puissiez la lire. Et Notre Sauveur est descendu du ciel pour vous et pour chacun d'entre nous, ainsi qu'il le dit clairement dans le Livre qu'il nous a laissé.

Lentement, elle relève la tête.

— Je pourrais lire la Bible ? me demande-t-elle.

— Vous le pourrez, promets-je. Vous le devrez.

— Et une femme peut la comprendre ?

— Elle le peut.

— Et cette autre femme peut prêcher ?

— Pourquoi pas ?

Cette dernière réponse la réduit de nouveau au silence. Des siècles de prêtres, de maîtres masculins, d'érudits monastiques et d'intimidation paternelle lui ont appris, ainsi qu'à moi-même et à toutes les femmes d'Angleterre, qu'une femme ne saurait prêcher. Néanmoins, j'ai sous la main un exemplaire de la Bible anglaise donnée par mon mari au peuple de ce pays, dans laquelle il est dit que Jésus est venu pour tous, pas seulement pour les prédicateurs masculins et les maîtres, les moines érudits et les pères despotiques.

— Oui, elle le peut, réponds-je en conclusion de la leçon. Et vous pouvez la faire entrer. Comment s'appelle-t-elle ?

— Anne Askew.

Anne Askew apparaît et s'incline aussi bas que si j'étais impératrice, puis elle lance un petit sourire à Catherine Brandon et s'incline de nouveau devant les autres dames. Je comprends aussitôt pourquoi Marie a hésité à la faire entrer. C'est une jeune femme remarquablement belle, vêtue à la mode campagnarde. Elle est sans doute l'épouse d'un fermier cossu ou d'un négociant citadin. Elle n'est pas de haute noblesse, mais appartient à une de ces familles en pleine ascension qui sont dotées d'un nom ancien qu'elles mettent à profit pour améliorer leur sort. La coiffe blanche que la visiteuse porte sur son éclatante chevelure châtaine est bordée d'une onéreuse dentelle blanche. Celle-ci sert de cadre à un visage en cœur de toute beauté où brillent des yeux marron enjoués et un sourire généreux. La nouvelle venue est vêtue d'une robe de laine marron ordinaire et d'une cotte de soie rouge. Ses manches sont de même style et de même couleur que sa robe ; son cou est ceint d'un col en lin de bonne facture. Elle ressemble à ces jeunes femmes que l'on croise lors des déplacements de la Cour et qui se voient élues reines de Mai en raison de leur pureté virginale et de leur teint rayonnant qui les distingue d'entre toutes les filles de village. Dans un tableau vivant, elle pourrait figurer dans le rôle de la princesse d'un bourg prospère aux prises avec un dragon de carton-pâte. Elle est si ravissante que toute mère la voudrait marier jeune, que tout père s'assurerait qu'elle épouse un excellent parti.

Elle ne ressemble assurément pas à l'idée que je me fais d'une femme inspirée par Dieu. Je m'attendais à quelqu'un de plus âgé, à la mine rurale, commune, marquée de rides bienveillantes. Bref, une figure plus semblable aux abbesses de mon enfance ; en tout cas, quelqu'un de plus austère que ce petit bijou de fille.

— Nous sommes-nous déjà rencontrées ?

Son visage me paraît étrangement familier, et je suis sûre d'avoir déjà vu son sourire éblouissant quelque part.

— Je n'osais espérer que Votre Majesté se souviendrait de moi, répond-elle poliment.

Elle a l'accent chaloupé du Lincolnshire.

— Mon père, sir William, a servi votre beau-père, lord Brough, à Gainsborough, et j'étais en visite au château lorsque vous donnâtes un banquet suivi d'un bal. Je venais toujours une douzaine de jours à Noël et à Pâques, et en mai aussi. Mais j'étais petite fille. Je ne m'attendais pas à ce que vous me reconnaissiez aujourd'hui.

— Il m'a semblé vous connaître.

— Vous étiez la jeune femme la plus érudite que j'aie vue de ma vie, confie-t-elle. Nous avons parlé ensemble une fois, et vous m'avez dit que vous lisiez en latin avec votre frère. J'ai compris alors qu'une femme pouvait étudier, qu'une femme pouvait s'instruire. Cela m'encouragea à apprendre et à mémoriser la Bible. Vous avez été mon initiatrice.

— Je suis contente de vous avoir parlé, si tel en est le résultat. Votre réputation de prédicatrice de l'Évangile vous précède. Pensez-vous pouvoir nous enseigner ?

Elle baisse la tête.

— Je ne peux que répéter ce que j'ai lu et compris, répond-elle.

— Avez-vous plus appris que moi-même et que ces dames instruites ?

Elle me gratifie d'un doux sourire respectueux.

— J'en doute, Votre Majesté, car j'ai étudié dans ma bible lorsque j'ai pu m'en procurer une, et on me l'a arrachée des mains à maintes reprises. J'ai dû me battre pour acquérir la compréhension qui est la mienne. Mais je suppose que vous avez toutes reçu une bible et les enseignements des meilleurs maîtres.

— Sa Majesté écrit son propre livre, intervient Nan, non sans quelque vantardise. Le roi lui a demandé de traduire des prières du latin afin de les offrir au peuple. Elle y travaille en collaboration avec le souverain lui-même. Elle étudie sous la houlette du grand savant Thomas Cranmer. Ensemble, ils travaillent à un missel anglais.

— Est-ce vrai alors ? s'exclame-t-elle. Nous entendrons les prières résonner en anglais dans les églises ? Nous aurons le droit de savoir ce qu'a dit le prêtre pendant toutes ces années ?

— Oui.

— Dieu soit loué ! s'écrie-t-elle de nouveau en toute simplicité. Vous êtes bénie d'œuvrer à cette tâche.

— C'est le roi qui donne la liturgie à son peuple, rappelé-je. Et c'est Thomas Cranmer qui la traduit. Je ne fais qu'apporter mon concours.

— Ce sera une grande joie pour moi de lire les prières, affirme-t-elle avec feu. Et Dieu se réjouira de les entendre, car il entend forcément les prières de tous les hommes et de toutes les femmes, quelle que soit leur langue, même s'ils prient en silence.

Je ne peux contenir ma curiosité.

— Pensez-vous que Dieu, qui nous a donné le Verbe, nous comprenne sans que nous ayons recours aux mots ? Par-delà les mots ?

— Nécessairement, assure-t-elle. Il comprend mes pensées, dès leur conception, avant même que je ne me les formule. Il comprend mes prières alors qu'elles ne sont encore qu'un appel muet lancé vers lui, comme une poule qui glousse derrière la fermière.

Aussitôt, elle rectifie :

— Pas une seule hirondelle ne tombe sans qu'il le sache. Il comprend nécessairement ce qu'éprouve une hirondelle. Il comprend ce que je veux dire lorsque je fais « cot, cot, cot ». Il doit forcément comprendre les paraboles et les histoires simples, puisque son propre Fils s'est exprimé en paraboles et par des histoires simples, dans la langue de Bethléem.

Elle m'amuse et m'impressionne tout à la fois. Je n'avais jamais songé à la langue de Dieu comme antérieure au langage, comme langage ineffable du cœur, et l'idée que

Dieu comprenne nos pensées comme si nous étions des poules caqueteuses picorant à ses pieds me plaît.

— Et êtes-vous parvenue à cette conclusion par l'étude solitaire ? demandé-je. Avez-vous eu un précepteur ?

Anne Askew se redresse, une main délicatement posée sur ma table, le menton relevé. Je comprends alors qu'elle vient de nous délivrer sa prédication, avec le cœur, à partir de sa propre expérience de la présence du Verbe dans sa vie.

— Je fus instruite avec mes frères jusqu'à ce qu'ils entrent à l'université, commence-t-elle. Notre foyer était instruit mais pas érudit. Mon père était au service du roi votre mari lorsque j'étais jeune fille. Lorsque j'eus seize ans, il me fit épouser un voisin, Thomas Kyme, et nous avons eu deux enfants ensemble avant qu'il ne me traite d'hérétique et ne me jette dehors parce que je lisais la Bible que le roi Henri, dans sa sagesse, a donnée à tout le peuple d'Angleterre.

— Elle est réservée aux aristocrates à présent, la met en garde Nan en jetant un coup d'œil à la porte fermée. Non aux femmes de votre condition.

— Elle avait été installée dans notre église, au fond de l'édifice, là où le plus indigent des hommes et la plus humble des femmes pouvaient se rendre pour la lire, s'ils savaient lire, précise l'étonnante jeune femme. On nous a dit que c'était pour que le peuple la lise, que c'était le roi qui en faisait cadeau à ses sujets, à nous tous sans exception, afin que nous la lisions. Les princes l'ont reprise, les princes de l'Église, qui ont une si haute idée d'eux-mêmes, nous l'ont confisquée. Mais c'est le roi, Dieu le garde, qui nous l'avait donnée.

— Où êtes-vous allée, demandé-je, quand votre époux vous a chassée de votre foyer ?

— Je suis allée à Lincoln, répond-elle, tout sourires. Je me suis assise au fond de l'immense cathédrale, j'ai pris la Bible et je l'ai lue à la vue de l'assemblée et des pèlerins ignares qui y entraient à genoux en embrassant le sol. Pauvres âmes, ils faisaient entendre le tintement des insignes de pèlerin qu'ils arboraient sur leur vêtement mais pensaient que c'était une hérésie qu'une femme lût la Parole de Dieu à l'église. Imaginez un peu ! Penser que c'est une hérésie pour un croyant de lire la Bible à l'église ! Je lus à voix haute pour tous ceux qui allaient et venaient dans ce grand édifice, achetant et vendant des grâces, faisant commerce d'insignes de pèlerin et de reliques – toute l'armée des sots et des bonimenteurs ! Je leur ai lu la Bible pour leur enseigner que l'unique voie d'accès à Dieu n'est pas composée d'éclats de caillou et de fragments d'os, de fioles d'eau bénite et de prières écrites à l'envers sur des bouts de papier épinglés au revers d'un manteau. On ne parvient pas à lui par les bagues ecclésiastiques, ni en baisant les pieds des statues. Je leur ai montré que la seule voie qui mène à Dieu passe par son Verbe sacré et ses saintes paroles.

— Vous êtes une femme courageuse, fais-je remarquer.

Elle me sourit.

— Non, je suis une femme simple, rectifie-t-elle. Lorsque je comprends une vérité, elle me va au cœur. Voici ce que j'ai compris : nous devons lire et connaître la Parole de Dieu. Cela, et rien d'autre, nous conduira au paradis. Tout le reste – la menace du purgatoire, la promesse du pardon contre argent sonnant et trébuchant, les statues qui saignent et les peintures qui suintent le lait –, ce sont des inventions d'une Église qui a tourné le dos à la Parole de Dieu. Il m'incombe, ainsi qu'à ceux qui sont amis de la vérité, de m'accrocher au

Verbe de Dieu et de détourner mes regards de la mascarade. L'Église ne se contente plus d'organiser des mystères une fois l'an, elle en fait spectacle chaque jour de l'année. Tout n'est que costume et apparences et simulacres. Seule la Bible est la vérité et plus rien d'autre ne compte.

J'acquiesce. Elle s'exprime simplement, mais elle a absolument raison.

— J'ai donc fini par venir à Londres, où j'ai parlé aux grands de la ville. Mon frère m'a aidée, et il se trouve que ma sœur est Mrs Jane Saint Paul, dont le mari est au service de la duchesse.

Elle fait une révérence à Catherine Brandon qui lui répond en hochant la tête.

— Là, j'ai trouvé un foyer où je vis en sécurité avec d'honnêtes gens qui me sont apparentés et qui pensent comme moi, et j'écoute les prédicateurs et m'entretiens avec nombre d'érudits, bien plus savants que je ne le suis. C'est ainsi qu'un homme de bien, John Lascelles, un prédicateur de votre connaissance, je crois, Votre Majesté, m'a fait rencontrer d'autres hommes de bien avec qui j'ai pu discuter.

Un soupir presque imperceptible de Nan me signale qu'elle connaît ce nom. Je jette un coup d'œil vers elle.

— Il a témoigné contre la reine Catherine, explique-t-elle.

— J'ai rencontré quelques membres de votre Cour, poursuit Anne, souriant alentour. Lady Denny et lady Hertford. D'autres encore écoutent les commentateurs des Évangiles et soutiennent la réforme de l'Église.

Elle reprend son souffle et ajoute :

— Et ensuite, je suis allée à l'église demander le divorce.

Nan émet un petit cri horrifié.

— Comment ? Comment avez-vous pu ?

— Je suis allée à l'église et j'ai dit : « Puisque mon mari est un adepte de l'ancienne foi et que moi, je soutiens avec ferveur la nouvelle, nos vœux n'ont jamais signifié la même chose. Nous n'avons pas été unis devant le même autel, le vrai Dieu ne peut être concerné par les vœux qu'on m'a fait prononcer, dans une langue que je ne comprenais pas. C'est pourquoi notre union devrait être dissoute. »

— Mademoiselle Anne, une femme ne peut pas faire annuler son mariage sur simple décision de sa part, proteste Catherine.

Nan et moi échangeons un regard. L'épouse de notre propre frère l'a quitté, et il obtint le divorce par grâce du roi. Le monarque est le chef de l'Église, mariage et divorce font partie des grâces qu'il dispense, mais pas aux femmes.

— Pourquoi une femme ne pourrait-elle pas rompre son mariage ? Si elle peut contracter une union, elle peut tout aussi bien dénoncer le contrat, rétorque Anne Askew. Qui a prêté serment peut se dédire. Le roi lui-même…

— Nous ne parlons pas du roi ici, s'empresse de l'interrompre Nan.

— La loi ne reconnaît pas la femme sauf quand elle est seule au monde, fait remarquer Anne Askew avec autorité. Seule une femme orpheline de père ou sans mari peut obtenir quelque droit de cité en ce monde. Cela est, en soi, injuste. Mais songez plutôt : je suis une femme seule, une *feme sole*. Mon père est mort et je renie mon époux. La loi se voit donc dans l'obligation de me traiter comme une personne adulte à égalité de droits, comme je le suis devant Dieu. J'irai au paradis parce que j'ai lu et accepté la Parole de Dieu. Je réclame justice parce que j'ai lu et accepté le texte de la loi.

Nan me lance un rapide coup d'œil inquiet.

— J'ignore ce qui est vrai ou faux dans ce que vous dites, commence-t-elle. Mais je sais que ce n'est pas un discours convenable en présence de la reine et des dames de sa Maison.

Elle désigne du regard la princesse Élisabeth qui est tout ouïe et ajoute :

— Ce n'est pas approprié pour de jeunes oreilles.

Je secoue la tête. Je suis mariée à un homme qui prononce ses propres annulations de mariage. Il lui suffit de publier un décret pour être divorcé. Anne Askew laisse entendre qu'une femme pourrait réclamer autant de pouvoir que le roi.

— Parlez-nous plutôt de votre foi, ordonné-je. J'ai traduit le psaume 145. Parlez-nous-en.

Elle penche la tête en avant afin de rassembler ses pensées, puis elle discourt avec simplicité et éloquence ; dans sa voix, j'entends résonner une conviction absolue ; et sur son visage, je vois l'éclat de l'innocence.

Elle passe toute la matinée en notre compagnie, puis je la renvoie chez elle avec une bourse d'or et une invitation à revenir. Elle me fascine. Cette femme, qui affirme pouvoir choisir son lieu de résidence, décider de rejeter son mari, cette femme qui a la conviction que Dieu, à qui elle s'adresse sans intermédiaire, lui pardonne ses péchés parce qu'elle les lui confesse, et non à un prêtre, cette femme m'inspire ! Je crois que c'est la première fois que je rencontre une femme qui me donne autant l'impression de vivre comme elle l'entend, de tracer son propre chemin dans la vie, de prendre ses propres responsabilités. Voilà une femme qui n'a pas été dressée pour ressembler à ce que les autres attendent d'elle. Elle ne s'est pas laissé réduire aux hasards de sa naissance.

Le portraitiste met la dernière main aux esquisses des deux princesses. Il me semble que la princesse Marie se tient plus droite et paraît plus élancée que d'habitude, comme si elle avait conscience que c'est là l'image que la postérité se fera d'une princesse anglaise, comme si c'était également son ultime portrait avant qu'on ne l'expédie à l'étranger. Peut-être songe-t-elle que ce dessin sera copié et envoyé à ses maris présomptifs.

Je me glisse à côté d'elle pour rajuster un peu sa traîne afin que celle-ci soit mieux alignée et d'en exhiber ainsi les magnifiques brocarts. J'en profite pour lui susurrer à l'oreille :

— Vous ne posez pas pour une icône, vous savez. Vous pouvez sourire.

Et elle me gratifie de son petit rire vif et furtif.

— Je le sais bien, répond-elle. C'est simplement que les gens verront ce portrait dans les siècles futurs.

La princesse Élisabeth, qui s'épanouit sous l'attention du peintre, a le teint aussi rose que de la nacre. Elle est restée si longtemps cachée aux yeux de tous qu'elle ne se lasse pas de l'admiration des hommes.

Je m'assois et regarde les deux sœurs qui se font face à quelque distance l'une de l'autre. Le peintre a dessiné leurs visages et a déposé de subtiles touches de couleur sur les robes. Tous ces travaux préparatoires seront intégrés au tableau d'ensemble, à la manière d'une tisserande ajoutant sur le métier des fleurs à une tapisserie d'après des dessins exécutés par elle dans son jardin.

C'est alors que l'artiste se tourne vers moi.

— Votre Majesté ?

— Je n'ai pas mis ma robe pour poser, protesté-je.

— Pour aujourd'hui, je me contenterai de saisir votre portrait, explique-t-il. Votre maintien. Me ferez-vous la grâce de vous installer ainsi que vous le serez sur le tableau ? Peut-être pourriez-vous supposer que le roi est assis à votre droite. Inclinerez-vous la tête vers lui ? Cependant, j'ai besoin que vous me regardiez bien en face.

Je prends la pose qu'il m'indique, mais je ne peux me pencher du côté où est censé se trouver le roi. De Vent est un peintre très méticuleux. Délicatement, il rectifie l'angle de ma tête d'un côté, puis de l'autre, si bien que Marie prend en riant la place de son père, et me voilà assise près d'elle, la tête légèrement inclinée, comme si je tendais l'oreille.

— Oui, parfait ! s'exclame De Vent. Mais cela manque de relief. La nouvelle mode… Votre Majesté m'autorise-t-elle ?

Il recule pour mieux se rendre compte. Je regarde dans la direction qu'il indique et, dans mon champ de vision, derrière la fenêtre, un merle se pose sur une branche et entrouvre son bec jaune d'où s'échappe un trille mélodieux. Immédiatement, me voilà revenue à cette soirée de printemps, lorsque je courus rejoindre Thomas Seymour dans ses appartements et que j'entendis le merle, ivre de joie et désorienté par la présence des torches, lancer son chant dans la nuit, tel un rossignol.

— *Mon Dieu**!

Le murmure de De Vent résonne à mon oreille et me ramène au présent.

— Qu'y a-t-il ?

— Votre Majesté, si je pouvais saisir cette lumière dans vos yeux et la beauté de votre visage, je serais le plus grand peintre au monde. Vous êtes rayonnante.

Je secoue la tête.

— Je rêvassais. Ce n'était rien.

— Comme j'aimerais pouvoir saisir ce rayonnement. Vous m'avez montré ce à quoi je devrais m'appliquer. À présent, je vais faire quelques esquisses.

Je relève la tête et regarde vers la fenêtre : le merle ébroue ses ailes sous une pluie fine et prend son envol.

Printemps 1545, palais de Whitehall, Londres

Le roi me convoque, et Nan, suivie de Catherine Brandon, m'accompagne le long du couloir secret qui mène à ses appartements. Toutes les fenêtres sont ouvertes pour faire entrer le soleil printanier, et les oiseaux chantent dans les arbres des jardins en contrebas. Les cris des mouettes nous parviennent de la Tamise et nous percevons le reflet intermittent du soleil sur leurs blanches ailes.

Je trouve Henri de bonne humeur, sa jambe bandée reposant sur un tabouret, une pile de papiers noircis de caractères d'imprimerie devant lui.

— Voyez ceci ! me lance-t-il gaiement. Vous qui pensez que vous êtes une grande érudite, regardez !

Je fais ma révérence et m'avance pour l'embrasser. Il prend mon visage dans ses deux grosses mains et me fait approcher plus près afin que je l'embrasse sur la bouche. Son haleine sent l'alcool et les confiseries.

— Je ne me suis jamais désignée ainsi, m'empressé-je de rectifier. J'ai conscience d'être une femme ignorante en comparaison de vous, mon seigneur et mari. Mais je suis contente d'avoir l'occasion d'étudier. Qu'est-ce ?

— Ce sont nos épreuves en provenance de chez l'imprimeur ! s'exclame-t-il. Les textes liturgiques, enfin ! Cranmer dit que nous en déposerons un exemplaire dans chaque église du royaume et que nous mettrons fin au marmonnement en latin que ni les fidèles ni le prêtre ne comprennent. Ce n'est pas la Parole de Dieu, ce n'est pas ce que je veux pour mon Église.

— Vous avez raison.

— Je sais ! Et voyez, ce sont là les prières que vous avez traduites, et le travail de Cranmer est là, lui aussi ; je l'ai peaufiné et, par endroits, reformulé plus habilement ; j'en ai également traduit certains passages moi-même. Et voilà : mon livre !

Je prends les feuilles et lis les premières pages. C'est magnifique, exactement comme je l'espérais. C'est rédigé dans une langue claire et simple, avec du rythme et du mouvement, comme de la poésie, mais rien n'y est outré ni affecté. J'examine une ligne qui m'a pris une demi-journée de traduction, substituant un mot par un autre, raturant le tout et repartant de zéro. À présent qu'elle est imprimée, elle semble avoir trouvé sa forme définitive et se lit comme si les Anglais priaient ainsi depuis toujours. Je ressens la joie profonde de l'écrivain découvrant pour la première fois son ouvrage imprimé. L'œuvre absorbante effectuée dans la solitude est devenue publique, elle entame sa carrière dans le monde. Elle fera l'objet de critiques, mais j'ai l'entière conviction que c'est du bon travail.

— Mon texte liturgique dans mon Église !

Pour le roi, c'est le sentiment de possession qui est source de joie.

— Mon Église, dans mon royaume ! Je dois être à la fois roi et pape d'Angleterre. Il me faut protéger le peuple contre les ennemis extérieurs et les conduire à Dieu de l'intérieur du pays.

Nan et Catherine laissent échapper un petit murmure d'émerveillement admiratif. Elles connaissent chaque phrase et chaque paragraphe de ce texte qu'elles se sont passé de main en main, et dont elles ont amélioré et parachevé le phrasé, lisant à voix haute à Thomas Cranmer ses propres modifications, vérifiant le vocabulaire avec moi.

— Vous pouvez le prendre, lance le roi avec emphase. Vous pouvez emporter ces pages et les lire afin d'y débusquer les coquilles de ces idiots d'apprentis imprimeurs. Et vous me direz ce que vous pensez de ma plus grande œuvre.

L'un de ses pages s'avance et ramasse la pile de feuillets.

— Attention, ajoute Henri en me menaçant du doigt, je veux entendre votre véritable opinion, pas quelque flatterie. Tout ce que j'attends de vous, c'est la vérité, Catherine.

Je m'incline tandis que les gardes nous ouvrent les portes.

— Je la lirai avec attention et vous dirai ce que j'en pense vraiment, promets-je. Je la lirai pour la centième fois, et j'espère la lire encore mille. De fait, toute l'Angleterre la lira des milliers de fois ; elle sera lue chaque jour en chaire.

— Vous devez toujours être sincère avec moi, me met-il chaleureusement en garde. Vous êtes ma compagne et ma collaboratrice. Vous êtes ma reine. Nous continuerons d'avancer ensemble, Catherine, guidant le peuple de l'obscurité vers la lumière.

Nan, Catherine et moi ne soufflons mot jusqu'à ce que nous soyons de retour dans le refuge de mes appartements, derrière la porte fermée.

— C'est merveilleux ! s'exclame Catherine. C'est merveilleux que le roi mette son propre nom sur cet ouvrage. Stephen Gardiner ne pourra rien y trouver à redire s'il est publié sous le sceau royal. Comme vous le menez bien, Votre Majesté ! C'est un grand pas en direction de la grâce authentique !

Nan étale les feuilles sur la table et je me munis d'une plume afin de pointer les erreurs lorsqu'un petit coup à la porte basse qui donne directement sur l'escalier des écuries nous fait relever la tête. Les prédicateurs qui souhaitent venir nous voir discrètement se présentent à cette porte sur rendez-vous. C'est sans doute un libraire qui nous apporte un livre qu'un des espions de Gardiner ne manquerait pas de juger hérétique. Tout autre visiteur, éminent ou subalterne, délégations d'État et solliciteurs, se fait annoncer dans ma chambre de parade.

— Allez voir qui est là, lancé-je à voix basse, et Nan va jusqu'à la porte, qu'elle ouvre.

Sous les yeux levés du garde posté au bas de l'escalier, un jeune homme entre et me fait sa révérence, ainsi qu'à Joan Denny.

— Oh, c'est Christopher, il est au service de mon mari ! s'exclame Joan, surprise. Que faites-vous ici, Christopher ? Vous auriez dû vous présenter à la porte principale. Vous nous avez fait peur.

— Sir Anthony a dit de venir vous voir sans être vu, répond-il, avant de se tourner vers moi. Sir Anthony m'a demandé de prévenir sans délai Votre Majesté que Miss Anne Askew a été arrêtée et interrogée.

— Non !

Il confirme d'un hochement de tête.

— Elle a été arrêtée et interrogée par un inquisiteur puis par le lord-maire de Londres lui-même. À l'heure qu'il est, elle est avec monseigneur Bonner.

— Est-elle inculpée ?

— Pas encore. Il la soumet à un interrogatoire.

— Le jour même où le roi te remet les prières en anglais ? me glisse Nan à l'oreille, incrédule. Le jour même où il promet de libérer l'Angleterre de la superstition ? Il la fait arrêter et passer à la question ?

— Que Dieu nous garde et nous protège ! C'est un combat de chiens ! Cela revient à dresser un cabot contre l'autre pour voir lequel des deux fera le meilleur gibier de potence ! m'exclamé-je.

— Où veux-tu en venir ? s'enquiert Nan, effrayée par le ton de ma voix. Que dis-tu là ?

— Qu'allons-nous faire ? demande Catherine Brandon. Que pouvons-nous faire pour aider Anne ?

Je me tourne vers Christopher.

— Retournez-y, ordonné-je. Prenez cette bourse.

Nan va jusqu'à un tiroir et en sort une petite bourse d'or que je garde pour mes bonnes œuvres.

— Voyez si des proches de monseigneur Bonner acceptent de se laisser soudoyer. Essayez de découvrir ce que l'évêque reproche à Miss Askew, s'il réclame un serment, une abjuration ou des excuses. Découvrez ce qu'il veut. Et faites en sorte qu'il sache que j'ai entendu les sermons d'Anne, qu'elle est parente de George Saint Paul, qui est au service des Brandon, que je ne l'ai jamais entendue prononcer un seul mot qui ne fût pas pieux, saint et respectueux de la loi. Ajoutez qu'aujourd'hui même le roi a reçu ses textes liturgiques en anglais de chez l'imprimeur et que je compte sur la libération de cette jeune femme.

Il s'incline tandis que Nan émet un petit bruit apeuré.

— Est-il sage d'avouer la connaître ? De te laisser associer à elle ?

— N'importe qui peut découvrir qu'elle est venue prêcher ici, réponds-je. Nul n'ignore que sa sœur officie à la Cour. Ce que l'évêque doit savoir, c'est que nous, ses amies, la soutiendrons. Il doit avoir conscience qu'en la questionnant, il interroge l'un de mes prédicateurs, une proche de la maison de Suffolk. Il doit être informé qu'elle a de puissants alliés et que nous savons où elle se trouve.

Christopher hoche la tête et tourne vivement les talons avant de disparaître par la petite porte.

— Et faites-nous prévenir dès qu'elle sera libérée, lancé-je à sa suite. Et si on la poursuit, revenez immédiatement me voir.

Nous sommes livrées à l'attente. Nous attendons pendant toute la journée et prions pour Anne Askew. Je dîne avec le roi et mes dames de compagnie dansent pour lui ; nous sourions jusqu'à en avoir des douleurs à la mâchoire. Je le regarde du coin de l'œil pendant qu'il écoute la musique et bat la mesure avec la main, et je pense : *Savez-vous qu'une femme qui pense comme moi, qui a délivré des sermons devant moi, qui m'aime depuis la plus tendre enfance et dont j'admire les dons, est en ce moment même interrogée parce qu'elle est soupçonnée d'hérésie – soupçons qui peuvent la conduire au bûcher ? Êtes-vous au courant et attendez-vous de connaître ma réaction ? Est-ce une mise à l'épreuve pour savoir si j'interviendrai en sa faveur ? Ou bien n'êtes-vous au courant de rien ? N'est-ce là qu'un effet de la mécanique de la vieille Église, qui s'est mise en branle à la manière d'un automate ? Sont-ce là les conséquences de l'ambition de l'évêque de Londres, de l'intolérance de Stephen Gardiner, de la sempiternelle conspiration des vieux prélats qui tournent inexorablement en rond et refusent tout changement ? Devrais-je vous en parler et demander votre aide ? Suis-je assise à côté de l'homme qui sauverait Anne ou à côté du roi pour qui elle n'est qu'un pion sur un échiquier ?*

Henri tourne la tête vers moi et me sourit.

— Je viendrai à vos appartements ce soir, mon ange, annonce-t-il.

Soudain je n'ai plus aucun doute : il n'est sûrement au courant de rien. Même un souverain aussi vieux et fourbe que le roi d'Angleterre ne pourrait sourire à son épouse et coucher avec elle tandis que son amie est soumise à un interrogatoire sur son ordre.

Je ne parle pas d'Anne à mon mari, même si, tandis qu'il s'achemine tant bien que mal vers la jouissance, il grommelle :

— Vous me comblez... Ah, Catherine, vous me comblez vraiment. Vous pouvez tout me demander...

Immobile et sombrant dans le sommeil, il répète :

— Vous me comblez. Demandez-moi n'importe quelle faveur, je vous l'accorderai...

— Je ne veux rien, réponds-je.

Je me ferais l'effet d'une catin si je sollicitais une faveur à ce moment précis. Anne Askew s'enorgueillit d'être une femme libre. Elle a tenu tête à son mari et à son père. Il serait malvenu que je rachète sa liberté contre le plaisir sexuel d'un homme qui pourrait être notre père à toutes les deux.

Il le comprend. Il esquisse un regard espiègle tandis qu'il renverse la tête sur l'empilement d'oreillers, les yeux mi-clos, somnolent.

— Faites-moi votre demande plus tard, alors. Si vous préférez séparer la rétribution de l'acte rétribué.

— L'acte est un acte d'amour, rectifié-je avec emphase – et j'ai aussitôt le sentiment d'avoir mérité son rire moqueur.

— Vous rendez la chose élégante par ce nom, lance-t-il. C'est l'une de vos qualités que je préfère, Catherine, vous ne réduisez pas tout à un commerce, vous ne considérez pas tout un chacun comme votre rival ou votre ennemi.

— Non, en effet, confirmé-je. Mais le monde dans lequel vous vivez doit être bien sombre si vous voyez les choses ainsi. Comment pourrait-on supporter de vivre en un tel monde ?

— En le dominant, repartit-il avec désinvolture. En étant le plus gros négociant doté du plus gros capital, en étant le maître de tous, qu'ils le sachent ou non.

Deux choses sauvent Anne Askew : son intelligence aiguë et ma protection. Elle n'avoue rien d'autre que sa croyance dans les Écritures, et lorsqu'on essaie de la perdre en ergotant sur des détails liturgiques, elle répond qu'elle ne sait pas, qu'elle est une femme simple, que tout ce qu'elle sait, c'est lire la Bible, la Bible du roi lui-même, et qu'elle s'efforce d'en suivre les préceptes. Tout le reste est trop subtil pour une fidèle comme elle qui craint Dieu. Le lord-maire tente de la piéger en lui posant des questions de théologie, mais elle garde la tête froide et affirme qu'elle ne saurait discuter de ces sujets. Elle irrite Edmund Bonner, l'évêque de Londres, presque plus qu'il ne saurait le dire, mais il ne peut rien contre elle dès lors qu'il apprend de la bouche de ses gens qu'Anne Askew délivre des sermons à la reine et à ses dames d'honneur, et que la souveraine et son entourage – dont font partie les plus nobles dames du pays – ne l'ont jamais entendue proférer d'hérésies. La reine, qui jouit d'une si grande faveur auprès du roi au point qu'il a passé la nuit dans ses appartements, ne saurait être désavouée. La reine n'a pas encore parlé au souverain en faveur de sa prédicatrice de Cour, mais il est évident qu'elle est en mesure de le faire. Avec un empressement inquiet, on libère Anne Askew et la renvoie chez son mari. Ces despotes et ces mâles ne connaissent pas d'autre moyen d'exercer leur domination sur une femme. Je ris à gorge déployée lorsqu'on m'apprend la nouvelle. À mon avis, son époux s'en trouvera bien plus puni qu'elle.

Début de l'été 1545, palais de Whitehall, Londres

L'ambassadeur espagnol Eustache Chappuis, qui défendit avec pugnacité la cause perdue de la pauvre mère de la princesse Marie, la reine Catherine, qui appelait Anne Boleyn « la Dame » avec un sourire si méprisant que tout le monde comprenait qu'il voulait dire « la Catin », a vieilli au service de la princesse Marie et de sa mère, et s'apprête à rentrer en Espagne. Il boite autant que le roi, est perclus de goutte et ne peut marcher qu'en s'aidant de ses cannes, le visage grimaçant de douleur. Il vient au palais de Whitehall par une belle journée de début mai afin de faire ses adieux au souverain ; il fait si doux et les fleurs de pommiers embaument à ce point l'air que nous sortons dans le jardin pour le rattraper avant qu'il ne se rende à son audience avec Henri. Je lui dis qu'il devrait rester, qu'il fera aussi chaud en Angleterre qu'en Espagne le mois de juin venu.

Il s'efforce de m'adresser une révérence et je lui fais signe de rester sur sa chaise.

— Mes vieux os réclament le soleil d'Espagne, Votre Majesté, répond-il. Cela fait longtemps, très longtemps, que je n'ai revu mon pays. Je souhaite écrire mes mémoires assis au soleil.

— Vous envisagez d'écrire vos mémoires ?

Il est sensible à ma manifestation soudaine d'intérêt.

— Oui, j'aime écrire. Et tant d'événements se sont imprégnés de manière très vive dans mon esprit.

Je frappe des mains.

— Ils vaudront la peine d'être lus, monsieur l'ambassadeur ! Que d'événements dont vous avez été témoin ! Que raconterez-vous ?

Il ne se déride pas, sa figure reste empreinte de gravité.

— Je dirai que j'ai vu l'avènement d'une époque sombre, répond-il à mi-voix.

J'aperçois Marie qui vient vers nous par les allées du jardin, suivie de ses dames de compagnie, et je comprends à sa manière de tenir le crucifix du chapelet qui entoure sa taille qu'elle rassemble son courage pour faire ses adieux à cet homme qui fut comme un père pour elle. De fait, il a plus été un père pour elle que le roi. Il a aimé et servi sa mère, puis il a fait de même pour elle. Sans doute s'imaginait-elle qu'il ne partirait jamais.

— Je vais vous laisser en tête à tête avec la princesse, lancé-je avec douceur. Elle sera très triste de vous voir partir. Elle met sa confiance en vos conseils avisés depuis sa plus tendre enfance. Vous êtes l'un de ses rares…

« L'un de ses rares amis fidèles », veux-je dire, mais je me rends soudain compte qu'elle avait de nombreux amis mais que beaucoup d'entre eux sont morts. Il est l'un des rares à avoir survécu. Presque tous ceux qui avaient de l'affection pour Marie furent exécutés par son père.

Les yeux noirs de l'ambassadeur sont embués de larmes.

— C'est généreux de votre part de nous permettre cet aparté, remercie-t-il de sa voix tremblante de vieillard. Je me suis attaché à elle depuis son plus jeune âge. Ce fut un honneur que de la conseiller. Je regrette de n'avoir pu…, s'interrompt-il. Je n'ai pas pu la servir comme je l'aurais souhaité, avoue-t-il. Je n'ai pas su protéger sa mère, ni elle-même.

— C'était une époque trouble, fais-je remarquer, plus diplomate que le diplomate. Mais personne ne peut mettre en doute votre dévouement.

Il se dresse à grand-peine sur ses jambes pour accueillir la princesse Marie qui approche.

— Je prierai pour vous, Votre Majesté, promet-il à voix basse. Je prierai pour qu'il ne vous arrive rien de fâcheux.

C'est une promesse si étrange de la part d'un ambassadeur qui ne parvint pas à sauver sa propre souveraine, que je marque un temps d'hésitation avant de faire signe à Marie d'approcher.

— Oh, mais je ne cours aucun danger, je vous remercie, monsieur l'ambassadeur, réponds-je. Le roi m'a nommée régente générale. Il me fait confiance. Vous pouvez avoir l'assurance que la princesse Marie ne risque rien sous ma garde. Vous pouvez partir sans crainte. Je suis reine d'Angleterre et mère de cette enfant. Je veillerai sur elle.

L'ambassadeur Chappuis me regarde comme s'il me prenait en pitié. Il a vu cinq reines s'asseoir à côté du roi depuis l'avènement de l'infante d'Espagne.

— C'est pour vous que je suis inquiet, précise-t-il sèchement.

Je laisse échapper un petit rire.

— Je ne ferais rien qui puisse déplaire au roi, rétorqué-je. De plus, il m'aime.

L'ambassadeur s'incline.

— Ma reine, Catherine d'Aragon, n'avait rien fait pour lui déplaire, rappelle-t-il à voix basse.

Je m'aperçois que, pour lui, Henri n'a jamais eu qu'une reine, la première et unique reine Catherine.

— Elle aussi, reprend l'ambassadeur, il l'aimait, sincèrement et profondément. Jusqu'à ce qu'il cesse de l'aimer. Dès lors, rien ne put soulager son malaise, si ce n'est la mort de sa femme.

Malgré le soleil qui brille dans le jardin, j'ai soudain froid.

— Mais que pourrais-je faire ? interrogé-je.

Je me demande ce qu'il redoute. Que pourrais-je faire, en effet, qui déplût si affreusement au roi au point qu'il m'écarte du pouvoir, comme il le fit avec Catherine d'Aragon en l'emprisonnant dans un lointain château ouvert aux quatre vents où il la laissa mourir dans l'indifférence ? Mais le vieil homme interprète erronément mes paroles : il croit que je lui demande ce que je peux faire pour m'y soustraire, et sa réponse me fait froid dans le dos :

— Majesté, lorsque vous tomberez en défaveur, au moindre soupçon de disgrâce, je vous conjure de quitter immédiatement le pays, répond-il tout bas. Il n'annulera pas un autre mariage. Il n'en est plus là. Il ne supporterait pas la honte qui y serait attachée. Toute la chrétienté se rirait de lui et il ne saurait le tolérer. Quand il se sera lassé de vous, il mettra fin à sa lassitude par votre trépas.

— Ambassadeur ! m'exclamé-je.

Il hoche sa tête grisonnante.

— Ce sont là mes dernières paroles à Votre Majesté. C'est la mise en garde d'un vieillard qui n'a plus rien à perdre. La mort emporte désormais les faveurs du roi. Il n'y est pas contraint. J'ai connu des souverains que les circonstances acculaient à faire exécuter leurs amis ou des êtres chers, mais il n'est pas de ceux-là.

Après un silence, il ajoute :

— Il aime les conclusions définitives. Il aime s'en prendre à quelqu'un et apprendre sa mort le lendemain. Il se plaît à savoir qu'il détient ce pouvoir. Si vous tombez en disgrâce, Votre Majesté, je vous en prie, veillez à vous enfuir.

Je reste sans voix.

Il secoue la tête.

— Mon plus grand regret, mon plus grand échec, est de ne pas avoir pu organiser l'évasion de ma reine, poursuit-il avec tendresse.

Mes dames de compagnie me regardent. J'invite d'un geste succinct de la main la princesse Marie à nous rejoindre, puis je me retire à l'écart afin de les laisser s'entretenir en privé. Si j'en juge d'après la réserve soudaine de Marie, il la met en garde, comme il vient de le faire pour moi. Voilà un homme qui observe le roi depuis seize ans, qui l'a pratiqué et l'a vu accroître sa puissance. Il a vu des conseillers être traînés à la Tour pour y être exécutés parce qu'ils n'étaient pas du même avis que lui. Il a vu ses épouses tombées en disgrâce, proscrites de la Cour ou exécutées. Il a vu des innocents être pendus par milliers pour des révoltes vénielles. Un frisson me parcourt l'échine, comme si je sentais dans ma chair transie l'imminence d'un danger que je ne saurais nommer. Je secoue la tête pour chasser cette désagréable impression et m'éloigne.

Été 1545, palais de Sans-Pareil, Surrey

George Day, mon aumônier, arrive à mon antichambre, tandis que mes dames de compagnie et moi sommes occupées à lire. Il porte un paquet sous le bras. Je devine aussitôt ce qu'il tient et gagne l'encorbellement de la fenêtre avec Rig sur mes talons, afin que le chapelain puisse déballer le livre et me le montrer.

— « *Prières pour l'élévation de l'esprit aux plus hautes méditations célestes* », lis-je sur la page de titre en suivant les caractères d'imprimerie avec le doigt. Le voilà !

— Lui-même, Votre Majesté. Le résultat est très beau.

Je l'ouvre à la première page où mon nom s'étale en toutes lettres, « Princesse Catherine, reine d'Angleterre », indiquant que j'en suis la rédactrice.

Je reprends mon souffle.

— Le roi en personne en a approuvé la formulation, précise George Day à voix basse. Thomas Cranmer le lui a apporté et lui a fait remarquer que c'était une excellente traduction des anciennes prières, qu'elle serait lue avec la litanie des saints. Vous avez donné aux Anglais un recueil de prières en anglais, Votre Majesté.

— Il n'a pas désapprouvé la mention de mon nom ?

— Non.

Je suis le tracé de mon nom du bout du doigt.

— Cela me semble presque trop.

— C'est l'œuvre de Dieu, m'assure-t-il. Et c'est également…

Je souris.

— Oui ?

— C'est excellent, Votre Majesté. C'est une œuvre de valeur.

Le roi recouvre la santé avec l'arrivée de l'été et a hâte de reprendre son voyage annuel le long de la belle vallée de la Tamise. C'est accompagné seulement de deux pages et du docteur Butts qu'il sort de sa chambre du palais de Sans-Pareil, traverse le couloir secret et pénètre dans mes appartements. Nan me prévient qu'il arrive, et je m'assois au coin du feu avec un livre, magnifiquement vêtue de ma plus belle chemise de nuit et les cheveux nattés sous un filet de couleur sombre.

Les pages frappent à la porte, les gardes l'ouvrent en grand, le docteur Butts s'incline très bas sur le seuil, et le roi entre. Je me lève de mon siège près de l'âtre et lui fais ma révérence.

— Je suis si contente de vous voir, mon mari et mon seigneur.

— Il était temps ! s'exclame-t-il d'un ton bref. Je ne vous ai pas épousée pour passer mes nuits seul.

Si j'en juge d'après la mine fermée du médecin, il a déconseillé au souverain d'affronter les corridors qui mènent à mes appartements et de s'attarder en ces lieux. Sans mot dire, Butts va jusqu'à la table devant la cheminée et prépare un remède pour le roi.

— Est-ce une potion pour dormir ? s'enquiert Henri avec irritation. Je n'en ai pas besoin. Je ne suis pas venu ici pour dormir, espèce d'idiot.

— Votre Majesté ne devrait pas se surmener…

— Je n'en ai pas l'intention.

— Cela vous aidera simplement à contenir votre fièvre, assure le docteur. Vous vous êtes échauffé, Votre Majesté. Vous allez réchauffer le lit de la reine.

C'était exactement la remarque qu'il fallait. Henri se met à glousser.

— Préférez-vous m'avoir dans votre lit plutôt qu'une chaufferette, Catherine ?

— Vous vous y entendez mieux pour réchauffer un lit que Joan Denny, réponds-je avec le sourire. Elle a les pieds glacés. Je serais heureuse de vous accueillir dans mon lit, Sire.

— Vous voyez ! s'exclame triomphalement Henri en s'adressant à William Butts. Je dirai à sir Anthony que je fais meilleur ménage au lit que sa femme.

Sur ces mots, il part d'un grand éclat de rire.

— Mettez-moi au lit, ordonne-t-il aux pages.

Ensemble, ils le hissent sur le repose-pied devant la couche, puis, tandis qu'il se redresse, ils se placent chacun d'un côté du lit. L'un d'entre eux est obligé de monter debout sur le matelas afin de mettre le souverain en position assise pour qu'il puisse respirer, en appui contre les oreillers et le traversin. Avec d'infinies précautions, ils soulèvent sa grosse jambe blessée et la glisse sous les couvertures, puis ils répètent l'opération avec l'autre jambe. Délicatement, ils remontent les draps et les couvertures sur lui avant de reculer afin de vérifier qu'il est confortablement installé. Une idée troublante me traverse l'esprit : ils l'admirent comme s'il s'agissait déjà de l'énorme moulage en cire de son cadavre qui sera un jour placé sur son cercueil.

— Cela devrait aller, lance-t-il d'un ton sec. Vous pouvez disposer.

Le docteur Butts apporte le petit verre qui contient son remède au roi qui l'avale d'un trait.

— Est-il autre chose qui puisse contribuer à votre confort ? s'enquiert le médecin.

— Des jambes neuves ! répond ironiquement Henri.

— Dieu m'est témoin que si cela était en mon pouvoir, Votre Majesté…

— Je sais, je sais. Vous pouvez nous laisser.

Ils traversent ma chambre et sortent, refermant la porte derrière eux. J'entends le garde faire traîner sa pique sur les dalles de pierre de l'autre côté de la porte, rendant ainsi les honneurs au médecin. Puis tout retombe dans le silence, à l'exception du crépitement du feu dans le foyer et du ululement d'une chouette dans la nuit, au loin dans les arbres du jardin. Venu de nulle part, le son lointain d'une flûte qui appelle à la danse me parvient aux oreilles.

— À quoi tendez-vous l'oreille ?

— J'ai entendu une *ullet*.

— Une quoi ?

Je secoue la tête.

— Une chouette. Je voulais dire une chouette. Nous disons *ullet* dans le Nord.

— Votre foyer vous manque-t-il ?

— Non, je suis heureuse ici.

C'est la réponse qui convient. Il me fait signe de venir me coucher près de lui. Je m'agenouille brièvement à mon prie-Dieu, puis j'enlève ma robe de chambre et me faufile entre les draps en chemise de nuit. Sans dire un mot, il tire sur le luxueux linon de ma chemise et me fait signe de me placer à califourchon sur lui. Je fais en sorte de sourire tandis que je le chevauche, puis je m'assois doucement sur sa personne. Il ne se passe rien. Me sentant un peu stupide, je baisse les yeux pour m'assurer que je me trouve au bon endroit, mais il ne se passe décidément rien. Sans me départir de mon sourire, lentement, je défais le ruban qui retient la partie supérieure de ma chemise. Toujours, je dois mesurer mes gestes afin de ne pas paraître délurée, comme Kitty Howard, mais je me montre suffisamment sensuelle pour lui faire plaisir. Il me prend sans ménagement par les hanches et m'attire vers lui, me frottant contre lui tout en s'efforçant de soulever le bassin. Mais ses jambes sont trop faibles pour soutenir son poids, et il échoue à se cambrer, ne parvenant qu'à se mettre en difficulté. Je remarque que son visage change de couleur, sa colère monte. Je continue de sourire. J'ouvre de grands yeux et me mets à respirer bruyamment, feignant d'être excitée. Puis je commence à haleter.

— Nous n'arriverons à rien, lance-t-il d'un ton sec.

Je m'immobilise timidement.

— Ce n'est pas ma faute, insiste-t-il. C'est cette fièvre. Elle m'ôte toute virilité.

Je descends de son corps avec autant d'aisance que possible, mais je me sens cruellement gauche, comme si je descendais sans grâce d'un gros cheval de trait.

— Je suis sûre que ce n'est rien…

— Oui, oui… C'est la faute de ce satané docteur. Les remèdes qu'il me donne émasculeraient un étalon !

Je glousse de cette saillie, puis avisant son expression, je m'aperçois qu'il ne plaisantait pas. Il se compare réellement à un étalon, hélas rendu impotent par une potion contre la fièvre.

— Allez nous chercher quelque chose à manger, ordonne-t-il. Du moins pouvons-nous dîner !

Je me glisse hors du lit et vais jusqu'au placard. J'y trouve des pâtisseries et des fruits.

— Plus que cela, bon sang !

J'actionne la cloche, et ma cousine Élisabeth Tyrwhit entre et s'incline très bas lorsqu'elle voit le souverain dans ma couche.

— Votre Majesté…, commence-t-elle.

— Le roi a faim, expliqué-je. Apportez-nous des pâtisseries et du vin, des viandes et des fromages, ainsi que des douceurs.

Elle s'incline et s'en va. Je l'entends réveiller un page et l'envoyer en toute hâte aux cuisines. L'un des cuisiniers est obligé d'y passer la nuit sur un lit gigogne dans l'attente d'une commande nocturne en provenance des appartements royaux. Le roi apprécie de prendre de copieux repas au beau milieu de la nuit en plus des deux festins quotidiens ordinaires, et il se réveille souvent avec l'envie de manger un dessert qui l'aidera à se rendormir.

— Nous partons pour la côte la semaine prochaine, m'annonce-t-il. Cela fait des mois que j'attends d'être assez vaillant pour pouvoir monter à cheval.

Je pousse un cri de joie.

— Je veux voir de mes yeux ce qu'il reste de ma marine après le passage de Tom Seymour, poursuit-il. Et on raconte que les Français rassemblent leurs troupes dans leurs ports. Ils projettent sûrement une attaque. Je veux inspecter mes forteresses.

Je suis sûre que l'accélération de mon pouls dans le creux de ma gorge nue à l'idée de revoir Thomas ne lui a pas échappé.

— N'est-ce pas dangereux ? demandé-je. Si les Français débarquaient ?

— Certes, confirme-t-il avec délectation. Il se pourrait même qu'il y ait des échanges de tirs.

— Une bataille pourrait-elle avoir lieu ?

Ma voix ne trahit aucune émotion.

— J'espère bien. Je n'ai pas fait réarmer le *Mary Rose* pour qu'il reste à quai. Il est mon arme maîtresse, mon arme secrète. Savez-vous combien de canons il transporte à son bord désormais ?

— Mais vous n'embarquerez pas, n'est-ce pas, mon Sire ?

— Douze ! s'exclame-t-il en omettant de répondre à ma question pour suivre le fil de sa pensée.

— Ce fut toujours un navire redoutable, mais désormais nous l'utiliserons comme arme, comme dit Thomas. Il a tout à fait raison, ce bâtiment est comme une forteresse flottante. Il transporte douze pièces d'artillerie, huit couleuvrines et quatre canons. Il peut rester au large et bombarder une forteresse à terre grâce à ses canons qui sont aussi gros que ceux de l'ennemi. Il peut faire feu par un bord et se retourner pour tirer par l'autre pendant que les premiers canons sont réarmés. Il peut aussi jeter ses grappins sur un autre bateau pour permettre à mes hommes de monter à l'abordage.

J'ai fait installer deux châtelets sur le pont supérieur, un à la proue et un à la poupe.

—Mais vous ne partirez pas en mer avec sir Thomas ?

—Ce n'est pas impossible.

Il entre en effervescence à la perspective qu'il puisse y avoir une bataille.

—Mais je ne perds pas de vue que je me dois de rester hors de danger, ma chère. Je suis le père de la Nation, je ne l'oublie pas. Et puis, je refuse de faire de vous une veuve.

Je cherche une manière détournée de lui demander de quel bateau Thomas exercera son commandement. Le roi me regarde avec bienveillance.

—Je n'ignore pas que vous voudrez emporter tous vos jolis atours. Mon intendant informera le vôtre du jour de notre départ. Nous devrions faire un voyage plaisant, le beau temps devrait être de la partie.

—Je raffole des déplacements estivaux de la Cour, déclaré-je. Emmènerons-nous le prince Édouard avec nous ?

—Non, non, il restera à Ashbridge, répond-il. Mais nous pourrons y faire une halte au retour. Je sais que cela vous fera plaisir.

—Je suis toujours contente de le voir.

—Se montre-t-il appliqué à l'étude ? Recevez-vous des comptes-rendus de ses précepteurs ?

—Il m'écrit. Nous correspondons en latin désormais, pour l'exercice.

—Très bien, lance-t-il, mais je devine à son air qu'il est jaloux de l'amour que me voue son fils. Cependant, vous ne devez pas le distraire de ses études, Catherine. Et il ne doit pas oublier sa vraie mère. Elle doit occuper la plus grande place dans son cœur. Elle est son ange gardien au ciel, comme elle le fut sur terre.

— Tout ce que vous voudrez, Sire, réponds-je, me crispant quelque peu.

— Il est né pour être roi, ajoute-t-il. Tout comme moi. Il doit se plier à la discipline et recevoir les meilleurs enseignements, ainsi qu'être élevé avec sévérité. Comme je l'ai été. Ma mère est morte lorsque j'avais douze ans. Personne ne m'a écrit de tendres lettres, à moi.

— C'est exact, conviens-je. Elle a dû vous manquer énormément. Perdre sa mère si jeune…

Il arbore une grimace pleine d'apitoiement.

— J'eus le cœur brisé, avoue-t-il d'une voix rauque. Son décès me dévasta. Aucune femme ne m'a plus aimé qu'elle. Et elle me quitta alors que je n'étais encore qu'un enfant !

— Une tragédie…, confirmé-je à mi-voix.

On frappe à la porte. Les serviteurs entrent, portant un guéridon qui ploie sous les mets. Ils le posent à côté du lit et remplissent une assiette à ras bord pour le roi tandis que celui-ci désigne plat après plat.

— Mangez ! m'ordonne-t-il, la bouche pleine. Je n'aime pas manger seul.

Je prends une petite assiette et me laisse servir. Je vais m'asseoir près du feu et picore quelques pâtisseries. On verse du vin au roi. Je prends un verre de petite bière. Je n'arrive pas à y croire : je vais voir Thomas Seymour avant la fin de la semaine.

Il faut deux longues heures à Henri pour finir sa nourriture, et lorsque enfin il a terminé, après avoir ingurgité plusieurs parts de tarte, des viandes et la moitié d'un gâteau au citron, il est en nage et respire bruyamment.

— Remportez cela, j'en ai assez ! déclare-t-il.

En un éclair et avec une grande efficacité, les serviteurs ramassent les restes sur le guéridon et l'emportent avec eux.

— Venez vous coucher, lance-t-il, la bouche pâteuse. Je passerai la nuit avec vous.

Il renverse la tête en arrière et rote bruyamment. Je vais de mon côté du lit et me couche. Je n'ai pas le temps de remonter les couvertures sur nos deux corps qu'il dort à poings fermés et ronfle déjà.

Je m'attends à ne pas trouver le sommeil et reste allongée dans l'obscurité, toute à ma joie de revoir bientôt Thomas. *Peut-être est-il à Portsmouth ? Sans doute dort-il à bord de son navire, dans sa cabine en bois et basse de plafond d'amiral, dans la lueur des bougies qui se balancent doucement sur leurs cardans accrochés à la paroi. Je le verrai la semaine prochaine, selon toute vraisemblance. Je ne pourrai probablement pas lui parler, et certainement pas le regarder, mais du moins le verrai-je, et il me verra.*

Je fais un songe qui ressemble tant à ma vie diurne que je ne sais plus si je rêve. Je suis dans mon lit. Près de moi, le roi dort à grand renfort de ronflements. Je sens une odeur putride. C'est l'odeur de sa jambe pourrissante qui envahit mon lit, ma chambre. Je me lève en faisant attention de ne pas le réveiller. Mais soudain la pestilence devient encore plus insupportable. *Il faut que je sorte de cette chambre,* me dis-je, *car je ne peux plus respirer ; je dois aller trouver l'apothicaire pour qu'il me donne du parfum ; il faut que j'envoie les princesses ramasser des aromatiques au jardin.* Aussi discrètement que possible, je gagne la porte qui donne sur le passage secret séparant la chambre du souverain de la mienne.

J'ouvre la petite porte et sors, mais au lieu de poser le pied sur le plancher et les ajoncs épars entre les murailles qui courent le long de la galerie, je me trouve directement sur l'étroit palier d'un escalier de pierre à colimaçon dangereusement abrupt. Je pose la main sur la colonne centrale et commence à gravir les marches. Je dois échapper à cette abominable odeur de mort. Mais voilà que, contre toute attente, elle empire, comme s'il y avait un cadavre ou des chairs en décomposition dans le tournant de l'escalier, juste au-dessus de ma tête.

Je me couvre la bouche et les narines avec la main, et manque de vomir lorsque je m'aperçois que c'est ma main qui empeste. C'est moi, qui suis en putréfaction ; c'est ma propre puanteur que j'essaie de fuir. Je sens le cadavre en décomposition. Je fais halte sur une marche et me dis que tout ce que je peux faire est de me jeter au bas de l'escalier, la tête la première, afin que ce corps pourrissant puisse en finir de mourir et que je ne sois plus claustrée avec la mort, que le processus de décomposition de mes chairs se propage jusqu'au bout de mes ongles.

Je pleure à présent, enrageant contre le destin qui m'a menée où j'en suis. Mais en roulant sur mes joues, mes larmes se transforment en poussière. Elles ont la sécheresse du sable et le goût du sang coagulé lorsqu'elles s'écoulent entre mes lèvres. En désespoir de cause, rassemblant tout le courage dont je suis capable, je fais demi-tour et me tiens face au vide. Puis, dans un ultime cri de désespoir, je plonge la tête la première.

— Là, là, tout va bien !

Il me semble avoir été rattrapée dans ma chute par Thomas, aussi m'agrippé-je à lui en tremblant. Je tourne la tête et me blottis dans sa chaleur. Mais c'est le roi qui me tient dans ses bras. Je fais un bond en arrière et hurle, craignant d'avoir prononcé le prénom de Thomas dans mon sommeil, car alors commenceraient pour moi les vrais ennuis.

— Chut… Chut…, chuchote-t-il. Calmez-vous, mon amour. C'était un rêve. Rien qu'un rêve. Tout va bien maintenant.

Il me serre tendrement contre son flanc à l'embonpoint rassurant, moelleux comme un oreiller.

— Mon Dieu, quel rêve ! Mon Dieu, quel cauchemar !

— Ce n'est rien, rien du tout.

— J'ai eu si peur. J'ai rêvé que j'étais morte.

— Vous ne risquez rien avec moi. Je vous protégerai, mon adorée.

— Ai-je parlé dans mon sommeil ? demandé-je en gémissant.

Je tremble d'avoir prononcé le prénom de Thomas !

— Non, vous n'avez pas dit un mot, vous avez juste pleuré, pauvre petite. Je vous ai réveillée immédiatement.

— C'était si affreux !

— Ma pauvre petite colombe, reprend tendrement Henri en caressant mes cheveux, mes épaules nues.

— Vous êtes en sécurité auprès de moi. Voulez-vous quelque chose à manger ?

— Non, non, réponds-je en émettant un rire peu convaincant. Non, je ne veux pas manger.

— Vous devriez prendre quelque chose, cela vous réconforterait.

— Non, non, vraiment. Cela ne passerait pas.

— Êtes-vous réveillée à présent ? Vous faites la différence ?

— Oui, oui, je fais la différence.

— Était-ce un rêve prémonitoire ? s'enquiert-il. Avez-vous rêvé de mes navires ?

— Non, dis-je fermement.

Cet homme a accusé deux de ses femmes de sorcellerie. Je n'ai donc pas l'intention de faire semblant d'être douée de double vue.

— Ce n'était rien, rien qu'un rêve sans queue ni tête. Des remparts partout, et une impression de froid et de peur.

Il se renverse en arrière contre les oreillers.

— Parviendrez-vous à vous rendormir ?

— Oui. Merci de vous êtes montré si attentionné à mon égard.

— Je suis votre mari, rappelle-t-il avec une gravité dépourvue d'affectation. Il est naturel que je veille sur votre sommeil et apaise vos peurs.

Quelques secondes plus tard, le souffle irrégulier du dormeur s'échappe de nouveau de sa bouche mollement entrouverte. J'appuie la tête contre sa volumineuse épaule et ferme les yeux. Je sais que mon rêve est celui de Tryphine, la jeune fille à qui l'on fit épouser un homme qui assassinait ses femmes. Je sais que c'était l'odeur d'un cadavre d'épouse que j'ai sentie sur mes propres doigts.

Été 1545, château de Southsea, port de Portsmouth

C'est une journée magnifique, pareille à une scène estivale en peinture. Le soleil brille sur l'onde azurée du Solent, le vent vif soulève d'infimes traînées d'écume à la crête des vagues. Nous sommes au sommet de l'une des tours défensives qui surplombent le port, et l'on vient de hisser le roi jusqu'en haut de l'escalier de pierre afin qu'il puisse profiter du spectacle. Il est heureux, debout sur le brise-lames, les mains sur les hanches, tel un amiral à bord de sa forteresse flottante entouré d'une Cour en effervescence à cause de l'enthousiasme et de la tension du moment.

Je n'arrive pas à comprendre la raison de cette liesse. Tout se passe comme si nous attendions le commencement d'un tournoi par une journée d'été, comme si nous nous trouvions sur le champ de Mars dans la fable de la Toison d'or, comme si la lutte entre la France et l'Angleterre était du dernier raffinement, un summum d'élégance, de civilisation et de divertissement sportif. Assurément, tous sont conscients qu'il n'en est rien. Il ne s'agit pas là de jouer à la guerre, mais il est question d'une véritable veillée d'armes. Il n'y a donc absolument pas matière à réjouissance. Il y a au contraire tout à craindre.

Jetant un coup d'œil en arrière vers les pâturages non enclos de Southsea Common, je remarque que même si la Cour fait bonne figure, je ne suis pas la seule à être inquiète. Les hallebardiers de la garde royale se sont déjà préparés au pire ; leurs chevaux sont sellés et strictement maintenus en place par leurs écuyers ; ils sont prêts à sauter en selle et à s'élancer au grand galop. Les gardes sont déjà en armure, il ne leur reste plus qu'à mettre leur heaume. Derrière eux, se disperse progressivement l'inévitable cortège des quémandeurs, des mendiants, des hommes de loi, des voleurs et des bouffons qui suit la Cour royale dans chacun de ses déplacements. Ils pressentent toujours qui va gagner, et voilà que le peuple de Portsmouth évacue sa propre ville, certains habitants ployant sous un monceau de biens domestiques, d'autres fuyant à cheval, d'autres encore chargeant des charrettes. Si les Français vainquent notre flotte, ils pilleront Portsmouth et l'incendieront probablement ensuite. La Cour du roi semble la seule assemblée qui s'attende à une victoire et qui ait hâte que la bataille commence.

Les nombreuses cloches de la cité se mettent à sonner tandis que nos bateaux s'apprêtent à sortir du port ; leurs interminables volées effraient les goélands qui décrivent des cercles au-dessus des flots en criant. Je compte environ quatre-vingts bâtiments. C'est la plus grande flotte jamais rassemblée par l'Angleterre. Certains navires chargent équipage et armement, d'autres sont parés à appareiller. J'aperçois sur notre droite leurs voiles qui se déroulent, au fond du port, tandis que les canots à rames et les galères s'activent autour des navires qu'ils remorqueront jusqu'au large grâce à des filins.

— La plus grande marine jamais constituée ! se félicite le roi en se tournant vers Anthony Browne, qui se tient près de lui. Et elle est prête à combattre les Français à la nouvelle manière. Ce sera la plus grande bataille jamais vue.

— Rendons grâce à Dieu d'être là pour la voir ! réplique sir Anthony. Quelle inestimable chance ! J'ai passé commande d'un tableau afin de célébrer notre victoire.

Le peintre, tout en s'empressant d'immortaliser dans son carnet de croquis la sortie du port, s'incline très bas à l'intention du souverain et entreprend d'esquisser la vue qui s'étend devant nous, la tour où nous nous tenons, le port sur notre droite, les navires qui s'éloignent lentement vers le large, la mer au loin, les fanions qui flottent dans le vent, le canon prêt à faire feu.

— Je suis contente que mon mari ne soit pas à bord de l'un de ces bateaux, fait remarquer Catherine Brandon à voix basse.

Je considère sa pâleur et y décèle un écho de ma propre inquiétude. Nous ne sommes pas sur le point d'assister à une farce, ni à l'un des onéreux divertissements dont la Cour est friande. Nous sommes sur le point d'assister à une authentique bataille navale entre nos navires et ceux des Français, à quelques encablures du rivage qui plus est. Je m'apprête à voir de près le danger auquel est exposé Thomas. Je serai obligée de regarder son bateau se faire canonner.

— Savez-vous qui commande quel bâtiment ? demandé-je à Catherine Brandon.

Elle secoue la tête.

— De nouveaux amiraux ont été nommés hier soir au dîner, répond-elle. Le roi a investi ses amis de l'autorité navale afin qu'ils puissent prendre part à la bataille. Mon époux ne voit pas d'un très bon œil le fait d'investir des novices la veille de leur baptême du feu. Cependant, il est le chef de nos armées à terre et sur mer, et, Dieu merci, il reste sur le plancher des vaches !

— Allons, ne me dites pas que vous avez peur de la mer ?

— J'ai peur de toute eau profonde, avoue-t-elle. Je ne sais pas nager. Mais il est vrai que nul, en armure, ne peut nager. Peu de marins savent nager et aucun soldat ne pourrait rester à flot dans sa pesante tenue de combat.

Je l'arrête d'un geste bref de la main.

— Sûrement que personne ne sera contraint de nager.

Des vivats inégaux s'élèvent en bordure du quai tandis que le *Mary Rose*, le navire nouvellement réarmé du roi, déploie ses somptueuses voiles carrées et lance des filins aux galères qui le remorqueront jusqu'en mer.

— Oh, le voilà. Qui en a le commandement ?

— Tom Seymour, Dieu le protège ! répond Catherine.

Je hoche la tête et mets ma main en visière, feignant de me protéger du soleil. En fait, il m'est insupportable de le regarder partir se battre en pépiant comme l'un de mes oiseaux chanteurs, cela n'aurait aucun sens et serait idiot.

— Il y a beaucoup de vent, observé-je. Est-ce bien ?

— C'est un avantage pour nous, me rassure l'oncle Parr.

Il se tient parmi mes dames de compagnie, les mains en visière lui aussi, le regard perdu au large.

— Les Français ont des galères de combat qui peuvent circuler entre nos navires par temps calme. Ils peuvent aller à la rame où bon leur semble. Mais un jour comme aujourd'hui, où l'on peut faire pleine voile, nous avons les capacités de sortir en un éclair du port et de les canonner. Nous pouvons fondre sur eux telle la tempête par vent arrière.

Chacun recule d'un pas lorsque le roi vient me rejoindre, la tête haute, inspirant à grands traits l'air marin.

— C'est assurément beau à voir, fais-je remarquer, tandis que les bateaux sont remorqués un à un, qu'ils hissent leurs voiles et voguent de leurs propres ailes, tel un vol de colombes, une nuée de mouettes prenant le large.

La Cour lance des vivats pour chaque bâtiment qui passe devant notre observatoire : le *Peter*, le *Henri grâce à Dieu**, sans oublier les navires que nous avons volés aux Écossais, comme *La Salamandre* et *La Licorne*. Puis, aussi brusquement qu'un nuage masque le soleil, tous se taisent.

— Que se passe-t-il ? demandé-je à Henri.

Pour la première fois, il ne tourne pas vers le large son visage rayonnant, il ne pose pas, mains sur les hanches, pour l'artiste qui le dessine. Il regarde derrière lui, comme s'il voulait s'assurer que son garde personnel se tient prêt à assurer sa retraite, puis il tourne de nouveau les yeux vers la masse bleu foncé de l'île de Wight qui se profile sur l'horizon. Entre la côte et l'île, la flotte française a soudain fait son apparition dans le silence le plus complet, pénétrant dans le bras de mer, ligne de bateaux après ligne de bateaux. Si la bataille se déroulait à terre, nous aurions affaire à une charge de cavalerie d'immenses coursiers, encolure contre encolure, déployant par vagues successives leur coalition de force brute. Mais en l'occurrence, aucun son ne nous parvient, et ce n'en est que plus effrayant. Les navires se meuvent avec aisance sur l'eau, toutes voiles dehors, toutes par le même bord, et ils semblent être des centaines, des milliers. Je ne vois pas la mer, ni entre les bateaux, ni au-delà. C'est comme une forêt de voiles en mouvement. Un rempart de toile.

Au-devant d'eux, aux avant-postes, a pris position une autre flotte : c'est celle des galères agressives qui se propulsent en synchronie par rangées sur les flots, avançant par à-coups chaque fois que les rames frappent la surface de l'eau et s'y enfoncent. Même de là où je suis, sur notre brave petite tourelle de Southsea Common, j'arrive à distinguer la gueule noire du canon solitaire installé à la proue de chaque gabare, gueule qui semble prête à dévorer nos navires, ces quelques bateaux, nos chétives embarcations, tandis qu'elles quittent en masse l'abri que leur offrait le port afin de défendre nos côtes. Et je sais que sur son vaisseau amiral, le *Mary Rose*, Thomas Seymour se tient à côté du timonier, position d'où il scrute la mer et fait sûrement le constat qu'il est largement dépassé par le nombre.

— Dieu nous vienne en aide, murmuré-je.

Le roi baisse les yeux vers moi, remarque ma pâleur et retire son chapeau de son crâne clairsemé. Il l'agite en l'air.

— Pour Dieu ! Pour Harry ! Et pour saint Georges ! crie-t-il, imité bientôt par sa Cour, puis par le peuple, qui tous font bloc autour de nous.

Nos voix s'envolent par-dessus les flots vers les marins anglais qui scrutent l'horizon et voient la mort faire voile sur eux.

Le souverain est ravi par ce défi.

— Nous sommes inférieurs en nombre mais je pense que nous sommes mieux armés, s'écrie-t-il.

Il prend Charles Brandon par l'épaule et ajoute :

— Ne pensez-vous pas, Charles. Moi, je pense que si ! Ne pensez-vous pas ?

— Nos adversaires ont moins de canons, affirme Charles avec certitude. Mais ils sont deux fois plus nombreux que nous.

— Vous avez fait fortifier Portsmouth, rappelle le roi.

— J'ai fait placer des canons à chaque point stratégique, y compris ici, explique Charles d'un air grave. S'ils s'approchent encore, vous pourrez faire feu vous-même.

— Ils ne s'approcheront pas davantage, décrète Henri. Je ne veux pas qu'ils pénètrent dans les eaux anglaises. Je leur interdis de s'approcher du sol anglais ! Je suis le roi ! Ont-ils l'intention de me défier sur ma propre terre ? Je n'ai peur de rien. Je suis toujours absolument dénué de peur.

Je remarque que Charles Brandon ne regarde pas dans ma direction, comme s'il jugeait préférable de ne pas relever l'orgueilleuse fanfaronnade du roi. Je cherche le docteur Butts des yeux et aperçois son visage blême dans les derniers rangs de la Cour. Je lui adresse un signe de tête et il s'avance.

— Sa Majesté est surmenée, lui fais-je remarquer.

Il observe le roi tandis que celui-ci, penché au-dessus des remparts et donnant une tape dans le dos à un canonnier, crie à un page de l'aider à passer en boitant d'un côté à l'autre de la tour. Il se comporte comme un homme s'apprêtant à frapper au cœur un ennemi inférieur, comme un homme certain de remporter la victoire. Il lance des menaces aux Français comme si ceux-ci pouvaient l'entendre, comme s'il pesait dans la balance. Il agit comme si sa fureur et sa rage contre les Français pouvaient l'emporter sur l'avancée silencieuse de leurs milliers de bateaux et sur le battement régulier des tambours des galères qui impriment leur rythme au mouvement inexorable des rames.

— Il est trop tard pour contenir sa fougue à présent, déclare le docteur Butts.

J'ai conscience que nous sommes sur le point d'assister à un désastre. La flotte française continue de progresser et les petits navires anglais font irruption sans parvenir à se placer selon quelque formation que ce soit, remorqués en vain par les canots et s'efforçant tout aussi vainement de prendre le vent. Quelques navires déploient leurs voiles et quittent le rivage avec célérité, et d'autres essaient de manœuvrer afin de pointer leurs canons sur les galères des Français.

Impitoyablement, ces derniers continuent d'avancer, les galères aux avant-postes, les grands vaisseaux à l'arrière.

— Maintenant, vous allez voir ! Vous allez voir ce que vous allez voir ! pronostique le roi.

Il descend en boitillant jusqu'à la partie la plus avancée des remparts, tourne la tête et me crie quelque chose, mais ses paroles sont couvertes par le fracas d'un canon tandis que les premiers navires anglais entrent à portée de tir des Français.

Le feu anglais riposte. Nous voyons les sombres bouches carrées s'ouvrir sur le flanc des bateaux tandis que les équipages en soulèvent les trappes pour déployer les canons, puis un nuage de fumée s'élève au-dessus de chaque pièce d'artillerie avant que celle-ci ne disparaisse de la vue dans un rebond à l'intérieur du bâtiment afin d'y être rechargée.

— *Mary Rose !* crie Henri, tel un enfant encourageant son champion au cours d'une joute. *Henri grâce à Dieu** !

J'aperçois le *Mary Rose* qui s'apprête à entrer en lice, toutes trappes des canonnières levées. Elles paraissent se compter par centaines, en rangées étagées du pont supérieur jusqu'à la ligne de flottaison. J'aperçois des hommes sur le pont, ainsi que le commandant de bord et le maître d'équipage à la barre ; et il me semble reconnaître l'amour de mon cœur dans la minuscule silhouette immobile drapée d'une cape rouge vif qui se tient derrière eux.

— Que Dieu le garde ! Oh, mon Dieu, protégez-le !

Telles sont les quelques paroles que je murmure entre mes lèvres.

Je discerne, à la proue et à la poupe du navire, les deux hauts châtelets où s'entassent des soldats. Le soleil fait scintiller leur heaume, et je les vois brandir leur pique en attendant le moment opportun pour lancer leur grappin et monter à l'abordage des navires ennemis. Thomas prendra leur tête lors de la charge. Il devra sauter d'un bateau sur l'autre en leur hurlant de le suivre. À l'aplomb des châtelets, des filets ont été tendus de part et d'autre du mitan du pont inférieur. Ce sont des filets d'abordage qui empêchent d'éventuels assaillants de sauter à bord et de s'emparer de nos précieux bateaux. Je distingue les troupes placées en rangs sous les filets. Lorsque les nôtres seront suffisamment près d'un bâtiment français, ils déferleront sur lui en masse.

— Feu ! crie Henri, comme s'ils pouvaient l'entendre. Feu ! Feu ! C'est un ordre !

Une gabare, dont les rames rappellent les pattes d'une araignée d'eau, s'approche des magnifiques bateaux anglais qui fendent les vagues. La proue crache soudain une nuée de fumée noire. L'odeur âcre de la poudre à canon nous parvient par-dessus les flots.

Les canons du *Mary Rose* se déploient dans chaque ouverture, de sorte qu'il est hérissé de fûts qui surgissent simultanément. Il se tourne et fait feu par bâbord dans une seule et unique détonation. La manœuvre est magnifiquement exécutée, et c'est également un beau coup, comme dans une partie d'échecs. Aussitôt, une des galères se trouve en difficulté et s'enfonce. Le plan remarquable du roi et la stratégie de Thomas font la démonstration de leur efficacité face à l'ennemi stupéfait. La bataille se déroule navire contre navire, et les soldats se contentent pour l'instant de pousser des vivats des châtelets et de brandir leurs épées dans un geste menaçant. Le grand vaisseau amiral effectue un demi-tour pour venir faire feu par tribord pendant que l'on recharge les canons de bâbord.

Une soudaine bourrasque fait claquer les pavillons dans un bruit de soie qui se déchire.

— Feu ! Demi-tour et feu ! hurle Henri, mais le vent est trop violent et emporte ses paroles.

Je retiens mon chapeau, mais Anne Seymour perd sa coiffe qui s'envole vers le large par-dessus les remparts.

Quelqu'un s'amuse de l'incident, et nous comprenons soudain qu'un drame se prépare. Le *Mary Rose* arrisait ses voiles et se tournait face au vent afin de placer ses canons par tribord face aux Français lorsque la bourrasque se leva. Mais voilà qu'il s'enfonce dangereusement sur le talon de quille, sa voilure retombant en direction des vagues, ses magnifiques voiles carrées quittant leur position fièrement verticale à l'aplomb de la cambrure des ponts pour venir se placer à un angle bizarre, disgracieux.

— Que faites-vous ? s'époumone le roi, comme si quiconque pouvait lui répondre. Que faites-vous, bon sang ?

Le *Mary Rose* ressemble à un cheval qui aurait pris un virage trop étroit et dont les pattes s'activent de plus en plus rapidement, de plus en plus violemment, sous lui, mais sans toucher le sol, tandis que la chute s'amorce, lentement, inexorablement, épouvantablement.

— Redressez ! beugle Henri.

Nous nous massons tous autour de lui et nous penchons au-dessus des remparts, dans l'illusion que les marins puissent nous entendre leur crier des instructions.

— Non ! Non ! Non ! crie quelqu'un, tandis que le magnifique et fier vaisseau, pavillons au vent, continue de basculer de côté pour se coucher progressivement sur le flanc, comme un oiseau mort, à demi immergé sous les vagues.

Les cris des naufragés n'arrivent pas jusqu'à nous. Les marins sont piégés sous le pont inférieur, où l'eau s'engouffre par les ouvertures des canonnières. Il leur est impossible de grimper aux échelles situées entre la poupe et le gaillard d'avant. Ils se noient dans cet immense cercueil qui les entraîne en douceur, sans heurt, par le fond. Les cris des hommes restés sur le pont supérieur parviennent à nos oreilles. Ils s'accrochent aux filets d'abordage qui les retiennent désormais prisonniers, s'efforcent de s'en libérer en les lacérant. Des soldats sautent des tourelles et entaillent les cordages de leur pique ou bien tranchent les filets grossiers à coups d'épée. Mais ils échouent à libérer les hommes de leurs rets en y pratiquant des ouvertures. Nos guerriers et nos marins meurent comme des maquereaux pris dans la nasse, luttant jusqu'à leur dernier souffle contre les mailles du filet.

Des corps sans entrave tombent en chute libre des châtelets comme autant de soldats de plomb semblables aux jouets d'Édouard ; leurs cuirasses les précipitent en quelques secondes par le fond. Ceux qui sont coiffés d'un heaume se noient dans l'eau froide et salée de l'océan avant de pouvoir en détacher les sangles. Les lourdes bottes condamnent à la noyade ceux qui les portent en les entraînant dans une course effrénée vers l'abîme, où ils sont bientôt rattrapés par les hommes en armure. J'entends une voix crier :

— Non, non, non…

Le temps s'étire en une longue angoisse insoutenable, mais sans doute le drame ne dure-t-il que quelques minutes. Tout semble avoir lieu hors du temps. Couché sur le flanc, le bateau ressemble à un oiseau endormi qui se laisse porter par les flots pendant qu'une poignée d'hommes – pas davantage – se jettent des gréements et disparaissent dans la houle recouverte de fumée. Les canons continuent de rugir, de même que la bataille proprement dite continue de faire rage. Nous sommes les seuls à nous figer d'épouvante lorsque, sous nos yeux, la quille remonte encore davantage vers le ciel. Les voiles s'emplissent d'eau en lieu et place du vent, enflent et se gonflent avec une grâce étrange qui signe leur engloutissement. Elles entraînent le navire à leur suite dans les profondeurs verdâtres.

— Non, non, non..., gémit quelqu'un.

Été 1545, Cowdray House, Midhurst, Sussex

La bataille n'est pas concluante, me dit-on, une fois que la fumée s'est enfin dissipée et que les deux flottes ennemies repartent mollement chacune de son côté, celle des Français vers leurs côtes, les bateaux anglais vers le port. On annonce au roi que l'Angleterre est victorieuse. Quelques minuscules embarcations ont suffi contre la grande armada des Français, et leurs soldats débarqués sur la côte du Sussex et sur l'île de Wight ont été repoussés par les ouvriers agricoles.

— Je reconnais bien là les Anglais ! glisse d'un ton encourageant sir Anthony Denny à l'oreille du roi. Pour Dieu ! Pour Harry !

Mais Henri ne se laisse pas émouvoir par le cri de guerre d'Henri V, son prédécesseur et plus grand roi que lui. Il est sous le choc. Son vaisseau amiral gît par le fond sous les eaux du Solent, de même qu'au palais sa grosse carcasse semble échouée sur son lit. On vient presque toutes les heures lui répéter que la situation n'est pas aussi catastrophique qu'il y paraît. On lui promet de renflouer le *Mary Rose*, que c'est une affaire de jours, tout au plus, qu'il refera surface, une fois vidé de son eau. Mais au bout d'un moment, tous ces beaux parleurs se taisent : le *Mary Rose*, ainsi que ses marins et ses quatre cents ou cinq cents guerriers – personne n'en connaît exactement le nombre –, continueront de reposer au gré des marées, bercés par le concert des flots.

Dès que le souverain est en état de monter à cheval, nous nous rendons par étapes à Cowdray House, près de Midhurst, dans l'espoir que sir Anthony Browne, l'un des courtisans les plus fanfarons du roi, parvienne à lui remonter le moral et à le réconforter. Henri chevauche sans mot dire, balayant les alentours du regard : partout s'étendent des prés verdoyants, des cultures de céréales, des troupeaux de moutons, des vaches ; mais il ne semble voir partout que son fier navire, exhibant sa quille et s'enfonçant pour un ultime voyage dans un bouillonnement fatal. Je chevauche à sa hauteur et j'ai conscience que mon visage s'est figé comme celui d'un ange de pierre sur une pierre tombale. Nous traversons une campagne tranquille peuplée de gens amers. Ils savent qu'il s'en est fallu de peu que les Français ne débarquent, que la flotte royale est impuissante à les défendre. C'est une campagne marbrée de bras de mer et de rivières à marées, extrêmement vulnérable aux invasions. Ils craignent que les Français ne se réarment et ne reviennent, et nombre d'entre eux murmurent que s'ils venaient et rétablissaient les abbayes, les églises et les chapelles, alors ils seraient un bienfait pour l'Angleterre.

Je ne pose pas de questions au sujet de Thomas Seymour. Je n'ose prononcer son nom. Il me semble que le simple fait de dire « Thomas » me ferait fondre en larmes, et qu'une fois que j'aurais commencé à pleurer, je ne pourrais plus m'arrêter. Je sens en moi la présence d'un océan de larmes, un océan aussi profond que les courants qui caressent les gréements de son navire.

— Le roi a accordé à lady Carew une forte pension, me glisse Nan à voix basse tandis qu'elle me brosse les cheveux avant de poser mon filet d'or et de rabattre ma capuche.

— Lady Carew ? répété-je avec indifférence.

— Son mari s'est noyé lors du naufrage du bateau, explique-t-elle.

Plus personne ne prononce le nom de *Mary Rose* désormais. Tout se passe comme si c'était un fantôme, une autre reine défunte... une femme anonyme qui a cessé de paraître à la Cour du roi Henri.

— Pauvre femme..., lancé-je.

— Le roi l'avait fait vice-amiral la veille de la bataille et il lui en avait donné le commandement, poursuit-elle. Il l'avait nommé en remplacement de Thomas Seymour, qui n'a pas décoléré à cause de cet affront. Il a toujours eu une chance inouïe, ce Tom ! Il a été contraint de se choisir un autre navire comme vaisseau amiral, et il s'en est sorti sain et sauf.

Elle lève les yeux de son ouvrage, qui consiste à coiffer mes cheveux en torsade avant de les glisser sous le filet, et avise mon reflet dans le miroir.

— Que se passe-t-il ? demande-t-elle. Es-tu indisposée ?

Je pose la main sur mon corset. Mon cœur bat sous l'étau de soie.

— Je ne me sens pas bien, murmuré-je. Nan, je ne me sens vraiment pas bien. Je vais m'allonger un instant.

Toutes mes dames se massent autour de moi, et je ferme les paupières afin d'occulter la vue de leurs visages anxieux pleins de sollicitude. Puis quelqu'un me soulève par les épaules tandis que deux d'entre elles me prennent par les chevilles et me déposent sur mon lit. On coupe le lacet de mon corset et le desserre pour me permettre de respirer plus librement. Nan me retire mes pantoufles de soie et frictionne mes pieds glacés.

Quelqu'un d'autre encore approche une coupe de bière chaude de mes lèvres et je bois à petites gorgées, puis je me renverse contre les oreillers et rouvre les yeux.

— Vous n'avez pas chaud ? s'enquiert spontanément et non sans inquiétude l'une de ces dames.

Toutes redoutent la suette. Cette maladie peut tuer un homme en quatre heures sans que l'on puisse prédire avec certitude qu'il y succombera. Le malade se plaint d'avoir chaud au dîner et meurt dans les sueurs à la nuit tombée. C'est un fléau associé aux Tudors, il a fait son apparition sous le règne du père du roi.

— J'ai mal au ventre, réponds-je. J'ai dû manger quelque chose qui ne m'a pas réussi.

Deux d'entre elles échangent un sourire à peine dissimulé.

— Oh, avez-vous la nausée au réveil ? demande Anne Seymour, d'un ton allusif plein d'espoir.

Je secoue la tête. Je ne veux pas que ce genre de rumeur se répande. Même à présent, tandis que je suis sous le choc de la nouvelle que Thomas Seymour est vivant, je dois surveiller ma langue, la leur, la langue de tout un chacun à mon sujet.

— Non, insisté-je. Et nul ne doit prétendre le contraire. Il ne s'agit pas de cela, et le roi serait très mécontent si vous faisiez circuler des ragots me concernant.

— Je ne faisais qu'envisager la meilleure cause qui soit à votre indisposition, se défend Anne.

Je ferme de nouveau les yeux.

— J'ai besoin de dormir, dis-je, pour toute explication.

J'entends Nan presser l'assistance de quitter ma chambre puis fermer la porte et s'asseoir sur mon lit dans un bruissement d'étoffe. Sans ouvrir les paupières, je lui tends la main ; elle la prend et la serre de manière réconfortante.

— Quelle affreuse journée, lancé-je. Je ne peux m'empêcher de repenser aux événements.

— Je comprends, confirme-t-elle. Essaie de dormir.

Été 1545, palais de Greenwich

Nous rentrons à Londres en progressant lentement. Le déplacement, qui a commencé comme une excursion estivale et dont le but était d'aller assister à la victoire de la flotte, nous voit regagner nos pénates à une allure d'escargot à travers une campagne craintive, avec un roi hébété par la déception. Les champs de blé aux profonds reflets d'or et la verdure du regain printanier des prés de fauche ne nous procurent aucun plaisir, tandis que défilent sous nos yeux gentilhommières cossues et petits villages, et que nous songeons à notre incapacité à les défendre.

Nous nous rendons à Greenwich, où les vagues qui viennent frapper les rochers de la jetée devant le palais nous rappellent les eaux implacables du Solent et le naufrage dans ses noirs abysses du navire qui faisait la fierté du roi. Thomas reste en poste à Portsmouth, où il répare et reconstruit des habitations incendiées par les envahisseurs français, tout en dirigeant la remise en état des bateaux endommagés lors de la bataille, envoyant des plongeurs récupérer ce qu'ils peuvent sur l'épave tandis qu'elle s'installe pour son dernier mouillage. Il n'a pas la possibilité de venir à la Cour, et je n'espère pas l'y voir. Il écrit personnellement au roi, et Henri ne montre la lettre à personne.

Les gens pensent que le souverain est de nouveau malade, que la plaie de sa jambe s'est peut-être rouverte ou que la fièvre, qui l'assaille quatre fois l'an, est revenue. Mais, moi, je sais ce qu'il en est : il est rempli de dégoût. Il a été témoin d'une défaite, une défaite que nul ne peut nier, et il ne peut le supporter.

Son orgueil le rend si susceptible qu'il ne tolère pas la contradiction. Il préfère jouer simultanément le jeu des deux camps pour être sûr de l'emporter. C'est un homme qui, depuis sa plus tendre enfance, ne s'est jamais rien vu refuser. Et, de surcroît, il se considère comme l'incarnation de la perfection. Il ne peut qu'être le meilleur. Le roi François Ier était son unique rival, mais à présent, celui-ci ainsi que l'Europe entière se moquent de la flotte anglaise, qui était censée être si redoutable, mais dont le navire amiral coula dès qu'il eut hissé les voiles. Ils prétendent que le roi y avait entassé un si grand nombre de canons qu'il était aussi obèse et difficile à manœuvrer que lui !

— Telle n'est pas la cause, lance-t-il sèchement. Ne pensez pas cela.

— Non, bien sûr que non, réponds-je.

Il me fait songer à un animal pris au piège qui se tord de douleur et se révolte contre celle-ci. Il souffre plus à cause de son orgueil blessé qu'en raison de la mort des hommes qui ont péri noyés. Il se doit d'organiser le sauvetage de son estime de lui. Rien ni personne n'a plus de prix à ses yeux. Le navire amiral peut bien s'abîmer dans les sables du Solent, pourvu que l'orgueil du roi soit sauf.

— Ce bateau était parfait ! s'exclame-t-il, un autre soir. C'est à cause de ces imbéciles de canonniers ! Ils ont laissé les ouvertures béantes après la canonnade.

— Oh, telle est donc la cause ?

— Probablement, confirme-t-il. J'aurais dû en laisser le commandement à Thomas Seymour. Je suis content que cet idiot de Carew ait payé de sa vie !

Je ravale mon envie de protester contre ce jugement sévère.

— Dieu ait son âme, dis-je à la place, songeant à sa femme qui a vu son mari se noyer.

— Dieu lui pardonne ! renchérit Henri gravement. Car je ne le lui pardonnerai jamais.

Le roi me parle chaque soir de son bateau. Il ne réussit pas à trouver le sommeil s'il ne m'a pas d'abord convaincue de la responsabilité des autres, qu'ils aient agi par incompétence ou par volonté de lui nuire. Il ne parvient plus à travailler. La plupart des membres du Conseil privé nous précèdent à Westminster, et Charles Brandon, le vieil ami d'Henri, sollicite la permission de se retirer tranquillement chez lui avec sa femme Catherine.

— Il aurait dû me prévenir ! tempête le roi. Entre tous, Charles aurait dû me prévenir !

— Comment aurait-il pu savoir ? questionné-je.

— Il n'aurait jamais dû le laisser prendre la mer s'il y avait trop d'hommes à bord, éclate-t-il soudain de colère, le visage en feu, sa veine temporale semblable à un gros ver. Au nom de quoi aurait-il ignoré qu'il y avait trop d'hommes à bord ? Il a dû se montrer négligent. Je vais le rappeler à la Cour pour qu'il s'explique. Il était chef des armées sur terre comme sur mer : il doit en endosser la responsabilité. Ce ne sont pas mes plans qui sont fautifs, c'est son incapacité à les mettre en œuvre qui est en cause. Je lui ai tout pardonné, ma vie durant, mais je ne peux lui pardonner cela.

Mais lorsque le messager chargé de faire revenir le coupable à la Cour s'apprête à quitter le palais, les Brandon nous font savoir que Charles est malade ; puis un cavalier en provenance de Guildford nous apporte au grand galop la nouvelle de sa mort. Le meilleur ami du roi, celui qui survécut le plus longtemps, est mort.

C'est le dernier coup qui clôt un été calamiteux. Le roi est inconsolable. Il s'enferme dans sa chambre et rejette toute aide. Il refuse même de manger.

— Est-il malade ? demandé-je au docteur Butts, lorsqu'on m'annonce qu'il a renvoyé son dîner gargantuesque.

Le médecin secoue la tête.

— Pas physiquement, Dieu l'en préserve ! Mais il est gravement endeuillé. Charles Brandon était le dernier de ses vieux amis, son seul ami d'enfance. C'est comme s'il avait perdu un frère.

Cette nuit-là, malgré les trois pièces qui séparent ma chambre de celle d'Henri, j'entends un cri affreux. C'est un glapissement qui ressemble au cri nocturne de la renarde, un hurlement si surnaturel que j'en oublie mon mépris pour les rituels dénués de sens et fais mon signe de croix, puis j'embrasse l'ongle de mon pouce et récite :

— Dieu me garde et me bénisse !

Un autre cri retentit, puis un autre, et je bondis hors de mon lit, ordonnant d'un ton sec à ma suivante :

— Ne bougez pas !

Je me rue dans ma chambre de parade déserte, traverse celle du roi, puis son antichambre et m'arrête devant la porte de sa chambre où les gardes se tiennent impassibles. Mais de derrière le panneau de bois me parviennent les sanglots d'un cœur brisé.

Je marque un temps d'hésitation. Je ne sais pas si je dois avancer ou reculer. J'ignore même s'il est préférable de demander aux gardes de frapper pour moi ou d'actionner moi-même la poignée afin de vérifier si la porte est fermée de l'intérieur. J'ignore s'il est dans mes attributions de me rendre auprès de lui, et de lui rappeler que Charles Brandon sera mort dans sa religion et qu'il attend au purgatoire, assuré de monter au ciel, soulevé par les fumées d'encens de messes dispendieuses. À moins que mon devoir ne consiste à abandonner le roi à sa gigantesque affliction. Il sanglote tel un enfant accablé d'un gros chagrin, comme s'il était soudain devenu orphelin. La clameur en est éprouvante.

Je fais un pas en avant et actionne la poignée. Le garde, le visage complètement inexpressif, comme si son maître n'était pas en larmes à quelques mètres de lui, se pousse de côté. La poignée tourne, mais la porte ne cède pas. Henri s'est enfermé à l'intérieur. Il veut rester seul sur l'océan agité de sa peine. Je ne sais pas ce que je dois faire et, si j'en juge par la mine atone du hallebardier, celui-ci ne le sait pas non plus.

Je retourne à ma chambre, ferme la porte et remonte les couvertures sur ma tête, mais rien ne peut étouffer les lamentations du roi. Il crie sa déchirure pendant toute la nuit et aucun d'entre nous, que ce soit dans ses appartements ou dans les miens, ne parvient à trouver le sommeil à cause de sa douleur.

Au matin, je revêts une robe noire et me rends à la chapelle. J'ai l'intention de prier pour l'âme de Charles Brandon et de demander à Dieu de m'aider à réconforter mon mari, que ce dernier deuil a brisé. Je m'installe à la place réservée à la reine et jette un regard vers le trône du roi. À ma grande surprise, Henri est déjà là, à sa place habituelle, signant des papiers concernant des affaires courantes, examinant des requêtes. Seuls ses yeux rouges fatigués trahissent la nuit blanche qu'il a passée à pleurer. De fait, des deux, c'est moi, avec mes yeux gonflés et la pâleur de mon visage, qui semble la plus affectée par le manque de sommeil. On dirait qu'il a consumé en une seule nuit la totalité de son chagrin et de son angoisse. À la fin de l'office, nous disons « Amen » et, d'un signe, il m'intime d'approcher. Je fais le tour et viens me placer près de lui, mes dames d'honneur sur mes talons, et nous sortons de la chapelle tous ensemble, traversons la Cour en direction de la grand-salle des banquets, ma main enfouie sous son bras, tandis qu'il s'appuie pesamment de l'autre côté sur un hallebardier de la garde royale.

— Je vais lui offrir des funérailles de héros, annonce-t-il. Et je paierai pour tout.

Je ne peux dissimuler mon étonnement devant tant de calme, mais il interprète mon attitude comme un ravissement dû à sa générosité.

— Je le ferai, répète-t-il avec fierté. Et la petite Catherine Brandon n'a rien à craindre pour l'héritage de ses fils. Je les laisserai tous deux sous sa garde. Je n'en ferai pas mes pupilles. Ils pourront ainsi hériter des biens de leur père dans leur totalité. Je lui en laisserai même la gestion jusqu'à ce qu'ils soient des hommes. Je ne leur enlèverai rien.

Sa propre munificence le met de bonne humeur.

— Elle sera contente, déclare-t-il. Elle sera aux anges ! Elle pourra venir me remercier en personne dès qu'elle sera de retour à la Cour.

— Elle sera en deuil, rappelé-je. Peut-être ne souhaitera-t-elle plus servir dans mes appartements. Peut-être ne désirera-t-elle pas revenir à la Cour. La mort de son mari…

Il secoue la tête.

— Bien sûr que si, qu'elle viendra ! rétorque-t-il, plein d'assurance. Elle ne m'abandonnerait jamais. Elle vit sous ma protection depuis qu'elle est toute petite.

Je ne dis rien. *Comment lui expliquer qu'une veuve puisse préférer passer ses premiers jours de deuil dans la prière plutôt qu'à s'occuper de lui ?* D'ordinaire, une veuve reste chez elle pendant les trois premiers mois ; en outre, Catherine éprouvera sans doute le besoin de demeurer auprès de ses fils désormais orphelins de père. Mais je suis soudain frappée par un éclair de lucidité : comment le roi en aurait-il le sens ? Personne ne lui a suggéré d'attendre avant de me faire convoquer à la mort de mon époux. Il est inimaginable pour lui que l'on puisse ne pas souhaiter vivre à la Cour. Il n'a lui-même jamais vécu ailleurs ; il n'a aucun sens de la vie privée ni des élans de tendresse dès lors qu'ils ne s'offrent pas à la vue du monde. Dans les jours qui ont suivi le décès de mon mari, il m'a fait mander à la Cour pour que je joue aux cartes avec lui et me montre caressante à son endroit. Je suis la seule personne à pouvoir l'empêcher de faire peser ce fardeau sur Catherine.

— Sans doute préférerait-elle rester chez elle, au palais de Guildford…

— Non, pas du tout.

Nan vient me voir un soir, longtemps après le dîner, après que la Cour s'est retirée pour la nuit et tandis que je m'apprête à me coucher. Elle fait signe à ma dame de compagnie de sortir et s'assoit près du feu.

— Je vois que tu as l'intention de t'attarder, dis-je sèchement en prenant le siège en face d'elle. Veux-tu un verre de vin ?

Elle se lève et nous sert. Nous observons un moment de silence durant lequel nous savourons l'arôme et le caractère de ce vin rouge portugais qui semble presque noir dans le cristal de Venise translucide des verres. Soufflés à la perfection, ces derniers valent une centaine de livres pièce.

— Qu'en dirait mère ? lance Nan avec un petit sourire.

— « Ne considérez pas cela comme un dû, répliqué-je aussitôt. Ne baissez pas la garde. N'oubliez jamais votre famille. » Et surtout, ajouté-je, « Comment va votre frère ? Comment va William ? William a-t-il d'aussi beaux verres ? Pourrait-on lui en procurer ? »

À ces mots, nous partons toutes les deux d'un grand éclat de rire.

— Elle a toujours pensé qu'il deviendrait le fleuron de la famille, rappelle Nan, buvant son vin à petites gorgées. Elle n'était pas indifférente à notre sort, tu sais… C'est juste qu'elle plaçait tous ses espoirs en William. C'est naturel de compter sur le fils héritier.

— Je sais. Je ne lui en veux pas. Elle ne pouvait pas savoir que la femme de William le trahirait, ainsi que notre nom, qu'elle nous coûterait tant, puis que nous devrions l'écarter.

— Elle ne l'avait pas prévu, convient Nan. Oh, non.

— Oh, non, répété-je en secouant la tête, le sourire aux lèvres. Qui aurait pu l'imaginer, même en rêve ?

— Catherine accédant au trône !

Là-dessus, Nan lève son verre et porte un toast.

— Mais ce n'est pas sans danger, ajoute-t-elle.

Nul mieux que Nan ne connaît les périls inhérents à la condition de reine. Elle les a toutes servies. Elle a témoigné sous serment contre trois d'entre elles. Il lui est même arrivé parfois de dire la vérité.

— Pas en ce qui me concerne, rectifié-je, non sans assurance. Je ne suis pas comme les autres. Je n'ai pas le moindre ennemi. Je suis connue pour ma générosité : j'aide tous ceux qui sollicitent mon assistance. Je n'ai apporté rien d'autre que du réconfort aux enfants du roi. Henri m'adore, il m'a faite régente générale et traductrice des textes liturgiques. Il me met au centre de la vie de la Cour, de tout ce qui a de l'importance pour lui : ses enfants, son pays et son Église.

— Stephen Gardiner n'est pas ton ami, me met-elle en garde. Ni aucun de ses partisans. Ils n'hésiteraient pas à te renverser du trône et à te faire chasser des appartements royaux si l'occasion s'en présentait.

— Ils ne le feraient pas. Ils sont, certes, en désaccord avec moi, mais c'est de l'ordre du débat, non de l'inimitié.

— Catherine, toute reine a des ennemis. Tu dois regarder les choses en face.

— Le roi lui-même soutient la cause de la réforme ! m'exclamé-je avec irritation. Il écoute plus Thomas Cranmer que Stephen Gardiner.

— Et les papistes t'en tiennent pour responsable ! Ils avaient prévu de lui faire épouser une des leurs et ils croyaient que c'était le cas. Ils croyaient que tu étais fidèle à l'ancienne Église, que tu partageais les convictions de Latimer. C'est pourquoi ils t'ont réservé un accueil si chaleureux. Ils n'ont jamais été tes amis ! Et à présent qu'ils pensent que tu t'es retournée contre eux, ils ne vont plus sauver les apparences encore longtemps.

— Nan, c'est de la folie. Certes, ils ne partagent pas mes vues, mais de là à me faire déchoir dans l'estime du roi… Ils ne vont pas m'accuser de je ne sais quelle fantaisie au prétexte que nous ne sommes pas d'accord sur la manière de dire la messe. Nous divergeons, mais ils ne sont pas mes ennemis. Stephen Gardiner est un évêque consacré, il a répondu à l'appel de Dieu ; c'est un homme de Dieu. Il n'a pas l'intention de chercher à me nuire parce que je ne suis pas d'accord avec lui sur un point de théologie.

— Ils se sont dressés contre Anne Boleyn parce qu'elle était en faveur de la réforme.

— N'était-ce pas Cromwell ? demandé-je avec entêtement.

— Peu importe de quel conseiller il s'agissait, ce qui compte dans ce cas, c'est d'avoir l'oreille du roi.

— Henri m'adore, répété-je enfin. Il n'aime que moi. Il n'écouterait pas un seul mot prononcé contre moi.

— Tu m'en diras tant !

Nan tend la jambe et pousse une bûche avec le pied plus avant dans le feu. Une gerbe d'étincelles volette. Ma sœur paraît embarrassée.

— Il faut que je t'apprenne qu'ils envisagent de lui faire épouser une autre femme.

Je me retiens d'éclater de rire.

— C'est absurde. Est-ce cela que tu es venue m'annoncer ? Ce ne sont que des ragots.

— Non, ce ne sont pas des ragots. Ils envisagent de lui faire épouser une autre femme plus disposée à retourner dans le giron de l'Église de Rome.

— Qui ? demandé-je d'un air moqueur.

— Catherine Brandon.

— À présent, je suis certaine que tu fais erreur, répliqué-je. Elle est encore plus réformatrice que moi. Elle a donné le nom de Gardiner à son chien. Elle se montre ouvertement insolente à son égard.

— Ils pensent qu'elle se ralliera à eux s'ils lui offrent le trône. Et ils ont foi dans l'affection que lui porte Sa Majesté.

Je considère ma sœur. Je ne vois pas son visage, qui est tourné vers les braises. Elle s'agite, alimente le feu avec du bois mort.

— C'est pour m'annoncer cela que tu es venue ? Es-tu venue à cette heure si tardive pour me prévenir que le roi songe à épouser une autre femme, que je dois organiser ma défense ?

— Oui, répond-elle, toujours sans croiser mon regard. Je le crains, en effet.

Le feu crépite dans le silence de la pièce.

— Catherine ne me trahirait jamais. Tu es injuste de le sous-entendre. Elle est mon amie. Nous étudions ensemble, nous pensons de la même façon. C'est très vil, Nan. C'est de la calomnie que de prétendre une telle chose.

— Il s'agit de la Couronne d'Angleterre. La plupart des gens tueraient père et mère pour y accéder.

— Henri m'aime. Il ne veut pas d'une autre épouse.

— Tout ce que je dis, c'est que le roi éprouve de la tendresse pour elle, depuis toujours, et désormais, elle est libre de se remarier, alors ils la pousseront dans ses bras.

— Elle ne prendrait jamais ma place !

— Elle n'aurait pas le choix, explique Nan calmement. Tout comme tu ne l'as pas eu. Et, de toute façon, d'aucuns prétendent qu'elle est sa maîtresse depuis des années. On raconte que Charles et le roi se partageaient Catherine. Charles n'a jamais rien refusé à Henri. Il n'est pas impossible que lorsqu'il s'est trouvé une belle et jeune épouse, assez jeune pour pouvoir être sa fille, le roi se soit réservé la part du lion.

Je me dresse sur mes jambes et vais à la fenêtre. L'envie me prend d'ouvrir les volets et de laisser entrer l'air nocturne, comme si la chambre, à l'image de celle du souverain, empestait la pourriture et la désillusion.

— C'est le plus ignoble des ragots, lancé-je sans me départir de mon calme. Je ne devrais pas continuer à t'écouter.

— C'est ignoble, en effet. Mais le bruit court partout. Et c'est pourquoi tu dois être au courant.

— Et après ? demandé-je avec amertume. Nan, pourquoi faut-il que tu sois toujours aussi mauvaise langue ? Faut-il que tu me susurres toujours des choses tristes à l'oreille ? Essaies-tu de me dire qu'il serait prêt à m'écarter pour me remplacer par Catherine Brandon ? Veut-il une septième épouse ? Et pourquoi pas encore une autre après celle-là ? Certes, il l'apprécie ; comme il apprécie Marie Howard, comme il apprécie Anne Seymour ! Mais, moi, il m'aime ! Il me préfère à toutes les autres, à toutes ses autres femmes. Et il m'a épousée ! Cela veut tout dire. Ne le comprends-tu pas ?

— Tout ce que je dis, c'est que nous devons te protéger. Rien ne doit pouvoir être utilisé contre toi. Aucune allusion qui puisse flétrir ta réputation, aucun soupçon de désaccord entre toi et le roi, rien ne doit percer qui puisse l'inciter à se retourner contre toi. Pas même un instant.

— Parce qu'un instant suffit ?

— C'est le temps qu'il lui faut pour signer un ordre d'exécution, répond-elle. Et alors, c'en sera fini de nous tous.

Catherine Brandon revient à la Cour sur ordre du roi, et elle ne porte pas d'habits de deuil. Sa première visite est pour mes appartements où elle me fait sa révérence. Devant toutes mes dames d'honneur, j'en profite pour lui présenter mes condoléances pour le décès de son mari et lui souhaiter de nouveau la bienvenue à mon service. Elle s'assoit parmi les autres et jette un coup d'œil à la traduction qui nous occupe. Nous étudions l'Évangile de Luc en latin et nous efforçons de trouver les termes anglais les plus purs et les plus clairs pour rendre la beauté de l'œuvre originale. Catherine participe comme si elle était là par choix, comme si elle ne désirait pas être chez elle, avec ses fils.

À la fin de la matinée, une fois nos livres refermés pour aller nous promener à cheval, je lui fais signe de me suivre tandis que je m'apprête à passer ma tenue d'équitation.

— Je suis surprise de vous revoir si tôt à la Cour, lancé-je.

— J'en ai reçu l'ordre, répond-elle sèchement.

— Ne vous étiez-vous pas retirée pour la durée de votre deuil ?

— Naturellement.

Je me dresse sur mes jambes face au miroir d'argent et lui prends les mains.

— Catherine, je suis votre amie depuis mon arrivée à la Cour. Si vous ne voulez pas rester, si vous désirez rentrer chez vous, je ferai mon possible pour intercéder en votre faveur.

Elle m'adresse un petit sourire triste.

— Je dois rester, insiste-t-elle. Je n'ai pas le choix. Mais je remercie Votre Majesté de sa bienveillance.

— Votre mari vous manque-t-il ? demandé-je par curiosité.

— Bien sûr. Il était comme un père pour moi.

— Je crois qu'il manque également au roi.

— Nécessairement. Ils ne se quittaient pas. Mais je ne m'attends pas à ce qu'il l'exprime.

— Pourquoi non ? Pourquoi le souverain n'exprimerait-il pas le chagrin que lui cause le décès de son vieil ami ?

Elle me regarde comme si je lui posais une question dont tout le monde connaît forcément la réponse.

— Parce que le roi ne supporte pas d'être triste, répond-elle simplement. Il ne le tolère pas. Cela le met en colère. Il ne pardonnera jamais à Charles de l'avoir abandonné. Si je veux rester en grâce, si je veux que mes fils obtiennent leur héritage, je devrai lui faire oublier que Charles l'a abandonné. Je ne peux lui laisser voir mon chagrin, car il lui rappellerait le sien.

— Mais votre époux est mort ! m'exclamé-je, impatientée, pour la gouverne de la veuve du défunt. Il n'a pas quitté le roi volontairement, il est mort, nom d'un chien !

Lentement, elle esquisse un sourire attristé.

— Je suppose que quand on est roi d'Angleterre, on part du principe que tout un chacun vous dévoue son existence. Et ceux qui meurent vous abandonnent forcément.

Je refuse d'entendre les sombres avertissements de Nan. Je leur préfère l'éclat du sourire insincère de Catherine, tandis que tout est calme à la Cour, sans querelles ni bagarres, et que la grâce de Dieu se répand sur l'Angleterre sous la forme d'un soleil radieux et des feuilles mordorées qui illuminent les prairies le long de la Tamise. Le pays est en paix ; de France, nous parvient la nouvelle qu'aucune attaque n'est à l'ordre du jour. La saison dévolue à la guerre tire à sa fin, et Thomas a survécu une année de plus. C'est une fin d'été merveilleuse. Chaque journée commence dans un grand ensoleillement et s'achève dans un chaleureux embrasement. Les murs du palais se parent d'or au coucher du soleil, lorsque celui-ci se mire dans les eaux du fleuve. La santé d'Henri est bien meilleure. Ses serviteurs le hissent sur son cheval tous les matins et nous chassons tous les jours, décrivant des circuits aisés à travers les prairies inondables qui bordent le fleuve. J'ai l'impression d'être la femme d'un homme de mon âge lorsque son cheval de chasse dépasse le mien et que le roi arrive à ma hauteur en criant comme un petit garçon.

La blessure de sa jambe est serrée dans un pansement, et il parvient à marcher seul en boitant, n'ayant besoin d'aide que pour monter ou descendre l'escalier qui conduit de la grand-salle des banquets à ses appartements, où je lui rends visite un soir sur deux.

— Nous sommes heureux, me lance-t-il, sur le ton d'une déclaration officielle tandis que je m'assois près du feu, en face de son trône renforcé et de son nouveau repose-pied.

Surprise par sa solennité, je ne peux retenir un petit rire.

— Quand vous aurez connu autant de vicissitudes que moi, vous non plus, vous ne pourrez plus laisser passer une belle journée, une belle saison, sans en faire la remarque, me tance-t-il. Je vous jure, mon adorée, que je n'ai jamais aimé aucune de mes épouses comme je vous aime, et que je n'ai jamais éprouvé une telle satisfaction.

Tant pis pour tes sombres avertissements, Nan !

— Mon mari et mon seigneur, je m'en réjouis, réponds-je sincèrement. Si je peux vous apporter quelque satisfaction, alors je suis la femme la plus heureuse d'Angleterre. Mais des rumeurs me sont parvenues.

— À quel sujet ? s'enquiert-il en fronçant ses sourcils blond-roux.

— D'aucuns racontent que vous voudriez une autre reine, dis-je, au péril de trahir la mise en garde de Nan.

Il glousse et évacue la question d'un geste vague de la main.

— La rumeur a la peau dure, affirme-t-il. Tant que les hommes auront des filles ambitieuses, les rumeurs existeront.

— Je suis contente que celles-ci ne soient pas fondées.

— Évidemment, qu'elles ne sont pas fondées, confirme-t-il. Ce ne sont là que propos de subalternes et de femmes laides qui sont jalouses de votre beauté.

— Alors mon bonheur est complet, repartis-je.

— Et les enfants sont en bonne santé et grandissent, ajoute-t-il à la liste de ses bénédictions. En outre, le pays est en paix, même s'il est au bord de la faillite. Et, pour une fois, le calme règne à ma Cour, car mes deux évêques antagonistes observent une trêve estivale.

— Dieu répand ses bienfaits sur le juste, souligné-je.

— J'ai vu vos traductions, poursuit-il, avec la même béatitude. Elles m'ont plu, Kate. Vous avez été bien avisée de vous mettre à l'étude, tout le monde peut percevoir mon influence sur votre apprentissage et votre développement spirituel.

Je suis soudain prise d'une peur nauséeuse.

— Mes « traductions » ? répété-je.

— Vos prières, explique-t-il. Oui, c'est une pieuse et agréable chose que d'avoir une épouse qui consacre son temps aux prières.

— C'est un honneur que m'a fait Votre Majesté que d'y accorder son attention, dis-je sans grande conviction.

— Je n'ai jeté qu'un coup d'œil, rectifie-t-il. J'ai demandé à Cranmer ce qu'il en pensait. Et il en a fait l'éloge. Venant d'une femme, elles sont d'excellente tenue. Il m'a soupçonné de vous avoir aidée, mais je lui ai répondu : « Non, pas du tout, elles sont toutes son œuvre ! » Aussi devriez-vous inscrire votre nom sur la couverture, Kate. Il convient que nous en attribuions le mérite à un membre de la famille royale. Quel autre roi chrétien peut-il s'enorgueillir d'avoir une femme érudite ? François Ier est affligé d'une femme qui n'est ni une épouse ni une érudite !

— Je n'accepterai de faire figurer mon nom qu'en témoignage de gratitude à Votre Majesté, répliqué-je prudemment.

— Faites donc cela, acquiesce-t-il sans se faire prier. J'ai de la chance. Seules deux choses me tracassent, et aucune d'entre elles ne me tracasse outre mesure.

Il se renverse lentement en arrière, et je fais glisser les sucreries et le vin à portée de sa main.

— Quelles sont-elles ?

— Boulogne ! s'exclame-t-il gravement. Après tout le courage que nous avons déployé pour prendre cette place forte, le Conseil me demande de la restituer à la France. Je n'accepterai jamais. J'y ai dépêché Henri Howard en remplacement de son père afin qu'il convainque tous ces gens que nous avons les moyens de la conserver.

— Et parvient-il à les convaincre ?

— Oh, il jure par tous les saints qu'il n'abandonnera jamais Boulogne ; il se dit déshonoré par cette seule perspective.

Henri glousse.

— Et son père me susurre que son fils est un gamin qui devrait rentrer chez son père et n'agir qu'avec l'autorisation de celui-ci. Cela me plaît énormément lorsqu'un père et son fils sont en désaccord. Cela me facilite tellement la tâche s'ils chantent des airs différents, mais que dans tous les cas, c'est moi qui bats la mesure.

Je m'efforce de sourire.

— Mais comment savez-vous auquel des deux vous pouvez faire confiance ?

Il se tapote l'aile du nez avec la main, me signifiant qu'il s'en remet à son flair.

— Je ne sais pas. C'est tout le mystère. J'écoute l'un, j'écoute l'autre, et incite chacun à croire qu'il a mon oreille. Je les confronte, puis je fais mon choix.

— Mais cela dresse le père contre le fils, observé-je. En plus d'opposer votre commandant en chef en France à votre Conseil privé, ce qui ne peut manquer de diviser profondément le pays.

— Tant mieux ! Pendant ce temps-là, ils ne conspirent pas contre moi. Quoi qu'il en soit, je ne peux restituer Boulogne aux Français, quels que soient les desiderata du Conseil privé, car Charles d'Espagne insiste pour que je garde cette ville, pour que nous ne fassions pas la paix avec la France. Il est également nécessaire que je joue de l'Espagne et de la France comme de deux chiens de combat. Je dois les opposer à la manière du maître des chiens.

— Et qu'en est-il de votre autre tracasserie ? demandé-je avec douceur.

— Dieu soit loué, ce n'est qu'une tracasserie minime. Ce n'est rien. Une simple épidémie de peste à Portsmouth.

— « De peste » ?

— Qui fait des ravages parmi mes matelots, Dieu leur vienne en aide ! Naturellement, ils sont durement frappés. Les marins dorment sur les bateaux ou dans les pires logements de cette pauvre petite bourgade, les commandants de bord et les maîtres d'équipage ne sont guère mieux lotis. Ils s'entassent les uns sur les autres, et les marais sont pestilentiels. Les soldats de mes nouvelles forteresses tomberont comme des mouches lorsque l'épidémie les atteindra.

— Mais vos amiraux sont certainement à l'abri ?

— Non, car j'insiste pour qu'ils demeurent avec leur équipage, répond-il, comme si la vie de Thomas Seymour était quantité négligeable. Eux aussi doivent courir le risque.

— Ne pourraient-ils pas rentrer chez eux tant que la peste sévit à Portsmouth ? suggéré-je. Il paraît sensé que les commandants de bord et les maîtres d'équipage ne meurent pas de la peste. Vous aurez besoin d'eux au combat. Vous avez intérêt à les garder sains et saufs.

— Dieu veillera sur ceux qui me servent, rétorque-t-il, toujours à son aise. Dieu ne lèverait pas la main sur moi et les miens. Je suis le roi qu'il s'est choisi, Catherine. Ne l'oubliez jamais.

Il me congédie à minuit. Il désire être seul. Mais au lieu d'aller me coucher, je descends à la magnifique chapelle, m'agenouille devant l'autel et me murmure : *Thomas, Thomas, Dieu te bénisse, Dieu te protège, mon amour, mon seul et unique amour. Que Dieu te tienne à l'écart de la mer ! Puisse Dieu te protéger de la peste, te garder du péché et de l'affliction, et te renvoyer sain et sauf dans tes foyers. Je ne demande pas que tu me reviennes. Je t'aime tant qu'il me suffirait de te savoir en sécurité n'importe où.*

La jambe du roi enfle de nouveau et la plaie se creuse encore davantage. Il lui devient insupportable de s'appuyer sur elle ; aussi fait-il installer des roues à son fauteuil renforcé et se fait-il pousser dans tout le palais. Étrangement, il garde le moral et continue de jouer au maître des chiens, ainsi qu'il s'en est vanté auprès de moi. Il a l'intention d'envoyer Stephen Gardiner rencontrer l'empereur à Bruges afin d'y négocier un traité avec la France qui mettra un terme à la guerre entre les trois grands souverains d'Europe.

Mais, simultanément, et en parfaite contradiction avec cette démarche, il convie une délégation de princes allemands luthériens à servir de médiateurs entre l'Angleterre et la France dans le cadre d'un traité de paix secret qui revient à trahir l'empereur espagnol. À ce régime, nous allons nous retrouver avec deux traités de paix sur les bras, l'un négocié par les papistes et l'autre par les luthériens, sans que nous soyons en mesure d'en ratifier aucun.

— Au contraire, c'est une grande chance pour notre foi, proteste Catherine Brandon, tandis que nous nous asseyons à ma table, nous préparant à écouter le sermon du jour.

— Si les princes de Saxe peuvent rétablir la paix dans la chrétienté, alors la religion réformée sera perçue comme porteuse de l'autorité morale, comme la lumière du monde, poursuit-elle. De plus, ils œuvreront en faveur du roi, car ils entendent qu'il les débarrasse de l'empereur. Cet ogre papiste a lancé un appel à la croisade contre les luthériens, ses propres sujets, au seul prétexte de leur foi. Que Dieu les garde et les protège !

— Mais monseigneur Gardiner coiffera les princes luthériens au poteau, pronostiqué-je. Il reviendra avec un traité de paix avec la France avant qu'ils négocient quoi que ce soit.

— Pas lui ! s'exclame-t-elle avec dédain. Il est en bout de course. Le roi ne l'écoute plus. En l'envoyant à Bruges, il lui a confié une mission vouée à l'échec. Il a besoin d'éloigner Gardiner afin de pouvoir traiter librement avec les princes allemands. Il me l'a dit lui-même.

— Oh, vraiment ? répliqué-je d'un ton égal.

Nan, entrant dans la pièce, remarque le tranchant de ma voix et me lance un regard.

— N'allez pas vous imaginer que j'aie pu dire quoi que ce soit de compromettant pour nous, s'empresse de préciser Catherine Brandon. Je ne révélerai jamais nos sujets d'étude et de lecture. Mais je jurerais que le roi est au courant et qu'il nous soutient. Il fait un tel éloge de votre érudition, Votre Majesté !

— C'est le roi qui a donné au peuple la Bible en anglais, conviens-je. C'est ce que veulent les luthériens.

— Et c'est Stephen Gardiner qui la leur a reprise ! Et voici que Sa Majesté est en pourparlers avec les luthériens en l'absence de Gardiner. Il peut bien rester pour toujours où il est, en ce qui me concerne. Tant qu'il n'est pas à la Cour et tant que le roi maintient Henri Howard au commandement de Boulogne aux dépens de son père le duc, nos plus redoutables ennemis sont exclus du jeu et nous devenons plus forts de jour en jour.

— Ma foi, Dieu soit loué ! intervient Nan. Supposez un instant que ce pays adopte une vraie religion qui s'appuie sur la Bible, et non sur un fatras de superstitions établies sur des incantations magiques, des images et des psalmodies !

— Et sur les indulgences, ajoute Catherine, en frissonnant presque de mépris. Voilà ce qui me fait le plus horreur. Savez-vous que le lendemain de la mort de mon mari, un de ces maudits prêtres est venu me dire que pour cinquante nobles d'or, il pouvait m'assurer que Charles monterait au ciel et qu'il m'en montrerait la preuve ?

— Quelle « preuve » ? demandé-je avec curiosité.

Catherine hausse les épaules.

— Qui pourrait le dire ? Je n'ai pas pris la peine de lui poser la question. Je suis sûre qu'il aurait pu me procurer tout ce que je voulais, statue qui saigne rescapée de quelque abbaye en ruine et effigie de la Madone qui perd du lait lorsqu'on appuie dessus. C'est extrêmement insultant de laisser entendre que l'âme d'un défunt puisse être sauvée grâce aux psalmodies geignardes d'une dizaine d'individus infâmes. Comment a-t-on jamais pu croire cela ? Comment ose-t-on encore le proposer aux fidèles, à présent qu'ils sont en mesure de lire la Bible et qu'ils savent que l'on monte au ciel par la foi seule ?

On frappe discrètement à la porte. Les gardes l'ouvrent en grand, et Anne Askew fait son entrée, aussi bien mise et jolie que si elle sortait de chez la couturière. Elle entre, un petit sourire jubilatoire aux lèvres, et me fait une profonde révérence.

— Bonté divine ! s'exclame Nan, et s'oubliant tout à fait, elle se signe comme si elle voyait un fantôme.

— Vous êtes la bienvenue ! lancé-je. Voilà longtemps que nous ne vous avons vue ! J'ai appris avec bonheur que vous vous étiez tirée d'affaire, que monseigneur Bonner vous avait relâchée, mais nous nous étions laissé dire qu'il vous avait renvoyée chez votre époux. Je ne pensais pas vous voir reparaître un jour à la Cour.

— Oh, oui, il m'a renvoyée chez mon mari, confirme-t-elle d'un ton détaché. Et je remercie Votre Majesté d'avoir fait savoir que je suis sous sa protection. Vous m'avez épargné davantage de questions et un procès, j'en suis consciente. On m'a effectivement renvoyée chez mon mari, où je fus placée en liberté conditionnelle sous sa garde, mais je l'ai de nouveau quitté, et me voilà.

Tant d'audace de la part de cette jeune femme me ravit.

— Mademoiselle Anne, à vous entendre, on croirait que ce fut une partie de plaisir.

— Aussi plaisant que le péché, confirme-t-elle gaiement. Sauf que ce n'est pas un péché, je vous le promets. Mon mari ignore tout de moi et de ma foi. Je lui suis aussi étrangère qu'un cerf dans une bergerie. Il est impossible que nous soyons unis devant Dieu et impensable que des vœux tels que les nôtres puissent être suivis. Il pense comme moi, mais il n'a pas le courage de le dire à l'évêque. Il ne veut pas plus de moi dans sa maison que je ne peux tolérer d'y être. Nous ne saurions tirer le même attelage, lui et moi : un cerf et un mouton, pensez-vous !

Nan, aussi vive qu'un hallebardier de la garde, se dresse sur ses jambes.

— Mais est-il bien prudent de venir ici ? s'enquiert-elle. Vous n'avez pas le droit de répandre l'hérésie dans les appartements de la reine. Vous n'avez pas le droit d'être ici si l'on vous a consignée auprès de votre époux, qu'il soit un mouton et que vous soyez un cerf, ou que vous soyez tous deux un couple d'ânes !

Anne interrompt ce torrent d'inquiétude verbale d'un geste de la main.

— Je n'attirerai jamais volontairement le péril sur Sa Majesté, rétorque-t-elle avec calme. Je sais à qui je suis redevable de ma libération. Je vous en serai reconnaissante ma vie durant, poursuit-elle en me faisant une brève révérence.

Puis, se tournant vers Nan, elle ajoute :

— Ils se sont montrés satisfaits de mes réponses. Ils m'ont interrogée sans fin, mais je n'ai pas dit un mot qui ne soit dans la Bible, et ils n'avaient ni prise pour m'attraper, ni corde pour me pendre.

Nan dissimule un frisson involontaire en l'entendant parler de pendaison et me jette un coup d'œil.

— Monseigneur Bonner n'a aucune charge contre vous ? résume-t-elle d'un ton incrédule.

Anne laisse échapper un rire confiant, retentissant.

— C'est le genre d'homme qui a toujours des doléances à tout propos. Mais il n'a pu retenir aucune charge contre moi. Le lord-maire m'a demandé si je croyais que l'hostie était sainte, et je n'ai pas répondu, parce que je sais qu'il est illégal de parler du pain de vie. Il m'a demandé si une souris qui mangerait une hostie deviendrait sainte. Je me suis bornée à dire : « Oh, pauvre souris ! » Telles furent les plus habiles de ses questions. Essayer de me piéger, moi, avec une souris en état de grâce !

À mon corps défendant, je ne peux m'empêcher de rire, et Catherine Brandon, croisant mon regard, se met à glousser.

— Quoi qu'il en soit, remercions Dieu qu'ils vous aient libérée et qu'ils aient obéi à la reine, intervient Catherine, reprenant son sérieux. Nous l'emportons sur le plan du débat, presque tout le monde se range à la doctrine de la reine. Le roi l'écoute, et la Cour dans son ensemble pense comme nous.

— Et la reine a traduit un livre de prières qui a paru sous son propre nom, renchérit Nan avec fierté.

Anne tourne ses yeux bruns vers moi.

— Vous mettez ainsi votre instruction et votre position au service de tous les vrais croyants, et surtout au service des femmes. Être femme et écrire ! Être femme et publier !

— Elle est la première, fanfaronne Nan. Elle est la première femme à publier en Angleterre, la toute première à publier en langue anglaise, la première à voir son nom figurer sur la page de titre.

— Chut ! ordonné-je. Il existe de nombreuses autres érudites comme moi, et nombre d'entre elles sont plus instruites. Il y eut des femmes écrivains avant moi. Mais j'ai la chance d'avoir un mari qui me permet d'étudier et d'écrire, et nous sommes tous chanceux d'avoir un roi qui autorise son peuple à entendre et à comprendre les textes liturgiques dans sa langue.

— Rendons grâce à Dieu d'avoir un si bon roi ! s'exclame Anne Askew avec ferveur. Pensez-vous qu'il autorisera le retour de la Bible anglaise dans les églises afin que tout le monde puisse la lire ?

— J'en suis certaine, réponds-je. Dans la mesure où il a fait traduire la messe, il ne peut que souhaiter que la Bible soit lue en anglais par son peuple, ainsi la Bible anglaise retrouvera le chemin des églises.

— Amen ! s'exclame Anne Askew. Alors mon œuvre sera achevée. Car tout ce que je me borne à faire, c'est d'en réciter des passages appris par cœur et d'en expliquer le sens. La moitié des évangélistes de Londres ne sont autre que des bibles parlantes. Si les bibles pouvaient revenir légalement dans les églises, nous serions tous en paix. Quand les gens pourront de nouveau lire la Parole de Dieu par eux-mêmes, ce sera une sorte de miracle de la multiplication des pains, mais à notre époque.

Automne 1545, palais de Whitehall, Londres

Nous arrivons à Whitehall lorsque le temps se refroidit et que, dans les *allées** bordées de haies d'ifs, le givre pare les extrémités des branches d'une pellicule blanche argentée, en révélant par contraste les nuances de vert et d'ombre. Les vasques des fontaines sont recouvertes d'un derme de glace, aussi donné-je l'ordre qu'on apporte toutes mes fourrures de ma résidence du château de Baynard. Une fois encore, l'on accroche autour de mon cou les zibelines de Kitty Howard, mais cette année, je constate qu'elles sont imprégnées de mon parfum : le fantôme de la toute jeune reine a disparu dans la froidure du crépuscule.

Nicholas de Vent a terminé son immense portrait des cinq membres de la famille royale. Le tableau, qui sera accroché à l'endroit que nous avons indiqué avant d'être voilé par une étoffe tissée de fils d'or, fera l'objet d'une inauguration officielle. Personne ne l'a plus revu depuis qu'il a quitté l'atelier, et nous nous attendons à ce que le roi demande à le voir.

— Votre Majesté vient-elle dévoiler le tableau ? me demande Anne Seymour. Sa Majesté a prié mon mari et seigneur de vous accompagner.

— Maintenant ? interrogé-je.

Je lis un ouvrage aussi simple qu'un livre pour enfants qui explique le mystère de la messe, l'existence du purgatoire. C'est un ouvrage qui a reçu l'approbation du Conseil privé, et il est rédigé avec la même conviction sentencieuse dont ses membres sont coutumiers. Je le referme et me demande par quel sortilège les hommes, y compris les plus circonspects, donnent toujours l'impression d'avoir la science infuse plutôt que de mener une réflexion digne de ce nom.

— Oui, maintenant, confirme-t-elle. Le peintre est là, tout le monde se rassemble.

— Le roi vient-il ?

— Sa Majesté se repose, répond-elle. Sa jambe lui fait mal. Il a dit qu'il le verrait plus tard.

Je me lève.

— Je viens, lancé-je.

J'aperçois le visage éclatant d'Élisabeth. C'est une enfant très vaniteuse, et elle a hâte de voir ce que le peintre aura accompli la concernant. Elle a posé pour lui dans ses plus beaux atours, dans l'espoir d'occuper finalement la place centrale, non loin de la main de son père, en tant que princesse Tudor en titre. La princesse Marie et moi échangeons un regard railleur par-dessus la tête d'Élisabeth. Si nous ne sommes pas impatientes comme des petites filles de contempler le résultat, il n'en reste pas moins que c'est une joie pour toutes les deux de nous savoir publiquement reconnues. Le tableau restera exposé au palais de Whitehall pendant des années, pendant des siècles peut-être. Les gens en feront faire des copies qu'ils accrocheront chez eux à la place d'honneur. On y verra les enfants de la famille royale en compagnie de leur père et de moi, assise à son côté. Ce sera le signe de ma réussite, de ma grande réussite : avoir rapproché le roi de ses enfants. Je ne lui donnerai peut-être pas de progéniture, à l'inverse de Jane Seymour ; je ne serai pas sa femme pendant vingt-trois ans, comme Catherine d'Aragon ; mais j'ai accompli une chose qu'aucune de ses épouses n'était parvenue à faire : j'ai remis les enfants au centre de la famille royale. Ses deux filles et l'inestimable héritier de la Couronne figurent sur le même portrait que leur père. Ce tableau représente la famille royale, et j'y incarne une figure maternelle. Je suis reine, régente et mère… La peinture me représente entourée de mes enfants et flanquée de mon mari, et ceux qui doutent de mon influence et qui s'imaginent pouvoir conspirer contre moi pourront reconnaître celle qui est au cœur de la famille royale chaque fois qu'ils lèveront les yeux vers ce tableau.

—Nous arrivons tout de suite, ajouté-je.

J'ai hâte de voir à quoi je ressemble. Après avoir essayé plusieurs couleurs, j'avais opté pour ma sous-jupe rouge assortie d'une robe rouge brodée d'or et bordée d'hermine. C'est le peintre lui-même qui l'avait sélectionnée dans la garde-robe royale. Il disait qu'il voulait que les tons dominants du tableau soient le rouge et l'or. Je ne lui avouai pas que le rouge était ma couleur préférée, même si je n'ignore pas, bien sûr, qu'elle met en valeur ma peau blanche et ma chevelure cuivrée. Il me demanda d'échanger ma capuche à la française de prédilection, dont je porte la demi-lune rejetée en arrière, contre un chapeau triangulaire qui appartient davantage au passé. Nan alla chercher la coiffe choisie par le peintre au trésor royal et la posa sur ma tête.

« Elle a appartenu à Jane Seymour, résuma-t-elle. C'est de la feuille d'or !

—Je refuse de la porter ! m'exclamai-je, mais le peintre la repoussa légèrement en arrière de manière à laisser apparaître quelque peu mes cheveux afin qu'ils servent de cadre à mon visage.

—C'est un privilège de peindre une belle femme », confia-t-il à voix basse, puis il m'indiqua la pose qu'il souhaitait me voir prendre, c'est-à-dire assise au bord d'une chaise, l'or de ma robe se répandant largement à mes pieds.

Je souris à la princesse Marie.

—Je suis victime de ma vanité, lancé-je. J'ai hâte de le voir !

—Moi aussi, réplique-t-elle.

Elle prend Élisabeth par la main, et j'ouvre la marche, Édouard Seymour à mon côté et les dames de la Maison de la reine à notre suite. Nous arrivons dans la grand-salle des banquets où nous trouvons les courtisans et même quelques membres du Conseil privé, curieux de découvrir cet immense tableau dont la réalisation a coûté si cher et fut si lente à voir le jour. Personne ne l'a encore admiré dans son ensemble. Nous avons tous posé séparément, le peintre travaillant principalement à partir de portraits plus anciens du roi ; aussi est-ce une surprise pour nous tous. J'aperçois l'artiste, Nicholas de Vent : il a l'air anxieux. *Comment ne le serait-il pas ?*

— Sa Majesté ne sera-t-elle pas des nôtres ? me demande-t-il en me faisant sa révérence.

Je m'apprête à répondre par la négative lorsque les portes massives qui donnent sur la chambre de parade du roi s'ouvrent en grand sur Henri, mi-assis, mi-couché sur sa chaise roulante, précédé par sa grosse jambe, le visage rouge et enflé, figé dans une grimace de douleur.

L'artiste émet une brève exclamation emplie d'effroi. Il n'a pas revu le souverain depuis notre premier entretien au sujet du tableau, avant que de Vent ne fasse des copies des magnifiques portraits de lui par Hans Holbein, que le roi préfère entre tous. Je suppose que la peinture qui est cachée derrière le voile montre un bel homme d'environ quarante ans, entouré de sa femme et de ses jeunes enfants. Il y arborera sans doute des jambes bien proportionnées dans un collant ivoire, avec l'habituelle jarretière bleue sous le genou qui souligne la puissance du mollet. Il n'apparaîtra pas telle une épave, suant à cause de l'effort consistant à soulever son énorme tête.

Je m'avance à sa rencontre, lui fais ma révérence et l'embrasse sur sa joue en feu.

— Quel plaisir de vous voir, Votre Majesté, dis-je. Et vous avez si bonne mine.

— Je voulais voir comment il nous a traités, réplique-t-il sans plus de commentaires.

Il fait un signe de tête à de Vent et ajoute :

— Dévoilez-le !

C'est un immense tableau de près d'un mètre cinquante de haut sur plus de trois mètres de long. Le voile doré s'accroche au coin en haut à droite, et le portrait nous est révélé par petits morceaux à partir de la gauche, tandis qu'un page court chercher un tabouret pour décrocher l'étoffe qui dissimule encore l'essentiel de la scène.

D'abord apparaît une magnifique colonne sculptée rehaussée d'or et d'argent, puis un plafond aussi lumineux qu'un vitrail et orné de roses blanches, emblème des Tudors, puis une arcade. Un petit cri de surprise retentit lorsque surgit la bouffonne de Marie qui semble passer devant l'ouverture qui donne sur le jardin du palais de Whitehall, comme si le peintre avait voulu signifier par là que toute chose, en cette vie, passe, et que la condition de bouffon est largement partagée par tous à la Cour. Dans le jardin, derrière la bouffonne, on aperçoit des sculptures d'animaux héraldiques sur des mâts ; ils sont censés rappeler que toute gloire est folie. Je jette un coup d'œil au roi afin de vérifier s'il est étonné de voir figurer Jane la bouffonne dans l'angle en haut à droite de son portrait royal, mais je remarque qu'il approuve d'un lent hochement de tête, y compris en ce qui concerne l'emplacement occupé par la bouffonne. Il s'imaginera faire ainsi quelque déclaration profonde sur la nature de la gloire et des choses de ce monde. Deux autres colonnes dorées encadrent la silhouette d'une femme au premier plan. C'est la princesse Marie dans sa robe rouge foncé à col carré qui laisse entrevoir sa gorge, sa cape brun-vert, et ses manches bouffantes aux soufflets de soie blanche et poignets de dentelle immaculée. Elle porte une coiffe à la française qui laisse percevoir la pâleur de son teint et un crucifix autour du cou. Je scrute attentivement son portrait, puis je me tourne vers elle et lui souris chaleureusement en signe d'admiration. Le compliment est mérité. Elle est majestueuse et digne, avec ses mains jointes devant elle, le visage tourné vers le spectateur qu'elle gratifie d'un petit sourire. Le prétendant, le prince étranger désirant l'épouser, à qui l'on en montrera une copie ne sera pas trompé sur la ressemblance. Elle arbore à la fois un port de reine et celui d'une jeune fille. Le peintre a su saisir sa majesté et ses appas. Je remarque qu'elle rougit, et elle répond à mon sourire par un petit mouvement de tête. C'est très ressemblant, nous sommes toutes les deux ravies.

Le voile tombe un peu plus, et la Cour pousse un cri d'admiration en découvrant le prince Édouard, les épaules carrées comme son père, trapu et hardi dans sa veste épaisse et ses bas rouges, un chapeau rouge enfoncé sur sa petite tête, les manches de son habit ridiculement rembourrées. Quelques personnes applaudissent. On croirait voir le portrait du roi par Holbein ramené à moins d'un mètre de haut. Le prince, plein de confiance, s'appuie avec le coude contre le genou de son père, geste que n'oserait jamais faire Édouard dans la réalité. Henri a la main posée sur son épaule dans un geste affectueux, comme cela n'est jamais arrivé non plus dans la vie. Le garçonnet s'offre à la vue du spectateur comme si Henri venait de le mettre au monde par l'ouverture de ses jambes largement écartées. « Voici mon fils et mon héritier », semble souligner la pose. Cet enfant est censé être la créature du roi, créée par lui à son image, son petit œuf rouge…

À l'arrière-plan, servant de toile de fond et remontant au-dessus de leurs têtes, le grand dais d'apparat est orné des armoiries royales. Au-dessus de celles-ci, à l'horizontale, s'étale un sceau doré qui fait songer aux auréoles que les peintres de la vieille Église idolâtre plaçaient au-dessus de la tête des saints sur les portraits. Au centre du tableau, qui est toujours à moitié recouvert par la tenture sur laquelle tirent désespérément les pages, trône le roi lui-même. L'artiste en a fait le personnage central, le représentant en plein centre, tel un soleil d'or éclatant. Ses énormes manches bouffantes, qui sont aussi grosses que deux traversins, sont brodées d'or et fendues de soufflets de soie blanche ; les jupes de son habit court sont de rouge et d'or ; ses robustes jambes écartées ont l'éclat de l'argent poli dans leur collant ivoire, avec leurs mollets luisants et leurs genoux arrondis comme deux petites lunes. Sa tunique est bordée de zibeline qui retombe sur ses énormes épaules rembourrées ; son visage est bouffi, pâle et dépourvu de rides. *Quant à sa braguette…*

— Mon Dieu ! m'exclamé-je en la voyant.

L'énorme braguette d'ivoire se dresse hardiment en plein milieu de son entrejambe, au centre du tableau. Énorme, et brillant d'un éclat mat parmi tout ce rouge et tout cet or, elle semble proclamer : « Voici les bijoux de famille du roi… Admirez ! »

Je me mords l'intérieur des lèvres pour ne pas laisser échapper le moindre soupçon de gloussement, et n'ose regarder Catherine Brandon. Le peintre a dû perdre l'esprit pour se montrer aussi effronté. Malgré son monstrueux orgueil, le roi ne pourra manquer de remarquer le ridicule de la chose. Mais soudain le page parvient enfin à décoincer le rideau qui masquait le reste du tableau. Le tissu tombe à terre et je découvre enfin mon propre portrait.

Je suis assise à la gauche du roi dans la robe que le peintre et moi-même avons choisie ensemble, à la sous-jupe rouge et aux manches coordonnées qui répondent à la tunique d'Édouard, sans oublier mon corset brodé d'or et ma cape assortie aux manches bouffantes du roi, non plus que la doublure d'hermine et les manches qui signalent mon appartenance à la famille royale. La coiffe à l'anglaise que Nicholas de Vent a sélectionnée dans la garde-robe royale est parfaitement représentée, le cordon qui ceint ma taille est un chef-d'œuvre de minutie, ma peau est aussi nacrée et pâle que les formidables jambes du roi. *Mais mon visage…*

Oui, mon visage…

Les messes basses de la Cour me font songer au murmure du vent dans les arbres en automne.

—Oh, si je m'attendais…, commence quelqu'un. Ne me dites pas que c'est…

—Assurément, c'est…, interrompt un autre.

Et bientôt nul ne termine ses phrases, comme si aucun d'entre eux ne voulait endosser la responsabilité d'exprimer l'affreuse et cruelle évidence, laquelle devient de plus en plus indéniable à mesure que le silence s'installe, tandis que l'un se racle la gorge, que l'autre tourne le dos au tableau, et que, un à un, tous les regards, irrésistiblement et presque involontairement, se tournent vers moi.

Ils me regardent. Et je regarde la femme sur la peinture.

Ce n'est pas mon portrait. Ce n'est pas mon visage. C'est bien moi qui ai posé vêtue de ces toilettes, dans les tenues de la garde-robe royale, dans l'habit qui est censé faire la reine d'Angleterre comme d'autres font le moine. Le peintre a représenté mes mains dans une certaine position, ma tête tournée vers la lumière, mais ce ne sont pas mes traits sous la coiffe brodée d'or d'une autre. Le roi a commandé un portrait de sa troisième épouse, la mère d'Édouard, et m'a fait poser à sa place, comme une poupée, afin que l'artiste puisse bénéficier des proportions et de la silhouette d'une épouse, de n'importe quelle épouse. Mais le visage n'est pas le mien. Le peintre n'a pas eu à saisir ce qu'il appelait ma beauté éclatante. Il a représenté le contour net de la coiffe de Jane Seymour, la reine morte. C'est elle, qui est assise à la gauche du roi, et qui admire le père et son fils de la tombe. Quant à moi, je pourrais tout aussi bien ne pas exister.

Je ne sais pas comment je fais pour tenir sur mes jambes, comment je fais pour sourire et faire l'éloge du tableau, louant la beauté d'Élisabeth, qui se trouve à gauche de celle qui a remplacé sa mère, une belle-mère dont elle n'a aucun souvenir, la dame d'honneur de sa mère, la femme qui dansa le jour où celle-ci se faisait trancher la tête. Je m'esclaffe à la vue du portrait de Will Somers, de profil, un singe sur l'épaule, dans l'arcade de droite, sur fond des jardins de Whitehall. Mon rire cristallin résonne à mes oreilles, ainsi que le rire empressé de l'assistance qui se joint au mien, peut-être dans le dessein de masquer mon humiliation. Nan vient se placer à mon côté, prête à me soutenir physiquement, et Catherine Brandon l'imite en venant se poster de l'autre.

Toutes deux admirent la toile dans un brouhaha de voix. Anne Seymour, ma dame d'honneur, garde ses distances, et fait des commentaires sur la beauté de sa très chère et infortunée belle-sœur.

Je regarde fixement le portrait. J'y vois un retable, une icône semblable à celles de la vieille Église corrompue que les réformateurs ont à juste titre bannies. Le tableau se découpe en trois panneaux à la manière d'un triptyque : les deux princesses de chaque côté, et la Sainte Famille – le Père, le Fils et la mère transfigurée – au centre. Les deux bouffons représentent la folie profane du dehors, tandis qu'à l'intérieur, l'univers de la famille royale étincelle de mille feux. Jane Seymour, après avoir vaincu la mort, rayonne telle la Vierge Marie.

Élisabeth s'approche, me prend la main et me susurre :

— Qui est cette personne ? Qui est-ce à votre place ?

— Chut, réponds-je. C'est la reine Jane, la mère d'Édouard.

Aussitôt, son petit minois intelligent se referme, comme si je venais de lui dévoiler un secret inavouable, une chose infâme et injuste. Et en même temps – et c'est à cela que je comprends que son âme est déjà corrompue –, elle se tourne vers son père et le complimente sur le beau tableau qu'il a fait exécuter.

La princesse Marie me jette un rapide coup d'œil et ne souffle mot, puis la Cour fait silence tandis que nous attendons le discours du roi. Nous attendons mais rien ne vient. Nicholas de Vent, roulant son chapeau entre ses mains, nerveux dans l'attente de savoir ce que le grand mécène des arts, le mécène de Holbein, dira de cette œuvre, de ce mensonge sur toile, de ce chef-d'œuvre d'autoglorification, de cette usurpation post mortem.

— Il me plaît, déclare enfin Henri d'un ton ferme, et aussitôt un vent de soulagement se répand parmi la Cour qui a retenu son souffle jusque-là. Très beau, ajoute le souverain. Très bien exécuté !

Il me jette un coup d'œil, et je discerne dans son regard une légère gêne.

— Vous vous réjouirez de voir les enfants réunis sur ce tableau, ainsi que mon hommage rendu à la mère d'Édouard, poursuit-il.

Il considère le visage blême de sa défunte épouse sur le tableau et ajoute :

— Cela aurait pu être elle à côté de moi, si elle avait survécu ! Elle aurait pu voir Édouard grandir et devenir un homme. Qui sait ? Elle aurait même pu me donner d'autres fils.

Je demeure silencieuse tandis que mon mari déplore publiquement le décès de son ancienne femme, les yeux rivés sur sa figure idiote de morte, comme s'il espérait y découvrir un peu d'intelligence qui eût échappé à tous de son vivant.

Je sens mes dents se serrer involontairement en un sourire figé pour parer à l'insulte qui m'est faite, affectant de n'être pas désavouée en public, comme si le roi ne venait pas de signifier au monde que toutes celles qui ont succédé à Jane, à savoir Anne de Clèves, Catherine Howard et moi-même, étaient des spectres de reines moins réelles qu'elle, la morte.

Bien évidemment, Anne Seymour, la belle-sœur de la reine morte, s'avance et s'adresse au roi en tant que parente et compagne de deuil, exploitant, comme à son habitude, le chagrin royal.

— On croirait qu'elle va parler !

Excepté qu'elle est morte.

— C'est Jane telle qu'elle fut, renchérit le roi.

J'en doute, puisqu'elle est représentée dans mes meilleurs souliers à talons d'or.

— Elle se penche certainement sur vous et votre fils en ce moment même pour vous bénir du ciel, conclut-elle.

— Nous devons le croire, répond-il avec enthousiasme.

Je remarque au passage que sainte Jane semble avoir échappé au purgatoire ; bien qu'un prédicateur soit en ce moment même emprisonné à la Tour de Londres où il doit répondre de l'accusation d'hérésie pour avoir laissé entendre que le purgatoire n'existe pas.

— Elle m'a été cruellement enlevée, gémit le roi, ses petits yeux clignant sous l'afflux de ses larmes de crocodile. Et cela faisait tout au plus un an que nous étions mariés.

Il se trompe. Je pourrais le corriger avec précision. Ils furent mariés pendant un an et quatre mois, ce qui est moins qu'avec Kitty Howard, laquelle ne tint qu'un an et demi avant d'être décapitée sur son ordre. Mais c'est toujours beaucoup plus que son mariage avec Anne de Clèves, laquelle est désormais tenue en si haute estime, mais qui fut évincée en six mois.

— Elle vous aimait tant, rappelle Anne Seymour d'un ton funèbre. Mais grâce à Dieu, elle a laissé un fils exceptionnel comme souvenir vivant de son passage sur terre.

L'allusion au prince Édouard fait recouvrer le sourire à Henri.

— En effet, confirme-t-il. Du moins ai-je un fils, et il est beau garçon, n'est-ce pas ?

— Tout le portrait de son père ! s'exclame Anne, tout sourires. Voyez comme il se tient sur le tableau. Oh, oui, il est votre sosie !

Je retourne à mes appartements à la tête de mes dames de compagnie. Je souris, et elles aussi ont toutes le sourire aux lèvres. Nous nous efforçons toutes de ne rien laisser paraître de notre trouble, de ne pas laisser entendre que nous avons été témoins d'une scène qui remet en question notre condition, le sentiment que nous avons de notre légitimité. Il n'y a rien d'anormal.

Une fois de retour dans mes appartements, j'attends que mes dames se remettent à leur ouvrage de couture tandis que l'une d'elles ouvre un livre qui a reçu l'approbation de l'évêque de Londres pour le lire à haute voix. Puis j'annonce que j'ai une indigestion qui nécessite que je me rende seule dans ma chambre. Nan m'accompagne cependant, pour la bonne raison que même les déchaînements de l'enfer ne sauraient l'éloigner de ma personne ces temps-ci. Elle referme la porte derrière nous et me regarde droit dans les yeux.

— Garce ! m'exclamé-je sèchement.

— Qui ça, moi ?

— Elle.

— Anne Seymour ?

— Non, Jane Seymour. La morte.

Ma réaction est si irrationnelle que même Nan n'essaie pas de m'en dissuader.

— Tu es énervée.

— J'ai essuyé un affront public, je viens d'être supplantée par un fantôme devant tout le monde. Ma rivale n'est pas quelque jolie fille comme Catherine Brandon ou Marie Howard, mais il s'agit d'un cadavre qui était déjà à peine vivant avant de rendre le souffle. Et pourtant, c'est elle, l'épouse qu'il ne parvient pas à oublier. Elle est morte, la pauvre âme. Elle ne peut plus l'agacer désormais. Il peut se souvenir d'elle sous son meilleur jour à présent!

Nan me fait signe d'arrêter d'un geste de la main.

—Elle a fait du mieux qu'elle a pu, et, bon sang, Kat, tu ne serais pas aussi dure avec elle si tu l'avais vue mourir dans les fièvres, appelant Dieu, et son mari, à l'aide. Même si c'était une idiote, elle est morte avec courage dans les affres de l'isolement.

—Que m'importe, à moi, qui vais devoir passer devant son portrait chaque fois que j'irai dîner? Qui ne suis pas autorisée à porter ses perles? Mais qui dois élever son fils, coucher avec son époux?

—Tu es en colère, rétorque Nan.

—C'est peu dire! lancé-je d'une voix courroucée. Je vois que tu n'étudies pas en vain. Je suis en colère! Bravo! Et après, quoi?

—Tu vas devoir passer outre, conseille-t-elle, avec le même aplomb que notre mère lorsqu'il m'arrivait d'enrager contre quelque injustice faite à l'enfant que j'étais. Parce que, poursuit-elle, tu vas devoir te rendre aux dîners la tête haute et le sourire aux lèvres, montrant à tous que tu es satisfaite du tableau et heureuse en ménage, avec tes beaux-enfants et leurs trois défuntes mères, sans oublier le roi.

—Pourquoi suis-je obligée d'agir ainsi? demandé-je en ahanant. Pourquoi devrais-je faire comme si je n'ai pas reçu un affront public?

Le visage de Nan devient très pâle et le ton de sa voix se fait catégorique :

— Parce que si tu considères une morte comme ta rivale, tu la rejoindras bientôt dans la tombe en tant qu'épouse, me prévient-elle. On raconte déjà que le roi va se remarier. Le bruit court qu'il n'apprécie guère ta religion, que tu es par trop favorable à la réforme. Tu dois tenir tête à ces rumeurs. Tu dois lui complaire. Tu dois entrer dans la salle des banquets ce soir telle une femme dont la condition ne saurait être remise en question.

— Qui me remet en question ? hurlé-je. Qui ose me remettre en question ?

— Je crains que le rejet ne soit général, répond-elle calmement. Les langues se délient. Presque tous remettent en cause ton aptitude à être reine.

Hiver 1545, palais de Whitehall, Londres

Durant les jours d'accalmie qui précèdent le début des festivités de Noël, le roi s'agite et s'irrite au vu et au su de tous de ce que ni ses conseillers habituels ni ses nouveaux doctrinaires ne parviennent à obtenir une trêve avec la France. Charles Quint demande désormais instamment une trêve afin d'avoir toute latitude pour s'occuper de ses propres sujets. Il est résolu à écraser les réformateurs des Flandres et dans les territoires du Saint Empire romain germanique. Il affirme que lui-même et Henri doivent oublier leur inimitié à l'égard de la France afin d'affronter un danger plus grand. Tous trois doivent s'unir pour faire la guerre aux luthériens. Il dit que ce sera une nouvelle croisade, qu'ils doivent livrer bataille contre ceux qui sont pécheurs au point de croire que la Bible est le plus sûr guide pour s'orienter dans la vie.

Je prie pour la protection des hommes et des femmes de Dieu d'Angleterre, du Saint Empire et de tous les coins de la chrétienté, dont l'unique crime est de lire la Parole de Dieu et de l'étudier avec cœur. Quoi d'étonnant à ce qu'ensuite ils prennent la parole ? Pourquoi les érudits officiels de l'Église, son clergé, et, disons-le, ses brutes et ses sbires, seraient les seuls à pouvoir proclamer leur conception de la vérité ?

Stephen Gardiner, qui est toujours à Bruges où il s'efforce désespérément d'obtenir un traité avec la France, est ardemment en faveur de la paix avec ce pays et l'Espagne, au profit d'une croisade sanglante contre les luthériens, partout, et surtout, à commencer, sans tarder, par le Saint Empire.

— Dieu seul sait ce qu'il propose en gage de paix, quelles promesses il fait en mon nom, grommelle Henri, tandis que nous nous asseyons tranquillement un soir pour jouer aux cartes.

Autour de nous, la Cour danse et badine, quelqu'un chante, et un petit attroupement nous regarde jouer en pariant sur l'issue de la partie. Catherine Brandon est au coude à coude avec le roi. Il lui montre ses cartes et lui demande conseil ; elle, pour sa part, sourit et jure qu'elle me fera signe dès que j'aurai l'avantage. La plupart des curieux misent sur le roi. Il est mauvais perdant. Il n'apprécie guère d'ailleurs qu'on parie contre lui. Il joue une mauvaise carte et je me garde de la prendre avec un atout. Il éclate de rire devant ce qu'il croit être une erreur de ma part et remporte le pli.

— Avez-vous l'intention de rappeler monseigneur Gardiner ? questionné-je, avec tout le calme dont je suis capable. Pensez-vous, comme lui, que l'empereur devrait faire la guerre à son propre peuple ?

— Il est certain qu'on va trop loin au Saint Empire, répond Henri. Et ces princes allemands ne m'ont été d'aucune utilité. Je ne les défendrai pas. Pourquoi le ferais-je ? Ils ne connaissent pas la nature humaine, comment comprendraient-ils les voies de Dieu ?

Je relève la tête et aperçois Édouard Seymour, le frère de Thomas, qui me regarde. Je sais qu'il espère me voir user de mon influence pour convaincre le roi que les luthériens allemands devraient être épargnés et que la nouvelle doctrine devrait devenir légale en Angleterre. Mais je reste très prudente avec le souverain. Les avertissements de Nan ne sont pas tombés dans l'oreille d'une sourde et je prends garde à ne pas me faire d'ennemis. Je sais désormais que quand Henri se plaint de Pierre, il n'est pas rare qu'il intrigue simultanément contre Paul. Les gens surestiment mon influence lorsqu'ils me tiennent pour responsable de la réforme. J'en use avec parcimonie, car je ne perds pas de vue qu'un tableau accroché au mur nie jusqu'à mon existence.

— Assurément, on ne peut errer en affirmant que nous devrions régler notre vie sur la Bible, et que nous obtiendrons le salut par la foi et par l'entremise du pardon qui nous est accordé pour nos péchés, fais-je remarquer.

Henri lève le nez de ses cartes.

— Je constate que vous n'êtes pas meilleure théologienne que joueuse de cartes ! rétorque-t-il, mais son sourire éclatant enlève tout venin à ses paroles.

— Je n'ambitionne pas d'avoir une meilleure compréhension de la religion que vous, mon mari et mon seigneur, assuré-je. Non plus que de vous battre aux cartes.

— Et qu'en pensent mes filles ? s'enquiert-il en se tournant vers la princesse Marie qui se tient à son côté, tandis qu'Élisabeth est appuyée contre le dossier de ma chaise.

— Des cartes ou de la théologic ? interroge Élisabeth d'un ton taquin.

Son père s'esclaffe.

— Laquelle de ces choses a-t-elle votre préférence ?

— La théologie, répond-elle, car c'est un privilège de pouvoir étudier, surtout avec une érudite telle que la reine ; mais les cartes sont le passe-temps de tout un chacun.

— Très juste ! convient-il. Et seuls les gens instruits et réfléchis devraient étudier et discourir. Les choses saintes devraient être réservées aux lieux sacrés où règne le silence, à l'usage de ceux qui peuvent les comprendre sous l'égide de l'Église. Les cartes sont pour les tavernes, la Bible est réservée à ceux qui savent lire et qui peuvent la comprendre.

La princesse Marie acquiesce d'un hochement de tête, et il la gratifie d'un sourire.

— Si je comprends bien, ma chère Marie, les sermons braillés au bord des routes par le premier imbécile venu juché sur une borne ne sont pas de votre goût ?

Elle s'incline avant de lui répondre :

— Selon moi, l'Église a le devoir d'instruire le peuple, affirme-t-elle. Le peuple ne peut s'instruire lui-même.

— C'est ce que je pense ! s'exclame Henri. Mot pour mot !

Le roi s'empare de cette conversation au débotté autour d'une table de jeu et en fait le point de départ de son discours au Parlement. Il s'y rend la veille de Noël, tandis que ses membres ne songent qu'à faire préparer leurs chevaux pour rentrer chez eux pour la Saison. Il fait une entrée en grande pompe, en tant que père de la Nation venu s'adresser à son peuple la veille même de la naissance du Christ. Tel un héraut angélique obèse et boiteux, il vient lui annoncer la meilleure manière de servir le Christ ici-bas. Chacun s'attend à une importante déclaration de foi royale, probablement la dernière. Que les membres du Parlement partagent ou non ses vues, ils ont intérêt à ne pas manquer à l'appel. Le royaume connaît ma doctrine, les gens ont lu les textes liturgiques que j'ai traduits avec l'aide de Thomas Cranmer. Ils voient en moi une modérée attachée à la tradition mais axée sur la conviction personnelle, sur la prière intime. D'aucuns me soupçonnent sans doute de pencher du côté de la réforme, mais tout ce que j'ai publié sous mon nom a reçu l'approbation du souverain et ne saurait donc être taxé d'hérésie. Ils ont reconnu l'empreinte de Stephen Gardiner dans l'intransigeant *Livre du roi*, qui fait de centaines de croyants sincères des hérétiques. Aussi ont-ils le sentiment que le cours des événements ne va pas dans le sens de la réforme. Mais inlassablement, et jusqu'à ce jour, ils furent contraints de jouer au jeu des devinettes pour savoir ce que croyait le roi. Il a écrit des livres qu'il a ensuite fait interdire, il a donné la Bible à ses sujets et la leur a reprise, il leur a dit qu'il était le chef suprême de l'Église, mais il ne leur avait jamais exposé auparavant les tenants de sa foi. En fait, c'est la toute première fois que le roi se rend en personne au Parlement et qu'il l'informe de ce qu'il doit penser concernant Dieu.

L'assistance, toute masculine, est émue aux larmes. La foule qui s'est massée au-dehors attend tête nue la sortie du fastueux cortège mené par le roi titanesque. Pendant ce temps, des curieux grimpent aux fenêtres ouvertes. Ils jettent un coup d'œil à l'intérieur du palais de Westminster et crient aux autres restés en bas les déclarations faites par le monarque sous le grand dais d'apparat orné d'or où il trône telle une montagne. Le peuple veut à tout prix savoir si, à l'instar d'un prince allemand, il se prononcera en faveur de la réforme de l'Église, ou si, à l'image du roi de France et de l'empereur espagnol, il se fera le défenseur de l'ancienne tradition et se ralliera au pape.

— Mauvaise nouvelle, commence Anne Seymour d'un ton bref. Nous avons perdu.

Elle est la première à me prévenir en entrant dans mes appartements. Son mari Édouard siégeait aux côtés du roi, gardant un visage impassible pendant qu'Henri se plaignait à la Chambre des communes qu'on écorchât la Parole de Dieu dans les tavernes où l'on invoque Son Nom de manière profane. À leur retour du Parlement, Édouard s'est rendu immédiatement auprès de sa femme pour lui faire son rapport.

— C'est une très mauvaise nouvelle pour ceux qui pensent comme nous. Le roi revient aux anciennes pratiques. Nous revenons à l'Église catholique d'autrefois, tout doit reprendre sa place, et certains affirment qu'il envisage un rapprochement solennel avec l'Église orthodoxe grecque.

— « L'Église orthodoxe grecque » ? répété-je d'un air ahuri. Qu'avons-nous à voir avec l'Église orthodoxe grecque ?

Elle me regarde comme si les voies de mon époux étaient aussi impénétrables que celles de Dieu lui-même.

— Tout sauf les protestants, répond-elle d'un ton amer. Voilà la logique du roi. Tout sauf les réformateurs. Il a fait savoir au Parlement qu'il était las de l'agitation constante qui règne autour de la Bible et de sa remise en question. Il est las des évangélistes. Toute cette cogitation, tous ces écrits et toutes ces publications le fatiguent. Naturellement, il craint que son tour ne vienne d'être remis en question par le peuple. Il a déclaré avoir donné la Bible au peuple seulement pour que les chefs de famille la lisent aux seuls membres de leur famille. Ils ne sont pas censés en débattre.

— La Bible est seulement destinée aux hommes ?

Elle hoche la tête.

— Il dit que c'est à lui qu'il revient de juger de la vérité et de l'erreur. Les hommes ne sont pas censés penser mais ils sont seulement censés lire la Bible à haute voix à leur maisonnée et à leurs enfants.

Je m'incline devant cette injure faite à l'intelligence dont Dieu fit don aux êtres humains.

— Mais alors même que l'on s'attend à ce qu'il revienne au papisme, il déclare qu'il a l'intention de faire raser toutes les fondations chrétiennes destinées à financer des messes pour les défunts et de saisir leurs biens.

Cela n'a aucun sens.

— Détruire les fondations et abolir les messes pour les défunts ?

— Il affirme que ce n'est là rien d'autre qu'une creuse superstition. Il prétend que le purgatoire n'existe pas et que, par conséquent, il n'est nul besoin de faire dire des messes pour les morts, et donc que les chapelles sont inutiles.

— Il a dit que le purgatoire n'existait pas ?

— Il a déclaré qu'il avait été inventé par la vieille Église pour soutirer de l'argent aux innocents.

— Il a raison !

— Mais, en même temps, la liturgie de la messe doit rester inchangée. Le pain et le vin doivent être considérés comme étant le vrai corps et le vrai sang du Christ. Et il est hérétique d'en discuter.

Je la considère avec une sorte d'accablement.

— De l'avis de votre mari, que croit réellement le roi, au fond ?

Elle hausse les épaules.

— Personne ne le sait. Sa position est à mi-chemin entre luthéranisme et catholicisme. C'est du papisme avec le roi pour pape et du luthéranisme avec, toujours, le roi à la place de Luther. Il se concocte sa propre religion. D'où le fait qu'il doit nous l'expliquer régulièrement. De sorte que l'hérésie elle-même est en fonction de ses décrets. Nous sommes tous, papistes et protestants, luthériens et évangélistes, en danger.

— Mais quel est son credo ? Anne, il faut que nous le sachions. Que croit le souverain ?

— Les choses les plus diverses, toutes mêlées ensemble.

Le roi rentre au palais très fatigué et m'envoie dire qu'il souhaite me voir à ses appartements. Ses serviteurs l'ont déjà mis au lit, aussi marqué-je un temps d'hésitation sur le seuil, me demandant s'il me voulait en chemise de nuit pour coucher avec moi.

Il me fait signe d'avancer.

— Entrez, lance-t-il. Venez, asseyez-vous près de moi. Je veux tout vous raconter avant de dormir. Sans doute vous aura-t-on rapporté qu'ils furent impressionnés à

Westminster ? Ils ont versé des larmes lorsque je leur ai dit que j'étais leur père et que je saurais les faire obéir. Ils ont déclaré qu'ils n'avaient jamais entendu un tel discours avant aujourd'hui.

— C'est merveilleux ! m'exclamé-je sans conviction. Et comme vous vous êtes montré magnanime en faisant l'effort de leur rendre visite, la veille de Noël, qui plus est.

Il soulève sa main adipeuse.

— Je voulais qu'ils connaissent le fond de ma pensée, explique-t-il. Il importe qu'ils aient la conscience en paix. Je pense pour eux. Je décide à leur place. Il est normal qu'ils sachent ce que je pense. Comment feraient-ils pour s'orienter dans la vie autrement ? Comment feraient-ils leur salut ?

La porte située derrière moi s'ouvre, et un premier serviteur entre avec un plat sur lequel sont posés une cuillère et un couteau. Le roi dînera au lit. Les uns après les autres, les serviteurs lui apportent une succession de mets. Henri se sert abondamment tandis qu'on lui noue une grande nappe en tissu autour du cou afin de préserver la literie des éventuelles taches de jus de viande et autres sauces. Je mange assise à une table au pied de l'immense lit. J'absorbe les aliments lentement afin que nous puissions terminer notre repas ensemble. L'assiette d'Henri ne désemplit pas, et il boit au moins trois bouteilles de vin ; le dîner s'éternise… Enfin, il renvoie le dernier plat d'un geste de la main et se renverse en arrière contre les oreillers, épuisé et en nage. La seule vue des énormes plats de nourriture qui vont et viennent me donne la nausée.

— Vous devriez peut-être voir le médecin ? demandé-je. Votre fièvre a-t-elle monté ?

Il secoue la tête.

— Le docteur Wendy me verra plus tard, répond-il. Saviez-vous que le docteur Butts est malade ?

Il émet un rire poussif et ajoute :

— Quel genre de praticien est-ce là ? Je lui ai envoyé ce message : « Quel est ce médecin qui est trop mal en point pour s'occuper de son patient ? »

— C'est fort drôle. Mais est-il à la Cour ? Quelqu'un le soigne-t-il ?

— Je crois qu'il est rentré chez lui, repartit Henri avec indifférence. Il est trop avisé pour risquer de contaminer la Cour. Dès les premiers symptômes, il a fait savoir qu'il ne m'approcherait pas jusqu'à ce qu'il soit guéri. Il m'a supplié de lui pardonner d'être dans l'incapacité de s'occuper de moi. Sa place est ici. Je me doutais que ce serait pour moi une rude épreuve que de rendre visite à mon peuple, de lui apporter ma sagesse, comme je l'ai fait. Par ce froid.

Je fais signe aux serviteurs de débarrasser et d'apporter une autre bouteille de vin au roi, ainsi que les confiseries qu'il apprécie d'avoir près de lui au cas où il aurait faim pendant la nuit.

— J'ai été exaltant, se vante-t-il en rotant avec un serein contentement. Mes sujets m'ont écouté dans un silence religieux. Ceux qui s'extasient en écoutant des prédicateurs auraient dû m'entendre ce soir à Westminster. Ceux qui en appellent à la venue d'un nouveau prophète ont manqué quelque chose ! Je suis un père pour mon peuple, un meilleur père, qui plus est, que le prêtre fourbe de Rome qui se fait appeler Saint-Père.

— Quelqu'un a-t-il pris copie de votre discours afin que d'autres puissent le lire ? demandé-je.

Il dodeline de la tête. Il ferme les paupières, comme un enfant ensommeillé après une journée bien remplie.

— Je l'espère ! s'exclame-t-il. Je veillerai à ce que vous en ayez un exemplaire. Vous voudrez en faire l'étude, je le sais bien.

— En effet, confirmé-je.

— Le roi a parlé, annonce-t-il. Fin des controverses.

— Certes. Voulez-vous que je vous laisse dormir, mon cher mari ?

— Restez, ordonne-t-il. Restez. Je vous ai à peine vue de la journée. Aviez-vous coutume de vous asseoir au chevet du vieux Latimer ?

— Presque jamais, réponds-je en mentant. Il ne m'était pas l'époux que vous m'êtes, Sire.

— C'est bien ce que je pensais, se rengorge-t-il. Il a dû vous traverser l'esprit, tandis qu'il se mourait, que vous seriez bientôt libre de toute attache maritale, non ? Ne vous êtes-vous pas imaginée en veuve dotée de son propre petit domaine et de ses propres revenus ? Peut-être aviez-vous également des vues sur quelque beau galant ?

Le vieux renard entrouvre ses petits yeux étincelants d'espièglerie.

La loi interdit qu'une femme devienne l'épouse du roi si elle a eu quelque liaison amoureuse dans le passé. *Voilà une conversation bien périlleuse en guise d'histoire pour s'endormir.*

— Je pensais vivre mon veuvage auprès de ma famille, exactement comme votre grand-mère, lady Margaret Beaufort, repartis-je, tout sourires. Mais je fus appelée à un plus glorieux destin.

— La plus haute destinée qui puisse échoir à une femme, renchérit-il. Mais pourquoi, à votre avis, n'avez-vous pas eu d'enfant, Catherine ?

La question est si inattendue, que je sursaute quelque peu. Il a les paupières fermées ; aussi est-il possible qu'il ne s'en aperçoive pas. Je me souviens aussitôt, non sans me sentir coupable, de la bourse d'herbes médicinales et de l'épouvante de Nan à l'idée que, si nous ne l'empêchions pas, le roi puisse me faire accoucher très prématurément d'un monstre. Il est impossible que notre secret ait été trahi par quelque dame à mon service. Je suis convaincue que personne ne me trahirait. Nul n'est au courant en dehors de Nan et de moi-même. Même la servante qui m'apporte l'eau chaude n'est au courant de rien, sinon qu'elle m'en apporte de temps à autre pour une infusion matinale.

— Je l'ignore, mon époux, réponds-je humblement. Parfois, cela prend du temps, j'imagine.

Il ouvre les yeux. Il est complètement éveillé à présent, comme s'il n'avait jamais été sur le point de s'endormir.

— Cela ne m'a jamais pris autant de temps jusque-là, fait-il remarquer. Comme vous le savez, j'ai trois enfants de trois mères différentes. Et il y en eut d'autres, bien sûr. Elles conçurent toutes immédiatement, dans les premiers mois. Je suis viril. Vraiment viril.

— Effectivement.

Je sens monter mon angoisse. Cela m'a tout l'air d'un piège, mais je ne vois pas comment je pourrais l'éviter.

— C'est un fait..., ajouté-je.

— Il faut donc que ce soit un défaut de votre part, poursuit-il gaiement. Qu'en pensez-vous ?

— Je ne sais pas, dis-je. Lord Latimer était impuissant, aussi n'ai-je jamais espéré avoir un enfant de lui, et lors de mon premier mariage, j'étais trop jeune, sans compter que nous n'étions presque jamais ensemble.

Inutile de préciser que vous, mon troisième époux, le roi, êtes un vieux bonhomme malade comme un chien replet, aux érections rarissimes, et probablement stérile. Quant aux femmes auxquelles vous prêtez une fécondité rapide, ce sont celles de vos jeunes années, du moins pour ce qui est des trois premières d'entre elles. À présent, elles sont mortes toutes les trois : une décapitée sur vos ordres, deux ayant succombé par manque de soins de votre part. Elles firent fausse couche sur fausse couche, à l'exception de la troisième, qui mourut en donnant naissance à son premier enfant.

— Croyez-vous que Dieu ne voie pas favorablement notre union ? Puisque vous n'êtes jamais tombée enceinte, c'est forcément ce que vous pensez.

Le Dieu auquel fait allusion Henri lui donna une succession de bébés mort-nés durant son premier mariage, jusqu'à ce que le roi en conclût que Dieu n'y était pas favorable. Un début de protestation tourbillonne dans ma tête. C'est un blasphème éhonté que d'invoquer Dieu pour justifier de nos œillères face à la vérité. Je refuse de faire paraître Dieu à la barre des témoins dans mon propre procès. Il est exclu que Dieu témoigne encore une fois à charge par procuration contre une autre femme d'Henri. À mon sens, Dieu aurait refusé de cautionner la mise à l'écart de Catherine Parr. Je sens la moutarde me monter lentement au nez.

— Qui peut douter de sa bénédiction ? argué-je hardiment, agrippant les accoudoirs de mon siège et m'armant de courage pour la suite. N'êtes-vous pas en excellente santé, fort et viril, et ne goûtons-nous pas des mois de bonheur ensemble ? Deux années et demie de réussite ! Et votre prise de Boulogne ? Et la défaite infligée aux Écossais ? Et surtout le bonheur que nous procurent vos enfants. Qui pourrait douter que Dieu vous sourit ? Vous êtes un si grand roi. Pourrait-il refuser de bénir notre union ? Une union que vous avez vous-même voulue lorsque vous me fîtes l'honneur de me choisir. Qui douterait que Dieu m'a souri lorsque vous m'avez distinguée d'entre toutes et convaincue, envers et contre ma propre humilité, de devenir votre femme ? Le fait que Dieu vous aime et anime votre volonté ne saurait être remis en cause. Nous ne saurions douter qu'il vous tient dans ses grâces.

Je m'en tire pour cette fois. Pour preuve, le sourire ravi qui illumine son visage tandis qu'il cède à la détente qui prélude au sommeil.

— Vous avez raison, convient-il. Naturellement. D'ailleurs, un enfant de vous ne peut manquer de voir le jour. La bénédiction de Dieu m'accompagne. Il sait que je n'ai jamais fait que mon devoir.

Le médecin royal, sir William Butts, ne reparaît pas à la Cour comme il l'a promis. La fièvre l'a emporté tandis qu'il se trouvait à des lieues de là, et nous n'apprenons la nouvelle qu'après Noël. Le roi prétend que nul autre ne comprend sa constitution, que personne d'autre que le docteur Butts ne peut le maintenir en bonne santé. Selon lui, il était injuste et égoïste de la part de celui-ci de quitter la Cour si précipitamment et de manquer d'égards au point de mettre tant d'empressement à mourir. Il prend les remèdes que le docteur Wendy lui prépare, et retient celui-ci à son chevet nuit et jour, tout en continuant de se plaindre qu'il ne se rétablira jamais, à présent que le docteur Butts n'est plus là pour apaiser sa nervosité et faire baisser sa fièvre.

— Nous avons perdu en lui un ami fidèle et de bon conseil, fait remarquer Anne Seymour à Catherine Brandon et à moi-même. Le docteur Butts incitait souvent le roi à ne pas tenir compte d'un ragot antiluthérien ou à faire libérer un prédicateur. Il n'a jamais fait état de ses propres opinions, mais il faisait souvent appel à la clémence de Sa Majesté. C'était un allié précieux pour nous dans l'entourage du roi.

— Surtout lorsque le souverain souffrait et ne décolérait pas, convient Catherine Brandon. Mon mari avait l'habitude de dire qu'il parvenait à apaiser le roi quand tout autre échouait. De plus, il était un très sincère adepte de la réforme.

Elle lisse sa jupe et en admire le lustre satiné, puis elle ajoute :

— Il n'en reste pas moins que notre position s'améliore, Anne. Le roi a demandé à Thomas Cranmer de faire la liste des superstitions archaïques qui devraient être prohibées au sein de l'Église.

— Comment le savez-vous ? Que vous a-t-il dit ? s'enquiert Anne.

J'entends des accents d'hostilité dans sa voix et je me souviens qu'elle appréhende toujours que quelqu'un accroisse son prestige au détriment du sien ou de celui de son mari.

Catherine s'efforce de s'arranger d'une relation délicate avec le roi ; elle est constamment à ses côtés ; elle est celle avec qui il flirte le plus volontiers, mais dont il ne tient pas compte des avis tout en appréciant sa compagnie aux cartes. C'est une voie dans laquelle de nombreuses autres se sont engagées avant elle : quatre dames d'honneur sont devenues reines – je ne suis que la dernière en date. Catherine est désormais la dame la plus en faveur à la Cour, et Anne Seymour, qui n'a de cesse d'évaluer le prestige de son époux en tant qu'oncle du prince, en est cruellement en proie à la jalousie. Assurément, c'est sur moi que pèse la menace, mais Anne ne pense qu'à elle-même.

— Le roi a l'intention de fonder deux collèges universitaires, conformément à la promesse qu'il a faite à Sa Majesté, annonce Catherine en me gratifiant de son plus beau sourire. Un à Oxford et l'autre à Cambridge. Ce seront des fondations vouées à l'érudition, ainsi que Sa Majesté le lui a demandé. On y enseignera les idées nouvelles et les prédications seront en anglais.

— Il prévoit d'envoyer mon mari Édouard à Boulogne afin d'y remplacer cet idiot d'Henri Howard, s'empresse de renchérir Anne. Les Howard sont tombés en défaveur à cause de la témérité et de l'incompétence d'Henri. Ce qui ne peut que nous profiter. Mais avec mon mari loin de la Cour, qui se chargera de nous rappeler, nous autres Seymour, au bon souvenir du roi ? Comment ferons-nous pour rester dans ses grâces ? Comment l'influencerons-nous ?

— Ah, les Seymour ! s'exclame Catherine d'une voix mélodieuse. Encore les Seymour ! Toujours les Seymour ! Alors même que nous pensions évoquer les amis en qui nous pouvons avoir foi pour rapprocher le roi et l'Église de Dieu, je m'aperçois qu'en fait il est question, une fois de plus, de l'ascension des Seymour. Encore !

— Nous n'avons pas besoin de nous élever ! rétorque Anne avec irritation. Nous sommes très en faveur. Nous autres

Seymour, nous sommes parents de l'unique dauphin des Tudors, et le prince Édouard affectionne ses oncles.

— Certes, mais c'est la reine qui a été désignée régente, lui rappelle Catherine d'un ton caressant. Et le roi préfère sa compagnie, voire la mienne, à la vôtre. Et si Édouard est envoyé à Boulogne, et puisque Thomas est tout le temps en mer, qui rappellera, de fait, les Seymour au bon souvenir du roi ? Avez-vous le moindre ami ?

— La paix ! ordonné-je sans me départir de mon calme.

Pourtant, ce n'est pas leurs chamailleries qui me dérangent, mais le fait qu'il m'est douloureux d'entendre prononcer le prénom de Thomas. Il m'est insupportable de songer que tandis que je suis prisonnière d'une Cour qui me semble chaque jour plus exiguë et plus étouffante, il demeure loin, trop loin de moi.

Noël 1545, palais de Hampton Court

Nous fêtons Noël comme autrefois, avec de la musique, des danses et une farce, sans oublier divers amusements et compétitions, ainsi que d'énormes quantités de nourriture et de vin. Pendant les douze jours de festivités, la cuisine se donne énormément de mal pour produire quelque nouvelle invention, quelque mets somptueux. Quant au roi, il dévore comme un puits sans fond, comme s'il avait un ver solitaire gigantesque lové dans ses intestins.

Il donne l'ordre d'inviter l'ancienne reine Anne de Clèves pour Noël, et c'est une femme bien en chair et de bonne humeur qui arrive à la Cour. Elle se révèle aussi gourmande que le roi lui-même et aussi gaie, et d'aussi agréable compagnie que peut l'être une femme qui a réchappé à la mort et s'en est sortie nantie d'un titre royal, d'une fortune, et libre.

Elle est richissime. Elle arrive avec une escorte de cavaliers, chargée de cadeaux hors de prix choisis avec soin pour faire plaisir à chacun d'entre nous. Elle a trois ans de moins que moi ; elle est blonde, a les yeux noirs, et arbore un imperturbable sourire tranquille. Ses jolies formes attirent le regard de ses admirateurs qui ont oublié les raisons pour lesquelles le roi l'a rejetée. Princesse protestante, elle dut sa chute à celle de Cromwell, le chef de la faction protestante, lorsque le souverain se retourna contre la réforme. Sa venue à la Cour me fait l'effet d'un rappel : une autre reine avant moi a fait ses dévotions dans sa propre langue, a rendu grâce à Dieu sans pape ni évêque, a pris le pain et le vin, non le corps et le sang du Christ, et dura moins de six mois !

Elle me sourit chaleureusement mais garde ses distances, comme si se lier d'amitié avec une épouse du roi ne présentait aucun avantage. Elle sait tout ce qu'il faut savoir concernant les reines de la dynastie Tudor et en a déduit qu'il n'y a aucun intérêt à devenir mon amie. On me dit qu'elle se montrait affectueuse avec la reine Catherine Howard et qu'elle ne lui en voulut pas lorsque les rôles furent inversés et que la dame d'honneur prit le pas sur Sa Majesté. Quoi qu'il en soit, son comportement envers moi laisse entendre que je ne suis guère digne de sa fréquentation. Son regard glacial me donne à penser qu'elle doute de me voir durer trois ans et qu'il se pourrait bien que Noël prochain se fête sans moi.

Nan la prend dans ses bras sans hésiter, l'étreignant comme si elles étaient toutes deux rescapées d'une guerre secrète dont elles seules ont gardé la mémoire. Anne de

Clèves serre très fort ma sœur et la tient ensuite à bout de bras afin de décrypter l'expression de son visage.

— Allez-vous bien ? s'enquiert-elle.

Malgré toutes ces années passées en Angleterre, son accent a conservé des inflexions germaniques qui rappellent le croassement d'un corbeau.

— Je vais bien, répond Nan sur un ton de mystère, comme mue par le baiser de cette revenante. D'autant que ma sœur est reine d'Angleterre !

Je ne suis sûrement pas la seule à trouver cette remarque déplacée, étant donné que cette femme ronde et riante me précéda d'un règne sur le trône avant d'en être écartée, ainsi que de la couche royale, plus promptement que n'importe laquelle d'entre nous. Mais Anne tourne la tête sans lâcher ma sœur et me sourit.

— Dieu vous bénisse, Votre Majesté, lance-t-elle gentiment. Et puisse votre règne durer longtemps.

Pas comme le vôtre, j'espère ! songé-je, mais plutôt que d'exprimer ma pensée, j'incline la tête en avant et lui rends son sourire.

— Et le roi est-il en bonne santé ? demande-t-elle tout en n'ignorant pas que je suis obligée de mentir sur ce point, car il est illégal de laisser entendre qu'il est mal portant.

— Il est en excellente santé ! réponds-je catégoriquement.

— Et enclin à réformer la religion ? interroge-t-elle avec un optimisme qui va de soi pour une femme élevée dans la foi luthérienne, même si l'on serait bien en mal de savoir en quoi elle croit, aujourd'hui.

En tout cas, elle n'a jamais écrit quoi que ce soit d'important.

— Le roi est un grand connaisseur de la Bible, rappelé-je, choisissant minutieusement mes mots.

— Notre cause progresse, assure Nan. Réellement.

Ce soir-là, au dîner, je suis assise à la droite du roi, Anne de Clèves est installée à la mienne, privilège accordé par Henri devant toute la Cour au titre de « sœur du roi », ainsi qu'il se plaît à l'appeler. Je fais en sorte de sourire comme si je n'avais pas la moindre inquiétude au monde, tandis que j'entends mon mari prendre un morceau, vagir, roter, haleter et s'empiffrer encore. J'ai acquis une oreille absurdement sensible à ses bruits de bouche ; aucune musique ne parvient à les couvrir, aucune conversation ne peut me les faire oublier. Je suis avertie par ses reniflements qu'il fait basculer un plat creux pour boire le jus de viande ; un craquement m'informe qu'il brise les os de petits oiseaux entre ses puissantes mâchoires ; enfin, ses bruits sonores de succion m'indiquent qu'il s'en prend aux friandises et aux sucreries. Une autre série de bruits distinctifs me signale qu'il boit son vin, ce sont de longues déglutitions suivies d'une sorte d'ahanement à l'intérieur du verre tandis qu'il reprend son souffle, comme s'il engloutissait le lac dans lequel il nage. Je tourne la tête vers Anne de Clèves et échange quelques mots avec elle. Je souris à la princesse Élisabeth qui se trouve plus en amont de la tablée. Catherine Brandon incline la tête avec coquetterie lorsque le roi lui fait parvenir un plat spécialement pour elle ; Nan, naturellement, me jette un coup d'œil afin de s'assurer que la chose ne m'a pas échappé. Je balaie la Cour du regard, considérant tous ces gens occupés à se servir de pleines assiettées, à claquer des doigts pour que les serviteurs leur apportent toujours plus de vin.

Cette Cour est devenue un monstre qui se dévore lui-même, un dragon qui se dévore la queue par goinfrerie.

Je n'ose penser au coût que représente l'entretien de cette maisonnée repue, des milliers de serviteurs qui s'affairent auprès de centaines de nobles, épouses, chevaux et chiens compris. Non que je sois regardante sur la dépense, car je fus élevée dans le dessein de mener un domaine aristocratique et, par conséquent, toute mesquinerie me fait horreur, mais ce dont il s'agit ici, c'est d'extravagance et d'opulence alimentées par la destruction des églises. Il fallait bien les richesses accumulées pendant un millier d'années par l'Église pour financer de tels excès. Tout se passe comme si la Cour s'était transformée en un vaste jouet mécanique pourvu d'un engrenage et d'une grande roue à aubes qui recueille la richesse ecclésiale et rejette les déchets toutes les heures, à chaque minute, exactement comme après le banquet le roi ira vomir ou se tordre de douleur sur sa chaise percée, s'accrochant à la main que lui tendra Anthony Denny et appelant le docteur Wendy pour qu'il lui administre un lavement.

Je m'avise d'une chaise vide à côté d'Édouard Seymour – à sa droite, la place d'honneur –, et aussitôt tous mes sens entrent en alerte. *Attendrait-il Thomas ?* Le bruit que fait le roi en trempant sa cuillère dans un bol en or rempli de consommé d'huîtres, avant d'y tremper du pain blanc qu'il suçote ensuite, ce bruit-là s'estompe graduellement. Je n'entends pas même le tintement de la cuillère contre le métal lorsqu'il ordonne au serviteur de le resservir. Je surveille la porte située au fond de la grand-salle des banquets lorsque soudain, semblant répondre à une secrète injonction de mon désir, Thomas fait son apparition ; drapé d'une cape bleu foncé, il pénètre tranquillement dans la salle, fait voler la houppelande de ses épaules dans un geste ample et la remet à son page avant de s'avancer jusqu'à la table de son frère.

Il est là !

Je détourne aussitôt le regard. Je ne parviens pas à y croire. *Il est venu !*

L'accueil chaleureux que lui réserve Édouard n'est pas feint. Il se dresse d'un bond sur ses jambes et prend Thomas dans ses bras, le serrant fort. Ils échangent rapidement quelques mots et s'étreignent de nouveau. Puis Thomas s'éloigne de la table réservée à sa famille et s'approche du dais sous lequel nous sommes assis. Il s'incline devant le roi, puis devant moi, et enfin devant le prince, qui se tient à la gauche de son père, puis devant les princesses. Anne de Clèves, qu'il escorta jadis jusqu'en Angleterre avant qu'elle n'en devienne la reine, est la dernière à recevoir ses hommages. Ses yeux noirs glissent sur nous avec indifférence, et lorsque le roi lui fait signe d'approcher, il monte sur l'estrade afin de s'entretenir avec lui par-dessus la table en se plaçant légèrement de biais, de manière à me présenter son épaule et de ne laisser son visage m'apparaître que de profil, s'interdisant ainsi de me regarder.

Je m'abstiens de tendre le cou pour écouter leur conversation. J'en saisis quelques bribes en lien avec les bateaux et les quartiers d'hiver, puis le roi invite Thomas à aller s'asseoir pour manger et fait aussitôt envoyer un ragoût de chevreuil à la table des Seymour, ainsi que des pâtés en croûte et un feuilleté de sanglier assorti de tranches rôties. Thomas salue sa tablée et prend place à côté de son frère. Il n'a toujours pas tourné le regard vers moi. Je le sais, parce que lorsque ses yeux sont sur moi, une certaine chaleur s'empare de mon visage, comme si j'avais une fièvre bénigne. Nul besoin de m'aviser qu'il me regarde pour que l'effet se produise. Tout se passe comme si mon corps le savait à mon insu, comme si Thomas parvenait à me toucher sans établir le moindre contact.

Mais ce soir, je garde la tête froide et observe droit devant moi, comme il le fait lui-même, de sorte que nos regards se croisent sans se rencontrer avant de s'arrêter sur des objets indifférents à chaque extrémité de la salle. Il semblerait presque que nous ne nous soyons jamais, au grand jamais, regardés yeux dans les yeux, main dans la main, nos corps entrelacés.

Après le dîner, un bal masqué d'un nouveau genre a lieu, au cours duquel les danseurs choisissent leur partenaire parmi les membres de la Cour. J'ai fait savoir que je ne danserais pas, et je suis bien aise de me tenir auprès du roi, ma main fine reposant sur son épaule massive, déjouant ainsi le risque de devoir danser avec Thomas. Je ne pense pas que je supporterais de l'approcher. Je suis sûre que je serais incapable de danser, que je ne tiendrais pas sur mes jambes.

Henri admire les danseurs et les applaudit. Il me prend par la taille tandis que je regarde fixement les fenêtres où un pâle soleil d'hiver se couche au-dessus des arbres du parc. Il fait glisser sa main sur mes fesses qu'il tapote. Je m'arrange pour ne pas tressaillir. Je ne regarde pas Thomas et observe machinalement par la fenêtre. Mais lorsque le roi relâche son étreinte et que je peux enfin m'écarter, je m'aperçois que Thomas a disparu.

Lors de la remise des cadeaux du nouvel an, la princesse Élisabeth me demande de l'accompagner lorsqu'elle rend visite à son père pour lui offrir son cadeau. Suivies de la princesse Marie, nous nous rendons à sa chambre de parade où il reçoit sa Cour et distribue lui-même des présents. Il offre presque systématiquement une bourse d'argent, et Anthony Denny, qui flanque éternellement le roi, évalue avec doigté le poids de la bourse dont il convient de gratifier chaque candidat qui se présente tout sourires. Tous se reculent lorsque les princesses et moi-même entrons. Je fais ma révérence au souverain mais me tiens à l'écart, laissant Élisabeth continuer seule. Je cherche Thomas des yeux et le trouve debout près de Sa Majesté, une bourse joufflue à la main. Prudemment, il détourne le regard de ma personne ; prudemment, je ne quitte plus Élisabeth des yeux.

— Votre Majesté, mon honoré père, commence-t-elle en français de sa voix limpide.

Il lui sourit, et elle poursuit en latin :

— Je vous ai apporté votre cadeau de Noël. Ce ne sont pas des objets de valeur aux yeux du monde, mais c'est un trésor du ciel. Il ne tire pas sa valeur des mains qui le fabriquèrent, car c'est moi, votre humble fille, qui fis pour vous cette traduction ainsi que cette reliure. Mais je sais que vous aimez et l'auteur et l'œuvre, et cela m'enhardit à vous offrir ceci.

Elle sort de derrière son dos sa très belle traduction de mes prières personnelles en latin, français et italien.

Elle s'approche de son père, s'incline très bas et pose l'exemplaire dans ses mains.

La Cour applaudit à grand bruit, et le visage du roi s'illumine.

— C'est une œuvre de grande érudition et de beaucoup de bons sens, observe-t-il. Publiée par ma femme et approuvée par tous les savants. Et la voilà traduite par une autre grande érudite qui en a fait un livre d'une immense beauté. Je suis fier que mon épouse et ma fille soient des femmes éprises d'érudition. L'instruction est un ornement chez une femme vertueuse, non une distraction.

— Et qu'avez-vous pour votre belle-mère ? s'enquiert-il.

Élisabeth se tourne vers moi et me remet mon cadeau. C'est une autre traduction dont la couverture arbore mon nom et celui du roi en lettres brodées par ses soins. Je lui fais part de ma joie et montre le livre à Henri. Il l'ouvre et s'avise du titre tracé d'une écriture méticuleuse par Élisabeth. Il s'agit d'une traduction anglaise d'un ouvrage de théologie du penseur réformateur Jean Calvin. Voilà seulement quelques années, il aurait été jugé hérétique ; aujourd'hui, c'est un cadeau de nouvel an. Cela nous donne une bonne idée du chemin parcouru : Élisabeth est autorisée à le lire, la réforme est la nouvelle religion !

Le roi me sourit et lance à mon intention :

— Vous le lirez et me direz ce que vous en pensez, ainsi que des progrès de ma fille.

L'archevêque Thomas Cranmer vient me voir à mes appartements durant les heures tranquilles que je consacre à l'étude et déclare qu'il souhaiterait porter à notre connaissance les réformes qu'il a l'intention de soumettre au roi afin que nous lui disions ce que nous en pensons et lui faisions part de nos commentaires. Il jette un coup d'œil à la princesse Marie, si éprise de l'ancienne foi, mais elle baisse la tête et affirme avoir la certitude que l'honnête évêque ne soumettra que de pieuses réformes et que, de toute façon, aucune œuvre humaine n'est parfaite. Anne de Clèves lève la tête avec intérêt. Elle fut élevée dans la religion luthérienne et a toujours ambitionné d'insuffler un sentiment religieux sincère à l'Angleterre. Il est préférable que je dissimule un peu ma victoire. C'est la victoire de Dieu, non la mienne.

Il y a un petit lutrin dans l'angle de ma chambre de parade dont les prédicateurs de passage se servent pour poser leur bible ou leurs livres. Thomas Cranmer y installe sa liasse de papiers puis glisse un regard timide sur nous.

— J'ai l'impression de m'apprêter à prêcher un sermon, fait-il remarquer, tout sourires.

— Un sermon serait le bienvenu, répliqué-je. Nous avons reçu de nombreux pieux prédicateurs ici, et vous, mon cher archevêque, seriez le plus éminent de tous.

Je veille à ne pas regarder Anne de Clèves tandis que je fais bon accueil à un réformateur ecclésiastique dans mes appartements. Si j'admettais la validité du sacrement de la confession, il me faudrait avouer avoir commis le péché d'orgueil.

— Je vous remercie, répond-il. Mais aujourd'hui, je serai votre élève. Ma tâche, me semble-t-il, a consisté à retrancher les nombreux rajouts faits par l'Église à l'acte liturgique primitif. Le défi consiste à réduire les interventions humaines, tant verbales que rituelles, et de dégager l'intention divine à l'œuvre dans la messe.

Anne Seymour et Catherine Brandon se saisissent de leurs ouvrages de couture, mais ne cousent pas un seul point. Pour ma part, je ne fais pas semblant de m'affairer à autre chose pendant que j'écoute. Je joins les mains devant moi, et la princesse Élisabeth, s'installant près de moi, fait de même, m'imitant en tout point. Anne de Clèves s'assoit à côté d'elle et entoure les frêles épaules de la fillette de son bras. Je suis obligée de réprimer un accès de jalousie peu méritoire. Naturellement, elle se considère toujours comme la belle-mère d'Élisabeth. Elle aussi s'est occupée de cette enfant privée de mère. Ainsi le péché s'insinue-t-il dans les détails les plus infimes de la vie ordinaire ; mais bon, son rôle auprès de la princesse ne s'est pas étendu au-delà de quelques mois !

L'archevêque énumère sa liste de propositions de changements – énumération assortie de ses commentaires. L'ensemble du culte de l'Église, qui ne fait l'objet d'aucune description dans la Bible, ni d'aucune prescription de la part de Jésus, doit passer par pertes et profits. Révérences faites devant la croix, génuflexions rituelles : tout cela doit changer. Les superstitions archaïques, comme celle qui consiste à faire sonner les cloches à la volée la veille de la Toussaint pour chasser les esprits maléfiques et faire bon accueil aux saints du paradis, doivent disparaître. Les statues des églises seront rigoureusement inspectées afin de vérifier qu'elles ne recèlent pas de mécanismes papistes tels que des yeux mobiles ou des plaies d'où s'écoule du sang. Nul ne doit leur adresser ses prières avec l'illusion qu'elles puissent intervenir dans les affaires quotidiennes. De plus, elles ne devront pas être recouvertes pendant la saison du carême.

— La Bible nous enseigne que le Christ jeûna au désert, rappelle Cranmer avec raison. Son exemple est le seul qu'il nous soit nécessaire de suivre pour le carême.

Nous sommes d'accord avec lui. Même la princesse Marie ne saurait défendre la pratique païenne qui consiste à bander les yeux des statues ou à recouvrir leur tête d'un morceau d'étoffe.

Cranmer apporte sa liste au roi puis revient à mes appartements tout guilleret.

— Stephen Gardiner est toujours à Bruges où il œuvre pour l'obtention du traité requis par l'Espagne, aussi le roi n'est-il pas soumis à un avis contraire le pressant de revenir aux pratiques d'autrefois, lance-t-il, ravi. Personne n'était là pour m'accuser d'entretenir des conceptions erronées. Les Howard n'ont pas vu mes propositions d'un bon œil, mais le roi est las de leurs personnes. Il m'a écouté sans opposer de contre-arguments. Il s'est montré intéressé ; en fait, il a même personnellement suggéré d'autres réformes.

— Vraiment ? s'exclame Anne de Clèves, qui n'a rien perdu des propos de l'archevêque, malgré son débit rapide.

— Oui, vraiment.

— Je m'y attendais, intervient Catherine Brandon. Il m'a parlé du danger que représente l'introduction d'idoles. Selon lui, le peuple ne comprend pas que la croix et les statues présentes dans les églises sont là pour évoquer la présence de Dieu. Elles sont des signaux, non des objets de foi. Elles ne doivent pas être vénérées pour elles-mêmes.

Avec un mouvement de la tête presque imperceptible, Anne de Clèves me glisse un regard en coin afin de vérifier qu'il ne m'a pas échappé que Catherine Brandon est dans le secret du souverain et qu'il aborde avec elle la question de la réforme de l'Église. Anne de Clèves a vu sa propre dame d'honneur, la jolie Kitty Howard, virevolter autour du roi, s'absenter sans autorisation des appartements de la reine… Son regard de biais signifie : « En êtes-vous là, vous aussi ? »

Je hausse légèrement les sourcils. *Non, je n'en suis pas là. Je n'ai aucun souci à me faire.*

— C'est ce qu'il m'a dit ! s'exclame, tout joyeux, l'archevêque Cranmer. Il a laissé entendre que l'on ne devrait pas s'agenouiller devant la croix, ni s'incliner devant elle en entrant dans l'église, ni ramper à genoux jusqu'à elle en partant du portail le Vendredi saint.

— La croix est le symbole du sacrifice sacré, objecte la princesse Marie. Elle est vénérée à juste titre. Personne ne la considère comme une idole.

Un silence s'ensuit.

— En fait si, le roi, rectifie Catherine.

Sur-le-champ, Marie baisse la tête en signe de soumission à celle que tout le monde considère comme la maîtresse de son père.

— Alors je ne doute pas qu'il ait raison, répond-elle à voix basse. Qui mieux que le roi saurait-il ce que pense son peuple ? De plus, il nous a enseigné que Dieu l'a institué juge en la matière.

Impossible de débattre des réformes de Thomas Cranmer sans évoquer la messe, or nous ne saurions débattre de la messe parce que la loi interdit d'en parler. Le roi a rendu illégal toute discussion au sujet de ce très saint événement. Lui seul a vocation à penser et à s'exprimer.

— Oh, ils peuvent m'interroger, s'ils le veulent ! souligne Anne Askew après qu'elle a prononcé son sermon sur le miracle de l'eau changée en vin aux noces de Cana. J'évoquerai le vin qui fut servi alors et celui de la Cène, mais non celui que le prêtre verse de nos jours dans un calice à l'église, sous nos yeux.

— Vous n'en ferez absolument rien ! lui ordonné-je à voix basse. Je comprends vos raisons, mademoiselle Askew, mais vous ne pouvez pas les énoncer.

Elle baisse la tête.

— Je n'aborderai jamais des questions que vous souhaitez me voir taire, répond-elle prudemment. Je ne voudrais pas vous causer d'ennuis.

C'est une sorte de serment entre deux femmes intègres. Je lui souris.

— Je sais que tel n'est pas votre désir, assuré-je. Mais j'espère que vous ne vous attirerez pas d'ennuis non plus.

— Et quel est votre nom d'épouse ? s'enquiert à brûle-pourpoint Anne de Clèves.

Le beau visage d'Anne Askew s'illumine d'hilarité.

— Le nom de mon mari était Thomas Kyme, Votre Majesté, repartit-elle. Mais je ne porte pas son nom, car nous n'avons jamais été mariés.

— Vous pensez avoir le pouvoir de décréter vous-même votre union nulle et non avenue ? interroge l'ancienne reine, désormais divorcée, qui répond dorénavant au titre de princesse et que l'on doit considérer comme la sœur du roi.

— Il n'est dit nulle part dans la Bible que le mariage est un sacrement, réplique Anne. Ce n'est pas Dieu qui nous a unis. Le prêtre affirme le contraire, mais ce n'est pas vrai. C'est la parole de l'Église, non la Parole de Dieu. Notre mariage, comme tout mariage, est un acte humain, non divin. Ce n'était pas une union sacrée. Mon père m'a obligée à dire « oui » à Thomas, et lorsque j'ai été en âge de comprendre, j'ai dénoncé cette union. Je revendique le droit d'être une femme libre, dont l'âme est égale devant Dieu à celle de n'importe quel homme.

Anne de Clèves, qui elle aussi fut contrainte au mariage, puis au divorce, répond à Anne Askew par un petit sourire.

Thomas Cranmer rentre chez lui victorieux en vue de transformer les réformes convenues en un projet de loi qui sera soumis au Parlement. Mais il est rattrapé par un message du roi par lequel celui-ci lui ordonne de cesser d'y travailler et de ne rien faire.

— J'ai dû arrêter net Thomas dès que j'eus des nouvelles de Stephen Gardiner, m'explique-t-il tandis que nous assistons à une partie de jeu de paume sur le court royal.

La conversation est rythmée par le claquement de la balle contre la raquette, claquement suivi d'un silence pendant lequel la balle traverse le terrain et retombe dans le camp adverse, tandis que les joueurs accourent pour la renvoyer. Pour moi, c'est l'illustration parfaite de la politique religieuse du souverain : un grand bond dans une direction suivi immédiatement d'un retour en arrière.

— Gardiner affirme qu'il est tout près de signer un traité avec l'empereur à Bruges, mais celui-ci insiste pour que l'Église d'Angleterre ne subisse pas de nouveaux changements. Je ne dis pas « amen » à tout ce qu'il demande, n'allez pas croire cela. Mais il est dans mon intérêt de retarder les réformes pour complaire à l'empereur. Je ne souhaite pas le contrarier maintenant. Je dois agir avec mesure, tel un philosophe, tout le temps, pour la moindre modification. L'empereur veut signer avec moi un traité qui le mette à l'abri pour frapper les luthériens de son propre Empire, surtout dans le Saint Empire.

— Si seulement…, commencé-je.

— Il les éradiquera, il les brûlera tous comme hérétiques, s'il le peut.

Cela semble l'amuser. Il est toujours séduit par les moyens les plus impitoyables.

— Il a déclaré que rien ne l'arrêtera dans sa volonté de les écraser. Et alors, qui vous procurera vos livres hérétiques, ma chère ?

Je balbutie une dénégation, mais le roi n'écoute pas.

— L'empereur a besoin de mon aide. Il veut faire la paix avec la France afin de pouvoir procéder à la mise au pas des Allemands. Évidemment, il ne souhaite pas que je m'écarte davantage des papistes, puisqu'il est le défenseur du pape et de son Église.

— Mais, assurément, Sire, vous ne remettriez jamais l'Angleterre sous le joug du pape à Rome, observé-je. Vous ne manqueriez jamais à Dieu pour le bon plaisir de l'empereur espagnol ? Vous ne vous feriez pas le serviteur du monde au péril de votre honneur ?

Henri applaudit un bel échange de balles sur le court.

— J'agirai en suivant le conseil de Dieu, répond-il d'un ton catégorique. Et ses voies, ainsi que les miennes d'ailleurs, sont impénétrables.

Je me retourne face au terrain et applaudis à l'instar du roi.

— Cette balle revient de loin ! m'exclamé-je. Je n'aurais jamais cru qu'il la sauverait.

— Je l'aurais rattrapée sans peine dans ma jeunesse, fait remarquer Henri. J'étais un champion ! Vous demanderez à Anne de Clèves. Elle se souvient de l'athlète que j'étais !

Je souris à Anne par-dessus l'épaule du roi ; assise à sa gauche, elle regarde également la partie. Je sais qu'elle écoute ; et je sais qu'elle songe à ce qu'elle aurait dit à ma place. Je n'ignore pas qu'elle aurait défendu le peuple de son pays d'origine, qui n'aspire qu'à lire la Bible dans sa propre langue et à adorer Dieu avec simplicité.

— Est-ce vrai, princesse Anne ?

— Oh, oui, acquiesce-t-elle afin de contenter le roi. Sa Majesté était le meilleur.

— Elle est une compagnie bienfaisante pour vous, me glisse le souverain.

Puis il se tourne vers moi et ajoute à mi-voix :

— Il est plaisant d'avoir une belle femme comme elle à la Cour, ne trouvez-vous pas ?

— Ma foi, oui.

— Et elle est si attachée à Élisabeth.

— Oui, en effet.

— Tout le monde me dit que je n'aurais jamais dû la laisser filer, confie Henri avec un petit rire gêné. Si elle m'avait donné un fils, il aurait cinq ans à présent, songez un peu !

Je m'aperçois que mon sourire n'est plus qu'un souvenir. Je ne sais que penser de ces confidences, ni de la conversation entière. Henri a-t-il oublié qu'il n'avait jamais consommé son mariage avec la désormais désirable Anne de Clèves, qu'il accusait, auprès de qui voulait l'entendre, d'être trop grosse, de ne plus être vierge et de sentir si mauvais qu'il ne parvenait pas à se résoudre à lui faire l'amour ?

— D'aucuns prétendent qu'elle a eu un enfant de moi, susurre Henri, avant d'encourager le perdant d'un geste vague de la main, lequel le remercie en s'inclinant.

— Vraiment ?

— Ce sont des absurdités, bien sûr, dément-il. Vous ne devez pas accorder d'importance à ce que les gens racontent. Vous ne prêtez pas l'oreille à ce genre de ragots, n'est-ce pas, Catherine ?

— Non, réponds-je.

— Parce que, savez-vous ce qu'on dit en France ?

Je souris, me préparant à rire.

— Que raconte-t-on en France ?

— Que vous êtes souffrante et proche de la mort. Que je serai bientôt veuf et libre de me remarier.

J'émets un petit rire forcé.

— C'est absolument grotesque ! Cependant, vous pouvez rassurer l'ambassadeur de France en lui affirmant que je vais très bien, merci.

— Je le lui dirai, répond Henri, tout sourires. Comment les Français peuvent-ils croire que je prendrais une autre femme ? N'est-ce pas comique ?

— Des plus comique, en effet ! C'est absurde. Que vont-ils imaginer ? Qui leur souffle de telles inventions ? D'où proviennent ces rumeurs ?

— Par conséquent, pas de réforme, me confirme Cranmer à l'église où je suis venue pour prier et où je le trouve à genoux devant la croix.

Son visage vieilli paraît las dans la lumière des cierges qui illuminent l'autel. Après tant de réflexion, d'étude et de prières dans le dessein de promouvoir les réformes nécessaires, une seule et unique lettre de monseigneur Gardiner a causé un nouveau revirement du roi.

— Pas encore, rectifié-je. Mais qui pourrait douter que Dieu fera briller le soleil de la connaissance sur l'Angleterre et sur son roi ? Je garde espoir. J'ai foi en la réforme, même si l'évolution est très lente.

— D'autant que vous avez son oreille, rappelle Thomas. Il est fier de votre érudition et il prend conseil auprès de vous. Si vous voulez bien ne pas cesser de le mettre en garde contre la puissance et la corruption de Rome, et l'inciter à la tolérance envers les opinions nouvelles, nous continuerons de progresser.

Le sourire aux lèvres, il ajoute :

— Il m'a traité jadis de plus grand hérétique du Kent ! Je suis néanmoins son évêque et son conseiller spirituel. Il accepte la discussion avec les êtres qui lui sont chers. Il se montre généreux envers vous et moi.

— Il ne me témoigne jamais que gentillesse, confirmé-je. Au début de notre mariage, j'avais peur de lui, mais j'ai appris à lui faire confiance. Sauf lorsqu'il est perclus de douleur ou qu'il est en colère pour une raison ou pour une autre, ou qu'une situation tourne mal, il se révèle toujours patient et généreux.

— Vous et moi, qu'il honore de son affection et de sa confiance, œuvrerons pour son bien et pour le bien du royaume, promet Thomas Cranmer. Vous, en soutenant la cause de la réforme à la Cour, à laquelle vous enseignerez la voie juste en faisant de vos appartements un phare de la connaissance ; et moi, en arrimant le clergé à la Bible. La Parole ! Rien n'est plus grand que la Parole de Dieu.

— Il a évoqué aujourd'hui l'imminence d'une guerre contre les réformateurs allemands, annoncé-je. Je crains que l'empereur n'ait l'intention de mener une horrible purge parmi les fidèles, d'orchestrer un vrai massacre. Mais il ne m'a pas été possible de m'y opposer.

— Il y aura toujours des moments où le roi refusera d'écouter. Attendez votre heure et exprimez-vous quand vous le pourrez.

— Il a également parlé de rumeurs selon lesquelles Anne de Clèves aurait donné naissance à un enfant de lui, et il a ajouté qu'elle était l'ornement de la Cour. Il m'a confié qu'on raconte que je suis souffrante et au bord de la tombe.

Thomas Cranmer me regarde comme s'il redoutait d'entendre la suite. Délicatement, il pose la main sur mon crâne en signe de bénédiction.

— Tant que vous ne faites rien de mal, Dieu vous protégera et le roi vous tiendra en affection, assure-t-il à voix basse. Mais vous devez rester absolument exempte de tout péché, ma fille. Vous devez toujours faire montre de la fidélité et de l'obéissance qui siéent à une épouse. Veillez-y, toujours.

— Je suis exempte de tout péché, assuré-je avec entêtement. Vos mises en garde ne sont pas nécessaires. Je suis la femme de César ! Personne ne peut rien me reprocher.

— Je m'en réjouis, réplique Thomas Cranmer, qui a vu deux reines adultères monter à l'échafaud, deux reines dont il n'a pas pris la défense. Je m'en réjouis, répète-t-il. Je ne supporterais pas de…

— Mais comment suis-je censée réfléchir ? Comment suis-je censée écrire ? Comment suis-je censée lui parler de réforme sans enfreindre la loi ? demandé-je avec franchise.

— Dieu sera votre conseiller, répond le vieil ecclésiastique. Vous devez prendre courage et vous servir de votre intelligence autant que de votre voix, qui sont un don de Dieu, et vous ne devez pas vous laisser amadouer par les vieux papistes de la Cour. Vous devez préserver votre liberté de parole. Sa Majesté ne vous en aimera que davantage. Ne soyez pas indécise. Vous êtes la tête pensante de la réforme que Dieu nous envoie à la Cour. Prenez courage, accomplissez votre œuvre.

Hiver 1546, palais de Greenwich

En février, le roi est de nouveau assailli par la fièvre.

— Personne ne sait s'occuper de moi comme William Butts ! se lamente-t-il misérablement. Je mourrai à cause de l'insuffisance de mon médecin.

Il me fait mander à son chevet mais il a honte de l'odeur qui règne dans la chambre et qu'aucune huile ni aucune plante aromatique ne parvient à masquer ; en outre, il lui déplaît que je voie les taches de sueur à ses aisselles ainsi que ces autres qui constellent le devant de sa chemise parce qu'il est constamment en nage. Mais le pire de tout est qu'il commence à songer que ce ne sont pas là les conséquences de la maladie mais de la vieillesse. Il sombre dans une noire terreur de la mort dont seul le retour à la santé pourra le faire sortir.

— Le docteur Wendy fera de son mieux pour vous aider, assuré-je. Il est si dévoué et si attentionné. Et je prie pour vous tous les matins et tous les soirs.

— En plus, les nouvelles de Boulogne sont mauvaises, se souvient-il tristement. Ce jeune sot d'Henri Howard s'ingénie à perdre tout ce que j'y ai acquis. Il se vante, Catherine. Il est vaniteux ! Je l'ai rappelé et j'enverrai Édouard Seymour à sa place. Je peux me fier à Édouard pour protéger ma forteresse.

— Il la protégera, conviens-je d'un ton apaisant. Vous n'avez aucune crainte à avoir.

— Mais si je ne recouvrais pas la santé ?

Il fixe son regard sur moi en plissant les yeux, ceux-ci paraissent minuscules sur son visage bouffi, et il me fait penser à un enfant apeuré.

— Le prince Édouard n'est pas en âge de me succéder et Marie se tournerait vers l'Espagne dans l'instant. Si je devais mourir maintenant, ce mois-ci, le pays entrerait de nouveau en guerre d'ici à Pâques. Je suis certain qu'ils prendraient tous les armes, qui au nom du pape, qui au nom de la Bible ; et tout ce qu'ils parviendraient à faire serait de plonger ce pays dans une guerre sans fin, et les Français en profiteraient pour débarquer.

Je m'assois à son chevet et lui prends la main ; elle est moite.

— Non, il n'en sera rien, assuré-je de nouveau. Car vous allez vous rétablir.

— Si j'avais un second fils, j'aurais l'esprit tranquille, se tourmente-t-il. Si vous étiez enceinte, au moins saurais-je qu'un second fils peut m'advenir.

— Pas encore, réponds-je prudemment. Mais je ne doute pas que Dieu nous fera cette grâce.

Il prend un air mécontent.

— Vous serez régente générale, rappelle-t-il. Vous endosserez toutes les responsabilités. Vous devrez maintenir la paix entre les factions pendant qu'Édouard continuera de grandir.

— Je m'en sais capable, affirmé-je. Car nombre de vos conseillers vous aiment et ont fait serment de servir votre fils. Aucune guerre ne surviendrait. Mais seulement une affectueuse sollicitude pour votre fils. Les frères Seymour assureraient sa protection ; il est leur neveu. John Dudley les soutiendrait. Thomas Cranmer le servirait comme il vous sert. Mais cela n'aura pas lieu, car vous irez mieux dès les premiers beaux jours.

— Je constate que vous ne mentionnez que des réformateurs ? relève-t-il, le regard vif et soupçonneux. Vous êtes dans le camp de la réforme, comme disent les gens. Vous n'êtes pas de mon côté, vous êtes du leur.

— Non, pas du tout. Je reconnais le mérite des hommes de bien quelles que soient leurs opinions. Personne ne peut remettre en cause le fait que Stephen Gardiner vous aime, vous et votre fils. Les Howard vous sont fidèles, ainsi qu'au prince Édouard. Nous unirions tous nos efforts afin de le protéger et de le faire monter sur le trône.

— Ainsi, vous me croyez déjà mort !

Il exulte de m'avoir fait tomber dans son piège.

— Vous croyez que vous enterrerez un autre vieux mari et jouirez d'une rente de veuve.

Il devient tout rouge à mesure que grandit sa colère.

— Assise à mon chevet de malade, vous pensez au jour où vous serez libre de prendre quelque jeune bon à rien pour futur époux, votre quatrième ! Vous, qui avez épousé trois hommes et partagé leur couche, vous songez au prochain !

Je dissimule mon effarement face à ce soudain accès de fureur et garde tout mon sang-froid.

— Mon mari et mon seigneur, je suis certaine que vous réchapperez à cette fièvre, comme vous avez réchappé aux blessures de votre jeunesse. J'essayais de vous rassurer afin que vous ne vous rongiez pas d'inquiétude tandis que vous êtes alité. Je ne prie que pour votre rétablissement, et je n'ai aucun doute que vous recouvrerez la santé.

Il me lance des regards noirs, comme s'il pouvait lire dans mon cœur malgré mes yeux qui ne cillent pas. Je croise son regard sans me dérober, car, pour l'essentiel, je ne mens pas. Je le respecte et l'estime en tant que son fidèle sujet, et j'ai promis devant Dieu de l'entourer de mon affection en tant qu'épouse respectable. Je ne pense jamais à sa mort. Cela fait longtemps que je ne rêve plus de liberté. Et je crois sincèrement qu'il se remettra de cette affection et qu'il vivra encore longtemps. Ce mariage sera mon dernier. J'emporterai probablement dans la tombe mon amour pour Thomas Seymour, mais je n'espère plus que nous serons un jour réunis. Les circonstances qui le permettraient sont tout simplement inconcevables. Il ne me regarde jamais, je garde mes pensées ardentes pour moi-même, et son sourire ne m'apparaît qu'au cours de rares rêves érotiques.

— Vous ne sauriez douter de mon amour pour vous, susurré-je.

— Vous priez pour que je recouvre la santé, répète le roi, que l'image de ma personne à genoux console.

— Oui. Tous les jours.

— Et lorsque les prédicateurs viennent chez vous et que vous lisez la Bible, évoquez-vous l'obéissance qu'une épouse doit à son mari ?

— Oui. Nous sommes tous conscients que c'est Dieu qu'une épouse vénère à travers son époux. Cela ne saurait être remis en question.

— Et doutez-vous de l'existence du purgatoire ? s'enquiert-il.

— Je pense qu'un bon chrétien accède au paradis en raison de la grâce salvifique de Jésus, réponds-je en jouant de prudence.

— Au moment de sa mort ? À l'instant même où il meurt ?

— Je ne sais pas exactement quand.

— Par conséquent, offrirez-vous des messes pour moi ? Fonderez-vous un sanctuaire pour moi ?

Comment répondre à cela ?

— Je ferai tout ce que vous voudrez, promets-je. À la convenance de Votre Majesté. Mais je n'ai pas hâte que ce jour-là advienne.

Ses petites lèvres sont prises de tremblements.

— La mort ! s'exclame-t-il. Grâce à Dieu je n'ai peur de rien. C'est simplement que je ne peux imaginer le pays sans moi. Je ne peux imaginer le monde sans moi, sans le roi que je suis devenu, le mari que je suis.

J'esquisse un sourire attendri.

— Je ne peux non plus imaginer une telle chose.

— Et l'affliction qui serait alors la vôtre !

Il manque de s'étrangler et reprend :

— Oui, la vôtre tout particulièrement.

Son chagrin est contagieux, j'ai moi-même les larmes aux yeux.

Je presse sa main contre mes lèvres.

— Pas avant des années, assuré-je. Si je ne meurs pas avant vous.

— Cela se pourrait, acquiesce-t-il, soudain enjoué. Enfin, je suppose. Vous pourriez mourir en couches comme tant d'autres femmes. Parce que vous n'êtes plus très jeune pour mettre un premier enfant au monde, n'est-ce pas ?

— En effet, conviens-je. Je prie néanmoins Dieu de nous accorder un enfant. Peut-être dans l'été, lorsque vous serez de nouveau bien portant.

— Assez bien portant pour me glisser dans votre lit et engendrer un autre héritier Tudor ? lance-t-il.

Je baisse les yeux et hoche pudiquement la tête.

— Vous me désirez ardemment, conclut-il, les lèvres humides et tout sourires.

— Oui, je vous désire, susurré-je.

— Le contraire me surprendrait ! s'exclame le roi gaillardement. Le contraire me surprendrait !

Malgré cette promesse, la fièvre ne le quitte pas et sa jambe le fait atrocement souffrir pendant un long mois durant lequel l'horizon s'assombrit. Il ne va pas mieux au printemps, qui s'installe peu à peu dans les jardins du palais de Greenwich, et fait éclore les bourgeons et se déployer les feuilles des arbres le long des allées qui longent le fleuve. Les oiseaux gazouillent si fort qu'ils me réveillent tous les matins à l'aube, l'aube qui point chaque jour de plus en plus tôt et se révèle de plus en plus chaude.

Les lys du carême enflent puis éclosent au bord des allées, trompettes éclatantes qui s'épanouissent telle une exhortation à la joie et à l'espérance. Mais le roi garde la chambre. À portée de sa main, il y a une table couverte de potions et de teintures, d'herbes médicinales et de bocaux de sangsues. Il garde les volets clos pour se protéger du dangereux air frais. Le docteur Wendy concocte remède après remède, s'efforçant de maintenir la fièvre le plus bas possible, de purger sa plaie purulente à la jambe, plaie toujours plus béante et qui ronge les chairs jusqu'à l'os, telle une bouche ensanglantée. Les deux pages sont renvoyés, l'un pour s'être évanoui à la vue de la blessure et l'autre pour avoir dit dans la chapelle que nous devrions prier pour le souverain car la maladie le dévore tout cru. Amis et courtisans d'Henri se rassemblent autour de lui, comme s'ils étaient tous assiégés par la maladie, et chacun essaie d'améliorer son sort auprès du roi au cas où ce ne serait pas une nouvelle poussée de fièvre accompagnée d'une crise ordinaire de douleur, mais le début de la fin.

Il m'incombe de dîner en présence de la Cour, d'organiser les divertissements et de veiller à ce que la Maison du roi continue de fonctionner normalement, ainsi qu'à ce que les serviteurs d'Henri me fassent leur compte-rendu en son absence. Je m'entretiens même avec mes rivaux Édouard Seymour et Thomas Howard afin de m'assurer qu'il n'y a rien de suspect, de douteux ni de menaçant dans les rapports que le Conseil privé rédige à l'intention du roi, et ce, avant qu'ils les lui remettent. Lorsque les émissaires espagnols arrivent en délégation afin de nous proposer un nouveau traité contre la France qui permettrait à l'empereur de persécuter les luthériens et les protestants dans son empire, ils viennent me voir à mes appartements avant de se rendre chez le roi.

Ils se présentent à moi un matin pour ne pas risquer de croiser des prédicateurs réformés dans mes appartements.

Ils seraient scandalisés de tomber sur Anne Askew, une réformatrice doublée d'une femme intelligente ! Je trouve amer de devoir les accueillir avec le sourire, sachant qu'ils recherchent l'amitié de l'Angleterre dans le seul dessein de consolider leurs forces en vue de traquer et d'assassiner des Allemands et des Allemandes dont la foi est la même que la nôtre. Ils viennent néanmoins m'exposer leurs intentions, forts de la conviction que je servirai les intérêts de mon pays avant tout. Je fais donc mon devoir, les reçois poliment et les assure de mon amitié.

Chacun sait que je réserve l'après-midi à l'écoute de prédications et à l'étude. Les meilleurs prédicateurs d'Angleterre font le voyage par le fleuve pour venir prêcher la Parole de Dieu dans mes appartements, et expliquer comment il est possible de l'appliquer dans la vie quotidienne, et comment il est possible de chasser d'une Église enfin purifiée les rites forgés par l'homme. Durant ces longues semaines de carême, nous bénéficions de quelques sermons exaltants. Anne Askew nous rend visite à plusieurs reprises, et Hugh Latimer plus souvent encore. Des membres de la Cour viennent en tant qu'auditeurs, parmi eux on compte même un des Howard, Tom, le fils cadet du vieux duc. Il me fait sa révérence et me demande s'il peut s'asseoir au fond pour écouter. Je n'ignore pas que son père le duc serait atterré s'il apprenait que son fils pense comme moi, mais le levain lève actuellement dans la pâte récalcitrante de la Cour, et le peuple finira par s'élever à la sainteté. Je n'ai assurément pas l'intention d'empêcher un jeune homme plein de bonne volonté de se rapprocher de Jésus, fût-il un Howard !

Nous recevons les meilleurs théologiens du royaume ; ils sont en contact avec les réformateurs du Continent ; et tandis que je les écoute, me vient l'idée d'écrire un nouveau livre, dont je me garde de parler au roi, parce que je sais d'avance qu'il ira trop loin à son goût. Mais je suis de plus en plus convaincue par la justesse de la doctrine luthérienne et de plus en plus opposée au paganisme superstitieux de la vieille Église. Et je veux écrire ! Je dois écrire ! Dès qu'une pensée me traverse l'esprit, que je murmure une prière à la chapelle, j'éprouve le vif désir de la voir couchée par écrit sur le papier. Tout se passe comme si je ne pouvais réfléchir que la plume à la main, comme si mes pensées ne prenaient tout leur sens que noir sur blanc. J'éprouve du plaisir lorsque me vient une nouvelle réflexion et que je l'imagine transcrite sur la feuille. J'embrasse pleinement l'idée que Dieu a fait don de son Verbe au monde, me permettant ainsi d'œuvrer par son propre moyen de prédilection.

Le roi initia la réforme, mais à présent, devenu vieux et timoré, il y met un point d'arrêt. Je regrette qu'il n'aille pas plus loin. L'influence de Stephen Gardiner, même à distance, semble saper toute idée nouvelle. Ce n'est pas la puissance de l'Espagne qui devrait dicter les croyances des hommes et des femmes d'Angleterre. Le souverain compte créer sa propre religion, sorte de syncrétisme de toutes les doctrines chrétiennes, concoctée à partir d'éléments de son choix, des rites qui l'émeuvent, des prières qui le touchent. Mais ce ne peut être une façon valide de rendre un culte à Dieu. Le roi ne saurait s'accrocher par pure sensiblerie aux gesticulations dénuées de sens de son enfance ! Il ne peut conserver la liturgie dispendieuse que chérit l'ancienne Église. Il doit réfléchir, il doit user de sa raison ; son devoir est de guider l'Église avec sagesse, non par nostalgie, ni par crainte de l'Espagne.

Je vais devoir jouer de prudence dans mes écrits, sans jamais perdre de vue que mes ennemis à la Cour les liront et les utiliseront contre moi s'ils le peuvent. Mais je suis mue par le besoin de dire la vérité telle que je la conçois. J'ai l'intention d'intituler cette nouvelle œuvre *Les Lamentations d'un pécheur*, en référence au titre d'une œuvre d'une autre érudite, Marguerite de Navarre, *Le Miroir de l'âme pécheresse.* Elle eut le courage de l'écrire et de le publier sous son propre nom, et un jour viendra où je ferai de même. On l'accusa d'hérésie, mais cela ne l'empêcha pas de continuer à réfléchir et à écrire, et je ne m'en laisserai pas détourner non plus. J'établirai clairement que le seul pardon des péchés, en même temps que le seul accès au paradis, passe par la foi intime et un total abandon au Christ. Le mensonge du purgatoire, l'absurdité des chapelles votives, les lettres d'indulgence, les pèlerinages, les messes : tout cela n'est rien aux yeux de Dieu. Ce ne sont là qu'inventions humaines dont le but est d'accumuler de l'argent. Tout ce que Dieu nous demande nous fut exposé par son Fils dans ses précieux Évangiles. *Qu'avons-nous à faire des explications des doctes ? Nous n'avons pas besoin de la magie et des tours de passe-passe des moines. Nous avons besoin du Verbe ! Rien que du Verbe !*

Je suis la pécheresse mentionnée dans le titre de mon livre, même si je garde mon plus grand péché dans le secret de mon cœur. Je pèche en permanence par l'amour que je porte à tout instant à Thomas. Son visage m'apparaît en rêve et au réveil, et, ce qui est plus grave, lorsque je prie et que je devrais ne penser qu'à la croix. Je me console de l'avoir sacrifié en me disant que j'ai renoncé à lui afin d'œuvrer pour Dieu. J'ai renoncé à lui pour le salut de mon âme, pour le salut de toutes les âmes chrétiennes d'Angleterre, afin qu'elles puissent communier au sein d'une vraie Église. J'ai abdiqué le grand amour de ma vie pour Dieu, et j'instaurerai la religion réformée en Angleterre afin que ma souffrance n'ait pas été vaine.

Je prie pour lui. J'ai peur qu'il ne soit exposé à un danger permanent. Sa flotte a reçu l'ordre d'emmener son frère Édouard à Boulogne, dont celui-ci sera le nouveau commandant, ainsi que des renforts. Et je passe une longue nuit blanche à penser à Thomas. Il risque de devoir attaquer la flotte des Français à portée de tir de leurs défenses côtières, afin d'ouvrir la voie au bateau de son frère et d'assurer sa sécurité. Au petit matin, le visage pâle, je vais assister au départ d'Édouard Seymour. Il se rend à Portsmouth à la tête de ses troupes pour y embarquer.

— Bon voyage, lui lancé-je lamentablement.

Je ne peux lui confier un message pour Thomas. Je ne peux même pas le nommer, pas même à son frère.

— Je prierai pour vous et tous vos compagnons, ajouté-je. Je suis de tout cœur avec vous.

Il s'incline, se tourne vers Anne, sa femme, et l'embrasse, puis il monte en selle, fait faire un quart de tour à son cheval, salue l'assemblée, tel un héros sur un tableau, et conduit ses hommes à Portsmouth par des sentiers boueux, avant de braver la mer agitée par les tempêtes de printemps, jusqu'en France.

Pendant plusieurs semaines nous attendons des nouvelles de Boulogne. Nous apprenons que les nôtres ont débarqué sans encombre et qu'ils s'apprêtent à affronter les troupes françaises. Nous voilà de nouveau à la veille d'une guerre, avec Édouard à la tête des forces terrestres et Thomas commandant les forces navales. Mais c'est le moment que choisit le roi pour faire savoir qu'il n'est pas encore prêt pour se battre contre les Français, et il les rappelle tous. Il affirme que John Dudley et Édouard Seymour doivent rencontrer la délégation française pour signer un traité de paix.

Je ne songe guère à la petite garnison anglaise qui s'efforce de défendre Boulogne. Je ne songe pas même à la flotte, livrée aux sombres marées d'équinoxe. Je songe seulement que mes prières ont été entendues par un Dieu bienveillant, un Dieu qui, tout comme moi, aime Thomas pour son courage éclatant. Dieu a sauvé Thomas Seymour parce que je l'en ai prié de tout mon cœur navré de pécheresse. Je me rends donc à la chapelle pour y remercier Dieu les yeux levés vers la croix, pour lui rendre grâce d'avoir empêché la guerre et épargné une fois de plus Thomas.

Printemps 1546, palais de Whitehall, Londres

Je suis assise à ma table de travail, entourée de livres ; l'encre sèche au bout de ma plume tandis que je cherche les mots justes pour exprimer le concept d'obéissance à Dieu, composante essentielle des devoirs assignés aux femmes par Dieu lui-même. Soudain, la princesse Marie fait irruption dans la pièce et me fait sa révérence. Les dames de ma Cour relèvent la tête. Chacune d'entre nous tient un livre ou de quoi écrire. On pourrait croire que nous posons pour un pieux tableau. Mais nous sommes toutes alarmées par le visage empreint de gravité de la princesse, ainsi que par la manière dont elle s'avance vers ma table et me lance tout bas :

— Puis-je vous parler, Votre Majesté ?

— Bien sûr, princesse Marie, acquiescé-je, usant de la formule protocolaire. Voulez-vous vous asseoir ?

Elle approche un tabouret de la table et s'installe au bord du siège de sorte à pouvoir se pencher vers moi et m'entretenir à voix basse. Ma sœur Nan, toujours prête à me protéger des ennuis, intervient :

— Pourquoi ne nous feriez-vous pas la lecture, princesse Élisabeth ?

Aussitôt, Élisabeth se place devant le lutrin, y pose son livre et se propose de traduire de manière improvisée du latin vers l'anglais.

J'observe le sourire aimant que Marie pose sur sa brillante petite sœur, puis Marie se tourne derechef vers moi, le visage redevenu grave.

— Saviez-vous que mon père a formulé une demande en mariage pour moi ? s'enquiert-elle.

— J'ignorais qu'il avait résolu de passer à l'acte, réponds-je. Il m'a seulement parlé, voici quelque temps déjà, d'une possibilité de mariage dans l'avenir. De qui s'agit-il ?

— Je croyais que vous le sauriez. Je dois épouser l'héritier du prince-électeur.

— Qui ? insisté-je, tout à fait déconcertée.

— Othon Henri, reprend-elle. Sa Majesté mon père veut faire alliance avec les princes allemands contre la France. J'en fus très étonnée, mais le roi semble vouloir se rallier avec les luthériens allemands contre l'Espagne, en fin de compte. Je serais mariée à un luthérien et envoyée à

Neubourg. L'Angleterre deviendra luthérienne, ou tout au moins complètement acquise à la réforme.

Elle considère mon effarement et ajoute prudemment :

— Je croyais que Votre Majesté soutenait la doctrine luthérienne. Je croyais que vous vous en réjouiriez.

— Il est possible que je me réjouisse du ralliement de l'Angleterre à la réforme et d'une alliance avec les princes allemands, mais je suis bouleversée à l'idée de vous voir partir pour la Bavière, pour un pays où couve la rébellion religieuse, alors que votre père est l'allié de son empereur. Où a-t-il la tête ? Cela revient à vous jeter dans la gueule du loup, au risque d'une invasion par votre propre parent espagnol !

— Et je suppose que je devrai adopter la religion de mon mari, poursuit-elle à voix basse. Il n'est pas prévu dans ce plan de préserver l'intégrité de ma foi, de la foi de ma mère, ajoute-t-elle. Vous savez que je ne peux abjurer. Je ne sais pas quoi faire.

Tout cela va à l'encontre de la tradition, ainsi que du respect dû à la princesse, à ses convictions religieuses et à son Église. Les épouses se doivent d'élever leurs enfants dans la religion de leur mari, mais elles sont toujours autorisées à conserver leur foi.

— Le roi attend de vous que vous vous convertissiez au luthéranisme ? demandé-je. Que vous deveniez protestante ?

Elle laisse retomber sa main au fond de la poche de sa robe où je sais qu'elle garde le chapelet de sa mère. Je l'imagine faisant glisser entre ses doigts les perles froides et le fin crucifix de corail sculpté.

— Votre Majesté, madame ma mère, n'étiez-vous pas au courant ?

— Non, ma douce enfant. Il en a parlé à titre d'hypothèse, sans plus. J'ignorais que nous en étions là.

— Il va nommer cette alliance « Ligue chrétienne », explique-t-elle. Il en sera le chef.

— Je suis navrée, murmuré-je.

— Vous savez qu'on me menaça de mort si je ne prêtais pas allégeance à mon père en tant que chef suprême de l'Église, susurre-t-elle. Thomas Howard, le vieux duc, menaça autrefois de me fracasser le crâne contre le mur jusqu'à ce que ma tête ressemble à de la compote de pommes. On me dompta aussi sûrement que si on avait utilisé le fouet. Le pape intercéda, arguant que je pouvais prêter serment, parce qu'il m'accorderait son pardon. Lors je manquai à mes devoirs envers ma mère, je trahis sa foi. Je ne peux recommencer.

Sans dire un mot, je cherche ses mains à tâtons et les serre fort.

— Y a-t-il quelque chose que vous puissiez faire, Catherine, me glisse-t-elle à l'oreille, en amie. N'importe quoi ?

— Que voulez que je fasse ?

— Sauvez-moi.

L'émotion me laisse sans voix.

— Je lui parlerai, promets-je enfin. Je ferai tout mon possible. Mais vous devez savoir que…

Elle hoche la tête.

— Je sais. Mais dites-le-lui. Plaidez ma cause.

L'après-midi, nous écoutons un sermon sur la frivolité de la guerre, morceau de bravoure argumenté par l'un des prédicateurs de Londres. Il soutient que tous les chrétiens devraient vivre en paix, car malgré des divergences de culte, ils prient tous le même Dieu. Les Juifs non plus ne devraient pas être persécutés, puisque leur Dieu est notre Dieu, bien que nous ayons une vision plus aiguë de ses profondeurs. Il nous rappelle que Notre Sauveur est né d'une mère juive. Lui-même est né juif. Même les musulmans, malgré leur sombre ignorance, ne devraient pas faire l'objet d'attaques, car eux aussi reconnaissent le Dieu de la Bible.

Tout cela est si étrange et si radical qu'avant que nous entamions le débat, je vérifie que les portes sont bien fermées à clé, que les sentinelles ne peuvent nous entendre et tiennent tout visiteur éventuel à distance. Le prédicateur, Peter Lascombe, défend sa thèse et en appelle à la fraternité humaine.

— Et à la sororité humaine ! ajoute-t-il, tout sourires, même si c'est là également aller vite en besogne.

Je suppose qu'il nage en pleine hérésie. Il affirme qu'à l'instar de la situation dans l'Espagne d'autrefois, lorsque le pays était gouverné par les califes, chaque croyant devrait respecter la foi de ses frères humains. L'ennemi devrait être les incroyants et ceux qui, refusant d'admettre le Verbe, s'entêtent dans l'athéisme, à savoir les païens et les fous.

Il me prend la main au moment de partir et s'incline. Je sens glisser entre mes doigts un petit bout de papier plié en deux. Je laisse le prédicateur prendre congé sans mot dire et annonce à mes dames de compagnie que je vais consacrer l'heure qui suit à étudier en silence. Je m'assieds à ma table et ouvre mes livres. À l'abri des regards, je déplie le mot. Il est d'Anne Askew.

Je vous écris pour vous prévenir qu'un homme prétendant servir auprès du Conseil privé est venu me voir pour me demander quand j'ai prêché pour vous et si vous refusiez d'admettre la messe. Je ne parlerai pas. Je ne citerai aucun nom. Je ne prononcerai jamais le vôtre.

A.

Je quitte mon siège et vais me placer devant le petit feu qui éclaire la pièce dans l'après-midi finissant. Je tends les mains, faisant mine de vouloir les réchauffer, et jette le bout de papier sur les braises où il s'enflamme et se frise avant d'être réduit en cendres. J'ai soudain très froid et je remarque que mes mains tremblent.

Je ne comprends pas ce qui arrive. D'un côté, il est prévu que la propre fille du roi, la princesse Marie, soit fiancée à un luthérien ; de l'autre, le papisme monte en puissance. Les Seymour sont loin de la Cour, Thomas Cranmer ne sort pas de chez lui : il n'y a donc personne à part moi pour plaider la cause de la nouvelle foi. Je me sens très seule, et je peine à décrypter ces signes contradictoires. Je ne comprends pas le roi.

— Avez-vous attrapé une crampe à force d'écrire ? s'enquiert Nan. L'une d'entre nous peut rédiger pour vous, si vous désirez un secrétaire, Votre Majesté.

— Non, non, réponds-je. Je vais bien, tout va bien.

Nan prend la tête de mes dames de compagnie tandis que nous nous apprêtons à rejoindre la Cour. Alors que je passe de mes appartements privés à ma chambre de parade dans une nouvelle robe rouge foncé, elle vient se placer à ma hauteur au prétexte d'arranger les rubis qui ornent mon cou et me glisse à l'oreille :

— Lord Édouard Seymour a écrit à sa femme qu'on raconte sur le Continent que le roi projette de t'écarter. T'a-t-il dit quoi que ce soit, t'a-t-il fait la moindre confidence ? S'est-il montré critique à ton égard ?

— Rien que d'habituel, réponds-je à voix basse. À savoir qu'il regrette que je ne sois pas enceinte. Nan… Tu ne penses pas que…

— Non, répond-elle catégoriquement. Un enfant mort-né signerait ton arrêt de mort. Crois-moi. Laisse-le se languir, mets-toi à genoux et prie avec lui si tu y es forcée, mais n'entreprends rien qu'il puisse interpréter comme un signe du Malin.

— Mais si l'enfant était bien portant ? Nan, je veux un enfant. J'ai trente-trois ans ! Je veux un enfant à moi.

— Comment cela serait-il possible ? s'enquiert-elle de manière rhétorique. Il n'a engendré aucun rejeton viable depuis la naissance de la princesse Élisabeth. Et la moitié de la Cour prétend qu'elle est la bâtarde de Mark Smeaton, jeune homme qui appartenait à une lignée de mâles reproducteurs. Par conséquent, il n'a pas engendré d'enfant légitime depuis la princesse Marie, voilà trente ans. Il est incapable de faire un bébé viable à une femme en bonne santé. La dernière fois, la mère n'y a pas survécu.

Elle se penche en avant et rajuste la traîne de ma robe de soie.

— Alors que dois-je faire au sujet de ces rumeurs ? demandé-je lorsqu'elle se redresse.

— Tiens-leur tête, conseille-t-elle. Plains-t'en. Et nous prierons pour traverser cette épreuve sans encombre. Il n'est rien que nous puissions faire, de toute façon.

J'acquiesce, l'air morne.

— Et même à présent, malgré ces rumeurs qui circulent, nous ne risquons rien, à moins…

— À moins ?

— À moins que le roi lui-même n'en soit à l'origine, achève-t-elle tristement. S'il a dit à quelqu'un qu'il pensait épouser une autre femme, et que cette personne l'a répété à d'autres… S'il en est l'origine, nous sommes perdues, mais il n'est toujours rien que nous puissions faire.

Je longe du regard le cortège de mes dames de compagnie et m'arrête sur Anne de Clèves qui s'apprête à faire son entrée pour le dîner, son éternel sourire enjoué aux lèvres. Le roi voue tant d'affection à cette ex-épouse qu'il la retient à la Cour. Invitée pour Noël, elle est toujours là à l'approche de Pâques. À sa suite marche Catherine Brandon, la veuve du plus proche ami du souverain, une belle enfant qu'il vit devenir femme, et qui est peut-être sa maîtresse, celle qu'il aime ; puis viennent les nouvelles venues, de jolies jeunes filles, assez jeunes pour être mes filles, dans les âges de Kitty Howard lorsqu'il posa les yeux sur elle pour la première fois, et qui alors aurait pu être sa petite-fille.

— Du moins Anne de Clèves pourrait-elle rentrer chez elle ! m'exclamé-je, soudain irritée.

— Je veillerai à ce qu'elle parte, promet Nan.

Cet après-midi-là, sans crier gare, Thomas Seymour arrive à la Cour pour faire son rapport sur la puissance de notre marine et le danger croissant que représentent les Français.

— Venez écouter Tom Seymour !

Le roi me fait signe d'approcher de la table de sa chambre de parade. Il prend ma main et la pose sur la sienne, emprisonnant mes doigts entre les siens, de sorte que je suis obligée de m'asseoir à son côté, face à Thomas, comme si, la main sur son poing inerte, j'étreignais ardemment Henri tout en écoutant Thomas nous parler de construction et de restauration de bateaux, de cales sèches et mouillées, de magasins d'équipement pour les hommes et de l'achalandage, sans oublier les marchands de cordages et la voilerie. Il expose qu'un effort supplémentaire est entrepris pour renflouer le *Mary Rose*. L'entreprise n'est pas impossible, et le navire pourrait reprendre la mer. Sans doute pourrait-il, à l'image de notre roi, défier le temps lui-même et voguer pour l'éternité, survivant au reste de la flotte, continuant de battre pavillon lorsque l'amour et la fidélité seront morts, tenant l'avenir en otage – ardente armada unie à jamais à ses madriers pourrissants.

— On donne un tournoi d'archerie dans le jardin pour le divertissement de Votre Majesté, annoncé-je. Si vous pouviez marcher…

— Je peux marcher ! m'interrompt Henri. Thomas, vous aurez remarqué que je dispose d'une machinerie pour me faire monter et descendre. Qu'en pensez-vous ? Faut-il que vous rapportiez une grue de vos chantiers navals ? Irez-vous quérir un palan pour moi à Portsmouth ?

Thomas sourit à son roi, une flamme d'affection dans les yeux.

— Si la grandeur avait un poids, Votre Majesté, rien ne pourrait vous soulever de terre.

Henri éclate de rire.

— Vous êtes un adroit gaillard ! s'exclame-t-il. Emmenez la reine admirer les archers et dites que j'arrive. Qu'on se prépare pour ma venue. Il se peut que je m'essaie à l'arbalète.

— Il faut que Votre Majesté vienne leur montrer comment s'y prendre, conseille Thomas, puis il m'offre son bras et nous gagnons ensemble la porte, ma main en feu sur sa manche, nous appliquant tous deux à regarder droit devant nous en direction des gardes, des courtisans qui s'écartent sur notre route, de la porte qui s'ouvre, mais nous ne nous regardons pas un seul instant.

Derrière nous, viennent mes dames d'honneur et leurs maris ; à la suite de ces derniers, les compagnons du roi attendent celui-ci pendant qu'on l'aide à passer de sa chaise à la chaise percée. Quelqu'un va chercher le docteur Wendy pour qu'il donne au souverain de la bière chaude et un calmant, ainsi que les gardes afin qu'ils l'aident à s'asseoir sur son chariot et le poussent jusqu'au jardin, tel un sanglier mort sur une charrette.

La porte à deux battants du jardin est ouverte en grand par les hallebardiers de la garde royale à notre approche, à Thomas et à moi. Aussitôt, l'air doux printanier, qu'embaume l'herbe fraîchement coupée pour la première fois de l'année, envahit l'intérieur du palais. Nous échangeons un bref regard ; il eût été impossible de ne pas partager le plaisir que nous éprouvons tandis que nous sommes saisis par un soudain sentiment de liberté, de libération, et que nous jouissons des rayons du soleil et du chant des oiseaux. Pendant ce temps, la Cour, vêtue de ses plus beaux atours, s'apprête à assister à un absurde divertissement de plus dans le plus beau palais d'Angleterre.

Je souris. Pure joie d'être avec lui. Je pourrais rire tout haut. Le soleil réchauffe mon visage. Les musiciens commencent à jouer. Thomas Seymour, subrepticement, sans éveiller l'attention, touche ma main, celle qui repose sur son bras, pour une rapide et imperceptible caresse.

— Catherine…, laisse-t-il échapper tout doucement.

Je tourne la tête à droite et à gauche vers les gens qui s'inclinent sur mon passage. Thomas est grand. Il fait une tête de plus que moi. Il règle son pas sur le mien, nous marchons néanmoins à bonne allure, comme si nous avions l'intention d'aller ainsi jusqu'à Portsmouth pour embarquer sur son bateau. Je trouve que nous sommes très bien assortis ; s'il nous avait été donné de vivre ensemble, quel couple nous aurions fait ! Quels enfants nous aurions mis au monde !

— Thomas, réponds-je à voix très basse.

— Mon amour…

Toute autre parole serait superflue. C'est comme faire l'amour, mais par les mots, peau contre peau, malgré l'épaisseur des étoffes. Un seul regard de lui, et mon visage s'illumine, je reviens à la vie après des mois passés dans les contrées de la mort. À force de porter des robes de défuntes, j'ai fini par leur ressembler, moi aussi. Mais je renais à présent, et avec la vie m'envahit de nouveau l'envie d'aimer. Le désir se manifeste en moi sous la forme d'une frémissante et muette aspiration, et je me prends à penser : *Faire une dernière fois l'amour avec lui et me sentir définitivement comblée ! Oui, sentir une dernière fois son corps sur moi, sa bouche contre la mienne, son odeur ! Savourer la vue de ses cheveux noirs sur sa nuque, de sa peau hâlée…*

— Il faut que je te parle, déclare-t-il à mi-voix. Est-ce ici que tu dois t'asseoir ?

Un trône a été prévu pour le roi ainsi qu'un fauteuil à mon intention et des chaises plus basses pour les princesses. Élisabeth s'approche d'un bond, tout sourires, puis rougit lorsqu'elle aperçoit Thomas. Celui-ci n'a pas même remarqué sa présence lorsqu'elle décide de faire demi-tour et de retourner musarder du côté des cibles d'archerie, se saisissant d'un arc et faisant semblant de s'en servir en l'armant d'une flèche. Je m'assois. Thomas se place légèrement en retrait derrière moi, se penchant en avant afin de pouvoir me susurrer à l'oreille. Mais nous nous tenons tous deux face au gazon et aux concurrents qui vérifient leurs cordes, visent et lancent quelques brins d'herbe en l'air afin de savoir d'où vient le vent. Tout le monde peut nous voir, nous sommes à découvert. Nous sommes cachés en évidence.

— Ne bouge pas et ne laisse rien paraître, me met-il en garde.

— J'écoute…

— On m'a proposé une épouse, annonce-t-il à mi-voix.

Je cille, mais rien de plus.

— Qui ?

— Marie Howard, la fille du duc de Norfolk.

C'est une proposition insigne. Marie est la veuve du bâtard bien-aimé du roi qu'il fit duc de Richmond. Si le jeune homme n'était pas mort, il aurait probablement été nommé prince de Galles et héritier du trône. Édouard n'était pas encore né, et Henri avait besoin d'un fils, et un bâtard aurait fait l'affaire. À la mort de Richmond, le roi refusa de prononcer son nom, et Marie Howard, jeune duchesse désormais veuve, retourna vivre dans l'immense château de son père, à Framlingham. Lorsqu'elle vient à la Cour, le souverain l'accueille toujours très chaleureusement – elle est suffisamment belle pour s'attirer sa grossière galanterie. Quoi qu'il en soit, j'ignorais que l'on songeât à la remarier.

— Pourquoi Marie Howard ? demandé-je, incrédule.

Quelqu'un me salue, et je réponds par un sourire et un hochement de tête. Quelques archers commencent à se placer en ligne afin de procéder à quelques tirs d'essai. La princesse Marie s'avance vers nous.

— Pour que Howard et Seymour oublient leurs différends, répond-il. La proposition n'est pas nouvelle. Les Howard nous l'ont déjà faite au début de son veuvage. Par ce mariage, ils deviendraient parents avec le prince Édouard. La princesse Élisabeth n'a pas le sang assez bleu à leur goût.

— Tu n'as donc rien fait pour ?

Un relent amer se répand dans ma bouche qui me rappelle mon infusion de rue matinale. Je ne tarde pas à comprendre que c'est le fumet de la jalousie.

— Je ne fais rien pour, rectifie-t-il.

J'aimerais pouvoir me pincer pour sortir de mon apathie. L'envie me prend de secouer les mains et de taper des pieds. J'ai l'impression d'être raidie par le gel, de n'être plus qu'un bloc de glace sur un trône. C'est alors que la princesse Marie traverse lentement le gazon pour me rejoindre.

— Pourquoi le voudrais-tu ? questionné-je.

— C'est un mariage avantageux, rappelle-t-il. Monnayable en un assortiment d'unions visant à resserrer les liens entre nos deux familles. De notre côté, nous bénéficierions des alliances des Howard. Ils sont amis de Gardiner et de tous ceux qui pensent comme lui. Ce mariage mettrait un terme à notre rivalité sans fin pour l'obtention des faveurs du roi. Nous pourrions décider ensemble des limites à assigner à la réforme, plutôt que de lutter pied à pied sur chaque point. Par ailleurs, ils m'offrent une fortune en plus de sa main.

Il m'apparaît clairement que c'est une union fructueuse. Elle est la fille d'un duc et la sœur d'Henri Howard, l'un des jeunes capitaines du roi, qui fit preuve d'imprudence à Boulogne mais qui demeura un favori du roi. Si Thomas épouse Marie Howard, elle viendra à la Cour et demandera à me servir. Je devrai les regarder se promener ensemble, danser ensemble, je devrai le regarder lui parler à l'oreille. Elle sollicitera la permission de quitter mes appartements tôt le soir afin d'aller le retrouver dans son lit, elle quittera la Cour pour aller le rejoindre à Portsmouth. Elle sera sa femme. J'assisterai à leur mariage, et entendrai Thomas faire vœu de l'aimer et de la respecter. En retour, elle lui promettra d'être belle et joyeuse au lit et à table. Soudain cette pensée me vient : *Je ne pourrai jamais le supporter ! Pourtant, ai-je le choix ?*

— Qu'en pense le roi ? questionné-je, car telle est la seule et unique question qui importe.

Thomas esquisse un sourire grimaçant.

— Il dit que tant qu'à marier sa fille, Norfolk a raison de la donner à un homme jeune et gaillard qui la satisfera à tout point de vue.

— « À tout point de vue » ?

— C'est ce qu'il a dit. Ne te tourmente pas. C'était voilà des années !

— Mais on parle de nouveau de cette union ! m'exclamé-je.

Il s'incline, comme si j'avais fait une remarque judicieuse dans le cadre d'une discussion ouverte à tous.

— En effet.

— Que vas-tu faire ? demandé-je dans un murmure.

— Que souhaites-tu que je fasse ? répond-il, tournant ses regards vers la princesse Élisabeth. Je suis tien corps et âme.

— Mon père le roi vient-il assister au tournoi ? s'enquiert la princesse Marie en nous rejoignant, puis elle répond par un hochement de tête à la révérence de Thomas.

— Oui, il ne saurait tarder, acquiescé-je.

Tandis que je me rends à dîner le soir même à la tête de mes dames d'honneur, je passe devant Will Somers. Il s'amuse à lancer bêtement une balle en l'air avant de la rattraper dans un cornet. Nous marquons un temps d'arrêt.

— Voulez-vous essayer ? propose-t-il à la princesse Élisabeth. C'est plus dur qu'il n'y paraît.

— Je ne pense pas, réplique-t-elle. Je vois bien qu'il s'agit seulement de rattraper la balle.

Will fait volte-face, et lui remet un nouveau cornet et une autre balle.

— Essayez, suggère-t-il.

Élisabeth lance la balle en hauteur et, sûre de son coup, tend le récipient tandis que la balle retombe. Elle la rattrape sans encombre mais est aspergée par une gerbe d'eau jaillie du cornet.

— Will Somers ! hurle-t-elle, et elle se rue sur lui.

— Je suis trempée ! Je suis toute mouillée ! Tu n'es qu'un misérable, un malfrat et une canaille !

Au lieu de s'enfuir en courant, Will se met à quatre pattes et s'élance le long de la galerie, langue pendante, tel un vilain chien qui vient de se faire houspiller. Élisabeth lui jette le cornet et le rattrape par la culotte. Will hurle à la mort et saute se réfugier sur une marche pour notre plus grande joie à tous.

— Du moins l'avez-vous harponné, fais-je remarquer à Élisabeth.

Nan me tend une serviette de table, et je tamponne le visage et le col de dentelle de la princesse qui rit aux éclats.

— Vous vous êtes bien vengée !

— C'est un misérable ! répète-t-elle. Et je ne manquerai pas de lui renverser un pot de chambre sur la tête, la prochaine fois que je le verrai passer sous ma fenêtre.

Les gentilshommes de la Cour nous attendent devant la grand-salle des banquets. Le roi, fatigué par le tournoi d'archerie, dînera dans ses appartements.

— Que vous est-il arrivé ? demande Thomas Seymour à Élisabeth lorsqu'il s'avise de ses cheveux mouillés. Êtes-vous allée nager ?

— C'est à cause de Will Somers et ses jeux stupides, répond-elle. Mais je lui ai lancé un cornet d'eau.

— Souhaitez-vous que je le provoque en duel afin de sauver votre honneur ? s'enquiert-il, tout sourires. Ferez-vous de moi votre chevalier errant ? Un mot de vous, et je suis vôtre.

Je vois le rouge monter aux joues de la princesse. Elle lève les yeux vers lui, sans voix, en proie à un trouble enfantin.

— Nous ne manquerons pas de faire appel à vous si nécessaire, interviens-je afin de la tirer d'embarras.

Il s'incline et annonce :

— Je dîne avec le roi. Je rejoindrai la Cour dans la salle des banquets après le repas.

Sans même le leur avoir dit, les dames se placent en rang par ordre de préséance. Je passe devant tout le monde, les princesses Marie et Élisabeth à ma suite, elles-mêmes suivies de mes dames d'honneur en ordre hiérarchique, Anne Seymour occupant la place qui lui revient. Nous traversons la salle noire de monde, et les hommes se lèvent pour me saluer, tandis que les femmes me font une révérence. Je vais jusqu'au dais où mon serviteur m'aide à m'asseoir sur mon siège surélevé.

— Dites à Thomas Seymour de venir me voir lorsqu'il sortira de chez le roi, ordonné-je à mi-voix.

Le dîner se déroule bien plus rapidement que lorsque Henri est là pour demander qu'on le serve de nouveau et envoyer des plats aux uns et aux autres. Une fois que tout le monde a terminé, les serviteurs débarrassent les tables.

Thomas Seymour entre par une porte latérale, glisse un mot à un courtisan, puis, soudain, il apparaît à mes côtés.

— M'accorderez-vous cette danse, Votre Majesté ? s'enquiert-il.

— Non, je dois me rendre auprès du roi d'ici peu, réponds-je. Avait-il bon moral ?

— Je l'ai trouvé en bonne santé.

— Il ne manquera pas de me demander si vous êtes encore au palais, si vous prolongez votre séjour.

— Vous pouvez lui dire que je partirai pour Portsmouth demain.

Nan s'éloigne pour ne pas nous entendre, et Catherine Brandon ainsi que d'autres vont se placer pour la danse.

— Qu'en penses-tu ? interroge Thomas à brûle-pourpoint. De mon mariage ?

— Je vais devoir te répondre sans laisser paraître mes sentiments. Je dois rester de marbre, rappelé-je.

— Il le faut, convient-il. Nous n'avons pas le choix.

— Nous n'avons pas non plus notre mot à dire en ce qui concerne ton union.

Je tourne la tête et lui souris, comme si je soulignais une remarque intéressante.

Il hoche complaisamment la tête puis tire de la poche intérieure de son gilet un petit carnet noirci de dessins de bateaux et de voiles. Il l'ouvre et me le montre, faisant mine de le soumettre à mon examen.

— Insinues-tu que je doive l'épouser ?

Je tourne une page à l'aveugle.

— Oui. Quel prétexte pourrais-tu faire valoir si tu refusais ? Elle est jeune et belle, probablement féconde. Elle est richissime et vient d'une grande famille. Une alliance avec les siens serait une bonne chose pour ta lignée. Ton frère t'y engagera. Comment pourrais-tu refuser ?

— Je ne le peux, concède-t-il. Mais si jamais tu recouvrais ta liberté ? Et qu'alors je n'étais plus libre ?

— Je serais ta maîtresse, promets-je sans la moindre hésitation.

Mon visage reste impassible, comme si j'étais profondément intéressée par le carnet qu'il me tend.

— Si je suis libre et que tu es marié, je deviendrai ton amante, ta pécheresse adultère. Dussé-je être damnée pour cela.

Il laisse échapper un soupir.

— Mon Dieu, Kat, j'ai tant envie de toi !

En silence, nous tournons les pages pendant quelques instants, puis il ajoute :

— Et quand je serai marié et heureux, et qu'elle sera enceinte, quand elle me donnera un fils héritier, et que son enfant portera mon nom et que je vouerai de l'affection à celui-ci, que je serai reconnaissant à sa mère de me l'avoir donné, pourras-tu me le pardonner ? Seras-tu quand même mon amante ?

Cette évocation hypothétique, la pire qu'il puisse imaginer, ne me désole pas. J'y suis préparée. Je referme le carnet et le lui rends.

— Nous avons dépassé ce stade-là, réponds-je. Nous sommes par-delà la jalousie et le désir de posséder l'autre. C'est comme si nous avions coulé avec le *Mary Rose* : il n'est plus question de haine ni de pardon entre nous, pas même d'espoir. Tout ce que nous pouvons faire, c'est nous efforcer de nager.

— Le piège s'est refermé sur eux, fait-il remarquer. Les marins furent piégés dans les filets tendus au-dessus des ponts pour empêcher l'abordage. Ils auraient dû pouvoir sauter par-dessus bord lorsque le bateau a commencé à couler et nager jusqu'au rivage. Mais ce piège est devenu leur tombe, et ils sont morts noyés.

Je détourne la tête afin de chasser mes larmes d'un clignement d'yeux.

— Nous aussi, nous sommes pris au piège, repartis-je. Sauve qui peut !

Naturellement, les Howard, toujours prompts à se jeter sur le moindre privilège, gardaient leur fille en réserve telle une marchandise de choix. Aussi se rendirent-ils chez le roi avant le dîner afin de lui demander la permission de marier Marie Howard à Thomas Seymour. Le souverain les reçut dans son antichambre où il soupait en compagnie de quelques aristocrates et donna son accord à ce projet réitéré. Pendant que je dînais devant la Cour dans la grand-salle des banquets, les Seymour et les Howard s'accordaient avec le roi pour procéder à cette union. Au moment où je disais à Thomas que nous étions pris au piège, à l'instar de ses marins, Henri portait un toast à la santé du jeune couple.

C'est Anne Seymour qui en colporte le ragot auprès de ces dames. Son mari lui a rapporté que le roi se réjouit de voir ces deux grandes familles d'Angleterre s'unir à la faveur d'un mariage et qu'il est content que sa belle-fille se remarie.

— Étiez-vous au courant, Votre Majesté ? s'enquiert Anne Seymour avec curiosité. Le roi en a-t-il parlé avec vous ?

— Non, réponds-je. Vous m'apprenez la nouvelle.

Anne ne peut dissimuler sa joie : elle m'apprend la nouvelle ! Et je suis bien obligée de lui concéder cette petite victoire.

— Cela vaut mieux, observe Nan tandis que nous nous rendons à ma chambre avant les prières du soir.

— Comment ça ? lancé-je d'un ton irrité en m'asseyant devant le miroir pour scruter la pâleur de mon visage.

— Il est préférable que tu n'aies pas Marie Howard dans les jambes. Le roi l'a toujours tenue en affection, et sa famille ne conçoit pas d'autre sentiment que l'ambition et est étrangère à toute forme de scrupule.

— Elle est la veuve du défunt bâtard royal, rappelé-je, feignant la patience. Il est très peu probable qu'elle représente une tentation pour le roi.

— C'est une jolie fille, et les Howard seraient prêts à faire épouser leur propre grand-mère au roi, si cela servait leurs ambitions, assure Nan, sans tenir compte de ma mauvaise humeur. Si tu les avais vus intriguer avec Anne Boleyn ! Si tu les avais vus intriguer avec toutes les autres beautés de la famille ! Car Kitty Howard ne fut qu'une parmi tant d'autres. Crois-moi, tu te féliciteras que la situation conjugale de Marie Howard soit réglée une fois pour toutes.

— Oh, je m'en félicite déjà, rétorqué-je d'un ton glacial.

Nan patiente pendant que la servante range mes manches à brocarts d'or dans la malle parfumée posée sous la fenêtre.

— Que ce soit avec lui ne te gêne pas ? s'enquiert-elle rapidement.

— Pas le moins du monde, réponds-je bien distinctement. Pas le moins du monde.

Thomas quitte la Cour sans m'avoir parlé de nouveau, et j'ignore s'il se rend directement à Portsmouth ou s'il fait route vers le Suffolk pour s'occuper des préparatifs de mariage à Framlingham. Je m'attends à ce qu'on vienne m'annoncer que Thomas Seymour a mis le grappin sur une héritière et rend service à la cause de la réforme en initiant une alliance entre sa famille et les Howard, ce qui renforcera notre sécurité à tous à la Cour, car soustraire les Howard à leur coalition avec Stephen Gardiner revient à affaiblir ce dernier. Je m'attends à ce qu'Anne Seymour s'enorgueillisse de cette union et du fait que Tom Seymour ait trouvé une femme à mettre dans son lit. Mais elle ne dit rien, et je ne l'interroge pas. J'appréhende tellement de m'entendre répondre qu'il est marié que je n'ose pas poser de questions.

Catherine Brandon frappe doucement à la porte de ma chambre tandis que je change de robe pour le dîner. Je renvoie les servantes d'un geste vif de la main. Nan me regarde dans le miroir en haussant les sourcils. Elle est toujours aux aguets du moindre signe indiquant que Catherine profite de sa proximité avec le roi pour me supplanter.

— J'ai une nouvelle importante à vous annoncer, lance Catherine, sèchement.

— Que se passe-t-il ? demandé-je.

— Tom Howard, le fils cadet du duc, a été convoqué devant le Conseil privé. Ses membres l'interrogent à propos de religion.

Je fais mine de me lever puis me rassois.

— « De religion » ? répété-je impassiblement.

— C'est une enquête en bonne et due forme, assure-t-elle. Je sortais de chez le roi, et la porte de la salle du Conseil était entrouverte. Je les ai entendus dire que Tom était sommé de répondre aux accusations, et que monseigneur Bonner transmettrait son rapport à partir des domaines des Howard dans l'Essex et le Suffolk. Il s'est rendu là-bas dans le dessein de rassembler des preuves contre Tom.

— Êtes-vous sûre qu'il s'agisse bien de Tom Howard ? questionné-je, craignant soudain pour l'homme que j'aime.

— Oui, et ils savent qu'il a écouté des sermons et a étudié en notre compagnie. Monseigneur Bonner a examiné tous ses livres et tous ses papiers à son domicile.

— Edmund Bonner, l'évêque de Londres ?

C'est le même homme qui a interrogé Anne Askew ; c'est un puissant soutien de la vieille Église, il agit main dans la main avec monseigneur Gardiner. C'est un homme dangereux, vindicatif, déterminé. Il s'est vu contraint, à cause de mon influence et de mon pouvoir, de relâcher Anne Askew, mais peu de gens ressortent du palais de l'évêque sans avoir plaidé coupables de tous les crimes qu'il leur impute. Peu s'en tirent sans dommage.

— Oui, lui-même.

— Avez-vous entendu ce qu'il lui reproche ?

— Non, répond-elle.

Elle frappe dans ses mains d'exaspération et ajoute :

— Le roi m'avait à l'œil. Je dus passer mon chemin, je ne pouvais m'arrêter devant la porte pour écouter. Je vous ai dit tout ce que j'ai entendu. Je n'en sais pas davantage.

— D'autres sauront me renseigner, lancé-je. Nous en aurons le cœur net. Faites venir Anne Seymour.

Catherine vole jusqu'à la pièce d'à côté d'où nous parvient le son d'un luth. Soudain la musique cesse. Anne Seymour a posé son instrument. Elle entre, refermant la porte derrière elle.

— Votre mari a-t-il fait allusion à l'interrogatoire du jeune Tom Howard ? s'enquiert Nan sans plus de préliminaires.

— Tom Howard ?

Anne secoue la tête.

— Eh bien, allez à vos appartements et essayez de découvrir ce que le Conseil mijote ! ordonne Nan, furibonde. Car Edmund Bonner cherche en ce moment même des hérétiques sur les propriétés des Howard, et le Conseil interroge Tom qu'il accuse d'hérésie, et il est notoire qu'il est venu écouter des sermons ici. Et de nombreuses personnes savent qu'Edmund Bonner a relâché Anne Askew sur requête de Sa Majesté. Où trouve-t-il le cran d'interroger un autre de nos amis ? Quel impudent, d'aller ainsi enquêter sur les Howard sur leurs propres terres ! Aurions-nous perdu toute influence sans nous en apercevoir ? Ou bien Gardiner a-t-il décidé de s'en prendre aux Howard ? Que se passe-t-il à présent ?

Anne considère mon visage blême puis le déchaînement de colère que trahit celui de Nan.

— Je vais aller me renseigner, dit-elle enfin. Je reviendrai dès que j'aurai appris quelque chose. Mais il est possible que je ne puisse pas m'entretenir avec mon époux avant le dîner.

— Qu'attendez-vous, bon sang ! s'emporte Nan, et Anne, d'ordinaire si jalouse de sa propre autorité, si lente à obéir, sort de la pièce en toute hâte.

Aussitôt, Nan me prend à partie.

— Tes livres…, commence-t-elle. Tes papiers, le nouveau livre que tu écris…

— Quoi, mes « livres » ?

— Nous allons devoir emballer le tout et le faire sortir du palais.

— Nan, personne ne va fouiller mes appartements pour mettre le nez dans mes papiers. C'est le roi en personne qui m'a offert ces ouvrages. Ce sont ses propres écrits, ses propres commentaires, que j'étudie. Nous venons de terminer ensemble le travail sur la liturgie. C'est le domaine d'étude de prédilection du souverain, non le mien seul. Il projette de faire alliance avec les princes luthériens contre les rois catholiques. Il fait passer l'Angleterre de la dépendance à l'égard de l'Église catholique et romaine à une réforme totale…

— La liturgie, certes ! m'interrompt-elle, oubliant sous l'effet de la colère le respect qui m'est dû. Tu ne risques rien à y travailler, j'imagine, tant que tu t'accordes en tout point avec lui. Mais qu'en est-il de tes *Lamentations* ? Hein ? Le souverain jugerait-il qu'elles sont conformes au *Livre du roi* ? L'œuvre que tu tiens secrète n'est-elle pas hérétique au regard de ses lois ? Des lois de Gardiner ?

— Mais la loi ne cesse d'être modifiée ! m'exclamé-je. Encore et toujours !

— Peu importe. Elle reste la loi. Et ton livre est hors la loi.

Je demeure coite.

— Où puis-je expédier mes papiers ? demandé-je enfin. En quel lieu sûr ? Dois-je les confier aux mains d'un tiers à Londres ? À Thomas Cranmer ?

— À notre oncle, décrète-t-elle.

Je comprends alors qu'elle a déjà réfléchi à la question, que son inquiétude ne date pas d'aujourd'hui.

— Ils seront en sécurité chez lui. Il les cachera et aura, le cas échéant, le courage d'en nier l'existence. Je les emballerai pendant que tu iras dîner.

— Pas mes notes sur les sermons ! Pas la traduction des Évangiles ! J'en ai besoin. Je suis en plein…

— Tout ! s'écrie-t-elle avec véhémence. Absolument tout ! La moindre feuille de papier à l'exception de la Bible du roi et de ses propres écrits.

— Tu ne viendras pas dîner ?

— Je n'ai pas faim, répond-elle. Il est inutile que je vienne.

— Ce sera la première fois que tu sautes un repas, fais-je remarquer pour égayer un peu l'atmosphère. Tu as toujours une faim de loup.

— Je n'ai pas pris un seul repas à l'abbaye de Syon durant tout le temps que j'y ai vécu avec Kitty Howard en état d'arrestation. La peur me tenait lieu d'aliment. Et j'éprouve les mêmes appréhensions aujourd'hui.

Le roi dîne dans la grand-salle des banquets devant son peuple, faisant parvenir les meilleurs plats à ses favoris, levant sa coupe pour porter un toast à ses plus proches amis. La Cour est au complet, car les membres du Conseil privé sont tous présents, l'appétit bien aiguisé par leur interrogatoire de Tom Howard. Beaucoup seraient contents de voir le benjamin d'une si grande famille déchoir pendant quelque temps jusqu'au silence de la prison afin qu'à sa sortie sa famille se montrât moins orgueilleuse. Ceux qui se sont sentis floués par la constante ascension du père prennent plaisir à rabaisser le fils. Ceux qui ont adopté la religion réformée se réjouissent de voir un Howard ne plus savoir à quel saint se vouer. Les traditionalistes dirigent leur malveillance contre le frais érudit plein de zèle qu'il est. Un rapide coup d'œil m'apprend que le jeune Thomas n'est pas parmi les convives, il n'est ni à la table des fringants amis et compagnons du roi, ni à la table des Howard. Où peut-il bien être ?

Son père, le duc de Norfolk, est de marbre, se dressant sur ses jambes pour porter un toast au roi lorsque celui-ci lui fait parvenir un énorme jarret de bœuf et me saluant respectueusement. *Comment savoir ce qui se passe dans l'esprit du vieil homme ?* C'est un grand allié de la vieille Église, mais il renia ses propres croyances en organisant la répression contre le pèlerinage de Grâce. Bien que son cœur fût avec les pèlerins qui s'étaient engagés à défendre la vieille Église et qui luttaient sous la bannière des cinq blessures du Christ, le duc instaura la loi martiale, ne tint aucun compte de la grâce royale qui leur avait été accordée et les fit tuer les uns après les autres dans les hameaux où ils résidaient. Il fit pendre des centaines d'innocents, peut-être des milliers, et leur refusa des funérailles chrétiennes. Quels que soient ses engagements et ses affinités, tout ce qui compte pour lui est de conserver sa place auprès du roi, en tant que deuxième fortune du royaume et deuxième éminence après Henri.

Je ne comprends pas pourquoi un tel personnage, qui est à la tête d'une aussi grande famille, accepterait de céder sa fille en noces aux Seymour. Son premier mari était l'héritier bâtard du souverain, or les Seymour ne tiennent pas la comparaison. Comme toujours, Thomas Howard pense certainement une chose et en fait une autre. La question est donc : que cache-t-il derrière cette proposition de mariage ? Que Thomas Seymour se verra-t-il contraint de faire une fois qu'il sera devenu le gendre du duc ?

Et comment ce dernier peut-il faire sa pitance des plats que lui fait passer le roi, comme s'il était au-dessus de toute crainte, sachant que son cadet a été interrogé par le Conseil privé ? Comment Thomas Howard, qui devrait s'inquiéter de savoir ce qu'il est advenu de son fils, peut-il lever sans trembler son verre au roi ? Ses desseins m'échappent. Je ne parviens pas à deviner quel jeu patient, de longue haleine, il joue à cette Cour peuplée de vieux singes accoutumés au risque.

Une farce et des danses sont prévues après le dîner. On installe le fauteuil du roi et son repose-pied sur le dais ; quant à moi, je me tiens debout près de lui. Les courtisans vont et viennent alors que les danseurs font une entrée spectaculaire. Will Somers s'écarte d'un bond tandis que les musiciens se mettent à jouer et que commence la danse.

Anne Seymour vient se placer discrètement derrière moi. Sa voix est couverte par la musique. Elle se penche en avant pour me susurrer à l'oreille :

— Les conseillers ont proposé de relaxer Tom Howard s'il reconnaît que des sermons hérétiques sont prêchés dans vos appartements. Ils l'ont menacé de le poursuivre pour hérésie s'il ne coopère pas avec eux. Ils ont dit que tout ce qu'ils attendaient de lui, c'était qu'il leur livre les noms des prédicateurs qui viennent à vos appartements et le contenu de leurs enseignements.

Comme lors d'une chute de cheval, tout se passe soudain au ralenti, et je comprends enfin entre deux notes de musique comment cela a commencé et comment cela finira. L'assemblée des courtisans semble se figer comme lorsque le temps s'arrête à la petite horloge en or que je garde dans ma chambre. Anne Seymour m'annonce qu'ils cherchent à m'accuser d'hérésie, qu'ils ont ouvert littéralement la chasse. Tom Howard n'est qu'un appât pour m'attraper. Il est le moyen, je suis la fin.

— Ils lui ont demandé de me dénoncer ?

Je jette un coup d'œil latéral à mon mari, qui sourit aux danseurs et frappe dans ses mains en rythme avec la musique, tout à fait indifférent à ma descente aux enfers.

— Le roi était-il présent ? Lorsque les membres du Conseil se sont réunis ? A-t-il entendu ces propos ? Le roi en personne leur a-t-il ordonné de m'accuser d'hérésie ? Leur a-t-il dit de me juger coupable ?

— Non, grâce à Dieu. Pas le roi.

— Mais Wriothesley.

— Le lord Chancelier ?

Elle hoche la tête, complètement atterrée.

— Le plus haut responsable judiciaire du pays a demandé au fils du duc de vous dénoncer comme hérétique.

J'annule la venue des prédicateurs à mes appartements et, à la place, fais venir les chapelains du roi afin qu'ils nous fassent lecture de la Bible. Je ne les invite pas à faire des commentaires ni à diriger un débat, et mes dames de compagnie ne disent rien, se contentant d'écouter dans un silence… religieux, comme si aucune d'entre nous n'était capable de réfléchir. Même lorsque la lecture se révèle d'un extrême intérêt et concerne un passage que nous étudierions habituellement en profondeur, nous reportant le cas échéant à l'original grec afin d'en faire une traduction nouvelle, nous nous contentons d'acquiescer telle une congrégation de religieuses buvant sans discernement le petit-lait des lois divines et des opinions de la gent masculine.

Nous nous rendons à la chapelle avant le dîner, et Catherine Brandon, la nouvelle favorite du roi, marche à mes côtés.

— Votre Majesté, je crains d'être porteuse de mauvaises nouvelles, commence-t-elle.

— Allez-y, lancé-je.

— Un libraire de Londres qui me fournit en livres depuis des années a été arrêté pour hérésie.

— Je suis désolée de l'apprendre, réponds-je posément. Je compatis vraiment aux déboires de votre ami.

Je veille à ne pas modifier mon allure tandis que nous longeons la galerie qui mène à la chapelle. Je salue de la tête un groupe de courtisans qui s'inclinent sur mon passage.

— Je ne vous demande pas de le protéger. Je vous mets en garde.

Elle est obligée d'accélérer le pas pour ne pas se laisser distancer.

— Cet homme, qui est un homme de bien, a été arrêté sur ordre du Conseil privé, poursuit-elle. L'arrestation le visait nommément. Il s'agit de John Bale. Il importe des livres des Flandres…

Je l'interromps d'un geste la main en l'air.

— Mieux vaut que vous ne m'en disiez rien, ordonné-je.

— C'est lui qui nous a vendu la version en français du Nouveau Testament qui est en notre possession, rappelle-t-elle. Ainsi que la traduction de Tyndale du même Nouveau Testament. Elles sont interdites désormais.

— Je ne les ai pas, rétorqué-je. Je me suis débarrassée de tous mes ouvrages, et vous feriez mieux d'en faire autant, Catherine.

Elle a l'air aussi apeuré que je le suis.

— Du vivant de mon mari, regrette-t-elle, monseigneur Gardiner n'aurait jamais osé faire arrêter mon libraire.

— Je sais, conviens-je. Le roi n'aurait jamais permis que Charles Brandon soit inquiété par un individu tel que Wriothesley.

— Le roi avait de l'estime pour mon époux, se souvient-elle. Lors, j'étais en sécurité.

Je sais parfaitement que nous nous demandons toutes les deux s'il en va pour moi comme de Charles Brandon dans l'estime du souverain.

Été 1546, palais de Greenwich

La Cour continue ses déplacements ; et moi, qui autrefois menait hardiment la marche, m'y trouve prise au piège, progressant à la manière d'un cheval muni d'œillères condamné à ne pouvoir galoper sur la longueur de la lice, aveugle au monde qui s'étend au-delà de son étroit champ de vision. Nous nous installons à Greenwich pour profiter des jardins en été, mais le roi quitte à peine ses appartements. Les roses s'épanouissent sous les tonnelles et Henri reste dans l'ignorance de leur parfum, qui se fait capiteux le soir venu. La Cour s'adonne au badinage et s'amuse, elle se livre également à de menues compétitions, mais le roi ne crie pas de conseils aux participants et ne leur remet pas de récompenses. On fait du canot, on pêche, on joute à la quintaine, on fait la course, on danse. Je me dois de faire une apparition à chacune de ces activités, de gratifier d'un sourire les gagnants et d'assurer la continuité de la vie de Cour, m'insérant dans le déroulement convenu des événements. Cependant, je ne suis pas sans savoir que les gens font courir le bruit que le souverain est malade et qu'il me refuse à son chevet, que c'est un vieil homme aux prises avec la maladie mais que, comme chacun peut le voir, sa jeune épouse passe son temps à assister aux parties de jeu de paume, aux joutes d'archerie ou à canoter sur le fleuve.

Mon médecin vient me voir tandis que j'admire mes oiseaux. Deux couples de canaris ont eu des petits, et l'une des cages sert d'abri à toute une ribambelle d'adorables poussins qui ouvrent le bec tous ensemble et éploient leurs ailes.

—Je vais très bien ! m'exclamé-je avec irritation. Je ne vous ai pas envoyé chercher. Je suis en excellente santé. On vous aura vu entrer. De grâce, veillez à ce que tout le monde sache que je vais parfaitement bien et que je ne vous ai pas fait mander.

—Je sais, Votre Majesté, répond avec humilité le docteur Robert Huicke. C'est moi, qui ai besoin de vous consulter. Je constate en effet que vous jouissez de toute votre santé et de tout votre éclat.

—Que se passe-t-il ? demandé-je, refermant la porte de la cage et tournant le dos aux oiseaux.

— Il s'agit de mon frère, commence-t-il.

Immédiatement, je me raidis, sur le qui-vive. Le frère du docteur Huicke est un réformateur et un érudit notoire. Il a assisté aux sermons dans mes appartements, m'a envoyé des livres de Londres afin d'alimenter mon étude.

— William ?

— Il a été arrêté. Nommément, sur ordre du Conseil privé. Lui seul, à l'exclusion des autres savants avec lesquels il travaille. Personne d'autre de son cercle n'a été inquiété. Il est le seul.

— Je suis désolée de l'apprendre.

Mon perroquet bleu, semblant intéressé par la conversation, s'approche en crabe sur son perchoir. Je lui donne un fruit sec qu'il prend entre ses serres et son bec, le plaçant de manière à pouvoir en briser la coque pour manger l'amande. Il laisse tomber la coquille par terre et me regarde de ses yeux éclatants d'intelligence.

— On lui a posé des questions au sujet de vos opinions, Votre Majesté. On lui a demandé quels étaient les auteurs auxquels vous faisiez référence, quels livres il a vus dans vos appartements, qui d'autre assistait aux sermons. On a fouillé chez lui à la recherche de tout écrit de votre main. On le soupçonne de faire l'intermédiaire entre vous et un éditeur. Je crois qu'on monte une cabale contre vous.

Je frissonne comme si j'avais froid malgré le doux soleil d'été.

— Je crains que vous n'ayez raison, docteur.

— Pouvez-vous intercéder auprès du roi pour mon frère, Votre Majesté ? Vous savez qu'il n'est absolument pas un hérétique. Il réfléchit aux questions religieuses, mais il ne minerait jamais les décisions du roi.

—J'intercéderai si je le peux, promets-je avec circonspection. Mais, comme vous pouvez le constater, je ne jouis pas d'une grande influence en ce moment. Stephen Gardiner et ses compagnons, le duc de Norfolk, William Paget et lord Wriothesley, qui furent mes amis, intriguent contre les nouvelles idées, et ils prennent de l'ascendant. Cette fois, tandis que le roi est terriblement souffrant, ce sont eux qu'il reçoit dans ses appartements. Ils sont ses conseillers, je n'en fais pas partie.

—Je parlerai au docteur Wendy, reprend le docteur Huicke. Il lui arrive parfois de me consulter au sujet de la santé du roi. Il pourra peut-être demander à celui-ci d'accorder sa grâce à mon frère, au cas où l'accusation deviendrait officielle.

—Il n'est pas impossible que tous ces interrogatoires et toutes ces enquêtes n'aient d'autre but que de nous faire peur, avancé-je. Peut-être que le bon évêque ne vise qu'à nous mettre tous en garde ?

Le perroquet exécute une sorte de danse verticale. Je connais ce geste : il demande d'autres fruits secs ; aussi lui en donné-je un autre avec précaution. Il le prend délicatement, le faisant tourner à l'aide de sa langue noire et de son bec tandis que le médecin poursuit à mi-voix :

—Comme j'aimerais que vous ayez raison ! Johanne Bette, ce nom ne vous dit rien ?

Je secoue la tête.

—C'est un membre de ma congrégation. Il est le frère de l'un de vos gardes. Le nom des frères Worley, Richard et John ne vous dit probablement rien non plus. On les a également soustraits au personnel de votre Maison pour les soumettre, eux aussi, à un interrogatoire. Dieu ait pitié du pauvre Johanne ! Il a été condamné à mort. Si c'est un avertissement, il est écrit avec l'encre la plus noire et vous est adressé. Ce sont vos gens, qu'on interroge, Votre Majesté. C'est un de vos serviteurs qui va devoir monter à l'échafaud.

De l'obscurité des appartements royaux est proclamée avec retentissement la nouvelle : le roi est de nouveau souffrant. La fièvre, causée par sa plaie à la jambe, est montée en flèche ; elle consume son cerveau et provoque dans son corps déjà mal en point de terribles douleurs articulaires. Le docteur Wendy entre dans sa chambre et en sort, essayant remède après remède. Quasiment personne d'autre n'a le droit d'y pénétrer. Nous apprenons qu'on lui fait une saignée afin d'éliminer le mauvais sang de son énorme corps boursouflé, drainant le pus de la plaie, y introduisant de la poudre d'or qu'on évacue ensuite en versant des pichets entiers de jus de citron. Le roi gémit de douleur. On place des gardes devant la porte de l'immense chambre de parade afin d'empêcher les gens d'y pénétrer, ainsi que dans la galerie qui s'étend au-delà, de sorte que personne ne l'entende sangloter tandis qu'il souffre le martyre. Il ne me fait pas demander, il ne répond même pas à mes messages de bon rétablissement, et je n'ose m'introduire dans ses appartements sans y avoir été invitée.

Nan ne fait aucun commentaire, mais je devine qu'elle songe à la fois où le souverain, enfermé dans ses appartements, refusa de recevoir Catherine Howard, pendant que ses hommes fouillaient sa maigre correspondance et les comptes de la Maison de la reine à la recherche d'un paiement ou d'un cadeau qu'elle aurait pu faire à Thomas Culpepper.

Aujourd'hui comme hier, le roi se cache dans ses quartiers, d'où il observe et écoute, mais sans jamais se trahir.

Certains jours, je me réveille le matin avec la certitude qu'on viendra m'arrêter dans la journée, et qu'ensuite je remonterai la Tamise jusqu'à la Tour de Londres dans mon canot royal, embarcation flambant neuve qui m'a procuré tant de plaisir frivole. J'entrerai par la Porte des traîtres à marée montante, et l'on me mènera, non aux appartements royaux, mais à ceux qui donnent sur l'esplanade de verdure, où sont enfermés les prisonniers. Quelques jours après mon arrivée, j'assisterai à travers les barreaux de ma fenêtre à la construction d'un échafaud de bois qui me sera destiné. Un confesseur pénétrera dans ma cellule pour me dire de me préparer à mourir.

Ces derniers temps, je peine à sortir de mon lit. Je me laisse habiller par Nan et les servantes comme si j'étais un mannequin froid aux traits figés. J'exécute les gestes que l'on attend d'une reine, assiste à la messe à la chapelle, dîne devant la Cour, longe le fleuve à pied et lance une balle au petit Rig, regarde les courtisans se divertir, mais j'arbore un masque de cire et mes yeux sont vitreux. Je crois que le jour où les soldats viendront frapper à ma porte, je me couvrirai de honte en m'oubliant. Je n'aurai jamais le courage de monter à l'échafaud. Mes jambes m'abandonneront et ils seront obligés de me pousser marche après marche, comme ils durent le faire pour Kitty Howard. Je ne me débattrai pas comme un beau diable à l'instar de Margaret Pole. Je n'irai pas au supplice avec le sourire et dans mes plus beaux atours comme monseigneur Fisher. Je suis aussi peu à la hauteur de cette besogne que je le suis de mon mariage. Je raterai ma mort comme j'ai raté mon règne.

D'autres jours, je me réveille avec la joie au cœur, certaine que le roi agit selon la règle de gouvernement qu'il estime être la meilleure : défendre un camp, puis l'autre, et ne révéler ses pensées à personne, rester maître du combat au cours duquel les chiens s'affrontent sous vos yeux. Je me convaincs qu'il s'amuse à me faire souffrir, comme il s'amuse à faire souffrir tout un chacun. Il va se rétablir et me faire appeler ; il me complimentera pour ma beauté et me rappellera que je ne suis pas une savante, il me donnera des diamants pris à une croix brisée et me fera porter la robe d'une autre.

— George Blagge a été arrêté, m'annonce Nan à voix basse tandis que nous nous rendons à la chapelle un matin.

Elle me saisit par la main lorsque je trébuche et ajoute :

— Les gardes sont venus le chercher hier soir.

George Blagge est un aventurier quelconque et obèse, un favori dont le roi apprécie le visage rond et laid, ainsi que l'horrible habitude qui est la sienne de rire aux plaisanteries grivoises en reniflant. Les gens inventent des blagues pour le seul plaisir d'entendre Blagge renifler, de voir sa figure virer du rose au rouge puis de l'entendre mugir comme un soufflet. Le roi l'appelle « mon cochon bien-aimé », et Will Somers l'imite à merveille, au point d'en devenir aussi drôle que l'original. Mais Will n'aura pas prochainement l'occasion de l'imiter de nouveau.

— Qu'a-t-il fait ?

George Blagge n'est pas stupide, même si son rire ressemble aux cris d'une truie mettant bas. Laissant toute plaisanterie de côté, il est déjà venu à mes appartements pour y écouter des prédicateurs. Il parle peu et réfléchit beaucoup. Je ne peux croire qu'il ait pu prononcer des paroles contredisant l'autorité du roi. Auprès de Sa Majesté, il tient le rôle d'un compagnon de jeu, non d'un philosophe.

— On raconte qu'il a manqué de respect envers la messe avant de rire en renâclant, susurre Nan.

— « Avant de rire en renâclant » ?

Je la regarde d'un air ahuri et ajoute :

— Mais c'est justement sa spécialité, ce qui, chez lui, amuse le roi.

— Désormais, c'est un manque de respect, explique-t-elle. Et le voilà accusé d'hérésie.

— Pour avoir reniflé bruyamment ?

Elle acquiesce.

Le vicomte Lisle John Dudley, homme en pleine ascension et partisan de la réforme religieuse, rentre de France avec un traité de paix dans sa poche. Pendant que Stephen Gardiner menait des pourparlers avec l'empereur dans le dessein de faire la paix avec l'Espagne et d'envoyer les réformateurs à la mort en échange de la resurrection d'une pieuse alliance avec le pape, John Dudley rencontrait en secret l'amiral français et négociait un traité en vertu duquel nous conserverons Boulogne pendant quelques dizaines d'années, accord assorti d'une redevance importante payée par la France. Ce devrait être une victoire pour John Dudley, ainsi que pour les Seymour et tous ceux d'entre nous qui partageons la foi réformée. *Nous avons remporté la course à la paix, nous avons signé la paix avec la France, non avec l'Espagne papiste !*

Il vient à mes appartements pour recevoir mes félicitations. La princesse Marie est près de moi, faisant contre mauvaise fortune bon cœur face à la tournure prise par les événements, événements qui font sortir l'Angleterre de l'alliance nouée avec la famille de sa mère.

— Monseigneur, puisque nous sommes en paix avec la France, je suppose qu'il est peu plausible que le roi fasse alliance avec les princes allemands et l'Électeur palatin ?

L'absence d'expression qu'affiche volontairement la pauvre Marie en dit long sur l'enjeu que représente pour elle la réponse.

— Certainement, Sa Majesté n'aura pas besoin de l'amitié des princes allemands, répond John Dudley. Nous formons une coalition durable avec la France, toute autre serait superflue.

— Il n'y aura probablement pas de fiançailles, glissé-je à l'oreille de Marie, tandis que son visage s'empourpre à vue d'œil.

D'un geste de la main, je lui donne la permission de se retirer à l'écart, et elle choisit l'encorbellement de la fenêtre pour se ressaisir.

Dès qu'elle a le dos tourné, le sourire de John Dudley s'efface.

— Votre Majesté, pour l'amour de Dieu, que se passe-t-il ici ?

— Le roi fait arrêter les partisans de la réforme, réponds-je tranquillement. Les gens disparaissent de la Cour et des églises de Londres. Cela n'a aucun sens. Un jour, Untel paraît à dîner, le lendemain il a disparu.

— Je me suis laissé dire que Nicholas Shaxton a été convoqué à Londres pour répondre de l'accusation d'hérésie. Je n'en ai pas cru mes oreilles. Il fut évêque de Salisbury ! On ne peut arrêter un ancien évêque !

Il me l'apprend. Il remarque mon étonnement. Que l'un des prélats du roi soit mis aux arrêts de la sorte signifie un retour aux sombres journées qui virent le martyre des ecclésiastiques et notamment l'exécution de John Fisher. Henri a juré qu'il ne permettrait pas que de telles exactions recommencent.

— Monseigneur Hugh Latimer, qui prêcha devant moi durant le carême s'est vu sommer de comparaître devant le Conseil privé afin de s'expliquer sur les sujets abordés lors de mes après-midi, annoncé-je à John Dudley.

— Le Conseil privé est-il composé de théologiens à présent ? Ses membres ont-ils l'intention de débattre avec Latimer ? Je leur souhaite bien du courage !

— Stephen Gardiner s'en chargera probablement lui-même. Il défend les Six Articles, expliqué-je. Car une nouvelle loi a été promulguée qui interdit toute controverse à leur sujet.

— Mais les Six Articles sont à mi-chemin du papisme ! s'exclame-t-il. Le roi lui-même a dit que…

— Ils sont désormais l'expression de la pensée du souverain, l'interromps-je

— Jusqu'à ce qu'il en change !

Je baisse la tête et ne dis rien.

— Pardonnez-moi, pardonnez-moi, se reprend John Dudley. C'est que j'ai tout bonnement le sentiment qu'il nous suffit, aux Seymour, à Cranmer et à moi, d'avoir le dos tourné pendant cinq minutes pour que les vieux prélats jettent leur dévolu sur le roi et qu'à notre retour, les fruits de nos efforts et de notre foi soient anéantis et que l'on doive tout recommencer. Ne pouvez-vous rien faire ?

— Je ne peux même pas le voir, réponds-je. Je ne peux solliciter sa mansuétude pour autrui parce que je ne le vois jamais. Je n'ose songer à ce qu'on dit de moi…

Il hoche la tête.

— Je ferai mon possible, conclut-il. Mais sans doute devriez-vous limiter votre champ d'étude.

— Mes livres ne sont plus ici, répliqué-je amèrement. Voyez les rayonnages vides. Mes papiers non plus ne sont plus là.

J'espérais qu'il me dirait qu'il n'y avait pas lieu de disperser ma bibliothèque, mais il se contente de me demander :

— Et avez-vous cessé de faire prononcer des sermons et des discours ?

— Nous ne recevons plus que les aumôniers du roi, et leurs sermons sont aussi insipides que possible.

— Quels en sont les thèmes ?

— L'obéissance des épouses, réponds-je d'un ton âpre, mais même cela échoue à lui arracher un sourire.

Hugh Latimer, sommé de comparaître au titre de sujet de Sa Majesté devant le Conseil privé dont il fut autrefois l'une des voix influentes, reconnaît avoir prêché une série de sermons devant moi – comment le nierait-il, puisque les épouses de la moitié des membres du Conseil et quelques-uns de ces derniers y assistèrent ? Il n'admet pas avoir dit quoi que ce soit d'hérétique, ni quoi que ce soit tendant vers la réforme. Il déclare que ses sermons avaient pour objet la Parole de Dieu et qu'ils avaient pour cadre l'enseignement actuel de l'Église. Ils le relâchent, mais dès le lendemain, c'est au tour d'un autre prédicateur d'être arrêté : le docteur

Édouard Crome, un habitué de mes après-midi d'étude, est accusé d'avoir nié l'existence du purgatoire.

Cette accusation, il ne peut la nier. Évidemment, *qu'il nie l'existence du purgatoire! Je mets quiconque a toute sa raison au défi d'apporter les preuves qu'un tel endroit existe!* Le paradis, ce serait une autre histoire, Notre-Seigneur lui-même en parle; l'enfer également: c'est là que les pécheurs connaissent les tourments. Mais nulle part dans la Bible il n'est fait allusion à un endroit aberrant où les âmes seraient tenues d'attendre en subissant des souffrances auxquelles elles peuvent échapper à condition de faire un don à l'Église *ante mortem* ou de faire brailler des messes post mortem contre de l'argent. Aucun verset biblique n'en souffle mot, et aucune exégèse ne peut soutenir le contraire. Mais alors, d'où cette affabulation vient-elle? La signature ne fait pas le moindre doute: il s'agit d'une invention de l'Église de Rome dont le but est d'engranger d'énormes revenus en exploitant la souffrance des familles endeuillées et la peur des pécheurs parvenus au seuil de la mort. *Le roi lui-même a fait abolir les messes payantes! Comment le purgatoire pourrait-il continuer d'exister?*

Quoi qu'il en soit, c'est le roi en personne qui donne l'ordre de procéder à ces arrestations, c'est lui qui se cache derrière chacune d'entre elles depuis que les mailles se sont resserrées au printemps autour des érudits, des prédicateurs et des simples sujets avec lesquels je me suis liée. Le Conseil privé diligente les enquêtes, désigne des personnes, exige des explications, mais Henri seul décide de qui sera arrêté. Soit il appose sa signature – simple griffonnage exécuté négligemment – au bas d'un mandat posé sur les draps de son lit de malade, soit il ordonne à des hommes de confiance – notamment Anthony Denny et John Gates – d'utiliser à sec le sceau qui reproduit sa signature et de l'encrer par la suite. Mais dans les deux cas, le mandat est soumis à son approbation personnelle et expresse. Il a beau gémir de douleur, être somnolant, drogué par les remèdes et le vin corsé, il est parfaitement au courant. Nous n'avons pas affaire à un complot des papistes luttant, à l'insu du roi, contre mes convictions religieuses et mes amis, en profitant de son indisposition et de son exténuation. Il s'agit d'un complot fomenté par mon époux lui-même contre mes convictions, contre mes amis, et probablement aussi contre ma personne. Henri a lancé les chiens dans l'arène, mais cette fois, il soutient un camp contre l'autre, misant gros sur le résultat. C'est pourquoi il encourage mes ennemis à me nuire, qu'il me traite, moi, sa femme, comme ses autres chiens de combat.

Joan Denny entre avec précipitation dans mes appartements et tombe à genoux devant moi, comme si ses jambes refusaient de la porter davantage.

— Elle est ici ! Anne Askew est ici ! Elle arrive !

— Elle vient me voir ?

Je n'arrive pas à croire qu'elle ait pris un si gros risque, sachant que ses maîtres et ses mentors sont à la Tour.

— Je ne peux pas la recevoir. Dites-lui que je regrette mais…

— Non, vous n'y êtes pas. Elle a été arrêtée ! Elle comparaît devant le Conseil privé. Il l'interroge en ce moment même.

— Qui vous a prévenue ?

— Mon mari. Il a déclaré qu'il ferait son possible pour l'aider.

Je reprends mon souffle. Je voudrais lui dire qu'Anthony Denny doit s'assurer que mon nom ne soit pas mentionné, ou du moins que s'il l'est, cela ne soit pas répété au roi. Mais j'ai si peur et si honte d'avoir peur, que je reste muette. Je redoute tellement ce qu'Anne pourrait avouer au Conseil. Qu'arrivera-t-il si elle déclare avoir prêché des thèses hérétiques à notre groupe et que nous l'avons écoutée ? Qu'adviendra-t-il si elle raconte que j'écris moi-même un livre rempli de considérations interdites ? Quoi qu'il en soit, je ne peux avouer à Joan, qui a écouté les sermons en ma compagnie, qui étudie avec moi, qui prie à mes côtés, que la première idée qui me vient est de sauver ma peau de poltronne. *Oui, j'ai peur, et ma peur me fait honte.*

— Que Dieu la protège !

Voilà tout ce que je parviens à dire.

— Amen.

On la garde pendant toute la nuit quelque part dans cet immense palais empli de dédales. Tandis que ma servante m'habille pour le dîner, je lui demande si elle sait où se trouve Anne Askew. Elle l'ignore. L'édifice compte des dizaines de pièces aveugles au sous-sol, de mansardes et de chambres fortes qui ferment de l'extérieur. Si on n'a cure de son confort et de sa sécurité, on l'aura jetée dans une pièce de la garnison du corps de garde. Je n'ose lancer quiconque à sa recherche. Au dîner, monseigneur Gardiner entonne un bénédicité interminable, et je baisse la tête en l'écoutant articuler les phrases latines, songeant que la moitié des gens présents sont incapables d'en comprendre un traître mot, mais il s'en fiche et achève son rituel, son rituel tout personnel, sans se soucier du fait que les âmes à qui il s'adresse sont pareilles à des enfants affamés réclamant du pain et à qui l'on donne une pierre. Il me faut attendre qu'il ait terminé sa psalmodie qui ne rime à rien pour relever la tête et faire signe aux serviteurs d'entrer. Il me faut également sourire et manger, régenter la salle et rire des facéties de Will Somers, faire passer des plats à William Paget et Thomas Wriothesley comme s'ils ne complotaient pas pour causer ma perte. Il est de mon devoir également de saluer le duc de Norfolk, qui préside à la table réservée à sa famille, arborant le masque lisse du courtisan, son réformateur de fils se signalant toujours par son absence. Je dois me comporter comme si je n'avais pas la moindre inquiétude au monde, tandis que, quelque part dans les dédales de ce palais, mon amie Anne mange les restes refroidis des plats servis à la Cour et implore Dieu à genoux de la protéger encore un jour.

— On m'a fait mander pour que je l'interroge, m'annonce mon frère en s'approchant tout près de moi tandis que la Cour s'adonne à la danse.

Mes dames d'honneur, un sourire figé aux lèvres, forment de petits groupes et exécutent mécaniquement les pas requis.

— Comptes-tu refuser ?

— Comment le pourrais-je ? C'est une mise à l'épreuve pour décider de mon sort à moi aussi, et si j'échoue, tu seras la suivante sur la liste. Je vais donc l'interroger dans l'espoir de l'inciter à en appeler à la grâce royale. Je sais qu'elle n'abjurera pas sa foi, mais elle pourrait convenir du fait qu'elle est inculte.

— Elle connaît la Bible sur le bout des doigts ! répliqué-je. Elle connaît le Nouveau Testament par cœur. Personne ne voudra jamais croire qu'elle est inculte.

— Elle ne doit pas argumenter avec Stephen Gardiner.

— Tu verras qu'elle le fera.

— Que puis-je faire alors ? s'emporte William, soudain impatienté.

Aussitôt, il rejette la tête en arrière et part d'un grand éclat de rire – un rire de courtisan –, afin de laisser entendre qu'il me conte quelque anecdote amusante. Je joins mon rire au sien et lui tapote la main. *Quel boute-en-train, mon frère !*

Will Somers passe devant nous en caracolant et en nous faisant la grimace.

— Quitte à rire à propos de rien, riez de moi ! s'exclame-t-il.

Je frappe dans mes mains.

— Nous rions d'une vieille plaisanterie qui ne vaut pas d'être répétée, lancé-je.

— Je n'en connais pas d'autres, réplique-t-il.

Nous attendons qu'il s'éloigne.

— Essaie de lui indiquer un moyen d'en sortir, sans te compromettre, suggéré-je. C'est une jeune femme pleine de vie. Elle n'aspire pas au martyre. Elle sauvera sa tête si elle le peut. Donne-lui seulement le moyen de le faire. Quant à moi, je vais tenter de voir le roi.

— Quelle mouche le pique ? s'enquiert mon frère, tout bas. Où veut-il en venir ? S'est-il retourné contre nous ? Contre toi ?

— Je ne sais pas, avoué-je.

Je considère le visage inquiet de William et prends soudain froidement conscience que cinq femmes se sont assises ici avant moi, sur ce même siège, et qu'elles se sont toutes demandé si le roi s'était retourné contre elles et, si oui, quel sort les attendait.

Une fois le dîner terminé, j'envoie Nan solliciter pour moi une entrevue avec le roi. Elle revient étonnée : il accepte de me recevoir. Elle se dépêche de me mettre ma capuche la plus flatteuse, puis nous arrangeons quelque peu mon décolleté et parfumons mon cou à l'huile de rose. Nan et Catherine m'accompagnent jusqu'à la chambre d'Henri. Les gardes ouvrent la porte. J'entre seule.

Sir Anthony Denny est là, ainsi que monseigneur Gardiner. Le docteur Wendy se tient à l'écart au fond de la pièce avec une demi-douzaine de pages et de serviteurs qui attendent debout de recevoir l'ordre de transporter le roi, selon son désir, de son fauteuil jusqu'à son lit ou de le hisser sur sa chaise percée, ou encore de l'aider à s'asseoir sur sa chaise roulante afin qu'il puisse se rendre dans sa chambre de parade et s'y pavaner parmi son peuple telle une statue grandiose.

— Sire, le salué-je en lui faisant ma révérence.

Il me sourit et me fait signe d'approcher. Je me penche pour l'embrasser, faisant fi de la puanteur. Il m'enlace la taille et me serre.

— Ah, Kat, avez-vous fait bonne chère avec la Cour ce soir ?

— Vous nous avez beaucoup manqué, réponds-je, tirant une chaise près de son lit. J'espère que vous serez bientôt de nouveau suffisamment rétabli pour vous joindre à nous. Le temps me semble long sans la joie que me procure votre présence.

— J'en suis certain, réplique-t-il gaiement. Ce n'était qu'un accès de fièvre passager, comme j'en ai de temps à autre. Le docteur Wendy me dit que j'en suis quitte comme un jouvenceau.

J'acquiesce avec enthousiasme.

— Vous avez un ressort remarquable !

— Ma foi, les vautours peuvent tourner dans le ciel, mais ce n'est pas encore cette fois qu'ils becquetteront mon cadavre.

Il désigne Gardiner à titre d'exemple de vautour, et je m'amuse de voir l'évêque se rembrunir.

— Je m'imagine davantage sous les traits d'une alouette qui s'élève haut dans les cieux pour chanter vos louanges, fait remarquer Gardiner non sans balourdise.

— Une « alouette », Monseigneur ? lancé-je en penchant la tête de côté, faisant mine de scruter son surplis blanc et son étole noire. Les couleurs de votre habit rappellent plutôt celles d'une hirondelle.

— Vous voyez Stephen en hirondelle ? me taquine Henri.

— Il paraît et soudain le printemps est là. C'est un héraut. Quand l'évêque est parmi nous, un soleil estival brille sur le Conseil privé afin que celui-ci puisse faire toute la lumière dans les enquêtes qu'il diligente. C'est la saison qui voit naître les couvées des vieux prélats, lesquels gazouillent sous les tonnelles. Cette saison est la leur.

— Ne sont-ils pas là pour rester ? s'enquiert le roi.

— Les courants de la vérité ne tarderont pas à les chasser, me semble-t-il, mon mari et mon seigneur.

Le roi part d'un grand rire. Stephen Gardiner bout de colère en silence.

— L'habilleriez-vous autrement ? interroge Henri.

Encouragée par son rire, je m'enhardis. Je me tourne vers lui et lui glisse à l'oreille :

— Ne pensez-vous pas que le rouge irait parfaitement à Monseigneur ?

Je fais évidemment allusion à la pourpre des cardinaux ! Si Gardiner parvient à ramener le pays dans le giron de Rome, le pape lui donnera aussitôt un chapeau de cardinal. Henri s'esclaffe à pleine gorge.

— Catherine, vous êtes encore plus drôle que Will. Qu'en dites-vous, Stephen ? Aspirez-vous à porter un chapeau rouge ?

Stephen Gardiner fait la grimace.

— Ce sont là des sujets graves, parvient-il enfin à rétorquer. Non des sujets de plaisanterie. Ils conviennent mal aux dames. Aux épouses.

— Il a raison ! tranche brusquement le roi, soudain las. Laissons notre fidèle ami défendre notre Église contre l'hérésie et les railleries, Kat. C'est mon Église, non un sujet à controverse ni à plaisanterie. Ce sont là des questions importantes, qui ne doivent pas faire l'objet de stupides railleries. Rien n'est plus important.

— Bien sûr, conviens-je avec douceur. Naturellement, Sire. Tout ce que je vous demanderais, c'est que le bon évêque interroge les personnes qui contestent vos réformes. Les réformes elles-mêmes ne sauraient être remises en question. L'évêque ne peut souhaiter nous voir faire marche arrière, nous éloigner de vos conceptions, pour revenir aux temps anciens où vous n'étiez pas encore chef de l'Église.

— Il n'en fera rien, assure sèchement le roi.

— Les chapelles votives…

— Pas maintenant, Catherine, je suis fatigué.

— Votre Majesté doit se reposer, m'empressé-je d'ajouter en me levant pour l'embrasser sur son front trempé de sueur. Dormirez-vous à présent ?

— Oui, répond-il. Vous pouvez tous disposer.

Il serre de sa main brûlante le bout de mes doigts glacés.

— Revenez plus tard, me souffle-t-il.

Je me retiens de jeter un regard victorieux à Stephen Gardiner. J'ai emporté la bataille, mais je n'ai pas encore gagné la guerre.

Non, mon succès de catin n'est pas une victoire. Le roi est fiévreux et manque de sommeil, il souffre d'impuissance et s'irrite de sa défaillance. J'ai beau faire tout ce qu'il me demande, comme de laisser retomber mes cheveux, d'ôter mon peignoir, et même de rester debout, rien ne parvient à provoquer son érection tandis que, consumé par l'humiliation, il fait glisser ses mains sur mon corps. Il me renvoie, espérant trouver le sommeil s'il dort seul, et je passe la nuit dans ma chambre au coin du feu à me demander où, dans le palais, on a bien pu enfermer Anne Askew, qui est sûrement en proie, tout comme moi, à l'insomnie et à la peur. *A-t-elle au moins un lit pour reposer sa tête ?*

La bataille suivante se joue devant le Conseil privé et je ne peux y participer. Les portes de la salle où il se réunit sont closes et deux hallebardiers au garde-à-vous en barrent l'entrée de leurs piques.

— Elle est à l'intérieur, marmonne Catherine Brandon à mi-voix, tandis que nous passons devant la porte à double battant sur le chemin qui nous mène au jardin. On l'a amenée ce matin.

— Seule ?

— On l'a arrêtée avec son ancien mari, mais elle a déclaré qu'il n'était plus rien pour elle, et les conseillers l'ont renvoyé. Elle est désormais seule.

— Ils savent qu'elle a prêché devant moi ?

— Bien entendu, et ils savent également que ce fut sur votre ordre que monseigneur Bonner la libéra précédemment.

— Mais ils ne craignent pas mon influence ? Bonner la craignit cette fois-là.

— Il semblerait que votre influence ait diminué, rétorque Catherine d'un ton sans appel.

— En quoi a-t-elle diminué ? demandé-je. Le roi continue de me recevoir, de me parler tendrement. Il m'a fait venir auprès de lui hier soir. Il m'a promis des cadeaux. Tout indique qu'il m'aime encore.

Elle hoche la tête.

— Je le sais. Cependant, il peut se conduire ainsi tout en désapprouvant vos croyances religieuses. À présent, il abonde dans le sens de Stephen Gardiner, du duc de Norfolk et des autres : Paget, Bonner, Rich, Wriothesley.

— Mais tous ses autres gentilshommes sont favorables à la réforme, protesté-je.

— Excepté qu'ils ne vivent pas à la Cour, nuance-t-elle. Édouard Seymour est soit en Écosse, soit à Boulogne. C'est un commandant si fiable, qu'il est toujours en mission. Son succès nous place dans une position désavantageuse. Thomas Cranmer étudie chez lui. Le roi ne vous reçoit pas lorsqu'il est malade, or cela fait des semaines qu'il est souffrant. Le docteur Wendy n'est pas un défenseur de votre réforme comme l'était le docteur Butts. Pour faire valoir quoi que ce soit auprès du souverain, pour entretenir l'intérêt qu'il y porte, il faudrait que vous passiez du temps à ses côtés, que vous partagiez en permanence sa compagnie. Charles, mon époux, disait qu'il ne quittait jamais le roi parce qu'un rival était toujours susceptible de prendre sa place. Vous devez faire en sorte de ne pas le quitter, Votre Majesté. Vous devez rester constamment avec lui afin de faire valoir notre point de vue dans la controverse.

— Je comprends. Je m'y efforce. Mais comment pouvons-nous défendre Anne Askew face aux membres du Conseil privé ?

Elle me donne la main tandis que nous descendons l'escalier jusqu'au jardin.

— Dieu s'en chargera, assure-t-elle. S'ils la jugent coupable, alors nous implorerons le roi de la gracier. Vous pourrez aller le voir avec tout votre entourage féminin, cela lui fera le plus grand plaisir, et nous l'implorerons à genoux, s'il le faut. Mais pour l'instant, nous ne pouvons rien faire pour elle, pas tant qu'elle comparaît. Pour l'heure, elle est entre les mains de Dieu seul.

Le Conseil privé bataille avec la jeune femme du Lincolnshire pendant toute la journée, comme si, malgré son jeune âge et son ignorance, elle lui donnait plus de fil à retordre que prévu. Stephen Gardiner, évêque de Winchester, et Edmund Bonner, évêque de Londres, discutent théologie avec Anne, qui n'a jamais mis les pieds dans une université, sans parvenir pour autant à l'accuser d'hérésie.

— Pourquoi passent-ils tant de temps avec elle ? demandé-je. Pourquoi ne lui ordonnent-ils pas de retourner chez son mari, s'ils souhaitent la faire taire ?

Je fais les cent pas dans ma chambre. Il m'est impossible de m'asseoir sans bouger pour lire ou étudier ; pourtant, je ne peux aller non plus exiger qu'on ouvre les portes austères du Conseil privé. Je ne peux non plus laisser Anne seule face à ses ennemis, qui sont aussi les miens ; mais, comme elle, je suis réduite à l'impuissance. Je n'ose me rendre chez le roi sans y être conviée. J'espère le voir d'ici au dîner. *Pourvu qu'il soit en assez bonne forme pour quitter sa chambre. Dieu que l'attente m'est insupportable !*

Un bruit retentit, et les gardes ouvrent la porte sur mon frère et trois compagnons. Je fais volte-face.

— Mon frère ?

— Votre Majesté, salue-t-il en s'inclinant. Ma sœur.

Il hésite. Il ne peut pas parler librement. Du coin de l'œil, je vois ma sœur Nan qui se dresse sur ses jambes, tandis que Catherine lui tend la main. Anne Seymour ouvre de grands yeux et, bouche bée, fait le signe de croix.

Le silence semble durer des heures. Je m'aperçois que tous les regards sont braqués sur moi. Furtivement, j'avise l'expression atterrée de mon frère, les gardes qui le flanquent. Insensiblement, je comprends que tous pensent que l'heure de mon arrestation a sonné. Mes mains se mettent à trembler et je les serre. Si Anne m'a mise en cause, le Conseil privé aura donné l'ordre de m'arrêter. Cela lui ressemblerait assez, de charger mon propre frère de m'emmener à la Tour, façon de mettre sa fidélité à l'épreuve et de ratifier ma perte.

— Que voulez-vous, William ? Vous avez un drôle d'air ! Mon cher frère, qu'est-ce qui vous amène ?

Exactement comme si mes paroles avaient déclenché un mécanisme, l'horloge posée sur ma table sonne 15 heures à son carillon d'argent, William achève d'entrer et les gardes referment brusquement la porte à double battant derrière lui.

— Le Conseil a-t-il levé la séance ? demandé-je d'une voix émue.

— Oui, répond-il sèchement.

Je suis frappée par la gravité de son visage et cherche appui avec la main contre le dossier d'une chaise.

— Vous paraissez très abattu.

— Je n'apporte pas de bonnes nouvelles.

— Parlez sans délai.

— Anne Askew a été transférée à la prison de Newgate. Les conseillers n'ont pas réussi à la faire abjurer. Elle devra comparaître comme hérétique devant un tribunal.

Le silence retombe, et tout semble se fondre et tournoyer devant mes yeux. Je resserre mon emprise sur la chaise pour ne pas tomber et cligne des paupières, incrédule.

— Elle a refusé d'abjurer ?

— Ils ont fait appel au précepteur du prince Édouard afin qu'il la persuade. Mais elle leur a cité tout un chapelet de versets bibliques leur prouvant qu'ils se trompaient.

— N'avez-vous pu la sauver ? explosé-je. William, n'avez-vous rien pu dire pour la sauver ?

— Elle m'a déconcerté, avoue-t-il lamentablement. Elle m'a regardé bien en face et m'a déclaré que je devrais avoir honte de la conseiller en contradiction avec ma propre conscience.

Je pousse un petit cri.

— Elle vous a accusé de penser comme elle ? Elle a l'intention de donner les noms de ceux qui partagent ses vues ?

Il secoue la tête.

— Non, non ! Elle s'est montrée très circonspecte en cela, scrupuleuse même. Elle n'a nommé personne. Ni moi, ni vous, aucune de vos dames d'honneur. Elle m'a reproché de la conseiller en contradiction avec ma propre conscience, mais elle n'a pas spécifié la nature de celle-ci.

Je rougis de la question que je m'apprête à poser :

— Mon nom a-t-il été cité par quiconque ?

— Ils lui ont fait valoir qu'elle avait prêché dans vos appartements, et elle a rétorqué que c'était également le cas de nombreux prédicateurs aux croyances diverses et variées. Ensuite, ils ont essayé de lui faire dire les noms de ses soutiens dans votre entourage.

À ces mots, il baisse prudemment les yeux afin que nul ne puisse prétendre qu'il a échangé un signe d'entente avec qui que ce soit, puis il ajoute :

— Mais elle est restée muette. Elle est têtue. Elle a refusé de leur livrer le moindre nom. Il coule de source, ma sœur, que tout ce qu'ils voulaient obtenir d'elle était la preuve de vos séances en commun, de vos rassemblements hérétiques. Ils l'auraient relaxée sur-le-champ si elle vous avait dénoncée.

— Tu insinues que c'est moi, qu'ils veulent, non elle ? lancé-je à voix basse.

Il acquiesce.

— C'était évident. Pour tout le monde. Y compris pour Anne.

Je me tais un moment, m'efforçant de contenir ma peur dans les confins de mon estomac noué. J'essaie de faire preuve de courage, comme Anne Boleyn. Elle clama l'innocence de son frère, de ses amis.

— Y a-t-il un moyen d'obtenir sa libération ? demandé-je. Faut-il vraiment qu'elle soit jugée ? Ne devrais-je pas aller dire au roi qu'ils la détiennent par erreur ?

William me regarde comme si j'avais perdu la tête.

— Kat, il est déjà au courant. Ne commets pas d'imprudence. Gardiner ne fait pas de zèle dans cette affaire, il ne fait qu'obéir aux ordres du roi. Celui-ci a signé de sa main le mandat d'arrêt, il a approuvé son renvoi devant la justice, il a ordonné qu'elle soit détenue à Newgate jusqu'au procès. D'ici là, il aura lui-même rédigé l'instruction. Il aura déjà tranché.

— Les jurés doivent être indépendants !

— Ils ne le seront pas. Il leur soufflera le verdict qu'ils devront prononcer. Mais il faut qu'elle passe en justice. Son salut réside dans son abjuration lors du procès.

— Je ne pense pas qu'elle le fera.

— Moi non plus.

— Qu'arrivera-t-il alors ?

Pour toute réponse, il me regarde dans les yeux. Nous savons tous les deux ce qui adviendra.

— Que nous arrivera-t-il, à nous ? demande-t-il tristement.

À ma grande surprise, Henri me rend visite à mes appartements en compagnie des gentilshommes de sa Maison et de quelques membres du Conseil privé pour nous escorter jusqu'à la salle des banquets où le dîner nous attend. Cela fait longtemps que le roi n'a pas été suffisamment en forme pour m'accompagner à table. Ils entrent à grand bruit, comme s'ils fêtaient son retour à la Cour. Il ne peut pas marcher, il ne peut pas même se tenir sur sa jambe couverte d'ulcères, mais il vient dans sa chaise roulante, précédé par sa jambe généreusement bandée qu'il tient à l'horizontale. Il en rit, comme s'il s'agissait d'un dommage provisoire contracté lors d'une joute ou à la chasse; et la Cour, qui calque son comportement sur le sien, rit également, semblant croire qu'il sera de nouveau sur pied pour danser demain ou après-demain. Catherine Brandon annonce qu'elle passera commande d'un autre fauteuil roulant et qu'ainsi, nous pourrons organiser un tournoi de chaises roulantes, et que le roi aura la plus forte cote. Et voilà qu'il déclare aussitôt que cela doit avoir lieu et promet une telle joute pour le lendemain. Tandis qu'on le pousse pour le faire entrer, Will Somers caracole devant lui, fait semblant de tomber et d'être écrasé par la progression inéluctable de l'énorme fauteuil et du colosse qui est à demi étendu dessus.

— Moloch ! Moloch m'a écrasé ! gémit Will.

— Will, si je t'avais écrasé, tu ne serais pas là pour le crier à tue-tête, le met en garde le souverain. Ôte-toi de ma route, bouffon !

Will répond par une culbute tête la première qui l'écarte du passage juste à temps. Mes dames de compagnie poussent des cris pour l'avertir du danger et s'esclaffent, comme si tout cela était désopilant. Nous sommes tous sur la corde raide, tous désireux d'entretenir l'insouciance du roi.

— Je te jure que je vais te moissonner ! s'écrie Henri.

— M'attraperez pas ! réplique Will avec insolence.

Et aussitôt le roi beugle un ordre à ses deux pages qui suent sang et eau derrière le fauteuil : ils doivent poursuivre Will à travers ma chambre de parade, tandis que celui-ci danse et saute, joue à l'équilibriste sur les bancs, émergeant dans l'encorbellement de la fenêtre, courant autour de mes dames de compagnie, les attrapant par la taille et les faisant tournoyer, de sorte que c'est sur elles et non sur lui que se rue le roi, tandis qu'elles s'écartent du chemin en criant et en riant aux éclats. C'est une farce où tout le monde court dans un sens, puis dans l'autre, et dont Henri – mine écarlate, hurlant de rire et mugissant – est le centre.

— Plus vite ! Plus vite !

Finalement, Will s'effondre en boule et se saisit d'un morceau de broderie blanche qu'il agite au-dessus de sa tête en signe de reddition.

— Vous êtes Hélios ! s'exclame-t-il en s'adressant au roi. Et je ne suis qu'un petit nuage.

— Tu es un grand bouffon ! rétorque affectueusement Henri. Et tu as mis les appartements de ma femme sens dessus dessous, tu as effrayé ses dames et as causé un vaste tohu-bohu !

— Jeunes fous que nous sommes ! lance Will en relevant la tête pour regarder son maître, tout sourires. Aussi fous qu'à nos vingt ans. Mais au moins Votre Majesté est plus sage qu'en ce temps-là.

— Comment cela ?

— Plus sage et plus royal vous êtes. Plus bel homme et plus brave aussi.

Henri sourit, se préparant à écouter la chute.

— C'est un fait, avoue-t-il.

— Majesté, vous êtes en tout point plus grand, exulte Will. Plus considérable. La reine a plus de mari que la plupart des femmes, au poids s'entend !

Henri part d'un grand rire de gorge gras et manque de s'étouffer en riant.

— Tu es un coquin ! Va manger ta pitance avec les chiens à la cuisine !

Will fait une gracieuse révérence et se retire. Tandis qu'il passe devant moi, il me sourit subrepticement. *Serait-ce une manière de me dire qu'il a fait de son mieux, que tout ce qu'il me reste à faire, c'est de tenir jusqu'à la fin du dîner?* Ce n'est pas la première fois que je me demande jusqu'à quel point les bouffonneries de Will Somers sont les facéties d'un fou. Un fou qui a survécu durablement au sein d'une Cour constamment sur le fil du rasoir.

—Si nous allions dîner? me lance le roi.

Je souris et lui fais une révérence, puis nous nous mettons en route, formant un étrange cortège plutôt mal assorti, avec, en tête, le roi dans son fauteuil, immédiatement suivi des deux pages à bout de souffle, et moi-même à la droite du souverain, la main posée sur l'accoudoir, tandis qu'il respire bruyamment et dégouline de sueur, tachant de transpiration les aisselles et le col de son pourpoint de soie jaune d'or. Je me demande pendant combien de temps cette situation va encore pouvoir durer.

—Avez-vous eu un sermon cet après-midi? s'enquiert-il courtoisement tandis qu'un serviteur fait couler de l'eau d'un pichet doré sur ses mains et qu'un autre lui essuie les doigts en les tapotant à l'aide d'une serviette de table en lin blanc.

—Oui, réponds-je en tendant les mains sous l'eau fraîche parfumée. Nous avons fait venir l'aumônier de Votre Majesté afin qu'il nous entretienne de la grâce. Ce fut très intéressant, très stimulant pour l'intellect.

—Rien de trop extravagant…, fait remarquer le roi en esquissant un sourire plein d'indulgence. Rien qui puisse faire ergoter le jeune Tom Howard, j'espère. Il est sorti de la Tour, mais je ne peux me permettre de le voir causer d'autres tracas à son père.

Je souris comme si les sermons n'étaient pour moi qu'un divertissement réservé aux après-midi.

— Rien d'extravagant du tout, Votre Majesté. Seulement la Parole de Dieu et la compréhension qu'en a un ecclésiastique.

— Tout cela est fort bien tant que ces prêches ne sortent pas de vos appartements, commence-t-il, soudain devenu irritable. Mais je refuse que cela devienne un sujet de discussion publique dans la rue et les tavernes. C'est une chose que les débats entre érudits, mais c'en est une autre quand une fille de ferme ou quelque sot d'apprenti se met à lire et à discuter des idées.

— Je suis entièrement d'accord, assuré-je. C'est pourquoi Votre Majesté a fait preuve d'une grande mansuétude lorsqu'elle donna au peuple la Bible en anglais, et c'est également la raison pour laquelle le peuple désire tant qu'on la lui rende. Alors les gens pourront lire et s'instruire en silence. Alors ils auront la chance de pouvoir comprendre. Ils ne seront plus obligés de se réunir autour de l'un d'entre eux chargé de réciter et d'un autre en charge des explications.

Il tourne son énorme visage vers moi. Son cou est si épais et ses joues sont si grasses que sa face revêt l'aspect d'un carré entre le col de brocart de son pourpoint et sa frange éparse qui tombe haut sur son front. J'ai l'impression de me trouver sous le regard scrutateur d'un bloc de pierre.

— Non, vous vous méprenez, réplique-t-il d'un ton glacial. Ce n'est pas pour cet usage que je leur ai donné la Bible en anglais. Je ne pense pas qu'une fermière de Lincoln doive lire et s'instruire. Je ne pense pas qu'elle doive étudier et réfléchir. Je ne désire aucunement faire progresser sa compréhension. Et je suis tout à fait certain qu'elle ne devrait pas prêcher.

J'avale une gorgée de vin. J'observe que ma main ne tremble pas. Sur l'autre flanc du roi, je remarque la petite tête baissée de Stephen Gardiner qui pioche de menues bouchées dans son assiette en tendant l'oreille.

— Mais vous avez donné la Bible au peuple ! insisté-je. Que vous souhaitiez qu'elle reste à demeure dans les églises pour que tous puissent la consulter ou que vous préfériez qu'elle soit lue avec respect dans la tranquillité des meilleurs foyers est une décision qui vous appartient. C'est votre cadeau, et il vous revient d'en choisir le destinataire. Mais certains prédicateurs l'ont lue, l'ont apprise par cœur et en ont une meilleure compréhension que certains des grands prélats de l'Église. Comment cela se fait-il ? Ils ne sont pas allés à l'université, où l'on apprend à tout décortiquer, à innover en matière de rituel et à s'enorgueillir de son propre savoir. Leur école est la Bible. Ils n'en connaissent pas d'autre. C'est merveilleux. Votre Majesté, la piété des petites gens est une chose merveilleuse. De même que leur loyauté envers leur roi et l'amour qu'ils lui portent.

Ces paroles l'adoucissent quelque peu.

— Ils me sont fidèles ? Ils ne me remettent pas en question en même temps que les enseignements de l'Église ?

— Ils savent qui est leur père, déclaré-je avec fermeté. Ils ont grandi dans l'Angleterre de Votre Majesté, ils savent que c'est vous qui édictez les lois qui les protègent, ils savent que c'est vous qui conduisez les armées qui défendent leur pays, que c'est vous qui faites construire et guidez les navires qui battent ensuite les mers pour leur sauvegarde. Bien sûr, qu'ils vous aiment comme leur saint père.

Il rit à gorge déployée.

— Leur Saint-Père ? Comme un pape ?

— Comme un pape, confirmé-je sans sourciller. Le pape n'est rien de plus que l'évêque de Rome. Il est le chef de l'Église en Italie. Mais vous, qu'êtes-vous, sinon le premier ecclésiastique d'Angleterre ? Vous êtes le chef suprême de l'Église, n'est-ce pas ? Vous siégez au-dessus de tous les autres prélats, n'est-il pas vrai ? Vous êtes donc le pontife de l'Église d'Angleterre.

Le roi se tourne vers le simple évêque Gardiner.

— Sa Majesté n'a pas tort, lance-t-il. Vous ne croyez pas ?

Gardiner parvient à esquisser un maigre sourire.

— Votre Majesté a la chance d'avoir une femme qui prend plaisir aux discussions érudites, répond-il. Qui eût cru qu'une femme fût capable de raisonner ainsi ? Face à un mari qui fut en son temps un lion en la matière, qui plus est. Assurément, elle vous aura apprivoisé !

Le roi m'ordonne de le rejoindre après le dîner, et j'interprète cet ordre comme un témoignage de mon retour en grâce. Le docteur Wendy prépare une potion soporifique tandis que la Cour entoure le souverain, dont l'énorme jambe bandée fait saillie à l'intérieur du cercle empressé. Stephen Gardiner et le vieux Thomas Howard se tiennent d'un côté du roi, mes dames de compagnie et moi-même nous trouvons de l'autre, tous semblant prêts à tirer son fauteuil. Je considère pendant quelques instants les visages de ceux qui entourent mon mari, les sourires de commande des courtisans, l'enchantement perplexe de chacun, et je m'aperçois que tous sont aussi anxieux que moi, que nous partageons tous la même lassitude. Nous attendons que le roi mette un terme à cette soirée, qu'il nous libère pour la nuit. Il est vrai que d'aucuns espèrent une paix plus durable. Certains attendent sa mort. Quiconque remportera la bataille qui consiste à retenir l'attention fluctuante du monarque se verra orné de lauriers lors du prochain règne. Quiconque obtiendra désormais ses faveurs héritera d'une place de choix lorsque Édouard montera sur le trône. Mon mari m'a décrit ces gens sous les traits de chiens attendant qu'il leur jette un os, mais pour la première fois, il m'apparaît clairement que je suis l'un d'entre eux. Mon avenir dépend de ses bonnes grâces, exactement comme le leur. Et ce soir, rien n'est moins sûr pour moi que de les obtenir.

— La douleur est-elle très forte ? s'enquiert à voix basse le docteur Wendy.

— Elle est insupportable ! répond sèchement Henri. Le docteur Butts ne l'aurait jamais laissée s'aggraver ainsi.

— Voilà qui devrait vous faire du bien, lance humblement le médecin en lui tendant un verre.

Le roi le prend et boit en faisant la moue. Puis il se tourne vers un page et, sans crier gare, ordonne :

— Confiseries !

Le jeune garçon se précipite vers le placard et en sort un plateau de fruits confits, de prunes au sucre, de pommes d'amour, de pâte d'amandes et de pâtisseries. Le roi en prend une poignée et les broie entre ses dents pourries.

— Dieu sait que la vie était plus gaie en Angleterre avant que chaque village ait son prédicateur ! s'exclame Thomas Howard, poursuivant le fil lent de ses pensées.

— Mais chaque village avait un prêtre, rétorqué-je. Et chaque prêtre une dîme, et chaque église une chapelle funéraire, et chaque ville un monastère. Il y avait alors davantage de prédications que de nos jours dans le calendrier, mais elles avaient cours en une langue que personne ne comprenait, et à un prix terriblement élevé pour le peuple.

Thomas Howard, qui est lourdaud et colérique, manifeste sa désapprobation par une grimace.

— Je ne vois pas ce qu'ils ont à comprendre, lance-t-il avec entêtement.

Il pose les yeux sur le roi, et regarde sa grosse face de lune se tourner d'un côté et de l'autre. Puis le duc ajoute :

— Je n'approuve pas les sots et les femmes qui se proclament doctes. Comme cette idiote, aujourd'hui.

Je n'ose prononcer le nom d'Anne Askew. Mais je peux défendre ses croyances.

— Puisque Notre-Seigneur s'est adressé à des gens simples, dans des paraboles qu'ils pouvaient comprendre, pourquoi en irait-il différemment pour nous ? demandé-je. Pourquoi les gens simples d'aujourd'hui ne liraient-ils pas les paraboles que le Fils de Dieu a énoncées dans des termes à portée de leur compréhension ?

— Parce qu'ils ne savent plus s'arrêter ! s'emporte soudain Thomas Howard. Parce qu'ils ne se contentent pas de lire et de réfléchir en silence ! Chaque fois que je passe devant la croix de la cathédrale Saint-Paul, j'en vois une demi-douzaine qui croassent comme des corbeaux ! Combien d'entre eux tolérerons-nous ? Jusqu'où les laissera-t-on aller ?

Riant, je me tourne vers le roi.

— Votre Majesté ne pense pas ainsi, je le sais, affirmé-je, avec plus d'assurance que je n'en possède en réalité. Votre Majesté estime l'érudition et les discussions respectueuses qui portent sur la Bible.

Hélas, Sa Majesté affiche un air revêche.

— Confiseries ! ordonne-t-il de nouveau au page. Vous pouvez nous laisser, mesdames. Stephen, vous restez.

C'est un affront, mais je ne vais pas laisser Stephen Gardiner ni cet idiot de Norfolk penser que je suis offensée. Je me dresse sur mes jambes, fais ma révérence au roi et l'embrasse pour la nuit sur sa joue moite. Il ne me serre pas les fesses lorsque je me penche au-dessus de lui, et je suis soulagée qu'il ne me caresse pas comme si j'étais son chien de chasse devant toute la Cour. Je salue froidement l'évêque et le duc d'un hochement de tête ; ils semblent être attachés à leurs places.

— Bonne nuit, mon mari et seigneur, que Dieu vous bénisse, lancé-je avec douceur. Je prierai pour que votre douleur se soit calmée d'ici à demain matin.

Il grommelle un « au revoir », et je sors de la chambre à la tête de mes dames de compagnie. Nan jette un coup d'œil en arrière, et remarque que Stephen Gardiner s'est vu offrir un siège et qu'il est à présent en tête à tête avec le roi.

— Je donnerais beaucoup pour savoir ce que ce prêtre fourbe lui raconte, lance Nan avec irritation.

Je m'agenouille au pied du lit magnifiquement sculpté et prie pour Anne Askew, qui repose probablement ce soir à Newgate sur une litière de paille malodorante. Je prie pour tous les autres prisonniers de la foi, ceux que je connais pour être venus me parler à mes appartements, ceux qui furent à mon service et que l'on contraint à présent à me trahir, sans oublier ceux que je ne connaîtrai jamais, en Angleterre, au Saint Empire et dans les contrées les plus lointaines.

Je sais qu'Anne affrontera cette épreuve au nom de sa foi, mais il m'est insupportable de l'imaginer étendue dans les ténèbres, écoutant le bruissement des rats dans les coins et les gémissements des autres prisonniers. Le châtiment de l'hérésie est la mort dans les flammes. Même si je suis certaine que ni Gardiner ni le roi ne condamneront une jeune femme, une jeune et noble dame, à une fin aussi cruelle, la seule pensée qu'elle doive comparaître publiquement devant le tribunal me donne des sueurs froides et m'emplit d'effroi. Elle s'est bornée à affirmer que le pain de l'Eucharistie est du pain et que le vin de l'Eucharistie est du vin. Assurément, ils ne la garderont pas en prison pour avoir simplement dit ce que tout le monde sait.

Notre-Seigneur a déclaré : « Ceci est mon corps, ceci est mon sang », mais il ne faisait pas de tours de passe-passe comme les prêtres fourbes qui font dégouliner de l'encre rouge par les blessures des statues. Ses paroles signifiaient : « Pensez à moi quand vous mangez du pain, pensez à moi quand vous buvez du vin. Intégrez-moi à votre cœur. » La liturgie de Thomas Cranmer ne laisse aucun doute là-dessus, et le roi lui-même soutient sa lecture des Évangiles. Nous l'avons publiée, on peut la lire en anglais ! Au nom de quoi Anne devrait-elle dormir ce soir à Newgate dans l'attente d'un procès au cours duquel l'évêque de Londres exigera qu'elle se rétracte, alors qu'elle n'a pas outrepassé ce que le roi a institué ?

Il est tard lorsque je me couche enfin, et Nan dort déjà, tournée sur le côté. Les draps sont gelés mais je n'envoie pas la servante les réchauffer. Le moelleux de la luxueuse literie aux broderies blanches me fait honte. Je pense à Anne sur sa couche de paille et à Thomas à l'étroit sur sa couchette en haute mer, dans sa cabine ballottée par les flots, et je me dis que mes souffrances ne sont rien. Pourtant, je suis malheureuse, malheureuse comme une enfant gâtée.

Je m'endors presque immédiatement, et je me mets à rêver que je gravis un escalier à vis à l'intérieur d'un vieux château, qui n'est pas l'un de nos palais, car l'endroit est trop froid et humide pour être l'une des demeures du roi. Je pose ma main en appui contre la paroi extérieure, une eau glacée suinte sous les meurtrières. L'escalier est plongé dans une obscurité hachurée par quelques rayons de lune, les marches sont usées et inégales. C'est à peine si je distingue entre deux archères où je pose les pieds. J'entends quelqu'un susurrer au bas de l'escalier. C'est une voix d'homme qui résonne dans toute la tour.

— Tryphine ! Tryphine !

Je laisse échapper un cri d'effroi, car je sais à présent qui je suis et ce qui m'attend là-haut.

L'escalier débouche sur un palier de pierre au sommet de la tour ; trois petites portes me font face. Je n'ai aucune envie de les ouvrir, ni d'entrer dans les pièces qu'elles dissimulent, mais la voix qui, derrière moi, murmure mon prénom, « Tryphine ! », m'oblige à continuer d'avancer. La première porte s'ouvre lorsque j'actionne l'anneau de la poignée et soulève le loquet. Je n'ose songer que quelqu'un à l'intérieur ait pu m'entendre, tournant la tête aux aguets, avisant le loquet qui se soulève… Quoi qu'il en soit, je sens la porte céder sous ma main et s'ouvrir en grand. Je découvre une petite salle éclairée par une fenêtre étroite qui laisse entrer le clair de lune. J'y vois juste assez pour discerner une construction mécanique qui encombre la pièce sur toute la longueur.

Je songe tout d'abord à quelque grand métier à tisser. Il s'agit d'une sorte de lit surélevé, longitudinal, pourvu de deux gros rouleaux à chaque extrémité et d'un levier en son mitan. Je m'approche un peu plus près et remarque qu'une femme y est attachée avec des sangles. Ses bras, qui sont étendus au-dessus de sa tête, sont horriblement déformés par la tension à laquelle ils sont soumis. Ses pieds, qui sont liés à l'autre extrémité, décrivent un angle qui semble indiquer qu'elle a les jambes brisées. Quelqu'un a flagellé ses mains et ses pieds, puis a actionné le levier, entraînant la rotation des rouleaux qui vont en s'écartant. Le résultat en est que ses bras ont été déboîtés de leur cavité articulaire et que ses coudes sont désarticulés, que ses hanches, ses genoux et même ses chevilles sont disloqués. L'extrême souffrance a jeté un masque blême sur son visage, mais même ainsi je reconnais Anne Askew. Je sors de la salle de torture en trébuchant à reculons et me heurte à la porte suivante. Cette deuxième pièce est vide et le silence y règne. Profitant d'un moment de répit, je reprends mon souffle : l'horreur semble m'être épargnée ici. Mais voilà que je flaire une odeur de brûlé. De la fumée monte entre les lames du plancher, qui deviennent de plus en plus chaudes. Puis, par un effet de l'étrange logique des rêves, je suis à présent moi-même attachée les mains derrière le dos. Je suis attachée debout à un poteau, liée par des chaînes qui m'empêchent de bouger, et mes pieds ne sont plus en contact avec des lames de parquet mais cherchent douloureusement appui sur des planchettes de bois. La chaleur devient insupportable, et la fumée pénètre dans mes yeux, ma bouche, m'arrachant des quintes de toux. Je suffoque ; j'ai la gorge en feu à cause de la fumée brûlante. Puis je vois luire la première flamme du bûcher qui s'embrase sous mes pieds, et je tousse de nouveau, cherchant à me dérober.

— Non ! m'exclamé-je, mais ma voix est étouffée par la fumée, et tandis que j'inspire, la chaleur me brûle la gorge, provoquant quinte de toux sur quinte de toux…

— Réveille-toi ! s'écrie Nan. Réveille-toi !

Une coupe de petite bière à la main, elle répète :

— Réveille-toi, bon sang !

Je m'accroche au métal froid de la coupe, mes mains sur les siennes.

— Nan ! Nan !

— Chut. Tu es réveillée à présent. Tu n'as plus rien à craindre.

— J'ai rêvé d'Anne.

Je suffoque encore, comme si la fumée continuait de me brûler les poumons.

— Dieu la bénisse et la protège ! s'exclame aussitôt Nan. Qu'as-tu rêvé ?

Déjà la terrifiante netteté du cauchemar s'estompe dans ma mémoire.

— Il m'a semblé la voir… sur le chevalet…

— Il n'y a pas de chevalet à Newgate, assure Nan, fermement pragmatique. Et elle n'est pas un traître issu du peuple pour goûter du chevalet. On ne torture pas les femmes. En outre, elle est la fille d'un gentilhomme. Son père a servi le roi, personne ne peut poser la main sur elle. Ce n'était qu'un mauvais rêve. Cela ne signifie rien.

— Ses accusateurs ne la tortureraient pas ? insisté-je en m'éclaircissant la voix.

— Bien sûr que non, confirme Nan. Beaucoup d'entre eux ont connu son père, et son époux est un riche propriétaire paysan. Ils vont la garder pendant deux ou trois jours, en espérant lui avoir causé une grande frayeur, puis ils la renverront chez son pauvre mari, comme la dernière fois.

— Elle ne passera pas en jugement ?

— Évidemment, ils déclareront qu'elle doit faire face à ses juges et la menaceront d'un verdict à charge. Mais ils la renverront chez elle en recommandant à son mari de la battre. Personne ne s'avisera de torturer une dame dont le père est noble et l'époux fortuné. Et encore moins de faire comparaître une telle raisonneuse devant un tribunal populaire.

Malgré les paroles réconfortantes de Nan, je ne parviens pas à me rendormir, si bien qu'au matin, je demande à mes servantes de me pincer les pommettes et de les poudrer de fard afin d'atténuer quelque peu mes traits tirés. Il ne faut pas que j'aie l'air d'une femme dont les nuits sont hantées par la peur, et je sais que la Cour me tient à l'œil. Tout le monde sait que ma prédicatrice est enfermée à la prison de Newgate. Je dois paraître absolument indifférente. Je conduis mes dames de compagnie à la chapelle, puis au petit déjeuner, comme si de rien n'était, et le roi en personne, poussé dans son fauteuil roulant, m'accueille à la porte de la grand-salle des banquets. Là, pour mon plus grand ébahissement, j'aperçois George Blagge qui franchit d'un bond la vaste embrasure, tel Lazare revenu d'entre les morts. Il a été libéré de prison, et se révèle aussi gras et gai que d'habitude. Cet homme accusé d'hérésie accourt ventre à terre aux pieds du roi comme un ami au retour d'une aventure.

Stephen Gardiner est rouge de colère. Derrière lui, sir Richard Rich regarde Blagge d'un œil noir, tandis que l'homme qui goûta de la geôle pour avoir simplement écouté prêcher dans mes appartements s'agenouille devant le souverain et lève un visage radieux vers lui.

— Cochon ! Mon cochon ! s'écrie Henri en riant et en se penchant en avant sur son fauteuil afin de l'inviter à se redresser. Est-ce bien vous ? Êtes-vous sain et sauf ?

George émet un grognement pour manifester sa joie, et immédiatement Will Somers lui fait triomphalement écho, donnant l'impression qu'un troupeau de porcs s'est réuni pour fêter le retour de George. Le roi hurle de rire, même William Paget sourit à la dérobée.

— Si Votre Majesté n'avait pas fait preuve d'une grande bonté pour son cochon, il serait rôti à l'heure qu'il est ! exulte George.

— Il serait transformé en lard fumé ! renchérit le roi.

Puis il pivote sur ses fesses et regarde fixement Stephen Gardiner en fronçant les sourcils.

— Où que vous mène la chasse aux hérétiques, ceux qui sont chers à mon cœur en sont exonérés, lance-t-il. Il y a une limite que vous ne devez pas franchir, Gardiner. N'oubliez pas qui sont mes amis. Aucun d'entre eux ne saurait être hérétique. Avoir mon affection, c'est être dans le giron de l'Église. Je suis le chef de l'Église : nul ne peut m'aimer et se tenir en dehors de l'Église.

Sans mot dire, je fais un pas en avant et pose la main sur l'épaule de mon mari. Ensemble, nous considérons l'évêque qui a fait arrêter mes amis, mon hallebardier de la garde, mes prédicateurs, mon libraire et le frère de mon médecin.

Stephen Gardiner baisse les yeux devant notre regard insistant.

— Je vous présente mes excuses, dit-il. Je vous prie de me pardonner cette erreur.

Je ressors triomphante de cette humiliation publique de Stephen Gardiner, et mes dames d'honneur partagent ma joie. George Blagge est de nouveau bien vu à la Cour, fort de la déclaration d'estime du roi, sans compter l'élargissement de sa protection à tous ceux qui l'aiment. J'en conclus qu'il y a là matière à nous rassurer. Le courant si influent de la tradition opposée à la réforme s'est apaisé et s'apprête à s'inverser sous la poussée d'une force invisible, à l'image du flux et du reflux des marées. Peut-être est-ce un effet de la pleine lune, ainsi que les nouveaux tenants de la philosophie naturelle le pensent en ce qui concerne les océans. À la Cour, où le flux et le reflux du pouvoir sont en fonction de la face de lune inexpressive du roi, nous savons désormais que nous autres, réformateurs, connaissons une marée de vive-eau, dont les flots écumeux s'élèvent avec force vers le ciel.

— Comment pourrions-nous faire libérer Anne Askew ? demandé-je à Nan et à Catherine Brandon. Le roi a fait élargir George Blagge par affection pour lui. À l'évidence, nous avons de nouveau le vent en poupe. Pouvons-nous la faire sortir rapidement ?

— Vous sentez-vous assez d'influence pour agir ? s'enquiert Nan.

— Le retour de George montre que le roi est allé aussi loin qu'il le voulait avec les vieux ecclésiastiques. Nous voici revenus en grâce, affirmé-je avec certitude. Quoi qu'il en soit, Anne vaut que l'on prenne quelque risque. Elle ne peut rester à Newgate. La prison est située en plein cœur des épidémies et de la peste. Nous devons l'en faire sortir.

— Je peux envoyer l'un de mes serviteurs afin qu'il s'assure qu'elle soit bien logée et bien nourrie, propose Catherine. Nous soudoierons les gardes afin qu'ils lui ménagent quelque confort. Nous la ferons transférer dans une cellule salubre et lui apporterons des livres, ainsi que de la nourriture et des vêtements chauds.

— Très bien, acquiescé-je d'un hochement de tête. Mais comment pouvons-nous la faire libérer ?

— Si nous faisions appel à notre cousin Nicholas Throckmorton. Il pourrait aller lui parler, suggère Nan. Il connaît la loi, et c'est un bon chrétien fidèle à la religion réformée. Il a dû l'entendre prêcher ici une bonne dizaine de fois. Il pourrait aller la voir afin de se rendre compte de ce qui peut être fait. Quant à nous, touchons-en un mot à Joan, la femme d'Anthony Denny. Celui-ci ne quitte pas Sa Majesté en ce moment. Il saura si le Conseil privé a l'intention de poursuivre Anne en justice. C'est lui qui sera chargé de faire signer l'acte d'accusation au roi, à moins qu'il n'y appose lui-même à sec le sceau royal. C'est encore lui qui apportera la lettre du souverain aux jurés, si Sa Majesté décide d'imposer son verdict. Sir Anthony est au courant de tout et il dira à Joan ce qui se trame.

— Êtes-vous sûre qu'il soit de notre côté ? demandé-je. Êtes-vous sûre qu'il soit partisan du camp de la réforme ?

Nan mime les deux plateaux d'une balance, comme si elle pesait deux bourses d'or pour savoir laquelle est la plus lourde.

— Il est de cœur avec la réforme, assure-t-elle. Mais comme nous tous, il entend rester dans les bonnes grâces du roi. Il ne fera rien qui risquerait de lui valoir son inimitié. Avant toute chose, il est lui-même un sujet impuissant à la Cour d…

— D'un tyran ! l'interrompt Catherine en susurrant d'un air de défi.

— D'un roi, rectifie Nan.

— Mais d'un roi qui nous tient en faveur, rappelé-je.

Forte d'une confiance en moi-même renouvelée, je me rends aux appartements du roi avant le dîner, et lorsque je le trouve parlant religion avec ses gentilshommes, j'en profite pour faire connaître mon opinion. Je prends grand soin de ne pas me montrer hardie ni fière de mon savoir. Ce n'est pas difficile : plus j'apprends, plus j'acquiers la certitude qu'il me reste beaucoup à apprendre. Mais je peux du moins me joindre à une conversation entre des hommes qui se sont mis à la réforme comme d'autres se mettent à l'archerie : dans le dessein de plaire au roi et de se trouver une occupation.

— Donc, Tom Seymour n'a pas de femme, observe le roi, passant soudain du coq à l'âne. Qui l'eût cru ?

Entendre son nom me fait l'effet d'un coup de poing à l'estomac.

— Votre Majesté ?

— J'ai dit : Tom Seymour n'a pas de femme, répète-t-il en élevant la voix comme si je devenais sourde. Pourtant, je lui ai accordé ma bénédiction pour son mariage, et les Howard m'ont fait savoir que les choses se dérouleraient bien.

Je ne trouve rien à dire. Derrière Henri, j'aperçois la figure impassible de Thomas Howard, duc de Norfolk, père de Marie Howard, qui aurait dû épouser Thomas.

— Un obstacle s'y est-il opposé ? demandé-je tranquillement, affectant d'être modérément surprise.

— C'est le choix de la mariée, apparemment.

Le roi se tourne vers le duc et ajoute :

— Avez-vous refusé ? Je m'étonne que vous accordiez tant de liberté à votre fille.

Le duc s'incline, tout sourires.

— Je crains de devoir vous avouer qu'elle n'est pas une fervente admiratrice de Thomas Seymour, explique-t-il.

Je serre les dents d'agacement en entendant le ton narquois qu'il emploie.

— Il me semble qu'elle doute des croyances de Seymour.

Cela revient à insinuer qu'il est hérétique.

— Votre Majesté…, commencé-je.

Mais le duc ose me couper la parole. Je ne la reprends donc pas, car je constate que non seulement il se croit autorisé à m'interrompre, moi, la reine d'Angleterre, mais que, de surcroît, personne n'y trouve à redire.

— Les Seymour sont tous notoirement favorables à la réforme de l'Église, fait valoir ce serpent de Norfolk en insistant sur les sifflantes à cause de l'incisive qui lui manque. Depuis lady Anne, qui est attachée aux appartements de la reine, jusqu'à lord Édouard, tous sont très attachés à l'étude et à la lecture de la Bible. Ils s'imaginent pouvoir nous en remontrer à tous. Je ne doute pas que nous devrions leur en savoir gré, mais ma fille est plus traditionaliste. Elle aime à suivre la messe selon le rite que Votre Majesté a établi. Elle n'aspire à aucun changement hormis ceux que vous ordonnerez.

Il marque un silence. Il baisse subrepticement ses yeux noirs, affectant de retenir une larme au souvenir de son gendre.

— En outre, elle était sincèrement éprise d'Henri Fitzroy, nous l'affectionnions tous. L'idée de le remplacer par un autre lui est insupportable.

L'évocation de son fils bâtard fait basculer le roi dans le sentimentalisme.

— Oh, ne m'en parlez pas, lance-t-il. Je ne me suis pas remis de son décès. C'était le plus merveilleux jeune homme !

— Non, je ne vois pas Thomas Seymour prendre la place de notre cher Fitzroy, renchérit le duc d'une voix cinglante. Ce serait un sujet de raillerie.

En proie à une fureur grandissante, j'écoute ce vieillard insulter Thomas, et je constate que personne ne prend la parole pour le défendre.

— Non, ce n'est pas le genre d'homme que notre fils serait devenu, convient le souverain. Personne ne peut l'égaler.

Mon cousin Nicholas Throckmorton revient de Newgate avec de bonnes nouvelles d'Anne Askew. Elle compte de nombreux soutiens dans la cité de Londres, et vêtements chauds, livres et argent affluent d'heure en heure dans sa chambrette. Elle sera certainement libérée. La notoriété de son regretté père et la fortune de son mari jouent en sa faveur. Elle a prêché devant quelques-uns des Londoniens et des pairs de la cité les plus en vue, et, à sa décharge, son plus grand crime est d'avoir exprimé tout haut ce que pensent tout bas des milliers d'autres. L'avis général est que le roi a agi de la sorte dans le seul dessein de faire taire, en les effrayant, les partisans de la réforme les plus engagés, et que tous, à l'instar de Tom Howard, de George Blagge, seront discrètement élargis dans les jours qui viennent.

— Pouvez-vous toucher un mot au roi ? me demande Nicholas. Le prier de lui accorder sa grâce ?

— Il est d'humeur changeante, confessé-je. Et les ecclésiastiques ne le quittent plus.

— Mais il s'est bien rangé une fois pour toutes à notre cause ?

— Toutes ses décisions récentes sont en faveur de la réforme, mais il se montre toujours aussi irritable avec tout le monde.

— Ne pouvez-vous le conseiller comme autrefois ?

— J'essaierai, promets-je. Mais la conversation dans ses appartements n'est plus aussi aisée qu'elle le fut. Parfois, lorsque je parle, j'ai l'impression qu'il a hâte que j'en aie terminé, et d'autres fois, il est évident qu'il n'écoute pas.

— Vous devez sans cesse lui rappeler la nécessité de la réforme, insiste énergiquement Nicholas. Vous êtes la seule à la Cour à pouvoir le faire, désormais. Le docteur Butts est mort. Dieu ait son âme. Édouard Seymour est loin d'ici ; Thomas, son frère, est en mer ; Cranmer ne sort plus de son palais. Vous êtes la seule personne à la Cour qui puisse rappeler au roi les convictions qui étaient les siennes voilà encore quelques mois. Je sais qu'il est versatile, mais notre doctrine est la sienne, et vous seule êtes en mesure de lui faire tenir le cap. C'est une charge qui pèse sur vos épaules, mais, encore une fois, vous êtes la seule personne à la Cour qui soit susceptible de parler au nom de la réforme. Nous comptons tous sur vous.

Été 1546, palais de Whitehall, Londres

C'est le cœur de l'été, et il fait trop chaud pour séjourner à Londres. Nous devrions être en itinérance le long de la vallée de la Tamise, nous arrêtant dans les magnifiques palais qui jalonnent le fleuve, ou bien nous acheminant vers la côte sud – *pourquoi pas vers Portsmouth où je pourrais voir Thomas ?* Mais cette année, le roi ne craint pas la peste, ni la chaleur qui règne dans la capitale. Cette année, il redoute que la mort ne le traque par une autre voie, lui devenant de plus en plus intime, à la manière d'un fidèle compagnon.

Il est trop fatigué pour s'éloigner beaucoup, même s'agissant de fuir l'épidémie. Ce pauvre vieux bougre ne peut plus monter à cheval, ne peut plus marcher. Il a honte d'être vu par les gens qui ont coutume de se masser le long des routes et de se découvrir en l'acclamant sur son passage. Il fut autrefois le plus beau prince de la chrétienté. Aujourd'hui, il est conscient que nul ne peut poser les yeux sur lui sans éprouver de la pitié pour l'épave qu'il est devenu et pour sa face de lune.

Par conséquent, parce que le roi s'apitoie sur lui-même et qu'il est rempli de craintes, nous sommes tous obligés de rester dans la fournaise de Londres, dont les rues étroites empestent à cause des immondices qui s'écoulent le long des caniveaux, et des tas d'ordures qui s'amoncellent sur la chaussée et dans lesquels cochons et vaches fouinent à la recherche de nourriture. Je fais remarquer que le lord-maire devrait se montrer plus actif, qu'il devrait faire nettoyer les rues et mettre les contrevenants à l'amende. Mais Henri me jette un regard glacial et me rétorque :

— Ambitionnez-vous de devenir lord-maire de Londres en plus d'être reine ?

Tout le monde est sur les nerfs à force de rester confiné en ville. Les courtisans ont coutume de passer les mois d'été dans leurs fiefs, aussi les nobles du Nord et de l'Ouest se languissent-ils de leurs épouses et de leurs familles, de leurs châteaux sis dans les vallées verdoyantes et fraîches de leurs terres natales. L'humeur de chien du souverain donne le ton de celle de la Cour : personne n'a envie d'être à Whitehall, mais nul n'a la permission d'en partir, par conséquent, tout le monde est mécontent.

Je rencontre par hasard Will Somers au cours d'une promenade solitaire le long de l'*allée** de verdure qui court en contrebas des remparts. Mon cœur se languit muettement de Thomas, je suis inquiète pour Anne Askew, qui est toujours emprisonnée sans procès ni condamnation. Je donnerais beaucoup pour que le roi m'écoutât de nouveau comme l'amie et la collaboratrice qu'il me fit jurer d'être. Will est vautré de tout son long, tel un faune alangui, sous un chêne qui étend son feuillage au-dessus de son corps tacheté d'ombre, dans l'enceinte de l'un des petits jardins enclos entre les grandes haies. Lorsqu'il m'aperçoit, il se redresse sur ses longues jambes, s'incline et s'écroule de nouveau telle une marionnette désarticulée.

— Comment supportez-vous la chaleur, Will ? lancé-je.

— Mieux que je ne supporterais l'enfer, répond-il. À moins que vous ne doutiez de l'existence de l'enfer comme de tout le reste, Votre Majesté ?

Je regarde alentour. Nous sommes seuls dans ce jardin clos.

— Vous avez envie de débattre de théologie avec moi ?

— Non, pas du tout, réplique-t-il. Vous êtes bien trop intelligente pour moi. Et je ne suis pas le seul dans ce cas.

— Vous n'êtes pas le seul à ne pas vouloir débattre de théologie ?

Il hoche la tête, caresse l'arête de son nez et me regarde avec un grand sourire.

— Qui d'autre refuse de parler avec moi ?

— Votre Majesté, commence-t-il pompeusement. Je ne suis qu'un fou. C'est pourquoi je ne discute pas de son Église avec le roi. Mais si j'étais un sage – et je remercie Dieu chaque matin au réveil de ne pas en être un –, je serais mort à l'heure qu'il est. Car si j'avais été un sage doté d'avis profonds, j'aurais succombé à la tentation de débattre de ces sujets profonds, profonds comme la tombe où ils mènent.

— Sa Majesté a toujours apprécié les discussions érudites, rectifié-je d'autorité.

— Plus maintenant, insiste Will. Ce n'est que mon avis. Autant dire que c'est l'avis d'un fou, et qu'il ne compte pas.

Tandis que je m'apprête à soutenir le contraire, Will, avec une lenteur et une prudence extrêmes, se met en équilibre sur les mains tandis que ses pieds partent paresseusement à l'assaut du tronc.

— Vous voyez quel bouffon je fais, observe-t-il, la tête à l'envers.

— Je pense que vous êtes plus sage que vous n'en avez l'air, Will, lancé-je. Mais il est d'honnêtes gens dont la sécurité repose sur mon intercession. J'ai promis de veiller à ce que le roi ne change plus de position.

— Il est plus facile de se tenir sur la tête que de faire en sorte que le roi ne change pas de position, fait remarquer Will, droit comme un hallebardier, mais la tête en bas. Si j'étais vous, Majesté, je me tiendrais sur la tête près de moi.

La fournaise estivale se prolonge. Tous les après-midi, nous nous asseyons devant les fenêtres ouvertes pour écouter l'une de mes dames nous lire la Bible et profiter du peu de fraîcheur que nous procurent les tentures imbibées d'eau froide. Plus tard, je vais dans mon antichambre où, derrière les volets clos qui me protègent de la lumière aveuglante, je prie pour que la santé du roi s'améliore, et qu'il nous libère de l'épuisant ennui d'un été caniculaire dans la capitale nauséabonde et que nous partions enfin en itinérance. Il me tarde de mettre le cap au sud telle une hirondelle, de retrouver la mer et les vents marins chargés d'iode, de rejoindre Thomas.

C'est alors qu'un après-midi, tandis que nous paressons en quête d'un peu d'air sur les bancs qui bordent le fleuve, j'aperçois la barge des Seymour qui descend la Tamise et s'amarre à l'appontement. Immédiatement, j'adopte une expression figée qui exprime l'ennui et le désœuvrement.

— Oh, est-ce le canot des Seymour ? Et qui est à bord ? Est-ce Thomas Seymour ? demandé-je.

Élisabeth relève immédiatement la tête et se dresse d'un bond sur ses jambes, mettant sa main en visière pour protéger ses yeux des reflets du soleil sur l'eau.

— Oui ! s'exclame-t-elle en poussant un cri perçant. C'est sir Thomas ! Et Édouard Seymour est avec lui.

— Mon mari ? s'étonne Anne Seymour. Voilà qui est inattendu. Votre Majesté, puis-je aller l'accueillir ?

— Nous irons toutes, rétorqué-je, puis nous nous levons et abandonnons nos livres et notre ouvrage de couture pour gagner l'appontement où les frères Seymour me font leur révérence et baisent ma main, ensuite seulement Édouard salue sa femme.

J'entrevois à peine Thomas. C'est tout juste si je parviens à articuler les formules de politesse d'usage. Thomas me prend la main et l'effleure de ses lèvres. Puis il se redresse et salue les autres dames. Il me présente son bras. Je l'entends vaguement faire remarquer que nous étions assises au bord de l'eau où l'air est sûrement malsain. Je l'entends également évoquer l'itinérance prochaine de la Cour. Mais le son de sa voix est couvert par le bourdonnement de mes oreilles.

— Resterez-vous longtemps parmi nous ? m'enquiers-je.

Il s'incline vers moi pour me répondre à voix basse. Si je me penchais également vers lui, nous serions assez proches pour nous embrasser. Je me demande s'il s'en est également avisé. Tout semble indiquer que oui.

— Je ne suis ici que pour une nuit.

Il m'est impossible de l'entendre prononcer le mot « nuit » sans songer aux folies que nous pourrions faire.

— Ah.

— Je voulais faire mon rapport sur la défense du littoral au roi avec le soutien d'Édouard. Nous sommes en minorité à la Cour. Il est difficile de nous faire entendre. Les Howard et leurs amis ont la haute main sur tout.

— J'ai ouï dire que tu n'épouseras pas Marie Howard.

Il me glisse un bref sourire.

— Cela vaut probablement mieux.

— Je n'aurais rien dit. Elle aurait été la bienvenue à mon service.

— Je sais. Je te fais une entière confiance. Mais l'affaire en elle-même…, s'interrompt-il.

— Ralentis le pas, ordonné-je fougueusement.

Déjà nous approchons de la première entrée qui s'ouvre sur le palais et quelqu'un peut venir me l'enlever à tout moment.

— Pour l'amour de Dieu, profitons de cet instant…

— Les Howard ont insisté pour qu'elle vienne à la Cour, reprend-il. Ils m'ont fait promettre que je la placerais à ton service. Je ne m'expliquais pas la raison de cette demande, à moins que le but ne fût d'avoir une espionne dans la place pour te surveiller. Je doutais de leur probité, d'autant qu'elle ne me parlait qu'à peine. Elle était furieuse pour une raison que j'ignorais. À l'évidence, on lui forçait la main. Elle était très en colère.

— Tu as donc gardé ta liberté, conclus-je, avec envie…

Il presse doucement ma main qui repose sur son bras.

— Je vais devoir me marier, me prévient-il. Nous avons besoin d'alliés à la Cour. Nous perdons de notre influence auprès du roi, nous devons être plus présents ici. J'ai besoin d'une épouse qui parle au souverain en ma faveur.

— Je ne peux intercéder pour toi, mais je…

— Non, jamais de la vie ! Je refuse que tu prononces le moindre mot en ma faveur. Mais j'ai besoin d'une épouse qui veille sur mes intérêts ici.

Je me sens aussi nauséeuse que si j'avais effectivement inhalé un air malsain près du fleuve.

— Tu veux quand même te marier ?

— Il le faut.

Je hoche la tête. *Naturellement, qu'il le faut.*

— As-tu choisi une épouse ?

— Pas sans ta permission.

—J'aurais bien tort de te la refuser. Je comprends qu'il te faille une femme. Je sais comment fonctionne la Cour. Je viendrai à ton mariage et serai souriante.

—Ce n'est pas de gaieté de cœur que je me marie, précise-t-il.

—Ce n'est pas de gaieté de cœur que je viendrai, mais je danserai à ton repas de noces.

Nous sommes presque arrivés. Les gardes nous saluent et ouvrent les portes. Thomas va devoir se rendre aux appartements du roi, et je ne le reverrai pas avant le dîner. Et même lors, je ne pourrai pas poser les yeux sur lui. Et dans un mois, d'ici quelques semaines, il sera marié.

—Sur qui porte ton choix ?

—La princesse Élisabeth.

Je fais volte-face et considère ma belle-fille. Elle nous suit, ouvrant le cortège de mes dames de compagnie. Je la regarde comme si je la voyais pour la première fois, non comme une enfant, mais comme une jeune femme. Elle a douze ans et est en âge d'être fiancée. Encore quelques années et le moment sera venu pour elle de se marier. Brièvement, je l'imagine en jeune mariée au bras de Thomas Seymour le jour de leur mariage, puis comme mère de ses enfants. Je songe à la manière dont elle prendra goût aux ébats amoureux avec Thomas et fera étalage de son bonheur.

—Élisabeth !

—Plus bas ! ordonne-t-il. J'aurai besoin de l'accord du roi, mais s'il me le donne, je deviendrai son gendre. C'est une excellente alliance pour nous.

C'est indéniable. L'avantage qu'en retireront les Seymour est criant d'évidence, évidence qui me déchire le cœur. C'est un mariage très avantageux pour eux ; quant à la princesse

Élisabeth, lorsqu'on lui annoncera la nouvelle, elle feindra l'obéissance mais sera ravie au fond d'elle-même. Elle voue une adoration puérile à Thomas en raison de sa beauté ténébreuse et de son air d'aventurier. Après cela, elle se croira amoureuse et ne tarira plus d'éloges à son sujet, ne se lassant pas de s'extasier sur lui et de se donner des airs, tandis que je cesserai d'aimer cette enfant à cause de la jalousie.

— Cela ne te plaît guère, fait-il remarquer.

Je secoue la tête, ravalant ma bile.

— Cela ne saurait me plaire, mais je ne m'y oppose pas. Je vois bien que tu le dois, Thomas. Ce serait une grande ascension pour toi qui renforcerait du même coup la position des Seymour auprès de la famille royale.

— Je ne le ferai pas si tu t'y opposes.

De nouveau, je secoue la tête. Nous passons le seuil et pénétrons dans l'ombre de l'entrée. Les serviteurs des Seymour s'avancent vers nous pour souhaiter la bienvenue à leurs maîtres. Ils s'inclinent et nous bifurquons en direction de la chambre de parade du roi. Il est impossible de poursuivre la conversation, et tous les yeux sont braqués sur Thomas dont les langues commentent le retour à la Cour.

— Je t'appartiens, me glisse-t-il dans un murmure ardent. À jamais. Tu sais cela.

Je libère sa main, il s'incline et recule d'un pas.

— Très bien, réponds-je.

Je n'ignore pas qu'il doit faire son propre chemin. Je suis consciente qu'Élisabeth représente le mariage idéal pour lui. Je sais qu'elle sera en adoration devant lui et qu'il sera gentil avec elle.

— C'est parfait, ajouté-je.

Thomas repart le lendemain matin avant la messe sans que je l'aie revu.

— Es-tu souffrante, s'enquiert Nan. Tu as…

— Qu'ai-je ?

Elle examine mon visage pâle.

— Petite mine, achève-t-elle en esquissant un sourire, utilisant une expression de notre enfance.

— Je suis malheureuse ! m'exclamé-je dans un élan de sincérité.

Je n'en dirai pas davantage, mais ce sursaut de vérité m'a quelque peu soulagée. Thomas me manque au point que cela en devient physiquement douloureux. J'ignore comment je surmonterai son union avec une autre. Le seul fait de l'imaginer avec Élisabeth me retourne l'estomac, comme sous l'effet d'un poison.

Nan ne me demande même pas pourquoi je suis malheureuse. Je ne suis pas la première épouse royale qu'elle voit s'étioler sous sa couronne.

Je suis invitée à me rendre aux appartements du roi presque tous les soirs avant le dîner afin d'assister à des débats. Souvent, j'y exprime ma pensée et me fais fort de rappeler au souverain que la cause de la réforme est sa cause, que c'est un processus qu'il a initié dans sa sagesse, que son peuple l'admire d'avoir instauré la réforme en Angleterre. Cependant, je comprends au silence glacial qui accueille mes paroles qu'Henri est loin d'être d'accord avec moi. Il mijote quelque chose, mais il n'en discute pas avec sa femme. Je reste dans l'expectative jusqu'aux premiers jours de juillet, lorsque le Conseil privé édicte une loi qui transforme en acte criminel le fait de posséder une bible dans les traductions anglaises de William Tyndale ou de Miles Coverdale.

C'est de la folie. Comment comprendre ce geste ? Miles Coverdale a traduit la Bible et amélioré la version de Tyndale en suivant les consignes du roi, et son ouvrage fut publié sous l'intitulé de « Grande Bible, Bible du roi, don de Sa Majesté aux fidèles ». C'est cette même Bible dont le monarque fit cadeau à son peuple voilà seulement sept ans. Tous ceux qui peuvent se l'offrir en possèdent un exemplaire. Il eût été se montrer déloyal envers le roi que de ne pas en avoir un dans le cercle familial. Chaque église paroissiale en reçut un avec l'ordre de le mettre à disposition des paroissiens. C'est la meilleure version que nous ayons en anglais. On la trouve dans toutes les bibliothèques d'Angleterre. Mais voilà que, du jour au lendemain, en posséder une est un crime. C'est un revirement si magistral que tout est sens dessus dessous et marche sur la tête. *Comment ne pas songer à Will Somers faisant tantôt le poirier tandis que je rentrais en toute hâte à mes appartements pour y trouver Nan occupée à emballer dans de la toile grossière mes précieux volumes magnifiquement reliés avant de les remiser dans une caisse fermée avec des cordes ?*

— Nous ne pouvons tout de même pas les jeter au rebut !

— Ils doivent quitter le palais.

— Où as-tu l'intention de les envoyer ? demandé-je.

— À Kendal, répond-elle, désignant notre fief familial. Le plus loin possible.

— Kendal tient à peine debout !

— Tant mieux, on ne fouillera pas là-bas.

— Tu as mon exemplaire ?

— Et tes notes, et l'exemplaire de Catherine Brandon, et celui d'Anne Seymour et de Joan Denny, sans oublier celui de lady Dudley. Cette nouvelle loi nous a tous pris de court. Le roi a fait de nous tous des criminels du jour au lendemain.

— Mais pourquoi ? interrogé-je.

J'en pleurerais presque de colère.

— Pourquoi rendre sa propre Bible illégale ? ajouté-je. La Bible du roi ! Comment peut-il être illégal de posséder une bible ? Dieu a fait don de sa Parole à son peuple, comment le roi peut-il la lui reprendre ?

— Exactement, rétorque-t-elle. Réfléchis un peu. Pourquoi le roi ferait-il une criminelle de sa femme ?

Je lui prends les mains, les retire du nœud qu'elle est en train de nouer et m'agenouille à côté d'elle.

— Nan, tu as passé toute ta vie à la Cour. Je suis une Parr de Kendal, qui grandit à Lincoln. Je suis une femme du Nord directe et franche. Ne me parle pas par énigmes.

— Cela n'a rien d'énigmatique, réplique-t-elle avec un humour non dénué d'amertume. Ton mari a fait voter une loi qui fait de toi une criminelle bonne pour le bûcher. Pourquoi ferait-il cela ?

Les mots sortent difficilement de ma bouche.

— Parce qu'il veut se débarrasser de moi ?

Nan ne répond rien.

— Veux-tu dire que cette nouvelle loi est dirigée contre moi, parce que les membres du Conseil privé ne parviennent pas à me piéger par un autre moyen ? Insinues-tu qu'ils auraient interdit la Bible à la seule fin de faire des criminelles de moi-même et de mon entourage ? Pour avoir les mains libres afin de nous frapper et de nous accuser d'hérésie ? Je te le dis tout net, c'est ridicule.

Je ne peux identifier l'expression de son visage qui est soudain méconnaissable. C'est alors que je m'avise qu'elle a peur. Elle remue les lèvres mais aucun son ne s'en échappe, des gouttes de sueur perlent sur son front.

— C'est après toi qu'il en a, lance-t-elle pour toute explication. C'est toujours comme cela qu'il procède. C'est après toi qu'il en a, Kat, et je ne sais pas comment te sauver de ses griffes. J'emballe des bibles et brûle des papiers, mais ils savent que tu te consacres à l'étude et à l'écriture, et ils modifient la loi en moins de temps qu'il n'en faut aux flammes pour consumer ces feuillets. Je ne peux être sûre que tu sois en conformité avec la loi parce qu'ils la changent en moins de temps qu'il n'en faut pour lui obéir. Je ne sais pas comment te tirer de ce mauvais pas. Je t'ai fait le serment que tu survivrais au roi, et à présent que sa santé décline, il s'en prend à toi exactement comme…

Je libère ses mains et m'accroupis.

— Exactement comme quoi ?

— Comme il s'en est pris aux deux autres.

Elle noue les cordelettes autour du paquet et va jusqu'à la porte appeler son serviteur, un homme qui est à son service depuis toujours. Elle désigne les caisses et lui donne l'ordre de les emporter immédiatement, de ne les montrer à personne et de filer ventre à terre jusqu'à notre fief de Kendal, dans le Westmorland. Tandis que je le regarde soulever le premier lot, je m'aperçois que j'éprouve un vif désir de partir avec lui rejoindre les collines reculées de mon enfance.

— Ils l'intercepteront au village d'Islington, s'ils le veulent, fais-je remarquer, tandis que le serviteur prend la caisse à l'épaule et s'en va. Il ne fera pas plus d'un jour de cheval loin de Londres.

— J'en suis consciente, dit Nan catégoriquement. Mais je ne sais pas quoi faire d'autre.

Je considère ma sœur, qui a servi six reines sous le règne d'Henri et en a enterré quatre.

— Tu penses vraiment qu'il fait tout cela pour me piéger ? Qu'il s'est retourné contre moi pour de bon ?

Elle ne répond pas. Elle tourne vers moi le même visage fermé que je l'imagine avoir montré à la petite Kitty Howard, lorsque celle-ci protestait qu'elle n'avait rien fait de mal, ou à Anne Boleyn, qui crut pouvoir échapper au danger en prenant la parole.

— Je n'en sais rien. Dieu nous vienne en aide, Catherine, parce que je n'en ai pas la moindre idée.

Été 1546, palais de Hampton Court

L'état du roi empire et cela le rend d'une humeur massacrante. Il accepte finalement que la Cour se déplace à Hampton Court, loin de la chaleur insupportable de la ville et des dangers de contamination, mais il ne sort pas dans le jardin, ni ne se promène en canot sur le fleuve ; il ne se montre même pas à la messe dans la magnifique chapelle du palais. On me fait savoir qu'il souhaite demeurer tranquillement dans ses appartements pour se reposer, s'entretenir avec ses visiteurs. Il ne participera pas aux dîners, et refuse de venir dans mes appartements ; par ailleurs, il ne juge pas nécessaire que je lui rende visite dans les siens. Il s'est retranché du monde, m'évinçant exactement comme il évinça Kitty Howard, lorsqu'on assura à celle-ci que le roi était mal en point, alors qu'en réalité, il restait enfermé ici, dans ce même palais de Hampton Court, à ruminer les manquements de sa femme, le procès truqué qu'il monterait de toutes pièces contre elle et l'exécution qu'il commanditerait.

Toutefois, à l'instar d'Anne Boleyn, qui assistait à des joutes, à des dîners et aux festivités du 1er mai tout en sachant que quelque chose ne tournait pas rond, il me faut me montrer à la Cour. Je ne peux vivre retirée comme lui.

Je suis occupée à nourrir mes petits protégés dans ma volière, à écouter leurs gazouillis insouciants et à observer l'entrain qu'ils mettent à lisser leurs plumes, lorsque mon secrétaire, William Harper, frappe à la porte.

— Vous pouvez entrer, lancé-je. Fermez la porte derrière vous. J'ai fait sortir deux oiseaux de leur cage et je ne veux pas qu'ils s'échappent.

Il baisse la tête afin d'éviter un canari qui fond sur son crâne avant de venir se poser sur ma main tendue.

— Qu'y a-t-il, William ? demandé-je distraitement en brisant un pain de graines pour en donner un peu au joli petit oiseau. Parlez. Il faut que j'abandonne ce petit trésor afin d'aller m'habiller pour le dîner.

Il jette un coup d'œil vers Nan et Anne Seymour qui sont assises coude à coude dans l'encorbellement de la fenêtre, toutes deux indifférentes à mes ravissants volatiles.

— Puis-je vous entretenir en privé ?

— Pourquoi donc ? intervient Nan d'un ton sans appel. Sa Majesté est attendue pour le dîner. Vous pouvez me dire de quoi il retourne.

Il secoue la tête, me supplie du regard.

— Bon, partez devant, et prenez mes bijoux et une capuche, ordonné-je, impatientée. Je vous rejoins dans un instant.

Mon secrétaire et moi-même attendons que la porte se soit refermée derrière elles, puis je me tourne vers lui. C'est un homme réfléchi, qui a fait ses armes au monastère et qui est resté très attaché aux anciennes pratiques. Il dut regarder avec une sainte horreur une bonne moitié des livres qui se trouvaient dans mon cabinet de travail ; il n'éprouve aucune fascination pour les nouvelles idées. Je l'emploie parce que c'est un grand érudit qui est capable de donner d'excellentes traductions ; il a également une belle écriture. Lorsque je veux envoyer une lettre en latin, il peut la traduire et en rédiger un brouillon en belles rondes anglaises déliées. Il ne s'est jamais insurgé contre aucune déclaration lors des prêches qui eurent lieu dans mes appartements, mais à une ou deux reprises, je l'ai vu baisser la tête et marmonner une prière en silence, tel un moine scandalisé au beau milieu d'un collège séculier.

— Voilà ! Personne d'autre que moi et les oiseaux ne vous entendra, et ils ne répètent rien, à l'exception du perroquet qui est un affreux blasphémateur, mais seulement en espagnol ! De quoi s'agit-il, William ?

— Je dois vous mettre en garde, Votre Majesté, commence-t-il gravement. Je crains que vos ennemis ne conspirent contre vous.

— Je suis au courant, réponds-je sèchement. Merci de votre sollicitude, William, mais vous ne m'apprenez rien.

— L'homme de main de monseigneur Gardiner est venu me demander de fouiller votre cabinet de travail à la recherche de papiers compromettants, susurre-t-il à toute vitesse. Il a dit que je recevrais une récompense si je copiais en cachette quoi que ce soit et le lui apportais. Votre Majesté, je pense qu'il complote contre vous.

Le petit canari me chatouille la main en changeant de position pour picorer les miettes. Je ne m'attendais pas à une telle mise en garde de la part de William. Je ne pensais pas que mes détracteurs iraient si loin. L'inquiétude que je décèle sur son visage fait écho à mon propre bouleversement.

— Êtes-vous sûr que c'était bien l'homme de main de l'évêque ?

— Oui. Il m'a dit qu'il remettrait les documents à l'évêque. Il n'y avait pas d'erreur possible.

Je lui tourne le dos et vais à la fenêtre, le canari jaune toujours perché sur mon doigt tendu. C'est une magnifique journée d'été, le soleil commence à peine à descendre derrière les hautes cheminées de briques rouges, embrasant le ballet des martinets et des hirondelles. Si monseigneur Gardiner est prêt à prendre le risque considérable qui consiste à essayer de soudoyer l'un de mes serviteurs afin que celui-ci vole mes papiers, c'est donc qu'il a toute confiance de pouvoir instruire mon procès auprès du roi. Il faut qu'il soit pleinement assuré que si je me plains de lui au souverain, le ciel ne lui tombera pas sur la tête. Il doit, par ailleurs, avoir la certitude de pouvoir mettre la main sur des documents qui établiront la preuve de ma culpabilité. À moins qu'il n'ait déjà rassemblé toutes les pièces du dossier – ce qui serait encore plus alarmant – et qu'il ne s'agisse là que de la phase ultime d'une enquête menée en secret, les documents ne servant qu'à corroborer un tissu de mensonges.

— Les papiers devaient être remis à l'évêque ? Vous en êtes bien sûr ? Non au roi ?

Mon secrétaire est livide d'effroi.

— Cela, il ne me l'a pas précisé, Votre Majesté. Mais il s'est montré très audacieux : j'étais censé fouiller dans tous vos papiers et lui rapporter tout ce que je trouverais. Il a déclaré que je devais recopier également les titres des livres et chercher un exemplaire du Nouveau Testament. Il a ajouté qu'il savait que vous en possédiez plusieurs.

— Il n'y a rien ici, répliqué-je succinctement.

— Je sais. Je sais que vous avez tout envoyé loin d'ici, votre magnifique bibliothèque et tous vos papiers. Je lui ai assuré qu'il n'y avait rien, il m'a répondu de chercher quand même. Il était au courant que vous aviez constitué une bibliothèque d'étude. Il a dit qu'à leur avis vous n'auriez pas eu le cœur de vous séparer de vos livres et que je les trouverais certainement dissimulés quelque part dans vos appartements.

— Vous faites preuve de franchise et d'honnêteté en me confiant cela, observé-je. Je veillerai à ce que vous en soyez récompensé, William.

Il baisse la tête.

— Je n'attends aucune récompense.

— Voulez-vous bien retourner voir cet homme et lui dire que vous avez fouillé sans rien trouver ?

— Certainement.

Je lui présente ma main, et tandis qu'il s'incline et l'embrasse, je m'aperçois que mes doigts tremblent et que le petit oiseau accroché à mon pouce en est tout secoué.

— Pourtant vous ne partagez pas mes vues, William. C'est charitable de votre part de me protéger, alors que nos conceptions divergent.

— Certes nos conceptions divergent, Votre Majesté, mais selon moi vous devriez être libre de penser, d'écrire et d'étudier à votre guise, explique-t-il. Même si vous êtes une femme. Même si vous écoutez les sermons d'une prédicatrice.

— Dieu vous bénisse, William, que ce soit en latin ou en anglais, que ce soit par le truchement d'un prêtre ou par celui de votre propre cœur charitable.

Il s'incline.

— Quant à la prédicatrice…, commence-t-il en toute hâte.

Je fais demi-tour dans l'embrasure.

— Mademoiselle Askew ?

— On l'a fait sortir de Newgate.

Le soulagement que j'éprouve est indescriptible.

— Oh, Dieu soit loué ! m'écrié-je. Elle est libre !

— Non, vous n'y êtes pas. Dieu lui vienne en aide ! On l'a transférée à la Tour.

Un long silence pareil à un grand trou noir s'ensuit durant lequel mon secrétaire s'avise que j'ai compris les implications de ses paroles. On ne l'a pas libérée pour la remettre sous l'autorité de son mari. On ne l'a pas astreinte à ne plus troubler l'ordre public. Au contraire, on l'a transférée de la prison où on détient les prisonniers de droit commun à celle réservée aux personnes accusées de trahison et d'hérésie, près de Tower Hill. C'est là qu'on pend les coupables, non loin du marché aux viandes de Smithfield, là qu'on brûle les hérétiques.

Je fais face à la fenêtre, en actionne le loquet et l'ouvre en grand.

— Votre Majesté ? lance William en désignant les cages ouvertes, le perroquet sur son perchoir. Votre Majesté ? Faites attention à…

Je hisse le petit canari dans l'ouverture afin qu'il puisse voir le ciel bleu.

— Qu'ils s'envolent, William. Qu'ils s'envolent tous. Grand bien leur fasse, en vérité. Je ne sais pas pendant combien de temps encore je vais pouvoir m'occuper d'eux.

On m'habille dans le plus grand silence, mes dames d'honneur me tendant mes effets sans mot dire selon une chorégraphie bien rodée. Je ne sais pas comment entrer en contact avec Anne Askew qui croupit derrière les épaisses murailles de la Tour. C'est la prison réservée aux ennemis de l'État qui ne recouvreront pas la liberté avant plusieurs années ; c'est là que sont enfermés les plus épouvantables traîtres, les gens dangereux dont on entend prévenir tout risque d'évasion. Lorsqu'un prisonnier y pénètre par la Porte des traîtres qui tourne le dos à la ville et aux éventuels soutiens susceptibles de se dresser pour le défendre, cela équivaut pour lui à descendre le fleuve Léthé jusqu'aux rives de l'oubli.

Ma peur pour Anne tient surtout au fait que j'ignore pourquoi on a pris la décision de la transférer à la Tour. *Elle a été assignée à comparaître pour hérésie, elle a été interrogée par le Conseil privé, alors pourquoi ne l'a-t-on pas laissée à Newgate jusqu'à son procès ou son éventuelle grâce avant de la renvoyer chez elle ? Oui, pourquoi l'avoir transférée à la Tour ? Dans quel dessein ? Et de qui l'ordre émanait-il* ?

Nan s'avance et me fait sa révérence pendant que Catherine, debout derrière moi, attache mon collier. Les saphirs inestimables qui composent ce bijou pèsent à mon cou et glacent ma peau. Leur contact me fait frissonner.

— De quoi s'agit-il, Nan ?

— C'est Bette, commence-t-elle, nommant l'une de mes jeunes demoiselles d'honneur.

— Que lui arrive-t-il ? questionné-je sèchement.

— Sa mère m'a écrit, me demandant de la renvoyer chez elle, annonce-t-elle. Je me suis permis de donner mon accord.

— Est-elle souffrante ?

Nan secoue la tête en faisant la moue, comme si la colère l'empêchait d'en dire davantage.

— Qu'a-t-elle donc ?

Un silence gêné s'ensuit.

— Son père est l'un des métayers de monseigneur Gardiner, explique Catherine Brandon.

Je mets un peu de temps à comprendre.

— Selon vous, l'évêque a conseillé à ses parents de retirer leur fille de mon service ?

Nan acquiesce. Catherine me fait sa révérence et sort pour m'attendre à l'extérieur.

— Il ne le reconnaîtra jamais, observe Nan. Par conséquent, il est inutile de lui réclamer des comptes.

— Mais pourquoi Bette me quitte-t-elle ? Fût-ce sur le conseil de Gardiner ?

— J'ai déjà vu cela se produire, se souvient Nan. Lorsque Kitty Howard fut accusée. Les jeunes demoiselles d'honneur, celles dont le témoignage n'était pas requis, trouvèrent toutes un prétexte pour rentrer dans leur famille. La Cour rétrécit alors comme un vêtement de lin un jour de lessive. Exactement comme lorsque le roi se retourna contre la reine Anne. Tous les Boleyn disparurent du jour au lendemain.

— Je ne suis pas comme Kitty Howard ! m'exclamé-je dans un soudain accès de colère. Je suis la sixième femme d'Henri VIII, le sixième objet de son mépris, non la cinquième épouse coupable d'adultère. Tout mon crime consiste à m'être consacrée à l'étude et à avoir écouté des sermons. Catherine Howard était une épouse infidèle, voire une catin! N'importe quelle mère enlèverait sa fille du service d'une jeune femme de cette trempe! N'importe quelle mère tiendrait en suspicion la moralité d'une telle Cour! Mais tout le monde s'accorde à dire que ma Cour est la plus vertueuse de la chrétienté! Pourquoi quiconque m'enlèverait-il sa fille?

— Les demoiselles d'honneur de Kitty partirent dans les jours qui précédèrent son arrestation, rappelle Nan d'un ton égal, sans tenir compte de mon emportement. Non parce qu'elle avait des mœurs légères, mais parce qu'elle était condamnée. Personne ne souhaite rester à la Cour d'une reine en perdition.

— « Une reine en perdition » ? répété-je.

Les mots résonnent à mes oreilles. Ils me font l'effet d'une comète, d'un éclair déchirant le ciel nocturne.

— William m'a dit que tu avais ouvert la fenêtre et avais laissé s'envoler tes oiseaux, fait-elle remarquer.

— Oui.

— Je vais aller la refermer et les rappeler au bercail. Il ne sert à rien de montrer que nous avons peur.

— Je n'ai pas peur! rétorqué-je en mentant.

— Tu devrais.

Tandis que j'entraîne mes dames de compagnie à ma suite pour le dîner, je jette des coups d'œil alentour, comme si je craignais que la Cour ne disparaisse à mon insu. Cependant, je ne remarque aucune absence. Tout le monde est là, à sa place habituelle. Les partisans de la réforme ne se sentent pas menacés, au contraire des membres de la Maison de la reine et de mes proches. Tous s'inclinent respectueusement et très bas sur mon passage. Rien ne semble avoir changé. Le couvert du roi est dressé, le dais d'apparat est tendu au-dessus de son siège renforcé, les serviteurs s'inclinent en entrant dans la salle et présentent les plats les plus délicats à son trône vide, ainsi que l'exige le protocole. Il dînera dans ses appartements en compagnie de son nouveau cercle de favoris : l'évêque Stephen Gardiner, le lord Chancelier Thomas Wriothesley, sir Richard Rich, sir Anthony Denny, William Paget. Lorsque le dîner sera terminé, je pourrai quitter la grand-salle des banquets pour aller m'asseoir auprès du souverain dans ses appartements, mais d'ici là, quelqu'un doit trôner à la table d'honneur. La Cour a besoin d'un monarque, les princesses d'un parent pour dîner en leur compagnie.

Je laisse errer mon regard au fond de la salle et remarque que la place d'honneur à la table des Seymour est vide. Je lance un coup d'œil à Anne.

— Édouard ne rentre-t-il pas ? demandé-je.

— Grand Dieu, comme j'aimerais qu'il soit là ! s'exclame-t-elle avec franchise. Mais je ne compte pas sur sa venue. Il n'ose quitter Boulogne, la place tomberait dans l'instant.

Elle suit mon regard et ajoute :

— Ce couvert sera pour Thomas.

— Oh ?

— Il est venu voir le roi. Lui et ses hommes ne parviennent pas à renflouer le *Mary Rose*. Ils essaient une autre technique, par pression, à partir du fond de la mer.

— Vraiment ?

Thomas pénètre dans la grand-salle, s'incline devant le trône vide puis devant moi et devant les princesses. Il fait un clin d'œil à Élisabeth et s'assoit à la place d'honneur à la table des Seymour. Je lui fais parvenir des plats, ainsi qu'au duc de Norfolk, et à lord Lisle, ne faisant montre d'aucun favoritisme. Sans le regarder directement, je remarque que Thomas est bronzé comme un paysan ; les rides au coin de ses yeux sont soulignées par le fait d'avoir souri au soleil. Il respire la santé. Il porte un nouveau pourpoint de velours rouge foncé, ma couleur préférée. Des dizaines de plats arrivent des cuisines, les hérauts annoncent chaque série de mets à grand renfort de voix. Je prends un peu de tout ce que l'on me présente, et je me demande quelle heure il peut bien être à présent, et si Thomas viendra me voir après le dîner.

Ce festin dure une éternité, jusqu'à ce que la Cour se lève enfin de table, et que les hommes se dégourdissent les jambes en discutant entre eux et abordent les dames. Quelques courtisans s'assoient autour d'une partie de cartes ou d'un jeu quelconque ; les musiciens commencent à jouer et d'autres se mettent à danser. Aucun divertissement officiel n'aura lieu ce soir, aussi en profité-je pour descendre de l'estrade et me diriger lentement vers les appartements d'Henri, m'arrêtant en chemin pour échanger un mot avec Untel ou Untel.

Soudain, Thomas fait son apparition près de moi et s'incline.

— Bonsoir, Votre Majesté.

— Bonsoir, sir Thomas. Votre belle-sœur me dit que vous vous êtes entretenu avec le roi au sujet du *Mary Rose* ?

Il confirme d'un hochement de tête.

— Je devais annoncer à Sa Majesté que nous avons tenté de le remettre sur la quille mais qu'il est très enfoncé dans le sol marin. Nous allons faire une nouvelle tentative avec davantage de bateaux et de filins. J'enverrai des plongeurs afin qu'ils essaient de le rendre étanche en dessous du pont inférieur pour le faire remonter grâce à la pression de l'air. Je pense que c'est réalisable.

— Je l'espère. Ce fut une perte terrible.

— Te rends-tu chez le roi ? s'enquiert-il à voix très basse.

— Je m'y rends chaque soir.

— Il semble très mécontent.

— Je sais.

— Je l'ai informé que puisque mon mariage avec Marie Howard n'aura pas lieu, je suis toujours à la recherche d'une épouse.

Sagement, je ne lève pas les yeux vers lui. Il me présente son bras. J'y pose ma main. Je sens le muscle de son avant-bras sous mes doigts mais je me garde de le serrer. Je marche à son côté ; nos pas s'accordent. Si je me rapprochais davantage, ma joue toucherait son épaule. Je n'en fais rien.

— Lui as-tu dit que tu espérais épouser la princesse Élisabeth ?

— Non. Il n'était pas d'humeur à la conversation.

Je hoche la tête.

— Tu sais, quelque chose dans le refus de Marie Howard continue de m'échapper, déclare-t-il à mi-voix. Tous les Norfolk y étaient favorables : Henri Howard, l'aîné de la famille, et le vieux duc lui-même. C'est lady Marie qui a refusé toute seule.

— Je suis surprise que son père laisse sa fille décider à sa guise.

— En effet, convient-il. Il y a de quoi. Il aura fallu qu'elle se batte comme un beau diable pour l'emporter sur son père et son frère qui faisaient front contre elle. Il aura fallu qu'elle leur déclare une guerre ouverte. Je ne me l'explique pas.

Je sais que je ne lui déplais pas ; en outre, c'était un mariage avantageux. Une clause du contrat dut lui paraître totalement inacceptable.

— Comment cela, « inacceptable » ?

— Intolérable. Inimaginable. Abominable !

— Mais quoi ? Elle ne pouvait avoir connaissance de quelque fait te concernant ?

Un sourire coquin fait une brève apparition sur ses lèvres.

— Rien qui justifiât un refus, Votre Majesté.

— Et pourtant, tu es certain que le refus vient d'elle ?

— J'espérais que tu en saurais davantage.

Je secoue la tête.

— Je vis entourée de mystères et de soucis, avoué-je. Les prédicateurs qui sont venus prononcer des sermons dans mes appartements se font arrêter, les livres que le roi m'a donné à lire sont frappés d'interdiction, il est même illégal de posséder une bible en anglais, et mon amie Anne Askew a été transférée de la prison de Newgate à la Tour. Mes dames d'honneur quittent mon service.

Je souris et ajoute :

— Cet après-midi, j'ai laissé s'envoler mes oiseaux.

Il jette un coup d'œil alentour et sourit à une connaissance comme s'il était d'humeur joyeuse.

— C'est très mauvais signe.

— Je sais.

— As-tu l'oreille du roi ? Un mot de lui te laverait de tout soupçon.

— Je lui parlerai ce soir s'il est dans de bonnes dispositions.

— Ta seule chance de salut réside dans l'amour qu'il a pour toi. Il t'aime toujours, n'est-ce pas ?

J'esquisse un geste discret de dénégation.

— Thomas, je ne crois pas qu'il ait jamais aimé qui que ce soit. Je ne pense pas qu'il en soit capable.

Thomas et moi traversons la chambre de parade du roi où s'entassent solliciteurs, hommes de loi, docteurs et parasites qui scrutent notre démarche, évaluant notre assurance à chaque pas que nous faisons. Thomas fait halte devant la porte de l'antichambre.

— C'est un crève-cœur de te laisser ici, confie-t-il tristement.

Des centaines de paires d'yeux sont témoins du sourire détaché dont je le gratifie. Je lui présente ma main à baiser. Il s'incline, effleurant mes doigts de ses lèvres tièdes.

— Tu es une femme exceptionnelle, murmure-t-il à voix basse. Tu as plus lu et plus réfléchi que la plupart des hommes qui se trouvent derrière cette porte. Tu es pieuse, tu crois en Dieu, et tu t'adresses à lui bien plus ardemment et plus sincèrement qu'ils ne seront jamais capables de le faire. Je suis certain que tu trouveras les mots pour parler au roi. Tu es la plus belle femme de cette Cour, et de loin la plus désirable. Tu sauras raviver la flamme de son amour.

Il s'incline et je fais demi-tour pour entrer chez le souverain.

Ils sont au beau milieu d'une discussion au sujet des chapelles funéraires et des monastères. J'en reste muette d'étonnement : ils s'accordent à dire que de nombreux couvents – dont la fermeture coûta si cher et causa une si grande commotion au pays – devraient être rétablis et rouverts. Monseigneur Gardiner est d'avis que nous avons besoin de monastères et de couvents dans chaque ville pour le maintien de la paix civile et la consolation des âmes. Voilà que ces bazars, dont le fonds de commerce était la peur et la superstition, et que le roi fit fermer à juste titre, doivent rouvrir, comme si le vent de la réforme n'avait jamais soufflé sur l'Angleterre. Et les religieux doivent reprendre leur commerce de mystification à but lucratif. Lorsque j'entre, Stephen Gardiner est en train de proposer de rétablir certaines chapelles funéraires et quelques chemins de pèlerinage. Malicieusement, il laisse entendre que leurs utilisateurs pourraient payer leur redevance directement à la Couronne, non à l'Église, comme si cela pouvait transformer les prélats en saints ! Il affirme qu'il est possible d'œuvrer pour Dieu contre de l'argent. Je m'assois tranquillement à côté d'Henri, joins les mains sur mes genoux, et écoute cet homme malfaisant proposer de rétablir la superstition et le paganisme dans le pays afin que les pauvres puissent être détroussés par les riches.

Mais je me garde bien d'ouvrir la bouche. Excepté lorsque la conversation roule sur la liturgie de Cranmer, dont je défends la version réformée. C'est le roi qui demanda à Thomas Cranmer de traduire l'office en anglais. Le souverain lui-même y contribua, tandis qu'assise à ses côtés, je lisais et relisais la version anglaise, la comparant à l'original latin, puis vérifiais sur épreuves qu'aucune erreur ne s'était glissée dans le texte lors de la composition chez l'imprimeur, tout en y contribuant, bien sûr, par mes propres traductions. Sans élever la voix, j'indique que le travail de Cranmer est à la hauteur de la tâche et qu'il devrait entrer en service dans chaque église du territoire. Mais bientôt je m'emballe et affirme que sa liturgie est plus qu'à la hauteur, elle est sublime, sacrée même. Le roi sourit et hoche la tête comme s'il était d'accord avec moi, et cela m'enhardit. Je déclare que les gens devraient être libres de s'adresser directement à Dieu dans les églises, que leur contact avec Dieu ne devrait pas passer par la médiation d'un prêtre, que cette relation ne devrait pas s'établir au moyen d'une langue qu'ils ne comprennent pas. De même que le roi est le père de son peuple, Dieu est le père du roi. La filiation qui unit le roi à son peuple a pour pendant la communion des âmes en Dieu, celle-ci se doit d'être limpide, ouverte et directe. D'où viendra, sinon, le respect qui est dû au souverain ? Comment les hommes connaîtront-ils, autrement, que Dieu les aime ?

Je sais tout au fond de mon cœur que c'est la vérité, et je sais que le roi en est également convaincu. Il est allé si loin dans son effort consistant à chasser le papisme et le paganisme de ce pays, à amener son peuple à une juste perception... J'en oublie d'adoucir chacune de mes phrases par des louanges à sa personne, et m'exprime sincèrement et avec feu, jusqu'à ce que je m'aperçoive que l'irascibilité a assombri l'expression de son visage et que Stephen Gardiner regarde ses pieds en dissimulant un sourire, évitant mon regard enflammé. J'ai parlé avec trop de ferveur, trop brillamment. Personne n'apprécie une femme brillante, passionnée.

J'essaie de battre en retraite.

— Peut-être êtes-vous fatigué. Je vais vous souhaiter « bonne nuit ».

— Je suis fatigué, convient-il. Je suis fatigué, et je suis vieux, et me voilà bien aise que dans mes vieux jours ma femme me fasse la leçon !

Je m'incline très bas en me penchant en avant de manière qu'il puisse entrevoir mon corsage. Je sens ses yeux sur mes seins.

— Je ne me ferais jamais votre professeur, Votre Majesté. Vous êtes tellement plus sage.

— Tout cela, c'est de la vieille rengaine, lance-t-il avec irritation. J'ai déjà eu des femmes qui se sont crues plus malignes que moi.

Je rougis.

— Je suis certaine qu'aucune ne vous aima comme je vous aime, susurré-je, puis je me penche pour l'embrasser sur la joue.

J'hésite un peu à cause de son odeur où se mêlent la puanteur de sa jambe pourrissante – qui rappelle la pestilence de la viande avariée –, le fumet doucereux et écœurant de sueurs anciennes sur sa peau de vieillard, son haleine fétide et ses flatulences dues à sa constipation. Je retiens mon souffle, et pose ma joue contre son visage moite et brûlant.

— Dieu bénisse Votre Majesté, mon mari et mon seigneur, murmuré-je avec douceur. Et puisse-t-il vous accorder une bonne nuit.

— Bonne nuit, Catherine Parr, répond-il en hachant ses mots. Ne trouvez-vous pas étrange que chacune de vos devancières se soit fait appeler reine Catherine ou reine Anne, ou, Dieu ait son âme, reine Jane alors que vous utilisez le nom de Catherine Parr. Vous signez Catherine, reine KP, pour Kateryn Parr !

Je suis si abasourdie par le ridicule de cette remise en cause que je rétorque à brûle-pourpoint :

— Je suis moi-même ! m'exclamé-je. Je suis Catherine Parr. Je suis la fille de mon père, élevée par ma mère. Quel autre nom que le mien pourrais-je utiliser ?

Il jette un regard à Stephen Gardiner – lequel fait usage de son nom et de son titre sans qu'on lui pose de questions –, et tous deux hochent la tête d'un air entendu comme s'ils venaient de faire éclater au grand jour une vérité dont ils soupçonnaient l'existence depuis longtemps.

— Qu'y a-t-il d'anormal à cela ? demandé-je.

Il ne se donne pas même la peine de me répondre et me congédie d'un geste de la main.

À mon réveil le lendemain matin, l'antichambre contiguë à ma chambre est étrangement silencieuse. D'ordinaire, j'entends le doux bruissement rassurant de mes dames de compagnie qui s'activent, puis vient le petit coup frappé à la porte par la servante de service ce jour-là qui m'apporte de l'eau chaude. Pendant que je ferai mes ablutions dans une vasque en or remplie d'eau tiède, mes dames d'honneur apporteront mes robes qu'elles seront allées chercher à la garde-robe royale afin que je choisisse celle que je porterai pendant la journée, sans oublier les manches, le corset, la capuche et les bijoux. Ensuite, elles me proposeront quelque chose à manger, mais je n'avalerai ni nourriture ni boisson tant que nous n'aurons pas assisté à la messe, car je ne saurais dire, à l'instar de tous mes contemporains, s'il est licite ou non de manger avant la messe. Il est possible que le jeûne ait été reconnu publiquement comme étant un rituel absurde, à moins que Gardiner ne l'ait rétabli à la Cour en tant que tradition sacrée. Je ne saurais me prononcer. Cela montre à quel point nous vivons en un temps d'aberration. *Même la reine que je suis ignore si la loi l'autorise à manger un petit pain. Tout cela est ridicule !*

Certes, c'est ridicule, et pourtant, ce matin, je n'entends pas l'apprenti du boulanger qui apporte d'ordinaire le pain de la cuisine. Tout est si sinistrement silencieux dans mon antichambre que je n'attends pas l'arrivée de mes servantes : je me lève et couvre ma nudité avec ma robe de chambre, puis j'entrouvre la porte pour jeter un coup d'œil à côté. Une demi-douzaine de dames sont là, dont trois tiennent des robes de la garde-robe royale. Toutes sont étrangement silencieuses. J'achève d'ouvrir la porte et me place devant elles, les considérant sans mot dire. Aucune ne me salue ni ne me sourit. Elles me font leur révérence en silence, puis se redressent et gardent les yeux rivés au sol. Elles refusent de me regarder.

— Que se passe-t-il ? m'enquiers-je.

Je passe en revue la demi-douzaine de visages qui me font face et, gagnée par l'impatience, interroge :

— Où est Nan ? Où est ma sœur ?

Personne ne répond, mais Anne Seymour s'avance avec réticence.

— De grâce, permettez-moi de vous entretenir en privé, Votre Majesté, lance-t-elle.

— De quoi s'agit-il ? demandé-je, en rentrant à reculons dans ma chambre tout en lui faisant signe de me suivre. Que se passe-t-il ?

Elle ferme la porte derrière elle. Seul le « tic-tac » de ma nouvelle horloge trouble le silence.

— Où est Nan ?

— J'ai de mauvaises nouvelles.

— S'agit-il d'Anne Askew ?

Je suppose aussitôt que ses accusateurs ont décidé de l'exécuter, qu'ils s'apprêtent à aller jusqu'où nous pensions qu'ils n'iraient jamais, qu'ils l'ont jugée coupable au terme d'un procès expéditif et qu'ils vont la faire monter sur le bûcher.

— Dites-moi qu'il ne s'agit pas d'Anne... Nan est-elle allée prier avec elle à la Tour ?

Anne Seymour secoue la tête.

— Non, c'est au sujet de vos dames, commence-t-elle à mi-voix. De votre propre sœur. Dans la nuit, après votre départ des appartements du roi, le Conseil privé s'est réuni, et a fait arrêter votre sœur Nan Herbert, votre parente lady Élisabeth Tyrwhit et votre cousine lady Maud Lane.

J'ai peine à l'entendre.

— Qu'avez-vous dit ? Qui a été arrêté ?

— Vos suivantes auxquelles vous êtes apparentée. Votre sœur et vos cousines.

— Pour quelle raison ? questionné-je stupidement. Sous quel chef d'accusation ?

— Aucun chef d'accusation ne leur a encore été signifié. Elles ont été interrogées pendant toute la nuit, et leur interrogatoire se poursuit en ce moment même. Les hallebardiers de la garde royale ont pénétré dans leurs appartements, leurs appartements privés, qu'elles partagent avec leurs maris, et même dans les chambres dont elles disposent ici. Ils ont emporté leurs papiers, tous leurs coffres, tous leurs livres.

— Ils s'intéressent à des papiers ?

— Ils cherchent des papiers et des livres, confirme Anne. C'est une enquête relative à l'hérésie.

— Le Conseil privé soupçonne mes suivantes, mes cousines, ma propre sœur Nan d'hérésie ?

Anne acquiesce, le visage impassible.

Un long silence s'ensuit. Mes jambes m'abandonnent et je me laisse choir sur un tabouret près de l'âtre où vacille une faible lueur.

— Que puis-je faire ?

Elle a autant peur que moi.

— Votre Majesté, je ne sais pas. Tous vos papiers ont été emportés ailleurs ? s'enquiert-elle en jetant un rapide coup d'œil à ma table de travail, sur laquelle je prenais tant de plaisir à écrire, où j'étudiais avec tant d'ardeur.

— Oui, tous. Et les vôtres ?

— Édouard les a emportés à Wulf Hall lorsqu'il est parti pour la France. Il m'avait mise en garde, je ne pensais pas que la situation se dégraderait à ce point. Lui-même ne le croyait pas possible. S'il était ici... Je lui ai écrit, le pressant de rentrer. Je lui ai expliqué que monseigneur Gardiner a la haute main sur le Conseil privé et que plus personne n'est à l'abri. Je lui ai confié que je craignais pour votre sécurité, pour la mienne.

— Plus personne n'est en sécurité, souligné-je.

— Votre Majesté, si on se permet d'arrêter votre propre sœur, alors on peut arrêter n'importe laquelle d'entre nous.

Je me redresse brusquement, laissant éclater ma colère.

— L'évêque ose intimer au Conseil privé de faire arrêter ma sœur ? La surintendante de ma Maison ? L'épouse de sir William Herbert ? Apportez-moi ma robe. Je m'habille et vais, de ce pas, voir le roi.

Elle tente de me retenir.

— Votre Majesté... songez que... L'évêque n'a pas agi seul dans cette affaire. Le roi l'y a aidé. C'est forcément lui qui a signé le mandat d'arrestation de votre sœur. Rien de tout cela ne pourrait arriver à son insu. Il se peut même que ce soit à son instigation.

Je me rends à la chapelle à la tête de mes dames d'honneur. Nous faisons bonne figure, mais deux suivantes manquent à l'appel et trois de mes dames sont absentes, sans compter que la Cour, cette meute aux aguets, flaire que quelque chose ne va pas.

Avec dévotion, nous baissons la tête en prière. Avec ferveur, nous recevons l'hostie. Nous murmurons tout bas « Amen ! Amen ! », manière d'indiquer que dans notre simplicité d'esprit nous n'avons aucune idée de sa nature réelle, qu'elle soit hostie ou chair, pain ou Dieu même. Nous caressons nos chapelets ; je porte un crucifix autour du cou. La princesse Marie s'agenouille à mon côté, mais sa robe ne touche pas l'ourlet de la mienne. La princesse Élisabeth s'installe de l'autre côté et glisse subrepticement sa main glacée dans ma main tremblante. Elle n'est pas au courant de ce qui se passe, mais elle devine que les choses vont très mal.

Après la chapelle, nous prenons notre petit déjeuner dans la grand-salle des banquets, où la Cour est morose ; les hommes se font des messes basses, et toute l'assemblée me surveille du coin de l'œil pour savoir comment je prends l'arrestation de ma sœur, l'absence de mes deux autres suivantes. Je souris comme si leur arrestation me laissait parfaitement indifférente. Je baisse la tête pendant que l'aumônier du roi lit les grâces en latin. Je mange un peu de viande, de pain ; je bois quelques gorgées de petite bière ; je fais mine d'avoir de l'appétit, agis comme si je n'avais pas peur jusqu'à la nausée. Je souris à mes dames de compagnie et jette un coup d'œil à la table des Seymour. Il me tarde d'apercevoir Thomas, comme s'il était lui-même un bateau m'attendant à quai, prêt à lever l'ancre et à faire voile vers un ailleurs où je serais en sécurité. J'ai hâte de le revoir, comme si sa vue suffisait à me protéger de tout danger. Mais il n'est pas là, et je ne peux compter sur sa venue, ni l'envoyer mander.

Je me tourne vers Catherine Brandon, la doyenne de mes dames de compagnie à ce petit déjeuner.

— Madame, voudriez-vous vous enquérir si Sa Majesté est en assez bonne santé pour me recevoir ce matin ?

Elle se lève de table sans un mot. Nous la suivons toutes des yeux tandis qu'elle traverse la grand-salle dans le sens de la longueur, chacune d'entre nous priant pour qu'elle revienne avec une invitation à nous rendre chez le roi et que celui-ci nous fasse de nouveau entrer dans ses versatiles grâces. Mais son absence est de courte durée.

— Sa Majesté souffre de sa blessure à la jambe, rapporte-t-elle posément, bien qu'elle soit pâle comme la mort. Son médecin est à son chevet ; le roi se repose. Il vous fait dire qu'il vous fera appeler plus tard et qu'il vous souhaite une très bonne journée.

Tout le monde entend ce rapport. C'est comme si elle venait de sonner l'hallali. La chasse aux hérétiques est ouverte à la Cour, et chacun est au courant que le gibier de choix, celui dont la tête a le plus de prix, est la reine.

Je souris néanmoins.

— Dans ce cas nous retournerons à mes appartements pendant une heure ou deux et irons nous promener à cheval plus tard.

Me tournant vers mon maître d'écurie, j'ajoute :

— Nous monterons toutes.

Il s'incline et me tend la main tandis que je descends de l'estrade et traverse la foule des courtisans qui s'inclinent en silence. Tout sourires, je salue à droite et à gauche. Personne ne pourra dire que la peur se lisait sur mon visage.

À notre retour dans mes appartements, nous y trouvons Nan, Maud Lane et Élisabeth Tyrwhit qui nous attendent. Nan est assise à sa place préférée dans l'encorbellement de la fenêtre, les mains jointes devant elle, l'image même de la patience faite femme. Quelque chose dans sa raideur drastique me signale que son retour ne signifie pas qu'elle soit entièrement tirée d'affaire. J'entre et me retiens de courir la rejoindre. Je m'abstiens de me jeter dans ses bras. Je me place au contraire au centre de la pièce et, afin que tout le monde puisse entendre – y compris ceux qui sont payés pour renseigner les espions du Conseil privé –, je lance à haute et distincte voix :

— Lady Herbert, ma sœur ! Je suis contente de vous revoir parmi nous. Quels ne furent pas mon étonnement et mon inquiétude d'apprendre que vous vous expliquiez devant le Conseil privé. Je ne tolérerai aucune hérésie ni aucune trahison dans ces appartements.

— Tout à fait, dit Nan sans un trémolo dans la voix ni trouble sur sa figure de marbre. Il n'y a pas d'hérésie en ces lieux et il n'y en eut jamais. Les très honorables membres du Conseil m'ont interrogée, ainsi que deux de vos suivantes, et ils furent rassurés de découvrir que nous n'avons fait aucune déclaration ni produit aucun écrit, que ce soit en votre présence ou en votre absence, susceptible d'exprimer une hérésie.

Je réfléchis. Je ne trouve rien à ajouter à l'intention des courtisans qui nous écoutent.

— Ont-ils lavé votre nom de toute accusation ?

— Oui, répond-elle, et les deux autres confirment d'un hochement de tête. Entièrement.

— Très bien, lancé-je. Je vais changer de robe et nous irons nous promener à cheval. Vous pouvez m'aider.

Nous passons toutes les deux dans ma chambre, suivies de Catherine Brandon. Dès que la porte s'est refermée derrière nous, nous nous étreignons.

— Nan ! Nan !

Elle me serre avec une force à toute épreuve, comme lorsque nous étions petites à Kendal et qu'elle devait m'empêcher de sauter d'un arbre du verger.

— Kat ! Oh, Kat !

— Que t'ont-ils demandé ? T'ont-ils gardée éveillée la nuit durant ?

— Chut, dit-elle. Chut…

L'angoisse et les sanglots m'étouffent. Je pose la main sur ma gorge et recule, rompant l'étreinte.

— Tout va bien, assuré-je. Je ne pleurerai pas. Je n'ai pas l'intention de me montrer les yeux rougis. Je refuse que quiconque soit témoin de…

— Tout va bien, confirme-t-elle.

Calmement, elle tire un mouchoir de sa manche et éponge mes yeux humides, puis elle fait de même aux siens.

— Personne ne doit penser que tu es ébranlée.

— Que t'ont-ils dit ?

— Ils ont interrogé Anne Askew, lance-t-elle à brûle-pourpoint. Ils l'ont torturée.

Je suis si horrifiée que j'en perds la voix.

— « Ils l'ont torturée » ? répété-je. La fille d'un seigneur du royaume ? Nan, ils n'ont pas pu faire une telle chose !

— Ils sont devenus fous. Le roi leur a donné l'autorisation de l'interroger. Il leur a dit qu'ils pouvaient la faire sortir de la prison de Newgate et la forcer aux aveux en l'effrayant, mais ils l'ont emmenée à la Tour et lui ont fait subir le supplice du chevalet.

Les horribles images de mon rêve me reviennent instantanément en mémoire. *Celles de la femme aux pieds tournés vers l'extérieur, aux épaules désarticulées…*

— Ce n'est pas vrai !

— J'ai bien peur que si. Je suppose qu'ils ont dû lui montrer le chevalet, que son courage les a rendus furieux et qu'ils n'ont pas su résister. Comme elle refusait de parler, ils ont continué… Ils n'ont plus pu s'arrêter. Le gouverneur de la Tour en fut si horrifié qu'il les a plantés là et est allé en rendre compte à Sa Majesté. Il a déclaré qu'ils s'étaient débarrassés de leur pourpoint dans la salle de torture et avaient actionné le chevalet de leurs propres mains. Ils ont écarté le bourreau pour se charger eux-mêmes de la besogne. L'un se plaçant à la tête, l'autre aux pieds, ils ont actionné le mécanisme. Ils n'ont pas voulu que le bourreau s'en occupât, regarder ne leur suffisait pas, ils voulaient lui faire mal par eux-mêmes. Lorsque le roi eut écouté le rapport du gouverneur, il ordonna qu'ils cessent.

— Il l'a graciée ? Il l'a fait libérer ?

— Cela ne lui ressemblerait pas, répond-elle d'un ton âpre. Il a seulement dit qu'il ne les autorisait pas à user du chevalet. Mais, Kat, le temps que le gouverneur retourne à la Tour, ils l'avaient torturée toute la nuit. Ils avaient continué pendant que le gouverneur filait ventre à terre chez le roi.

Ils n'ont cessé que lorsqu'il fut revenu et leur eut transmis les ordres royaux.

J'en reste sans voix.

— Des heures durant ?

— Sans aucun doute. Elle ne recouvrera plus jamais l'usage de ses jambes. Tous les os de ses pieds et de ses mains auront été écartelés ; ses épaules, ses genoux, son bassin auront été disloqués. Ils lui auront brisé la colonne vertébrale ou l'auront disjointe.

De nouveau, les images de mon rêve me reviennent, celles de la femme aux poignets désarticulés, aux coudes disjoints, et toujours cet étrange creux à la place des épaules, la posture insolite de son cou disloqué.

J'éprouve de la difficulté à parler.

— Mais elle est libre à présent ?

— Non. Ils l'ont descendue du chevalet et l'ont laissée choir à terre.

— Elle s'y trouve toujours ? À la Tour ? Le corps désarticulé ?

Nan hoche la tête en posant sur moi un regard inexpressif.

— Qui sont les responsables ? lancé-je, furieuse. Leurs noms !

— Je ne suis pas certaine. Richard Rich y était. Et Wriothesley.

— Le lord Chancelier d'Angleterre a torturé une femme à la Tour de ses propres mains ?

Face à l'expression de révolte qui s'étale sur mon visage, elle se contente de hocher de nouveau la tête.

— A-t-il perdu la tête ? Sont-ils tous devenus soudainement fous ?

— Il faut croire que oui.

— Aucune femme n'a jamais subi le chevalet ! A fortiori une noble !

— Ils étaient déterminés à la faire avouer.

— Au sujet de sa foi ?

— Non, de cela elle parle très volontiers. Ils avaient tous les éléments voulus concernant ses croyances. Ils en savaient suffisamment sur elle pour la juger dix fois coupable, mais, Dieu leur pardonne et nous protège, c'est sur ton compte qu'ils voulaient des renseignements. Ils l'ont torturée pour qu'elle te compromette.

Nous nous taisons et, malgré ma honte, je ne peux retenir la question qui me brûle les lèvres :

— Sais-tu si elle a parlé ? Nous a-t-elle désignées comme hérétiques ? A-t-elle prononcé mon nom ? A-t-elle fait allusion à mes livres ? Comment aurait-elle résisté ? Personne ne le pourrait. Elle a forcément parlé.

Le sourire de Nan contraste avec ses yeux rouges. C'est le sourire sans âge et sans concession de toutes les femmes qui ont traversé de sombres épreuves et en sont ressorties sans avoir trahi.

— Non. Elle n'a sûrement pas parlé. Pour preuve ? On nous a relâchées. Nous étions présentes lorsque le gouverneur est arrivé de Londres pour révéler au roi ce qu'il se passait à la Tour. Il a été introduit chez le souverain, mais la porte qui sépare la salle du Conseil de son antichambre était légèrement entrouverte et nous avons entendu Sa Majesté hurler. Puis les membres du Conseil sont ressortis et nous ont interrogées encore un peu. Ils avaient dû nourrir l'espoir qu'elle nous trahirait ou que nous la trahirions, qu'au moins l'une d'entre nous te compromettrait. Mais elle est restée muette, et comme nous n'avons pas parlé non plus, ils nous ont libérées. Mais elle, ils l'ont torturée, Dieu soit avec elle ! Ils l'ont réduite en bouillie comme un poulet qu'on désosse, mais elle n'a pas prononcé ton nom.

Je laisse échapper un sanglot pareil à un toussotement puis recouvre mon sang-froid.

— Nous devons lui envoyer un médecin, lancé-je. Ainsi que de la nourriture, de quoi boire, et un édredon. Nous devons la faire libérer.

— C'est impossible, rétorque Nan, laissant échapper un long soupir. J'y ai moi-même pensé. Mais si elle a consenti à ce supplice, c'est afin de dénier toute solidarité avec nous. Nous ne saurions nous compromettre. Nous n'avons d'autre choix que de l'abandonner à son triste sort.

— Mais elle doit souffrir mille morts !

— Que cela serve à quelque chose.

— Pour l'amour de Dieu, Nan ! Le Conseil privé a-t-il l'intention de la relâcher ?

— Je l'ignore. À mon avis…

Un coup léger résonne à la porte. Catherine Brandon proteste avec irritation et l'entrouvre à peine. Nous l'entendons s'entretenir avec quelqu'un.

— Oui, c'est pour quoi ? s'enquiert-elle avant d'ouvrir davantage, non sans réticence. C'est le docteur Wendy, lance-t-elle en se retournant. Il insiste.

La silhouette replète du médecin apparaît dans l'embrasure.

— Que se passe-t-il encore ? demandé-je avec autorité. Le roi est-il souffrant ?

Il attend que Catherine ait refermé la porte, puis il s'incline au-dessus de ma main.

— J'ai à vous parler en toute confidentialité, annonce-t-il.

— Docteur Wendy, le moment est mal choisi. Je suis bouleversée…

— C'est urgent.

Je fais signe de la tête à Nan et Catherine de s'écarter.

— Je vous en prie.

Il tire un papier de l'intérieur de son pourpoint.

— Il est des choses plus graves encore que vous ignorez, commence-t-il. Que ces dames ignorent. Le roi en personne m'a dit à l'instant même… Je suis vraiment navré, navré d'avoir à vous l'apprendre. Il a émis un mandat d'arrêt contre vous. En voici une copie.

À présent que les dés sont jetés, à présent que le pire est arrivé, je suis de marbre. Je reste parfaitement calme.

— Le roi a donné l'ordre de m'arrêter ?

— Je suis au regret de vous répondre par l'affirmative, répond-il solennellement.

Je tends la main, et il me remet le document. Nos gestes s'accomplissent au ralenti, comme en rêve. Je pense à Anne Askew, allongée sur le chevalet. Je songe à Anne Boleyn, retirant son collier de perles pour faciliter la tâche du bourreau français qui lui trancha la tête. Je songe à Kitty Howard, qui demanda d'apporter le billot à ses appartements afin qu'elle puisse s'entraîner à y poser la tête. Et je me dis que moi aussi, je vais devoir trouver le courage de mourir dans la dignité. Je doute d'y parvenir. Il me semble que j'aime trop la vie pour cela. *Je suis trop jeune pour mourir. Je veux vivre. Et j'aime Thomas Seymour. Je veux partager ma vie avec lui. Je veux que le jour se lève de nouveau pour moi.*

Sans chercher à comprendre, je déplie la feuille. Je reconnais le griffonnage qui sert de signature à Henri, car je l'ai vu des dizaines de fois. *Aucun doute possible, c'est bien la signature de mon époux.* Elle est précédée du mandat d'arrêt proprement dit qu'a rédigé un secrétaire. *C'est ainsi. Nous y sommes. Nous y voilà enfin. Mon propre mari a ordonné mon arrestation pour hérésie. Puis il a signé de sa main.*

Il s'en faut de peu que je sois écrasée par l'énormité de cet acte. *Il ne souhaite pas me renvoyer à ma vie obscure de veuve, même s'il pourrait le faire, car il en a le pouvoir. Il pourrait également m'exiler loin de la Cour, et je ne saurais qu'obéir. Il pourrait encore me réserver le sort qu'il réserva à Anne de Clèves et m'ordonner d'aller vivre ailleurs, et je n'aurais d'autre choix que de partir. Il pourrait le faire, puisqu'en tant que chef de l'Église, il peut décréter la validité ou la nullité de tel ou tel mariage. C'est ce qu'il fit avec Catherine d'Aragon, au mépris du fait qu'elle était une princesse espagnole et que le pape lui-même s'était prononcé contre l'annulation. Mais Henri agit selon son bon vouloir.*

Non, il ne désire pas me chasser de sa vue et de ses palais, il ne veut pas que je rende simplement les bijoux et les robes des reines qui m'ont précédée, il ne veut pas que je quitte ses enfants et que ceux-ci m'oublient. Il ne suffit pas à ses yeux que je renonce à la régence et que je perde mon pouvoir. Il ne saurait s'en contenter. Ce qu'il veut, c'est que je meure. L'unique raison pour laquelle il m'accuse d'un crime passible de la peine de mort est qu'il veut me tuer. Henri, qui a fait exécuter deux de ses femmes et qui attendit qu'on lui annonce la mort de deux autres, entend désormais me faire subir le même sort.

Cela dépasse l'entendement. Je ne peux m'expliquer ses raisons. Je ne peux m'expliquer pourquoi il ne m'envoie pas en exil, s'il en est venu à me haïr après m'avoir tant aimée. Mais là n'est pas la question. Tout ce qu'il veut, c'est ma mort.

Je me tourne vers Nan, qui, livide, se tient près de Catherine, non loin de la porte.

— Regarde…, lancé-je avec ébahissement. Nan, regarde ce qu'il a fait ! Vois le sort qu'il me réserve.

Je lui tends le mandat d'arrêt.

Elle le lit en silence. Elle fait mine de dire quelque chose mais, n'y parvenant pas, elle finit par y renoncer. Catherine enlève le papier de ses mains désarmées et le lit à son tour en silence, puis elle lève les yeux vers moi et me regarde fixement.

— C'est l'œuvre de Gardiner, déclare Catherine au bout d'un long moment.

Le docteur Wendy confirme d'un hochement de tête.

— Il vous a dénoncée comme hérétique coupable de trahison, explique-t-il. Il a dit que vous étiez un serpent dans le sein du roi.

— Il ne lui suffit pas que je sois Ève, la cause de tout péché, il faut aussi que je sois le serpent ? m'écrié-je avec force.

Le docteur Wendy acquiesce.

— Il n'a aucune preuve ! m'exclamé-je.

— Ils n'ont pas besoin de preuves, rappelle le médecin, énonçant une évidence. Monseigneur Gardiner prétend que la religion que vous défendez nie l'autorité de l'aristocratie et des rois, qu'elle affirme que tous les hommes sont égaux. Votre foi est synonyme de sédition, selon lui.

— Je n'ai rien fait pour mériter la mort, répliqué-je.

Je m'aperçois que ma voix tremble et me tais immédiatement.

— Rien de plus que ses autres femmes, observe Catherine.

— L'évêque a dit que quiconque tient des propos semblables aux vôtres mérite la mort au nom de la justice soutenue par la loi. Ce sont là ses paroles, mot pour mot.

— Quand viendra-t-on ? intervient Nan.

— « Quand viendra-t-on » ? répété-je sans comprendre.

— L'arrêter ? ajoute Nan, s'adressant au médecin. Qu'a-t-on prévu ? Quand viendra-t-on ? Et où compte-t-on l'emmener ?

Toujours pragmatique, elle va jusqu'au placard, prend ma bourse et se met en quête d'un coffre pour emballer mes affaires. Elle tremble tellement qu'elle échoue à faire tourner la clé dans la serrure. Je pose les deux mains sur ses épaules, dans l'espoir, peut-être, qu'interrompre ces préparatifs empêchera les hallebardiers de venir me chercher.

— Le lord Chancelier a ordre de venir l'arrêter. Il l'emmènera à la Tour. J'ignore quand. Je ne sais pas quand aura lieu son procès, répond Wendy.

Mes jambes m'abandonnent à l'instant même où il prononce ces deux mots fatals : « la Tour ». Nan me conduit jusqu'à une chaise. Je me recroqueville sur moi-même jusqu'à ce que la tête cesse enfin de me tourner, puis Catherine me donne un verre de petite bière. Le breuvage est éventé et a perdu son goût. J'imagine Thomas Wriothesley passant la nuit à torturer Anne Askew à la Tour puis venant me chercher ici pour m'y emmener.

— Je dois partir, annonce sèchement Catherine. J'ai deux garçons orphelins de père. Je dois vous quitter.

— Ne partez pas !

— Il le faut, rétorque-t-elle.

Sans un mot, Nan lui indique la porte d'un signe de tête, lui signifiant de s'en aller.

Catherine s'incline très bas.

— Dieu vous bénisse, lance-t-elle. Dieu vous garde. Adieu.

La porte se referme derrière elle et je me rends compte qu'elle vient de dire « adieu » à une condamnée à mort.

— Comment avez-vous eu vent de ces détails ? s'enquiert Nan en se tournant vers le docteur Wendy.

— J'étais présent lorsque la décision a été prise, je préparais le sédatif de Sa Majesté dans un coin de la chambre. Ensuite, tandis que je refaisais le pansement de sa jambe, le roi lui-même m'a dit que ce n'était pas une vie pour un vieil homme de son âge que de se voir faire la leçon par une jeune épouse.

— Il a dit cela ? questionné-je en relevant la tête.

Le médecin acquiesce.

— Et rien de plus ? C'est là tout ce qu'il a à me reprocher ?

— Rien de plus. Que pourrait-il avoir d'autre à vous reprocher ? Puis j'ai trouvé le mandat d'arrêt qui gisait par terre dans le vestibule, entre sa chambre et son antichambre. Comme cela, par terre, près de la porte. Je vous l'ai apporté aussitôt.

— Vous avez trouvé le mandat ? souligne Nan avec méfiance.

— En effet…

Il laisse retomber sa voix.

— Bah, je suppose que quelqu'un l'aura laissé là pour que je le découvre.

— Personne ne laisse tomber par inadvertance un mandat stipulant l'arrestation d'une reine, fait remarquer Nan. Quelqu'un aura voulu que nous soyons au courant.

Elle se met à faire les cent pas dans la chambre, en proie à une intense réflexion.

— Tu ferais mieux d'aller voir le roi, me conseille-t-elle. Va voir Henri, maintenant, et implore-le à genoux, à plat ventre comme une pénitente s'il le faut, de te pardonner tes erreurs. Demande-lui pardon d'avoir osé t'exprimer.

— Cela ne marchera pas, intervient le docteur Wendy. Il a ordonné de fermer ses portes à clé. Il refusera de la recevoir.

— C'est sa seule chance. Si elle parvient à entrer et à le voir, puis à faire amende honorable… à faire preuve de plus d'humilité que n'importe quelle femme au monde. Kat, tu vas devoir ramper. Tu vas devoir descendre très bas, jusqu'aux semelles de ses bottes.

— Je ramperai, promets-je.

— Il a déclaré qu'il ne la recevrait pas, répète le médecin d'un ton embarrassé. Les gardes ont reçu l'ordre de ne pas la laisser entrer.

— Il a fait de même avec Kitty Howard, se souvient Nan. Et avec la reine Anne.

Ils se taisent. Je les dévisage à tour de rôle sans parvenir à prendre une décision. Je n'ai qu'une pensée : *Les hallebardiers vont venir me chercher pour m'emmener à la Tour, et Anne Askew et moi-même deviendrons ainsi compagnes d'infortune dans le même donjon glacé. Postée à la fenêtre à l'obscur de la nuit, je l'entendrai hurler de douleur. Nous attendrons dans des cellules contiguës d'être exécutées. Sans doute les entendrai-je l'emmener au bûcher. Peut-être qu'elle les entendra construire mon échafaud sur l'esplanade.*

— Et si nous parvenions à le convaincre de venir vous voir ? suggère soudain le docteur Wendy. Par exemple, s'il vous pensait malade ?

Nan pousse un petit cri approbateur.

— Vous pourriez lui dire qu'elle a cédé à un chagrin aigu, qu'elle risque d'en mourir, et lui faire savoir qu'elle le demande, qu'elle est presque à l'article de la mort…

— Comme Jane en couches…, fais-je remarquer.

— Comme la reine Catherine, dont les dernières paroles consistèrent à demander à le voir, renchérit Nan, nous rafraîchissant la mémoire.

— Une femme désarmée et désemparée, sur le point de succomber au chagrin…

— Il peut se laisser toucher, approuve le médecin.

— Pouvez-vous vous en charger ? lui demandé-je avec insistance. Vous sentez-vous capable de le convaincre que je me désespère de le voir et que mon cœur est brisé ?

— Et que cela donnerait une très belle image de lui ; que s'il venait, il apparaîtrait sous un jour clément, précise Nan.

— J'essaierai, promet-il. J'y vais de ce pas.

Je me souviens que Thomas m'avait mise en garde de ne jamais pleurer devant le roi parce que les larmes des femmes lui procurent du plaisir.

— Dites-lui que je ne suis plus moi-même à cause du chagrin, insisté-je. Dites-lui que je ne parviens plus à sécher mes larmes.

— Dépêchez-vous ! s'exclame Nan. Quand Wriothesley doit-il venir l'arrêter ?

— Je l'ignore.

— Alors ne tardez plus.

Il se dirige vers la porte ; je me dresse sur mes jambes et le retiens par le bras.

— Ne vous mettez pas en danger, recommandé-je, malgré mon envie de lui ordonner de faire tout ce qu'il peut, de raconter n'importe quoi, pour me sauver. Ne mettez pas votre vie en péril. Ne lui avouez pas que vous m'avez prévenue.

— Je dirai qu'on m'a rapporté que vous vous mouriez de chagrin, résume-t-il.

Il scrute mes traits tirés et mes yeux effarés avant d'ajouter :

— Je lui dirai qu'il vous a brisé le cœur.

Il s'incline et sort, passant de ma chambre aux salons de la reine où déjà les dames de la Cour se rassemblent en silence. Elles se demandent sûrement si elles seront appelées à témoigner contre une autre épouse d'Henri dans le cadre d'une autre condamnation à mort.

— Défais tes cheveux, ordonne Nan d'un ton vif.

Elle laisse une servante dénatter mes mèches et les brosser sur mes épaules ; puis elle ordonne à une autre par l'entrebâillement de la porte d'aller chercher ma plus belle chemise de nuit en soie, celle aux manches bouffantes noires.

Elle est bientôt de retour dans la chambre en même temps que deux femmes de chambre venues refaire mon lit et battre les oreillers.

— Parfum ! commande-t-elle succinctement, et elles se saisissent d'un bocal d'huile de rose et d'une plume qu'elles utilisent pour en parsemer la literie avec des gestes rapides.

Nan se retourne vers moi.

— Rouge à lèvres ! ordonne-t-elle. Pas trop. Et de la belladone dans tes yeux.

— J'en ai, intervient l'une des dames.

Elle envoie sa propre servante en chercher en toute hâte dans ses appartements tandis que ma dame d'atour entre avec ma chemise de nuit.

J'enlève ma chemise habituelle et enfile l'autre, qui est tissée de soie. Elle est froide contre ma peau. Nan noue les rubans noirs autour de ma gorge et tout le long jusqu'en bas, mais elle laisse pendre celui de la poitrine afin de laisser entrevoir un peu de ma peau pâle qui contraste avec la soie sombre. Ainsi le roi pourra-t-il apprécier l'arrondi de mes seins. Elle lisse mes cheveux sur mes épaules et mes boucles auburn étincellent sur les ténèbres de la soie. Elle entrebâille les volets afin de créer une atmosphère à la fois ombreuse et intime.

— La princesse Élisabeth lira les écrits du roi assise sur une chaise devant la chambre, lance Nan par-dessus son épaule et aussitôt quelqu'un s'empresse de convier la princesse à prendre place.

— Nous vous laisserons en tête à tête, me glisse-t-elle en sourdine. Je serai là quand il entrera et ensuite je sortirai. J'essaierai d'emmener ses pages avec moi. Tu sais ce que tu dois faire ?

Je hoche la tête. J'ai froid dans mon négligé en soie, et je crains d'avoir la chair de poule et de grelotter.

— Commence par te coucher, conseille Nan. Je doute que tu aies la force de rester debout, de toute façon.

Elle m'aide à grimper sur le vaste lit. L'odeur de rose est presque étourdissante. Elle tire la chemise de nuit sur mes pieds et l'ouvre sur le devant afin qu'Henri puisse apercevoir mes chevilles élancées, le galbe séduisant de mon mollet.

— Ne te fais pas trop aguicheuse, recommande-t-elle. Tout doit venir de lui.

Je me renverse contre les oreillers, et elle ramène une mèche de cheveux sur mon épaule blanche.

— C'est abject ! fais-je remarquer. Je suis une érudite, et je suis reine. Je ne suis pas une catin.

Elle acquiesce avec le pragmatisme d'un porcher amenant la truie au verrat.

— C'est vrai.

Nous entendons le grondement de la chaise du roi sur le parquet de la chambre de parade, puis les portes de mon antichambre s'ouvrent. Nous entendons les dames se lever pour le saluer, ainsi que le « bonjour » qu'il leur adresse à toutes, de même que la salutation qu'il réserve à la princesse Élisabeth, laquelle s'y entend à merveille pour garder la tête baissée et prendre un air pieux.

Les gardes ouvrent la porte de ma chambre au souverain et on le pousse à l'intérieur sur sa chaise roulante, sa jambe bandée se projetant avec raideur à l'horizontale. Un effluve de chair en décomposition entre avec lui.

Je m'agite quelque peu, faisant mine d'essayer de me redresser mais retombe bientôt en arrière, trop faible et bouleversée par sa vue. Je tourne un visage baigné de larmes vers lui tandis que Nan prend les pages par le bras et les fait sortir à reculons avant de faire signe au garde de fermer les portes sur notre intimité. En une seconde, le roi se retrouve seul avec moi.

— Le médecin m'a dit que vous étiez très malade ? s'enquiert-il d'un air boudeur.

— On n'aurait pas dû vous déranger…

Ma voix est étouffée par un sanglot.

— Vous me faites une très grande grâce de venir…, ajouté-je.

— Évidemment, que je viens voir comment va ma femme ! s'exclame le roi, ragaillardi par l'idée de sa propre complaisance à l'égard de son épouse, tout en ne quittant pas mes jambes des yeux.

— Vous êtes si bon avec moi, susurré-je. C'est pourquoi je me suis montrée si…

— Si quoi, Kate ? Que se passe-t-il ?

Je cherche mes mots. Je suis réellement en panne d'inspiration pour susciter sa pitié. Je me lance néanmoins.

— Si je vous mécontente, je préfère mourir, déclaré-je.

Le rouge lui monte soudain aux joues, lui donnant la même expression que lorsqu'il jouit. Par chance, j'ai trouvé exactement ce qu'il aime par-dessus tout et que j'ignorais jusque-là. Dans mon désespoir, j'ai mis le doigt sur l'essence même de ce qui l'attire chez une femme.

— Mourir, Kate ? Ne parlez donc pas de mourir. Ce n'est pas un sujet pour vous. Vous êtes jeune et en bonne santé.

Son regard s'attarde sur la plante incurvée de mon pied, remonte sur ma cheville, le long du galbe fluide de ma jambe.

— Allons, pourquoi une jolie femme comme vous parle-t-elle de mourir ?

Parce que vous êtes Barbe-Bleue, le Barbe-Bleue de mes cauchemars, ai-je envie de répondre. *Vous êtes Barbe-Bleue, et votre épouse, Tryphine, a ouvert les portes closes de votre château ; et elle a découvert les cadavres de vos femmes gisant sur leurs lits. Parce que je sais pertinemment que vous êtes un tueur de femmes, que vous ignorez la pitié. Parce que votre obèse personne est si imbue d'autoglorification que vous ne pouvez concevoir que quiconque pensât par lui-même, ou soit lui-même ou n'ait souci autre que de vous. Vous êtes l'unique soleil de vos propres cieux. Vous êtes l'ennemi naturel de tout le monde. Vous êtes un meurtrier dans l'âme, et tout ce que vous attendez d'une femme, c'est qu'elle se soumette à vous ou à la mort que vous arrangerez pour elle. Il n'y a pas d'autre fin possible. Vous entendez être le maître, le maître absolu. C'est à peine si vous supportez qu'autrui ne soit pas vous. Vos amis masculins doivent se faire vos imitateurs, le seul qui ait survécu à votre Cour est votre bouffon, qui s'avoue sans cervelle. Vous ne pouvez rien supporter qui ne soit à votre image. Vous êtes l'exemple parfait du tueur de femmes !*

— Si vous ne m'aimez pas, je préfère mourir, soufflé-je d'une voix ténue, tremblante. Je n'ai rien d'autre que votre amour. Si vous ne m'aimez pas, il ne me reste plus que le tombeau.

Mes paroles l'excitent. Il remue sa grosse masse en faisant craquer son fauteuil sous son poids, changeant de position afin de pouvoir me regarder à son aise. Je me tors quelque peu de chagrin, et ma chemise de nuit s'entrouvre. Je rejette ma chevelure défaite en arrière ; le vêtement glisse de mon épaule, mais je fais comme si, dans mon oppressant désarroi, je n'avais pas remarqué que le roi pouvait apercevoir ma chair blanche et dénudée, l'arrondi de mes seins.

— Ma femme…, commence-t-il. Mon épouse adorée…

— Oui, dites-moi que je suis votre adorée, insisté-je. J'en mourrai de n'être point votre adorée.

— Vous l'êtes, assure-t-il, la gorge encombrée. Vous l'êtes…

Il ne peut se lever pour me toucher. Je grimpe donc jusqu'au bord du lit, contre lequel est bloqué son siège. Il me tend les bras. Je vais à sa rencontre, m'attendant à ce qu'il me prenne contre lui, à ce qu'il m'enlace, mais au lieu de cela, il m'attrape comme un gamin maladroit, bataille avec les liens de ma chemise de nuit, arrache un ruban... Puis je sens ses grosses mains se refermer sur la fraîcheur de mes seins, comme celles d'un marchand des quatre saisons soupesant des pommes. Il ne veut pas m'enlacer, il veut me prendre à pleines mains. Gauchement, je m'agenouille devant lui pendant qu'il m'empoigne, me malaxe, comme s'il entendait me traire, telle une vache. Il sourit.

— Vous pouvez venir me retrouver ce soir dans ma chambre, déclare-t-il d'une voix rauque. Je vous pardonne.

Je me rends au dîner et en repars à la tête de mes dames d'honneur dans un silence presque total. Même les plus jeunes, même les plus mal informées, savent qu'un incident affreux s'est produit et que je dus m'aliter dans un état d'effondrement nerveux, et que Sa Majesté en personne a daigné m'honorer de sa visite. Personne, pas même moi, ne sait avec certitude si cela relève d'une embellie ou d'un désastre annoncé.

Je les laisse dans mes appartements à murmurer et à ébruiter des ragots. Je me fais aider pour passer ma chemise de nuit brodée avant de me rendre chez le roi, accompagnée seulement de ma sœur Nan et de ma cousine Maud Lane, qui m'assisteront de leur présence.

Nous traversons l'immense chambre de parade, puis l'antichambre, et nous parvenons enfin devant le saint des saints. Sa chambre est là. Le souverain est en compagnie de ses amis, mais ni lord Wriothesley ni monseigneur Gardiner ne sont présents. Will Somers est assis au pied du tabouret du roi dans une position étrange qui rappelle celle d'un chien sur son arrière-train. Il se tait. Lorsqu'il m'aperçoit, il étend les mains par terre devant lui et s'abaisse contre le sol, tel un canidé au repos. Sa tête, qu'il a placée sur ses « pattes », est presque enfouie sous le repose-pied qui soutient la jambe malade du roi. La puanteur doit y être insupportable. Je pose les yeux sur Will, allongé à plat ventre par terre. Il relève la tête et me considère d'un air austère en haussant les sourcils.

— Voilà qui s'appelle faire profil bas, Will, fais-je remarquer.

— En effet, confirme-t-il. Je pense que cela vaut mieux.

Il tourne les yeux vers le monarque et je remarque qu'Henri, qui trône au-dessus de lui, nous décoche des regards furieux à tous deux. Ses gentilshommes sont installés de chaque côté du trône. Anthony Denny se lève pour me donner une chaise près du feu, de sorte qu'ils pourront tous distinguer mon visage dans la lueur des bougies. À l'évidence, ils attendent des excuses publiques. Nan et Maud se laissent choir en silence sur un banc appuyé contre le mur, donnant l'impression de s'agenouiller.

— Nous débattions de la réforme de l'Église, lance soudain Henri. Et de la question de savoir si les femmes évangélistes qui s'investissent tant devant la cathédrale Saint-Paul prononcent des sermons aussi pieux que les savants qui passèrent des années à l'université.

Je secoue la tête.

— Je ne saurais dire. Je ne les ai jamais entendues.

— « Jamais », Kate ? insiste-t-il. Aucune d'entre elles n'est donc venue faire des sermons et chanter des psaumes dans vos appartements ?

J'agite de nouveau la tête.

— Il est possible qu'une ou deux soient venues prêcher, mais je ne m'en souviens pas.

— Mais que pensez-vous des doctrines qu'elles avancent ?

— Oh, Sire, comment pourrais-je en juger ? Il me faudrait pour cela vous demander de guider mon raisonnement.

— Vous ne raisonnez pas par vous-même ?

— Ah, mon mari et mon seigneur, comment pourrais-je exercer mon jugement alors que je n'ai reçu que l'instruction rudimentaire d'une dame de la noblesse et que mon intelligence est celle d'une faible femme ? Les hommes sont à l'image et à la ressemblance de Dieu. Je ne suis qu'une femme, si inférieure à eux à tous égards. Je m'en remets à vos avis en tout, vous qui êtes l'unique point fixe, le chef suprême qui gouvernez aux destinées humaines, après Dieu.

— Suffit ! Par la vierge Marie, voilà que vous redevenez docte et que vous prétendez de nouveau m'instruire, lance-t-il avec irritation. Vous me contredisez !

— Non, non, m'empressé-je d'objecter. Je voulais simplement distraire votre pensée de la douleur. J'ai parlé dans la seule intention de vous divertir. À mon humble avis, il est malséant, grotesque même, qu'une femme se mette en position d'enseigner à celui qui est son seigneur et son mari.

Anthony Denny hoche judicieusement la tête : c'est indéniable. Will se hisse lentement sur ses pattes avant, vraisemblablement dans le dessein de signifier que l'à-propos de ma réponse ne lui a pas échappé. Le roi se laisse apaiser.

Il regarde alentour afin de s'assurer que tout le monde suit le déroulement de la séance.

— En est-il ainsi, mon ange ? s'enquiert-il.

— Oh, oui, oui…, réponds-je.

— Et vous n'aviez pas d'intention moins avouable ?

— Jamais.

— Alors, venez m'embrasser, Kate. Car nous voilà redevenus bons amis, comme auparavant.

Je m'avance vers lui et il me hisse sur sa jambe valide, avec pour résultat que je me retrouve presque assise sur ses genoux pendant qu'il enfouit son nez dans mon cou. Je ne me départs pas un seul instant de mon sourire tandis que Will se dresse d'un bond sur ses jambes.

— Vous pouvez tous disposer, lance Henri à mi-voix, et aussitôt ses gentilshommes s'inclinent et prennent congé pendant que les pages entrent pour préparer la chambre pour la nuit.

Des bougies neuves sont placées dans les bougeoirs répartis autour de la chambre qu'ils éclairent d'une douce lueur vacillante ; on alimente le feu, et une odeur agréable de cannelle et de gingembre se répand.

Nan s'approche sous prétexte d'arranger mes cheveux.

— Fais ce que tu dois faire, rappelle-t-elle. Je t'attends.

Elle me fait une révérence et me laisse.

Derrière moi, les pages ont préparé la couche du roi, procédant au rituel consistant à enfoncer une épée dans le matelas et à se rouler dessus afin de débusquer d'éventuels meurtriers embusqués. Puis ils ont fait passer une chaufferette sur les draps propres. À présent, ils hissent le souverain sur son lit en le soulevant chacun par une épaule.

Ils laissent un plateau de confiseries à portée de sa main et une carafe de vin afin que je le serve.

Je rajuste ma magnifique chemise de nuit de soie noire brodée et m'installe près de la cheminée, jusqu'à ce qu'il me convie à m'approcher de son énorme lit. Je songe, non sans appréhension, que ce moment ressemble à ma nuit de noces, époque où je redoutais tant ses étreintes. À présent, je suis habituée ; rien de ce qu'il entreprendra ne pourra me surprendre. Je vais devoir souffrir ses moites caresses ; je n'ignore pas que je vais également devoir l'embrasser sans mot dire malgré le goût fétide de sa salive. À mon avis, sa jambe lui fait très mal et il a pris trop de drogues pour envisager de me faire monter à califourchon sur lui, aussi me suffira-t-il de sourire et de paraître incandescente. *Cela devrait aller*, me dis-je. *Je peux le faire pour mon propre salut et celui de tous ceux dont la liberté est entre les mains de ce tyran. Ma fierté s'en remettra. Ma honte survivra à cette entorse.*

— Nous voilà donc amis, observe-t-il, inclinant la tête de côté pour admirer la soie bleu nuit de mon peignoir et l'esquisse de linge blanc que je porte dessous. Mais je continue de penser que vous avez été vilaine. Je pense que vous avez lu des livres interdits et écouté des sermons non autorisés.

Me voir traitée comme une enfant au sujet de mes travaux intellectuels, cela aussi, je peux le supporter. Je baisse la tête.

— Je vous demande pardon, si j'ai fait quelque bêtise.

— Savez-vous ce que je leur fais, aux vilaines ? s'enquiert-il d'un air canaille.

Mes pensées s'embrouillent. C'est la première fois qu'il me tient ce genre de propos, par lesquels il me rabaisse tout en endossant le rôle de dupe. Mais il n'est pas question pour moi de relever le défi.

—Je ne crois pas avoir été vilaine, Sire.

—Oh si, vous avez été très vilaine ! Et savez-vous ce que je fais aux vilaines ? s'enquiert-il de nouveau.

Je secoue la tête. *Je crois bien qu'il est devenu gâteux. Cela aussi, je le supporterai.*

—Venez plus près…, lance-t-il en me faisant signe d'approcher du lit.

Je quitte mon siège et fais ce qu'il m'ordonne. Je marche avec une grâce toute féminine. Je franchis ces quelques pas la tête haute, en reine que je suis. Assurément, me dis-je, il ne peut pas prolonger bien longtemps ce jeu qui consiste à me traiter en enfant qu'on réprimande, mais la suite me prouve le contraire. Il me prend par la main et me fait approcher encore un peu.

—Je pense que vous avez lu des livres dont Stephen Gardiner dirait qu'ils sont hérétiques, vilaine enfant !

J'ouvre de grands yeux innocents que j'espère convaincants.

—Je n'agirais jamais à l'encontre des désirs de Sa Majesté. Stephen Gardiner ne m'a jamais accusée, et il n'a aucune preuve.

—Oh, si, il vous a accusée, rectifie-t-il en gloussant, comme s'il y avait là matière à rire. N'en doutez pas ! Et il a également accusé vos amis, et la prédicatrice, il avait d'ailleurs toutes les preuves nécessaires pour me démontrer, voire démontrer à un tribunal, Kate, que vous êtes, hélas, une très vilaine petite fille.

J'esquisse un sourire forcé.

—Mais je me suis expliquée…

Je remarque une lueur d'irritation dans son regard.

— Peu importe. J'affirme que vous êtes une vilaine et que vous devez être punie.

Aussitôt, je songe à la Tour et à l'échafaud dressé sur l'esplanade de verdure. Je pense à mes dames d'honneur et aux prédicateurs qui sont venus prêcher devant moi. Je pense à Anne, qui attend à la Tour d'être libérée de ses atroces souffrances.

— « Punie » ?

Il lance le bras par-dessus l'énorme barrique qui lui sert de corps et me tend sa main gauche. Je la prends et il me tire sans ménagement, comme s'il avait l'intention de me faire basculer en travers du lit.

Je capitule.

— Votre Majesté ?

— À genoux sur le lit ! ordonne-t-il. Voici venir votre châtiment.

À la vue de ma mine horrifiée, il part d'un grand éclat de rire qui déclenche chez lui une quinte de toux, et ses petits yeux porcins s'humidifient de larmes.

— Oh ! Vous imaginiez-vous que je vous ferais décapiter ? Oh, mon Dieu ! Oh, mon Dieu ! Comme les femmes sont sottes ! Quoi qu'il en soit, à genoux devant moi !

Je rassemble les jupes de ma chemise de nuit dans ma main libre et m'agenouille près de lui sur le lit. Il libère ma main, à présent que j'observe la position qu'il a requise et que j'inhale les bouffées pestilentielles qui s'échappent de sa blessure à la jambe. Je joins les mains comme l'on fait avant de prêter serment d'allégeance.

— Non, non, pas comme cela, lance-t-il avec impatience. Je ne veux pas que vous imploriez mon pardon. Mettez-vous à quatre pattes. Comme un chien.

Je lui jette un regard incrédule, et remarque qu'il a le visage tout rouge et qu'il semble bien décidé à obtenir satisfaction. Il ne plaisante pas. Devant mon hésitation, son regard se durcit.

— Je ne le répéterai pas deux fois, ajoute-t-il le plus tranquillement du monde. Des gardes attendent de l'autre côté de la porte et mon canot est prêt pour vous emmener à la Tour dès ce soir sur un seul mot de moi.

— Je sais…, commencé-je d'un ton précipité. C'est simplement que j'ignore ce que vous attendez de moi, mon mari et mon seigneur. Je ferais n'importe quoi pour vous, vous le savez. J'ai promis de vous aimer…

— Je vous ai dit ce que je voulais que vous fassiez, observe-t-il, non sans raison. Mettez-vous à quatre pattes comme un chien !

La honte me brûle le visage. Je me mets donc à quatre pattes sur le lit et laisse retomber ma tête en avant afin de m'épargner le spectacle de son expression triomphante.

— Soulevez votre chemise.

En voilà trop !

— Je ne peux pas, dis-je, mais cela le fait sourire.

— Relevez-la sur vos reins, ordonne-t-il. Allez, relevez bien votre chemise, votre petit linge également, que votre cul soit aussi nu que celui d'une catin de Smithfield.

— Votre Majesté…

Il m'interrompt d'un geste de la main droite, me rappelant que le silence est de mise. Je le regarde, me demandant si je vais oser braver l'interdit.

— Mon canot…, susurre-t-il. Il vous attend…

Lentement, je remonte ma chemise sur mes hanches – froid contact de la soie sous mes doigts. Elle s'enroule autour de ma taille, exposant presque complètement ma nudité, tandis que je suis toujours à quatre pattes sur le lit du roi.

Il fouille sous les couvertures ; pendant un instant, je me demande avec horreur si, excité par mon corps à demi nu, il n'est pas en train de se masturber et s'il n'a pas l'intention de me soumettre à pire abjection encore. Mais lorsque sa main réapparaît, il tient une courte cravache qu'il me montre et exhibe sous mon nez brûlant de honte.

— Vous voyez ? s'enquiert-il à mi-voix. Elle n'est pas plus grosse que mon petit doigt. Les lois du pays – mes lois – stipulent qu'un mari a le droit de battre sa femme si la verge n'est pas plus grosse que son doigt. Constatez-vous qu'il s'agit là d'une petite cravache effilée qu'il m'est licite d'utiliser sur vous ? Sommes-nous bien d'accord ?

— Votre Majesté ne…

— C'est la loi, Catherine. Tout comme la loi qui réprime l'hérésie ou celle qui punit la trahison. Comprenez-vous que je suis à la fois le législateur et celui qui fait appliquer la loi, et que rien ne se passe en Angleterre sans mon assentiment ?

J'ai les jambes et les fesses glacées. Je penche la tête vers les couvertures nauséabondes.

— Je comprends, réponds-je avec difficulté.

Il approche le fouet encore plus près, puis le fourre sous mes yeux.

— Regardez ! s'exclame-t-il.

Je relève la tête et obtempère.

— Embrassez la badine, ordonne-t-il.

Je ne peux réprimer un mouvement de recul.

— Comment ?

— Embrassez la verge ! En signe de consentement à votre châtiment. Soyez une bonne fille, embrassez la verge qui vous punit.

Je l'observe d'un air ahuri et me demande brièvement si je peux lui désobéir. Il me rend mon regard, avec un calme olympien. Seules sa figure écarlate et sa respiration rapide révèlent son excitation. Il approche la cravache plus près encore de ma bouche.

— Allez, m'encourage-t-il.

Je tends les lèvres. Il place la tresse de cuir contre ma bouche. Je l'embrasse. Il applique la partie la plus épaisse contre ma joue. Je l'embrasse également. Il me présente son poing serré sur le manche de la cravache et j'embrasse aussi sa main replète. Puis, sans se départir de son regard dur, il brandit la verge de cuir au-dessus de mes fesses et l'abat de toutes ses forces.

Je pousse un cri de douleur et cherche à me dérober, mais il me tient fermement par le haut du bras et frappe de nouveau. Par trois fois, le sifflement du fouet est suivi de l'horrible douleur qui succède à l'impact. Des larmes brûlantes me montent aux yeux tandis qu'il me met derechef la cravache sous le nez et me susurre :

— Embrassez-la, Catherine, et dites que vous serez obéissante à l'avenir, ainsi qu'il sied à une bonne épouse.

J'ai du sang dans la bouche, parce que je me suis mordu les lèvres. Ce sang a un goût de poison. Je sens la brûlure des larmes sur mes joues mais pas le moindre petit sanglot ne parvient à sortir de ma gorge. Il agite la cravache devant moi, et je l'embrasse tandis qu'il réitère son ordre :

— Dites-le !

— Je serai obéissante à l'avenir, ainsi qu'il sied à une bonne épouse, répété-je.

— Dites : merci, mon mari et mon seigneur.

— Merci, mon mari et mon seigneur

Il se tait. Je reprends mon souffle à grand-peine. Je suis secouée de sanglots. Supposant que ma punition a pris fin, je remets ma chemise de nuit en place. Mes fesses me cuisent, et je crains qu'elles ne se mettent à saigner et que mon petit linge ne soit taché.

— Encore une chose, commence-t-il d'un ton caressant, me maintenant toujours à quatre pattes.

J'attends la suite.

Il rejette les couvertures et je découvre qu'il porte, telle une monstrueuse érection retenue par des sangles à son gros ventre lisse, la braguette d'ivoire et de soie du tableau. C'est une vision grotesque, démente, qui dresse ses broderies d'argent et ses brocarts de perles sur son ventre pourrissant.

— Embrassez aussi cela, ordonne-t-il.

Ma volonté est tout à fait brisée. Je sèche mes larmes du revers de la main. Ce baiser-là aussi, je le donnerai pour sauver ma vie.

Il met la main sur son entrejambe et le caresse comme s'il en attendait du plaisir. Il glousse.

— Vous n'avez pas le choix, fait-il simplement remarquer.

J'acquiesce. *Je sais que je n'ai pas le choix.* Je penche la tête en avant et pose mes lèvres sur l'arête incrustée de joyaux. D'un geste cruel, il m'attrape d'une main par les cheveux au niveau de la nuque et m'écrase violemment le visage contre la braguette qui heurte mes dents tandis que les perles m'écorchent les lèvres. Je ne me dérobe pas à la douleur. Je reste impassible tandis qu'il mime à n'en plus finir le viol de ma bouche, tant et si bien que mes lèvres, tuméfiées par les perles et les brocarts, commencent à saigner.

Il est épuisé, il a le visage congestionné et en nage. La braguette d'ivoire est couverte de mon sang, comme s'il venait de déflorer une vierge grâce à cet artifice. Il se laisse retomber sur ses oreillers et émet un profond soupir de satisfaction.

— Vous pouvez disposer.

Il est très tard lorsque je quitte la chambre du roi et en referme la porte silencieusement derrière moi. Je traverse d'un pas raide l'antichambre et débouche dans la chambre de parade où attendent ses pages.

— Allez-y, lancé-je en mettant ma main devant ma bouche tuméfiée. Sa Majesté veut à boire et à manger.

Nan et Maud Lane se lèvent de leurs sièges près du feu. La double porte qui sépare l'antichambre de la chambre proprement dite a étouffé mes cris. Mais Nan devine tout de suite que je suis sous le choc.

— Que t'a-t-il fait ? s'enquiert-elle, scrutant ma figure livide, remarquant les enflures, le sang étalé sur ma bouche.

— Ce n'est rien, réponds-je.

Nous retournons sans mot dire à l'aile du palais réservée à la reine. J'ai conscience de marcher pesamment, je sens ma chemise de nuit coller aux marques laissées par la fustigation. J'emprunte les couloirs secrets jusqu'à ma chambre. Maud me fait sa révérence et ferme la porte. Nan défait les rubans de ma chemise de nuit.

— Ne fais venir personne, imploré-je. Je dormirai dans mon linge de corps. Je me laverai demain.

— Tes vêtements empestent l'odeur de sa blessure, observe Nan.

— Mon corps aussi, rétorqué-je sèchement. Mais je dois dormir. Je ne peux supporter…

Elle enlève sa robe et s'allonge. Pour la première fois de ma vie, je vais me coucher sans avoir prié avant au pied de mon lit. Les mots me manquent ce soir, je me sens loin de Dieu. Je me glisse entre les draps froids. Nan éteint la bougie d'un souffle bref, et les ombres de la pièce se propagent en ténèbres qui nous enveloppent, jusqu'à ce que seul demeure visible le contour lumineux des volets qui annonce le lever du soleil. Éveillées, nous restons sans parler pendant un long moment. Ma petite horloge en argent sonne 4 heures. Puis Nan rompt le silence.

— Il t'a fait mal ?

— Oui, réponds-je.

— Volontairement ?

— Oui.

— Mais il t'a pardonné ?

— Il a voulu briser mon indépendance d'esprit, et je pense qu'il a réussi. Ne me pose plus de questions, Nan.

Nous dormons par intermittence. Je ne rêve pas du château obscur et de la suppliciée aux membres désarticulés, ni des épouses mortes derrière les portes fermées à clé. Il m'est arrivé l'une des pires choses qui puissent advenir à une femme dotée de quelque fierté : je n'aurai plus peur de mes rêves à l'avenir. Lorsque les femmes de chambre entrent au matin avec l'aiguière d'eau chaude, elles me trouvent occupée à mettre mes vêtements souillés au rebut et à ordonner qu'on me prépare un bain. Je veux débarrasser ma peau, mes cheveux de l'odeur de sa jambe purulente. Je veux me débarrasser du goût fétide que j'ai dans la bouche. Je me sens souillée, j'ai l'impression d'avoir été salie et que je ne pourrai plus jamais être propre de nouveau. *Il m'a brisée, je le sais.*

M'humilier a rendu la santé au roi. Soudain, il se sent suffisamment gaillard pour manger avec la Cour, et cet après-midi-là, c'est en ma compagnie qu'il pénètre au jardin sur sa chaise roulante poussée par un page. Nan, lady Tyrwhit et la petite lady Jane Grey marchent à mon côté, mes autres dames d'honneur flânant à notre suite ; en outre, le souverain me tient la main tandis que nous avançons. Un hêtre éploie son feuillage au centre du jardin privé du roi. Celui-ci fait arrêter son fauteuil à l'ombre du grand arbre et quelqu'un va quérir un tabouret afin que je puisse m'asseoir auprès de Sa Majesté. Non sans précautions, je m'installe sur le siège. Henri sourit lorsqu'il s'avise que je ne peux pas m'asseoir sans réveiller la douleur.

— Vous souriez, mon mari et mon seigneur ?

— À présent, nous allons assister à une pièce de théâtre.

— Une pièce ? Ici ?

— Oui, parfaitement. Et quand la représentation sera terminée, vous m'en direz le titre.

— Parleriez-vous par énigmes, Sire ? demandé-je.

Je sens la peur me gagner.

Le petit portail de fer grince légèrement sur ses gonds puis s'ouvre en grand. Des gardes en franchissent le seuil au pas de course et se massent en nombre dans le petit jardin. J'en compte au moins une quarantaine. Ils sont vêtus de la livrée des hallebardiers de la garde royale. Je me dresse sur mes jambes. Pendant un instant, je songe à une mutinerie contre le roi : il est en danger. Je cherche du regard les pages qui l'ont poussé jusqu'ici, les gentilshommes de la Cour… Aucun d'entre eux ne se trouve à portée de voix. En conséquence, je fais aussitôt rempart devant lui, prête à lui servir de bouclier, quelle que soit la menace. *Je lui sauverai la vie si je le peux.*

— Tout doux, me met-il en garde. Rappelez-vous, c'est une pièce.

Ces gardes-ci ne sont donc pas des traîtres. Ils sont suivis de lord Wriothesley qui tient une lettre roulée à la main. Son visage ténébreux rayonne de victoire. Il s'approche de moi, tout sourires, et déroule la lettre, me montrant le cachet, qui n'est autre que le sceau royal. C'est un mandat d'arrestation à mon nom.

— Reine Catherine, connue sous le nom de Parr, vous êtes en état d'arrestation pour hérésie touchant à la trahison, déclame-t-il. Voici le mandat. Vous devez me suivre à la Tour.

J'en ai le souffle coupé. Je jette un regard plein d'angoisse à mon mari. Il est radieux. C'est la plus colossale plaisanterie, la plus grosse farce jamais organisée par lui. Après avoir brisé ma volonté, il entend à présent me briser le cou, et je ne peux me plaindre, je ne peux clamer mon innocence. Je ne peux pas même implorer son pardon parce que je ne parviens plus à respirer.

Ma vue même se brouille. J'aperçois Nan qui accourt vers nous en coupant par le gazon, le masque déformant de la peur sur le visage. Derrière elle, la petite Jane Grey hésite, fait un pas en avant, puis se ravise lorsque lord Wriothesley brandit son mandat et répète :

— Vous devez me suivre jusqu'à la Tour, Votre Majesté. Sans délai, je vous en prie.

Il est rayonnant.

— De grâce, ajoute-t-il, ne m'obligez pas à donner à ces hommes l'ordre de vous emmener de force.

Puis il se tourne vers le roi et met un genou en terre devant lui.

— Je suis venu pour faire exécuter vos ordres, déclare Wriothesley, d'une voix débordante de satisfaction.

Là-dessus, il se redresse. Il s'apprête à faire signe aux gardes de m'encercler, lorsque…

— Imbécile ! hurle à pleins poumons Henri. Espèce de sot ! Fripon ! Fieffée canaille ! Brute dégénérée !

Wriothesley retombe à genoux face à ce brusque déluge d'insultes rageuses.

— Comment ?

— Comment osez-vous ? lance Henri. Comment osez-vous vous introduire dans mon propre jardin pour insulter la reine ? Ma tendre épouse… Êtes-vous devenu fou ?

Wriothesley entrouvre les lèvres puis les referme, comme font les grosses carpes des étangs.

— Comment osez-vous venir ici faire de la peine à ma femme ?

— Le mandat, Votre Majesté ? Celui qui porte votre sceau.

— Comment osez-vous exhiber une telle abomination devant elle ? Une femme acquise à mes intérêts, qui n'a d'esprit que le mien, de pensée que la mienne, dont le corps m'obéit au doigt et à l'œil, dont l'âme immortelle est sous ma garde ? Ma femme. Ma femme bien-aimée.

— Mais vous avez dit qu'elle devrait être…

— Insinuez-vous que je serais capable de faire arrêter ma propre épouse ?

— Non ! s'empresse de répondre Wriothesley. Non, bien sûr que non, Votre Majesté, pas le moins du monde.

— Hors de ma vue ! hurle Henri, comme si pareille déloyauté le rendait fou. Je vous abhorre ! Je ne veux plus jamais vous voir.

— Mais, Votre Majesté…

— Disparaissez !

Wriothesley s'incline jusqu'à terre et repasse tant bien que mal le portail du jardin à reculons. Les gardes improvisent une sortie désordonnée et se hâtent d'emboîter le pas au lord Chancelier, se bousculant pour quitter le parc ensoleillé avant que la fureur du roi ne s'abatte sur eux. Henri attend que tous les protagonistes soient partis et que le portail ait été refermé dans un grand fracas par le garde en faction qui nous tourne ensuite le dos. Une fois le calme et le silence revenus, le souverain se tourne vers moi.

Il rit tant qu'il ne parvient pas à articuler un mot. Pendant un instant, je crains qu'il ne soit en train d'avoir une attaque. Des larmes se pressent au coin de ses paupières mi-closes et coulent sur ses joues déjà ruisselantes de sueur. Son visage est d'une rougeur alarmante, et il suffoque, la main sur son ventre secoué de spasmes. De longues minutes s'écoulent pendant lesquelles il émet des gloussements gutturaux avant de se reprendre enfin. Il ouvre ses petits yeux et sèche ses joues humides.

— Mon Dieu ! s'exclame-t-il. Seigneur Tout-Puissant !

Il s'avise de ma présence auprès de lui et de celle de mes dames de compagnie qui attendent, livides. Pour ma part, je suis encore pétrifiée d'effroi.

— Comment s'intitule la pièce, Kate ? s'enquiert-il entre rire et larmes.

Je fais signe que je l'ignore.

— Allons, vous qui êtes si intelligente ? Si instruite ? Quel est le titre de la pièce ?

— Votre Majesté, je ne saurais le deviner.

— Mais *La Reine apprivoisée*, bien sûr ! s'écrie-t-il. *La Reine apprivoisée* !

Je continue à sourire du bout des lèvres. Je considère sa figure écarlate et moite de sueur, et laisse les salves de son rire à répétition déferler sur moi comme s'il s'agissait des croassements rauques des corbeaux de la Tour.

— Je suis le maître des chiens, rappelle-t-il, cessant tout à coup de plaisanter. Je vous ai tous à l'œil. Je vous lance à la gorge les uns des autres. Pauvres petits bâtards. Pauvre petite chienne.

Le roi reste assis au jardin jusqu'à ce que les ombres s'allongent sur la douce herbe verte et que les oiseaux commencent à battre le rappel au sommet des arbres. Les hirondelles zigzaguent le long des coudes dessinés par le fleuve, virevoltant au-dessus de leur propre reflet argenté et plongeant dans l'eau pour se désaltérer. Les courtisans s'en reviennent de leurs jeux d'un pas alangui, tels des enfants comblés, le visage rougi par l'effort. La princesse Élisabeth relève la tête et me sourit, et je remarque des taches de rousseur sur son nez qui me font penser à des grains de poussière sur du marbre ; je me promets de rappeler à sa suivante de faire en sorte de la munir d'une coiffe chaque fois qu'elle met le nez au-dehors.

— Ce fut une magnifique journée, se félicite Henri. Dieu sait à quel point ce pays est merveilleux !

— Il nous gâte, conviens-je à mi-voix, et le roi se rengorge, comme si l'été, le temps qu'il fait, et même le soleil qui descend derrière le miroir du fleuve étaient un effet de sa grâce.

— Je viendrai dîner, annonce-t-il. Et après, je vous autorise à me retrouver dans ma chambre, et vous me parlerez de vos réflexions, Kate. J'aime vous entendre m'entretenir de vos lectures et de vos sujets de méditation.

Il s'esclaffe de me voir soudain pâlir.

— Oh, Kate ! Vous n'avez rien à craindre. Je vous ai enseigné tout ce que vous avez besoin de savoir, n'est-ce pas vrai ? Sont-ce mes traductions que vous lisez ? Vous êtes mon épouse chérie, n'est-ce pas ? Et nous sommes amis ?

— Bien sûr, bien sûr, réponds-je.

Et je m'incline comme si l'invitation me remplissait de joie.

— Et vous pouvez me demander tout ce que vous voulez. N'importe quel petit cadeau, n'importe quelle menue faveur. Tout ce que vous voudrez, ma douce.

J'hésite. *Oserai-je lui parler d'Anne Askew, la femme brisée qui gît à la Tour et qui attend de savoir si elle vivra ou mourra ?* Il a dit que je pouvais lui demander tout ce que je voulais, et il vient de m'assurer que je n'ai rien à craindre.

— Votre Majesté, il y a une petite chose, commencé-je. Une chose qui est de peu d'importance pour vous, j'en suis sûre, mais qui est mon vœu le plus cher.

Il m'arrête d'un geste de la main.

—Ma chère, n'avons-nous pas appris aujourd'hui qu'aucune chose, si infime soit-elle, ne peut s'immiscer entre deux époux tels que nous ? Votre vœu le plus cher ne peut être que le mien également. Pas d'argument entre nous. Nul besoin de me demander quoi que ce soit. Nous ne faisons qu'un.

—Il s'agit de mon amie…

—Vous n'avez pas de meilleur ami que moi.

—Nous ne faisons qu'un, répété-je d'un air morne.

—La sacro-sainte unité ! résume-t-il.

Je baisse la tête.

—Dans un pieux silence…, ajoute-t-il.

—Elle est morte, m'apprend brutalement Nan, tandis que l'on brosse mes cheveux avant le dîner.

Le mouvement de la lourde brosse dans mon épaisse chevelure, son tiraillement ponctuellement douloureux, tout cela semble faire partie de la nouvelle qu'elle m'annonce. Je n'interromps pas Susan, la servante qui me prépare comme si j'étais une jument qu'on s'apprête à faire saillir par l'étalon. Je laisse ma tête retomber d'un côté puis de l'autre sous les implacables coups de brosse. Le miroir me renvoie mon reflet : peau blanche, yeux meurtris, lèvres tuméfiées. Ma tête ballotte d'avant en arrière comme celle d'une poupée qui dit « oui ».

—Qui ?

Je pose la question bien que je connaisse la réponse.

—Anne Askew. Je viens de l'apprendre par un messager venu de Londres. Catherine Brandon y séjourne à son domicile. Elle m'a fait parvenir un billet. Ils l'ont tuée ce matin.

Je manque de m'étrangler.

— Dieu leur pardonne ! Dieu me pardonne ! Dieu invite son âme au paradis.

— Amen.

Je fais signe à Susan de se retirer, mais Nan n'est pas de cet avis.

— Il faut qu'elle te coiffe et épingle ta capuche. Tu dois te rendre au dîner. Malgré tout.

— Comment le pourrais-je ? demandé-je.

— Parce qu'elle est morte sans avoir jamais prononcé ton nom. Elle a accepté le supplice du chevalet pour te sauver, et elle a consenti à la mort pour que tu puisses te rendre à dîner et que, lorsqu'un vent favorable soufflera de nouveau, tu puisses soutenir la réforme de l'Église. Elle était consciente que tu devais avoir les mains libres pour influencer le roi, quand bien même nous serions tous exécutés. Même s'il fait le vide autour de toi en nous éliminant un par un. Fusses-tu la seule à demeurer en vie, tu dois continuer d'œuvrer pour le succès de la réforme en Angleterre. Sinon elle sera morte pour rien.

J'aperçois le visage horrifié de Susan derrière mon reflet dans le miroir.

— Tout va bien, lui lancé-je. Vous n'aurez pas à témoigner.

— Mais toi, si ! s'exclame Nan à mon intention. Anne est morte sans reconnaître qu'elle avait eu commerce avec aucune d'entre nous afin que tu puisses continuer de réfléchir, de parler et d'écrire. Afin que tu portes le flambeau.

— Elle a souffert.

Ce n'est pas une question. Elle fut enfermée seule avec trois hommes dans la salle de torture de la Tour. Aucune femme n'y avait jamais mis les pieds auparavant.

— Dieu la bénisse. Ils lui avaient tellement brisé les os qu'elle ne put marcher jusqu'au bûcher. John Lascelles, Nicholas Belenian et John Adams furent brûlés en même temps qu'elle, mais ces hommes ont pu marcher jusqu'au supplice. Elle seule avait subi la torture. Les gardes durent la porter ficelée sur une chaise. Ils ont dit qu'elle avait les pieds retournés en dedans comme si elle voulait marcher à l'envers, et que ses épaules et ses coudes étaient tous disjoints. Sa colonne vertébrale était démise, ses vertèbres cervicales n'étaient plus accrochées à ses clavicules.

Je laisse retomber ma tête en avant et mets les mains devant mes yeux.

— Dieu la garde.

— Amen, lâche Nan. Un messager est venu lui proposer la grâce du roi alors qu'ils arrimaient la chaise au bûcher.

— Oh, Nan ! Elle aurait pu abjurer ?

— Tout ce que ses bourreaux voulaient, c'était ton nom. Ils l'auraient fait descendre, si elle leur avait donné ton nom.

— Oh, Dieu me pardonne !

— Elle a écouté le sermon du prêtre mais n'a dit « Amen » que lorsqu'elle était d'accord avec ce qu'il déclarait. Puis on a apporté les torches et allumé le feu.

— Nan, j'aurais dû faire davantage !

— Tu ne pouvais pas faire davantage. Franchement, aucune d'entre nous ne le pouvait. Si elle avait voulu échapper à la mort, elle aurait pu leur dire ce qu'ils voulaient entendre. Ils lui avaient clairement fait comprendre ce qu'ils attendaient d'elle.

— Simplement qu'elle prononce mon nom ?

— Toute cette opération n'avait qu'un dessein : pouvoir te désigner au roi comme hérétique et se débarrasser de toi.

— Ils l'ont brûlée ?

Ce doit être horrible de mourir attachée sur un bûcher, les pieds entourés d'un tas de fagots, avec l'odeur de la fumée lorsque le bois s'enflamme. Ce doit être affreux de voir s'effacer peu à peu derrière la fumée qui s'élève les visages des membres de sa famille et de ses amis venus prier ; puis d'entendre l'affreux crépitement de ses propres cheveux qui s'embrasent et de sa robe qui se consume ; sans oublier l'insupportable douleur…

Je romps le fil de mes pensées et me frotte les yeux. *Comment pourrais-je imaginer la douleur que ressentit Anne lorsque sa robe prit feu, que ses manches furent dévorées par les flammes qui léchaient ses bras, ses épaules, son cou gracile et blanc ?*

— Catherine Brandon lui avait fait parvenir une bourse de poudre à canon et elle l'avait avec elle dans les plis de sa robe. Quand la chaleur a été suffisamment intense, la poudre a fait exploser son crâne. Elle n'a pas eu à souffrir longtemps.

— Est-ce là tout ce que nous avons pu faire pour elle ? Est-ce là le seul bien que nous ayons pu lui faire ?

— Oui.

— Mais elle dut laisser les gardes attacher ses membres disloqués à la chaise et porter une bourse de poudre à canon contre son cou démis ?

— Oui. Je n'irai pas jusqu'à dire qu'elle n'a pas souffert. Mais disons qu'elle n'a pas brûlé… vive.

Le franc-parler de Nan me fait m'étouffer avec mon propre vomi. Je pose le front sur la table au milieu des brosses à cheveux et des peignes en argent, et, dans un haut-le-cœur, je répands de la bile sur les précieux ustensiles et les flacons en verre.

Je me lève et tourne le dos au miroir. Sans un mot, Susan range, m'apporte un linge pour que je m'essuie et de la petite bière pour que je me rince la bouche et recrache. Deux servantes accourent à sa suite pour éponger mes vomissures par terre. Puis je me rassois face au miroir et me trouve face au visage d'une blancheur cadavéreuse de celle qu'Anne Askew a sauvée par sa mort.

Nan attend que je reprenne mon souffle.

— J'ai choisi ce moment pour te l'annoncer parce que le roi aura été informé que tout s'est déroulé conformément à ses ordres. Quand il viendra à tes appartements ce soir, il saura que la plus courageuse des femmes d'Angleterre a été brûlée aujourd'hui et qu'à l'heure où nous entrerons dans la grand-salle des banquets pour le dîner, les pavés de Smithfield seront balayés de ses cendres.

Je relève la tête.

— C'est insupportable !

— Oui, insupportable, convient-elle.

Catherine Brandon revient à la Cour avec un teint si blême que personne ne remet en doute sa récente indisposition. Elle vient me voir dans ma chambre.

— Elle n'a pas prononcé votre nom, annonce-t-elle. Pas même lorsqu'on lui a proposé de la descendre du bûcher en échange. Même là, elle a tenu bon. Nicholas Throckmorton était présent, et elle l'a regardé dans les yeux et lui a souri en hochant la tête afin de lui assurer que nous n'avions rien à craindre.

— Elle a souri ?

— Elle a dit « Amen » aux prières puis elle a souri. Nicholas a rapporté que la foule était indignée par sa mort. Il n'y a pas eu d'acclamations – juste une longue et sourde plainte. Le roi a déclaré que c'était la dernière fois qu'une prédicatrice était brûlée en Angleterre. Le peuple ne le tolérera pas.

Nous patientons dans ma chambre de parade où la moitié de la Cour s'est rassemblée. Henri entre ; il est rayonnant, sur sa chaise poussée par des pages. Nous nous inclinons comme un seul homme, puis je me place auprès de lui. Il me tend la main, et je la prends. Son étreinte est si chaude et si moite que je me figure un instant qu'il a du sang sur les mains, mais ce n'est qu'un reflet rougeoyant causé par le vitrail de la fenêtre.

— Tout va bien ? s'enquiert-il gaiement.

Pourtant il sait forcément que je suis au courant de la mort d'Anne.

— Tout va bien, réponds-je tranquillement.

Et là-dessus nous allons dîner.

Été 1546, palais de Hampton Court

Le beau temps se maintient et le roi lui-même est aussi radieux que nos matinées ensoleillées. Il annonce qu'il se porte de nouveau bien, beaucoup mieux, qu'il ne s'est même jamais porté aussi bien, qu'il se sent redevenu jeune homme. Je le regarde en me disant qu'il nous enterrera tous. Il renoue avec tous les aspects de la vie de Cour et prend chaque repas assis sur son grand trône, réclamant plat après plat, tandis qu'à la cuisine on se débat avec des charretées d'ingrédients qui arrivent par les allées jusqu'aux immenses portes voûtées de l'office pour y être transformées en pyramides de mets cuisinés. Le monarque reprend sa place coutumière au centre de la Cour, tel le nombril du monde. Et la machinerie qu'est la Cour redevient une fois de plus cet énorme mécanisme d'horlogerie qui absorbe de la nourriture et recrache des divertissements.

Il quitte même sa chaise roulante pour faire quelques pas lents dans le jardin ou pour entrer dans la salle des banquets. Les pages marchent à ses côtés. Il s'appuie lourdement sur leurs épaules. Mais il affirme qu'il peut marcher quasiment sans aide et qu'il ne s'en privera pas. Il jure qu'il remontera à cheval, et lorsque mes dames et moi-même dansons pour lui, ou lorsque les danseurs masqués font leur apparition et choisissent leurs cavaliers et cavalières, il annonce que, peut-être, la semaine prochaine, il sera sur pied pour danser allégrement.

Il réclame à grands cris qu'on le divertisse, et aussitôt choristes, musiciens et jongleurs se lancent dans une frénésie créative pour faire entendre chaque soir au souverain un nouvel air ou un nouveau madrigal. Il hurle de rire à la moindre plaisanterie. Will Somers n'eut jamais plus de succès, ce qui l'encourage à jongler de manière extraordinairement malhabile. À tous les repas, il se fait servir des petits pains blancs qu'il fait tournoyer au-dessus de sa tête et les lance au hasard dans la salle où les chiens bondissent pour les attraper au vol sans que Will ne puisse les prendre de vitesse. Puis ce dernier se plaint que personne ne comprend son art et poursuit les chiens jusque sous la table d'où monte un joyeux et retentissant vacarme tandis que l'assistance parie, qui sur les chiens, qui sur Will. Le roi mise de l'argent et perd une petite fortune au profit de ses courtisans, qui ont la sagesse de la lui restituer lors du jeu suivant. Henri aime passionnément la vie, d'un amour qui le met en joie. Et, de l'avis général, on ne l'avait pas vu ainsi depuis des années. Les gens assurent que le mérite m'en revient, que c'est grâce à moi s'il recouvre jeunesse et joie de vivre. On me demande ce que j'ai bien pu faire pour le rendre si heureux.

Un soir au dîner, je remarque la présence d'un étranger vêtu aussi somptueusement qu'un noble d'Espagne. Il vient faire sa révérence au roi puis va s'asseoir à la table réservée aux seigneurs de l'aristocratie.

— Qui est-ce ? demandé-je à Catherine Brandon, qui se tient debout derrière ma chaise.

Elle se penche en avant afin de pouvoir me susurrer la réponse à l'oreille :

— Cet homme, Votre Majesté, c'est Guron Bertano. Il semblerait qu'il soit un émissaire du pape.

J'étouffe à temps un cri de surprise.

— « Du pape » ?

Elle confirme d'un hochement de tête en faisant la moue.

— Le pape nous envoie un diplomate ? À la Cour ? Après tout ce qui s'est passé ?

— Oui, se contente-t-elle de dire.

— C'est impossible ! m'exclamé-je précipitamment. Le roi est excommunié depuis des années. Il a traité le pape d'antéchrist. Comment se fait-il qu'il reçoive son messager ?

— Apparemment, le pape envisage d'accueillir de nouveau l'Église d'Angleterre dans le giron de Rome. Ils n'ont plus qu'à s'accorder sur les modalités.

— Nous redevenons catholiques romains ? marmonné-je d'un ton incrédule. Après toutes les souffrances endurées ?

Malgré tous les progrès que nous avons réalisés ? En dépit des sacrifices consentis ?

— Vous n'avez pas faim, mon amour ? tonne Henri à côté de moi.

Je me tourne promptement vers lui, tout sourires.

— Oh, si, réponds-je.

— Le gibier est excellent.

Il fait signe au serviteur.

— Redonnez du gibier à la reine !

Je me tais pendant que la viande brune s'entasse dans mon assiette dorée avant d'être recouverte par un épais jus sombre.

— La chair de la biche est toujours plus tendre que celle du faon.

Sur ces mots, Henri me gratifie d'un clin d'œil.

— Je suis contente de vous voir de si bonne humeur, mon mari et mon seigneur.

— Je m'amuse follement ! s'écrie Henri.

Il suit mon regard jusqu'à l'émissaire du pape qui est tranquillement assis à table où il prend plaisir à son repas.

— Et je suis le seul à connaître les règles du jeu ! ajoute-t-il.

— Vous méritez qu'on vous complimente, me glisse Édouard Seymour d'une voix à peine voilée tandis que ma Cour profite des derniers instants de fraîcheur près du fleuve avant que la chaleur ne devienne trop intense.

Lord Seymour est rentré de Boulogne, dont il a enfin été relevé du commandement, et exerce de nouveau son influence au sein du Conseil privé. Lord Wriothesley ne s'est pas remis de la farce macabre dans le jardin du roi. Quant à Stephen Gardiner, il se tient très tranquille, l'envoyé du pape étant reparti avec seulement de vagues promesses, et nous espérons tous que les forces favorables à la réforme reprennent peu à peu le dessus. Je devrais être contente.

—Ah, oui ?

—Vous avez réussi là où aucune de ses précédentes épouses n'avait réussi.

Je jette un coup d'œil alentour, mais Édouard Seymour n'est pas du genre imprudent, et personne ne nous écoute.

—Vraiment ?

—Vous avez mécontenté le roi, puis vous avez obtenu son pardon. Vous êtes une femme intelligente, Votre Majesté. Votre expérience est sans précédent.

Je baisse la tête. *Je ne saurais m'en expliquer. J'ai honte, j'ai atrocement honte. En attendant, Anne Askew est morte.*

—Vous savez le mener, poursuit-il. Vous êtes une diplomate hors pair !

Je sens le rouge me monter aux joues tandis que je me souviens de mon humiliation. Je n'ai pas besoin qu'Édouard me rappelle cette nuit-là. Je ne l'oublierai jamais. J'ai le sentiment que je ne pourrai jamais laver la honte que j'en garde. Il m'est même insupportable d'entendre Édouard spéculer au sujet de ce que j'ai pu faire pour amener Henri à déchirer mon mandat d'arrêt.

—Sa Majesté est magnanime, répliqué-je à mi-voix.

—Plus que cela, insiste-t-il. Il a changé son mousquet d'épaule. On n'allumera plus de bûcher contre l'hérésie. L'état d'esprit du pays s'y oppose, et le roi se range à son avis. Il dit qu'Anne Askew aurait dû être graciée, et qu'elle sera la dernière à avoir subi ce châtiment. C'est le fruit de votre influence, Votre Majesté, et tous ceux qui désirent voir la réforme de l'Église advenir vous seront reconnaissants.

Ils sont nombreux, ceux qui rendent grâce à Dieu de vous avoir pour reine. Nombre de personnes savent que vous êtes une érudite, une théologienne et un chef de file.

— Tout cela arrive trop tard pour certains, protesté-je à voix basse.

— Certes, mais d'autres croupissent encore en prison, fait-il remarquer. Vous pourriez demander leur libération.

— Le roi ne recherche pas mon conseil, rappelé-je.

— Une femme telle que vous est tout à fait à même d'instiller une idée dans la tête de son mari puis de le féliciter d'y avoir songé, insiste de nouveau Édouard, tout sourires. Vous savez vous y prendre. Vous êtes la seule femme à y être jamais parvenue.

Il me semble, à moi, que j'ai commencé mon règne en femme éclairée appliquée à l'étude et qu'à présent je suis devenue une catin qui apprend à jouer des mauvais tours.

— Il n'est pas indigne de vous humilier pour une cause telle que celle-là, fait valoir Édouard, comme s'il avait deviné ma pensée. Les papistes battent en retraite, le souverain s'est retourné contre eux. Vous pourriez faire élargir des hommes de valeur et amener le roi à changer la loi afin de permettre au peuple de prier comme il l'entend. Vous devez user de votre charme et de votre beauté… Avec l'habileté d'Ève et l'esprit de la Vierge Marie… Telle est la condition d'une femme de pouvoir.

— Voilà qui est étrange, car je me sens impuissante, avoué-je.

— Vous devez faire usage des dons qui sont à votre disposition, assure-t-il, reprenant à son compte le conseil que l'honnête homme donne à la catin depuis la nuit des temps. Vous devez user des armes qu'on vous autorise.

Je prends grand soin de ne pas prononcer le moindre mot susceptible d'être interprété par le roi comme une remise en cause. Je lui demande de m'expliquer sa pensée au sujet de la signification du purgatoire, et c'est avec un immense intérêt que je l'entends me répondre qu'aucun verset biblique n'atteste l'existence de cet état post mortem, et que la doctrine correspondante fut inventée par l'Église à seule fin de financer les chapelles funéraires et de faire payer des messes. Je l'écoute en prenant un air de disciple désireux d'apprendre tandis qu'il avance des thèses que je conçois moi-même depuis que j'ai entrepris d'étudier. Le voilà qui se réfère à des livres que j'ai lus puis cachés pour préserver ma propre sécurité ; et il me communique ses découvertes comme s'il s'agissait de grandes nouveautés qu'il me fallait apprendre de lui. La petite lady Jane Grey connaît ces spéculations, la princesse Élisabeth les a lues ; je les leur ai moi-même enseignées. Mais je ne perds pas de vue que je suis assise en présence du roi, et je ne manque ni de m'exclamer haut et fort ni de souligner sa perspicacité lorsqu'il détaille des évidences que même un aveugle saurait voir.

— Je vais faire libérer les prisonniers qui sont enfermés pour hérésie, annonce-t-il. Aucun homme ne devrait être emprisonné pour délit d'opinion, en tout cas pas s'il s'interroge avec respect et intelligence.

J'acquiesce en silence, feignant d'être bouleversée par sa vision des choses.

— Vous serez contente d'apprendre qu'un prédicateur comme Hugh Latimer a de nouveau le droit de s'exprimer, lance Henri d'un ton provocateur. Il venait prêcher dans vos appartements, n'est-ce pas ? Vous pouvez renouer avec vos sermons de l'après-midi.

Je choisis mes mots avec un soin méticuleux.

— Je me réjouis assurément que des innocents recouvrent la liberté. Votre Majesté est magnanime, en plus d'être un juge scrupuleusement juste.

— Reprendrez-vous vos sermons de l'après-midi ?

J'ignore ce qu'il a envie d'entendre, or je n'ai pas l'intention de lui dire autre chose.

— Si tel est votre souhait, mon plaisir sera d'écouter les prédicateurs afin de m'aider à comprendre les idées de Votre Majesté. Cela m'aidera à suivre votre pensée complexe si j'étudie les Pères de l'Église.

— Vous savez quelle était la devise de Jane Seymour ? s'enquiert-il à brûle-pourpoint.

Je rougis.

— Oui, Votre Majesté.

— Quelle était-elle ?

— Je crois que c'était « Tenue d'obéir et de servir ».

Il émet soudain une sorte de beuglement avant d'être secoué de grands éclats de rire qui lui ouvrent grande la bouche, et exhibent ses dents jaunes et sa langue pâteuse.

— Redites-le !

— « Tenue d'obéir et de servir. »

Il rit, mais d'un rire dénué de toute joie. Je veille à ne pas me départir de mon sourire, créant l'illusion que j'apprécie la plaisanterie sans toutefois la comprendre à cause de ma lenteur d'esprit, en tant que femme naturellement dépourvue du sens de l'humour mais heureuse d'admirer l'homme d'esprit qu'est son mari.

L'amiral de France, Claude d'Annebault, qui a négocié la paix avec Édouard Seymour, vient à Hampton Court à l'occasion d'une grande réception. Les enfants du roi, notamment le prince Édouard, seront présents pour l'accueillir. Henri se plaint à moi de la fatigue et me charge de veiller à ce qu'Édouard accomplisse tous ses devoirs et représente dignement la dynastie Tudor. Édouard n'a que huit ans, et il est partagé entre l'enthousiasme et l'appréhension face au rôle qu'il doit jouer. Il arrive à mes appartements quelque temps avant l'arrivée du Français, et me demande ce qu'il va exactement se passer et ce qu'il doit faire. Il affiche une telle minutie, un tel désir de bien faire, à l'image d'un astronome en herbe, que je fais venir mon maître d'écurie et mon premier intendant, et nous dressons un plan des jardins sur une grande feuille de papier. Puis, à l'aide de vieux soldats en fer-blanc empruntés à la nurserie, nous mimons l'arrivée de la délégation française et nous servons de petites poupées nous représentant allant l'accueillir.

Nous attendons deux cents Français, et tous les membres du Conseil privé et toute la Cour viendront leur souhaiter la bienvenue. Nous les logerons dans les jardins sous des tentes de toile brodée d'or, et nous ferons ériger des constructions provisoires pour abriter les banquets et les festivités. Nous dessinons ce petit village sur notre plan, puis, sur une autre feuille, nous établissons une liste des dix journées avec leurs réceptions, leurs chasses, leurs bals masqués, leurs divertissements et leurs banquets respectifs.

La princesse Élisabeth participe également, ainsi que lady Jane ; et nous rions beaucoup. Nous nous faisons apporter des coiffes et des couvre-chefs, et nous voilà bientôt jouant l'arrivée des Français. Édouard interprète son propre rôle, mais nous autres incarnons des Français et des courtisans avec chapeaux d'apparat, amples révérences exagérées et discours interminables, jusqu'à ce que nous abandonnions le jeu à grand renfort d'éclats de rire qui nous ramènent à la réalité.

— Mais cela se passera-t-il ainsi ? s'enquiert Édouard avec le plus grand sérieux. Me tiendrai-je exactement à cet endroit ?

Il indique la tribune que nous avons reportée sur notre plan.

— Pourquoi tant d'inquiétude ? lance Élisabeth. Vous êtes le prince et notre mère la reine est régente, quels que soient vos choix, ils deviendront la marche à suivre. Vous êtes le prince de Galles, vous ne sauriez vous tromper.

Édouard me gratifie de son plus doux sourire.

— Je vous suivrai, madame ma mère.

— C'est vous, le prince, objecté-je. Et Élisabeth a raison. Quoi que vous fassiez, cela sera la norme.

La visite se déroule exactement comme nous l'avions prévu. Le prince Édouard sort à cheval avec une escorte de nobles et de hallebardiers de la garde, tous vêtus d'or. Il paraît minuscule en comparaison des soldats élancés qui se dressent au-dessus de lui, mais il manie son petit cheval avec dextérité et accueille dignement les visiteurs dans un français parfait. Je suis si fière de ses progrès que je le prends dans mes bras à son retour et l'entraîne dans une danse autour de mon antichambre.

Je rends compte au roi de son excellente contenance, et Henri annonce qu'il rencontrera l'amiral en personne et le conviera à la messe dans la chapelle royale.

— Vous m'avez bien rendu service aujourd'hui, ainsi qu'à ma famille, me complimente Henri le soir même.

Je l'ai rejoint dans sa chambre afin de lui narrer la visite et le cérémonial par le menu, ainsi que la manière dont le prince Édouard s'est montré un hôte digne de son père en l'absence de celui-ci, sans oublier d'ajouter qu'il peut être fier du fils de Jane Seymour.

— Vous êtes une véritable mère pour lui, admet le roi. Bien plus que sa propre mère, qui ne l'a même jamais connu.

Je remarque que, ce soir, il parle de sa mort comme d'un manquement à ses devoirs.

— Vous avez agi en tant que régente de ce royaume aujourd'hui. Je vous en suis reconnaissant.

— Je n'ai rien fait de plus que mon devoir, roucoulé-je.

— Je me réjouis que vous figuriez avec Édouard sur le portrait de la famille, reprend-il. Il n'est que justice que vous soyez célébrée en tant que belle-mère.

J'hésite avant de répondre. Manifestement, il a oublié que c'est Jane Seymour, la tendre épouse, qui est représentée sur le tableau. J'ai posé pour le peintre, mais mon visage n'apparaît pas à l'intérieur du cadre. Il n'existe aucun portrait de moi avec le petit garçon que j'affectionne.

Il poursuit néanmoins :

— Vous avez fait honneur à votre pays et à votre foi, déclare-t-il. Vous m'avez tout à fait convaincu ces derniers mois de votre légitimité au sommet de l'État et de la pertinence de vos convictions.

Je balaie la pièce du regard. Il n'y a personne pour dire le contraire. Les habituels courtisans sont à portée de voix mais ils sont devenus presque tous bienveillants à mon égard ou envers la cause de la réforme. Stephen Gardiner est absent. Une quelconque querelle au sujet d'un petit domaine a soudain provoqué l'ire du roi. Gardiner devra recouvrer les bonnes grâces de son souverain par la flatterie, mais en attendant, c'est un soulagement que d'être débarrassée de lui. Wriothesley n'a plus approché le roi depuis l'incident survenu au jardin lorsqu'il est venu m'arrêter.

— J'agis toujours sous la direction de Votre Majesté, réponds-je.

— Et je pense que vous avez raison au sujet de la messe, ajoute-t-il avec désinvolture. Mais peut-être l'appelez-vous plus volontiers « Communion » ?

Je souris, affectant une certaine assurance, alors qu'en fait il me semble que le sol tremble et s'ouvre sous mes pieds.

— Je l'appellerai comme Votre Majesté le jugera préférable, dis-je. C'est votre Église, votre rite. Vous savez mieux que moi, mieux que quiconque, quelle conception il faut s'en faire.

— Allons-y pour la Communion, alors : la Communion pour tout le peuple des croyants ! lance-t-il, soudain en verve. Considérons que lors de l'Eucharistie, il ne s'agit pas littéralement du corps et du sang de Notre-Seigneur, car comment les gens du commun pourraient-ils comprendre un tel miracle ? Ils penseront que nous avons quelque magie ou quelque tromperie en tête. Pour ceux d'entre nous qui réfléchissent à fond, qui méditent sur ces questions, pour nous autres qui sommes sensibles au pouvoir du langage, il pourra s'agir du corps et du sang du Christ en même temps que de pain et de vin, mais à l'usage des gens ordinaires, nous pouvons dire que c'est une façon de parler. « De même, à la fin du repas, il prit la coupe, et en rendant grâce il la bénit, et la donna à ses disciples, en disant : "Prenez, et buvez-en tous, car ceci est la coupe de mon sang, qui sera versé pour vous et pour la multitude." » On ne peut douter qu'il prit le pain, qu'il le bénit, qu'il leur en donna, ainsi que du vin, après avoir rendu grâce, leur disant qu'il instituait ainsi une nouvelle alliance. Nous, dont la compréhension est bien plus étendue que celle des idiots de village, ne devons pas les confondre ni les mélanger.

Je n'ose lever les yeux, de crainte que ce soit un nouveau piège ; pourtant, je sens vibrer en moi toute ma force de conviction. Si le roi prend conscience de cela, si le roi devient aussi lucide, alors Anne n'est pas morte en vain, et je n'ai pas jeté l'étude aux orties et n'ai pas été fouettée comme une esclave en pure perte, car Dieu a touché le souverain de sa lumière malgré les cendres d'Anne Askew et l'opacité de ma honte.

— Votre Majesté suggère-t-elle que nous devions considérer que la formulation est symbolique ?

— N'est-ce pas ce que vous pensez ?

Je ne céderai pas à la tentation d'exprimer mon opinion.

— Votre Majesté me trouvera bien sotte, mais je ne sais guère quoi en penser. Je fus élevée dans une certaine croyance, puis l'on m'en a inculqué une autre. À présent que je suis mariée, je m'en remets à la foi de mon époux, car il est là pour me guider.

Il sourit. *C'est exactement ce qu'il fallait dire, car c'est ce qu'il voulait entendre. C'est ainsi qu'une épouse apprivoisée devient le perroquet de son mari.*

— Eh bien, voici, Kate : il nous faut instituer une religion sincère dont la communion constituera le cœur liturgique mais dont le pouvoir est symbolique, déclare-t-il.

La formule est si bien balancée et l'élocution si retentissante, qu'elle m'a tout l'air d'avoir été préparée. Il se peut même qu'il l'ait couchée par écrit et apprise par cœur. Un tiers la lui aura peut-être même soufflée. *Anthony Denny, par exemple ? Ou Thomas Cranmer ?*

— Merci, lancé-je d'une voix mélodieuse. Merci de me guider.

— Et j'ai l'intention de proposer à l'ambassadeur français que nous œuvrions de concert, la France et l'Angleterre, afin d'éradiquer la superstition et l'hérésie de l'ancienne Église, et de bâtir une nouvelle Église, en France et en Angleterre. Une nouvelle Église qui aura la Bible et les idées nouvelles pour fondations, et nous l'étendrons à l'ensemble de nos royaumes respectifs, puis dans le monde entier.

Je crois rêver.

— Vraiment ?

— Kate, je désire que mon peuple soit instruit, qu'il réfléchisse et qu'il chemine dans les voies de Dieu. Je ne veux pas d'une meute d'idiots apeurés et tourmentés par les sorcières et les prêtres. Toute l'Europe, à l'exception des États pontificaux, est convaincue que c'est ainsi qu'il faut concevoir Dieu. Je veux me joindre à ce mouvement. Je veux le conseiller, je veux que l'Angleterre ouvre la marche. Et le jour venu, s'il advient, je veux que vous régniez, vous en tant que régente et mon fils en tant que roi, sur un peuple qui comprend ses propres prières et participe à une messe – à une Communion –, qui rime à quelque chose pour lui et qui soit conforme à la liturgie instituée par Notre-Seigneur, non à des formules latines erronées et figées, dont Rome a le secret et qui sont censées rectifier de prétendues faussetés populaires !

— C'est ce que je pense aussi ! C'est ce que je pense aussi ! m'exclamé-je, cédant à l'enthousiasme.

Il me sourit.

— Nous ferons pénétrer les nouvelles idées, la nouvelle religion, en Angleterre, promet-il. Vous en verrez l'avènement, même si je ne suis plus là pour le voir.

Automne 1546, château de Windsor

Nous partons en itinérance après la visite de l'amiral français, et le roi est même en assez bonne santé pour chasser. Il ne peut marcher, mais il est animé d'un esprit indomptable et on le hisse bientôt en selle, et une fois sur son cheval, il peut chevaucher jusqu'au diable vauvert. À chacune de nos haltes en nos somptueux palais, on lui construit un affût équipé d'arbalètes et de flèches, et l'on rabat le gibier vers lui. Des dizaines de cerfs et de chevreuils tombent ainsi devant l'abri royal, une flèche plantée dans l'œil et le museau écorché. La cruauté atteint des sommets qu'elle ne fait qu'effleurer lorsque nous chassons à découvert. Le souverain vise consciencieusement la bête magnifique que l'on rabat vers lui, puis l'animal s'effondre, une pique plantée dans le crâne, tandis qu'un chien déchire son arrière-train. Henri ne se formalise pas de cette froide barbarie qui consiste à massacrer des animaux pris au piège. Il assiste avec un calme olympien à l'égorgement par les veneurs d'une bête qui se débat. En fait, je ne suis pas loin de croire qu'il prend plaisir à cette souffrance. Il observe les petits sabots noirs qui battent l'air avant de retomber, immobiles, puis il émet un bref gloussement.

Il est occupé à se repaître de l'agonie de quelque malheureuse biche, lorsqu'il lance à brûle-pourpoint :

— Que pensez-vous de Thomas Seymour comme mari pour la princesse Élisabeth ? Je sais qu'un tel mariage serait du goût des Seymour.

J'ai un mouvement de recul, mais il n'a pas les yeux posés sur moi : il contemple l'œil noir de la biche blessée tandis que celui-ci devient vitreux.

— Ce que vous estimerez être préférable, réponds-je. Bien sûr, elle est encore jeune. Elle pourrait être fiancée et rester sous ma garde jusqu'à ses seize ans.

— Pensez-vous qu'il ferait un bon mari pour elle ? C'est un beau diable, non ? L'apprécie-t-elle ? Pourrait-il lui faire un garçon, croyez-vous ? Se montre-t-elle avide de sa compagnie ?

Je porte ma main gantée de cuir parfumé à ma bouche afin de dissimuler mon tremblement.

— Je ne saurais me prononcer. Elle est encore très jeune. Elle l'apprécie assez, comme il se doit, en tant qu'oncle de son demi-frère. Il me semble qu'il ferait un bon époux pour elle. Son courage ne peut être mis en doute. Qu'en pensez-vous, Votre Majesté ?

— Il est bel homme, n'est-ce pas ? Aussi porté sur la chose qu'un chien ! Il fait des ravages parmi les dames.

— Pas davantage que de nombreux autres, rectifié-je.

Je dois prendre garde. *Mais comment surveiller ma langue pour ne pas m'attirer d'ennuis tout en soutenant les ambitions de Thomas ?*

— Vous l'aimez bien ?

— Je le connais à peine, réponds-je. Je connais son frère beaucoup mieux, parce que sa femme fait partie de mon entourage. Lorsque je m'entretiens avec sir Thomas, il se montre toujours captivant, et il vous sert très loyalement, n'est-il pas vrai ?

— En effet, concède le roi.

— Il a rendu de grands services pour la sécurité de l'Angleterre, la flotte et les ports, je crois ?

— Oui, mais lui donner ma fille serait une récompense insigne. Et cela accroîtrait encore l'éminence des Seymour.

— Cependant, un mariage avec un Anglais permettrait à Élisabeth de rester en Angleterre, fais-je remarquer. Et ce serait un réconfort pour nous tous.

Il fait mine de réfléchir à la question, comme s'il était ému à l'idée de garder Élisabeth auprès de lui.

— Je connais Élisabeth, elle l'épouserait si je lui en donnais la permission. C'est une traînée, tout comme sa mère !

Malgré le beau temps qui règne à Windsor pendant notre séjour, sans crier gare, et sans raison apparente, le roi se retire de la Cour. Je ne pense pas qu'il soit malade, mais il garde la chambre en compagnie d'un cercle restreint de gentilshommes et refuse de recevoir qui que ce soit. La Cour, qui s'est accoutumée à des journées radieuses consacrées aux divertissements et autres passe-temps, continue sans lui, comme si ses membres se souciaient comme d'une guigne de l'absence parmi eux de cet élément central qui est également pour eux la source de tout pouvoir et de toute prospérité. Ils se sont habitués à ses disparitions et à ses réapparitions successives. Ils n'y voient pas un signe de déclin ; ils s'imaginent que ce petit jeu durera éternellement. Mais ses conseillers, ceux qui veillent sur lui chaque jour que fait le Seigneur et qui entretiennent des espoirs pour l'avenir, ceux-là l'entourent de près, presque comme s'ils ne se faisaient pas assez mutuellement confiance pour le confier aux bons soins l'un de l'autre, ou comme s'ils n'osaient mettre toute leur confiance en lui seul.

L'information transpire malgré les portes closes ; les hommes qui ont accès à sa chambre se confient à leurs épouses, lesquelles sont à mon service : le roi est de nouveau mal en point, et cette fois, la douleur que lui cause son ancienne blessure et la fièvre semblent fortement l'affaiblir. Il passe le plus clair de la journée à dormir, ne se réveillant que pour ordonner qu'on lui serve des repas gargantuesques, mais ne faisant montre d'aucun appétit lorsque les serviteurs lui apportent au lit les plats chargés de victuailles.

L'arrière-garde de la Cour, qui est constituée de papistes tels que Thomas Howard, Paget et Wriothesley, est lentement, mais sûrement, mise à l'écart. Ce sont les réformateurs qui ont le vent en poupe à présent. Sir Thomas Heneage est relevé de sa charge insigne de valet de la chaise percée au terme de plusieurs années de bons et loyaux services, sans préavis ni justification. Nous savourons notre victoire en silence, car il est question que le mari de Joan, sir Anthony Denny, le remplace et rejoigne celui de Nan, sir William Herbert, pour assister le souverain lorsque celui-ci se donnera un mal de chien pour pousser quelques vents constipés sur sa chaise percée.

Grâce aux époux de mes dames de compagnie qui occupent les postes-clés de l'entourage immédiat du roi, et grâce au mari d'Anne Seymour, Édouard, qui devient un peu plus chaque jour son principal conseiller, ma Maison et celle du roi vivent à l'unisson : les maris servent le roi, leurs femmes servent la reine, et nous sommes tous d'accord. Les favoris d'Henri sont presque tous des réformateurs, et la plupart des dames de ma Cour sont favorables aux idées nouvelles. Quand la Cour aborde le sujet de la religion, s'exprime une envie unanime de changement. Ainsi, presque aucune voix discordante ne s'élève lorsque la querelle entre le roi et Gardiner autour de quelques arpents de terre tourne radicalement au vinaigre. Le monarque explose soudain de colère et, sans plus d'explication, cesse de recevoir Gardiner – jadis tenu en si grande faveur – à l'intérieur de son cercle rapproché.

Personne ne prend sa défense. Ses vieux alliés, monseigneur Bonner, Thomas Wriothesley et Richard Rich, changent promptement de camp, et se cherchent de nouveaux amis. Naturellement, ils font passer les préférences du roi avant leur fidélité à Gardiner. Thomas Wriothesley devient ainsi la toute nouvelle recrue d'Édouard Seymour, tandis que Bonner, l'évêque inquisiteur de Londres, n'ose plus paraître à la Cour et ne quitte plus son diocèse. Même le nouvel ambassadeur d'Espagne n'est pas l'ami de Gardiner, car avec la chute de l'évêque, c'est au déclin de la cause papiste qu'il assiste. Richard Rich, qui convoite un nouveau protecteur, suit John Dudley comme un petit chien. Seul Thomas Howard continue d'adresser la parole à l'évêque frappé d'ostracisme. Mais Howard a lui-même perdu les faveurs du roi, car son fils est tenu pour responsable des troubles survenus au sein des troupes anglaises postées à

Boulogne. Quant à Marie Howard, sa disgrâce est due à l'affront scandaleux qu'elle a infligé aux Seymour.

La chute de Gardiner est aussi rapide que celle d'un pécheur tombant en enfer. Dans la même journée, il se voit refuser l'accès aux appartements privés du roi et est contraint d'attendre debout dans la chambre de parade avec les solliciteurs ordinaires. Le lendemain, les gardes de faction devant l'entrée principale reçoivent l'ordre de lui interdire l'accès : il ne peut que pénétrer à cheval dans la Cour mais ne peut mettre sa monture à l'écurie. Le plus pitoyable est qu'il ne s'en tient pas pour quitte. Il s'imagine que l'exercice du pouvoir lui sera rendu pourvu qu'il réussisse à être mis en présence du souverain. Il croit qu'une explication ou des excuses le sauveront. Il songe à ses années de bons et loyaux services, et se dit qu'il n'est pas possible que le roi tourne le dos à un si vieil ami. Il oublie que quiconque est frappé d'ostracisme par Sa Majesté est perdu, parfois arrêté, souvent tué. Il lui a échappé que la seule personne à être jamais revenue en grâce après avoir fait l'objet de la haine royale, c'est moi ! Il ne sait pas ce que j'ai dû faire pour y parvenir. Il ignore ce que cela m'a coûté. Nul ne le saura jamais. Je ne me l'avoue même pas à moi-même.

Gardiner ne ménage pas ses forces. Il propose de restituer les terres litigieuses et traîne près du portail des écuries, s'efforçant de paraître nouvellement arrivé ou sur le point de partir, tel le visiteur bienvenu qu'il était auparavant. Il confie des billets d'excuses pour le roi à tous ceux qui acceptent de lui servir de messager. Il retient tous ceux qui passent par là et leur dit qu'il y a erreur, qu'il est le meilleur ami du roi et son plus fidèle serviteur, que rien n'a changé, puis il leur demande de bien vouloir intercéder en sa faveur auprès d'Henri.

Bien sûr, ils refusent. Personne n'a envie de voir Gardiner revenir dans l'entourage royal pour instiller le soupçon dans son esprit, l'inciter à voir des hérésies et de la trahison partout. Il n'est aucune maisonnée qu'il n'ait fait espionner ; et peu de gens se sont vu épargner l'éclat de son regard soupçonneux. Nul sermon qu'il n'ait examiné à la recherche de thèses hérétiques, nul courtisan qu'il n'ait menacé. À présent qu'il n'est plus dans les bonnes grâces du roi, plus personne n'a peur de lui. Et personne ne prendra le risque de mentionner son nom au monarque, lequel affirme que son ancien conseiller bien-aimé n'est qu'un fauteur de troubles et qu'il ne veut plus entendre parler de lui.

Le vieil homme apeuré qu'est devenu Gardiner voit la catastrophe se profiler à l'horizon. Il se souvient de Wolsey, tombé raide mort sur la route d'York tandis qu'il se rendait à Londres pour y être jugé et probablement décapité. Il se souvient de Cromwell, à qui l'on retira l'insigne de sa charge, massacré à coups de hache sur l'échafaud, condamné en vertu des lois qu'il avait lui-même promulguées. Il se souvient de John Fisher, se rendant au supplice vêtu de son plus beau manteau, certain de monter au paradis ; de Thomas More piégé par Richard Rich. Il se souvient des reines – quatre d'entre elles – et des conseils néfastes qu'il donna au roi lorsqu'elles tombèrent en disgrâce, précipitant ainsi leur chute.

Il intercepte son ancien ami et allié, lord Wriothesley, et le supplie de parler, juste une fois, de dire un seul mot, au souverain ; mais Wriothesley glisse entre les doigts de l'évêque tel un mélange de sang et d'huile s'écoulant d'une statue faussement miraculeuse. Aussitôt arrivé, le voilà reparti. Wriothesley n'a pas l'intention de mettre en jeu sa position incertaine à la Cour sous prétexte de fidélité à un ami. Wriothesley a été terrorisé par Henri lorsque celui-ci l'a invectivé dans le jardin. En conséquence, il a retourné son pourpoint et œuvre désormais en adéquation avec les Seymour.

En désespoir de cause, Gardiner supplie mes dames de compagnie de lui obtenir un entretien avec moi, comme si j'avais le moindre intérêt à rendre son pouvoir à mon ennemi juré, comme s'il n'avait pas annoncé au roi qu'il avait contre moi des preuves de haute trahison. Stephen Gardiner finit par comprendre qu'il a perdu ses amis et toute influence, ainsi que sa charge, et retourne sans faire de bruit à son propre palais afin d'y brûler des papiers compromettants et d'y comploter son retour.

À la Cour, les réformistes fêtent leur victoire sur cet homme dangereux, mais je n'ai aucun doute qu'il reviendra. Même si nous l'emportons actuellement contre les papistes qui faillirent causer ma chute et brisèrent ma volonté, et que c'est à leur tour de connaître des nuits sans sommeil en proie à la peur, j'ai conscience que le roi continuera indéfiniment de se servir d'une meute comme appât contre l'autre, et nous devrons régler nos comptes encore longtemps en faisant fi des principes, en ignorant la honte, inlassablement.

Hiver 1546, palais de Whitehall, Londres

Avec le changement de saison, la santé du roi se détériore, et le docteur Wendy annonce que le souverain est pris de fièvres erratiques qui refusent de tomber. Tandis qu'il sue et enrage dans son délire, la fièvre monte de son cœur accablé jusqu'à son cerveau, mettant en péril sa survie. Le médecin préconise un parcours de bains sur le chemin du retour à Whitehall, afin que le roi puisse être plongé dans l'eau chaude et emmailloté comme un nourrisson dans des draps de séchage parfumés censés aider à expurger les poisons de son sang. Le procédé semble fonctionner et il se remet quelque peu, mais il déclare alors vouloir se rendre à Oatlands.

Édouard Seymour vient à mes appartements me consulter à ce sujet.

— Il n'est pas assez rétabli pour voyager, fait-il remarquer. Je pensais que la Cour passerait Noël ici.

— Le docteur Wendy affirme qu'il ne lui faut pas de contrariétés.

— Personne ne veut le contrarier, réplique Édouard. Dieu nous est témoin ! Mais il ne doit pas mettre sa santé en péril en remontant le fleuve en canot jusqu'à Oatlands en plein hiver !

— Je sais. Mais je ne peux le lui dire.

— Il vous écoute, rappelle-t-il. Il vous fait confiance en toute chose : sa doctrine, son fils, son pays.

— Il écoute ses valets autant qu'il m'écoute, répliqué-je obstinément. Demandez à Anthony Denny ou à William Herbert de lui parler. Je les soutiendrai s'il me demande mon avis. Mais je ne peux lui donner des conseils contraires à ses désirs.

Je songe à la cravache qu'il garde dans un cabinet quelque part dans sa chambre. Je songe à la braguette d'ivoire tachée du sang de mes lèvres éclatées.

— Je me tiens à ce qu'il ordonne, résumé-je sèchement.

Édouard me regarde d'un air pensif.

— Dans l'avenir, commence-t-il prudemment. Dans l'avenir, vous pourriez avoir à prendre des décisions au nom de son fils et de son pays. C'est vous, alors, qui donnerez les ordres.

La loi interdit d'évoquer la mort du roi. C'est une trahison ne serait-ce que de laisser entendre que sa santé décline.

Je secoue la tête en silence.

Hiver 1546, château d'Oatlands, Surrey

Gardiner absent, seul un petit groupe en faveur de la vieille Église se maintient en place à la Cour, mais c'est une famille qui a survécu à bien des revers de fortune. Rien ne peut venir à bout des Howard. Ils feraient jeter leurs filles et leurs propres héritiers par-dessus bord plutôt que de voir péricliter leur Maison. Les Howard, autrement dit la famille des ducs de Norfolk, ont su conserver leur position auprès de la Couronne en dépit des changements de souverain et du fait que deux de leurs filles soient montées sur l'échafaud après être d'abord montées sur le trône. Thomas Howard n'est pas le genre d'homme à se laisser facilement déloger.

Mais un soir, son fils et héritier manque à l'appel. Henri Howard, relevé de son commandement à Boulogne à cause de son exécrable arrogance et de sa témérité, ne paraît pas à la table de son père, et ses serviteurs déclarent ne pas l'avoir vu. Aucun de ses amis ne sait où il est.

C'est un jeune homme extravagant, un insensé qui se vanta de pouvoir tenir Boulogne à jamais, et qui déplut au roi à plus d'une reprise à cause de sa superbe, mais il a toujours réussi à manœuvrer pour revenir en grâce. Il était le meilleur ami d'Henri Fitzroy, le bâtard d'Henri, et a toujours su faire appel à ce tragique lien fraternel pour obtenir le pardon du roi.

Bien que tous s'accordent promptement à dire que l'absence de l'héritier du duc à la table paternelle n'est pas une surprise, que les Howard ont coutume de partir en claquant la porte, tout le monde sait que le jeune homme ne disparaîtrait pas dans les bas-fonds de Londres sans sa suite et ses amis. Henri Howard est bien trop satisfait de lui-même pour se rendre où que ce soit sans ses admirateurs. Conclusion : quelqu'un sait forcément où il est.

Ce quelqu'un, c'est lord Thomas Wriothesley. Peu à peu, il transparaît que ses sbires ont été vus tard dans la nuit près du fleuve tandis qu'ils forçaient le jeune comte à monter sur un bateau amarré à quai. Il semblerait qu'une dizaine d'hommes portant la livrée de Wriothesley aient encadré le jeune homme puis aient entrepris de le porter quand il fit mine de se débattre et de les insulter. Ensuite, ils le jetèrent au fond du canot et s'assirent sur son corps. Puis l'embarcation descendit le fleuve à vive allure, s'enfonçant dans la nuit, où le jeune homme paraît avoir disparu comme par enchantement. Ce n'était pas une arrestation, car aucun mandat n'a été émis à son encontre ; en outre, leur destination n'était pas la Tour. Si c'était un enlèvement, cela signifie que Wriothesley est devenu assez fou pour oser s'en prendre à un fils de la Maison de Norfolk, de surcroît dans le voisinage d'un palais royal. Personne ne sait comment il a pu s'y prendre, ni sur l'ordre de qui il a agi, et encore moins en quel bras reculé du fleuve le canot et sa précieuse cargaison se sont arrêtés, ni où se trouve l'héritier des Howard ce soir.

Il est inconcevable que Wriothesley menât en sous-main une vengeance contre le jeune homme. Wriothesley et les Howard conspiraient contre moi voilà encore seulement quelques semaines, et c'est moi-même que Wriothesley était prêt à pousser dans la barge royale pour me faire descendre le fleuve qui emporta peut-être à jamais le jeune héritier des Howard. Il n'est donc pas exclu qu'il ait agi avec l'autorisation du roi. Mais personne ne sait ce qu'Henri Howard a bien pu faire pour susciter une telle attaque. En outre, Wriothesley est absent, et ses serviteurs sont muets comme des carpes.

Le duc jure par tous les diables qu'Henri est innocent de tout crime. D'ailleurs, c'est son frère, Tom, qui fut accusé de lire des livres hérétiques et d'écouter des sermons dans mes appartements, sans compter que cela est permis désormais. Henri Howard, l'aîné de la famille, s'intéresse surtout à sa propre suffisance et à ses plaisirs personnels. Il est trop accaparé par les divertissements et les joutes, par la poésie et les catins, pour réfléchir sérieusement. Il ne se sera jamais absorbé dans quelque étude difficile. Personne ne l'imagine dans le costume de l'hérétique, et d'aucuns commencent à penser que Wriothesley a présumé de ses forces.

Norfolk, au terme de quelques jours de silence, se considère comme étant assez puissant pour défier le lord Chancelier. Il exige de connaître l'endroit où son fils est retenu, de connaître le motif de son arrestation, et réclame qu'il soit libéré sur-le-champ. Il élève le ton lors d'une réunion du Conseil privé et dit qu'il doit voir le roi. Il va jusqu'à me demander audience. Tous, à la Cour, comprennent que nul, pas même le lord Chancelier, ne peut causer d'ennuis à un Howard sans se voir demander des comptes. Norfolk enrage pendant la réunion, maudissant Wriothesley en pleine face, et les conseillers observent ces deux puissants, le vieil aristocrate et le nouvel administrateur, s'affronter.

Soudain, à la manière d'une réponse muette et terrible, sans ordre officiel du roi ni avertissement, les hallebardiers de la garde conduisent Henri Howard à pied par les rues de Londres – tel un criminel ordinaire – de la demeure londonienne de lord Wriothesley jusqu'à la Tour. Le grand portail s'ouvre, comme s'il était attendu, et le gouverneur de la Tour donne l'ordre qu'on le conduise à sa cellule. Puis les portes se referment sur lui.

Lors du Conseil suivant, le duc écume de rage. Aucune accusation n'a encore été signifiée, aucune charge n'a été retenue contre son fils. Ceci est l'œuvre de ses ennemis, leur assène-t-il ; c'est une attaque menée par des lâches, des lâches sans lignage ni rang, des lâches tels que Wriothesley, qui se sont hissés jusqu'aux responsabilités par des pirouettes de singe savant et grâce à leur habileté à détourner les lois, tandis que de vénérables aristocrates, des nobles tels que le duc lui-même et son fils, qui sont la fleur de la chevalerie, sont victimes des obstructions de ces conseillers à la nouvelle mode.

Ils ne prennent même pas la peine de l'écouter jusqu'au bout. Et encore moins de répondre aux plaintes qu'il mugit à leurs oreilles. Soudain, les hallebardiers de la garde font irruption en rangs serrés dans la salle du Conseil et arrachent l'insigne de l'ordre de la Jarretière de ses épaules. Ils s'emparent de son bâton de chef de l'état-major et le brisent sous ses yeux, comme s'il était déjà mort et qu'ils s'apprêtaient à en jeter les morceaux sur le couvercle de son cercueil avant de refermer sa tombe. Pendant ce temps, Norfolk les traite de dupes et leur rappelle qu'il sert les Tudors depuis près de cinquante ans, cinquante ans de durs et infâmes services dont personne d'autre n'eût consenti à s'acquitter. Ils lui font évacuer la salle *manu militari* tandis qu'il continue de faire valoir à grands cris sa supériorité, de clamer son innocence et de proférer des menaces. Le raclement de ses bottes sur le plancher et ses hurlements de protestation résonnent aux oreilles de tous dans l'immense galerie.

La porte de l'antichambre du roi est très légèrement entrouverte. Nul ne sait si le souverain a entendu. Nul ne sait si toute cette affaire procède d'un ordre royal ou si Wriothesley a simplement réussi un coup de force contre ses rivaux. Si bien que tous ignorent quoi faire.

À présent, deux Howard, le duc de Norfolk et le comte, son héritier, sont détenus à la Tour sans qu'aucun chef d'accusation n'ait été prononcé, ni qu'aucun motif n'ait été allégué. L'impensable leur est arrivé : les Howard père et fils, qui ont fait monter de si nombreux innocents à l'échafaud, qui, bien campés sur leurs montures, ont assisté à la pendaison d'autres innocents encore, croupissent à leur tour en prison.

La nouvelle de la chute de ces rivaux des Seymour ramène Thomas en toute hâte à la Cour où il vient tenir conseil avec son frère. Anne Seymour musarde dans l'entrée des appartements de sa famille afin d'écouter ce qu'ils se disent et de m'en faire le compte-rendu.

—Apparemment, Kenninghall, la demeure des Howard, a été perquisitionné de fond en comble le jour même de l'arrestation du duc. On s'y introduisait au moment même où on l'emmenait à la Tour. Le secrétaire de mon époux prétend qu'il sera accusé de haute trahison.

Joan Denny, dont le mari, sir Anthony, est dans les secrets du roi, confirme l'information.

— La maîtresse du duc de Norfolk a signé une déclaration attestant que le duc a affirmé que Sa Majesté était très malade.

Joan baisse la voix et ajoute :

— Elle déclarera sous serment qu'il a affirmé que le roi n'en avait plus pour longtemps.

Un silence indigné s'ensuit, non en raison du fait que le duc puisse dire ce que tout le monde sait, mais du fait que sa maîtresse le trahisse auprès des sbires du lord Chancelier.

Anne, ravie du désastre qui frappe ses rivaux, hoche la tête.

— Ils s'apprêtaient à modifier le testament du roi, à enlever le prince et à s'emparer du trône.

Je la considère d'un œil incrédule.

— Non, c'est impossible. « S'emparer du trône » ? Les Norfolk sont les créatures du trône. Ils ont passé leur vie à sautiller en tous sens, telles des puces, à chaque revirement du roi. Ils n'hésitent jamais à lui obéir, quoi qu'il leur demande. Leur propre fille…

Je n'achève pas ma phrase, mais nous savons toutes que Marie Boleyn, sa sœur Anne, sa cousine Madge Shelton, leur cousine Catherine Howard, furent toutes exhibées devant le roi par leur famille qui les offrit à Henri, soit comme épouses, soit comme catins.

Anne Seymour frémit à la moindre allusion à ces jeunes femmes. Sa propre regrettée belle-sœur Jane Seymour suivit une trajectoire aussi rapide qu'indigne qui la mena de l'état de dame de compagnie à celui de reine.

— Eh bien, Marie Howard refusa, elle au moins.

— Refusa quoi ?

— D'être déshonorée. Par son propre beau-père !

Je ne suis pas son raisonnement.

— Anne, parlez sans détour avec moi. Qui voulait voir Marie Howard être déshonorée ? Et qu'entendez-vous par « son propre beau-père » ? Voulez-vous dire le roi ?

Elle s'approche tout près, le visage empreint d'une frénétique indignation.

— Vous savez qu'ils ont proposé à Marie Howard d'épouser mon beau-frère, notre Thomas ?

— Oui, réponds-je posément. Chacun sait que Sa Majesté avait donné son assentiment.

— Sauf qu'ils n'ont jamais eu l'intention de contracter un mariage honorable. Jamais ! Ils voulaient qu'elle l'épouse et le trompe. Que pensez-vous de cela ?

L'idée que quiconque puisse nourrir le projet de faire le malheur de Thomas me fait l'effet d'un coup de poing. Je sais ce qu'est la honte. Au grand jamais je ne voudrais que Thomas en fasse l'expérience.

— Je n'en pense pas grand-chose. Mais quelles étaient exactement leurs intentions ?

— D'abord lui faire épouser Marie, puis lui faire demander à Votre Majesté de la prendre à votre service. Il était censé l'amener à la Cour. Et, selon vous, qu'était-elle censée faire ensuite ?

Morceau par morceau, un complot m'est révélé. *Quelle n'est pas la turpitude de ces gens, de ces faux jetons !*

— Je l'aurais prise à mon service, bien entendu. Une fille Howard, devenue épouse Seymour, ne peut se voir signifier une fin de non-recevoir.

En outre, ajouté-je en moi-même, *j'aurais fait n'importe quoi pour faire venir Thomas à la Cour. Même s'il m'avait fallu pour cela passer chaque jour de ma vie avec sa femme. Mais, ce faisant, j'aurais répondu à leur vœu de le voir souffrir. Ils auraient fait de moi l'instrument de son malheur.*

— Leur but était de placer Marie Howard dans la ligne de mire du roi.

Anne fait un pas en arrière et me regarde des pieds à la tête.

— Ils projetaient de lui faire prendre votre place.

— Comment me supplanterait-elle ? demandé-je d'un ton glacial.

— Elle était censée badiner avec le roi, le mener en bateau, le séduire. Elle devait s'immiscer dans son lit et consentir à tout ce qu'il peut encore faire à une femme. Il était prévu qu'elle devienne sa *maîtresse en titre**, avec tout le ronflant d'une favorite à la Cour de France, la première d'entre les catins, en somme. Ils étaient convaincus de pouvoir y réussir. Vous auriez été tout simplement écartée si elle avait gagné la préférence du souverain. Vous vivriez en exil à l'heure qu'il est, et c'est elle qui régnerait sur la Cour. En tout cas, ils étaient certains que si elle se montrait habile, un destin plus grand, une plus haute destinée l'attendait.

— Quel destin peut-il être plus grand que celui-là ? questionné-je, feignant de l'ignorer.

— Ils pensaient qu'avec de l'adresse et de la séduction, qu'à force de mots doux, et à la condition qu'elle fasse ce qu'ils lui diraient, le roi se débarrasserait de vous et elle finirait par l'épouser. Ensuite, elle l'aurait ramené dans le giron de l'ancienne foi, et sa Cour aurait été un foyer de théologiens. Comme la vôtre, mais en mieux, selon eux, mieux voulant dire « papiste ». À la mort du roi, Marie serait devenue la belle-mère du prince Édouard, et le duc de Norfolk aurait été nommé Lord protecteur, et il aurait gouverné le royaume jusqu'à la majorité du prince, avant de régner sur ce dernier par la force de l'habitude. Marie Howard était donc censée ramener le souverain dans le giron de l'Église de Rome, dont il aurait rétabli les institutions et les monastères en Angleterre, devenant elle-même reine douairière régnant sur un royaume papiste.

Anne s'interrompt ; elle a le teint lumineux, et me regarde avec un mélange d'épouvante et de délectation dans l'indignation.

— Mais le roi est son beau-père, objecté-je à voix basse. Elle fut la femme de son fils. Comment ont-ils pu concevoir une telle alliance ?

— Ils ne s'arrêtent pas à si peu ! s'exclame Anne. Et puis, ne croyez-vous pas que le pape leur accorderait une dispense ? A fortiori si la mariée ramène l'Angleterre dans le giron de Rome. Ce sont des diables, leur seule préoccupation est de reconduire sans bruit le roi dans leur camp.

— Oui, manifestement, conviens-je, toujours à voix basse. Si ce que vous dites là est vrai. Et avaient-ils décidé de mon sort après que la jolie Marie Howard se serait glissée dans le lit du roi ?

Anne hausse les épaules. J'interprète son geste comme signifiant : « À votre avis, qu'arrive-t-il aux reines d'Angleterre devenues indésirables ? »

— Je suppose qu'ils envisageaient la possibilité que vous acceptiez le divorce, à moins qu'ils ne vous eussent accusée d'hérésie et de haute trahison.

— Ils auraient opté pour ma mort ? demandé-je inutilement.

Même maintenant, et malgré près de trois ans et demi de règne passés à vivre exposée au danger, j'admets encore avec peine que quiconque me connaissant, me voyant chaque jour au dîner, me baisant la main et me jurant allégeance, puisse comploter froidement ma mort et conspirer pour qu'on me tue.

— C'est Norfolk, qui vous a désignée comme disciple d'Anne Askew, lance Anne. Cela revenait à vous accuser d'hérésie, crime passible de la peine capitale. C'est lui qui a manœuvré avec Gardiner pour inciter le roi à se retourner contre vous, vous surnommant le serpent. Cet homme-là n'enfile pas des perles.

— C'est-à-dire ?

— La mort d'une femme est un détail pour un homme tel que le duc. Vous saviez que c'est lui qui a condamné ses deux nièces à mort ? Il avait intrigué pour qu'elles devinssent reines, et lorsque l'affaire tourna mal, il les envoya à l'échafaud pour sauver sa propre tête.

Tout le monde se fiche comme d'une guigne qu'une femme vive ou meure, dans cette Cour. Devant chaque reine se dresse sa jolie remplaçante, et derrière elle, un fantôme.

— Où en est l'affaire à présent ?

— Le roi prend conseil auprès de nous, les Seymour, explique-t-elle, impuissante à dissimuler son orgueil en pleine ascension. Thomas et Édouard sont avec Sa Majesté en ce moment même. Je pense qu'ils me raconteront la suite des événements d'ici le dîner. Alors je serai en mesure de vous répondre.

—Je ne doute pas que le souverain m'en informera en personne, fais-je remarquer afin de lui rappeler que c'est moi, la reine d'Angleterre et l'épouse du roi, nouvellement revenue en grâce.

Sinon elle risquerait de penser de moi ce que pensent les Howard, ce que pense la Cour : que je n'occupe que temporairement le trône, que je ne suis qu'une femme dont on peut divorcer ou que l'on peut faire tuer sur un coup de tête.

Je m'habille avec un soin minutieux, renvoyant une fois la robe que l'on m'apporte et changeant de manches. J'envisage un instant de porter du violet, puis je m'aperçois que cette couleur impériale ne me sied guère, or, ce soir, je veux paraître jeune et belle. J'opte donc pour ma couleur de prédilection : le rouge, que j'agrémente d'un jupon doré et de manches rouges à soufflets d'or. J'abaisse le col de la robe pour que ma peau crème soit mise en valeur par le carré de l'encolure et que mes cheveux auburn flamboient sur le fond écarlate de la capuche. Je porte des rubis aux oreilles, des chaînes d'or autour de la taille, et d'autres encore enroulées autour de mes poignets. Je peins mes lèvres en rouge et je rehausse mes pommettes avec un fard de même couleur.

—Tu es superbe ! s'exclame Nan, quelque peu surprise par tout le mal que je me suis donné.

—Je vais montrer aux Howard qu'une reine occupe déjà le trône, lancé-je, résolue, et Nan s'esclaffe.

—Je crois que nous l'avons échappé belle, fait-elle remarquer. Grâce à Dieu, ils n'ont pu s'entendre et Thomas Seymour n'a jamais amené Marie Howard à la Cour.

— Oui, conviens-je, en passant outre au fait que Thomas était prêt à l'épouser. Il nous a sauvées !

— Ce qui le renvoie au célibat, cependant, souligne Nan. Personne n'épousera Marie tant que son père et son frère seront à la Tour, surtout si elle témoigne contre eux pour sauver sa tête. L'ascension de Thomas se confirme de jour en jour. Sa famille constitue la maison la plus influente du royaume, et le roi a de l'estime pour lui. Il pourrait choisir n'importe qui d'autre, ou presque.

J'acquiesce. *Naturellement, il épousera Élisabeth si Henri donne son consentement. Thomas deviendra alors l'époux de la troisième héritière en titre de la dynastie Tudor. Alors je pourrai danser à ses noces. Mais je devrai le considérer comme… mon beau-fils !*

— Qui sait ? lancé-je d'un ton léger.

Je fais signe à mes dames d'ouvrir les portes et nous sortons de ma chambre pour pénétrer dans mon antichambre, puis dans ma chambre de parade. Et soudain, il est là. Il se retourne lorsqu'il entend les portes s'ouvrir et je comprends qu'il m'attendait. *Oui, le voilà !*

Tandis que je m'avise de sa présence, une chose étrange se produit. Il me semble ne plus voir que lui. Je n'entends même plus la clameur habituelle. Tout se déroule presque comme en rêve, comme si le temps était suspendu, que les horloges s'étaient arrêtées, que le monde entier a passé, et qu'il ne reste plus que lui et moi. Il se retourne et m'aperçoit. Il n'existe plus pour moi au monde que ses yeux noirs et son sourire, et son regard qui me dit : « Moi aussi, je ne vois plus que toi. » Et je songe : *Oh, Dieu merci, il m'aime comme je l'aime !* Car seul un homme amoureux peut sourire avec autant de chaleur à la femme qui s'avance vers lui, rayonnante et main tendue.

— Bonsoir, sir Thomas, salué-je.

Il prend ma main, se penche au-dessus d'elle et dépose un baiser sur mes doigts. Je sens la caresse aérienne de ses moustaches et la tiédeur de son souffle sur ma peau, ainsi que la pression presque imperceptible de son étreinte, qui semble vouloir me dire : « Ma bien-aimée… » Puis il se redresse et libère ma main.

— Votre Majesté, commence-t-il. C'est une joie de vous voir avec d'aussi jolies couleurs.

Il scrute mon visage de ses prunelles noires, et je ne doute pas qu'il remarque que je porte ma plus belle robe et que j'ai peint mes lèvres. Il relève les cernes sous mes yeux. Il y lira mon chagrin pour la mort d'Anne Askew. Et il devinera également, en amoureux sincère qu'il est, que quelque chose de grave m'est arrivé.

Il me présente son bras et nous faisons quelques pas ensemble jusqu'à la fenêtre au milieu d'une allée de courtisans qui s'inclinent sur notre passage. Il agite la main, feignant de m'indiquer le soleil qui se couche et le lever sur l'horizon de la première étoile du soir qu'elle éclaire de son éclat perçant.

— As-tu mal quelque part ? s'enquiert-il simplement. Es-tu souffrante ?

— Je ne peux t'en parler ici et maintenant, réponds-je. Mais sache que je n'ai pas mal et que je ne suis pas souffrante.

— Le roi ?

— Oui.

— Qu'a-t-il fait ?

Son expression s'assombrit.

Je pince la face interne de sa manche, à l'intérieur du coude.

— Pas ici. Pas maintenant, insisté-je.

Je lui souris et ajoute plus haut :

— Est-ce là l'étoile polaire ? Est-ce celle-ci qui guide votre navigation ?

— Es-tu actuellement en danger ? interroge-t-il.

— Non, pas en ce moment, assuré-je.

— Édouard dit que tu as failli être arrêtée.

Je renverse la tête en arrière et m'esclaffe.

— Oh, oui ! J'ai vu le mandat.

Son regard se fait plein d'admiration.

— Tu as réussi à t'en tirer en parlant au roi ?

Je songe à mes lèvres baisant la cravache ensanglantée. Je songe à la braguette d'ivoire et de satin qui pénètre violemment dans ma bouche, heurtant mes dents.

— Non. Ce fut pire que cela.

— Dieu du…

— Chut ! ordonné-je brièvement. Nous ne sommes pas seuls. Tout le monde nous regarde. Que va-t-il arriver aux Howard ?

— Ce que le roi décidera.

Il piétine d'impatience, comme s'il éprouvait un besoin subit de se dégourdir les jambes, mais qu'il se souvenait soudain que l'on ne fausse pas ainsi compagnie à la reine.

— Ce qu'il jugera bon qu'il leur arrive, évidemment, ajoute-t-il. Je suppose qu'il les tuera. Ils complotaient contre le trône, cela ne fait pas l'ombre d'un doute.

— Dieu leur vienne en aide, lancé-je, malgré le fait qu'ils m'eussent volontiers envoyée à l'échafaud. Dieu leur vienne en aide !

Soudain, la porte à deux battants s'ouvre en grand et le pied royal fait son apparition dans son énorme pansement, suivi du souverain lui-même sur son immense fauteuil, un sourire radieux aux lèvres.

— Dieu nous vienne tous en aide ! rectifie Thomas puis il recule, en bon courtisan qu'il est, afin que mon mari puisse accéder à sa possession, à son esclave, à sa femme qui l'accueille avec le sourire.

Les Howard père et fils, Thomas et Henri, attendent à la Tour qu'on leur signifie les accusations dont ils devront répondre. Personne ne leur rend visite, nul ne prend leur défense. Brusquement, ce vieil homme et son héritier qui commandaient aux destinées du Norfolk dans son entier et qui possédaient la quasi-totalité du sud de l'Angleterre, qui chevauchaient à la tête de milliers d'hommes, qui menaient leurs vies telles de grasses araignées au centre d'un réseau d'amitiés, de parentés et d'obligés, brusquement, ne savent plus vers qui se tourner. Les voilà absolument dépourvus d'amis et de soutiens. Les preuves réunies contre Henri Howard dans cette enquête pour trahison sont accablantes. Il fut assez stupide pour se vanter qu'il pouvait largement prétendre au trône. Sa propre sœur, qui ne s'est pas encore remise de l'obligation qu'il lui avait faite de se prostituer auprès du souverain, l'accuse. Elle déclare sous serment qu'il lui a ordonné d'épouser Thomas Seymour en vue d'accéder à la Cour et de devenir la maîtresse du roi. Elle lui aurait répondu qu'elle préférait se trancher la gorge plutôt que de consentir à un tel déshonneur. À présent, c'est la gorge de son frère qu'elle contribue à trancher.

Même la maîtresse de son père, la tristement célèbre Bess Holland, témoigne contre lui. Le jeune homme, tenu en grande haine par ceux-là mêmes qui devraient l'estimer et le protéger, fait quotidiennement l'objet d'incriminations de la part de ses amis et de ses maîtresses. Il n'est pas jusqu'à ses propres armoiries qui se retournent contre lui, lorsque Thomas Wriothesley, lui-même fils et petit-fils de hérauts, annonce qu'elles s'inspirent frauduleusement des armoiries de Hereward l'Exilé, un aristocrate anglo-saxon qui vécut voilà quelque cinq cents ans.

— N'est-ce pas tout à fait ridicule ? demandé-je au roi, tandis que nous sommes assis au coin du feu dans sa chambre après le dîner. Assurément, Hereward l'Exilé ne disposait pas d'armoiries qu'il puisse transmettre aux Howard, même s'il est leur ancêtre, ce dont personne ne peut apporter la preuve. Cela a-t-il la moindre importance ?

Autour de nous, la Cour murmure en jouant aux cartes. J'entends rouler les dés. Bientôt le souverain réunira ses compagnons, et mes dames et moi-même nous nous retirerons.

Henri prend un air méchant, me lance un regard oblique.

— Une énorme importance, répond-il sèchement. Pour moi !

— Mais le fait qu'il prétende descendre de Hereward l'Exilé… Cela ressemble à un conte de fées.

— C'est un conte très dommageable, assure-t-il. Personne dans ce pays ne descend d'un roi si ce n'est moi.

Il se tait. Je suppose qu'il songe à la précédente famille royale, les Plantagenêts. Un à un, il les a expédiés dans l'autre monde, leur plus grand crime ayant consisté à porter le nom de leurs ancêtres.

— Une seule et unique famille peut faire remonter ses ancêtres à Arthur d'Angleterre, et cette famille est la nôtre. Toute contestation de cet état de fait sera sévèrement punie.

— Mais à quoi bon ? insisté-je avec autant de douceur que possible. Puisque c'est un vieux blason qu'il a exhibé à plusieurs reprises ? Puisque c'est le fait de l'orgueil absurde d'un jeune homme ? Puisque le Collège des Hérauts s'en est aperçu voilà des années et que vous ne vous y êtes pas opposé ?

Il brandit son gros index potelé, et aussitôt je me tais.

— Vous souvenez-vous de la manière dont s'y prend le maître des chiens ? s'enquiert-il calmement.

Je hoche la tête.

— Dites-le-moi !

— Il lance un chien contre l'autre.

— En effet. Et lorsque l'un d'entre eux devient gros et puissant, qu'en fait-il ?

Il claque des doigts, voyant que la réponse tarde à venir.

— Il laisse les autres le déchirer, réponds-je à mon corps défendant.

— Naturellement !

Je reste silencieuse pendant quelques instants.

— Cela implique que vous ne serez jamais entouré de grands hommes, observé-je. Point de conseillers réfléchis, nul que vous puissiez respecter. Nul ne peut rester à vos côtés et prospérer à votre service. Nul ne sera jamais récompensé pour sa fidélité. Vous ne sauriez avoir d'amis sûrs et éprouvés.

— C'est vrai, convient-il. Parce que je n'en veux pas. Je fus entouré d'hommes de cette trempe autrefois, dans ma jeunesse, des hommes que j'ai aimés, de brillants penseurs qui étaient capables de résoudre un problème à la seconde où celui-ci leur était exposé. Si vous aviez vu Thomas Wolsey dans ses jeunes années ! Que n'avez-vous connu Thomas More ! Thomas Cromwell travaillait nuit et jour, en permanence ; rien ne l'arrêtait jamais. Il réussissait tout ce qu'il entreprenait. Je lui soumettais une difficulté au dîner, et il m'apportait un mandat d'arrêt à la chapelle avant le petit déjeuner.

Il s'interrompt. Il tourne vers la porte ses petits yeux mi-clos sous leurs paupières roses et gonflées, comme s'il s'attendait à ce que son ami Thomas More entre d'un instant à l'autre, avec son beau visage pensif égayé par son rire, couvre-chef sous le bras, et au cœur, l'amour qu'il porte au roi et à sa propre famille, mais par-dessus tout à Dieu.

— Je ne veux plus personne désormais, lance Henri d'un ton glacial. Sans ami, point de trahison. Personne n'aime personne. Le monde est rempli de gens qui ne cherchent qu'à satisfaire leurs propres ambitions et à œuvrer pour leurs seuls intérêts. Même Thomas More…

Un petit sanglot d'apitoiement l'empêche de terminer sa phrase.

— Il a choisi de demeurer fidèle à l'Église plutôt qu'à moi. Il a préféré sa foi à la vie elle-même. Vous voyez ? Personne n'est jamais fidèle jusqu'au tombeau. Si quiconque vous dit le contraire, c'est qu'il vous prend pour une imbécile. Je ne permettrai plus qu'on me prenne pour un imbécile. Vous n'ignorez pas que l'ami qui vous sourit est un ennemi, que le moindre conseiller recherche son propre intérêt. Tout le monde veut ma place, tout le monde veut ma fortune, tout le monde veut mon héritage.

Inutile d'argumenter face à une aussi vive amertume.

— Mais vous aimez vos enfants, fais-je remarquer posément.

Il jette un coup d'œil à la princesse Marie, qui s'entretient tranquillement dans un coin avec sir Anthony Denny. Il cherche la princesse Élisabeth du regard et la trouve béate d'admiration devant un Thomas Seymour tout sourires.

— Pas particulièrement, répond-il, et sa voix a la froideur du cristal. Qui m'a aimé, lorsque j'étais enfant ? Personne.

Le jeune Henri Howard, l'ami intime du défunt fils naturel du roi, envoie à celui-ci une supplique de sa cellule à la Tour de Londres. Il lui rappelle que lui et Henri Fitzroy étaient comme des frères, qu'ils ne se quittaient jamais, qu'ils partaient ensemble à cheval, nageaient ensemble, jouaient ensemble et écrivaient de la poésie ensemble ; bref, qu'ils étaient tout l'un pour l'autre. Ils s'étaient juré fidélité ; et jamais, au grand jamais, il ne conspirerait contre le père de son meilleur ami, qui fut un père pour lui.

Henri me lance la lettre.

— Cependant, j'ai lu son interrogatoire, déclare-t-il. J'ai passé les preuves qui l'accablent au peigne fin. J'ai examiné ses armoiries et l'on m'a rapporté ce qu'il a dit de moi.

Si je laisse Henri faire la liste des torts de l'accusé, sa colère ne fera que grandir. Il dressera l'index et me pointera du doigt, il me parlera comme si j'étais le jeune coupable en personne. Il retire un plaisir extrême du fait d'envenimer son propre courroux. Il se stimule lui-même comme un acteur et y puise un certain frisson. Il aime sentir son cœur battre à toute allure à cause de l'emportement. Il aime en découdre, même face à une pièce vide, avec pour seule spectatrice une femme blême qui s'efforce de le calmer.

— Mais vous ne vous laissez pas abuser par tout cela, observé-je, faisant appel au discernement du savant qu'est Henri, avant qu'il ne donne libre cours à sa mauvaise humeur. Vous examinez minutieusement les preuves, vous étudiez le cas. Vous ne croyez pas tout ce qu'on vous raconte.

— C'est vous qui devriez avoir peur de ce qu'on me raconte ! s'exclame-t-il soudain avec irritation. Car si ce chien de traître que vous défendez si suavement avait eu le dernier mot, c'est vous qui seriez à la Tour, non lui. Et sa sœur occuperait votre place. Il est votre ennemi, Catherine, bien plus qu'il n'est le mien. Il a comploté pour hériter de mon pouvoir, mais vous, il vous aurait tuée.

— Puisqu'il est votre ennemi, il est le mien, susurré-je. Naturellement, Votre Majesté.

— Il vous aurait fait exécuter sur de fausses accusations d'hérésie ou de trahison, poursuit le roi, omettant de préciser que c'est sa signature qui eût été apposée au bas de l'ordre d'exécution. Et il aurait mis sa sœur à votre place. Nous aurions eu une autre Howard pour reine. Ces traîtres auraient fourré une autre de leurs catins dans mon lit ! Que pensez-vous de cela ? Comment avez-vous le cœur ne serait-ce que de l'envisager ?

Je secoue la tête. Bien sûr, il n'est rien que je puisse faire valoir. *Qui aurait signé mon ordre d'exécution ? Qui m'aurait envoyée à la mort ? Qui aurait épousé la fille Howard ?*

— Vous seriez morte à l'heure qu'il est, assure Henri. Et, à mon décès, les Howard auraient exercé leur autorité sur mon fils…

Il reprend brièvement son souffle et, prenant un air inspiré, ajoute :

— Le fils de Jane ! Dans les griffes des Howard !

— Mais, mon mari et mon seigneur…

— Voilà qu'elle eût été leur récompense. Leur récompense à tous. Voilà ce qu'ils veulent tous, malgré les mines et les flatteries qu'ils me font. Ils veulent tous exercer le pouvoir de la régence lorsque je mourrai et gouverner le dauphin. Voilà de quoi je dois prémunir Édouard. Et voilà de quoi vous devrez le prémunir également.

— Bien entendu, mon cher époux, vous savez que…

— Pauvre Henri Howard…, se lamente-t-il d'une voix tremblante.

Et le roi, qui a la larme facile, ne tarde pas à avoir les yeux humides.

— Vous savez que j'aimais ce garçon comme mon propre fils ? poursuit-il. Comme il était mignon, lorsqu'il jouait, enfant, avec Fitzroy ! Ils étaient comme des frères.

— Ne pourrait-il être absous ? demandé-je à mi-voix. Sa lettre laisse deviner une grande tristesse. Je ne peux croire qu'il ne regrette pas…

Le souverain hoche la tête.

— J'y réfléchirai, répond-il avec emphase. Si je peux lui pardonner, il obtiendra mon pardon. Je me montrerai juste. Mais je me montrerai également magnanime. Je l'aimais, et mon garçon, mon bien-aimé Henri Fitzroy, l'aimait aussi. Si je peux absoudre Howard au nom de son camarade de jeux, alors je le ferai.

La Cour doit se scinder en deux. Le roi se rend à Whitehall pour diriger la mise à mort des Howard père et fils, ainsi que l'anéantissement complet de leur traîtresse maisonnée, tandis que les princesses et moi irons à Greenwich. Les Seymour, Thomas et son frère Édouard, resteront avec

Henri afin de l'aider à démêler le complot et à désigner les coupables. Sous l'œil brillant de suspicion du monarque, les interrogatoires des serviteurs, des métayers et des ennemis des Howard sont lus et relus, puis, j'en suis certaine, réécrits. Toute la malveillance vindicative auparavant dirigée contre les réformateurs, mes dames et moi-même, est à présent tournée, telle la gueule d'un canon, vers les Howard, et la grosse artillerie est prête à faire feu. Les émotions du roi, sa clémence, son sens de la justice, sont tous mis de côté au profit d'une débauche de fausses preuves. Le souverain a envie de tuer quelqu'un et la Cour est désireuse de lui prêter main-forte.

Les Seymour gagnent en faveur : leur foi est redevenue la nouvelle doctrine de prédilection du roi, leur famille est apparentée à la lignée royale, leurs compétences militaires sont le salut de la Nation et leur compagnie emplit Sa Majesté d'aise. Tous les autres rivaux mordent la poussière.

La Cour se rassemble devant le perron du palais afin que les seigneurs puissent dire « au revoir » à leur dame et que ceux qui se courtisent puissent échanger un regard, un mot, un effleurement furtif. Les gentilshommes de la Cour viennent me faire leurs adieux, et, enfin, c'est au tour de Thomas Seymour de s'avancer vers moi. Nous sommes tout près l'un de l'autre, ma main sur l'encolure de mon cheval, que mon garçon d'écurie retient par la bride.

— Du moins es-tu saine et sauve, me glisse-t-il à l'oreille. Une autre année est passée, et tu es toujours en vie.

— Vas-tu épouser Élisabeth ? interrogé-je avec insistance.

— Le roi ne s'est pas encore prononcé. T'a-t-il fait une confidence ?

— Il m'a demandé ce que j'en pensais. J'ai dit ce que je pouvais dire.

Il esquisse une petite grimace, puis il écarte le palefrenier d'un geste de la main et joint les mains pour soulever ma botte. Le simple contact de ses mains sur mon pied réveille mon désir.

— Ah, mon Dieu, Thomas…

Il me hisse sur ma selle et j'enfourche ma monture, puis ma servante s'avance pour rajuster mes jupes. Nous nous taisons pendant qu'elle accomplit sa tâche. Je pose les yeux sur ses boucles noires tandis qu'il flatte l'encolure de mon cheval sans pouvoir poser la main sur la mienne, pas même sur la pointe de ma botte.

— Passeras-tu Noël avec le roi ?

Il secoue la tête.

— Il veut que j'inspecte le château de Douvres.

— Quand te reverrai-je ?

Le désespoir s'entend dans ma voix.

Il agite la tête. Il ne sait pas.

— L'important est que tu sois saine et sauve, répète-t-il, comme si c'était la seule chose qui comptât. Encore une autre année… Qui sait ce qui peut arriver ?

J'ai peine à envisager que quoi que ce soit de bon puisse advenir.

— Joyeux Noël, Thomas, murmuré-je. Dieu te bénisse.

Il relève la tête, quelque peu aveuglé par la lumière du soleil. C'est l'homme que j'aime et il lui est interdit de s'approcher plus près de moi. Il fait un pas en arrière et pose la main sur la tête de ma monture, lui caresse doucement le nez, palpe sa bouche, ses naseaux d'où s'échappe de la vapeur.

— Sois prudent, ordonne-t-il à l'équidé. Tu portes une reine sur ton dos. Qui est aussi mon unique amour.

Hiver 1546, palais de Greenwich

Je pense à la reine Catherine d'Aragon qui fêta Noël à Greenwich en compagnie d'une Cour divisée, pendant que le roi était à Londres où il courtisait Anne Boleyn ; elle avait reçu l'ordre de faire comme si tout allait bien. Cette fois-ci ce n'est pas la galanterie qui retient le souverain dans la capitale, mais c'est l'assassinat. On me rapporte que la Cour à Whitehall est fermée à tous à l'exception du Conseil privé, et que Sa Majesté et ses conseillers retournent dans tous les sens les preuves accumulées contre les Howard père et fils.

Je me suis laissé dire que le roi se consacre avec ferveur à l'enquête. Il décortique les lettres imprudentes d'Henri Howard comme s'il s'agissait des Saintes Écritures, annotant le moindre aveu coupable, remettant en question le moindre mot attestant son innocence. Le roi est devenu rigoureux, tatillon. Le dépit lui donne de l'énergie et il suit les interrogatoires comme s'il avait déjà décidé que le jeune homme, ce bel imprudent, devait mourir pour s'être exprimé avec légèreté, sans y penser.

Une nuit de début janvier, Henri Howard s'enfuit de sa prison par la fenêtre dans une tentative désespérée visant à échapper à la clémence royale. Les gardes lui mettent la main au collet au moment où il s'apprête à se glisser dans le goulot d'évacuation des eaux souillées pour rejoindre les eaux glacées du fleuve. Cela ne m'étonne pas de la part d'Henri Howard qui a la hardiesse d'un jouvenceau. Cette tentative d'évasion devrait suffire à rappeler à tous que c'est un jeune homme impulsif, un peu sot, bref un brave innocent téméraire. Mais au lieu de rire de lui et de le libérer, on le met aux fers et le garde entravé.

Pires, bien pires encore, sont les aveux de son père. Jouant le tout pour le tout pour sauver sa vieille peau ridée, le vénérable duc écrit au Conseil privé qu'il est coupable de tout ce dont on l'accuse. Il reconnaît avoir porté des armoiries qui étaient siennes de droit et que la maison de Howard utilise depuis des générations. De façon grotesque, il avoue avoir communiqué secrètement avec le pape. Il jure qu'il a fait tout ce qu'on lui impute, il est prêt à tout endosser pourvu qu'on l'épargne. Il plaide coupable comme aucun coupable avant lui, et offre la totalité de sa fortune et de ses terres en compensation de sa culpabilité, pourvu qu'on lui laisse la vie sauve.

Traitant son propre fils comme un simple objet d'échange, il le met dans la balance en plus de son honneur, de sa réputation et de ses richesses. Il envoie son fils au diable, et s'il ne propose pas de le traîner lui-même jusqu'à l'échafaud ce n'est probablement qu'en raison de la vétusté de son propre corps hypothéqué. Il déclare sous serment que son fils et héritier, qui n'a que vingt-neuf ans, a trahi le roi, son nom et sa maison. Le vieux duc envoie son garçon à l'échafaud pour prix convenu de sa propre liberté. Son accusation a valeur de condamnation à mort pour son fils, et la nuit même, Henri signe le mandat qui fera comparaître Henri Howard devant ses juges. Le roi rejette la faute sur Thomas Howard, et personne ne peut récriminer.

Nous connaissons tous à l'avance l'issue du procès. Son propre père est passé aux aveux et l'a désigné comme coupable. On voit mal ce qu'Henri Howard pourrait dire pour sa défense.

Pourtant, il a beaucoup à dire. Debout au banc des accusés, il se défend avec vigueur. Il argumente pendant toute la journée, si bien que le tribunal est obligé de faire apporter des bougies le soir venu ; et le charmant jeune comte donne toute sa mesure dans leur halo doré face aux jurés, à ses proches et à ses amis. Il n'est pas impossible qu'en cet instant ils eussent refusé de le condamner, car il se montra très convaincant, drôle et pressant. Mais William Paget arriva de la Cour avec un message du roi et se rendit directement à la salle des délibérations pendant que les jurés se concertaient. À leur sortie, ils annoncèrent qu'ils avaient jugé à l'unanimité. De toute manière, qui eût pu faire entendre une voix dissonante ? Ils le déclarèrent « coupable ».

Par un mois de janvier froid et ensoleillé, un messager dépêché par le Conseil privé vient m'informer qu'Henri Howard a été décapité à Tower Hill. Son père est toujours en prison où il attend son propre verdict. Nous apprenons la nouvelle sans faire de commentaires. La détermination du roi à ce qu'il n'y ait plus de bûcher pour les réformateurs ne s'étend pas jusqu'à la clémence envers les autres suspects. Pour tout le monde, Henri Howard n'était qu'un fanfaron imprudent, un poète trop prodigue en paroles, et il en est mort.

La princesse Élisabeth vient me voir et place sa main froide dans la mienne.

— J'apprends d'horribles nouvelles au sujet de mon cousin Howard, commence-t-elle, tandis que son regard sombre m'interroge. Il complotait pour vous renverser et mettre une autre femme à votre place. On me dit qu'il avait l'intention de faire monter sa sœur sur le trône.

— Il a eu tort de nourrir cet espoir, répliqué-je. Votre père et moi avons été unis devant Dieu. Il serait mal que quiconque nous séparât.

Elle marque un instant d'hésitation. Elle a suffisamment entendu parler de sa propre mère pour savoir que c'est exactement le tour qu'Anne Boleyn joua à la première reine d'Henri, et que les cousins d'Élisabeth avaient l'intention de répéter avec sa sixième épouse.

— Pensez-vous que sa mort soit juste ? s'enquiert-elle.

Même pour Élisabeth, et pour Jane Grey qui écoute debout derrière moi en silence avec une mine solennelle, je n'exprimerai pas une opinion contraire à celle du roi. Je sais ce qu'il en coûte. La voix de ma conscience s'est tue. Je suis devenue une femme obéissante.

— Ce que votre père juge pour le mieux est la voie à suivre, réponds-je.

Cette jeune fille intelligente et réfléchie n'en croit pas ses oreilles.

— Si l'on est mariée, l'on ne peut pas penser par soi-même ?

— Si, expliqué-je. Mais il ne faut pas dire ce que l'on pense. Si vous êtes sage, vous serez d'accord avec votre époux. Celui-ci exerce son autorité sur vous. On doit apprendre à réfléchir et à vivre librement sans pouvoir toujours en parler.

— Dans ce cas, je préfère ne pas me marier, rétorque-t-elle avec le plus grand sérieux. Si être mariée, c'est renoncer à ses propres opinions, je préfère ne jamais avoir de mari.

Je lui caresse la joue et m'efforce de rire des propos de cette jeune fille de treize ans qui renonce au mariage.

— Sans doute avez-vous raison pour ce qui est de ce monde, fais-je remarquer. Mais ce monde change. Peut-être que lorsque vous serez en âge de vous marier, le monde sera prêt pour entendre la voix des femmes ? Peut-être qu'une femme ne sera plus obligée de jurer obéissance lors de ses vœux matrimoniaux ? Peut-être qu'un jour les femmes auront le droit d'aimer et de penser ?

Hiver 1547, palais de Hampton Court

Le messager arrive de Whitehall par canot, après avoir descendu le fleuve à vive allure dans l'obscurité de la nuit, aussi vite qu'il est possible à des rameurs de remonter à contre-courant. C'est un trajet dans l'humidité et le froid, aussi les gardes prennent-ils la cape ruisselante du courrier à l'entrée de ma chambre de parade avant d'ouvrir les portes. L'une de mes dames, que les martèlements contre la porte de l'antichambre ont réveillée, accourt pour m'avertir qu'un messager du Conseil privé arrivé en urgence de Whitehall demande à être reçu.

Aussitôt la peur s'empare de moi ; comme tout le monde à cette Cour, j'ai appris à redouter les visites nocturnes impromptues. Immédiatement, je me demande qui est en danger, si c'est moi que l'on vient arrêter. J'enfile mon peignoir d'hiver le plus chaud et me rends dans mon antichambre, pieds nus dans mes mules à talons d'or. Là, je trouve l'un des serviteurs des Seymour qui m'attend, dégoulinant de pluie, en piétinant dans les traces laissées par ses bottes humides. Nan me rejoint et mes dames d'honneur, pâles comme la mort dans la lueur des torches, entrouvrent leur porte pour jeter un coup d'œil au visiteur. L'une d'entre elles fait son signe de croix. Je remarque que Nan serre les dents, craignant de mauvaises nouvelles.

L'homme met un genou à terre devant moi et retire son chapeau.

—Votre Majesté…, commence-t-il.

Quelque chose dans l'épouvante qui se lit sur son visage, dans sa façon de reprendre son souffle comme avant un discours appris par cœur, l'heure tardive, les ténèbres nocturnes, tout cela me met la puce à l'oreille. Je regarde par-dessus son épaule afin de vérifier si les hallebardiers de la garde sont venus en nombre pour m'arrêter. *Le canot royal attend-il à l'appontement tout feu éteint, ballotté par la houle?* J'essaie de trouver en moi-même le courage d'affronter cette épreuve. Car il n'est pas impossible que mon heure ait finalement sonné, cette nuit même.

Il se redresse enfin.

—Votre Majesté, j'ai le regret de vous annoncer que Sa Majesté le roi est mort.

Me voilà libre, libre et bien vivante! Lorsque je me suis embarquée dans ce mariage voilà presque quatre ans, je ne pensais pas recouvrer un jour ma liberté et mon veuvage. Lorsque je vis mon mandat d'arrêt dans les mains du médecin royal, je ne pensais pas survivre une semaine de plus. Mais j'ai survécu. J'ai survécu au roi qui abandonna deux femmes, en laissa mourir une en couches et en assassina deux autres. En trahissant mon amour, ma foi et mes amis, j'ai réussi à rester en vie. En renonçant à ma volonté, à ma fierté et à mes travaux d'érudition, j'ai survécu. J'ai l'impression d'être une rescapée au terme d'un long et épouvantable siège. La rescapée sort de chez elle et promène un regard abasourdi sur les remparts éventrés et la herse enfoncée, sur la place du marché dévastée et sur l'église en ruine ; et s'étonne d'être saine et sauve, bien que d'autres aient péri et qu'elle fût, tout comme eux, exposée au danger. J'ai réchappé à la mort, mais j'ai vu mourir tout ce qui m'était cher.

Je m'assois dans l'encorbellement de la fenêtre de ma chambre et attends la venue de l'aube. Derrière moi, un feu rougeoie dans le foyer, mais je ne laisse entrer personne pour le relancer, m'apporter de l'eau chaude ou m'habiller. J'ai l'intention de veiller jusqu'au bout de la nuit en pensant aux « chiens de Whitehall », comme les appelait le roi, qui à cette heure sont occupés à s'entre-déchirer pour savoir quelle meute obtiendra tel avantage, quelle meute tel autre. Ils ont en leur possession un testament, ou du moins un document qu'ils rendront public comme étant le testament du roi ; quoi qu'il en soit, ils fabriqueront quelque chose de toutes pièces qui aura valeur de testament et qui distinguera ceux qui se seront rendus les premiers auprès du corps, comme si ce document sanctionnait l'issue d'une course à pied plutôt que les dernières volontés d'un mourant.

Le prince Édouard est son successeur, naturellement, mais ce testament-là ne me désigne pas en tant que régente. Un Conseil privé servira de tuteur au prince jusqu'à ses dix-huit ans. Édouard Seymour m'a prise de vitesse, ainsi que nous tous. Il s'est lui-même proclamé Grand Chambellan d'Angleterre et il administrera le Conseil privé avec quinze autres membres. Stephen Gardiner ne sera pas du nombre, mais moi non plus.

Thomas, qui tarda à venir chercher sa part du gâteau, devra se contenter d'obtenir de son frère ce qu'il pourra. Il va devoir se hâter. La Cour ressemble à une meute de chiens de chasse dépeçant le cadavre sanglant d'un cerf. En plus du partage du Domaine royal, plus de quatre-vingts requêtes extraordinaires émanent de courtisans qui jurent qu'elles font suite à des promesses du roi. Henri laisse une dot considérable à ses deux filles. Quant à moi, j'hérite d'une fortune. Mais il me tient à l'écart du Conseil privé pour ce qui est de la tutelle d'Édouard. Son dernier geste aura consisté à me réduire au silence.

Bien qu'il fût mon mari, c'est à la chapelle Saint-George de Windsor, aux côtés de Jane Seymour, qu'il a voulu être enterré. En outre, il laisse une petite fortune pour que des messes soient dites pour son salut, et il fonde une chapelle funéraire où deux prêtres seront chargés de lui épargner le purgatoire, auquel il ne croyait pas. Lorsque j'apprends la nouvelle, je suis obligée de serrer l'accoudoir en bois de mon fauteuil pour ne pas rire tout haut.

J'apprends qu'il s'est confessé avant de mourir. Il envoya chercher Thomas Cranmer lorsqu'il fut tout près de rendre son dernier souffle, et l'archevêque lui donna l'extrême-onction. Ainsi, c'est en fidèle brebis de l'Église catholique qu'il est mort. Il semblerait qu'il ait dit à Cranmer qu'il avait peu de péchés à confesser, car tout ce qu'il avait fait, il l'avait fait pour le mieux. Je souris en l'imaginant rendre l'âme sans craindre le néant, avec toujours la même excellente opinion de lui-même, barbotant dans les saintes huiles. *Mais à quoi aura servi sa vie, sinon à sauver ce pays de ces mêmes rituels et de ces mêmes superstitions ? En quoi, en fin de compte, croyait-il ?*

J'ai perdu mon mari mais j'ai survécu à mon geôlier. Je pleurerai un homme qui m'a aimée, à sa façon, et fêterai le fait d'avoir échappé à celui qui aurait fini par me tuer. Lorsque je me suis engagée à mon corps défendant dans cette union, je savais que la mort seule en serait l'issue : que ce fût la sienne ou la mienne. Parfois, lorsque je le soupçonnais de vouloir m'assassiner, il m'arrivait de douter jamais lui survivre. D'autres fois, je songeais que son désir d'avoir toujours le dernier mot le pousserait à me faire taire pour de bon. Mais j'ai surmonté ses violences et j'ai survécu à ses menaces. Ce mariage m'a coûté mon bonheur, mon amour et ma fierté. Le prix le plus cher à payer fut de trahir Anne et de la laisser aller au-devant de la mort. Toutefois, cela aussi, je le surmonterai ; cela aussi, je le pardonnerai.

Je publierai ma traduction du Nouveau Testament. Je finirai mon livre où je traite de ma foi. Je coucherai mes pensées par écrit, sans crainte, sous mon propre nom. Je ne publierai plus jamais sans que mon nom n'apparaisse sur le frontispice. Je ne lancerai pas mes écrits à travers le vaste monde sans être identifiée comme leur auteur. Je braverai les préjugés et prendrai la parole en mon nom propre, plus jamais un homme ne me réduira au silence.

J'élèverai mes belles-filles et mon beau-fils dans la religion réformée, et prierai Dieu en anglais. Lorsque Thomas Seymour s'avancera vers moi pour baiser ma main, je n'aurai pas peur qu'un tiers remarque le contentement qui se lira alors sur mon visage, ni le désir qui brûlera dans ses yeux. J'embrasserai son sourire, je coucherai dans son lit. Je mènerai la vie d'une femme de cœur et d'esprit, et j'appliquerai mon ardeur et mon intelligence à toutes mes entreprises.

Selon moi, être une femme libre, c'est se servir de son cœur et de son intelligence. Et je vais enfin pouvoir être libre.

NOTE DE L'AUTRICE

Je m'étonne toujours que « Kateryn the Queen KP », ainsi qu'elle signait, ne soit pas plus connue du public. En tant que dernière reine d'Henri VIII, elle survécut à un tueur de femmes qui enterra ses cinq épouses précédentes, ce qui en fait sûrement l'une des survivantes à l'épreuve conjugale les plus coriaces de tous les temps ! Elle eut à affronter et à mettre en échec toute une série de complots fomentés par les tenants du camp papiste au sein de l'Église d'Angleterre. Elle éleva les deux plus jeunes enfants du roi dans la foi protestante qui constituerait l'essence même de leurs propres règnes. Simultanément, elle devint l'amie de l'aînée du roi, lady Marie, qui était acquise à la cause papiste et dont elle soutint néanmoins la réintégration dans ses prérogatives royales. Enfin, elle servit le pays en tant que régente et maintint la paix en l'absence du souverain, honorant ainsi l'une des deux plus hautes fonctions de l'État.

Elle partage de nombreux points communs avec les autres épouses d'Henri VIII : elle devint régente à l'instar de l'Espagnole Catherine d'Aragon, qui était d'ascendance royale ; elle était anglaise par sa naissance et son éducation comme Catherine Howard ; elle fut une réformatrice très cultivée et extrêmement avisée comme Anne Boleyn ; et enfin, en tant que native du nord de l'Angleterre, elle était une étrangère à la Cour, comme Anne de Clèves. Elle éleva le fils de Jane Seymour et aima son frère Thomas. Si Jane avait vécu, elle serait devenue sa belle-sœur.

Mais le plus intéressant chez Catherine Parr, c'est son érudition. Nous ignorons quel niveau d'éducation elle avait reçu lorsque, jeune veuve de lord Latimer, elle vint pour la première fois à la Cour d'Henri VIII. Il est vraisemblable qu'elle avait étudié le latin et le français avec le précepteur de son frère. Mais les leçons durent tourner court lorsque celui-ci quitta le foyer familial. Quoi qu'il en soit, à son arrivée, elle trouva la Cour agitée par des controverses qui portaient sur la Bible – latine ou anglaise ? –, sur la messe, sur l'Eucharistie, et sur l'institution ecclésiale qui était alors divisée entre réformistes et papistes. Elle entreprit donc de combler ses lacunes.

Son apprentissage du latin à la Cour est attesté par les lettres qu'elle échangea avec son beau-fils, le tout jeune prince de Galles. Ses études de théologie sous-tendent ses publications. Elle fut la première femme à publier en anglais sous son propre nom – geste extraordinaire, fondateur. Auparavant, les femmes écrivains avaient écrit en moyen anglais, langue plus proche de celle de Chaucer que de l'anglais toujours lisible de Shakespeare qui est également celui de Catherine Parr. Une petite poignée de femmes publiait anonymement, surtout des traductions de textes écrits par des hommes. Aucune femme avant Catherine Parr n'avait osé rédiger en anglais des œuvres originales destinées à la publication, ni inscrire son nom sur la page de titre, ainsi qu'elle le fit lorsqu'elle publia ses traductions de prières et de psaumes en volume. Mais la traduction ne fut pas son dernier mot en tant qu'écrivain : elle composa également des pièces inédites pour *Les Lamentations d'un pécheur*.

Chacun de ses trois livres a survécu et est disponible en anglais dans l'édition préparée par Janel Mueller (*Complete Works and Correspondance*, University of Chicago Press, 2011). Des exemplaires d'époque sont accessibles à la consultation au château de Sudeley, dans le Gloucestershire.

Il est admirable qu'une femme du XVIe siècle continue de nous toucher par ses écrits malgré les siècles qui nous séparent.

Évidemment, il est du devoir de tout historien de regretter que Catherine Parr n'ait pas écrit une chronique de son temps plutôt que des prières. Imaginez ce qu'elle aurait pu nous apprendre sur les derniers jours de la Cour d'Henri VIII ! Mais pour Catherine, de même que pour nombre de femmes engagées dans la vie spirituelle, sa relation à Dieu comptait manifestement plus que sa vie dans le monde.

Son quotidien était semé d'embûches, de dangers et de péripéties. Encore aujourd'hui, nous ignorons dans quelle mesure elle fut proche de la martyre Anne Askew. Tout semble indiquer qu'Anne périt parce qu'elle refusa de trahir le secret de leur relation. Nous savons que la prédicatrice délivra des sermons devant la reine et qu'elles purent se rencontrer dans le Lincolnshire où elles passèrent leur jeunesse. Nous savons également que la souveraine joua de son influence afin de la faire libérer lors de sa première arrestation, mais qu'elle échoua la seconde fois. Nous savons encore que Nicholas Throckmorton, qui était attaché aux appartements de la reine, assista à son supplice et que quelqu'un paya pour l'achat d'une bourse de poudre à canon qui permit d'abréger les souffrances de la jeune femme. Il semblerait qu'Anne ait bien été torturée dans le dessein de lui arracher le nom de la reine et de la contraindre à la dénoncer comme évangéliste, hérétique et traîtresse, afin de pouvoir procéder ensuite à son arrestation puis à son exécution.

Le complot contre la reine, la vivacité avec laquelle elle contre-attaqua et son humiliation devant la Cour sont empruntés au *Livre des martyrs* de Foxe, un quasi-contemporain de Catherine Parr. Je lui emprunte également une partie du dialogue en lien avec cet épisode. Toutefois, l'humiliation que lui fait subir le roi est de mon invention. Les historiens sont rarement au courant de ce qui se passe derrière les portes fermées des alcôves. Mon désir était d'écrire une scène qui combinât la correction légale des épouses et le symbolisme de la braguette d'Henri afin de montrer comment les hommes recouraient, et recourent encore, à l'autorité de la loi, à la violence, à la sexualité et au mythe de la supériorité masculine pour dominer les femmes.

Nous ignorons également quel degré d'intimité Catherine partagea avec Thomas Seymour durant son règne. Assurément, ils semblent avoir été faits l'un pour l'autre. Quelques semaines seulement après la mort du roi, ils échangeaient des lettres d'amour et se donnaient rendez-vous pour passer la nuit ensemble. Ils se marièrent, malgré leur décision initiale d'attendre, dans les quatre mois qui suivirent la disparition d'Henri. Rien n'interdit de penser qu'ils formèrent un ménage aimant et heureux. C'est un fait notoire que la princesse Élisabeth quitta la maison de sa belle-mère après avoir été abusée par son beau-père, Thomas Seymour. Des querelles se firent jour au sein de la famille de Thomas au sujet du droit d'usufruit dont jouissait la reine douairière concernant les bijoux de la Couronne. Thomas se révéla un mari jaloux et possessif. Leur mariage dura moins d'un an et demi, et fut interrompu lorsqu'elle mourut en couches. On raconte qu'elle reprochait à son époux de ne pas l'aimer. Cependant, il était auprès d'elle lorsqu'elle rendit son dernier souffle et il semble avoir été anéanti par sa mort. Il quitta finalement leur domicile commun, et laissa leur enfant aux bons soins de la maisonnée d'Édouard Seymour et de son épouse.

L'écriture de ce roman, qui raconte la vie d'une femme qui vécut à la fin du Moyen Âge, fut pour moi, comme d'habitude, étrangement bouleversante et révélatrice de ma propre époque. Malgré la distance qui nous sépare, lorsque je songe à la peur qu'elle dut éprouver et au courage dont il lui fallut faire preuve, je ne peux m'empêcher de l'admirer. Son application d'autodidacte ne manquera pas de faire écho chez toute femme qui s'est efforcée de pénétrer à l'intérieur des cercles fermés du pouvoir masculin, qu'il s'agisse de l'industrie, de la politique, de la religion ou du savoir. Tous les amoureux des mots éprouveront de l'admiration pour Catherine Parr, lorsqu'ils l'imagineront penchée sur des manuscrits latins et grecs, en quête du mot juste pour sa traduction. Et tous les amis des femmes auront une tendresse pour celle qui, amoureuse d'un homme, fut contrainte d'en épouser un autre, un tyran qui plus est, et à qui – youpi ! – elle survécut.

Ce roman qui évoque le souvenir d'une érudite est dédié à deux grands savants qui furent mes maîtres : Maurice Hutt, de l'université du Sussex, et Geoffrey Carnall, de l'université d'Édimbourg. À mes yeux, ils sont de la race de ces nombreux maîtres qui, à travers les âges, ont à la fois la connaissance et le don de la partager. Situés aux avant-postes de l'érudition masculine, ils sont ceux qui en ouvrent les portes.

Aucun mot ne saurait exprimer ma gratitude envers eux. D'ailleurs, ils s'empresseraient de me faire remarquer que c'est à la fois un cliché et un paradoxe. Dieu qu'ils me manquent, ces deux-là !

Achevé d'imprimer par LEGO en avril 2020
Dépôt légal : juillet 2019
Imprimé en Italie
81123131-3